《检讨书》

一想到要跟我们小朵共度余生，们每一次日子月落里，都对未来充满了期冀怎么这么喜欢你，连我自己都搞不明白想把藏不住的情感写进纸页里，让你们观可看可落笔。已难写半分疯长的爱意，总恨给不够你，又怕淹没你我的理智早已揭竿而反臣服于你给的盛世流年。

炽场

（上）

呆字闺中 著

江苏凤凰文艺出版社
JIANGSU PHOENIX LITERATURE AND
ART PUBLISHING

目录
contents

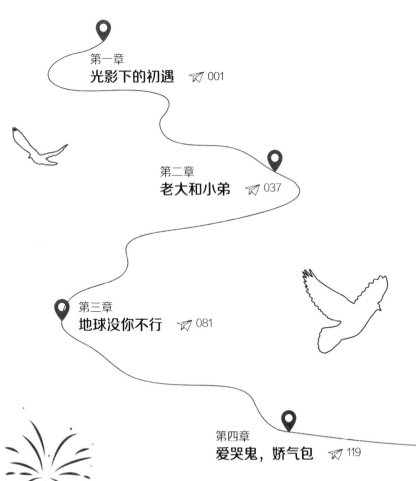

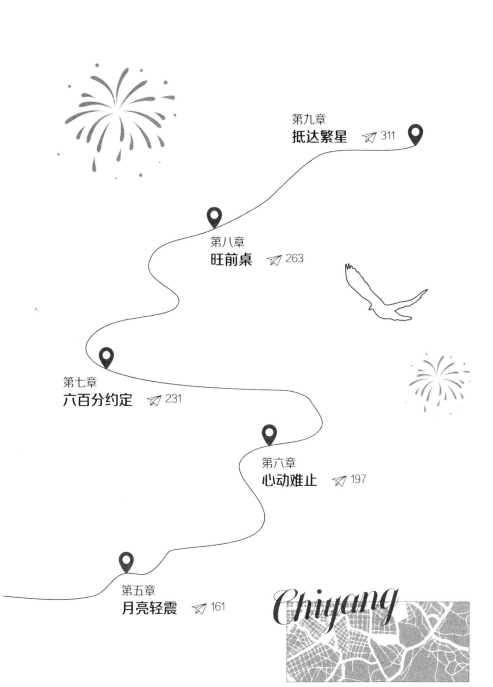

Chiyang

第一章
光影下的初遇

临近高考，清远高中每个月都组织高三年级的学生考试。

这不，今天又是月考揭榜日。

攒动的人头乌泱泱地挤在黑板旁边用两张纸打印出来的成绩排行榜旁。

"这次年级排名第一居然不是周寻文欸，是唐雨。"有人把手指点在那个名字上。

"唐雨？那个连参考书都买不起，整天穿着校服坐在墙角，头发也不剪的唐雨？"

似乎这么一提，大家才忽然对班里这个人有了点印象。

唐雨的头发很长，垂到腰了，厚厚的刘海遮挡着脸，这个人坐在班里最不起眼的角落，是学校的贫困生，几乎没什么存在感。

"她的成绩一直挺好的，这次居然考了第一名，超了周寻文三分呢！"

"以后清远学霸的名头是不是该易主了？"

有个女生推开人群，视线落在排行榜上，眼神一下子冷下来。

"她就这一次拿第一，有什么大惊小怪的，周寻文以往每次都是第一名呢！清远学霸的名头永远都是周寻文的！"

周围的人见状，顿时如鸟兽般散去。

孟诗蕊在他们班是出了名的脾气大，平常说一不二的，还是周寻文的青梅竹马。他们可不想招惹。

孟诗蕊的视线落在排行榜的最顶端，眼睛微微眯起。

"同学,你的试卷掉到地上了。"

楼层缝隙间落下的碎光照在唐雨脸上,白得几乎透明。

听到声音,她抬起低垂的眼看过去,光线太暗,只隐约看到一个模糊的轮廓。

那人一身黑衣,斜斜地靠在墙边,宽阔劲瘦的肩膀上挂了个同色系的背包,他戴着黑色鸭舌帽,低垂着头,没看她这边。

细碎的光在帽檐下半张轮廓分明的脸庞上起伏着,唐雨看不清他究竟长什么模样,只能看到他咬着棒棒糖。

唐雨低头,看到了掉在地上的卷子,上面都是污渍,她捡起来就塞进口袋里:"谢谢。"

接着从他身边经过,面无表情的,没有半点停顿的意思。

"等等。"他腾出一只手拉住她的校服后领。唐雨的身体似乎抖了一下。

"我话还没说完呢。"他抬了下眼皮,"同学,清远高中怎么走?"

唐雨抬手指了个方向。少年取下棒棒糖,看她这一身泥污:"要帮忙吗?"

好端端的小姑娘,就像从泥潭里滚出来的一样。

"你帮了我一次,我也帮你一次,我包里的衣服先借你?"

唐雨往后退一步,嘴唇微动:"不用。"

还没说完,对方弯腰,额前利落的碎发遮住了一双漆黑的眼。目光对上的那一刻,唐雨怔了怔,莫名地说不出来话。

"真不用?我这人挺乐善好施的。"

陡然凑近的脸让她不适地接连后退:"我说不用。"

"看这校服,你是清远的吧。"校服的左上方印着学校的名称。

唐雨抿唇,没吭声。

少年忽然一手撑在墙上,他个子本来就很高,这样低头看她,就跟看一只蜷缩在墙角里瑟瑟发抖的兔子没什么区别。

"说话啊,我要帮你,你这么害怕干什么?跟我要害你一样。"

唐雨的后背贴在冰冷的墙面上,她已经退无可退了。

在少年还要贴过来时,唐雨用双手猛地推他。少年猝不及防被推得一个趔趄,小姑娘直接趁机跑了。

看着那人落荒而逃的身影，少年摸了摸自个儿的脸："这儿的人，都这么胆小？"

就是问个路，怎么跑得这么快？

"还是我长得凶？"

唐雨回宿舍换了身校服，狼狈地跑回教室时，一节课已经过半了。

周寻文刚刚讲完数学最后一道大题，教室里正响起热烈的鼓掌声，掩盖了敲门声以及那声微弱的"报告"。

讲台上的周寻文离门近，先听见了，偏头看向二班的班主任："老师，外面有人敲门。"

班主任皱了下眉头，说了声："进。"

唐雨轻轻推开教室门。顿时，所有人的视线都落在她身上。

班主任语气有些不快："唐雨，半节课都过去了，你干什么去了，现在才回来上课！还有三个月就高考了，多用点心思在学习上，学习才是改变你命运的唯一机会，你怎么一点都不上心啊！"

唐雨低着头，黑发垂在脸侧。

"好了，还杵在那儿干什么，赶紧回到座位上啊！"

唐雨默不作声地往座位走。

讲台上的周寻文嗓音清润地问了句："唐雨同学，你没事吧？"

唐雨的脊背僵了下，稍稍抬头，正对上了孟诗蕊犀利的眼神。而刘耀杰同样也在盯着她，眼神得意扬扬。

同学都在看她。

她迅速低下头，没有吭声，回到座位。

台上的班主任正在发话："最后一道大题，全年级只有周寻文同学做出来了，谢谢周同学这次来我们二班讲题，周同学的讲解非常细致，让我们再次用掌声感谢一下周同学！"

教室里又一次响起雷鸣般的掌声。

周寻文谦和有礼地站在那儿，等掌声减弱，才有机会开口。

"其实最后一道大题，唐雨同学也解出来了，我看了一下唐雨同学的试卷，解题方法比我的方法更简单，只套用了两个公式。"

他的目光落在角落里低着头的女孩身上。台下的孟诗蕊脸色变了变。

"一班二班都是学校的重点班，这次老师让我来二班讲解我的解题思路，我也想邀请唐雨同学去一班讲解一下她的解题方法。"

闻言班主任脸上的笑容僵了下："这，这个……唐雨，最后一道大题你也做对了？"

两个班的数学都是她教的，试卷也是她批改的，她自然知道，可周寻文是周家的少爷，让他单独站出来去两个班讲题，是有其他原因的。

"唐雨，老师跟你说话呢，最后一道大题你是不是也写对了？"

唐雨抬头看了眼班主任，班主任直接错开视线："既然答对了，等下你去一班……"

话音未落，忽然有人敲了敲门。

是校长。

"校长，您有事？"班主任马上走下台询问。

校长将手背在身后，点了下头，看到周寻文也在："讲题呢？我是不是打扰你们了？"

"没有没有，已经讲完了。"班主任连忙说，然后看向周寻文，"周同学你先回一班吧，唐雨去讲题的事儿下课再说。"

周寻文微微点头，拿着自己的数学卷子从台上下来，走出教室的时候，他才看到校长身后的男生——一身黑衣，微微低着头，戴着鸭舌帽。

和他擦肩而过时，周寻文偏头掠过一眼，就收回视线。

校长走到二班的讲台上，宣布一件事。

"一班和二班都是重点班，你们就是升学率的保证，现在班里要转来一位新同学，你们一定要互相帮助，互相进步，让我们欢迎新同学！"

听到这话，班主任也有点蒙，校长没事先告诉她二班要来转校生啊。

一般学生不会轻易在距离高考只剩下三个月的时候转学，除非他不一般。班主任不由得看向校长叫进来的男生。

对方单手插在兜里，懒洋洋地走进来，一副没睡醒的样子，随手摘掉鸭舌帽后拨弄了两下额前凌乱的发丝，露出的那张脸让整个班级的学生都不自觉地屏住了呼吸。

好有野性的一张脸。

不只是脸，连气质都透着一股子不驯的感觉。

黑色的冲锋衣宽松地拢着少年劲瘦颀长的身形，像是裹着某种致命的吸引力。

班里的女生都捧着脸呆呆地看，偷偷看完他又羞涩地和同桌小声说着什么。

周寻文的校草位置怕是要易主了啊。

即便是疯狂支持周寻文的孟诗蕊，此刻的内心都有些动摇。

班主任微笑地看向转校生："新同学自我介绍一下吧？"

少年略微抬眸，姿态懒散地吐出两个字："边炀。"然后就没有其他介绍了。

班主任面色僵了下，正想让他多说点儿，少年又语气懒懒地问了句："我坐哪儿？"

班里刚调完座位，靠前的位置都已经分配完了，只剩最后一排靠门的角落有位置。

可这人毕竟是新转来的学生，安排在那儿好像不妥当。

"要不……"班主任环顾四周，目光锁定在其中一个学生身上，"陈奇，你搬一下，让新同学坐你的位置。"

谁知陈奇刚站起身收拾东西，边炀便把背包往左肩一搭，迈开长腿朝最后一排走："不用，那不是有空位吗，我就坐在那儿。"

他的视线从那个埋头看书的女孩儿身上掠过，眼神里乍现出些许兴致。

班主任看了眼校长，校长负手站在那儿，倒也没说什么，任由边炀朝最后一排走。

过道不算宽敞，边炀低垂着眉眼，顶着众人打量的目光，走得慵懒又散漫，直到听见左手边传来一声很小的抽气声，边炀这才顿住脚步。

他背包上的链条不小心挂到了过道左边女同学的头发。

链条上的锯齿跟她的发丝钩到了一起。

就算是小奶狗被不小心踩了一脚都会吱呀乱叫一通，可被这么扯了一下，她都不喊疼的。

只是轻轻吸了凉气，声音很小，如果不仔细听，根本听不到。

边炀懒洋洋地侧过身垂下眼，看她。

炽热的阳光从窗户照进来，正落在她身上。这么热的天她还穿着外套，拉链直直地拉到顶端，也不嫌热得慌。

见她杵在原地没反应，边炀屈起指骨敲了敲她的桌面，薄唇略微张开，正准备开口道歉，并让她把头发弄一下，谁知道下一秒，那女同学从抽屉里拿出剪刀，干净利落地剪掉缠在他背包上的那缕发丝，始终一声不吭。

边炀略微轻挑了下眉梢，不由得多看了她两眼。

阳光照在她额前的碎发上，她弯腰把剪刀放回抽屉里，低头时，不经意间露出后脖颈，白得晃人眼睛。

放完剪刀，唐雨恢复原来的坐姿，低头继续看卷子。

整个人安安静静，从始至终都没抬头。

"边炀同学怎么了？"班主任看他站在那儿不动，就问了句。

边炀瞅了眼拉链上的断发，把背包往女孩身后的课桌上一扔，倏地笑了一下："没事。"

然后吊儿郎当地往凳子上一坐，没骨头似的靠在那儿，只是视线时不时扫过前排的女孩儿。

有点儿意思。

班主任见状也不再多说，校长满意地点了点头："那就不打扰你们上课了，我先回去了。"

"校长您慢走。"

班主任把人送到门口后回来继续上课，刚刚也讲完了昨天那套卷子的最后一道大题，便又让课代表发下去新的卷子。

在班里同学的怨声载道中，班主任用黑板擦用力拍了拍桌子。

"喊什么喊，还有三个月就高考了，每做一道题就是巩固一遍基础知识，说不定你们做的题里面就有今年高考数学题的原型！

"而且这次咱们班的数学测试成绩不如一班，更得加把劲儿，让其他同学好好看看咱们重点班的实力！

"今天这套卷子好好做，下课前课代表收上来！"

任班主任再怎么咆哮，学生们也提不起激情。

马上就要高考了，每天都有做不完的卷子，刷不完的题。

前天刚经过一次测试，这还没缓过神来呢，又要开始刷题了。

孟诗蕊举手问了句："老师，这套卷子一班也做吗？"

班主任缓了缓语气说："做，都得做。"

"那两个班要不要再比拼一下？这样大家做题才有激情啊！"

这套卷子没那么重要，班主任原本想让学生课上做做得了，没打算正式考试，可一听到能提起同学的激情，班主任对孟诗蕊的建议有些心动。

"孟诗蕊同学的建议挺好，那这两节课就做这套卷子吧。"班主任再次开口，"就不拉场地了，大家把数学书都放在地上，同桌之间的桌子拉开一个手臂的距离。虽然这不是正规的测验，但谁都不许抄袭！好好做自己的卷子，打铃之后就收卷子！"

同学闻言都跟霜打的茄子似的，蔫了吧唧的。

教室里窸窸窣窣，全是放书的声音。

等卷子传到唐雨手上后，还剩下一张，这是传给后边转校生的。

唐雨往后传过去，不经意间抬头，四目相对。后边的转校生靠在椅子上，正盯着她看。

她快速收回眼神，心想他应该是认出她来了。

唐雨把试卷放在他桌子上，就迅速地转过身，开始埋头写卷子。

窗外蝉鸣阵阵，一股股热风从窗户缝隙钻进来，教室里安静得只有笔尖和纸面碰触的声音。

班主任转了一圈，然后走到转校生的身边，弯下腰轻声说道："边炀，你刚转过来，可能还不适应这里的学习氛围，这套卷子可以先不做，等适应两天跟上大家的节奏。"

边炀靠在椅背上，略微挑眉："那就谢谢老师体谅了。"说完伸出修长的手，把卷子平展开，支着头发呆。

班主任看着他的后脑勺，嘴角抽搐了下。

算了，毕竟人是第一天来，她之后再对他严厉点儿吧。

班主任直起身，继续巡查。

而坐在正中央的孟诗蕊嘴里咬着签字笔，余光始终留意着右后方的角落。

唐雨在低头写卷子，那个叫边炀的转校生正支着头发呆。

孟诗蕊收回视线，低头一笔一画地在卷子上写自己的名字。

很漂亮的三个字——孟诗蕊。

周寻文曾夸她的字漂亮，字如其人，就是在夸她漂亮。

她以为这份夸奖是独一无二的，谁知道那天，就看到周寻文同样夸奖了唐雨——"唐雨，你的字真好看，数学题也解得很漂亮，这次拿了年级第一，我输得心服口服。"

一份稀有珍贵的夸奖被撕成两份，那就不稀罕了。

孟诗蕊要的向来是独一无二的友情，又怎么会允许唐雨横在她和周寻文之间？

笔画越来越深，把卷子穿透，深深地刻在桌面上。

恰逢班主任出去接电话，她转身把一张小纸团扔向了角落那人身上。

唐雨猝不及防地被砸到脑袋，拿起小纸团，深深地叹了口气。

纸团传到孟诗蕊手中，对方给了她一个"识趣"的眼神，开始抄写答案。

快到收卷子时，唐雨用黑色签字笔划掉自己卷子上两个选择题的正确答案，交了上去。

桌子被拉回了原位，下节课是英语课，课间，同桌汪晴边收拾东西，边小心地问了句："唐雨，你没事吧？"

"没事。"唐雨捡起地上的数学书，用袖口擦了擦灰尘。

"其实只要你离周寻文远一点儿就好了，从前被孟诗蕊盯上的人都是跟周寻文说过话或者走得近的，他们两家是世交，孟诗蕊和周寻文是青梅竹马……"

话还没说完，外边有人敲了敲窗户——是周寻文。

汪晴一个激灵，马上低头，闭上了嘴。

窗户没关，尽管周寻文穿着蓝白衬衫校服，但也恍若翩翩贵公子。

"唐雨，英语老师让你午休的时候去办公室拿卷子。"他看人时眉眼温和，说话的声音也柔和。

唐雨下意识看了眼孟诗蕊的方向，果不其然，她正盯着自己。

唐雨飞快地应了声"好"，然后低下头。

周寻文刚想问问她怎么迟到了，结果被从二班出来的孟诗蕊拉住了。

"周寻文，这次数学考试我肯定能考过你，你就等着瞧吧！"

周寻文摸了摸她的头发，略带宠溺："你偏科那么严重，数学能考及格就不错了，别总是好高骛远。"

"我哪有啊，这段时间我分明好好学习了。"孟诗蕊咕哝了声，抱住他的手臂故意要求，"晚上放学我们对一下数学答案呗。"

"今天晚上啊。"周寻文却看向唐雨，"要不唐雨一起吧？你的数学好，我们正好可以一起探讨一下。"

孟诗蕊脸上的表情一瞬间变得僵硬。

就在这时，上课铃声响了。

周寻文只能作罢，跟孟诗蕊打了声招呼，就回了隔壁一班。

孟诗蕊回座位时对唐雨冷笑了声，有些烦躁地反复按着手机。

一直到午饭期间，班里的同学都去了食堂，唐雨和汪晴正要去，却被孟诗蕊和刘耀杰堵住了去路。

汪晴有些怕："你们，你们想干什么？"

孟诗蕊歪着脑袋，眼神天真地看了眼汪晴："汪晴，我跟唐雨有点儿私事要说，你先走吧。"

汪晴缩了缩脑袋："可是马上就要吃饭了……"

话被孟诗蕊扔在桌子上的书打断："你什么时候跟唐雨关系这么好了？既然这么护着她，要不然我们一起谈谈？"

汪晴马上摇头，松开了挽着唐雨的手臂："那唐，唐雨，我先去食堂了。"

说完，赶紧离开了教室。

教室里只剩下他们几人，还有趴在桌子上睡觉的少年。

孟诗蕊双臂抱胸："唐雨，刚才周寻文让你一起讨论数学题，你是不是很想答应啊？"

唐雨垂着头，手里攥紧一支笔，声音很低："我没有。"

"你胡说，我都看见了。"孟诗蕊大声道。

唐雨垂在身侧的手攥得更紧了，后背被烈阳晒着，校服被汗水反复打透。

就在这时，后面的桌子忽然传来"哐当"一声巨响，连带着唐雨都晃动了下。

"好好的人不当，都搁这儿当苍蝇呢。"边炀懒洋洋地直起身，满脸都是被吵醒的烦躁。

刚才这人一直趴着睡觉，孟诗蕊也没当回事，这会儿闹出动静，她直起身体，低头瞥了眼这人："你说谁呢？"

边炀靠在椅背上，略抬起眼，没什么表情，眉眼却敛不住困倦的烦躁："你说呢？"

少年似笑非笑的，毫不收敛的乖张一下子就把孟诗蕊惹恼了："你……"

话还没说完，边炀把手上玩着的签字笔骤然插进课桌里，在桌面上留下一个清晰的洞。

孟诗蕊顿时吓了一跳，咽了口唾沫："边炀，我记住你了！"

对方把签字笔丢到桌子上，吓得孟诗蕊又往后退了一步。

边炀随意的动作流露出玩世不恭的张狂，一看就是不好惹的角色。

孟诗蕊惹不起，只好离开，临走前看了眼唐雨："这次算你走运！"

窗外蝉鸣依旧，唐雨的指尖深嵌在掌心，过了好久她才平复内心的慌乱，转身想要跟边炀道谢，可身后已经空无一人。

她轻轻吐了口气，弯腰把地上那张卷子捡起来，用纸巾擦干净上面的灰，放回边炀的桌子上。

等唐雨去办公室拿回英语卷子并发下去时，吃午饭的学生们都回来了。

可一直到上课铃响，后排的座位都是空的。

第一节英语课结束，边炀也没回来。

唐雨是英语课代表，收完昨天的英语作业，送去办公室时，她在走廊里看见了晒太阳的少年。

黑色的外套挂在肌肉线条分明的手臂上，他穿着件纯白色的 T 恤，背靠在栏杆上，手臂懒散地搭在一旁，头微微向后仰，凸起的喉结很明显。

阳光洒在少年肆意的面孔上，大概是晒得太久，领口处若隐若现的锁骨上蒙了层细密的薄汗。

一颗不太明显的痣点缀在冷白的锁骨上，熠熠生辉。

许是注意到她的眼神，边炀微微掀开眼，垂下眼帘看过去。

唐雨已经收回视线，低头往办公室走，等她从办公室出来，看到班主任站在边炀面前，一副和蔼可亲的样子。

"边炀，你午休和英语课怎么都不在教室呢？"

边炀拧开拎着的矿泉水，仰头喝了口，没说话。

班主任也不生气，继续说道："听校长说，你不住校，一个人住在校外的公寓，那你可要当心点儿，要是有什么事，随时给老师打电话。要是改变主意想住宿，学校可以为你单独申请一间单人宿舍，就是得额外加点儿钱，不过这样方便。你要是有需要的话，也可以跟老师说。"

"不用。"边炀应了声，视线不经意落在几米远处慢吞吞走路的女孩身上——鬼鬼祟祟的。

班主任道："那你记得尽快把资料填好交上来，学校这边会帮你办理出国流程。"

边炀懒懒地"嗯"了一声。

班主任离开后，唐雨就走得快了些，到班级后门时，一条长腿挡住她的路。

"你偷听什么呢？"

唐雨抬起头，边炀背靠在后门上，手插在口袋里，一条腿搭在门框上。

唐雨摇摇头："我不是故意听到的。"

边炀放下长腿，打量了她两眼，坐回座位上把背包里的书拿出来。

唐雨轻轻吐了口气，余光看到他在书上涂涂写写什么，在他抬头时，又马上收回视线回到自己的座位上。

下午的课枯燥又乏味。直到晚自习，除了去卫生间，唐雨一直在埋头做卷子，手臂无意识间把橡皮碰到了地上，卷子也顺带被她攥得皱巴巴的。

她弯腰去捡橡皮，看到椅子旁边的签字笔——是边炀掉落的。

唐雨拾起橡皮和签字笔，准备把东西还给他，但顿了顿，才把签字笔塞进了自己的口袋里。

晚自习结束，很快有人起身离开，要么回宿舍，要么回家，教室里有不小的骚动。

后排趴着睡觉的人也醒了，他穿上外套，把书塞进背包里，懒洋洋地往肩上一搭，起身走了。

唐雨马上跟了上去。

边炀起初没注意，离开学校后，他斜斜地咬着棒棒糖，似有所感地侧过身，才注意到身后的小尾巴。

回头看了她一眼，对方马上低下头看脚尖。他半眯着眼，双手插兜里，继续往前走。

小尾巴就又跟了上来。他走一步，她跟一步。

边炀用舌头顶了顶腮帮，后背靠在一棵树上，夹着糖的手指冲她钩了钩。

唐雨抿了抿唇，小步小步地走到他面前。

"怎么个意思？"边炀打量面前的女孩。

还没他肩膀高。额前的刘海儿很长，遮在眼睛前，长长的黑发又遮住了半边侧脸，没有这个年龄该有的朝气，整个人都像是埋了阴影里。

唐雨从口袋里掏出那支签字笔，递给他："我捡到的。"

边炀略微挑眉，把笔拿了回来："谢了。"

刚走两步，女孩儿堵在他跟前。

边炀低着头，头顶的路灯跟路边的树影糅合在一起，在少年身上笼了层光影："又怎么了？"

面前的女孩儿抬起头，漆黑的眼珠盯着他，明明藏不住胆怯，还硬挺着和他对视。

"很少有人在高考前还能转学到清远的重点班，你是校长带进来的。"

边炀打了个哈欠："所以呢？"

唐雨轻轻吸气，像在给自己鼓足勇气："你能不能帮帮我？"

边炀的眼神并未在她身上多作停留，只慢吞吞地说了句："我为什么要帮你？"

唐雨开口："孟诗蕊，她的家庭背景很厉害，这次我考了第一名，被她盯上了。"

听到这话，边炀连眼尾都没抬："哦，那你挺可怜的。"

唐雨看向他的眼睛里藏着隐隐的期盼："班主任对你很特别，孟诗蕊和刘耀杰也怕你……我知道这么说你会觉得可笑，可你能不能帮帮我？"

唐雨看见他扯了一下嘴角，那笑轻薄又痞气，透着一股子懒散无聊的劲儿。

"觉得可笑，你还叭叭地说这些没用的。"边炀慢吞吞地看她一眼，咬扁了糖，"我脑门儿上是不是刻着善良好欺四个字，让你觉得我是做慈善的？"

他转身就走，唐雨急急地追过去，挡在他面前。唐雨似乎下定了某种决心，嗓子里跟含着碎玻璃似的，艰难地开口："只要熬过高考的这三个月，这三个月期间你让我做什么都行！"

边炀神色淡漠，看都没看她一眼，慢悠悠地边走边说："我没什么要你做的，你能做的就是离我远点儿。"说完伸手拦了辆出租车扬长而去。

夜晚的雨说来就来，黑沉沉的云压下来，伴随着轰隆隆的雷鸣。

不少人顶着书包从她身边匆匆跑过。

唐雨被人撞到肩膀，跟跄了下，雨势越来越大了，她身上的蓝白衬衫几乎被打透，口袋里的旧手机在不停地振动。

手机原本是为了方便联系帮忙店里的老板，唐雨花了两百块在二手店买的。

看到来电显示，她冷不丁地打了个寒战——是孟诗蕊。

把手机塞进口袋，唐雨先是跑去帮忙的奶茶店跟老板请假，又看了眼边炀离开的地方，似乎下定了什么决心。

她把书包护在怀里，埋头迎着雨，朝边炀离开的方向跑去。

边炀刚从浴室出来，边擦拭着湿发，边低头看手机上的消息，结果听到外边响起轻轻的敲门声。

他扫了眼手机上的时间，已经十点了。边炀将擦头发的毛巾随手扔到沙发上，走到玄关打开门，看到外边落汤鸡一样的女孩儿，先是愣了下，然后压着不耐轻"啧"了声。

"你还能找到这儿，你有完没完？"

唐雨抱着怀里的布包，一动不动地站在原地仰头看着近在咫尺的边炀。

差不多大的年纪，他已然比她高出整整一大截。

此刻对方一只手撑在门框上，微微弯着背站在她面前，笼罩下来的影子让她有些喘不上气……

唐雨闪躲着视线，往后微微退了一步："我，我是想问你考虑得怎么样了？"

这声音跟猫儿一样细。

边炀没回答她，懒洋洋地直起身："你怎么知道我住这儿的？"

"我去送作业的时候看到了你的转学资料，就记住了……"那上面有他的地址。

"阴魂不散。"

边炀的耐心告罄，正要把门给关上，唐雨的手忽然按在门框上，努力仰着头望向他，正撞上他漆黑深邃的眼眸："我能为你做点儿什么的！

"我可以擦地、洗衣服、做饭，什么脏活累活我都会做，凉城的保洁员每个小时七十块，钟点工每个小时五十块，清洁工每个小时十五块，我不要你的钱，只要我能安稳度过这三个月就好，这对你来说不吃亏的……"

"就这？"听到这话，边炀瞥了她一眼，双臂抱胸，"你是觉得我的时间不贵？"

"我不是这个意思。"她马上改口，"我的意思是，我不会让你吃亏！我保证比任何保洁或者保姆都做得好！"

边炀看了她一眼，小姑娘紧绷着身体，淋得跟落汤鸡一样了，还用试探性的眼神一动不动地看他。

莫名地，让他想起了在巷子里第一次见她的样子。

一身泥垢，眼神雪亮。这样的人，如果不是太蠢，就是对自己太狠。

有点儿意思。

"也行。"边炀陡然凑近她一步，"你跟我说说，除了这些你还会干什么？"

唐雨抿紧唇："你说什么我都可以学。"

边炀笑："不愧是第一名，学什么都快，可惜我不缺扫地小妹，最烦的也是你这种软骨头。"

唐雨的手抵在他要关上的门："我不要钱就能帮你打扫卫生，你没损失的！"

边炀懒懒地往门上一撑，说话轻吞慢吐的："不是我说，你想得倒挺美，我怎么没损失了，整天看我这张帅脸不白白便宜你了？"

说她不软弱吧，人欺负她，她不敢反抗。

说她软弱吧，她居然还敢打他的主意。

说完"啪"的一声，边炀把门无情地关上，要不是她的手挡在门缝中，门差点儿把她的脸撞平。

边炀以为把门关上了，谁知道门又被什么东西弹开，他转身看了一眼，唐雨的手指抵在门缝里，被门夹得五根手指都在打战，迅速红肿了起来。

边炀惊了一下："你手不要了？"

唐雨的手依旧按在门框上，声音颤得更厉害："我什么家务活都会做的，等高考结束了，我也绝不会再打扰你。"

唐雨重复着，听到头顶传来很轻的一声嗤笑。

他没搭理她，转身走进房间，蹲在一个柜子前不知道翻找什么东西，弄得声音很响。

之后边炀提着医药箱，走到茶几边上，用手里的医药箱把桌子上乱七八糟的东西拨开，双腿敞开着坐在沙发上，看她站在门口一动不动的。

他微微活动了一下脖颈，不耐烦地问了句："真不要了？"

唐雨迷茫地看向他，不大懂什么意思。

边炀抬了抬下颌，指尖在医药箱上不轻不重地敲："这么蠢，你是怎么考到年级第一的？我说你那手……没了手，我看你还怎么高考。"

不知道是不是她理解错了意思，边炀这是让她进去涂药吗？

唐雨抬起手指了指自己："是让我进去吗？"

边炀嘴角一扯："难道是要我出去？"

这确定是要她进去的意思了。

唐雨站在门口往里面看了看。

公寓很大很大，里面的家居质感很好，地板都是上等的木地板，跟电视上的一样漂亮。

只是这么光洁的木板上散落着外套和书，桌子也乱糟糟的。鞋柜上除了各种各样的鞋子，还有一些摆件，看得出来他不经常收拾归纳。

唐雨低头看了眼自己的鞋子，这双鞋已经穿了好几年，鞋头已经磨得发光，跑来的时候鞋子还沾了雨水，泥泞不堪。

她往后小小地退了一步，怕弄脏地板。

边炀意味不明地看她的动作："刚才跟我据理力争，现在又跟我玩欲拒还迎？"

唐雨面红耳赤地摇摇头："我不是……"

挠了挠眉心，边炀有些不耐："那等什么呢，难道还要我铺条红毯，放点儿礼花请你进来？"

唐雨攥着背包带子的手又紧了紧，最终弯腰脱掉了鞋子。

穿着白色棉袜的脚，踩着地板上灯光散落的明暗交界线，走了进来。

这是她第一次踩在木质地板上，比家里的水泥地要好很多，脚底温温的。

边炀漫不经心地靠着沙发，微抬着下巴，视线落在她身上。

他脸上的表情分明再平静不过，可在空旷的客厅里他的存在感却格外强烈。

唐雨在他两米外站着，将背包横在身前，双手无措得不知道放哪儿。

边炀打开医药箱，拿出个消肿的药，瞧她一动不动唯唯诺诺的模样就不耐烦。

"站那么远是什么意思？是等着我跪在你面前给你上药啊？"

唐雨捏了捏衣服，摇头解释："我身上湿了，怕弄脏你这么好的沙发……"

"你废话怎么这么多，还不赶快过来，手肿成猪蹄子，我看你还怎么写卷子！"

好凶。

唐雨往他面前站了点儿。

刚才外边光线昏暗，边炀也没仔细看她，这会儿漫不经心地一抬眼，才发现她身上几乎全湿了。

蓝白色的校服衬衫被浸湿，贴在纤弱的身板上，映出了锁骨和肩膀的轮廓。

这会儿，"软骨头"把挡在身前的包放在了地上，她老老实实地站在他面前，就跟扎在及膝蓝色裙子里的校服衬衫一样，规规整整的。

也不知道是不是统计尺寸的时候搞错了，她裙子的腰身处明显宽松了很多，显得那腰细得一碰就能折了一样。

裙子下的两条腿也挺匀称好看的，露出的小腿和手臂都很白，白到仿佛轻轻捏一下就会红。

两个人在灯光下对视了一会儿。

边炀把手指抵在唇边，喉结慢慢滚动了下，目光不加遮掩地扫她。

这一刻唐雨只觉得自己像是被盯紧的猎物，她捏紧垂在身前的手指，却依旧挺着细颈，强迫自己和他对视。

两个人仿佛在进行某种试探，又或是某种审视。

十几秒后，边炀又若无其事地收回视线，敲了敲身侧沙发的位置，示意她坐。

唐雨只坐了沙发一点点的地方，看他拧开了药膏，本想说自己可以涂的，边炀却先开口了："伸出来啊，有点眼力见儿行不行？"

她把那些话又咽了回去。

唐雨把手抬起来，肿胀的手指呈现出一种不自然的红色。

怕她上药的时候乱动，边炀用另一只手握住了她的手腕，掌心微凉的温度源源不断地渗入肌肤里。

身体僵硬的同时，她试图压制微微颤抖的指尖。

边炀看了她一眼："你抖什么？疼得这么厉害？"

他眉眼锋利，语气有些凶，两个人距离又近，她只好低下头："还好……"

结果在涂药膏的时候，唐雨仿佛被火焰燎到，忍不住吸了口凉气。

"疼了？"边炀停了下动作，瞧她。

唐雨小声回了句："有点儿……"

边炀被气笑了："不是还好就是有点儿，你上辈子是端水大师吧，自个儿疼不疼，自个儿不知道？"

唐雨被骂得缩了下脖子："真的不太疼。"

"呵呵，行，再疼别喊出来，给我忍着！"

边炀眼皮垂着，修长匀称的手指沾了乳白色的药膏，继续往她那红肿的地方涂药，只是动作轻了一些。

"就你这连一点儿肉都没有的手，是怎么敢去挡门的？知不知道这门能把人的手指头夹断？"

唐雨静静地看他涂药。

他的手指白皙又漂亮，指骨宛如竹节般分明，像是完美精致的艺术品，一看就没干过什么活。

"当时没想这么多，怕你关上门之后，我就没机会了。"她低低地说。

边炀懒懒地涂着药，眼皮都不抬："那你是猜错了，关不关门，你都没机会，把你放进来，纯粹是我人品好，懂？"

听到这话，身侧的那颗脑袋耷拉了下去，要把手缩回去，边炀却一下子握住了她即将缩回去的手。

"啧，还没涂完呢，你乱动个什么劲儿。"

"你不是不帮我了吗，为什么还给我涂药……"

边炀闻言弯唇："我都说了单纯是我人品好！"说完把她的手丢开，站起身，药膏也扔在她身上。

"现在药上完了，我的责任也履行完了，出了这个门，你怎么样都跟我没关系，记得走之前把房门给我带上就行。"

边炀随手拿起沙发上的外套，往身上一套，眼不见为净似的，洗完手上残留的药膏，就去了书房。

房门"砰"的一声关上，把她隔绝开。

唐雨耷拉着脑袋，看了眼涂满药膏的手，又去看书房紧闭的门。

室内的空调冷气开得很足，丝丝凉意往毛孔里使劲儿钻。

他还是不肯帮她。

唐雨低垂着眼帘，孟诗蕊不会放过她的……

书房里，边炀开了台灯，正低头填写一沓出国资料，听到外边时不时传来窸窸窣窣的动静，笔尖陡然顿住。

这人在他家干什么呢，怎么跟贼一样？

边炀支着下巴，笔尖在纸面不自觉地划拉。

不得不说，这小姑娘挺能忍，骨子里对自己又狠，手指头都肿成萝卜了，也愣是没吭一声。

这让他想起了先前养过的一只狼狗崽子，小时候一副谁都能踹两脚的模样，连龇牙都不会，可真要是成长起来，那一口咬下去，能把人咬得白骨森森。

边炀觉得，这小姑娘跟那狼狗崽子一样。

填完资料他又百无聊赖地靠在躺椅上，把脚往桌子上一搭，看了会儿书。

一个小时后，边炀感觉困了，才走出书房。

面前的景象让他微微怔住。

地面在灯光下跟镜子一样，干净得一尘不染。茶几上那些乱七八糟的杂志和文件跟进了军队似的，在桌面上按照日期排列整齐。包括落地窗边，他随手放地上的那些沉重的健身器材，此刻都规规整整的，甚至按照重量顺序排好在落地窗边的器材架上。

而唐雨正提着水从卫生间出来。

冷白色的灯光在她布满细汗的额头上映出了一圈光。

边炀的视线停留在她提的那桶水上，那满满当当的一桶水可不轻，还有那些器材，不知道她这么纤细的身体是怎么搬上去的？

边炀拧了拧眉心，迈开长腿走到她跟前，原本插在口袋里的手一把把桶抢过去，挺拔修长的身形近乎笼住她。

"涂完药就拎水桶，你脑子是怎么想的？手不想要就去医院截了，搁这儿玩碰瓷呢？"

唐雨马上摆手："我的手没事，可以做这些的，我也绝不会赖上你！"

她只是想证明自己能干活。

边炀静静地看了她一会儿，最后似乎被她打败了，弯下腰，青筋微显的大手把水桶拎回了卫生间。

唐雨站在卫生间外，不断地用力捏紧衣角，似乎这样就能鼓起勇气。

"我干活很利索，房间收拾得哪里不满意，你跟我提，下次我能做得更好。"

里面没有回应，唐雨挪动步子，犹犹豫豫地朝里面看了一眼。

只见边炀一只手撑在大理石的洗漱台上，另一只手捂在胃的地方，微微躬着脊背，唇色浅淡得发白。

"你没事吧？"唐雨感觉他的状态不大对。

"关你什么事！让你走你怎么还不走，啰里啰唆的烦死了。"

他说话的风格一向如此，就这么一天，唐雨都习惯了。

她挪动步子到他跟前，尝试地伸出手搀扶他的胳膊："你是不是提水的时候闪到腰了？我先扶你去客厅休息一会儿好不好？"

边炀闻言差点儿给气笑了，不只胃疼，还心脏疼。

"你是眼瞎吗，我捂的是胃！你哪只眼看到我是闪到腰了？区区一桶水就闪到腰，你当我跟你一样是纸糊的啊！"

唐雨马上改口："我看错了，对不起。"

"呵。"道歉真快，让他连继续发火的机会都没有。

边炀低头看了眼小姑娘扶在他手臂上的手指，红肿的那只手跟猪蹄子一样，另一只手倒是葱白细长。人也不敢抬头看他，安安静静地低着头，睫毛一颤一颤的，看起来好欺负得要命，可边炀保证，她心里指不定在想什么。

"行吧，给你个表现的机会，扶我过去。"声线冷硬又别扭。

唐雨稍稍松了口气，熟练地把他的一只手臂架在肩膀上，另一只细软的手去扶他的腰。

温软的触感贴了过来，少年脊背一僵，感觉腰上痒痒的，跟有电流在爬一样。

瞧了眼两人此刻的姿势，对方俨然是把他当残废来搀了。

"你到底会不会扶人？"

唐雨马上缩回了放在他腰上的手，结结巴巴地解释："对不起，我奶奶没办法站立，我一直都是这么搀她的，所以下意识就……我不是故意的……"

看见缩回的那只手像无处安放一样，边炀有些想笑。

不过就她只能当拐棍儿的身高，他稍稍卸力，就能把她压趴下。

搀和不搀也没多大的区别。

最后是边炀自个儿走出卫生间的。

他在茶几上的医药箱里找到了一盒药，打开往嘴里塞了两颗，低头，就看到唐雨递过来一杯水。

他懒洋洋地偏头望她，最终接过了水杯，把药咽了下去。

唐雨看着他吃下药后，跑到门口，穿上自己的鞋子就走了。

边炀把自己扔进沙发里，手背挡在眼前遮住刺眼的光。

没了那个结结巴巴的声音，周围陡然安静了不少。

外边的雨声、客厅表盘里秒针走动的声音，还有卫生间里没关紧的水龙头滴答声。

他合上眼眸，脑海里却不断浮现出她咬着嘴唇，脸色羞红的倔强模样。

越想越烦躁。

从额头上放下手背，边炀望着天花板微微出神，不经意间偏头，看到了遗落在茶几边上的那个泛黄的布包——是她的。

这人不仅傻，还爱丢三落四。这脑子还高考？

边炀缓缓地收回了视线，轻轻地嗤了声。

药劲上来，胃部的痛感没那么明显了，就在他快要睡过去的时候，外边又传来了敲门声。

边炀有些烦躁地睁开眼，带着困倦的烦，他蹬了脚茶几，起身去开门，看到了站在门口气喘吁吁的女孩儿。

她的脸蛋红扑扑的，黑白分明的眼睛望着他，身上有股湿漉漉的鱼腥味，她又把自己弄得怪狼狈的。

微怔几秒钟后，边炀低头，才看到她手里还拎着菜。

"你晚上是不是没吃饭所以才会胃痛？我去菜市场买了点菜，好在有几家摊位还没关门。"唐雨说着弯腰脱掉鞋子，拎着菜往里面走。

边炀下意识地侧身让开了路，站在那儿愣了一小会儿，回过神才把门带上，看她拎着菜进了厨房。

唐雨熟练地把购物袋里的菜拿出来。

一条不大的鲤鱼、几颗小青菜、两个番茄，还有几个鸡蛋。

公寓厨房里的燃气和锅碗瓢盆都是齐全的，有的甚至连包装都没拆。

她把鱼放在一个盆里泡着，那鱼已经被店家掏空了内脏，看似已经死了，可尾部还在剧烈地扑腾。

这只是肌肉神经运动。

哪怕被掏空了内脏，鱼体内的每个活着的细胞也都在尽力工作，试图救好自己的身体。

唐雨看这扑腾的鱼，一瞬间好像在看自己，她晃了晃头，把眼底的酸涩压下去，把乱七八糟的想法抛之脑后。

正要洗菜，她身后传来了不爽的提醒："你那手是真不想要了？"

唐雨转过身，边炀正双臂抱胸，慵懒地靠在墙壁上。

头顶的灯光落在他的肩膀上，精致的五官被光线切割得立体分明，少年眼皮一抬，稍稍眯眼，正瞧她。

"就你那手沾了水，要是明天还能拿起来笔，我就跟你姓。"

唐雨看了看自己的手，确实有点儿肿，但不至于那么严重。

"没事的，以前我在家也碰伤过手，过几天就好了，这期间扫地做饭都不成问题。"

还没伸进水里，她的手腕就被一只骨节分明的手握在半空中。

"你该不会是想把手弄坏了，然后赖上我吧？"边炀把人从灶台前扯开。

他认识的那些女孩儿个个娇贵得要命，擦伤一点儿皮，都要掉眼泪的。

她倒跟个钢铁侠一样，完全不把自个儿当女孩儿看。

唐雨无措地站在那儿："我真没事儿，以前在家里也都这么干的。"不仅洗碗做饭，还要喂猪喂羊，哪有时间养伤。

"要是我的手真拿不起笔了，我也不怪你，绝对不给你添麻烦。"

"你站在这儿就是给我添麻烦，懂？"边炀不自觉皱了下眉，"受了伤就得养伤，连小学生都知道的事，你这么大的人了还要人教？一边去。"

他站在灶台前，从兜里慢吞吞地伸出一只手，提溜起那条鱼，有点儿嫌弃。

"你跟我说怎么弄，我来弄。"

可看他这架势，就不会做饭……

唐雨想了想，试探性地问："那你帮我洗菜，我来炒菜，这样行吗？"

"随你。"边炀应了声，懒洋洋的语调拖得很长，"净给我添麻烦。"

唐雨安安静静地在一旁指导。

边炀从来没干过这种事，京华那边他有厨师有保姆还有管家，过的是衣来伸手饭来张口的日子。就算来凉城，三餐也是出去解决。

这没沾过阳春水的手打架可以，洗菜不行。

边炀笨手笨脚的，弄得一身都是水，他烦都烦死了，眉心微蹙着，却拉不下脸尥蹶子，让她平白看笑话。

几分钟能干完的活，他愣是花了十分钟才把菜洗完。

这期间，唐雨好几次想说她自己来吧，话到嘴边，对上他恶狠狠的眼神，就咽了回去。

"现在可以了吧！"边炀把洗好的菜往桌子上一扔。

唐雨看了眼被洗断的小青菜，再看看他黑色 T 恤被弄湿的地方，那块颜色深了很多，贴在身上，隐约可见肌肉线条。

"可以了。"她挪开视线说，"谢谢。"

边炀略微挑眉，侧身挪开了位置，给她腾地儿。

唐雨站在灶台前，打开燃气和抽烟机，等锅底的油热了，准备放葱姜的时候，她偏头问："你有忌口吗？"

边炀说了句"没有"，她才放进去。

油瞬间蹦了出来。

边炀如临大敌般下意识地伸手去挡，余光看到唐雨面不改色地站在那儿，轻咳两声，放下不自然的手，插进口袋里。

"你还真会做饭？"他倚靠在灶台边沿问了句。

唐雨"嗯"了一声："晚上不吃饭就容易胃痛，不知道你喜欢吃什么，我看见什么就买什么了，起码垫垫肚子，你就不会胃痛了。"

从前去过的日式餐厅里，厨师会当着客人的面做好饭菜，摆进精致的盘子里，然后端到他面前。

边炀侧目瞧了眼她，一头黑色长发被女孩儿随意用皮筋绑在脑后，厚重的刘海遮在眼前，几缕碎发垂在白皙的脸颊两侧。

没那么多假把式，也没那么精致，但做饭的动作利索又熟练。

很快，两菜一汤做好了。

唐雨把菜端到餐厅的桌子上，盛一碗米饭给他，见他站着不动，又过去把凳子拉开，眼神期冀地望着他。

边炀低头看了眼那道西红柿炒蛋，目光微动，眉梢一挑，随后往椅子上一坐，又见她捧着碗鱼汤递过来。

穿着这身校服，满眼的青涩和不谙世事，明明还是个学生……

这让边炀想起了在京华时，有个朋友硬拽着他去的那个主题餐厅。不同的是，那里的女孩儿即便穿着校服，打扮仍是十分精致。

在那个餐厅，他觉得一点儿意思都没有，后脚就走了，可这会儿居然还有点儿享受。

见他久久不接，就这么看自己，唐雨有点儿慌，也不知道自己是哪里做得不对。

"同学？"她试探性地喊他。

边炀用舌尖抵了抵腮帮，尾音上扬："嗯？"

唐雨抿了抿唇："先喝碗鱼汤养养胃吧。鱼汤里面我只放了盐，味道很淡。"

边炀接过来："看在你这么殷勤的分上，我给你个面子尝尝。"

去接她递来的汤匙时，手指无意间擦过她的手背。

唐雨的手抖了下，迅速收了回去，背在身后攥紧："对、对不起……我不是故意的……"

汤匙上面还残留着她方才握过的余温。

边炀捏着汤匙，下意识地抿了下唇，偏头看她："不是故意什么？"

那抹坏笑带着点儿他惯有的痞劲儿，让唐雨有些坐立不安。

"不是故意的……"

"你要是故意的，那还得了。"边炀喝了口鱼汤。

她炖鱼的时候将鱼肉捣碎了，鱼肉和汤融为一体，也不知道用了什么办法去腥，一口下去只剩下鲜味。

边炀这一年的胃口都不大好，最近吃什么都反胃，吃什么都吐，再加上饮食不规律，留下了时不时胃痛的毛病，但现在这一会儿的工夫竟然能把一碗喝光了。

他拿起筷子又去夹那道青椒炒肉。

很家常的味道，有种烟火气，饭菜和热汤到胃里暖洋洋的。

唐雨不自觉地屏住呼吸，仔仔细细地留意着他的每一个动作。

喝了鱼汤，吃了青椒炒肉，唯独没有碰西红柿炒蛋。

唐雨还以为是他不喜欢，小心翼翼地询问："味道怎么样？合你的口味吗？"

边炀的身体往后倾，靠在椅子上："味道还不错。"

唐雨这才松了一口气。就算不喜欢吃西红柿炒蛋，能吃另外两道菜也好。

"你也坐。"边炀弯起手指，在桌上敲了两下，朝对面的位置抬了抬下颌，"别说我怠慢了英语课代表。"

"不用了，我得回宿舍。"唐雨把茶几边上的背包拾起来，斜挎在肩膀上，"现在回去已经晚了，再晚一些宿管阿姨就不给我开门了。"

边炀看她在门边弯腰穿鞋，挑了下眉，也没挽留，在她直起身的时候，才冷不丁来了句："你叫什么来着？"

"唐雨，我叫唐雨。"

外边雨声淅淅沥沥的，她声音轻软但清晰："下雨的雨。"

边炀用舌尖品了品这两个字："哦。"

见她要走，他又漫不经心地转着汤匙，说了句："你等下。"

下巴朝医药箱那边抬了抬："把药拿走。"

"不用了我……"

"拿走，别让我说第二遍。"熟悉的不耐烦的语气。

唐雨低头看了下自己刚穿好的鞋，只好重新脱下来，然后轻手轻脚往里走。

拿了药，又听见边炀语气淡淡地说："门后有伞。"

唐雨看向他，边炀正背对着她在喝鱼汤，没看她。

她小声说了句"谢谢"，穿好鞋，把门轻轻带上。

公寓恢复安静。

热气腾腾的饭菜在灯光下散发出鲜亮的色泽。

边炀拾起筷子，一口一口吃着面前的西红柿炒蛋，轻轻眨了下眼。

原本来凉城时浮躁的心，莫名地，就这样沉静了下来。

就在这时，餐厅里突兀地响起了电话声——来电显示父亲。

边炀没有接，任由电话声一遍一遍地响着，他起身去了客厅，等到电话声停止了，他才回到餐厅，继续静静地吃饭。

走出边炀的公寓，骤然扑来的冷气夹杂着雨水的潮湿打在唐雨脸上。

冷热交替，她打了个喷嚏，撑开伞，没犹豫地一头扎进雨雾里。

跑回学校宿舍的时候，果不其然，宿管阿姨已经把门锁上了。

她敲了敲阿姨的窗户，里面没应声，她屏住呼吸又敲了敲，里面传来阿姨的骂声。

"谁啊大半夜的！都说了十一点半关门，十一点半关门！现在已经过了时间，不给开！"

"阿姨，麻烦您帮我开一下门吧，我保证下次早点儿回来！"

唐雨有点儿着急，生怕阿姨真不给她开门。

里面安静了一小会儿，然后传来钥匙碰撞的声音。

宿管阿姨披了件衣服，沉着一张脸不情不愿地开了锁，看见唐雨的脸有点儿眼熟，问了句："你是唐雨吧？"

"阿姨，是我。"她把伞收好，在外头甩了甩水，才拿进来。

宿管阿姨的脸色好了点儿，她在高三成绩排行榜上见过这个小姑娘。

"爱学习也不能学习太晚啊，连关门时间都能忘了，可不能再有下次了啊。"

唐雨也没解释，轻轻地"嗯"了一声，然后再三道了谢。

宿舍十一点半就熄灯了，现在十二点，走廊里依旧能听到不少宿舍传来的说话声和笑声。

她住在 406 房间，刚到四楼，就被穿着睡衣的汪晴给拦住了。

"小雨你怎么才回来啊，不过也庆幸你刚回来，那个孟诗蕊气势汹汹地过来找你，可吓死我了，不过在熄灯前她都没等到你，又骂骂咧咧地走了。"

听到这话，唐雨紧绷的神经才稍稍放松了一些："那就好。"走了就好。

"不好，一点儿都不好！"汪晴是咬着牙说的，"她找不到你，就拿东西撒气，你的被褥都被她弄湿了，你晚上可怎么睡啊！"

"要不你晚上跟我睡吧，先凑合一晚上，我看天气预报说明天晴天，等你的被子晒好了再回去睡。"

"没事的。"唐雨摇了摇头，挤出一丝笑容，带着些不明显的酸楚，"这天闷热，我晚上不盖被子也不会着凉，你先回去吧。"

"可你……"

"真没事。"

"我先回宿舍了，你也早点儿休息。"

不等汪晴再说什么，唐雨摆了摆手，转身就朝 406 走去。

宿舍是六人间，推开门的那一刻，里面的谈笑声戛然而止。

安静一片。

她轻手轻脚地把门带上，打开手机的手电筒走到自己的床铺，手机的光可能是晃到了下铺的同学，那人发出一声厌烦的"啧"。

唐雨马上把手电筒关上了，摸着黑走到自己的床铺，伸手一摸，被子和床单都湿了。

唐雨把雨伞挂在自己的床头，弯腰把被子卷起来。

床上只剩下硬木板了，好在是夏天，晚上盖点儿衣服也能睡。

唐雨坐在木板床上，脱掉潮湿的校服，从口袋里拿出边炀让她带回来的药。

在雨夜里，药膏的外壳折射出一点点的光亮。

她给红肿的手涂了一些药，剩下的，她摸索着涂在身上还疼的地方。

窸窸窣窣的声音不大不小，旁边的床铺隐约有翻身的声音。

唐雨怕打扰到其他人，没涂太久。

早上，边炀把包随手扔在桌面上，瞧了眼前方的空座位。

这人这么爱学习，竟然比他来得还晚。

他用脚拉开椅子，往上面一坐，长腿微曲着，正闭目养神，听到后门进来的几个女生在窃窃私语。

"唐雨怎么这么倒霉，她的床铺都湿了，睡都没法睡，刚才来的路上看到她正在晒被子，她这个年级第一真够憋屈的。"

"只能怪她运气不好吧。"

"孟诗蕊为什么针对她啊？"

"你还不知道吧，孟诗蕊和周寻文是青梅竹马，周寻文却总爱找唐雨聊数学题，她看见肯定不舒服啊。"

两个人说着，忽然有一双长腿挡在两个人面前。

少年缓缓掀开眼皮，两个女孩被看得心跳加快。

新来的转学生太帅了，刚来就霸占了所有寝室和学校高三论坛板块的热聊头条。

昨天晚上她们讨论最多的，就是这位看起来很跩的转学生。

这会儿近距离观察，更帅了啊！

"刚才你们说，唐雨的被子让人弄湿了？"他微微抬起下颌，嗓音还带着没睡好的喑哑。

其中一个女生结结巴巴地说："是，是啊。"

他的眼尾微微上扬，透着一股子随性："哦，她现在在哪儿呢？"

她那手肿得跟猪蹄子一样，能扛得住湿漉漉的被子吗？

"边炀，你问这个干什么啊？"女孩抱着书本，疑惑地问，"你刚转学过来，跟唐雨还不熟吧？"

边炀一只手托着下巴："是不熟。"

"那就好。"女孩松了口气，看到孟诗蕊的座位还空着，她才小声说，"你千万别跟唐雨走得太近，她不合群，最好离她远一点儿，否则会倒霉的。"

听到这话，边炀不以为意地嗤了声。

女孩以为他不信："真的，之前但凡跟她沾边的同学，都被孟诗蕊找过了，所以为了自己着想，咱们离她远点儿比较好。"

听到这话，边炀反而语气随意地开口："巧了，我就不怕这些。"

"啊？"女孩没反应过来。

边炀扬了扬唇角："她人在哪儿？"

女孩被他的笑容迷晕了眼，下意识结结巴巴地回答了："就，就是女生宿舍楼下那边，晒被子都在那边晒……"

说完，另一个女孩将发丝别在耳后，试探道："边炀，中午要不要一起吃饭？我请你吃校外新开的那家日料，怎么样？"

"不怎么样。"他懒洋洋地站起身，转了转脖颈，把玩着手机，漫不经心地回了句，"跟你们这种爱在背后嚼同学舌根的人一起吃饭，我怕消化不良。"

说完，他把手插在口袋里，不管两个人尴尬的神情，径直朝外边走了。

而与此同时，唐雨还在搭被子。

学校的晾衣杆是用废弃的单杠改的，比她的个头要高个十几厘米。

唐雨踮起脚尖，正把被子往晾衣杆上费劲地搭。

一双骨节分明的手忽而从间隙伸了过来，接过她手中的被子轻松地挂了上去。

唐雨手上一轻，微微怔然，她抬起头，发现边炀不知何时站在她身后，颀长的身形几乎将她笼罩个彻底，她的后背若有若无地贴在边炀的胸膛。

这个角度，能清晰无比地看到他精致的下颌线。

边炀面不改色地把她的被子晒开，然后低头，懒懒地扫了她一眼。

"就你这手还晒被子，不要了？"

少年的个头比她高上一大截，他逆着光线，懒懒散散地站在她身后。

莫名地，她看得愣怔。

很少有人主动跟她搭话，在班里，她是最不起眼的那一个。

"这么看着我干什么，我再帅，也用不着看这么久吧。"

对视了几秒，边炀的眼微微挑了下，旋即视线下落，又皱了下眉心。

那只猪蹄子一样的手，肿得更严重了，八成是晒被子的时候弄到了昨天受伤的地方。

唐雨回过神来，往前走一步拉开距离，刚站稳就被边炀攥住另一只手的手腕，他拾起她放在地上的帆布包，拽着她往前走。

"边炀，你干什么，你要带我去哪儿？"

马上要上课了。

边炀头也没回："医务室。"

唐雨挣脱了他的手，站在那儿不动："不用了，我不去医务室。"

这时，上课铃声响了起来，她继续说："上课了，我们回去吧。"伸手要拿回自己的包。

边炀一手揣兜，一手把包举起来，就不给她。

哪怕踮起脚，唐雨也够不着，就急了："边炀，你干什么，已经上课了。"

边炀低头睨着她，语气冷硬："还上课？我看你手废了之后拿什么考试，靠意念答题？你还挺能耐。"

唐雨攥了攥自己肿得发疼的手，拗不过他，开口的声音细若蚊蝇。

"就算去医务室，那也要先请假吧，要不然班主任会记过的。"

"你还怪听她的话，特殊情况特殊处理懂不懂？一个好老师会考虑学生的各种情况，因材施教，而不是一味地要求学生听话。"

边炀轻飘飘的语调一下子让唐雨失去了辩解的力气，湿意一丝丝地蔓延到她眼底。

唐雨低着头，抿唇一言不发。

边炀不容抗拒地拽起她的另一只手，大步朝医务室走。这次她倒是不反抗了，就是这手腕比竹竿还细，在手里握着都硌得慌。

"年级第一，你那被子是谁弄湿的？"他猜，"你怕的那个女生？"

"嗯……"

想起那两个女生嚼舌根的话，边炀侧了侧身，挺随意地瞧了她一眼。

"她这么针对你，是因为你抢了她的好朋友？"

唐雨抬起头："你说的是周寻文？"

"我一说你就知道，看来你还挺在意那个周什么文。"舌尖抵了抵腮帮，"那你怎么不去找他帮忙，反而来找我了？"

唐雨摇头："孟诗蕊是因为周寻文才针对我的，我要是去找周寻文，她更要针对我了。"

边炀闻言嗤了声："别说，某种程度上，你还不算没脑子。"

走了两步，他面朝前方，又随口问了句："所以你还真抢了那个周什么文？"

这次没得到她的回答，边炀扭头看了她一眼。

唐雨低着头，一只手伸进口袋里，失神地看着地面，不知道在想些什么。

他敲了敲她的脑袋："跟你说话呢，你想和他做朋友是吧。"

唐雨的表情有点儿茫然："想什么？"

边炀眯了眯好看的眼睛，看了她一会儿："我管你想什么。"

接着甩开她的手，面无表情地朝前走。

唐雨不知道怎么惹到他了，快走两步追了上去："对不起，我刚才走神了，没听清你在说什么，你能不能再说一遍啊？"

"我是狗啊，你让我再说一遍我就得再说一遍？"

边炀的脚步没停，两条长腿走得更快，她得跑着才能追上去。

"边炀，你是不是生气了？我给你道歉好不好？"虽然这么问，但她已经很快地在道歉了，"对不起，你别生气。"

才认识几天，边炀就已经被她数不清的"对不起"折磨得脑子疼。

他的脚步陡然停下来。

唐雨却没能停下来，额头撞在了他劲瘦的脊背，鼻间萦绕着的是他身上独有的雪松香气。

和他公寓里的气息一样，很好闻。

只是肌肉很硬，撞得她鼻子疼。

她仰起头，鼻尖酸酸的。

边炀原本黑着脸，见状还以为她要哭，嗓音虽低沉，但没那么冷硬了。

"你是不是有什么爱道歉的怪癖，这也对不起那也对不起，你对不起全世界是吧。"

唐雨抿了抿唇角，发丝被微风吹动："我只是不想让你不开心，不想……失去你这个朋友。"

她的声音轻轻的，闻言，边炀的气莫名其妙就消了，顿了顿，又觉得不对劲。

"哎？等等，我什么时候答应跟你做朋友了？谁要跟你当朋友？！你还挺会给自己安排身份。"

边炀扭过身，迈开步子就走。唐雨有点儿急了，没怎么想就去拽他。

几乎是被她碰到的一瞬间，少年就绷直脊背。

和他拽她的时候感觉不一样，这种感觉……很奇妙，也很奇怪。

明明没什么力量，边炀的脚却抬不起来了。

"边炀，你昨天吃了我做的饭，你还送了药膏给我，这些不都是朋友之间才会做的事情吗，而且你刚才还救了我，我以为我们这样就是朋友了……"

边炀低头看了眼被牵着的手，没挣开，语气不咸不淡的。

"我喜欢见义勇为不行啊，倒是你这个人也太随意了吧，别人帮了你，你就跟人当朋友，当你的朋友怎么那么廉价，我才不稀罕。"

听到这话，唐雨不自觉地垂下眼眸，也缓缓松开了他。

手上的温度骤然离开，边炀不自在地摩挲了下指尖，满不舒坦地皱了下眉。

"还愣着干什么，赶紧去医务室，等着我背你去啊？"

语调还是一如既往的不耐烦。

唐雨轻轻地"哦"了一声，迈开步子，乖巧地跟在他身后。

昨晚刚下了雨，透过树叶的阳光像刚洗过一样清新，流星般地从他的肩头流淌而过。

已经上课了，教学楼里传来的朗读声，成了校园最好的交响曲。

唐雨仰头看着走在前边身形修长的少年——穿着白色宽松短袖，脖子上挂着一副头戴式耳机，一只手拎着她的书包，一只手慵懒地插在兜里往前走。

唐雨张了张口，没压住心底的疑惑："边炀，你为什么会来女生宿舍这边？"

边炀头也没回："散步，不行啊。"

"可当时马上就上课了，这边又很偏僻，你才刚来学校，是怎么找到这里的？"还恰好帮了她。

边炀语气淡然："你是'十万个为什么'吗，这么多问题，想说什么就问，别拐弯抹角的。"

"我就是想问……你是不是特意过来帮我的？"尽管不确定，但唐雨心里还是存了那么一丝期冀，"毕竟这里离教学楼挺远的……"

边炀没搭理她，只扯了扯唇角。

没听到他的声音，唐雨去看他，少年侧脸线条流畅分明，大概是嫌她吵，戴上耳机，隔绝了她的声音……

唐雨识趣地闭上了嘴。

一直到校医务室，他才摘了耳机，把唐雨推到医生面前。

医生检查了一下唐雨的手，确实红肿得比较严重，得用药膏按摩十五分钟。

在医生用劲的时候，唐雨疼得轻轻吸气。

边炀唇角动了动："疼？"

她吸了吸鼻子，刚想说"有点儿"，想起昨晚他的话，改成了："疼……"

医生手上的力度小了点儿，笑说："好在没伤筋动骨，就是肿了点儿，涂几天这个活血化瘀的药膏，好好养养，就能好起来。"

"谢谢医生。"唐雨轻轻道谢。

手在医生的按摩下开始发热，里面的瘀血好像都化开了，明显没那么疼了。

按摩完，医生看她的脸颊红得不大正常，就用手背碰了碰她的额头。

"小姑娘，你这是发烧了吧？这么烫，怎么一声不吭的？"医生从抽屉里拿出一根体温计给她，"夹住，量一下体温，我看看烧到多少度了。"

边炀皱眉，看了眼尚在茫然之中的唐雨，从医生手里接过体温计甩了甩。

"你都不知道自己发烧了？真是笨死了。"

想起先前班里女生的那些话，八成是昨晚被子被弄湿，她没被子盖，半夜就发烧了。

唐雨摸了摸自己的额头，确实有点儿热，她还以为是太阳晒的，也没注意。

她接过边炀递来的体温计，低声说了句"谢谢"，老老实实地夹好。

边炀走到饮水机旁，用一次性杯子接了些温水给她。

唐雨捧着杯子："谢谢你，耽误你上课了，要不你先回去吧？"

边炀一手揣在兜里，一手拿着手机低头玩："废话连篇。"

试完体温，他一瞧都烧到三十八度了。

医生让唐雨留在这儿挂点滴，她坚持不挂，就开了些退烧药。

从医务室出来，唐雨就说："这十五块钱我一定早点儿还给你。"

她这周的生活费花完了，刚才的医药费是边炀付的。

边炀用课本敲了敲她的脑袋："这时候还担心还钱？你该担心你的手能不能快点儿好，关心什么时候退烧。"

唐雨摸了摸脑袋，又低头看自己的手："老是给你添麻烦……"

"知道自己是个麻烦，就想想看你昨天来找我跟背着炸药包来炸碉堡有什么区别，以后离我远点儿就行。"

唐雨闻言不作声了。

明明发着烧，这会儿的脸色却有点儿苍白，她小声说了句："以后不会了，我不会再给你添麻烦了……"

就这么一天，给他添的麻烦就足够多了，换作谁都会烦。

头顶忽然传来少年的声音，懒懒的语调："其实我这个人也不是那么怕麻烦。"

唐雨下意识抬起头，不明白他这是什么意思。

就见少年把书包递到她跟前，动作慢条斯理的："关键看这个'麻烦'能带给我什么甜头。"

那么，他想要什么样的甜头啊？

唐雨翻遍身上所有口袋也拿不出件像样的东西，不知道用什么能让边炀开心，正准备问，就见边炀低头，正盯着自己看。

她摸了摸自己的脸，以为有什么脏东西："怎么了？"

刚才她拨开了厚重的刘海，那张娇俏的脸完整地显露了出来。

外头阳光盛，白皙的脸颊被晒出层淡粉色，唐雨看上去乖软得不行。

雨后的天气分明清凉，却平白让人心烦意乱。

边炀目光从她脸上移开，不自在地道："还能怎么了，回去上课。"

她步子迈得小，走在前边的边炀慢下来不少，却也不刻意慢，足够他正常走路的同时也让后边的小可怜跟得上。

金灿灿的阳光穿过走廊，半数洋洋洒洒地落在两人身上。

地上交织的身影，一前一后地同步着，虚影都显得格外和谐。

到了教室门口，边炀停了下来，眼神示意她先进去。

唐雨还以为他想逃课，刚想说逃课会被处分的，边炀就开口了："让你先进就先进，愣着干什么，进去啊。"

她的声音细得跟猫一样："逃课被抓到会被通报批评，甚至会被劝退的。"

边炀痞里痞气地扯唇："少管我，连自己都照顾不好，你还管上我了。"

唐雨劝不动他，只希望他别被校领导看见，然后抬手敲了敲门："报告。"

这节课是班主任的课，她一看到唐雨迟到了，当堂批评了起来。

"唐雨，你怎么又迟到了！不过是考了一次年级第一，又不是高考，你看你都飘成什么样了，动不动就迟到！"

孟诗蕊幸灾乐祸地看过去，被训斥的唐雨低垂着脑袋，也没吱声。

班主任越看越来气："明天就把你家长……"

话还没说完，另一个吊儿郎当的身影站在唐雨旁边，懒懒地说了句：

“报告。”

班主任想说唐雨的话一下子止住了。

“边炀，你怎么也迟到了……”

“临时出了点儿事，本来想直接走的，可一想直接走也不太好，就又回来了。老师，有什么问题吗？”

这样的学生是班主任最头疼的，要不是看他初来乍到对校规还不熟悉，她早就通报批评了！

底下的男同学议论纷纷，都以为边炀这次装过火了。

有些女同学则交头接耳，脸上带着可疑的激动。

边炀那张脸又傲又跩的，野性得狠，透着股漫不经心的矜贵劲儿，掩盖不住的锋芒毕露。

“边炀，学校规定不能逃课，你违反纪律了。”

“这样啊。”他笑着继续说，“那我下次注意。”

见状，班主任只好道：“算了，知错能改就是好学生，赶紧回座位吧，下次可不能再犯。”

然后看了眼唐雨：“唐雨，你也回去吧！”

“是。”唐雨低头往座位走。

即便没有抬头，她也能隐晦地感受到有一道格外锐利的目光射向她，仿佛要在她身上穿一道口子。

孟诗蕊的的确确在盯着她。

边炀把手懒洋洋地插在兜里，走在她后边。

这一节课是讲上节课做的数学卷子，班主任已经核对完分数发下来了。

一班的周寻文和二班的孟诗蕊并列第一。

同桌汪晴看了眼唐雨的卷子，小声嘀咕：“孟诗蕊分明是抄你的，怎么你还比她少了四分啊。”

她扒开唐雨遮住的手，看到扣分的题目：“这两道选择题都是套公式的基础题啊，你肯定不会做错……”汪晴脑子一转就明白了，吃惊地压低声音，“你故意的吧，不想拿满分？”

“就是一次普通的随堂考试，不重要。”唐雨说。

可汪晴难受：“你是怕考了第一又让孟诗蕊给盯上吧。”

"忍到高考结束就好了，她的手再长，也不可能插手高考，到时候可没有人能帮她。"

唐雨把卷子平整地铺好，看向黑板，上面的倒计时随时随地在提醒学生高考的日期。

"这倒也是。"可汪晴依旧萎靡。

孟诗蕊得意，也就得意这九十天。等高考结束，她们就能离开清远高中，离开这座县城，可这九十天，哪有这么好过啊……

第二章
老大和小弟

经过上午的四节课，班里的气氛都低沉沉的，可下课铃一响，同学们哪还有半点儿无精打采的样子，都着急忙慌地朝餐厅赶，生怕打不到第一波饭菜，吃第二波剩下的。

汪晴本想跟唐雨一起去的，但唐雨坚持要做完卷子，让她先去。

写完最后一道大题又对了一下答案，唐雨才放下笔。

忽然有人敲了两下窗户，她下意识地侧头，身体陡然一僵。

这个季节教室一向都开着窗户通风，周寻文那张清润温和的脸就在窗外。走廊的人来来往往的，他的视线稳稳地落了唐雨身上。

"唐雨，你现在有时间吗，我有道数学题和理综题想找你讨论一下，可以吗？"

唐雨下意识地低下头，躲闪了他的视线。

周寻文留意到她手上的红肿，有点儿担心："你的手怎么了？很严重的样子，是不是伤到了？"

她马上把手缩进外套的衣袖里。

孟诗蕊看到周寻文，从座位上如鸟雀一般冲出来，朝他问道："周寻文，你来看我了！来了怎么不喊我一声啊！"

周寻文失笑："我不是来找你的，我是来找唐雨问数学题的。"

孟诗蕊脸上的笑容淡了几分："为什么要找唐雨？你找我讨论数学题也行啊！"

"别以为我不知道你的数学卷子是怎么答的。"周寻文无奈地说。

两个班的数学卷子是交换改的。

　　每次周寻文都会特意去改唐雨的卷子，熟悉她的解题思路，但这次孟诗蕊的答题步骤跟唐雨的一模一样，哪有这么巧的事。

　　"下次好好写卷子，自己写的才算真本事。"

　　听到这话，孟诗蕊蛮不开心："我哪有？"

　　说完，她看了眼唐雨，眼含警告："你说是吧，唐雨。"

　　唐雨脸色愈发地白，埋头默不作声。

　　周寻文沉下脸，神色有些冷了："诗蕊别任性，唐雨的做题思路我很熟悉，你写不出来那样的解题步骤，别无理取闹了，去跟唐雨道歉。"

　　被崇拜的人这么说，还让她道歉，孟诗蕊的眼睛一下子就红了。

　　"周寻文，你怎么能这么说我啊……"

　　周寻文意识到语气过重，叹气道："我没有说你的意思，今天是你的生日，你最大，别跟我一般计较了好不好？"

　　孟诗蕊擦掉眼泪，不情愿地"嗯"了一声，然后才闷声闷气地说："晚上咱们两家人一起聚餐为我庆生，你得为我准备礼物，可不能忘了。"

　　"我哪一次忘了？"

　　周寻文安慰了她一会儿，孟诗蕊的脸色这才好转，只是见他的余光还时不时地看着唐雨，孟诗蕊看向唐雨，仿佛在警告她不许跟周寻文说话。

　　周寻文见唐雨不搭理他，微微皱眉："唐雨，你怎么不说话？是不是我冒犯到你了？其实我就是想……"

　　话还没说完，旁边突然传来一道十分不耐烦的声音。

　　"我说你有完没完，没看见我在睡觉？"

　　后座的边炀不知何时摘掉了耳机，直起身，后背懒懒地往椅子上一靠，两条长腿摊开，在课桌下显得无处安放。

　　周寻文稍稍侧目，认出他是那天的转校生。

　　不穿校服，言行恣意。

　　"已经放学了，同学，我就算说话也不违反规定吧？"

　　边炀瞥了眼他，漫不经心地理了下额前的头发："吵到我睡觉就是违反规定了，怎么着，不服？"又笑，"不服憋着。"

　　"边炀，你太嚣张了！你知道周寻文是什么人吗！"孟诗蕊快气死了。

边炀撑着下巴坐在位置上，右手懒洋洋地转笔玩："看你不就知道他是什么人了吗，让我想想。"

他好似想起来什么，弯唇笑："别说，有几个成语真挺适合你俩的，一丘之貉，狼狈为奸，一路货色，狐朋狗友？"

"你！"孟诗蕊刚要发作，就被周寻文按住，他冷淡地说："算了，别跟这种人一般见识。"

他看了眼名贵腕表上的时间："我还要去一趟办公室。"说完看向唐雨，"唐雨，我下次再来找你讨论，我很欣赏你做题的思路和学习的技巧，有机会的话，希望能互相学习互相帮助。"

见唐雨始终低头不语，他也不再多说，最后脸色不大好地离开了二班。

周寻文离开了，孟诗蕊和刘耀杰堵在唐雨的座位前。

"还做题思路？你明知道我抄了你的，就不能改改步骤！唐雨，你是不是故意让我在周寻文面前难看的！"

唐雨说："就算要改，也是你改吧……"

"你还敢顶嘴！"孟诗蕊气得抄起她桌子上的书，往地上砸，唐雨的身体颤了颤。

边炀伸腿踢了脚唐雨的椅子："去给我接杯水。"

唐雨愣了愣，回头看他，边炀在桌面上轻叩两下："去啊。"

"哦……"唐雨放下笔，起身时往下拽了拽校服裙子，拿起他桌子上的水杯准备离开。

孟诗蕊咬牙："你给我站住，谁让你走了！"

"我让的。"

孟诗蕊："你……"

边炀眼神懒懒散散地扫过她："怎么着，想找碴儿？"

他活动了下手腕，从座位上站起身。细碎的发丝微微垂着，身上散发出来的冷冽气场让三人不禁发颤。

他不过比画了下，孟诗蕊就吓得往后退："边……边炀，这里是学校！"

边炀笑了下，他每往前走一步，两人就往后退一步，这就把路给让出来了。

边炀瞟了眼唐雨："让你接水，你搁这儿看热闹呢。"

唐雨后知后觉，低头从那两人身边经过。

自从上次和边炀接触后，孟诗蕊就有点儿怵他，又摸不透他的底细，没打算正面跟他刚。

"你别得意，反正我警告过你了，跟唐雨走得近没好下场！"说完，两人灰溜溜地走了。

唐雨接完水回来，正听到这话，她把水杯轻轻放回边炀的桌子上："是温水，现在就能喝。"

边炀"哦"了声，又扔给她一张饭卡："帮我带份饭，谢了。"

唐雨动动嘴唇，想谢谢他刚才帮她解围来着，可边炀已经戴上了耳机，背对着她趴在桌子上睡觉。

马上快到午休了，没办法，她只能先去餐厅打饭，等到了餐厅，才想起忘记问边炀想吃什么了。

跑回去也来不及，又没他的号码……唐雨想了想，就按照昨晚他的口味，打了两个荤菜一个素菜，而自己只买了个馒头。

她用餐盒将饭菜打包好准备回教室，但不知道被谁撞了一下，那人的饭菜全撒在了她的校服上。

"成心的吧！故意往我餐盘上撞！"说话的女生是孟诗蕊的好友——一班的刘盈盈。

唐雨身上全是菜汤，胸前有一大块污渍，还有黏糊糊的东西往下掉。

周围的人都离她远远的，嫌弃的眼神好像带了刺，扎进她的心脏里。

唐雨努力把眼泪忍了回去，埋头往餐厅外走。

刘盈盈挡住她的路："喂！你把我的饭菜撞倒了，赔我新的！"

唐雨抬起头，一字一顿地说："是你把饭菜弄到我身上的，你该对我道歉，我没让你道歉，你反而让我赔你的饭菜，没有这样的道理！"

那女生理了下刘海，轻蔑地笑了声："我弄到你身上的？你有证据吗？我还说是你故意撞翻我的饭菜，现在倒打一耙呢！

"反正今天你不赔我的饭菜就别想走，大不了让老师过来评理！"

看热闹的人越来越多，唐雨在指指点点的声音下，脊背依旧挺得笔直。

"那就叫老师来好了，这里都有监控，你是不是故意的，监控看得一清二楚。"

刘盈盈愣了一下，平常的唐雨跟块豆腐一样，没想到还有这么硬气的时候。

"小雨你身上这是怎么弄的？"

正在吃饭的汪晴听到动静，看到她，赶紧从人群里挤进来，用纸巾擦她身上的污渍，然而都是油污，根本擦不掉。

她扭头看向得意扬扬的刘盈盈："肯定是你故意的，路这么宽，你非得撞在小雨身上。"

"汪晴，我劝你别多管闲事儿。"刘盈盈语含警告，"你妈是在食堂打饭的阿姨吧，不想她失业的话，最好闪一边去。"

"你！"汪晴气红了眼。

唐雨拉了拉汪晴的手，吐出一口气。

"晴晴，跟你没关系，这里有监控，我去调监控就行了。"她的视线扫过刘盈盈，"总之谁故意的，谁心里清楚。"

刘盈盈哼了声，一点儿都不带怕的。

反正人这么多，挤来挤去的，她也可以说被人挤的。

"如果监控上面显示是你故意的，你必须向我道歉！"唐雨冷静地道。

刘盈盈细眼一挑，刚要开口，有道散漫的声音从人群里穿过来。

"道歉怎么够？"

那人将手插在兜里，似乎没怎么睡醒，眼皮耷拉着，但气场很强，看热闹的人不自觉地让出一条路来。

刘盈盈认出了这人是谁，昨晚宿舍的人都在讨论这个转校生，果然很帅。

"我说同学，她都把你的饭菜故意撞翻了，你就这点儿要求啊？"

刘盈盈还以为他是站在自己这边的，脸一红地问："那你说该怎么办？"

边炀想了想："至少要泼回去吧。"

"什……什么？"刘盈盈还没能品出这话的含义。

下一刻，边炀一手夺过唐雨手上的餐盒，打开，往她身上一倒。

在刘盈盈的尖叫声中，三盒菜把她从头到脚浇成了落汤鸡。

黏糊糊的菜汤和米饭挂在她的头发上，校服也不可避免地沾满菜汤。

刘盈盈躲都躲不开，弄得一身狼狈和难堪。

围观的同学顿时吸了口凉气，纷纷往后退了几步。

边炀把饭盒扔进垃圾桶，拽起尚在惊愣中的唐雨，长腿迈开，就往餐厅外走。

身后传来刘盈盈的哭泣声，她的朋友正在一边安慰她。

唐雨回头看了一眼又迅速收回视线，小跑着跟上他的脚步。

这次完蛋了，刘盈盈肯定会找老师告状的……

离开餐厅不远，边炀的脚步慢下来。

唐雨低头看了看他抓住自己的手，干燥的掌心温热，很温暖。

好似被这么牵着，瞬间就能被没来由的安全感紧紧包裹。

到了没多少人的地方，边炀就松开了她的手。

"你这次还挺硬气，知道反抗了，有进步。"

要不是他良心发现想起她还在发烧，指使她去打饭貌似不大好，跟了出来，也撞不见刚才那一幕。

他居然还表扬她。

唐雨把手背在身后，仰起头："要是刘盈盈找老师告状的话，你就把责任推到我身上，就说是我让你泼的。反正到时候监控一查，她泼我，我泼她，也算是扯平了，老师也不能说什么。"

边炀瞧了她一眼："我像这么不扛事的人？一人做事一人当，把责任推到女生身上，当我跟你一样这么软弱呢。"

唐雨怎么听这话都不像好话："你帮我出气，我总不好牵连你……"

"你矫不矫情。"边炀嗤了声。

唐雨睫毛微扇了下："你不是怕麻烦吗，我是不想给你添麻烦……"

这话反而把边炀噎住了。

好像是说过这话来着？

他手指抵在唇边轻咳两声，嗓音带着点儿痞气："我也说过其实我也不是那么怕麻烦，而且你是为了给我打饭才被人欺负，我怎么着也得负上半个责任吧。"

他低头瞧了瞧她身上的污渍，这校服不能穿了，再过会儿她估计都馁了。

唐雨往后小小地退了一步，也低头看了看自己，抿唇说："那我先回宿舍换衣服。"

万一老师找他麻烦，她站出来解释清楚就行了。

边炀抬起指尖挠了挠眉心："我怎么记得这学校没洗澡的地方。"

集体宿舍里没有单独的卫浴，每次洗澡都要去学校外边的澡堂，十块钱洗一次。

不只是校服脏了，她身上也都是菜汤，可唐雨舍不得那十块钱："我回宿舍接盆水擦一擦身上就好，反正这会儿宿舍应该没人……"

"要不，你去我那儿清理一下？"边炀忽然吐出这么一句。

唐雨愣了愣："啊？"

半晌，他不紧不慢地开口："怎么着都是因为我，你才弄成这样，公寓离学校又不远，赶在上课前回来应该不晚。"

"会不会太麻烦你了……"唐雨觉得打扰他不好。

"我都没说麻烦，你麻烦什么。"边炀意味不明地看她一眼。

唐雨攥了攥手指，脸烧得厉害："我、我知道的……"

确实，是她自取其辱了。

唐雨先回宿舍取了换洗的校服，跟在边炀身后一直走出学校，绕过两条巷子就到了他住的公寓。

房门打开，他把钥匙拔出来扔柜子上。

"反正你知道卫生间在哪儿，随意。"

房间里的摆设还维持着昨天她走的模样。

"谢谢。"唐雨要脱掉鞋子进来。

边炀补充了句："没那么多讲究。"

唐雨看了看自己的鞋子，白白净净的，没那么脏，这才小心翼翼地踩在漂亮的木质地板上。

可是进卫生间也是要穿拖鞋的啊，她只带了换洗的衣服，竟然忘记拿拖鞋……

唐雨有些难为情地问了句："边炀，你能不能借我一双拖鞋啊，我忘记带了……"

边炀双臂交叠抱胸，漫不经心地靠在墙上，眉梢扬了扬："这里只有我穿的，你要是不嫌弃就随意。"

"不嫌弃不嫌弃！谢谢你！"

他指尖指向鞋柜的方向，她弯腰从鞋柜里拿出他的拖鞋。

边炀低头随意地看了眼，她的长发垂在身前两侧，映入眼帘的是一小截后颈，白得晃眼。

两只白嫩嫩的脚丫微微蜷起粉色的脚趾，穿在船一样的拖鞋里，衬得脚踝愈发纤细。就连她站在那儿的样子，都显得很乖。

边炀嘴角往上扬了扬，又迅速被他压了下去。他过去把卫生间的门推开，侧身跟她说："往左是热水，往右是凉水，沐浴露和吹风机什么的随便用。"

"嗯，谢谢，我记住了。"

边炀侧身让开路，唐雨进去了。

等他出来时，听到了后边细微的关门声。

不多会儿里面传来了窸窸窣窣的声音，声音很小，可在安静的环境里，再细微的声音都会平白放大，无比清晰。

磨砂玻璃门，隐隐约约映照着女孩瘦削的身形。

他闪烁着目光，往沙发上一躺。

浴室里传来了水声，淅淅沥沥的，显得客厅越发安静。

边炀用两只手指扯开点儿领口，拾起桌子上的糖，拆开糖纸，含住糖果，顶光映照着少年精致的面部轮廓。

他仰头靠在沙发上，不知想到了什么，不小心把糖咽下去了。顿时咳嗽了好几声，差点儿被糖噎死。

边炀暗骂了句，打开电视随便调了个吵吵闹闹的频道，勉强盖住浴室里传来的声音。

唐雨洗澡很快，算上吹完头发，也不过二十分钟。

"我洗好了。"

她平常爱低头走路，埋头写卷子，厚重的刘海儿遮住了小半张脸，侧脸也被盖下来的长发挡住了。

这会儿头发还没干透，半湿半干的长发和刘海儿都被拨到脸颊两侧，反看露出的这张脸蛋就能发现她还真是个没怎么长开的美人坯子。

"边炀？"看他定定地盯着自己看，唐雨有点儿不大自在。

边炀迅速扯过一个抱枕，遮盖在敞开的腿上，模样淡定，嗓子却哑得厉害："嗯？"

"我洗完澡了。"她抓了抓头发，然后想起什么，从兜里拿出饭卡，"这是你的饭卡，刚才忘记还给你了。"

他没一点儿伸手去接的意思。

唐雨的手还在那儿僵着："你怎么不接啊？"

"我是在想……"他关掉了电视，"找一个能打扫卫生的人似乎也挺不错，这样以后买菜打饭、做饭扫地什么都不用我干了，我好像的确不亏。"

唐雨闻言眸中满是喜色，人也跟着生动起来："这么说你答应了？"

边炀吊儿郎当地扯开嘴角："你这么兴奋干什么？"他指尖点了点抱枕，"我话还没说完。"

"哦……"那颗小脑袋又垂下去。

少年扬了扬唇角，又淡定地压下去："我之前说了，得有甜头。我罩着你，你帮我做家务这算是公平交易，礼尚往来，不算甜头，自己好好琢磨琢磨怎么才能让我高兴。"

唐雨抿了抿唇角，她想不出来。

她身上最值钱的就是一部二手旧手机，他肯定看不上。

唐雨真的没有什么能拿得出手了，可她又不想放弃，于是悄悄背过身。

边炀余光瞄了一眼，不知道她在手机上点来点去的搞什么。

时间一分一秒地过去。

"你想没想好？"

听出他的不耐烦，唐雨连忙把手机揣回去，声音小小的："没搜好……不，是还没想好。"

"呵。"边炀气笑了，"你刚才是在上网搜呢。"

他把手朝她摊开："让我瞧瞧你搜的什么。"

唐雨犹犹豫豫地不肯拿出来，脸微微发烫。

边炀："拿来啊。"

半晌，见她仍旧没吭声，他说："装什么听不见呢，还是说你手机里有见不得人的东西……"

"没有！"唐雨磕磕巴巴的，"没有见不得人……"

"那就是见不得光。"

"没有……"

声音弱得几乎听不见，这还不是心虚？

边炀不自觉地眯了眯眼："那肯定是背地里说我坏话了，趁我没发火之前，把手机老老实实地放在我手上，要不然……"

唐雨见过他动手，瞬间一个激灵，从口袋里拿出手机，稳稳地放在他掌心里。

"这还差不多。"边炀哼了一声，低头划开她的手机，有密码。

他瞧了眼唐雨，唐雨马上乖乖地说："六个1。"

边炀满意地解开锁，上面是她没来得及关闭的搜索页面。

看到搜索词条，他眼神复杂地看了眼唐雨，唐雨的脑袋垂得更低了。

怎么能让一个男生开心？

让她自己想，她居然敷衍地上网搜？！

边炀忍着没说她，修长的指尖往下翻，答案五花八门的。

高居榜首的有三个：

第一，为他做一些小事情。比如为他做一顿饭、帮他洗衣服或者陪他散步等。

这条就是她的工作内容，显然不被采用了。

第二，送礼物和惊喜。比如他喜欢的东西等。

边炀什么都不缺，对什么也都没兴趣，这条又可以略过了。

最后一条，啧，边炀的指尖在这条上停顿。

这么天才的主意，居然放在第三条？

余光掠过埋头看脚尖、耳尖发红的女孩，少年唇角微不可察地挑了下。

"我说……"边炀把玩着她的手机，"第三条，你会不会？"

"啊？"对上他玩味的神情，唐雨心跳开始剧烈地加速起来。

"这不是你自己搜的吗，上面给的建议，你多少学习一下。"

唐雨的脸蛋红得厉害："网上的东西又不可信……"

虽然声音小到快听不见了，但暗含的羞赧却明明白白。

边炀看她这模样，没忍住低声笑开，笑得肩头发颤。

唐雨压抑着呼吸，把头埋得更深。

"喂，你该不会没有异性朋友吧？"边炀似笑非笑的，"那个周什么文不是跟你走得挺近吗，还上赶着要跟你讨论数学题，他不是你朋友吗？"

唐雨闻言摇摇脑袋："我跟他不熟。"

一开始的时候，的确讨论过几次数学题，后来被孟诗蕊针对，她就尽可能跟周寻文保持距离了。

少年不自觉地弯着唇："那你跟谁熟？"指尖点了点沙发，"我说的是异性。"

唐雨仔细想了想，摇摇头。

除了汪晴，其他人都因为孟诗蕊的关系，跟她挺疏远的，更别提异性，唯一走得近的……

她望着面前的少年，樱粉色的嘴唇动了动："你，算吗？"

"我？"边炀扬了下眉，"这么说，我是你唯一的异性朋友？"

少年换了个姿势躺着，手机在掌心懒洋洋地转："这么说来，你还真没经验了。"

"什么经验？"她不大明白。

边炀指尖在她手机屏幕上敲了敲："你说呢。"

小姑娘手中的衣角被攥得皱皱巴巴，沉默了几秒后小声："我……我可以学，我学习能力挺强的。"

这话把边炀逗笑了。"这跟学习可不一样，数学题的解法就放在那儿，正确答案也只有一个，几次练习就能摸清楚其中的门路来。可这种事，没基础的人就是摸着石头过河，天赋高的人都可能摸不出其中的弯弯绕绕来，更别提你这种小白了。"

他面不改色地说得头头是道。

唐雨虚心请教："那你是不是很有经验了？"

边炀差点儿被这话给呛到，清了清嗓子，即便有点儿不大自然，但还是那副玩世不恭的模样。

"当然了。"他一本正经地说,"理论来源于生活,生活来源于实践,要不然我怎么会理解得这么透彻?"

说完又很自然地岔开话题:"所以你这样的'小透明',要跟我学习的地方还有很多,当然理论是永远赶不上实践的,也就是说,我永远都是你师傅……"

她睫毛轻轻颤了两下,忽然朝他小小地移动了一步。

边炀低头看她的手机,没能察觉,等那股跟他身上一样的沐浴露香气袭来时,几乎是一瞬间,少年的脊背僵直着。

唐雨看他。

"唐小雨,你这是怎么个意思?"他道。

脸颊上的气息酥酥麻麻地窜到他四肢百骸,边炀不由得按了按身上的抱枕,看她默不作声,声音陡然拔高几个分贝。

"唐小雨,你是不是'找死'?!"

就说网上是骗人的吧。

唐雨吓得往后退了好几步,人也跟着手足无措起来:"不是你说理论来源于实践吗,我想试试看。"

边炀:"……"

对上她干净的眼,边炀舌尖抵了抵下颚,用冷漠危险的表情睨了她会儿,把腿上的抱枕扔地上,缓缓地站起身。

见到他人不断走近,唐雨就开始紧张,刚往后倒退,边炀就握住了她的手腕,把人一把扯过来,扔在沙发上。

沙发很软,她跌在上面弹了一下,并不痛。

少年的双手撑在她脸颊两侧的靠背位置。

衬衫领口有些松松垮垮的,锁骨随着他的动作若隐若现。

雪松冷香的气息不着痕迹地侵略而来,压迫感很强。

她手心都是冷汗,快要被他吓哭了。

"对……对不起……"小姑娘被吓得不轻,"我知道错了,我再也不敢了!"

她有个特别好的优点,凡事道歉很快,不管是不是她的错。

边炀舌头抵了抵后槽牙,像是在忍着某种不可言说的情绪。

"你倒是给我说说你错哪儿了？！"

唐雨吸了吸鼻尖，眼眶红红的："错……错在……不该没经过你的允许凑近你……"然后偷偷看他，不确定自己是不是说错了。

边炀扯了扯唇："还有呢？"

还有……她努力地想："错在不该信网上的话……"

边炀定定地睨了她两秒，后槽牙紧了紧："还有呢！"

还有？唐雨迷茫了好大一会儿，不知道还有哪儿错了。

边炀看得越发烦躁，直起身，泄愤般踹了一脚垃圾桶。

唐雨从沙发上一个激灵站起身，埋头，不敢吱声。

"唐小雨，你第一次来我家找我说的什么，你还记得吧。"

她当然记得……

唐雨的肩膀抖了下，指尖抠着衣角，战战兢兢的，泪花吧嗒吧嗒地往下掉。

边炀看她那泪珠子不要钱似的掉，喉结上下滚动了下，终于把憋闷的气给沉了下去："就这点儿出息。"

唐雨把唇咬得发白。

"稍微吓你一下，就哭成这样儿，也不知道你刚才哪来的勇气凑近我。"

他从桌子上拾起纸巾，扔到她脚边，恢复如常散漫不羁的样子，身子往沙发上一瘫。

"别哭了，我又不是故意吓唬你，给你个教训而已，让你知道什么叫人心险恶。"

唐雨抽了抽鼻尖，尚有些警惕地抬头看他一眼，对上他的眼神，又迅速低头。

"作为一个女孩子，最重要的你知道是什么吗？"

唐雨眼睫上还挂着泪珠，抽噎了两下，不吱声。

边炀缓缓开口："最重要的就是保护好自己。哪怕你现在没有自我保护的能力，也不该随随便便就相信一个相处不久的人。解决事情的办法有很多种，偏偏你选了最不靠谱的一种。"

唐雨低头。

显然，是被他吓惨了，嘴唇轻颤着，说不出来话。

真是欠她的。

沙发上的少年直起身，刚走过去，小姑娘就怕得往后撤。

他无奈地弯腰捡起地上的纸巾盒，指尖抽出两张纸巾，胡乱地把她脸上碍眼的泪珠给擦掉。

"别随便对一个人开出那种条件，无论多么信任，知不知道？"

唐雨睁了睁眼睛，紧绷的神经渐渐松懈，又听见边炀不紧不慢地问："跟你说话呢，听见没？"

唐雨连忙点头，以后她都不会了。

边炀可不知道她心里怎么想的，听到这回答，他微不可察地松了口气。不过神情倒是隐藏得很好，仍旧面无表情地说她一句："算你识相。"

眼泪擦干了，又成了那个乖巧安静的小姑娘。

"……边炀。"小姑娘声音哑哑的。

少年懒懒地"嗯"了声。

唐雨揉了揉红红的眼睛，一字一顿地道："你是个好人，跟别的人都不一样。"

从一开始，她就知道他跟别人不同，所以她才会鼓足勇气，跟他做交易。

他看起来很凶，实际上人很好，特别好。

边炀冷不丁地笑了声，扬唇的模样痞里痞气的："谁要你给我发好人卡？"

"可你就是好人啊。"唐雨很坚持，"是我见过的排在前十的好人。"

边炀眼尾微垂："好家伙，你还偷偷在心里给人排榜。"

倒是第一次有人夸他是好人，有点儿不大习惯。

"你是没见过我坏的一面，要不然，我能在你心里的坏人排行榜排第一。"

"不会。"她很坚定，"你就是好人。"

唐雨认真地说："虽然你刚才吓唬我，但我觉得我昨天找上你不是什么错误的选择，我赌对了。"

边炀闻言，内心挺复杂的。

这种感觉就好像她在夸一个汤圆又白又圆，其实他知道里面是黑心的。

"那可不一定。"他伸手在她脑袋上揉了把,笑得恶劣,"以后的事儿谁说得准。"

他弯腰拾起沙发上的外套,懒洋洋地往肩上一搭,又捡起桌面上她的手机摇了摇。

"走吧,回学校。"

唐雨没听明白他刚才那句话的意思,也不再多想。她点了点头,把踢歪的垃圾桶扶正,去卫生间拿自己换下来的衣服。

边炀看见说了句:"你拿回宿舍也是手洗,扔洗衣机里得了,反正你晚自习结束还要回来做饭,顺便再晒也不迟。"

唐雨一想也是。

她的手暂时洗不了衣服,在这儿做完饭,把洗好的衣服拿回宿舍晒,时间也刚好。

没拒绝边炀的好意,她把衣服塞进了洗衣机,只不过背着他,偷偷把贴身衣物拿出来塞进了口袋里。

边炀余光其实已经看到了一角,看她那鬼鬼祟祟的样子实在好笑,也没戳穿。

从公寓出来,学校正好打午休的铃声,也就是说,距离上课还得有半个小时。

两个人都没吃东西,边炀把她带进一家餐厅,点了几个菜。

唐雨把自己的馒头拿出来啃,不动筷子。

边炀皱眉,胸口有股说不出来的闷:"你就吃那个?"

"还有包咸菜。"她从兜里拿出来。

边炀靠在椅子上,也没劝她动筷子,随口问了句:"你是不是还有别的事情要做?"

她点了点头:"晚自习后在奶茶店帮忙一个小时,不过你放心,不会耽误给你做晚饭的。"

边炀听在心里,用筷子夹了块糖醋鱼放嘴里,没多会儿就把筷子扔桌子上了,鱼也吐了出来。

"这都什么玩意儿。"

"怎么了?"

"难吃。"他没什么胃口，瞧她一眼，"要不你吃了吧。"

唐雨看了眼满桌子的饭菜，这里是学校附近最好的餐厅了，人均五百多，据说是什么网红餐厅，味道应该不会差才对。

她摇了摇头："我吃馒头就好。"

"不吃，那我就让人收了，反正这些收了的饭菜，最后的下场是进垃圾桶。"

边炀慢吞吞地起身，唐雨马上开口，实在舍不得："那我们打包吧！"

边炀瞧她一眼："你的意思是晚上你罢工，然后给我吃这些剩菜剩饭？"

唐雨马上摇头，求生欲很强："只是这样扔了太浪费了……"

这一顿饭比她两个月的生活费还多啊。

"那你吃，不就不浪费了吗？"边炀递给她一双筷子，"权当帮我省钱。"

唐雨犹豫着没接，但满桌子的饭菜，让她没出息地咽了口水。

直到边炀不由分说地把筷子塞进她手里："吃啊，我让你吃，你就吃，磨磨蹭蹭的。"

唐雨马上把筷子握好，然后夹了口糖醋鱼，眼睛瞬间亮起来了。

边炀的一只手臂搭在椅背上，瞧她这副满足的表情，跟个小仓鼠似的，好笑地问："好吃吗？"

唐雨用力点头："好吃！"

然后夹了块水晶肴肉小心翼翼地放在他的盘子里。

"你的胃不好，下午的课又多，不能不吃东西，尝尝这个，很好吃的！"

边炀瞧了眼那肉，眼神挑剔得很，显然没多大兴趣："能多好吃？"

唐雨想了想："瘦肉香酥，肥肉不腻，咬下去一口，香汁会在唇齿里四溢出来，就像是吃爆汁的肉丸子。"说着，用公筷把肥肉精心地剔去，"你只吃瘦肉，不会腻的。"

边炀似信非信地把肉放在嘴里，瞬间皱起眉头。

油不油腻不腻的，难吃死了。

但看唐雨吃得津津有味满脸幸福的模样，他下意识地咀嚼起来。

味道，似乎也没那么难吃。

"怎么样？"她小心翼翼地问他，眼睛挺亮的。

边炀勉为其难地"嗯"了声："凑合。"

然后用筷子指了指那个糖醋鱼："那个，有刺。"

唐雨马上明白了他的意思，用公筷先夹了一块鱼肉放在盘子里，然后一点点把刺儿挑出去，直到只剩下鲜美雪白的鱼肉，用汤匙舀了些糖醋汁浇上面，才放在他面前。

"这下没刺儿了，你尝尝！"

边炀看了一眼，嗯，新收的小弟还算有眼色。

把鱼肉皱着眉吞下，味道一般。

但看唐雨，那表情跟吃山珍海味一样，超级满足的样子，平白会让人胃口好起来。

接下来，他只吃唐雨精挑细选过的菜。

为了让他多吃点儿，唐雨快把自己吃撑了。

边炀喝着她端过来的豆腐汤，随口问了句："你帮忙的那家店叫什么名字？"

说完店名，她不解地看向边炀："你问这个干什么？"

边炀表情有些不大自在："想买奶茶不行啊。"

唐雨将几缕碎发别在耳后，眼睛黑亮："他们家的奶茶性价比是很高，不过你不用买，那家的老板很好，每次我帮忙结束，老板都会送我一些用当天剩下的珍珠、牛奶或者水果之类做好的奶茶，我可以给你带一杯！"

好像能省点儿钱，她就无比高兴。

边炀"啧"了一声："你还挺会过日子。"

唐雨抿唇笑起来："那你喜欢喝什么口味的？我什么样的都会做。"

还挺骄傲。

其实边炀不怎么喜欢喝那种甜腻腻的东西，可话都说出来了，只好来了句："你看着弄。"

"好！"唐雨点点头。

还有十五分钟午休就结束了，算上十分钟的课间，只剩二十五分钟的用餐时间。

唐雨想让他多吃点儿，尽心尽力地给鱼肉挑刺儿，耽误了不少时间。

结果边炀只吃了两口就不吃了，挑食得很。

满桌子的菜又不舍得扔，唐雨就埋头努力吃。

边炀弯了弯唇，倒了杯温水推到她手边："你慢点儿吃，没人跟你抢。"

她腮帮子鼓鼓的："我怕吃不完就浪费了。"

"那你要是把自己吃撑了，再住进医院，那岂不是更浪费医疗资源？"

边炀没忍住调侃了句。

她吃得脸颊鼓鼓的，还怪可爱。

唐雨心想也是，自己也实在吃不下了，她恋恋不舍地看了眼桌子上的饭菜，特别感激地看他："谢谢你请我吃饭，我以后赚钱了，也请你吃大餐！"

"少自恋，我可没请你吃饭，纯粹是怕浪费粮食遭天谴，说起来你还算帮我忙了。"边炀双臂抱胸，"看在你帮了我的分上，勉强给你个奖励，说吧，你想要什么？"

唐雨想了想，摸进口袋里的手机。

她不想要什么奖励，就想要边炀的微信或者电话。

这样今后有什么需要她做的，就方便联系了。

还没想好怎么开口，忽然有个身材高挑模样漂亮的女孩子拿着手机腼腆地走到边炀跟前。

"你好，能加你一个微信吗，交个朋友好不好？"

边炀头也没抬，挺高冷的："不好意思，我不玩微信。"

"那手机号呢，留手机号也行！"

"不好意思，我没手机。"

唐雨没忍住看了一眼他，他分明有手机的。

那女孩也明显感觉到了他是在敷衍和拒绝，有些尴尬地笑了笑，就走了。

边炀抬手叫了声服务员，拿出手机结账。

那女孩远远地看见了。

唐雨不用猜都知道，那女孩心里肯定挺不是滋味的。

走出餐厅，边炀拖着慢悠悠的步子走在前边，跟她说话的调子也慢悠悠的。

"想好了吗，想要什么？"

唐雨默默打消了问他要微信的心思，摇摇脑袋："没、没什么想要的。"

边炀侧目瞥她："甭跟我客气，我对小弟一般都很照顾，你又不是特别的，我可不想被传出去说我小气，亏待自个儿小弟，面子上难看。"

"可我……真没什么想要的……"

边炀能帮她，她就已经很感激了！

午休铃响了起来，边炀也不勉强，随便说了句"行吧"，手插在口袋里往前走。

唐雨就跟个小尾巴一样跟他后边。

别说，还真像他小弟。

刚回到座位，汪晴就生气地跟她说："那个刘盈盈跟他们班的班主任先告状了，咱们的班主任什么也没问，就让你回来后去办公室，要不我跟你一起去吧，咱们把事情说清楚。"

"班主任让我去办公室？"唐雨没什么奇怪的，不是第一次了，"你不用去，我自己去就行。"

她起身往后门走。

边炀的长腿一伸，把她的去路挡住了。

"给我老实待着，班主任那边我去。"他顺手把桌子上的杯子丢给她，"水凉了，去接热水。"

唐雨稳稳当当地接住水杯，见他朝外走，急着追了两步，被他淡淡地瞪了回去。

"老实待着，再走一步你试试？"

明知道是故意吓唬她的，但唐雨还是有点儿怕他，就不再动了，老老实实地去接水。

汪晴看她接完水，把杯子放在边炀桌子上，用肩膀撞了撞她的肩，眼神在前后桌意味不明地打转。

"你俩啥时候这么熟了？中午的时候他帮你教训刘盈盈，刘盈盈哭得跟个什么似的，在餐厅丢了好大人，现在他去办公室说刘盈盈的事儿，你又帮他接水，这关系突飞猛进啊，你俩先前认识？"

唐雨把课本和卷子都翻出来："先前不认识。"顿了顿，"不过现在认识了。"

"我看他挺不好惹，不过心肠不像坏的。"汪晴自个儿琢磨。

唐雨点头："他是个好人。"透过窗户又看向办公室那边，有点儿担心。

"万一刘盈盈颠倒黑白，胡说八道怎么办？"

边炀的脾气又不好，要是不好好解释怎么办？

越想越担心，卷子也看不下去了。

唐雨刚起身想去办公室，正巧生物老师进来："唐雨，你干什么去，这都上课了，回到自己座位坐下，好好听课。"

汪晴拽了拽她的衣服，示意下课再说。

外边的蝉鸣刺耳，唐雨从来没像今天这样几次三番地跑神，连生物老师让她站起来答题，她都不知道讲到哪里了，还是汪晴小声提醒了她。

一直到下课，老师刚走，她就从教室跑到办公室那边。

边炀正从里面吊儿郎当地出来，瞧她气喘吁吁的样子，屈指在她脑门上懒洋洋地一敲。

"让你老实待着，偏偏不听话，叛逆期是吧，连老大的话都不听。"

自从收编她之后，边炀自动把她放在了小弟的位置。

唐雨担心又紧张地问："边炀，班主任有没有批评你？她有没有说什么……"

边炀还没回答，办公室的门又被推开了——是刘盈盈。

她的眼圈红得很，好像刚哭过，看见唐雨就冷哼了声，气急败坏的。

"唐雨！咱们没完！"

边炀侧过身往她那边瞧，刘盈盈一个激灵，转身就跑回一班了，有点儿畏惧的样子。

"走吧，还愣着干什么，搁这儿当门神？"边炀把她的脑袋转过来。

唐雨有点儿惊奇地看看他，又迟疑地看看办公室："……班主任就没说什么吗？"

边炀收回视线，将手塞在口袋里，漫不经心地往教室走。

"那女生欺负你，我天降正义，她能说什么？"

"……不用写检讨，不用通报批评吗？"

边炀眉梢一挑："你是有受虐妄想症？"

唐雨是有点儿不大相信这事就这么揭过去了，然而一直到上完数学课，班主任也没找她谈话。汪晴和她都觉得太阳从西边出来了。

"小雨，你说转校生是怎么做到的？"汪晴瞄了眼后排的男生，两个人交头接耳，"那个刘盈盈是一班的数学课代表，咱们的班主任可喜欢她了，这次班主任居然都没向着她。"

唐雨也不大清楚。

课间十分钟的休息时间，大多数人都趴在桌子上补觉。

这时，班主任用黑板擦敲了敲桌面，大家都被吓了一跳，不由得坐直身体。

班主任看向门外开口："进来吧。"

一班的刘盈盈出现在二班，底下都不由得窃窃私语起来。

孟诗蕊也挺奇怪的。

班主任开了口："刘盈盈因为在餐厅故意把饭菜弄到唐雨的身上，所以罚写了检讨书来念给唐雨听，今后大家引以为戒。马上要高考了，希望大家把心思都放在学习上，不要再有其他心思了！

"好了，刘盈盈，你开始念吧。"

嘴唇咬得发白的刘盈盈，在底下各异的眼神中走上讲台。

薄薄的纸张被捏得皱巴巴，她根本念不出来。

孟诗蕊慢吞吞地举手，脸色沉沉："老师，这不对吧。"

刘盈盈像是看到了希望，眼泪汪汪地看向她的好友。

班主任勉强挤出一丝微笑。

"孟诗蕊同学，哪里不对了？监控上拍得很清楚，的确是刘盈盈弄脏了唐雨的衣服。"

当然不对。

孟诗蕊靠在椅子上，淡淡地开口："刘盈盈有错，那唐雨就没错？刘盈盈身上也脏了啊，凭什么唐雨不念检讨？既然要罚，那唐雨也得受罚。"

刘耀杰跟着起哄："就是啊，唐雨也得受罚！她凭什么不检讨？让她上去念检讨！"

唐雨抿了抿唇，捏着衣角的手渐渐收紧。

眼看闹起来，班主任孙雪敏是左右为难。

原本戴着耳机睡觉的少年，这会儿懒洋洋地直起身，声音倦倦的："我又没说不检讨。"

唐雨转身看站起来的少年，唇抿成一条线。

原来边烊骗她。他要写检讨书的，却不跟她说……

边烊抬了抬下巴，掠过几个起哄的人，眉眼淡漠极了。

"这个刘什么盈泼唐雨，所以她检讨，那么我泼她，我检讨，有问题？"

孟诗蕊脸上的得意消失。

又是这个边烊。

班主任孙雪敏见状打圆场："没错，边烊说得对，这次是刘盈盈先挑的头，她的过错大，所以写完检讨要当着班里的面读出来，而边烊是替同学出头，有过错但不过分，所以只需要写检讨书就行。"

原本在办公室里，她提出让刘盈盈给他道个歉，这事就算完了，但边烊不松口，非要刘盈盈写检讨，还得当着全班的面念完给唐雨道歉。

哪怕这样一来，他自己也得写检讨。

孙雪敏都不知道他图什么。

边烊有理有据的，孟诗蕊这次说不出来话了，阴沉沉地看了眼唐雨的方向，眼神像藏了刀，最后只好不甘心地收回眼神。

走着瞧！

"好了，都安静下来。"

底下议论纷纷的，孙雪敏用力拍了拍黑板，然后看向刘盈盈："刘盈盈，你继续吧。"

刘盈盈的希望彻底没了，连孟诗蕊都帮不了她。

满怀委屈和羞辱地念完检讨书，还得走到唐雨面前，给她正儿八经地道歉。

"唐雨……"几个字难以启齿似的，刘盈盈侧过脸，声音小得听不见，"对不起，我不该泼你。"

一点儿道歉的意思都没有。

唐雨下意识屏住呼吸，似乎还在状态之外，直到汪晴用胳膊肘捅了捅她，她才回过神，张了张嘴，正准备说话，后桌的人比她还快，长腿微微伸着："你这声谁能听见？重新道歉。"

刘盈盈眼圈红得很，被他睨着，又有点儿怕，只能鼻音很重地提了提声音。

"对不起，唐雨！我不该泼你！"说完就哭着跑出了二班。

课间没结束，二班窗户外趴了很多看热闹的人，见状都不由得起哄。

一班二班是高三的两个尖子班，平常就有不少人盯着。

这事儿用不了一天就能传遍整个高三。

班主任离开后，唐雨的身体就转向后排。

边炀抬着下巴，睨了眼唐雨吞吞吐吐、欲言又止的样子，随手翻开一本书，垂下眼帘。

"把你的脑袋给我转过去，少用这种眼神看我。"

唐雨没转回去，张了张嘴："边炀，你明明就被罚写检讨书了，怎么不跟我说实话啊！"

"你是我谁啊你，我干什么事，还得向你汇报？"

"我不是这个意思……"她说，"那我来写检讨书！"

"用不着。"

边炀不紧不慢地抽出一张纸，懒洋洋地拿起笔，一笔一画地写上"检讨书"三个大字。

"我这人就喜欢写检讨书，你少管我。"他用笔杆敲了敲桌面，"还有，把你这脑袋瓜给我扭过去，烦不烦。"

她被说了一顿，汪晴把她拽回去，压抑着兴奋。

"刚才那个转校生跟孟诗蕊对峙的时候帅爆了，你是没看到孟诗蕊那脸色，气死她了！"

然后在桌子下面，汪晴偷偷打开学校论坛，在高三年级的板块上，边炀的照片被挂在了最上面。

置顶的标题硕大醒目——咱们学校什么时候来了这么个大帅哥？哪个年级的？几班的？速速调查！

是边炀在餐厅被偷拍的照片。

少年身形颀长，白色 T 恤松松垮垮地穿在身上，浓黑的眼微微垂下，眉宇间敛着玩世不恭的笑，手上拎的应该是空餐盒，他懒懒散散地往那儿一站，浑身的恣意慵懒似能从屏幕里钻出来一样。

餐厅里的人乌泱泱的，少年极其优越的身高和皮相，即使在这嘈杂拥挤的环境里也无比醒目。

从中午到现在，底下的评论就有一千条了。

> 这是咱们学校的？没穿校服，应该不是咱们学校的吧！
>
> 我当时就在现场，手机里偷拍了好多张，楼主的这张太糊了，我放几张高清图给各位姐妹看看，嘻嘻
>
> 我也在现场！好像是两个女生为了他打起来了……

很快就有人纠正：

> 不是，是卷头发的女生先把菜汤弄到齐刘海的女生身上了，后来这男生出现，目测是齐刘海女生的朋友，给她报仇，把菜汤泼回去了……
>
> 好酷！一分钟之内给我查出这男生的所有信息！

很快，有个自称高三二班的同学爆出了边炀的信息，说他是前几天刚来的转校生。

"他才转过来两天，就两天的工夫，就占了咱们论坛的头版头条！"

不只如此，除了班上的同学时不时偷看边炀，教室外边围的人也越来越多，都从窗子里凑头往这边儿看。

汪晴打趣："咱们无人问津的后排马上就成打卡景点儿了。"

唐雨往外瞧了瞧，确实好多人来来回回走了好多次，女生偏多，都在鬼鬼祟祟地看边炀。

"你说，边炀有玩得好的朋友吗？好多人都在论坛说想加他联系方式了，你跟他走得近，你知道吗？"

高三这么紧张的学习氛围里也少不了八卦。

唐雨闻言摇摇头，顿了下又点点头。

汪晴看不懂了："你这什么意思，他到底是有还是没有啊？"

唐雨余光看了眼后排，看他戴着耳机，应该是听不见的，才小声说：

"应该有，而且应该是有很多。"

汪晴："啊？"

正在喝水的边炀没忍住咳嗽了几声，差点儿被自己呛死。

唐雨下意识地扭头偷看他一眼，以为他听见了。

她见边炀低头在纸上划拉，应该是没听见，才收回眼神，更小声地说："我也是猜的……"

"我看八九不离十。"汪晴也觉得，"果然，帅哥都是只可远观不可亵玩，可惜了……"

唐雨深以为然地点点头。

汪晴："那你以后可要离他远点儿。"

边炀在检讨书上随便划拉的手指一顿。

唐雨闻言迟疑了。

那不行。他现在是她大哥。不只如此，她还是他的免费劳动力，得随叫随到。

相当于她用自己的劳动，为自己交了保护费。

所以她磕磕绊绊地岔开话题："老师来了，好好学习，马上要上课了。"

上课铃响了之后，外边参观的人也一哄而散，汪晴也不再八卦了。

这堂是自习课，英语老师提前占了，让课代表唐雨在黑板上抄写题目，等会儿再来讲题。

唐雨的身高不够，就踩着凳子，细白的手指捏着粉笔，一笔一画地写得认真。

她的英文写得漂亮，像是乐谱里生动的音符。

边炀托着下颌，另一只手随意地把玩着签字笔，懒懒地抬头瞧她。

那火柴棍儿似的手腕子，比白粉笔还白。

那腰，细得没谁了，还是得多吃点儿饭。

要不然这随时能昏过去的小身板，会让别人以为他这个做老大的苛待小弟呢。

这个晚上格外燥热，孟诗蕊本就心情不好，看到满黑板都是唐雨的字，心里更是憋了一口气吐不出来。

"蕊姐，别生气别生气。"刘耀杰拿两本书，殷勤地给她扇风。

孟诗蕊烦死了："一边儿去。"

边说边烦躁地用签字笔在卷子上用力地画，卷子被"嘶""嘶"地划破。

她揉成一团，正要扔了，然后抬头看到唐雨的背影，想也没想扔了过去。

唐雨被猝不及防地砸到脑袋，身体在凳子上晃了一下，要不是及时扶住了后边的讲桌，就要栽下来。

孟诗蕊双手交叠在胸前，往椅子上一靠，高傲的表情没有丝毫愧疚感。

"喂，你挡住我看题了，去那边儿写去！"

底下的同学噤声，心想唐雨又要倒霉了。

结果下一秒，一本书精准无误地砸到了孟诗蕊的脑袋上。

"啊！"孟诗蕊尖叫了一声，猛地拍桌子站起来，"谁干的！"

边炀懒懒散散的声音传来："我干的。"

"边炀，你有病吧，砸我！你疯了！"

对方视线向下一压，慢条斯理地转着笔："不好意思，我这人啊，看到手欠的人就忍不住，要不然你去外边儿待着？"

英语老师听到动静从外边进来，皱眉："怎么回事？让你们写个题也能给我搞出么蛾子来？！"

汪晴举手："老师，是孟诗蕊先拿东西扔唐雨，边炀才拿书扔孟诗蕊的！"

孟诗蕊阴恻恻地看了眼汪晴，汪晴马上低下头。

"孟诗蕊，边炀，你们两个给我出来！"然后英语老师看向唐雨，"跟你没关系，你继续写题。"

同时警告其他的同学："下课之前除了写题的唐雨，谁要是没抄好，都给我出去站着！"

顿时，班里寂静一片，只有唰唰的写字声。

连刘耀杰都不敢轻举妄动，默不吭声坐回了座位。

英语老师高清河可不是孙雪敏，他待在这个学校的时间比校长还长。

蝉联三十年优秀教师，还是高中英语部的主任。每年接手的都是高三毕业班的尖子班。

所教的班级，英语名次没有一次不拿第一的。省重点高中好几次开高薪来挖人，他愣是没走，就为了待在凉城和家人团聚。几十年的教学，学生早已桃李满天下，有的已经成为某上市集团的高层，有的出国深造，有的学生甚至进了政府部门……

每年过年，学生们感激师恩，都争着来给他拜年呢，连校长都敬他三分。

所以高清河的底气硬，一句话，其他人都扑棱不起来。

孟诗蕊哪怕觉得没面子，也得老老实实地出去。

唐雨边在黑板上抄题，边担心地从窗子往外看。

边炀一副没睡醒的样子，心不在焉地听高老师絮絮叨叨，似乎察觉到了她的视线，微抬的眉眼略挑起，泄出一丝不着痕迹的轻慢，与她遥遥相望。

唐雨在讲台上偷偷摸摸地朝他打了个手势——手指头弯了弯，示意他稍稍低头，好汉不吃眼前亏。

边炀读懂了她的意思，轻"啧"了声。她大约是真的不知道自己这样子笨笨的。

不承想惹了高清河的注意，顺着边炀的视线看进去，高清河看见唐雨的小动作，当即横眉冷对，让边炀和孟诗蕊都站到避开窗户的楼梯口去。

"唐雨，好好抄你的题，一心二用，英语单词都抄错了！"

被训的唐雨马上收回眼神，一看还真错了，迅速用手擦掉错误的英文字母，改了过来。

把教室门带上，高清河此刻手背在身后，走到楼梯口。

"你们两个，都好好反省反省，高三的每一秒都很珍贵，自己不好好学习，上课期间搞这些小动作，还影响其他人，知不知道这种行为极其恶劣！"

边炀打了个哈欠，兴致缺缺。

孟诗蕊很委屈的样子："老师，分明是边炀欺负我啊，你看我这里，都让他砸伤了！"

她的额头确实红了，被书砸的，但不至于说成伤。

"我要边炀给我道歉！要不然就把他家长叫过来给我赔不是！"

她倒要看看边炀到底什么家庭。

高清河的手指托了下镜框："你还让他叫家长？孟诗蕊，唐雨在上面写得好好的，你为什么用东西砸唐雨？这件事首先错的就是你，要道歉，也是你先跟唐雨道歉，至于边炀……"

他说着扫了眼漫不经心的少年。

听说他是转校生，目标是出国，不参加高考的，也不算入二班的成绩。

高清河也没指望他多努力，就说了句："他欺负女同学是不对。边炀，下次不能动手，发现别人欺负同学要报告老师，知道了吗？这次你也应该向孟诗蕊好好道歉。"

边炀笑容意味不明，说了句："报告老师，唐雨就能砸回去了吗？"

高清河皱眉："当然不行，孟诗蕊砸人不对，她该道歉，但唐雨砸回去，那唐雨就对了？同学之间应该相互理解、和睦相处，解决问题的方式也不只有动手，如果每个人遇到点儿问题就动手，那还要规矩做什么，还要老师做什么？"

孟诗蕊气得直跺脚。让她给唐雨道歉，想都别想。

边炀笑了下："那要是对方不道歉呢？"

高清河也知道很多人都因为孟诗蕊家境好偏向她。可在他课堂上，就是校长都不能捣乱。

"孟诗蕊，你去给唐雨道歉，等你道完歉，我再让边炀给你道歉，这事就算完了。"

"我不！我都受伤了，唐雨一点儿事都没有，凭什么让我道歉？！"

孟诗蕊收敛心里的嫉恨，转眼就掉眼泪。

"高老师，你不能因为唐雨是英语课代表就偏心她吧，从小到大，我爸妈都没打过我，边炀就敢打我，我要告诉校长，要告诉我爸妈，这事没完！"

高清河一个五十多岁的人，被她吵得头疼欲裂，血压都快上来了。

边炀有点儿躁，冷冷瞥她一眼："你再吵，信不信我用石头堵上你的嘴。"

"老师你看他！一点儿道歉的意思都没有，还当着你的面威胁我！"孟诗蕊指向边炀，"我不管，今天边炀和他家长不给我道歉，我就告诉校长，开除他！这种人不能留在清远！"

少年眼神瞬间冷了下来，烦了，把面前的手用力往下一弯。

孟诗蕊当即发出杀猪般的尖叫："好痛好痛！"

"呜呜呜！"她这次真疼哭了！

"边炀，快松手啊！不许对同学动手！"高清河一瞬间也吓了一跳，赶紧上前按住他的胳膊。

边炀把她的手嫌恶地丢开，用口袋里的纸巾擦了又擦。

孟诗蕊的哭声一下子引起隔壁班的注意，首先出来的是周寻文。

这会儿一班二班的人也不自习了，闻声都从窗户里探头往外看。

"高老师，这是怎么了？"

余光从边炀和孟诗蕊身上扫过，看孟诗蕊泣不成声的样子，周寻文眉心一皱。

不等高清河开口，孟诗蕊像找到靠山一样，哭得楚楚可人："周寻文，边炀欺负我，他用书砸我的头，你看我的额头，都肿了，还有我的手，他差点儿把我的手掰断了，我真的快吓死了呜呜呜……"

周寻文一看，果然她的手指头都是红的，额头上也有红印子。

两家人走得近，他们一起长大的，周寻文从小就把孟诗蕊当亲妹妹看待。

这会儿清润的面孔有了些许怒意，犀利的眼神盯着边炀，把人护在自己身后。

"诗蕊是女孩子，你欺负女孩子算什么本事！"

孟诗蕊擦了擦眼泪，躲在周寻文身后，冲他挑衅地扬了扬眉。

边炀淡定自如地靠在墙壁上，抵在墙边的一条长腿微微屈着，懒洋洋地抬眸："仔细看看，我怎么能算是欺负人呢，我欺负的那能是人吗？"

周寻文努力保持着风度，长吐一口气："虽然不知道你是从什么学校转过来的，也不知道你在别的学校是什么做派，但在清远，就要遵守学校的规定，禁止打架斗殴，这次你对女生动手，还当着老师的面动手，足以证明你不是个好学生，也足以肯定你的品行不端，足够开除了！"

边炀闻言轻嗤一声:"人呢,都是一个样,认不清自身的问题,还偏偏长着一张说教的嘴,我品行不好……"咀嚼着这几个字,他眼皮都懒得掀了,声音不痛不痒的,"谁给你的勇气定义我?你又拿什么定义的我?是你这张只会说教的嘴,还是你那听信一面之词的脑子?"

"你!"周寻文被讽得面红耳赤。

家世优良温文尔雅的他,从来没遇到过这种顽劣不驯的人。

更没被人明里暗里地骂个狗血喷头。

周寻文不会骂人,也不屑跌了自己的体面和身份,于是他眉目间敛着薄怒,看向高清河:"高老师,你也是当事人,咱们一起去校长那里做个见证,我们清远不需要这样不学无术、扰乱纪律的学生!"

高清河还在揉眉心。这都是什么事儿啊,好好学个英语,怎么就那么难?

"周寻文,这事啊,其实不是你想的那样——"

高老师本想还原一下现场,被孟诗蕊赶紧打断。

"周寻文,我头好疼啊,是不是落下什么后遗症了……"

周寻文马上低头检查,除了红了点儿,蹭破了点儿皮,没什么伤口。

而这会儿教室里已经闹得沸沸扬扬。

汪晴靠着窗户,把他们的对话听得一清二楚,赶紧去讲台复述了一遍。

"怎么办啊小雨!这次边炀肯定要吃亏了,他哪是孟诗蕊的对手……"

汪晴越想越可怕。

而唐雨闻言已经扔了粉笔,想都没想就跑了出去。

"哎小雨,你干什么去,你等等……"

唐雨从教室里跑出来,直接到高清河的面前。

"高老师,事情明明就不是孟诗蕊说的那样,凭什么要开除边炀,他分明什么都没做错!"

靠墙上的边炀侧目看了她一眼。

女孩声音细细软软的,跑得有点儿着急,可眼神格外有力量。

怯懦但不软弱,脆弱但有棱角。

好像还是那个小可怜,又好像有点儿不一样。

"唐雨。"周寻文看她时目光明显柔和了些,"这事跟你没关系,你回二班去。"

"怎么没关系?"说完,看到孟诗蕊盯着她的眼神,唐雨的身体下意识地抖了一下。

可她不能退缩。

她似乎鼓足了极大的勇气才开口:"是孟诗蕊先用东西扔我,边炀才会扔她的,后来孟诗蕊又说了很多过分的话,边炀才还手的。"

"喂!唐雨,你胡说八道什么!"孟诗蕊拉了拉周寻文的胳膊,"周寻文,她撒谎,根本就不是这样——"

"哪不是了?"在一旁沉着脸的高清河缓缓开口,"就是唐雨说的那样。要不是你打断我的话,我早就说出来了。"

闻言周寻文的脸色变了变,难以置信的眼神把孟诗蕊看得心慌。

"诗蕊,你砸唐雨干什么?你怎么能对同学随便动手呢?"

"周寻文,我……"

"好了,你别说了。"高老师都这么说,那肯定没跑了。

周寻文没想到事实会是这样,有些复杂地看了眼边炀,又去看唐雨:"唐雨,你没受伤吧?"

嗓音温和,不乏关切。

唐雨抿了下唇:"我没事,我看孟诗蕊也没事,我也不需要她的道歉……"小小地吐出一口气,她又道,"同时,边炀也不需要跟你们道歉,他也不会被开除。"

周寻文嘴唇动了动,顺势说:"既然事情都解释清楚了,那就算了。"

孟诗蕊一听急了:"周寻文,这怎么能算了……"

"好了,大家都是同学,今后都要相处的,唐雨没追究你,你也不要得理不饶人了。"

周寻文柔声说。

孟诗蕊跺了跺脚。

高清河咳嗽两声,做了总结:"同学之间应该互相帮助,而不是互相埋怨生事,既然双方都有错,也都不想道歉,这件事就算了了……周寻文,你回一班继续上课,孟诗蕊和边炀,还有唐雨,你们回二班继续做题。"

转身看了眼二班探头探脑的学生，高清河一瞪眼："把脑袋都给我缩回去，题都写完了是吧？写完了再加一套卷子，明天中午之前交上来！"

班里顿时一片鬼哭狼嚎。

周寻文安抚了孟诗蕊两句，就回了一班。

孟诗蕊经过唐雨，本想故意撞她一下，谁知唐雨被边炀揪着袖口，拽到了身边。

孟诗蕊撞空了，一胳膊撞到围栏上，疼得直冒汗。

"唐雨，你给我等着！"撂下话，她捂着胳膊走进了班里。

边炀揪她袖口的手插回口袋里，进门前，拖着散漫的调子开口："喂，你这次怎么不胆小了？不是最怕这个孟什么蕊的吗？"

唐雨垂下的眼睫颤了颤："我还是挺怕的……"

"那你还站出来？"边炀瞧她一眼。

"可我不站出来，你要是被开除了怎么办……"唐雨吸了吸气，"我不想你被开除。"

这话听着顺耳。

边炀闻言低眉笑了一下："还算你有点儿良心，没白收你这个小弟。"

别看她平常不吭声，蔫炮倒是打得响。

对于他给予的肯定，唐雨腼腆地笑了笑。

她一笑脸颊上就有个很浅的酒窝，甜丝丝的。

边炀把手懒散地往她肩上一搭，弯腰，视线和她齐平，陡然凑近的距离让唐雨的眼睛稍稍撑圆了一点，下意识地屏住了呼吸。

黑亮澄澈的眼眸跟小鹿似的，一动不敢动地对上他的。

他也垂下眼帘，漆黑的眸子含着恰到好处的笑意："不过把你的良心好好塞回肚子里，下次别插手了啊，你放心，只要我不想走，天王老子来了也没人能开除我，我这当大哥的，让小弟帮忙说话，说出去都丢人。"

唐雨很乖地用鼻音轻轻"嗯"了一声。

他才直起身，伸手在她毛茸茸的脑袋上碰了一下。

唐雨不自觉地仰头看他，夕阳的余光落在他的肩头和发梢上，他整个人比骄阳还耀眼。

"你头上都是粉笔末，脏死了。"他似嫌弃地说了句。

唐雨马上收回眼神，低头，伸手拨弄几下头发。粉笔末是在黑板上抄题的时候落的。

边炀看她越弄越多，跟看小傻子一样，忍不住笑出了声。

"我说，你傻不傻，你手上也都是粉笔末，又去摸头发，那头发上不还都是啊。"

唐雨弄头发的手一顿，低头一看，手上也全是粉笔末，被他说得脸蛋红红的。

边炀憋着笑，刚要伸手帮她一下，教室里的高清河说话了。

"唐雨，边炀，你俩还在外边磨蹭什么，赶紧进教室！"

"我先进去了。"唐雨埋头就往里走。

边炀略微挑眉，收了还在半空中的手，慢吞吞地跟进去。

前半节课抄题，后半节课讲题，又上了两节晚自习才放学。

汪晴边收拾东西，边不满地嘀咕着："明明就是孟诗蕊先砸你的，结果到最后连声对不起都不说，也太不公平了。"

唐雨摇摇头："这样就挺好。"

世界上没有绝对的公平，毕竟，连人的心脏都是偏左的。

"要不是边炀给你出气，这次八成又是你吃亏。"

汪晴瞧了眼身后，位置是空的，边炀出去打电话了。

"你还说你俩不熟？不熟，他怎么会无缘无故地帮你啊？"

汪晴撞了一下她的肩膀："老实交代，你俩到底什么时候认识的！这么大个帅哥居然藏着掖着，也不跟我分享分享，你其心可诛啊你。"

"我们之前真的不认识……"唐雨有点儿无奈，晚上要去帮忙，顺便去给边炀做饭……

想了想，她又带上了要写的卷子还有一支笔。

汪晴撑着下巴，不信："真的？"

唐雨："真的。"

汪晴还笑："看你们的相处状态跟认识了很久一样，有句话怎么说来着，与君初相见，犹如故人归？我感觉你俩的关系比咱们的关系都好，哎，终究是错付了。"

唐雨拍了下她摊开的手："你要是把这点儿心思用在学习上，语文也不至于考不过百。"

"嘶，小雨你学坏了，你学会往人伤口上撒盐了！"见唐雨站起身，汪晴问，"又要去帮忙了？"

"嗯。"唐雨把椅子倒放在桌子上。

"临近高考还去帮忙的，你怕是第一人，我真佩服你。"汪晴竖起大拇指。

唐雨笑了笑，不说话。

父母离异后，都各自成立了家庭，有了新的孩子，生怕她要生活费，对她避之不及。

奶奶在床上不能动弹，每个月靠低保买药。家里就只靠爷爷种菜、种田赚些零碎的收入补贴家用。

她高中学费是全额奖学金，生活费就靠业余帮忙。

马上要高考了，上大学的学费还没存够……

而且唐雨想在读大学前留一些钱给奶奶治病，就只能从牙缝里省钱。

从教室里出来，边炀的电话还没结束。不知道对面说了什么，他后背靠在围栏上，漂亮的眼睛半眯着，懒洋洋地"嗯"了声，全是敷衍。

见唐雨出来了，他跟那边说了句"再说吧"就挂断了。

"收拾完了？"边炀低眉，瞟了眼她手上那个布包。

唐雨跟他商量："我先去奶茶店帮忙，等我打完工再去菜市场买菜回去做饭，可以吗？"

"买菜？"边炀对这事不太熟悉的样子，"附近不有超市吗？"

唐雨声音软软地解释："菜市场的肉和菜便宜，超市的贵……而且菜市场的菜很新鲜，大部分都是今天从地里拔出来的，我一般都去菜市场买菜。"

"哦……"他似懂非懂，从口袋里拿出钱包，指尖夹出一张卡，递到她面前。

唐雨有些莫名。

边炀懒懒地抬眼："不是买菜吗？刷卡买。"

"不用……"

边炀以为她是客气，"啧"了声："跟我客气什么，拿去随便刷。"

唐雨唇角动了动："菜市场不能刷卡……"

"……"边炀把卡默默收回去，这世界上还有不能刷卡的地方吗？

于是从钱包里抽出十几张红钞给她，不紧不慢地道："那用现金，现金总行了吧？"

这十几张钞票能买两个月的菜了……

唐雨摇摇头，弱弱地问了句："有二十的吗？二十就够了……菜市场的菜很便宜的。"

挑这挑那的，边炀烦了："没有！"

把钱都塞给她，让她自己看着办，吓得唐雨赶紧还回去，然后抽了一张红钞出来："这个就够了，等找钱后我再把剩下的还给你。"

边炀把钱包随意地塞回兜里："麻烦。"

两个人往学校外走，边炀隐约想起了那个什么孟会在她去帮忙的必经之路堵她，临时改了主意。

"唐小雨，你先去菜市场买菜，再去帮忙也行吧？"

唐雨想了想，菜市场来回需要半个小时，跑快点儿是来得及去奶茶店的。

可是他怎么改主意了啊。

"为什么啊？"心里想着也就问了出来。

"我想先看到菜，不行？"指尖挠了挠眉心，他拖着懒懒的尾音进行批评教育，"不都说早起的鸟儿有虫吃吗，那同样的道理，你早点儿去菜市场，就能买到更新鲜的菜，怎么连这个都不懂？"

唐雨想说"晚点儿的菜市场，菜更便宜"，可边炀似乎挺坚持的，还开始点菜了："我不吃有刺的鱼，你找个没刺的，你那鱼汤还不错，今天再做一次。"

"那还有别的想吃的吗？"唐雨仔细记着他的口味。

边炀暂时想不出来："你随意发挥，我没忌口。"

"好吧。"唐雨记下了，拎着包正要去菜市场，边炀伸手把她的包扯下来，稳稳地挂在了自己的肩上："你去买菜，拎着不方便，正好我回公寓，包我顺便给你带回去。"

唐雨确实拎着不方便，感激道："那麻烦你了。"

边炀唇角轻轻淡淡地扬着一道弧度："麻烦这么多，不介意多这一个。"

唐雨有点儿不好意思地拂开脸颊的发丝："谢谢，那我去买菜了。"

两个人刚走出学校不久，就有个拄着拐棍儿的老婆婆过来问路。

那地儿还挺偏僻，唐雨没在县里逛过，不怎么清楚，就拿出手机导航了一下，才给人指路，声音轻轻软软的，很有耐心。

老婆婆笑眯眯地道了谢，还夸她是好学生，拄着拐杖走了。

傍晚的热风卷着路旁香樟树的香气袭来，拂着唐雨额前的发丝，头发很软的样子，随风轻轻晃动。

大概有点儿痒，她伸手拨开一些，偏头发现边炀在看她。

被抓包的边炀懒懒地站在不远处，目光似乎微微闪烁了下，继而故作淡定地瞧她一眼："不知道那地儿就说不知道，还给人导航，你哪来这么多好心。"

露出白净小脸的唐雨，脸上有些笑容："其实人家开口请求帮忙，也是看人的，从学校里出去的学生那么多，奶奶就唯独挑中了我，是因为她觉得我好亲近好说话才会找我问路的。"

少年头一次听这种理论，微妙地弯了下唇角："你还挺会往自己脸上贴金。"顿了一顿，"难道你那天找上我，让我罩着你，也是觉得我好亲近好说话？"

"嗯。"算是吧，唐雨犹犹豫豫地点了下头，舔了下唇，"那天在巷子里的时候，你帮我解围，在班里孟诗蕊针对我的时候，你也帮了我……"孟诗蕊他们也明显忌惮他。

"而且我奶奶说，锁骨上有痣的人，一定都是好人。"

奶奶四十岁那年病了之后，就一直在床上躺着，不能动弹，爷爷伺候了她二十年，不离不弃。

爷爷锁骨上有痣，奶奶就反复跟她说，锁骨上有痣的人都是好人，值得信。

久而久之，唐雨就信了。

所以当时她内心挣扎了很久，才偷偷捡起他的签字笔藏起来，放学后找了个机会搭话。

边炀闻言眉梢挑了下，抓到重点："你还偷看我。"

唐雨的脸蛋一红："没……没有……是你领口太大，不小心露出来的……"

"我露你就看？"边炀半眯着眼，"唐小雨，你不仅会给自己脸上贴金，还格外不见外啊。"

唐雨禁不起逗，在边炀双臂抱胸带着审量的眼神走近她时，她的脸已经越来越红了。

头顶传来低低的轻笑："逗你玩儿的。"

唐雨又抬起头，眼睛亮亮的，边炀的唇角微微勾起："做小弟的怎么能没有大哥的微信呢？不过有个条件，你得把我置顶，当大哥的要置顶，这是规矩，懂？"

"懂了。"她回答得怪乖的。

边炀满意地把她的手机还给她，又拿出自己的手机，调出来微信的二维码界面。

唐雨扫了一下添加上了，边炀点击通过，余光掠过她的手机界面。

果然把他置顶了，备注是他的名字，太好骗了吧。

"已经设置好了。"唐雨汇报道。

边炀低头时没憋住笑，轻咳两声："行，看见了，审核通过。"

那就可以省下通话和短信的额度了，唐雨甜甜地笑了下，很开心地"嗯"了一声。

"那我去买菜了。"说完冲他摆摆手，小跑着去了东边菜市场。

披散的长发跟随她的校服裙摆一晃一晃的，在路灯下愉悦地摇摆。

"出息。"低低的笑音自喉间溢出。

不就是要个微信，至于这么高兴吗？啧，魅力太大，没办法。

他把肩上搭着的包拿下来，拉开拉链，把她的布包塞进自己的包里才挂回肩上，戴上一个黑色的鸭舌帽，精致的眉眼遮在了帽檐底下，双手懒懒地插在口袋里，朝反向走。

去她帮忙的奶茶店要拐进一条深巷子，这是最近的路。

要是走大路去奶茶店，就要绕到清远街的尽头再拐过去走四百米。

巷子挺窄的，只有一米五宽左右，一边是凹凸不平的墙，另一边则是破旧的筒子居民楼。

到了晚上，深巷过于漆黑，老人们凑钱安了一盏路灯。

这灯看起来也有些年头了，灯光昏昏沉沉的，照地面也不清晰。而地面因为昨天刚下了场大雨，晃动的大块青石板踩上去，跟踩盲盒似的，时不时就会溅起污水，弄脏鞋子和衣服，所以很多人宁愿绕路，也不愿意从破旧的深巷子里走。

市政府是有拆这片儿的计划，可这里的居民嫌拆迁款太低，联合起来闹着抵制拆迁，计划就一直耽搁着。

隐蔽性好，监控少，又很少人经过，成了附近不良学生的聚集地。

刘耀杰走进巷子，从后边追过来的一个男生跟他汇报："哥，奶茶店没有你要找的那个唐雨啊，我还问了老板，老板说她今天还没去做帮忙，是不是还在学校里面儿啊？"

"不可能，她早就出来了。"刘耀杰亲眼看见的，"你们几个再去附近找找，她可能从大路去的奶茶店，这臭丫头现在学精了，不从这儿过也有可能。"

"好。"那人刚要去找人。

不远处传来了懒懒的声音："不用找了，我在这儿等你有一会儿了。"

刘耀杰下意识地转过身顺着声源看。

他的身影笼罩在阴影中，隔着几米远，只能看见模模糊糊的轮廓，刚才他们都没注意到。

边炀戴着鸭舌帽，后背懒散地依靠在墙上，咬着一根棒棒糖，昏暗的路灯将少年露出的半张脸轮廓照得立体分明。

"边炀，是你！"刘耀杰本就不大的眼此刻一眯，更看不见了。

边炀连眼皮都没抬。

刘耀杰冷笑一声，仗着人多势众极其嚣张。

"大言不惭啊，还在这儿等我，就算你不在这儿，我也要去找你，现在倒好，也省得找了！"

本以为听到这话，边炀会害怕、会恐慌、会求饶，结果对方咬着糖，低头发微信呢，屏幕映出的面容精致分明，似乎在思考什么，压根没搭理他。

边炀也不知道这小姑娘事儿这么多啊。

唐小雨："菜市场没刺的鱼都卖完了，只剩下黄鱼和清江鱼，但是做汤不好吃……怎么办？"

边炀慢吞吞地打字："那就买黄鱼和清江鱼。"

唐小雨："黄鱼清蒸好吃，清江鱼清蒸和红烧我都会，你喜欢吃哪一种？"

边炀"啧"了一声，继续慢条斯理地回："你随便选个。"

唐小雨："纠结。"

隔着屏幕，边炀都能想象到她站在卖鱼摊位前，用那双黑亮亮的大眼睛充满纠结地看那些游来游去的鱼的表情了，到底没忍住笑了一声。

刘耀杰："……"当我不存在是吧！

"边炀！你少给我装蒜！"

边炀从手机屏幕上懒洋洋地抬眼，扫过这些人。爱搭不理的样子，仿佛多看他们一眼都是一种恩赐。

"怕了吧？现在怕也晚了！不过你要是告诉我唐雨在哪儿，我或许能让你少丢点儿人！"

刘耀杰得意扬扬的："我教你一个道理，不是谁都能英雄救美的，先前放你一马，不过是因为在学校，现在出了学校可没人管你了。边炀，何必为了别人自己受苦呢，识相点儿告诉我唐雨在哪儿，我能让你少受点儿罪！"

"你倒是提醒我了。"细碎的头发在额前微微垂着，少年幽幽地说，"出了校门，可没人管那么多了。"

刘耀杰皱眉："你在这里胡说八道什么，赶紧说出来唐雨在哪儿，要不然我……"

边炀漆黑幽深的眸子骤然眯了眯。

刘耀杰话还没说完，下一秒棒棒糖砸在了他的脸上。

"啊！"刘耀杰疼了一下，跳脚地骂道，"边炀你有病啊！"

边炀静静地看着他，布满戾气的眼眸透着危险的寒光。

"这话应该我问你，是吃长生不老药了，这么不怕死？提醒你一句，什么话都说，可是活不长的。"

对上黑色棒球帽下那双眼，刘耀杰的脊背忽然凉了一下，然而他并不知道事情的严重性，恼羞成怒地挥舞起拳头就冲上去，想要给边炀一拳。

结果被对方轻易地拧住手腕。

紧接着是刘耀杰惨烈的尖叫："啊！我的手！"

"耀杰哥，你没事吧！"

刘耀杰瞪了一眼凑近的人："还愣着干什么！都给我上！"

一声令下，剩下的七个人都冲了上来。

深巷里面时不时传来阵阵痛苦的哀号声。

经过的路人偷偷朝里面看了一眼，但本着多一事不如少一事的原则，脚步匆匆地离开，当作什么都没看见。

月色微微颤动，夜风吹得香樟树摇摇晃晃。

昏黄的路灯下，原本气势汹汹的一干人现在顾不上吓得脸色惨白的刘耀杰，能跑的都爬起来见鬼似的跑了。

跑不动的，此刻要么跪在地上捂住腹部，直不起身；要么脚蹬着潮湿的青石板地，护着鼻青脸肿的脑袋，拼命地缩到远远的角落里去，生怕再被那人给盯上。

而罪魁祸首正漫不经心地站在昏暗里，摘了鸭舌帽，伸手抓了把被薄汗打透的发丝，轻轻晃动，发丝凌乱地铺在眼前。

手臂方才绷直的筋脉还未完全平复，肌肉匀净，脉络清晰，透着蓬勃旺盛的野性。

他嫌弃似的瞧了眼帽子，上面沾了泥，看着碍眼，往地上随手一扔，然后慢条斯理地将挽起的袖口放下去，遮住冷白的手臂。

边炀的卫衣上只是沾了一些灰尘，他从口袋里拿出一根棒棒糖，撕开糖纸，咬在唇边，低头瞧了眼畏畏缩缩的刘耀杰。

他略微扬唇，走到那人腿边，然后半蹲下来，指尖随意地搭在膝上，视线和他平视："还继续吗？"

"不……不了，不了……"

谁知道边炀这么厉害！要是早知道这样，刘耀杰打死都不来这一趟。

边炀的表情还是淡淡的，仿佛没有一点儿起伏，嗓音和往常一样散漫，却比他刚才还要可怕，刘耀杰只觉得头皮发麻。

"边炀，我错了，大家同学一场，你就当作今天什么都没发生，我不会告状，你也别记仇行吗……"

边炀舌尖抵了抵下颚，笑了。

其他倒在地上的人看得一阵瑟瑟发抖，强撑着力，连滚带爬地跑。

"也行。"边炀声音轻飘飘的，扔掉唇边咬着的糖，"这样吧，你写个保证书，保证以后再也不针对同学，我就放你一次。"

刘耀杰在清远一直是霸王一样的人物，向来横着走的，现在却战战兢兢，浑身好像被拆了一样，骨头缝里都是疼的。

"好好好！我这就写！"他不敢再嘴硬，只想离开这个地方。

按照边炀的要求把保证书写好，刘耀杰连滚带爬地离开了巷子。

边炀把保证书叠起来放口袋里，随即有点儿嫌弃地从兜里抽出几张纸巾擦手。

都是泥，简直脏死了。

然后拾起挂在墙上的背包，在肩上随意搭着。

一只手插在兜里，另一只手低头划开手机，有一个未接电话，还有几条未读的微信。

他先点进去微信，略微挑眉，都是唐雨发来的。

唐小雨："决定买清江鱼，晚上红烧吃，好不好？"

唐小雨："你不回我就当默认了。"

唐小雨："还买了小青菜和青椒，上次见你不喜欢吃西红柿炒鸡蛋，所以这次做青椒炒蛋，可以吗？"

过了一分钟，大概他没回，她又弱弱地发了句："你不回我就当默认了。"

边炀看得好笑，指尖慢悠悠地打字回复："嗯，去奶茶店帮忙了？"

他等了一会儿，唐雨没回，估计是在忙。

边炀切回主页面，点开那个未接通话，边往巷子外散漫地走，边回拨过去。

那边很快就接通了。

"阿炀，最近怎么样？"

边炀走得慢，但身后的泥泞逐渐离他越来越远："挺好。"

"那就行，你来得突然，舅舅住的地方离你学校有点儿远，来回不方便，所以临时在学校附近给你买的公寓，这公寓没你在京华的好，我已经让助理去找合适的新房子了，但装修也得费点儿时间，你先将就着住那儿。"

"不用，这地儿我住得挺好。"

炽炀

电话那边的人还挺诧异。毕竟这个外甥从小锦衣玉食的，最是挑剔，这次居然这么好说话了。

他笑了笑："那也行，对了，我让保姆每周去打扫两次，明天就去。"

"不用。"边炀回得很快，"我不喜欢陌生人进我住的地方，别让阿姨来。"

"那怎么行，我还安排了个营养师过去特意调理你的胃，你想吃什么让他给你做，别总是什么都不吃，身体都饿坏了。"

说到这里，他轻轻叹息。

自从姐姐去世之后，边炀就得了轻微厌食症，吃什么都吐。

边炀的父亲先前给他打电话就是说这事儿，所以这次特意请了个营养师。

边炀想也没想地拒绝了："不用，我吃得挺好。"

"嗯？"

边炀答："胃口也不错。"

舅舅听到这话挺诧异："吃得挺好？"胃口还不错？这跟边炀父亲说的完全不一样。

"不用担心，我真挺好，也别送人过来，我嫌烦。"

他走出巷子，外边的行人就多了，来来往往的，有点儿嘈杂。

舅舅闻言还是不大放心，语气带着商量："这样吧，我不送人过去也行，你把三餐都拍照发给我，这样我才能放心，总行吧？"

"啧。"指尖挠了挠眉心，边炀真怕他塞过来几个人，就应了，"行吧。"

舅舅总算露出笑容："嗯，我还有三个月就处理完这边的事回国了，到时候我们好好聚聚。"

"知道了，挂了。"没等对面回应，边炀就把电话挂了。

舅舅没别的毛病，就是爱啰唆，不挂，他还能再说半个小时。

唐小雨还没回复他的微信。

边炀敲了敲手机侧棱，锁了屏幕，放回口袋里。

途经一个小超市，他脚步顿住，往里面看了眼，抬脚走了进去。

售货员瞧见他，低头，马上用手肘捅了捅身边的同事。

两个人都看过去，捂住嘴，又没忍住多看了两眼。

好帅一男生。

这张脸本来就痞得不行，额头上落了处红痕，似乎擦伤了，平白给无可挑剔的面庞又添了几分野性。

是看一眼都让人脸红的长相。

站在琳琅满目的货架前，他目光一一掠过上面的商品，没找到自己要的东西。

正准备要走，售货员小姐姐过来问："你要找什么东西啊？我来帮你找吧。"

边炀略一挑眉，没拒绝售货员的好意："拖鞋在哪儿？"

售货员马上把他带到了对应区域。

超市不太大，拖鞋就没挂起来，摆在最下面一排货架上，所以边炀没瞧见。

售货员刚拿起一双男士拖鞋，准备介绍一下这个热卖的款式，却见少年屈膝蹲下身体，拾起最下面货架上的一双女士拖鞋。

粉色的拖鞋，上面是小兔子的图案，还有两只奶乎乎的白色小耳朵。

莫名地让边炀想起了某个小姑娘。

见少年很喜欢这双兔子类型的女士拖鞋，售货员小姐姐笑起来："是给家里人买的吗？她穿多大尺码的鞋子啊，我帮你找号码。"

家里人？不不不，是给他小弟买的。

要不然那小姑娘每次去他家都脱鞋，不肯踩地板。

边炀也没必要跟人解释这么多，不过他还真不知道她穿多大的。

不过脚很小，特别小。

他大致比画了一下，迟疑地说："应该是最小号。"

"那就是三十五号了。"售货员看得哭笑不得，找到尺码递给他，"这双。"

边炀接过后又跟自己的手比画了下，应该就这么大点儿。

"你这么用心，她一定会喜欢的。"售货员小姐姐笑。

边炀钩了钩唇，似乎能想到唐雨笑起来的样子，浅声道了谢，去收银台付钱。

第三章
地球没你不行

今天的奶茶店不是很忙，半个小时过去，顾客只有两三个，也给了唐雨写东西的时间。

她趴在吧台上，拿出笔和纸一笔一画地写东西，很认真。

直到察觉有人走进店里，她才马上收起来纸笔，没抬头就说了句："欢迎光临，请问想喝什么？"

等抬头看到对方是谁，嘴角的笑容突然僵住。

周寻文没穿校服，一身白衬衫和米色休闲裤，整个人沐浴在清风中，显得温文尔雅。

"唐雨，我有事跟你谈谈，可以吗？"声音温和而谦逊有礼。

唐雨迅速低下头，庆幸来的不是孟诗蕊，同时拿着毛巾埋头擦工作台，明显躲避他的意思。

"不好意思，我在帮忙，不方便。"

"现在没有客人，应该也没什么不方便的吧？"周寻文说。

唐雨找了借口："我们工作期间是不允许闲聊的，你走吧，待会儿老板看见了不好。"

老板不在店里，她这些也是托词。

周寻文似乎也察觉到了她的回避，于是开口："那我点奶茶。"

埋着头的唐雨轻轻吐了一口气，问："请问要点什么？"

周寻文扫了眼目录单，随便选中一个名字："要十杯芋圆葡萄。"

十杯？！唐雨看了他一眼，他自己一个人进来的，喝不了这么多。

不过也没有多说什么，客人下单，她只管制作就好。

周寻文付了钱，唐雨开始制作，也给了他说话的时间。

"下午的事儿我问过诗蕊了，她说，是跟朋友玩闹，不小心把东西抛出去了才会砸在你身上的，她不是故意的，我替她向你说一声对不起。"

唐雨低头，将芋圆放进杯子里，手上的动作不停。

"诗蕊从小被惯坏了，养成了娇纵的性格，这次是她态度不好，但她没什么恶意，所以唐雨你别放心上，我跟她说过，以后要跟你当朋友，学习你身上的优点，她也同意了。"

听到这话，唐雨内心想笑，但依旧默不吭声。

"我没有兄弟姐妹，诗蕊也没有，再加上我们从小一起长大，都把彼此当成了亲人，她把我看作亲哥哥，我也把她当成亲妹妹，如果之前她有什么做错的地方，我也替她说声对不起。"

周寻文自认态度诚恳，言辞没有差错，可唐雨始终当作没听见。

"唐雨，你是不是还是不肯原谅她？"

唐雨的手微微一顿，把浓缩葡萄汁放在桌面上，声音很轻："今后她离我远一点儿就可以了。"唇角动了动，又看他，"你也离我远一点儿。"

周寻文清秀的眉头微皱："为什么？我们之前还组过学习小组，一起参加过竞赛，明明合作得很愉快，为什么不能做朋友？"

为什么？正因他总是不停地找她，她才会被孟诗蕊针对。

"我只想好好学习，不想参与你们之间的任何事。"唐雨眼睫颤了颤，"也不感兴趣。"

周寻文："我们搭档，在一起学习事半功倍不是吗？"

唐雨低头继续做奶茶，心无旁骛的样子，不再跟他说话。

"马上就要一模考试了，一模考试后咱们市会举办数学竞赛，如果能拿到二等奖以上的名次，说不定高考就能加分，咱们学校有三个名额，会从年级前十里面选人。上次摸底考你数学满分，年级第一，我跟负责竞赛的老师特意推荐了你，老师会在比赛前进行三人集训……"

他的话还没说完，唐雨开口："我不会参加的。"

周寻文眉心皱得更深了："为什么？"

"没有为什么。"说话的工夫，唐雨就已经做好了三杯。

"你该知道高考能改变你的命运，能让你从这个小县城走出去。唐雨，你真的很厉害，做题的思路跟我们都不一样，你有深造的潜质，只要发挥正常，将来必然能考进清北的，为什么要放弃这么好的再往前走一步的机会？拿到加分，你这条路会更稳妥啊！"

唐雨做奶茶很利索，好像没听见一样。

即便没有加分，她也会全力以赴地离开这个地方，带着爷爷奶奶去大城市里治病。

前提是，孟诗蕊没有使绊子。

"唐雨你……"见她始终不点头，周寻文有点儿急了。

这时一道散漫的身影晃进来，那人拎着白色购物袋的手指又细又长，肩上挂着黑色背包，懒洋洋地朝里面走："哟，忙着呢。"

周寻文一见他就心生抵触，不再说竞赛的事。也说不上来这是一种什么感觉，大概是对方身上那种侵略感太重又或是天生磁场不对。

第一次见边炀的时候，周寻文就给这人打上了讨厌的标签，经过中午的事儿，更是对他没什么好印象，所以向来温和谦逊彬彬有礼的他，也忍不住冷声冷气："你怎么会来这儿？"

唐雨也意外地眨了眨眼睛，制作奶茶的动作慢了几分。

边炀不是早就回公寓去了吗？

他身上还是那身衣服，包也没放公寓里……而且额头上似乎有伤……她有些担心。

边炀掠过唐雨，视线最后停在周寻文身上，嗤笑一声："怎么，这奶茶店是你开的，你能来，我就不能来了？"

到了下班时间，唐雨小跑着才能跟上边炀。

回了公寓，边炀把门打开，见唐雨正弯腰脱鞋，把购物袋扔在她眼前，说了句："你的。"

唐雨莫名其妙地抬头，眼神清澈又迷茫："什么？"

边炀没回她，换了鞋之后，把背包隔空扔在沙发上，拎着菜进厨房去了。

身后的唐雨打开购物袋，看到那双粉色的兔子拖鞋愣了愣，卷翘的眼睫轻轻晃动，随后扬起甜甜的笑来："边炀，这是特意给我买的吗？

谢谢你！"

厨房里的边炀正挽起袖口，把菜从袋子里拿出来，放进洗水池里。

闻言，唇角的笑很轻地浮了一下，嘴上却说："别自恋，超市打折顺便给你带的，我这当老大的，怎么着也不能总让小弟光着脚丫进家吧。"

唐雨换好拖鞋，正是她的尺码，鞋底软乎乎的，踩上去很舒服。

她来回踩了踩，才满足地把自己的鞋放到鞋柜边上，关上门进来。

看到他在洗菜，连忙走进厨房。

"边炀，你放着我来，我的手已经好得差不多了！"

从前是因为手肿，他才帮忙洗菜的。现在消肿了，只有点儿红，哪能再让他进厨房呀。

边炀身形不动，这次已经洗菜洗得熟练了："我来洗，你一边儿待着去，洗完了再叫你过来做，反正做菜我是一窍不通，少不了你忙活。"

"我可以都做的，之前明明说好……"

"怎么废话这么多？"边炀挺嫌弃的样子，用身体把她和洗手台隔开，"让你干什么就干什么，当小弟要有当小弟的样子，别总是跟老大对着干。"

"……"是这样的吗？难道不该什么都小弟干的吗？

唐雨满肚子的疑问，可边炀不让开地方，她也不能硬挤过去。

想了想，她离开了厨房。

不多会儿，快把菜洗完的边炀听到身后传来拖地的声音。

手上的水都没来得及擦，长腿迈过去把人给按住，把拖把拿回了卫生间。

"马上要吃饭了，你现在拖完，吃完饭还得拖地，蠢不蠢。"

唐雨一想也是，老老实实地"哦"了一声："那吃完饭我再拖地！"

边炀懒懒地"嗯"了一声，转身继续去厨房洗菜。

等洗完菜出来，发现她人又没了，最后在卫生间看到了正在洗漱台上给他洗衣服的唐雨。

看她把手伸进水里，他眉心一皱，马上把人提溜出来。

"唐小雨，你又在干什么？"

"洗……洗衣服啊……"

唐雨被提着后领口，校服上衣往上缩了缩，她伸手往下拽了拽衣角。

她把中午洗衣机洗好的自己的衣服装进一个袋子里，准备拿回宿舍晒。

然后看到脏衣篓里他换下来的衣服，就准备去洗了。

但衣服的材料摸起来很柔软，不太适合机洗，所以她打算用手洗的。

边炀听到这话，没让她继续碰，把人提到卫生间外松开。

"不用，我的衣服，我习惯自己洗，你不要碰！"他有点儿别扭又强装镇定。

唐雨还以为他是嫌弃自己笨手笨脚，把衣服洗坏了，马上说："我会小心洗，不会弄坏衣服的，而且之前我就说过卫生做饭全包，所以……"

"所以菜洗完了，你是不是该去做饭了？"

边炀顺理成章地岔开话题："提醒你一句，再不做饭，你就赶不上回宿舍的时间了。"

唐雨看了看墙上的表盘，果不其然，没多少时间了。也顾不上洗衣服，她赶紧去厨房。

等人走远了，厨房里传来炒菜的声音，站在卫生间外的边炀才稍稍松气。

他重新折回卫生间，先把衣服一股脑都塞进洗衣机，然后把脏衣篓里最底下的东西拿出来，马上用手飞快地搓洗了，省得被她看见……

唐雨炒完一个菜端到餐厅的桌子上，余光看到边炀还在卫生间里，刚想说马上可以吃饭了，就见他双手交叉在衣角那里，直接随性地脱掉上衣，露出黑色无袖背心和线条分明的手臂肌肉。

他修长的手指抓了抓凌乱的发丝，把脱掉的黑色卫衣塞进洗衣机里，似有所察觉，微微偏头看向厨房那边儿，唐雨把菜放在桌子上，正埋头往厨房里走。

他收回视线，慢吞吞地把洗衣液倒进洗衣槽里，按了开关键。

从卫生间出来后就去了卧室。

等唐雨炒完最后一个菜出来的时候，少年正从卧室里出来，裤子换成了一条黑色的休闲裤，握着矿泉水的手冷白修长，手臂骨廓清晰，如同松弛有度的琴弦。

边炀边拧开瓶盖,边朝她这边走:"要帮忙吗?"

直到他站在她面前,唐雨才回了神,埋头去盛米饭。

"不用,饭菜已经做好了,你去吃吧。"

边炀接过后瞟了眼,看她手上空落落的:"就一碗?你不吃?"

唐雨摇摇头:"现在十一点十分了,宿舍十一点半熄灯,我得马上回去了。"然后仰起脑袋看他,"对了,我的书包你放在哪里了?"

边炀把米饭和矿泉水放在桌子上,走到客厅沙发那里,拉开自己背包的拉链,从里面取出来她的包。

轻飘飘的,里面没什么东西。

"这儿呢。"他提着布包背带。

唐雨接过来,从里面拿出一张英语试卷,又从口袋里拿出折叠起来的一张纸,都递给他:"英语试卷我已经写好了,高老师比较严格,如果上课不写完他的卷子,就会被要求罚站,如果你不想写的话,就把这张英语卷子上写成你的名字,再把你的试卷给我,我回宿舍写。"

这小弟,把他安排得明明白白,生怕他上课罚站。

边炀没接她那卷子,似笑非笑的:"万一你写不好怎么办,小姑娘出门罚站多丢人,小弟丢人,我这个做大哥的能幸免?"

"不会不会,我肯定能赶在上课前写好!"唐雨说,"答案我都记住了的。"

边炀扬眉:"哟,还挺厉害。"

接过她那张卷子瞥了眼,前边的单选和多选全对,连后边的作文题她都写好了。

不过边炀指尖夹着卷子边,让她收回去:"我不需要。"

他个子高,唐雨要仰起头看他,她眼神有些不大确定。

她想边炀每天上课都在走神,还戴着耳机,肯定没好好听课,自然也不会做卷子的吧。

他掀动眼皮,又懒懒地补了句:"放心,我也罚不了站。"

看她这不确定的小眼神,边炀很轻地"啧"了一声:"拿回去啊,要不然我叠成纸飞机,直接给你飞到学校?"

"那好吧……"唐雨默默地把卷子放回布包里。

"你手上另外一个东西是什么?"边炀瞟了那东西一眼,上面似乎还有字。

唐雨把东西拿给他："这个是检讨书，我也写好了。"

"……"

边炀把东西从她掌心里拾起，展开一看，洋洋洒洒的，至少有一千字。

"刘盈盈的事，本来就是我连累你的，所以检讨书也应该我来写，你明天交给班主任的时候，尽量挑她忙的时候去，这样她就没时间核对笔迹了……"

想得还挺周全。

不过……边炀好笑："这么长，你写的是检讨书还是讨贼檄文啊？"

无论上课还是下课，唐雨都在心无旁骛地学习，也不知道她从哪儿抽出的时间写这个。

"字数多点儿，班主任看见就挑不出来刺儿了。"她觉得写的字越多越好。

唐雨还是太天真。

"想挑刺儿的人，可不管你字数写得多少，也不管你写得好看不好看，该挑刺儿照样还是会挑刺儿，不过你的心意我收下了。"

边炀把检讨书叠好放裤子口袋里。写都写了，总不能浪费。

"行了，本来想留你吃饭的，看你着急回去，那我就不留了，先送你去学校。"

唐雨连忙说："不用了，你先吃饭吧，我自己回去，等你回来菜估计都凉了……"

"凉了再热不就得了。"

看她乖乖站在那儿的样子，边炀抬手拍了拍她的脑袋，头发毛茸茸的。

唐雨的眼睫颤了颤，在他掌心下抬眸，眼神疑惑地看着他的动作。

边炀意识到自己做了什么，手兀自一顿，转而抵在唇边轻咳两声，故作漫不经心地继续开口："都这个点儿了，路上黑漆漆的，万一你回去的路上出点儿什么事儿，追究起来，那我可脱不了责任。"

唐雨抚平被他弄乱的头发："可是……"

"没什么可是的。"他看了眼墙上的表盘，慢悠悠地提醒她，"还剩下十五分钟，你确定要在这儿继续跟我浪费五分钟？我倒是不介意，你要是回不去了，可就流浪街头了哦。"

他的话把唐雨逼到这份上，她已经没有说"不"的时间了。

唐雨没办法，只能照做，就是那饭菜等他回来肯定会凉透的。

不过他这里有微波炉，也能热一热……

边炀走到门口，唐雨忽然折身回去了："边炀，你等等。"

"又怎么了？"他精致的眉眼瞧过去。

只见小姑娘蹲在电视柜前，在医药箱里找来找去的，不知道翻什么。

唐雨很快从里面翻出来自己想找的，走过去把创可贴递给他，声音软软轻轻的。

"你受伤了。"她指了指自己眉骨的位置。

边炀眉骨那里有一道不深不浅的擦伤，伤口不大，他用水洗过，血迹没有了，只有淡淡的红痕。

边炀垂眸，瞧着她澄澈干净的眼眸，忽然让他想起，这跟他去过的一个地方很像。

维塔湾。

海水澄澈分明，犹如一汪明镜，一眼就能望到底似的，甚至能无比清晰地看到里面的浮游生物。

可那里也是无数冒险家的噩梦。

传言维塔湾下面深藏了一只拥有魔力的巨兽，据说只要直直地盯着海底看十秒钟，它可以带走任何一个冒险者。

唐雨的眼眸，就跟维塔湾一样。

他没在维塔湾遇到巨兽，可似乎从她的眼中看到了。

边炀的喉结微微滚动了下，半低着头，不动声色地错开视线，挥散脑海里那些乱七八糟的念头。

嗓音依旧懒懒的，仔细听，才能听出一点儿微哑的闷："我不用这玩意儿。"

唐雨却很坚持："伤口再小都是伤口，稍不留神就会感染的，还是贴上比较保险。"

而且是在脸上，万一感染留疤了怎么办？

边炀瞧她认真的样子，手插在裤袋里，蓦地低头弯腰下来，俯身凑近她一些，嘴角挂的全是坏笑。

"怎么，你还知道心疼大哥了？"

"……"

陡然凑近的距离，让他身上那股冷冽的香气袭来，踩着软乎乎粉色拖鞋的小姑娘往后小小地退了一步。

唐雨低下头，手还保持着递创可贴的姿势："是怕你伤口感染……"

接下来的细声更像是解释和纠正。

"之前我的手受伤的时候，都是你帮我上药的，投之以桃报之以李，看到你受伤了，我坐视不管的话，那是不对的。"她把创可贴又递近一些，"你用吧。"

这词儿还一套一套的。

边炀瞧了眼那玩意儿，依旧没接，半开玩笑的样子："当时我可是亲手帮你上药的，那照你的意思，你是不是该投之以桃报之以李的也亲手帮我贴啊？"

唐雨的呼吸轻了轻，好像也是这个道理。

她默不作声地撕开创可贴两边的胶纸，抬头，瞧他弯腰凑过来的脸庞。

细碎的发丝微微垂着，正划过眉骨，和他潋滟的眸子。

唐雨抿了抿唇角，踮起一点脚尖，凑过去。

边炀散漫的表情在她靠过来的刹那停顿了一下。

大概是怕弄疼他，她动作轻得要命，把创可贴贴在他眉骨伤口的位置，跟挠痒痒似的。

边炀目光若有似无地掠过面前这张白皙的小脸。

距离那么近，她细密的眼睫卷起的漂亮弧度、她轻浅的呼吸，都一清二楚。

还有和他身上沐浴露一样的香气。

不，又有点儿不同，带了点儿青涩。

"好了。"她贴完，往后退了一小步。

边炀也缓慢地直起身，修长的手指下意识蹭了下贴上去的地方，不大习惯。

"谢了。"他笑，"贴得不错。"

然后他嘀咕了句："这玩意儿是不是很丑？"

本来他是自言自语的，可唐雨听见，还以为是跟她说的，马上说："不丑。"

边烬本来就帅，贴上创可贴平白增加了几分野性。

她抬头看了眼他的样子，又马上低头，说："很好看的。"

边烬唇角的弧度深了几分，落下摸眉骨的手："你是在夸人呢，还是在夸创可贴？"

"……"

唐雨攥住布包带子的手紧了几分力道，忽闪着大眼睛，耳尖明显红了红，没吱声。

边烬看得好笑，按理说被人夸帅那是他习以为常的事，这会儿听到这话，心底跟灌进去蜜似的，竟然莫名挺甜的。

"怎么了，夸我就这么难说出口啊？想夸就夸，我来者不拒的。"

唐雨有点儿无语的样子。

他屈起指骨敲她的额头，没用力，道："走了，送你回宿舍。"

唐雨这才跟了上去。

前几天下了雨，不算太热，也不算闷。

清远街这条路，只要没到两所高中的宿舍关门时间，哪怕十一点多也是热闹的。

街边的夜市一个比一个热火朝天，小吃摊前挂的小灯泡一个又一个，不用路灯，就能照亮大半个街道。

叫卖声此起彼伏的，尽是人间烟火气。

路灯透过丰茂的香樟树枝叶，光芒洒在少年精致的侧脸上。

唐雨低头默默数着他的脚步，偷偷看了他好几眼，想说点儿什么，每次都是欲言又止的样子。

快到女生宿舍楼下了，边烬脚步慢了下来，侧目掠她一眼。

"到底想说什么？吞吞吐吐的，搞得好像我不让你说话一样。"

唐雨酝酿了一下措辞，指了指自己眉骨的位置，浅粉色的唇角轻轻抿住，试探性地询问："你今天是不是跟人打架了啊？"

而且他去奶茶店的时候，背包还在，显然是没回公寓。

边烬自动略过她的问题，反问："那个周什么文今天去你帮忙的地儿找你都说什么了？我好像听见什么竞赛，你要和他一起参加？"

其实唐雨还没决定好竞赛的事，她抬眸，小声说："明明是我先问你的，你该先回答我啊。"她忐忑不安地猜测着，"是不是孟诗蕊找你麻烦了？是不是因为我，她才找你麻烦的？"

边炀："我是大哥，我问什么你就答什么，这是规矩懂不懂？还有，就算那个孟诗蕊找我麻烦了，又关你什么事儿，我都说罩着你了，这就是我分内的事，你老老实实学你的习，老老实实做你的卷子，然后老老实实地给我做饭，其他的事儿少打听、少问，懂？"

唐雨眉头皱得深深的："他们人多势众……"

"年纪不大，操心的还挺多。"到了女生宿舍楼下，因为马上就要锁门，没几个人。

他把她送到路灯底下。

两个人的影子被路灯拉得很长很长。

树上的蝉鸣昼夜不歇，边炀站在她面前，插在口袋里："歪瓜裂枣聚集在一起，那就是一堆歪瓜裂枣，你瞎操心个什么劲儿。还是说，你担心老大啊？"

唐雨一时哑口无言。

铃声已经响起来了，整栋楼的灯瞬间熄灭。宿管阿姨在里面嚷嚷："熄灯了熄灯了！外边的赶紧回宿舍，关了门可就不开了！"

不少女孩都加快脚步往宿舍里走。

边炀说了句："早点儿休息，走了。"

从路灯下往外走，颀长的身形渐渐没入黑夜里。

身后，站在路灯下的女孩忽然叫住了他："边炀！"

边炀微微侧身，瞧着站在路灯下的她。

唐雨冲他招了招手："路上注意安全，谢谢你送我回来，你到家后给我发个微信。"

边炀略微弯了下唇，又很快压下："啰唆。"

唐雨笑了笑，脸颊有两个很浅的酒窝，甜丝丝的，在宿管阿姨关门前赶紧跑回了宿舍楼里。

直到她的身影看不见了，边炀才慢吞吞地收回视线往回走。

到公寓的时候，边炀弯腰换鞋，瞧见了一侧她那双乖乖的粉色拖鞋。

弯腰，把她的拖鞋放进自己的鞋柜里，才往里面走。

伸手碰了碰沁凉的碗碟，饭菜早就凉了。

他本就没什么吃饭的兴致，索性不打算吃了，刚把之前洗好的衣服晒在阳台上，口袋里的手机就振动了下。

唐雨发来的微信："到了吗？"

他回来后，忘了跟她说。

边炀不自觉扬着唇，打字："嗯，到了。"

唐小雨："饭菜记得放在微波炉里热一热再吃。"

边炀余光掠过餐桌上的饭菜，边打字，边把菜放微波炉里，然后拍了张照片发过去："热了。"

唐小雨："真棒。"

看着这只丑丑的卡通猫竖起大拇指的样子，边炀没忍住笑了下。指尖点了点屏幕，把那个表情包保存了下来。

别看她平常闷不吭声的，好像特爱发表情包。

微波炉正在工作，还有两分钟。

他的后腰随意往大理石案台上一靠，边等着微波炉热饭，边切出界面，漫不经心地搜索——

爱发表情包的女孩都是什么心态？

上面的回答五花八门的，一拨人在说这是习惯，另一拨人在说爱发表情包的女孩内心都很有趣。

唐小雨有趣吗？挺沉闷的。

笑起来倒是怪甜，也算是有趣吧。

微波炉"叮"的一声，热好了饭菜。

他把碗碟放回餐桌上，然后拍了张照片发给唐雨："热好了。"

抽出椅子，坐在上面，拿起筷子开始吃饭，品尝完所有的菜之后，又给她发："味道不错。"

这次唐雨没回，应该在洗漱吧。

边炀保持着微信界面，把手机放在手边，给自己夹了块鱼肉，时不时掠过界面，似乎在等什么消息。

而回到宿舍的唐雨手机响了起来，是爷爷打过来的。

宿舍里的同学都在挑灯学习，她捂住手机，怕打扰别人，走到阳台上，然后把门带上。

用力挤出一抹甜甜的笑容，故作开心地接通电话："爷爷！"

电话里传来爷爷慈爱又急切的声音："小雨啊，在学校怎么样？好几天没接到你打来的电话了，爷爷现在打电话是不是影响你休息了啊？"

他和老伴儿实在放心不下，辗转反侧了好一会儿，还是没忍住，大半夜打了电话过去。

唐雨鼻尖狠狠一酸，原本忍着不掉的泪一下子就忍不住了。

她捂住嘴巴，不让自己发出一点儿声音。

仰头看着没有星星的天空，好像这样就可以尽力让眼泪流回去。

"小雨啊？你怎么了？怎么不说话啊？"爷爷有点儿着急了。

唐雨放下的手握着阳台的围栏，轻轻吸了气又深深地吐出来。

如果不是红红的眼眶，别人很容易被她这样故作轻松的语气欺骗。

"爷爷，我很好，你放心吧。"

"马上就要高考了，听你阿婶说这段时间会很辛苦，你不要把自己累倒了，多休息休息，知道吗？"

"嗯，我知道的爷爷。"

"还有啊，在学校别不舍得花钱，我把地里的西红柿和茄子拿到集市上卖了，赚了不少钱，爷爷有钱呢！你啊，在学校要多吃肉，知道了吗？"

一声声叮嘱，让唐雨低下头，鼻子里蔓延出来的酸涩钻进了眼睛里。

她眨了眨眼睛，声音很轻："爷爷，我知道的。"

"家里母鸡刚下的鸡蛋都给你留着哩！你奶奶说等你回来就煮给你吃。"

电话那边传来了点儿窸窸窣窣的动静，爷爷乐呵呵地说："你奶奶非要跟你说话，让你奶奶再跟你说两句。"

很快手机到了另外一个人手上，奶奶慈爱的声音传来："小雨啊，在学校怎么样？和同学们处得都还好吧。"

夜风从领口里灌进去，从头到脚都有些凉。

唐雨笑着回："……都挺好的。"

"你啊，打小就不爱跟人讲话，在学校里要好好跟同学相处，上次奶奶让你给同学带的核桃和桑葚，你分给同学了吗？"

她把从家里带来的核桃和桑葚分给舍友，然而第二天就在垃圾桶里看到了。

"分了啊。"唐雨佯装轻松的语气，每个字却都像是从喉咙里挤出去的一样，声线带着不自觉的微颤，涩得难受，"她们很喜欢。"

"喜欢就好，喜欢就好！"

奶奶的声音很高兴："你在学校要常常跟人说谢谢和对不起，这样大家都会觉得你是个有礼貌的好孩子，就觉得你好说话，都愿意跟你玩了，明白吗？"

"嗯。"唐雨笑笑，"我知道了奶奶。"

马上就高考了，每一天都是倒数。

唐雨在这样倒数的日子里，却好像有了盼头，恨不得早点儿考试，早点儿离开这里……

"小雨？你是不是有什么心事啊？是不是生活费不够用了？"

奶奶似乎听出来她情绪不大对，赶紧问道。

唐雨不想让爷爷奶奶操心，他们已经够不容易了。

"没事的，奶奶。"她仰头望着没有边际的夜，"我挺好的，在学校老师和同学们……都对我很好，经常帮助我，而且我最近还认识了一个新朋友，他是新来的转校生，奶奶说锁骨上有痣的人都是好人，他就是个很好的人，请我吃饭还送我礼物。"

那双很可爱的拖鞋，是她收到的第一件礼物，唐雨从来没那么高兴过。

奶奶闻言放心了下来："那就好，你要跟朋友好好相处，别总惹人家生气。"

爷爷在一旁插嘴："我们小雨脾气那么好，怎么会惹别人生气，老太婆，你这不是瞎说吗，把电话给我，我跟小雨说。"

奶奶不满意地咕哝了几句，手机交到了爷爷手上。

"小雨啊，时间不早了，你早点儿休息哈，等学校放假了，爷爷给你做好吃的！"

唐雨很轻地"嗯"了声："好，爷爷，你们也早点儿休息。"

等到那边挂断了电话，唐雨才把手机从耳旁拿下来。

起风了，有点儿凉。

她没穿外套，搓了搓胳膊，调整好心情正要回去，手机振动了下。

是边炀发来的微信："睡前不跟老大报备下？"

隔着屏幕都能想象到他很跩的样子。

唐雨看了眼时间，已经十二点了。

对面女生宿舍楼里还有不少开着的小灯，一闪一闪的。

她咬了咬唇，低头打字："要每天报备吗？"

然后往上翻了翻他之前发的微信，又回了句："不好意思，刚才没看到你发来的微信。"

电话那边的边炀正在洗碗，原本以为她睡了，只是试探性地发过去一条微信，没想到她回了。

关上水龙头，把洗好的碗碟放在柜子里，抽出几张纸巾边擦手，边往客厅走。

低头看着手机，身体往沙发里慵懒地一躺，骨节分明的指尖慢吞吞地敲字："要报备。"

顿了顿，又对此有个解释："这样有利于我做老大的树立权威。"

唐雨不知道这种权威有什么深层含义，但他说什么，她照做就是了，左右不过是睡前发个微信。

唐小雨："我记住了。"

挺乖。

边炀唇角微微弯着，看到屏幕里又进来了信息："你吃完饭把碗筷放在桌子上就好，明天放学我去的时候刷。"

边炀没接这话，问了句："退烧药吃了吗？你的手也记得上药。"

觉得这话挺别扭，又补了句："要不然怎么干活？"

唐小雨："会的！"

边炀一只手臂枕在脑后，看她发完这两个字之后，就没发别的了。

屏幕的亮光映照着少年精致年轻的面庞，眼底也映入了一些光亮。

这个点儿还不睡，她干什么呢。

指尖切出去微信界面，在百度搜了两张动图，发给她。

一张是有你存在的地球，一张是没你存在的地球。

边炀："从这两张图片你能看出来什么？"

唐雨点开那两张动图看了看，蔚蓝色的地球缓缓转动，两张图片没有任何区别。

唯一的区别就是地球上有了你，以及没有你。

唐雨压下眼睫："这世界上有没有我似乎都没什么区别。"

人类不过是宇宙里的尘埃、时间长河里的水滴，所以无论她如何，这个世界都不会有人在乎，也不会影响到这个世界什么。

她以为边炀是想说这个意思，让她别把自己当回事。

内心原本荒芜枯涸，此刻更是寸草不生。

谁知道下一秒，他发来了一句语音："唐小雨，你怎么这么消极啊，这明明是告诉你一个道理，没你的世界只会一成不变。

"你可以没有地球，但地球没你不行，傻不傻。"

少年的声音磁性而低沉，含着浅浅的笑意，像是能钻进耳朵里的电流。又像是到夏天收麦子的季节时，空气中散开的麦香，往人四肢百骸和每一个毛孔里钻。

唐雨愣了一愣。

刹那间荒芜的心底，好像有一朵摇摇曳曳的嫩草拼命钻出来，止不住地汲取养分拼命生长着。

同样两张图，意思天差地别。

有时候人类就是那么奇妙，可以因为别人的冷漠而消极颓废，也可以因为别人的善意而涌动出来蓬勃的力量。

边炀看起来野性难驯，是老师们头疼的对象，可他从不吝啬自己的善意。

她眼眶湿了湿。

唐小雨，跌入谷底的时候有一个好处，就是可以擦亮眼睛，认清很多人。

真正想要对你好的人和想把你拉入地狱让你翻不了身的人同样都披着人的衣服，在这一时间都可以撕掉伪装。人生在世遇到的困难，或许就是老天考验你而布下的陷阱，那些绊脚石，也可以是你的垫脚石，你也可以理解成升级打怪。

未来，正是因为这些无法预知的苦难和快乐，才妙不可言。

　　所以尽管大胆地往前走，不要怕。

　　眨了眨眼睛，她的眼泪砸在屏幕上，唇角却缓缓绽开一个笑。

　　未来，正是因为这些无法预知的苦难和快乐，才妙不可言。

　　原本回到宿舍看到东西被践踏时，心里无比难过，在此刻似乎好受了很多很多。

　　她看着这些字，眼睛几乎看酸，然后无比认真地回复他："边炀，谢谢你。"

　　谢谢你让我又重新拾起了一些前进的力量。

　　想了想，她指尖动了动，发过去一个表情包。

　　边炀修长的手指握着矿泉水，正在喝，手机振动了下，余光一瞧那丑萌丑萌的卡通图片，差点儿被呛死。

　　一只穿着袈裟双手合十的猫以及一只拿着佛珠的小鸡并排站。

　　头顶上是一行字——好人一生平安。

　　好家伙。这是要给他发多少张好人卡？集齐几张能兑奖吗？

　　唐小雨："晚安。"

　　边炀唇角抿着笑意，打字很快："嗯，晚安。"

　　收起手机，唐雨轻手轻脚地回到自己的床位，摸索着从布包里拿出来药，就着没喝完的奶茶吞了下去。

　　虽说牛奶不能和药一起服用，可现在要是出去打水的话，可能会吵醒其他人。

　　躺在木板床上，好在有汪晴的被子，她紧紧拥着薄薄的棉被，瘦弱的身躯虾米一样蜷缩在里面，不至于硌得睡不着。

　　许是药物起了作用，困意很快袭来。

　　迷迷糊糊要睡过去的时候，脑海里闪过的是边炀那张又跩又傲娇的脸，以及他那些鼓励她的话。

　　"尽管大胆地往前走，不要怕。"

　　嗯，她不怕了。

　　唐雨唇角挂着浅浅的笑意睡了过去。

　　上了高三后还是第一次能睡得这么沉。

为了给学生减负，清远高中的早自习不强制学生必须到班级。

即便如此，除了极个别学生，大家基本都早早地到了教室开始背书。

一直到吃早饭的时间，唐雨都没看到边炀的影子。

在餐厅里，唐雨边啃着包子，边腾出一只手给边炀发微信："要给你带早餐吗？你的饭卡还在我手上。"

汪晴边喝粥边跟她说："待会儿我跟你一起去办公室找二班的班主任，昨天刘盈盈把你的东西都糟蹋了！"

边炀没回她的微信，唐雨咬着包子，从屏幕上抬起眼："说了也没用，还是算了吧。"

汪晴皱眉："怎么算了啊，怎么样也得跟她班主任说啊！"

唐雨把包子吞咽下去，平静地道："就算说了，最后的结果也只是刘盈盈被老师口头教育几句。马上就高考了，所有老师都不想在这个节骨眼上闹出是非来，分学生的心。如果我去告状，不仅会被孟诗蕊和刘盈盈记恨得更深，她们还会再来宿舍找我的麻烦。"

所以，就算老师因此再让刘盈盈念一次检讨又如何，晚上遭殃的还是她。

"可就这么算了？！"汪晴替她生气，"那她以后还不得更嚣张啊！"

唐雨垂着的眼帘颤了颤："刘盈盈不是孟诗蕊，我跟她本就没什么交集，也没什么矛盾，这次我不理她，她得不到什么成就感，就不会再来找我麻烦了。"

"小雨……"

唐雨抬起脸带着略有些疲倦和牵强的笑："听起来是不是挺懦弱的啊？"复而低下头，"可这是最简单的办法，我越是反抗和挣扎，孟诗蕊越是起劲。我只想安安静静地度过最后三个月，哪怕她们看我不痛快也好，没事找事也罢，也就三个月，一眨眼的工夫就过去了。"

"但是万一你这次忍了，她们变本加厉了怎么办？"汪晴咬牙切齿的，胸口像堵了石头一样难受。

可又能怎么办，换作是她……汪晴兴许也会忍气吞声吧。

沉默了几秒钟后，汪晴最终也没有再说什么，只是从打饭的窗口，多问在食堂帮忙的妈妈要了一个包子拿给唐雨。

"喏，别的我也帮不了你，只能在这上面帮帮你了。"

　　唐雨接过包子，唇角扬起浅浅的弧度："谢谢你汪晴，我知道你担心我，你放心，我没事的。"

　　"客气什么。"汪晴心里依旧不好受，在椅子上闷声闷气地喝粥，然后想点儿开心的事，把那些糟糕的情绪排遣出去，手枕在餐桌上，询问她，"小雨，高考完你要选什么大学？学什么专业啊？以你的成绩肯定能上清北，听说清北有个专业很厉害，从那毕业之后不愁找工作的，说不定还能公派出国呢！"

　　提到未来，汪晴圆圆的小脸上全是向往。

　　唐雨也不例外，她看着碗里的清粥，微微分神，想起村里的人说的话。

　　等考上大学就好了。

　　考上大学就能走出凉城，去更大的世界看看。

　　考上名牌大学，毕业了就不愁找工作，能赚钱买房买车。

　　唐雨没想过这些，她考上大学，赚了钱就想带奶奶到大医院里治病。

　　县里医院的医生说，凉城的医疗设备太老旧，已经无法继续奶奶的治疗了，而京华的医疗资源和技术都是最好的，说不定专家治一治，奶奶就能下床走路了。

　　爷爷奶奶一直待在凉城，连市里都没去过，更别说京华。

　　他们说，那里的人说话都跟他们不一样，带着一股子京味儿，厉害的人都会去京华。

　　唐雨没见过京华来的人，没听过那边的人说话。

　　不过她知道，那里的帮忙工资比县城要高好几倍！

　　她可以边读书，边做帮忙，赚了钱就在学校附近租一个小房子，带奶奶去挂专家号。

　　只是这样想了想，唐雨就扬起了甜甜的笑，捧着热乎乎的粥，澄澈的眼睛里充满了向往。

　　好似这样足够美好的画面已经一卷卷展开，就是她今后要走的道路。

　　直到汪晴用肩膀撞了撞她："喂，你想什么呢，该不会是想上了大学就准备谈恋爱吧？"

　　"啊？"唐雨呆呆的，似乎没反应过来。

"你肯定在想，你一定在想！"

汪晴把唐雨的刘海儿拨开，那张白皙无瑕的脸蛋漂亮很精致，就是太瘦了，显得没什么气色。

唐雨伸手把刘海拨下来遮住了额头："我不想谈恋爱。"

"不谈恋爱，那大学读得有什么意思？"汪晴捧着下巴，无比憧憬，"你就没想过穿着漂亮的小裙子，坐在自己喜欢的男生的脚踏车后座上，然后害羞地搂着他的腰，两个人一起在树荫下骑单车的画面吗？他稍微一踩刹车，你的脸颊就贴在了他滚烫的后背……"

想着未来的大学生活，汪晴都把自己代入了，搓了搓胳膊，似乎还沉浸其中。

"多美好啊，你不可能不想的！你肯定是觉得不好意思才跟我说你不想的！"

唐雨："……我真没想过。"

汪晴不信："我不管，你想了，你刚才肯定想了！"

然后看唐雨埋头喝汤，一点儿都没兴趣的样子，汪晴嘴角抽了抽。

"小雨，你该不会是有心理阴影了吧？"

唐雨闻言迷茫地看她。

汪晴看了眼四周，见没什么人关注她们，才低声说："就是周寻文啊，该不会是周寻文的事儿给你带来心理阴影了吧？"

唐雨的唇角动了动。

汪晴觉得自己猜对了："周寻文确实挺好的，可他带毒啊，是朵食人花！我就这么说吧，孟诗蕊恨不得把他拴在裤腰上走哪儿带哪儿，只要孟诗蕊在他身边一天，他就不能跟别人走得太近，这对其他人来说简直是一种灾难！"

唐雨眉心轻轻地皱在一起："我和周寻文不是……"

忽然有人拍了下她的肩膀。

两人下意识地转身，就看到周寻文衣着规整，温文尔雅地站在她们身后，礼貌地询问："这里有人吗？我能坐这里吗？"

汪晴顿时闭上了喋喋不休的嘴，埋头吃饭。

早餐高峰期，其他位置都坐满了，而她们对面剩了两个位置，没理由霸占，不让别人坐。

"没人。"唐雨低声说了句。

她们马上要吃完了，等喝完这碗粥就准备走。

周寻文坐在唐雨的对面，脸上挂着如沐春风的笑："你们刚才说什么呢，看起来很开心的样子。"

汪晴："没……没说什么啊。"

周寻文的用餐礼仪很好，举手投足间透着良好的教养。他看向唐雨还有些红肿的手，不乏关切："你的手没事吧？"

唐雨听后马上把手缩回校服衣袖里："我已经好了。"

汪晴双手捧着碗喝粥时，视线时不时地在周寻文的身上打转。

怎么觉得唐雨对周寻文不感兴趣，而周寻文对唐雨更感兴趣的样子？

"昨天我跟你说的事，你考虑得怎么样？"

汪晴一听就问："什么事啊？"

这件事不久后就会公开，周寻文也没有遮掩，轻言："一模考后学校要挑选三个人参加这届的省级数学竞赛，我推荐了唐雨，但唐雨好像不太想参加。"

"省级比赛！"汪晴马上看向唐雨，"为什么不参加啊，省级比赛获奖很有可能给高考加分的，而且你数学那么好，肯定能拿奖，为什么不去啊！"

周寻文目光温和下来，也说："这确实是个很好的机会，据说清北大学的教授也会参与这次的竞赛组织和试卷批改工作，这算是个扩充人脉的好机会。"

汪晴急忙拍了拍她的胳膊："小雨，你不是想考清北大学吗，要是能提前接触接触清北的教授，运气好点儿得到教授的赏识，对你今后去读清北大学有利无害啊！这比赛你得参加！"

唐雨小口小口地喝着粥，垂着眼眸，没有说话。

看她始终不表态，周寻文想了想，试探性地问："唐雨，你是不是有什么别的顾虑？不如说出来，我帮你一起解决。"

毕竟以往有奖金的比赛，不用他提，唐雨都会自己报名。

他实在想不出来唐雨拒绝这次比赛的理由。

汪晴瞧了瞧唐雨，又瞧了瞧周寻文。

她知道原因啊，这次比赛周寻文肯定会参加的，而唐雨八成是不想跟他产生什么交集，再被孟诗蕊针对，所以不参加比赛。

她嘀咕了句："还不是因为孟诗蕊……"

周寻文没听清："什么？"

汪晴正要说，唐雨迅速按住了她的手，轻轻地摇头："我吃完了，要一起回教室吗？"

汪晴从她复杂的眼神里读出来一些信息，也默默说了句："我也吃完了……"

"那走吧。"唐雨端起餐盘，直接朝餐具回收处走去。

周寻文看着她瘦削的背影，清冷的面容似有沉思。

汪晴跟周寻文尴尬地笑了笑，就追了上去。

"小雨，你刚才怎么不让我说啊，你是因为孟诗蕊才不参加比赛的吧，直接告诉周寻文让他——"

"让他什么？"唐雨打断她的话，把餐盘递给回收处的阿姨，抬步往餐厅外走。

"让他知道孟诗蕊针对我，再让他去教育孟诗蕊？"

汪晴忽然不说话了。

"他没有立场帮我。"唐雨摇摇头，"他和孟诗蕊从小就认识，两家的关系很好，那他凭什么来帮我这么一个外人去对付自小认识的朋友？"

"万一呢，万一周寻文愿意帮你呢……"汪晴说，"他看起来挺真诚的。"

唐雨眼神没什么波动："我没办法去赌这么一个不确定的可能性，如果赌输了，周寻文连同孟诗蕊一起针对我，对我现在的处境来说就是火上浇油。"

汪晴想说周寻文刚才的态度还挺好，跟孟诗蕊不大像是一路人。

可想想看，他们相处的时间才不过一个高三，远不如孟诗蕊跟周寻文青梅竹马这久，周寻文又怎么会信她们，而不信孟诗蕊？

所以汪晴吐了口气，也不再说这事了，就是有点儿不甘心。

"可这么好的加分机会平白没了，多可惜啊，我是没关系，反正我加了分也考不上清北，但你就不一样了啊，关键时刻这几分说不定能救命，清北好的专业分数都特别高，万一就差几分没选中那专业……"

"如果因为几分我没能考上自己想学的专业，那说明我自己的水平不够，没什么可惜的。"唐雨为了宽慰她，还装作很舒心的样子，"与其在这里患得患失，不如早点儿回去多刷几道题，说不定咱们就能压中高考的大题，十几分呢，比数学竞赛有用。"

汪晴对她学习的劲头佩服得五体投地，竖起大拇指："论心态还是你的好。"

两个人说着往餐厅外走，路上不经意间听见同班同学的议论：

"刚才有保安来了，来找边炀的，你说边炀做什么了？会不会是他犯了什么事啊？"

"不知道，边炀才来几天就闹得班里鸡犬不宁了，要是他被保安带走的事传出去，他昨天刚上的校草榜一排名肯定往下掉。"

唐雨听到这些话，马上追上前去，慌慌张张地询问："你们刚才说什么？边炀被保安带走了？！"

对方看了她一眼："是啊，我们来餐厅前，他们正找边炀问话呢……"

话刚落下，唐雨就急匆匆地往教室跑。

汪晴在后边使劲儿追都追不上。

一路上，唐雨的脑海里都是乱糟糟的，风将她的长发吹得散乱。等她跑到教室的时候，边炀的座位上依旧是空的，但是他的背包安安静静地躺在桌面上。

"边炀呢？"

唐雨粗重地喘息，顾不得缓口气，急忙询问前排正在窃窃私语的同学。

唐雨平常都默不作声地坐在后排写题，如果不是成绩太好，在班里几乎是透明的存在。

没什么人关注她，似乎她也不关心任何事。

这会儿难得看她这副慌乱紧张的样子，像是发生了什么天大的事。

对方看她额头上布了层细汗，挺好奇的："你这么关心边炀干什么，他才转来几天，你就跟他这么熟了？"

唐雨慢慢地平复呼吸，唇角动了动："我听说保安把边炀带走了。"

"是啊，刚带走的。"对方耸了耸肩。

"我听说刘耀杰在校外受伤了，该不会跟边炀有关吧？"

听到这些话，唐雨神思慌乱地从教室里跑了出去，看到手懒洋洋地插在口袋里的边炀在两个保安的带领下，往校长室方向走去。

"边炀！"周围声音嘈乱，轻易把她的声音盖了下去。

唐雨一路跑，不知道被多少人撞了肩膀，也没赶得上。

"咳咳！"她双手撑在膝盖上重重地喘息着，嗓子被呛得生疼，胸口塞了团浸湿的棉花似的喘不上气。

"小雨你跑这么快干什么，刚吃过饭就跑这么快，你胃要不要了？！"

汪晴追上来时，插着腰，已经上气不接下气了。

"边炀呢？真被保安带走了？"

唐雨点了下头，汪晴看到她的手在微微发抖。

凉城的天在三月份就热得受不了了，她的唇瓣在阳光下却惨淡得发白，似乎在恐惧着什么。

"小雨，你没事吧？你是不是哪里不太舒服？"唐雨的样子把汪晴吓坏了。

唐雨抬头看她，眼眶湿红起来："边炀被带走了，很有可能是因为我。汪晴，是我害的边炀，我后悔了。"

她咬着唇，唇瓣也在微颤。

恐惧滂沱地滚打在她身上，泪水无法控制地从眼眶一点一滴涌出来，把她苍白的脸洗刷更没有一点儿血色。

"为什么我要这么自私地把别人牵扯进来，为什么我不能再忍一忍，分明只要忍一忍就可以了，我却找上了边炀。如果不是我那天找到边炀，边炀就不会被保安带走了……"

像是进入一个走不出的怪圈，闷在心头的歉疚和痛苦如钉在墙壁上狰狞可怖的鬼画，张着血盆大口要把匍匐在地上的唐雨一口一口吃掉。

她蹲在地上，将上半身埋在紧抱的膝盖之间，双肩抖得厉害。

唐雨太害怕了。全部的悲哀和恐惧都汇进她的身体里。

如果边炀被退学怎么办？他的一生被她毁掉了怎么办？

成长的血肉是搅拌着恐惧的混凝土，少年看着这个善意和恶意交织的世界，满目的无所适从。

没有人教会他们在十字路口怎么选正确的路，也没有人教会他们怎么在这样混沌的世界里保护自己，也保护别人。

他们在荆棘横生的地方跌跌踉跄，靠着时不时仰望一下湛蓝的天空，才能鼓足勇气继续前行。

可若是连天都被乌云遮盖了，低头是沼泽，仰头是黑暗，那是没办法继续往前走的。

"小雨，你别着急，事情说不定没你想的那么严重！"汪晴也慌了。

在学校里遇到最大的事不过就是被老师罚站或者叫家长，面对如今这种情况，她这会儿也六神无主起来。

"边炀为什么被带走？对，他为什么被带走我们还不知道啊！班主任一定知道，要不然我们先去找老师问问？"

对，没错，她不能慌。边炀被带走应该和刘耀杰有关。

在短暂的失控后，唐雨冷静了下来，她擦掉眼泪，转身就往办公室的方向跑。

汪晴在后边追："小雨等等我啊！"

唐雨跑了一会儿，实在跑不动了，没看到周寻文，两个人撞了正着。

周寻文堪堪站稳，看她急匆匆的样子问道："怎么了？"

转眼间，他只看到了唐雨的衣角，人已经不见了。

"唐雨发生什么事了？"

汪晴边喘气边说："不是唐雨，是边炀！边炀被保安带走了！"

周寻文闻言，轻轻皱眉："边炀被带走，跟唐雨有什么关系？"

"这……"汪晴也说不上来。反正听唐雨那话的意思，应该是把边炀当成了很好的朋友。

边炀被带走，又好像是因为唐雨的缘故。要不然她怎么那么伤心啊。

唐雨先是回了教室，抱起早自习收上来的英语试卷，朝办公室走去。

她敲了敲门进去，埋头走到英语老师的办公桌前。

办公室里的几个老师聚在一起，似乎也在讨论边炀的事。

"孙老师，你们班早上怎么回事啊，保安都来了！好像是你们班的那个转学生和别的同学有矛盾了，挺严重的样子，你不跟去看看啊？万一对方的家长追究起来，你可就惨了！"

临近高考，最怕的就是闹事。

孙雪敏尴尬地回了句："具体什么原因我也不太清楚，我上午还有课，不方便过去，但我已经通知校长和刘耀杰的父亲了。"

"通知校长？"

一般老师基本都是大事化小小事化了，尽可能把事压下去，不闹开。

她反而通知校长，其他老师还挺奇怪的。

孙雪敏说："事情发生在校外，边炀又是校长安排插进二班的，就算有事，也该校长去处理啊。"

其他老师闻言诧异不已："边炀是校长安排进来的？"

"是啊……"孙雪敏道。

一班二班虽说是清远的尖子班，可老师们都知道，这尖子班的"水分"大。

一部分的的确确是学习成绩拔尖的学生，另一部分却是插进来的关系户。对他们来说，把自己的孩子安排进尖子班，感受浓郁的学习氛围，并不是什么难事。

"要我说，孙老师，你就是点儿背。一个孟诗蕊和刘耀杰就够你受的了，又来个边炀，同样都是尖子班，你真不如一班班主任小赵清闲。"

一班班长是周寻文，一下子震住了全班的学生。

靠关系的没他关系硬，不敢招惹他，学习上他又拔尖，太让人省心。

老师们纷纷对一班班主任投去羡慕的眼神，看得孙雪敏是一阵心塞。

唐雨听到这里，默不作声地放下英语作业，离开了办公室。

拿出手机给边炀发的几条微信也没收到回复，都石沉大海了。

唐雨回到教室收拾一下，就准备去校长室。

上课铃响的时候，她刚离开教室不远，手机就振动了好几下。

点开看，是边炀发来的微信："我人好着呢，好好做你的题，别东想西想的。"

唐雨瞳孔轻缩了下，手指有点儿抖，马上回拨了他的电话。

里面是边炀的声音："这个点儿你不好好上课，玩什么手机，唐小雨，你该不会翘课了吧？

"唐小雨，你不能因为没人监督你，就放飞自我，你那英语试卷又不是满分，我看你阅读理解错了好几道，你是怎么当英语课代表的。"

依旧是漫不经心的语调，却出奇地让她翻涌的心平静了下来，只是鼻尖涩得要命。

"边炀，那些人……欺负你了吗？"

边炀听她的语气不大对，收了一身散漫："你哭了？"

"没有……"

还没哭，鼻音这么重，骗谁呢。

边炀眉头拧成了结。

这么爱哭，干脆去沙漠种树算了。

转身要走，身边的人把他给拦住了。

他捂住手机，满脸不耐："还要多久？"

"你小子够可以的啊，现在还这么嚣张？再等等。"保安让他回该待的位置。

边炀把手机拿到耳边："唐小雨，你今天别上课了，回宿舍睡一觉，等你醒来我就去接你。"

唐雨声音低低的，鼻音更重了："是不是因为我的缘故？"

边炀无奈："别哭了祖宗，隔这么远，我也没办法哄你的。"

她不吭声，边炀指尖挠了挠眉间："唐小雨？你别不理我。哪有你这样当小弟的，动不动就给老大摆脸色。"

他这大哥当得真憋屈。

唐雨耳边的手机里是边炀无奈又半开玩笑的声音。

"我的天，我怎么这么惨啊！

"你居然对一个这么关心你，又那么体贴，脸长得那么帅，身材又那么迷人的老大爱搭不理的，唐小雨，你的良心就不会痛吗？"

唐雨："……这种时候了，你能不能严肃点儿！"

唐雨吸了吸鼻子，以为他在强颜欢笑，故意这样插科打诨就是不想让她担心的，心口愈发肿胀酸涩。

她深吸一口气，那种止不住蔓延的苦涩和担心包裹整个心脏，得不到纾解。

边炀终于听见她的声儿，余光瞧见那保安似乎接了个电话，还时不时往他这边看。

他朝人少的走廊走了两步，后背懒懒地靠在墙壁上，忍不住弯起唇：

"不生气了？"

唐雨又不搭理他了，只是没挂断电话，就这么通着。

只有听见他的声音，她才安心些。

"不搭理我，那就是还在生气啊。"他拖着尾音，语调像个钩子一样上扬，又懒又长的，"唐小雨生气喽。"

"你好凶啊唐小雨，怪会给人摆脸色。我还是太单纯，以前都被你骗到了。"

少年低头轻笑着，充满磁性又轻柔的嗓音从扬声器里传出来，像是炎热天气里最好的交响曲。

"我哪里凶了？"她忍不住出声，声音软软低低的，"分明是你不想着解决问题，还在这里开玩笑。"

"嗯，我的错我的错，那我跟你道歉好不好？"道歉的速度格外快，一点儿都不含糊。

为了迎合她的需求，他轻咳两声，嗓音还故作深沉地严肃了点儿。

"唐小雨同学，我向你道歉，你能不能给个台阶下？"

被他这么一插科打诨，唐雨方才紧张恐惧的神经松弛了很多。

他还能说笑，想必没受什么委屈，唐雨心里的一块石头也遽然落了下来。

边炀还说着话："你怎么又不搭理我了，是不是把自己给气晕了？"

"边炀，我没生气。"风夹了热意，唐雨垂了垂眼帘，发丝轻轻地撩在脸颊，她轻言，"我只是很担心你。"

电话那边沉默了片刻，她看不到此刻边炀根本压不住的唇角。

"既然没生气，那你证明给我看看。"边炀穿着白色短袖，身形修长清瘦，含笑的眉眼一笔一画都是精致，"你这台阶太高了，我下不去啊，要不然你笑一个给我听听，证明你没生气，咱们就此握手言和？"

这种情况下她怎么笑得出来！

"边炀，你别闹了。"她认真地说，"校长那边怎么说？"

边炀没听见她笑，很轻地的"啧"了一声。

唐雨继续问："他们会不会为难你啊？"

她总提这事，边炀就没什么兴致了："这事你别管，好好等我回去就得了。"

刚才接电话的保安朝他走来，边炀跟她说了声"先挂了"，就看向那个人。

"喂……"唐雨急急地喊了声，回应她的是电话的挂断声。

掌心已经有了湿汗。

边炀，你可千万不能有事啊！

保安走到边炀的跟前，瞧他那副浑然漫不经心的样子，从他脸上根本看不到什么畏惧和忌惮，好像他早知道结果一样。

保安久久皱眉盯着他看，就是不说话。

边炀挑眉，略微站直了点儿身子，笑着问了句："叔叔，结果是不是出来了？"

闻言保安脸上的表情更复杂了。

"你小子下次注意点儿，不能再跟人动手了！"保安批评教育了两句，"让你家长来接你吧。"

听到家长两字，边炀眸色微闪，随后拨出去一个电话。

来的人是个穿着白色衬衫染了雾霾蓝头发的少年。

秦明裕找到边炀时，他人还在晒暖洋洋的太阳。一张报纸遮在脸上，长腿微微曲着，别提多自在了。

"炀哥？"秦明裕把报纸从那人脸上拿开。

黑发从少年精致的眉骨掠过，对方眯起的眼带着朦胧的雾气看他，似乎没睡醒，眉骨上的创可贴更添了几分痞气。

"到底是谁把我炀哥给伤了！这都破相了！"秦明裕嚷嚷着，心疼得不得了。

边炀捏了捏睡得有些僵硬的后颈，嫌烦地踹他一脚："你闭嘴。"

秦明裕伸手去揭他眉骨的创可贴，边炀一时不察，让他得了逞。

那眉骨已经结了浅痂，马上就愈合了。

秦明裕嘴角抽了抽："好家伙，这都好了，你还贴什么……害得我还以为多严重。"

边炀皱眉，伸手："把东西还给我。"

"啥？这创可贴？你都好了，这玩意儿扔了得了。"

少年略微直起身体，在秦明裕扔之前，把东西抢了过来，重新贴回去："你管我。"

"……"秦明裕也是看不懂这操作。

边炀指尖擦过眉骨的位置，看他："都处理完了？"

"你安排的事我什么时候没办妥？"秦明裕挽起袖口，还嘟囔着抱怨，"凉城这地儿可比京华热多了，也幸亏我在这附近城市办事，要不然可赶不及这一趟。"

边炀眼皮都没抬一下："谢了。"

秦明裕看他站起身伸懒腰，主动帮他拿桌子上的手机，一副跟班做派："咱们之间还说什么谢谢。"

"不过。"秦明裕问，"那个叫刘耀杰的跟你有仇啊？"

京华那边的朋友都知道边炀是连续三年的国际散打业余赛的冠军。他从小接受的都是正规训练，含金量堪比专业散打人员。

边炀闻言掀了掀眼皮，侧脸是少年人的桀骜。

"炀哥，我刚在门口看到一特漂亮的女孩。"

边炀懒洋洋地掠过他一眼，没兴趣的样子，连走路都是慢吞吞的。

秦明裕："炀哥，你就不问问我她长什么样吗！"

那明晃晃的小眼神明显在说：你问我，你倒是问我啊！

边炀勉为其难地敷衍了句："哦，长什么样？"

"头发长长的，到腰了，就是太瘦，一阵风就能刮走似的，刘海儿遮在眼前，挡住了大半张脸……"

他还没讲完，边炀陡然脚步一顿。

秦明裕看到边炀的脸色明显变了。他恹恹不振的眼眸有了神采，语气还有些急："那小姑娘在哪儿？"

"……炀哥，你怎么突然感兴趣了？"

边炀不耐："我问你她在哪儿？！"

"唔，应该还在门外吧……"

话音刚落，边炀健步如飞，哪还有刚才半点儿闲散的样子！

秦明裕在后边追，两条腿差点儿倒腾不过来："我说炀哥，你倒是等等我啊！"

边炀跑出来，漆黑的眸子扫过四周，最后锁定在一个蹲着的女孩身上。

校服裙摆下方垂在了地上，女孩露出的手腕和脚踝细细的，被阳光照得很白。

头发被风吹乱了些，她也没拨开，任由发丝拂过脸颊，抱着膝盖蹲在那儿失神落寞的样子，灰败如落叶。

边炀的胸口莫名发堵，一口闷气憋在里面四处冲撞，仿佛做什么都减轻不了这种郁结。

他喊了一声："唐小雨！"

不是不让你来吗，怎么还偏偏要来？

那么爱学习，那么迫切地想靠高考杀出一条血路的人此刻竟然为了他等到现在，像个傻子一样……

听到熟悉的声音，唐小雨失神的眼睛渐渐有了焦距。她缓慢地偏头，在看到那道颀长的身形朝她而来的时候，愣愣地张着嘴巴。

由于蹲的时间太久又或是因为太阳晒的，她起来时，双腿有些发麻发软不说，连带着眼前也泛起一片眩晕。

"唐小雨！"一双有力的手扶住她的肩膀。

唐雨稍稍站稳了些，抬头，就直直对上了边炀深邃漂亮的眼眸。

他的眉头皱得死死的："你哪儿不舒服？在这儿蹲着干什么？这么大的太阳也不怕把自己晒傻了！"

见他安然无恙地出来，唐雨缓缓地弯起眼睛，里面像带着星星点点的碎光。

"我在等你啊。"

我在等你。

边炀的喉结动了动。她澄澈分明的眼睛能清晰地看到里面倒映的自己。

那一瞬间，仿佛全世界的尘埃都落地了。

寂静一片。

"边炀。"她尝试地动了动腿，可能蹲的时间太久，有些麻了。

她轻轻吸气："等我一会儿，我的腿现在好像走不了路。"

"你真是……"声音很轻，他无奈，"笨死了。"

而身体已经屈膝蹲了下去，他微微抬起下颌，示意她的手撑在他的肩膀上稳住身体，同时伸出手来轻轻捏了捏她的小腿，力道不敢用太重，然后仰头看她。

"这样有没有好一点儿？"

虽然没什么知觉，但能明显感觉到他掌心的温度。

唐雨顿时感觉脸上火烧火燎的，紧绷着神经，脚步很小地不自然地往后退。

"不……不用了，一会儿就缓过来了……"

"别乱动。"边炀腾出一只手握住她缩回去的手，让她撑在自个儿肩膀上，另一只按摩她小腿的手松都没松，反而用了些力道，像个滚烫的钢条禁锢着她的小腿，好让她不乱动。

"老实点儿，按摩一会儿就好了，你要是乱动跌倒了，我得笑话你三天。"

他的语气很凶，唐雨却一点儿都不怕，咬着唇角，乖乖的不再乱动了。

洋槐树窸窸窣窣地摇曳着，唐雨低头看着他张扬恣意的侧脸，阳光也对他偏爱，在上面镀了层冷白的光泽，仿佛和小腿处汇来的暖流能一起流进心里去，连带着她浑身都热。

"我的乖乖，小爷我难道是出现幻觉了？"秦明裕揉了揉眼睛，有点儿迷惑地看着这一幕。

那个横扫京华各个高中，令人闻风丧胆的边炀；那个玩遍赛车跳伞直升机，什么刺激选什么的边炀，这会儿竟然乖得跟个大号萨摩耶一样，蹲在树下给别人……捏腿？

幻觉，一定是幻觉。

秦明裕拍拍自己的脸，一定是赶路太累才会看花眼，他使劲儿揉了揉眼睛。

没看错！他炀哥不仅给人家捏腿，还跟人家说说笑笑的。

秦明裕从来没见过边炀这样的一面，脸上那跩跩又坏坏的表情，就算笑出褶子那也不是褶子了，那是贝加尔湖泛起的涟漪啊。

"炀哥！炀哥！"秦明裕一嗓子喊过去，唐雨闻声不由得看过去。

"边炀。"她的指尖轻戳了戳他低下去的肩膀，"好像有人在叫你。"

边炀的动作没停，眼皮子都懒得掀："你听错了，我在这儿没熟人。"

"炀哥，别捏了，你看看我啊！"

一听这话，唐雨的脸就臊得慌，马上往后退了步，不大自然地说：

"不用了，我已经好了……而且那个人好像就是在叫你的……"

少年的手落了空，舌尖抵了抵后槽牙。

半晌，他偏头看了眼欢快招手的秦明裕。

隔着些距离，秦明裕就感觉脖子凉飕飕的，这大热天的，也不知道怎么回事。

见他看过来，秦明裕的手弯成喇叭状，继续欢快地喊边炀。

"他就是找你的，是你朋友吗？"看起来像是同龄人。

边炀缓缓地直起身，脸色不大好的样子。

唐雨迟疑地问了句："怎么了？你看起来心情不大好的样子。"

"这么明显？"他摸了摸自己的脸。

唐雨点头。

少年修长挺拔的身形立在她身前，挡住了晒在她身上的烈阳，语气凉凉的："那还能怪谁，还不是不听话的你才把我气成了这样。"

"啊？"唐雨一脸茫然，她指了指自己，"我？我怎么气你了？"

分明在电话里口口声声道歉的还是他呢！边炀好不讲理啊。

看她丝毫没有意识到严重性，少年板着脸，声线冷硬："我让你老老实实上课，你还来这儿，敢情你是一点儿都没把我的话听进去！"

她低头瞅着脚尖，头发顺着肩膀垂在脸颊两侧。

"人家是吃一堑长一智，你倒好，除了吃一堑，还是吃一堑，当自己能吃是福是吧？"

唐雨捏着衣角，被他教育得不吭声。

先前边炀一直在忍情绪，这会儿爆发，才没忍住多说了两句。看她耷拉脑袋可怜兮兮的样子，那些担心的情绪其实已经散去大半。不过依旧双手抱胸，背对她站着，没打算理她。

让她好好反省一下！

时间一分一秒地在寂静中过去，边炀指尖把玩着手机，低头留意时间。

嗯，一分钟过去了，她应该反省好了。

他屈起手指，很轻地敲了下她的脑袋："知道错了吗？"

唐雨仰头看他，鼓了鼓脸："我没错，是你把我想得太没用了。"

而且这表情分明在说他无理取闹……

边炀嘴角一扯："很好。"

反省得棒极了。

"我都是为了谁？连个好脸色都不给我。"

"我又没气你！"她腮帮子鼓鼓的，理直气壮，"而且是你先来兴师问罪的。"然后推了他一下。谁知道边炀马上吸了口气，捂住胳膊，直喊疼。

"疼疼疼！唐小雨你不仅凶我，你还动手了。"

唐雨一看也急了，以为是碰到了他打架时留下的伤口，连忙手足无措地道歉："我不是故意的，你哪里疼？快让我看看！"

"这儿疼啊。"边炀握住她的手，放在左臂袖口遮住的地方，"就是这儿，疼死了。"

唐雨小心翼翼地卷起他白衬衫的袖口，结果上面白白净净的，什么伤口都没有！

头顶是少年的低笑声，笑得极坏。

女孩儿意识到自己被要了，把他手臂甩开，气得牙痒痒："边炀！"

他怎么这样啊！

边炀把手抵在唇边笑，笑得肚子疼，唇角压都压不住："你擅自来这儿，算气我一次，现在我气你一次，我们扯平了，都不许再生气了，来，握手言欢。"

唐雨："……"

边炀把手伸过去，被唐雨用力拍开。她要被气死了，留给边炀的背影都是气鼓鼓的样子。

那边秦明裕又在喊人了。边炀扬着唇角："那是我发小，来凉城看我。"

唐小雨纹丝不动，不搭理他。

分明扯平了，小姑娘的气还没消。

边炀笑着走到她面前去，抬起的手落在她发顶揉了揉。

唐雨抬头，余光看他一眼，边炀也在看她。

人乖乖地站在他面前，单单就这么瞧着，喉咙就不自觉地发痒。

唐雨刚想说什么，边炀就先说了："先把你送回去，你好好上课。"

"那你呢？"

边炀看了眼那边鬼哭狼嚎的人，不紧不慢地说："我跟他说几句话就行了，下午再去上课。"

他做了决定，就招手让秦明裕过来。

"他叫秦明裕，是我发小。"边炀跟她随意介绍了句。

唐雨对那人微微点头，规规矩矩的，算是打招呼："你好，我叫唐雨。"

秦明裕眼神在两人身上打转。

"你叫我裕哥就好，说起来咱们也算认识了，我早就知道你叫唐雨。嘿嘿，名字真好听……"还没说完后背一疼，立刻"哎哟"一声。

秦明裕一扭头就见边炀黑着脸，少年嗓音沉沉的："把你那脑袋给我扭过去，还有，把你的嘴给我闭上。"

"炀哥，你能不能小点儿力气，更重要的是，能不能在小姑娘面前给我留点儿面子啊……"

秦明裕抱怨着，却老实地把脑袋转过去了。

唐雨低着头，没忍住笑。

他转过身，朝唐雨笑了下，一头雾霾蓝头发惹眼得很。

"妹妹，别害怕哈，我跟炀哥就是这样的相处模式，虽然他表面对我凶巴巴的，但私底下对我可好了，他现在就是有点儿叛逆。"

唐雨："……"

秦明裕："对了，你们认识多久了？"

唐雨想了想："没几天吧，一个星期左右。"

一个星期就这么熟了？！进展可真快啊。

作为京华世家圈子里的混世魔王，原本以为得有个更嚣张跋扈更张扬的人才能降得住边炀这种离经叛道的性格。

谁知道这么一看，小姑娘连说话声都是细细软软的。穿着蓝白校服，自带一股书卷的清气，特别恬静，生怕一碰就碎了。

漂亮是漂亮，就是太乖了，她到底是怎么把边炀治得服服帖帖的？

秦明裕想不明白，眼珠子一转，看边炀没往这边看，小声问了句："你知道炀哥不是本地人吧？"

唐雨迟疑地点了下头。他刚来班里的时候，校长提到过，边炀是别的城市转学过来的。

"那你知道他为什么在这个节骨眼儿上转学过来吗？"

唐雨晃晃脑袋："不知道。"

秦明裕说着叹了一口气："是因为他母亲刚去世不久，他经受不了打击，还患上了轻微厌食症，半个月就瘦了七八斤，没办法了，这才转学来凉城换个心情的。"

唐雨没想到是这样，难怪边炀的胃不好，公寓备了好多止痛药，难怪他吃得很少很少……

秦明裕用余光偷偷看了眼她担心的样子，又叹了口气："他在这里没有朋友，唯一的亲人也出国了，他自己在这儿孤苦无依的，真可怜啊。妹妹啊，他就跟你熟，你可要好好照顾他，知道吗？"

听到这话，唐雨马上点头："我会的！"

边炀对她好，她自然要对边炀好！

秦明裕露出托孤的表情，无比郑重："我一看你就是心地善良的好女孩，我们炀哥交给你，我也就放心了……"

瞧见边炀注意这边，他又飞快地说："这事千万别跟炀哥提，免得又提起他的伤心事，你埋在心里默默知道，默默对他好就行了，明白吧？"

"我知道！"失去亲人的痛苦，唐雨也不想经历，更不会主动去揭边炀的伤口。

正是上课时间，走廊里没几个人走动，边炀把唐雨送到教室门口："你先去上课，我晚点儿到。"

唐雨点点头，嗓音软软的："那我走了。"

他双手慵懒地插在口袋里，抬了抬下颌。

唐雨把被风吹乱的发丝别在耳后，又对笑眯眯的秦明裕礼貌地点头："再见。"

秦明裕嬉皮笑脸地接话："妹妹，我们下次见哦。"

等把秦明裕送到校门口，边炀扫了眼手机上的时间，烦躁又低沉地"啧"了声："没事我去上课了，你自己走好，不送。"

"我去，炀哥你等等！你这学历，你上什么高中的课啊！"

边炀头也不回地往学校里走，秦明裕追过去，张开双臂，止住了那人往前走的脚步。

"不是，炀哥，你还真准备在这里待到毕业啊？"

边炀眼皮子耷拉着，浑身散发着不爽的气息："我喜欢，不行啊。"

秦明裕闻言都气笑了，要是被京华那群老教授们知道，他们三顾茅庐都抢不过去的边炀，这会儿在破县城里自得其乐，估计能气得厥过去。

"玩个十天半个月就得了，距离高考还得三个月吧，这三个月干啥不是干，你在这里浪费时间干吗？"

边炀还是那副懒洋洋的样子，声音微微带着鼻音："我乐意。"

行吧，子非鱼焉知鱼之乐。

秦明裕想了想："那京华那边，你真不打算回去了？"

"暂时没这个打算。"

"那行吧……"秦明裕道，"不过我大老远的来这一趟，还替你解决了那个范什么的麻烦呢，你总得跟我吃顿饭吧？"

边炀抬手拍了拍他的肩膀："我这上课呢，不能翘课的。"

秦明裕翻了个白眼，装什么装。

"那——"

边炀打断他未说出口的话，抬步往前走，头也不回地晃了晃手："以后有的是机会吃，你路上慢点儿。"

可把秦明裕气得够呛。

边炀回到教室，抬眼扫了一圈，奇怪的是二班空无一人。

他抽出唐雨座位上的凳子，往上面一坐，长腿往前伸了伸，拿出手机给唐雨发消息："哪儿呢？"

对方没有马上回复，边炀百无聊赖地趴在她的桌子上。

窗户半开着，有风吹进来，把她的课本一页一页吹开。

边炀一手懒懒地支着下颌，另一只手随意地翻开她的课本，上面都是密密麻麻的笔记。

字体娟秀恬静，一笔一画工整认真，一如她的人那般好看。

翻开另外一页，在英语书左下角很不起眼的地方，上面有着一行小字——

且视他人之疑目如盏盏鬼火，大胆地去走你的夜路。

这句话出自《病隙碎笔》，她写在这里，大概是用来激励无数艰难日子里的自己。

边烊冷白的指尖从那句话上慢吞吞地划过，上面有清晰的压痕，起起伏伏的。

可想而知，她写这行字的时候用了很大力。

这小姑娘看起来弱不禁风，实际上内心倔强得要命。

边烊抿着薄唇，修长匀称的手指拾起她桌子上的签字笔，打开笔帽，在那句话的下面，不轻不重地落了字。

Without the help of the wind, I hope you can still soar straight into the clouds.

你已经这么辛苦了，那此后我只好愿你——无须轻舟，自越万山。

他指尖划开手机，啧，唐小雨怎么不回他微信呢?

"边烊，这节是体育课，大家都去西区的操场了，快去啊。"

听到这话，少年略微抬眼，人也站了起来，朝外边走。

第四章
爱哭鬼，娇气包

原本高三已经没有体育课了，理科班基本被几大科的老师霸占，体育老师已经在医院"病了"小一年，而这次体育课，是上次摸底考后一班二班联合起来向校长争取的。

边炀双手插在口袋里，踩着阳光朝操场走。

到了地方，环视一圈没找到人，拦了个同班同学问："唐雨呢？"

同学见到他先是愣了一下："边炀，你不是被叫去校长室了吗，这么快就回来了！"

孟诗蕊还说边炀出不来，会被学校开除呢。

"唐雨呢？"他耐着性子又问了一遍。

他周身的气场怪冷的，同学马上指了个方向："唐雨啊，刚才我看见孟诗蕊把人带到器材室了。"

边炀眸色一沉，抬步就朝那个方向走去。

被问路的同学搓了搓胳膊，觉得他那眼神里好像有杀气一样。

器材室在操场的东南角，很偏僻。

边炀人还没到，就听见孟诗蕊使唤人的声音。

"唐雨，把这些器材全搬进器材室里，赶紧点儿！老师过来检查前就搬好！"

唐雨站在那儿没动，太阳晒得人发热，但她依旧穿了件外套，脸上被晒得发红，蒙了层薄汗。

瞧她站在那儿不动，孟诗蕊就上前去推她，可人还没碰到，手腕就被一股强势的力量从后猛地折了过去，她被人拽进了器材室。

她睁开眼一看，逆光站在门口的居然是边炀！

老旧的器材室被笼罩在一棵硕大的杨树下，室内格外阴凉潮湿。

透过树叶间隙的光线糅合在他的后背上，在地上拉出一道长长的影子，少年逆着光线的五官浸在暗影里，看起来恣意又立体。

他似乎心情不大好，黑眸稍稍低垂着，很暗，周遭的空气都变得压抑起来。

"你你你，你不是被叫走了吗！"孟诗蕊看见他，本能地有点儿发怵。

边炀转了转脖子："你刚才使唤谁来着？"

孟诗蕊咽了口唾沫，蹭着地往后退了退，嘴上还逞能地说："边炀，你要是在学校敢欺负我，你就等着被开除吧！"

边炀挑眉："都是同学，这么说不就见外了吗？"

"边炀你干什么！你、你离我远点儿！我喊人了啊！"孟诗蕊满眼惊惧。

边炀略微扬唇："怕什么，欺负你可是要被开除的，我又不傻。"

说完，他就出了器材室，把门一关。

果然安静了不少。

听到外边隐约有上锁的声音，被落在器材室里的孟诗蕊一慌。

器材室破旧老化严重，连灯的开关都在外边，这么一关门，本就阴森森的器材室，此刻黑得伸手不见五指。

"边炀，这么做会不会有危险啊？"唐雨还是有些担心。

而后者正用纸巾擦手："器材室没有什么东西，吓唬吓唬她也好。"

"那她跟老师告状怎么办啊？"

边炀瞧她忧心忡忡的样子，似笑非笑地说："不管怎么样她都会告状，那你说怎么办啊？"

唐雨想了想，一直咬着唇。

边炀还以为她会说把人放了这种话，谁知道她思考了会儿，说道："那老师要是再罚我们写检讨的话，你那份我来写。"

边炀先是愣了下，然后意味深长地坏笑："写检讨上瘾了啊？一封接着一封地写。"

边炀个头很高，站在她面前把阳光都遮住了。

她鼓了鼓腮："随便你，反正我又不是很想帮你写。"

说完扭头就走，没看到脚底下那个凹凸不平的石头，一个趔趄，身子就往一边倒。

边炀连忙伸手拉住她，唐雨没站稳，脑袋重重地砸进他身前，而少年的手顺势握稳了她的肩膀。

边炀的手下意识松了点儿，低头看她。

唐雨也怔住了，反应过来后，马上往后退了退，脸颊变得绯红。

耳边不知名的虫鸣在此刻莫名地喧嚣起来。

边炀略微错开目光："你躲什么？"

唐雨低着头，露出的耳尖也红红的："我没躲……"

边炀没听清，扬起嘴角，俯下身子，脑袋凑近了点儿："大点儿声，听不见。"

凑近的气息侵袭而来，唐雨的脸更红了，像是煮沸了一样："我说我没……"

"嘘，别说话，有人来了。"他拽起唐雨的手朝反方向走，唐雨跟在他身后小跑着，看他的背影那么耀眼。

"晚上吃什么？"一直到教室门口，他才懒懒地开口。

"啊？"猝不及防地转换话题，让唐雨有点儿蒙。

边炀屈指敲了她的脑袋，无精打采地拖着声儿："算了，晚上我跟你一起去菜市场，就这么说定了。"

唐雨看他进了教室，还愣愣地站在原地。

头一次把晚自习上得如此糟糕，原本能做完三套卷子的，现在才做完一套。

唐雨耷拉着脑袋，看了看自己的手，不知想到什么，又马上摇头。

手机振动了下，是奶茶店老板发来的，说今晚上关店，他们一家要回乡下看望生病的长辈，也就是说她今晚不能去奶茶店帮忙了。

唐雨把剩下的两套卷子塞进背包里，打算回宿舍后做。

"收拾完了吗？"边炀站在后门口瞧她。

唐雨拎着包起身："好了，走吧。"

一直到菜市场，边炀才知道这地方并不近，两个人正常步速走到这儿就要二十分钟。

那她之前半个小时往返，八成是跑着的。

菜市场并不像超市那么整洁干净，地上时不时会有积存的污水和烂菜叶。

唐雨看了下他洁白的鞋子："边炀，你在这儿等一会儿。"

边炀看她跑去一家店，回来时手上拿了两个塑料袋。

"给，把这个套脚上，你的鞋就不会弄脏了。"

边炀扯了扯唇："我才没那么矫情。"说完就走进了菜市场。

唐雨赶紧跟了上去。

这些摊位的老板好像都认识唐雨，她一过去，老板就乐呵呵地挑菜，满满的一兜竟然才花了十几块钱。

在卖牛肉的摊位上，她还跟人砍价，愣是把十二块钱的肉，用十块钱买了。

边炀看她砍价的样子，觉得好笑："两块钱，至于吗？"

唐雨把肉放进袋子里："你可别小看两块钱，两块钱在这里能买到很多东西的。"

边炀看她这认真的样子，就问了句："比如呢？"

"比如，"唐雨想了想，"两块钱可以买四根香菜，三头大蒜，还有一斤土豆，做一顿土豆丝都没问题，又或者能买三枚鸡蛋，两三根胡萝卜，也够吃一顿的了。"

她神采奕奕的，边炀弯了弯唇角："唐小雨真厉害。"

"这有什么厉害的……"

边炀拍了拍她的发顶，顺势把她手上的菜拎过来："能做到别人做不到的事，就是厉害。"

唐雨仰头看他，心里像莫名塞进一团棉花糖。

这些都是她做惯了的事，还是第一次有人夸她厉害。

两人一道回了公寓，唐雨就开始做饭，拗不过边炀非要打下手，一顿饭做得格外长了点儿……

吃完饭，唐雨刚准备去刷碗，被他先一步占了洗手台的位置。他嘴里还口口声声地说："男人会刷碗，将来当老板，你少来影响我的前途。"说完就按住她的肩膀，把人推出了厨房。

可是，当初说好她包办一切家务的啊……

唐雨没办法，擦了擦手，就去收拾别的，不过，这里跟上次来好像哪里不一样了……

笨重的健身器材都在该待的架子上，一字排开，整整齐齐的。

桌子上的杂志也是一叠一叠的，放得工整。

就连卫生间的脏衣篓都是干净的……

唔，好像没有她能做的啊。

唐雨给自己找活，找了半天没找到，只好去拖地。

把拖把浸湿后，正拖着客厅，外边一阵疾风暴雨，一分钟不到的时间，就已经黑云压城了。

噼里啪啦的雨滴砸在落地窗上，跟石子一样。

唐雨关上窗户，趴在落地窗前往外看，这么大的雨，她怎么回去啊……

"这么大的雨，你回不去了啊。"

边炀像是能听见她的心里话。

落地窗上倒映着他的影子。

边炀一边抽出纸巾擦手，一边走到她身边，看着窗外的狂风骤雨感慨："我记得家里唯一一把伞借给某人后，某人就没还回来。唐小雨，这可怎么办啊。"

闻言，唐雨顿时懊恼地敲了敲脑袋。

那把伞她用过之后就妥善地收起来放在宿舍里了！

可昨天宿舍发生的事太难过，她一时间忘记了还伞的事……

"我下次一定把伞还回来，对不起啊……"

边炀眼皮垂下："我又没怪你，你对不起个什么劲儿，不过要是不想变成落汤鸡，不想再发烧感冒的话，你最好等雨停了再走。"

顺势把她手上的拖把接过来，边往卫生间走，边说了句："下雨天拖地，亏你想得出来。"

唐雨看了看空空如也的双手，这样一来就没活干了啊。

外边雨势不减，不知道什么时候才能消停。

边炀从卫生间出来时，唐雨站在那儿捏着手指，声音轻软地询问："那我能在这里写卷子吗？"

边炀略略挑眉："当然。"

餐厅里的灯光是暖橙色的，比较暗，客厅的桌子比较矮，趴着写字会累，都不适合学习。

边炀把她领到书房去，把桌上的杂志文件全堆放到了一边，抽出椅子，朝她抬了抬下颌："这里行吗？"

书房桌子上的灯是护眼模式，正适合写卷子。

唐雨"嗯"了一声，准备坐在椅子上，边炀在椅子上又放了个软垫子。

她身上的校服是高一的时候集体订的，今后每年都会订一次，但唐雨没订，一直替换着穿。

三年的时间，她长高了一些，裙子也短了几公分。

她坐下的时候，边炀只掠了一眼就很快移开，把沙发上一条蓝色的薄绒毯子扔在她身上。

唐雨看了眼身上的毯子，又茫然地看了看他。

边炀已经躺在了沙发上，躺姿不规矩，两条长腿大大咧咧地搭在沙发上，单手拎起一只抱枕，盖在腹部，继而枕在脑后，另一只手随意地划着手机，屏幕的亮光将少年棱角分明的面容照得冷白清晰。

他没什么情绪，也没看她。

"边炀。"女孩轻声细语地叫他。

边炀这才侧头看了她一眼。

她眉眼一弯，唇角漾出了个浅窝："谢谢你。"

边炀很轻地嗤了一声。

"写你的作业。"他从她身上收回视线，看向手机屏幕，"待会儿我检查。"

"啊？"

唐雨的表情除了诧异，更多的是"你能行吗"的怀疑。

一个上课只知道睡觉从来不做卷子不做题的人，居然要给班里的第一名检查作业……

"不用了。"唐雨说的时候挺小声的，基本就是自己能听到的音量。

不过书房就他们两个人，这点儿声音就显得无比清晰。

边炀把她那小表情尽收眼底，把手机丢在一旁，抱枕依旧抵在腹部的位置，修长匀称的手指撑着沙发，略微坐直身体："怎么，怕你做的卷子错题太多，不好意思让我看？"

唐雨嘀咕："……倒也不是。"

边炀哼笑："既然这样，那你怕什么，还是怕我嫌弃你的字丑？"

唐雨张了张嘴巴，最终什么也没说，总不能说"你都不学习，就算做错了你也不知道"这种话吧？

"那我开始写了。"

她从布包里把卷子和签字笔拿出来，在桌面上铺平，然后就开始心无旁骛地写卷子。

外边的风雨声很大，室内除了时钟嘀嘀嗒嗒的声音，只有签字笔和卷子触碰的沙沙声。

她左手按在桌面上，右手拿着笔，握笔的手指白净好看，指甲也修得圆润，没有涂什么颜色，干净泛粉，可以看到一点点白色的小月牙。

她低头写着字，几缕发丝垂了下来遮住脸颊。

大概是有点儿痒，她无意识地用笔将脸颊的发丝别在耳后，白皙漂亮的脸蛋和细颈就露了出来。

边炀不知不觉地看了一会儿，有点儿呆了。

她放在桌面的手机振动了下，是一条短信。

唐雨划开屏幕，边炀用余光无比清晰地瞥见了上面的内容。

> 唐雨，数学竞赛的报名表我放在你的座位了，你记得填一下信息。

不用想都知道谁发来的。

边炀看她神情，压着的眼尾又冷又凉的："这个周什么文怎么知道你的手机号？这么晚了还发短信，没安好心。"

唐雨把手机合上，本来就没打算参加竞赛，所以也没打算回复。

"可能是从老师那儿拿到的手机号吧。"顿了顿，她抬头疑惑地看他，"你怎么知道是周寻文发来的，你看到信息了吗？"

"谁稀罕看。"边炀懒懒地直起身，拿起她的手机在手里把玩着，睨她一眼。

"写卷子的时候玩手机，不学好，没收了。"说完他就转身去了浴室洗澡，出去前还叮嘱了她一句，"好好写，别忘了待会儿我检查卷子。"

唐雨想说，她不会玩的，可边炀已经离开了书房，还带上了门。

算了，先写卷子吧。

唐雨一写卷子就会忘记时间，把这张英语试卷写完，她轻轻敲了敲酸痛的脖颈。

一看桌子上的时钟，发现已经过去四十分钟了。

她起身站在书房的窗户边上，指尖拨开百叶窗的缝隙往外看。

外边狂风大作，雨势非但不减，甚至还更加猛烈起来。

园区里的小树苗被风吹得弯腰九十度，仿佛下一秒就会折断，更别说人了，这么俯瞰下去，原本在这个点儿会拥挤的商贸街，此时甚至都没有一辆车经过。

凉城很少有这样的暴雨，路边的积水目测已经到了膝盖。

她的眉心皱了皱，忽然想到洗好的衣服还挂在阳台上……

舍友是不可能帮她收回去的。

唐雨下意识地去找手机，想联系汪晴，麻烦她去看看自己晾晒的衣服还在不在，才想到手机被边炀拿去了。

唐雨把百叶窗弄好，从书房出去的时候，环顾一圈，客厅里没人。

隔壁卫生间传来淅淅沥沥的水声。

唔，他还在洗澡啊。

已经过去四十分钟了呀，男生洗澡这么慢的吗？

唐雨轻轻地吐出一口气，低头在客厅里转了两圈，想等他出来要手机。

可五分钟过去，他还没有出来的架势。

唐雨去厨房烧了壶水，捧着玻璃水杯，乖巧地盘腿坐在矮桌下的地毯上，打开电视。

新闻正播放着今天暴雨的情况：

"目前，今日夜间十点至十一点，凉城正遭遇百年一遇的大雨袭击，北部、西部和西南部普降大到暴雨，部分地区特大暴雨。

"受强降雨和低涡影响，凉城北部山区河道河水猛涨，水库水位陡升，大雨形成洪水，部分道路被冲毁，滞洪区三万人急需转移，已致两万人受灾，目前，降雨仍在持续……希望广大市民不要在最近时段出门，以确保自身安全……"

凉城多雨，但很少遇到这样的情况，好在她家地处凉城的南部，地势偏高，爷爷奶奶那边应该没事。

只是这么大的暴风雨，今年小麦的收成怕是……想到这里，唐雨捧着水杯，清秀的眉心皱了皱，愁眉不展地吐了口气。

不只是家里的小麦，就是爷爷的小菜园恐怕也保不住了……

边炀从浴室擦着头发出来时，正看到她耷拉着脑袋，盘坐在地毯上愁眉苦脸的模样。

听到动静，唐雨下意识侧身看过去，看到那画面，她瞳孔轻轻缩了一下，一瞬间，红晕从白皙的脖颈一直攀到脸颊，然后她马上闪着澄澈的大眼睛局促地挪开视线。

边炀一只手慢吞吞地擦着头发，一只手闲散地垂在身侧，指尖冷白修长，被漆黑湿发遮挡的眼眸慵懒地抬起，看她的方向："卷子写完了？"

嗓音带着一点点鼻音，听起来很沙哑。

唐雨头都不敢回了，捧着水杯，眼神一动不动地盯着电视看："写……写完了。"

"哦，那把卷子拿出来给我瞧瞧。"

说完后边传来了脚步声，他好像走过来了。

唐雨一下子坐得笔直，后背跟钢板一样。

边炀擦了擦头发，把毛巾随手扔在了沙发上，看她一动不动的，他弯了下唇："唐小雨，你倒是动动啊。"

"哦哦，我这就去拿。"

她把水杯放在矮桌上，因为坐的时间有点儿长，扶着矮桌站起来时身子轻轻晃了一下，就被一只有力的手掌稳稳地托住了胳膊。

掌心的温度烫得厉害。

不足五十厘米的距离，他身上凛冽的气息毫无预兆地扑洒过来。

"坐地上干什么，下次坐沙发上，地上凉。"

唐雨的身体紧绷到了极致，脸深深埋着，心脏控制不住地跳得飞快。

庆幸有电视的声音遮盖了点儿，她怕边炀听见。

唐雨不知道的是，如果此刻抬头，她就能清晰地看到边炀眼底的深黯。

"地上有地毯，不凉的……"

"这么说，你还是耐寒体质了。"少年尾音拖得很长，"不过你要是这么耐寒，胳膊又怎么会这么凉，还说不是在说谎。"

他敲了敲她的脑袋。

唐雨被戳穿，脸有点儿烧，稍微挣了挣手臂，边炀扬眉，就松了手。

她把手臂藏在身后，掌心湿漉漉攥在一起："我去拿试卷。"

惹得边炀一声轻笑。

唐雨走到书房门口时，听见身后传来边炀懒洋洋的声音："拿完卷子顺便去我的卧室帮我拿件衣服，衣服就在床上放着。"顿了顿，"是我的上衣。"

说完他往沙发上一躺，双腿慵懒地往矮桌上一搭，也不看她，一只手支在沙发侧棱，闲散地撑着下颌，看电视上的新闻。

唐雨嘀咕了句："你怎么自己不去拿啊。"

"啧，你这是在以小弟的身份指挥大哥做事？"

"……"

拿完书房里放在桌子上的试卷，她抬步朝他卧室的方向走，站在门口的时候，脚步纠结地停了停。

似乎还没进去，就能感受到和边炀身上同样的气息。

淡淡的凛冽的雪松香味，混杂着某种木质香。

边炀余光掠了一眼，看她低头站在那儿不动弹，仿佛在进行什么激烈的思想抗争，正准备开口，她就坚定地挪动着步子进去了。

他略微扬了扬唇，拾起遥控器随便调台，也不知道调到了哪个频道，唇角自始至终上扬着。

唐雨从来没去过异性的房间，跟汪晴描述的男生宿舍的画面完全不一样。

没有摆放得乱七八糟的鞋和袜子，也没有乱七八糟的衣服，更没有难闻的气味……

他的房间很干净，一如他的人一般——透着冷冽和随性。

卧室很大，踩在光洁的木质地板上，唐雨忍不住环顾四周。

窗帘和床上用品都是淡淡的烟灰色系，草布墙纸上有凸起的印花图案，在天花板与墙壁连接处，有精致的石膏雕刻点缀，左手边是一排通顶的衣柜，右手边则是一排通顶的置物架，上面摆放着各式各样的雕塑和汽车模型。

她走到那张很大的床边，看到了上面的衣服，跟他身上穿的裤子应该是一身，也是米灰色的。

唐雨拿起来攥手里，就埋头朝外边走，莫名有种入侵到他的领地的怪异感觉。

从他卧室里出来，唐雨正瞧见边炀从厨房里出来。

少年一只手插在裤兜里，冷白的手拎着一只玻璃水杯，朝她这边走："是这件吗？"

唐雨递给他，目光还是有点儿闪躲。

边炀接过她递来的衣服，略微挑眉："谢了。"

走到客厅里，他把水杯放在矮桌上，套上外套后，坐在沙发上，拍了拍身侧的位置，看她："过来，我看看你的卷子。"

"哦。"唐雨走过去，把卷子拿给他，人也坐在沙发上。跟他隔了半米的距离，不远不近的。

边炀掠了一眼这段距离，就慢慢地收回视线，低头翻看她的试卷。

唐雨去拿桌子上先前喝过的水杯，发现两只玻璃杯是一模一样的，还放得特别近，一时间分不清哪杯是自己的，哪杯是边炀的。

她迟疑地收回手，看向边炀问："哪杯是你的呀？"

边炀扫了眼两只杯子："忘了。"

唐雨看着两只杯子纠结了会儿，回想起边炀那杯水好像挺多的，而自己喝了一些，那么少的应该就是自己的吧。

她拿起少的那杯握在掌心里，轻轻抿了一口，边炀看似在专心看她的试卷，嘴上却慢悠悠地说："你喝的是我的那杯。"

"咳咳！"唐雨瞬间被水呛到，咳得不轻，连带着水杯里的水也溅了出来。

边炀抽出几张纸巾递给她，看她咳得眼圈红红的，脸蛋也红扑扑的，顿时没忍住笑："逗你玩儿的，这杯就是你的。"

"……"

唐雨用纸巾擦掉溅出的水："可你刚才不是说你不知道哪杯是你的吗？"

边炀痞里痞气的，语气有点儿欠儿："忽然又想起来了，我是倒了杯水，但还没喝，所以多的那杯就是我的。"

小姑娘觉得有点儿被戏弄了，她轻轻哼了声，别开脸去看电视，不搭理他了。

边炀抿着唇低笑，又听到唐雨说："那我的手机呢？"

白嫩嫩的手摊开在他眼前，可眼睛却盯着电视看，明显还在生气呢。

她生气的时候特别明显，什么都写在脸上。

边炀看了几秒，喉咙不自觉地发痒，从口袋里拿出手机放在她的掌心上。唐雨的脸色这才好看一点，她低头划开通讯录，找到爷爷的电话拨了出去。

询问了家里的状况，听到没事，才松了口气。

她又给汪晴打电话，汪晴说早就把她的衣服收好了，唐雨连忙道谢。

汪晴："不过小雨，你现在在哪儿啊，是不是还在奶茶店那边？你可别乱跑，外边的风太可怕了，水也老深了，听说好多井盖都被冲跑了，稍不留神就能踩空，跌井里去，太可怕了！"

唐雨看了眼窗外的大雨，黑云把整个城市笼罩起来，连路灯都看不清晰。

"可马上就关宿舍了，我要是现在不回去，那怎么办……"

听到这话，边炀不动声色地摩挲了下卷子。

汪晴："要不然……你在外边找个酒店暂时住一晚上？我记得奶茶店那条街上有酒店的，反正咱们宿舍又不查寝，你在外边对付一晚上也行。"

唐雨揪了揪沙发，咬着嘴唇，似乎也在思考这个建议。

挂断电话后，唐雨神情怏怏的，边炀用卷起的试卷敲了敲掌心，然后递给她。

"唐小雨，你的阅读理解怎么这么差劲？"

"啊？"唐雨接过来试卷，铺开看了看。

阅读题共五十分，分两个小节，共二十小题，每小题占了二点五分，而边炀圈出来的错误就有五个！

其他地方倒是没有问题，可这就扣了十二点五分了。

而且她的听力也不好，每次总要错上一两道，再加上作文扣一到两分，撑死了就能考一百三十分上下。

这一直是唐雨的瓶颈。

虽然在班里成绩算是拔尖的一拨人，可高考一分之差就可以落下成千上万个名次，更别说二十分。

但阅读理解不只是考单词积累，考得还是语感和理解。

即便唐雨埋头做无数套卷子，背一本又一本的单词，还是无法弥补这方面的缺失。

唐雨懊恼了一会儿，又疑惑地看向边炀。

他不仅圈出了错误点，还在原文上划线，特意标注出来了她理解错误的地方，看完之后有种恍然大悟的感觉，偏偏做题的时候是发现不了的。

而这些，仅仅是他在她打两个电话的期间做好的。

他平常不听课，怎么这些全会啊……

"边炀，你的英语好厉害啊，不到十分钟你就看完了四篇短文，还找到了正确答案！你是怎么做到的？"

边炀眉梢轻挑了下，有点儿享受她惊讶又崇拜的小表情："这很难吗？"

唐雨连连点头："英语是我的弱项，无论我付出多大努力，每次也只能考一百三十分上下，每次的扣分点都在听力和阅读理解上，高老师让我做课代表，就是想借此提一提我的英语成绩，可没办法，我总是提不上去。"

说完，她眼睛亮亮的，向边炀虚心求教，甚至忘了时间。

"边炀，你是怎么做到这么快完成阅读理解的？"

每次她花在这上面的时间最长，结果却总不让人满意。

边炀懒懒地靠在沙发上："天分。"

这话听起来有点儿忽悠人的意思。样子挺傲的，也一点儿都不谦虚。

不过唐雨还真有点儿信，毕竟事实摆在面前呢。

"那你能教我怎么做这类题吗？还有听力，听力也是我的弱项。"

唐雨态度挺诚恳的。

边炀侧目看她一眼:"想拜我为师的人多了去了,你说说看,我凭什么收你当徒弟?"

唐雨想了想,自己确实也没什么拿得出手的,于是打了退堂鼓:"那算了。"

这就,算了?她怎么就不知道迎难而上呢?

边炀看了她片刻,唇抿了抿,继而漫不经心地低头,佯装看试卷的样子:"其实也行,毕竟肥水不流外人田,谁让你是我小弟呢。"

"真的?!"

眼前这双眼睛又马上像琉璃一样璀璨。边炀觉得自己答应得太快,于是故作矜持了下:"嗯,可以考虑。"

高考时间那么紧,每分每秒都异常珍贵。

唐雨也不想耽误他太久,马上就说:"如果你有顾虑的话,不用觉得为难,可以直接拒绝我。"

边炀一愣,下一秒就淡定地说:"不为难,你还算有天赋,我收你这个徒弟不算吃亏。"

闻言,唐雨顿时高兴起来,神采奕奕的。

"不过别高兴太早,平常见你也背了不少单词,可不该错的地方还是出错,可见你的问题不是单词和语法,是语感,光靠死记硬背是没用的,尤其是听力这块。"他敲了敲卷面,"得换个方法帮你练习,找找语感。"

唐雨谦虚地问:"那用什么办法比较好啊?"

"多看些全英文的电影或者演讲视频,这是提高语感最快的办法。"语气稍顿,边炀立刻又否决了这点,"不过这两项花费的时间太长,不适合你这样的高考生,不如先从听英文歌开始。"

唐雨听得似懂非懂。

边炀起身去卧室拿来自己的手机,双腿交叠,坐回原来的位置。

"那我先进行一个摸底考试,你没意见吧?"

唐雨马上乖乖摇头:"没有,那怎么考试?"

边炀划开手机屏幕,余光从她白净认真的脸上划过,略微弯起唇角,又在低头时压下:"我随便选一首歌,你听,听完一句,就翻译给我听,没问题吧?"

"没问题。"

提到考试，唐雨还有些紧张，目光落在他漂亮的手指上。

边炀点开一首歌，在歌曲开始悠扬的前奏时，她敛声屏息，怕错过歌词。

"When I hold you close to me, I could always see a house by the ocean."

边炀点了暂停，看她。

唐雨翻译出自己听到的，细软的嗓音一字一句："当我紧拥你入怀时，我似乎总能看到一座临海的房子。"

边炀点了下屏幕，漆黑的眼眸中透着散漫，继续。

"Last night I could hear the waves, as I heard you say, all that I want is to be yours.'"

唐雨："昨夜我仿若能听到海浪呼啸，一如我听你说：'我只想为你所有。'"

"嗯？"少年自鼻音里发出的嗓音低沉磁性，"最后一句，没听清。"

唐雨重复一遍："我只想为你所有。"

"哦。"懒倦的嗓音沾了点儿哑，边炀指尖一下一下地敲着膝盖，唇里溢出低低的笑，"嗯，这次听清了。"

随着音乐一点一点推进。

"Falling in love, falling in love, deeper than I've felt it before, with you, baby."

女孩的嗓音也轻轻软软地晃在安静的客厅里："陷入爱情里，陷入爱情里，和你在一起的此刻，深过我以往任何时刻的感受。"

边炀按了暂停键。唐雨看他，不知道哪里翻译错了。

"最后一句，你怎么理解的？"他问。

最后一句最简单，而且并没有连音，她听得很清楚，于是重复："和你在一起。"

"歌曲就跟诗文一样，每一句的情感都是层层递进的，你翻译的是最表面的含义，结合一下上下文，在创作者已经陷入爱情里的时候，'和你在一起'这五个字，并不能凸显出她此时的心境。"

在他说的时候，唐雨也陷入了思考。

的确是这样，无论是阅读理解还是歌词，她翻译的都是最表浅的含义。

可是……

"那该怎么翻译啊？"唐雨询问。

边炀拿起抱枕搂在怀里，手机就放在抱枕上，然后身体懒散地往后靠："和你在一起的更深含义，你觉得是什么？"

唐雨想了想，摇摇头。

"是与你厮守。"他答，喉结轻滚，漂亮的眼睛一动不动地盯着她，"是这个意思。"

与你厮守——这是"with you"最好的表达。

好到让唐雨微不可察地一顿，在这样温和缱绻的嗓音荡进耳朵里时，手指都有一种跟着发麻的感觉。

就好像是电流钻进去了。

他的声音很好听，尤其是此时，好像他才是歌曲的创词者，了解创作者所有的情感。

"懂了吗？"边炀的声音让唐雨后知后觉地反应过来。

她"哦"了一声，马上惊喜地说："这样翻译确实更有意境。"

而老师教的都是固定的语法和单词，没有感情，剩下的全靠自己感悟。

边炀收回视线，冷白的指尖在抱枕上敲了敲，嗓音散漫低哑得很："不着急，听多了慢慢就能找到感觉，待会儿我发给你几首曲子，你翻译完之后拿给我，我帮你分析分析。"

"谢谢你边炀，麻烦你了！"唐雨澄澈的黑眸望着他，感激地说。

边炀扯了扯唇角："小事一桩。"然后看了眼时间，瞤她，"现在这个点，宿舍已经关门了，而且外边下了这么大的雨，你好像回不去了。"

唐雨还在低头改歌词，一听这个，马上抬眼看时间，竟然已经十一点半了！

她迅速从沙发上坐起身，匆匆地说："我要走了。"

然后去书房，把自己的东西收拾好，拎着布包就小跑到玄关。

唐雨着急忙慌换鞋的时候，边炀就靠在鞋柜边上，低眉瞤她。

"这么大的雨，你往哪儿走，没听见新闻上说现在不能出门吗？"

唐雨弯腰系鞋带："我打算去附近的酒店住一晚上，明天再回学校。"

"这么大的雨，你以为其他人不是这么想的？酒店一定早就订完了，就算有一两个空房间，价格也肯定高得离谱，唐小雨你好有钱啊，这时候要去当那个冤大头。"

听到这话，唐雨心头揪了一下。

一边打开手机订酒店的软件，一边心里盘算着自己还剩下多少钱。

果不其然，哪怕是间最不起眼的小旅馆平常只要几十块钱就能入住的，这时候居然乘人之危，价格都敢要到七八百，更别提稍微正规一些的酒店了。

这可是她两三个月的生活费啊。唐雨的眉心一下子打成了结。

边炀将她的表情收入眼底，唇角微扬，慢腾腾地开口说："这样吧，我就勉为其难，让你在我这儿暂住一晚上。"

唐雨闻言顿时有点儿纠结地捏着包带。

虽然知道他是好心，可住在他这里，是不是不大好啊？

原本教她英语的事，就已经很不好意思了，这会儿又给他添麻烦……是不是有点儿得寸进尺了？

"不……不用了吧……"唐雨小心翼翼地说，"不能再给你添麻烦了。"

边炀睨了她两秒钟，眼神挺平静的，甚至还带着点儿笑意。

"你真的是觉得不能给我添麻烦吗？"

唐雨刚想解释一下，边炀就朝她走近了两步，俯身下来，视线与她平齐："你在怕什么？"

唐雨一愣，这样望进他的眼里，心跳一下子挤到嗓子眼里，一句话都讲不出来，只能干瞪着眼睛难以置信地看他。

边炀懒洋洋地掀了掀眼皮子，本意是逗她玩的。

这会儿看到她红红的眼眶，几乎要蒙起一层水雾。明显是被吓到了。

他稍稍直起身子，全然没有了开玩笑的兴致，指尖碰了碰她的眼睛："爱哭鬼，娇气得不行，不许哭。"

唐雨吸了吸鼻尖，咬紧嘴唇，不敢哭了，泪珠要掉不掉地挂在眼眶里，努力忍着不让掉下来。

边炀看得好气又好笑，抽出几张纸巾，一只手托着她的脸，另一只手拿着纸巾给她轻轻擦掉。

"从前也没见你这么爱哭啊,怎么最近这么爱哭,水做的啊唐小雨,娇气包。"

嘴上这么嫌弃着,动作却轻得不行。

唐雨也不知道怎么回事。面对孟诗蕊他们的时候,她咬着牙,愣是不掉眼泪,不想在那群人面前露怯,想让自己的外壳坚硬一些。

而那些眼泪,都在躲进被子里时偷偷地流,不让任何人看见。

可在边炀面前,只要被欺负了,稍稍不顺心了,眼泪就控制不住地往下掉,比被别人欺负的时候还要委屈几十倍。

因为在她眼里,边炀跟别人都是不一样的。

他总是保护她的那个,要是转而欺负她了,委屈和难过是千百次叠加上去的。

就好像,别人怎么对她,她都可以忍耐,可以藏着委屈默默消化。

但是边炀欺负她,就是不行。

唐雨用手遮住眼睛,肩膀一耸一耸的,小声抽噎着。

他说完那些话之后,她哭得更厉害了。

边炀顿时慌了,手足无措地给她擦眼泪,结果人家挡着,碰都不让碰。

"我错了我错了……

"别哭了成吗,我道歉!

"要不然你欺负回来,成不成?"

他服软的态度那么诚恳,结果任由他说什么,都不管用。

小姑娘站在那儿哭得梨花带雨的,像是开关坏掉的水龙头,完全放开自己哭的样子。

寂静的客厅里回荡着小姑娘委屈的哭声,边炀胸口渐渐涌上一阵难受,心都跟着揪起来了。

他不知道说了多少遍对不起,边炀抓了抓凌乱的发丝,束手无策的时候,拨了个电话出去:"哭了怎么办?"

"啊?"正在酒店里打游戏的秦明裕有点儿摸不着头脑。

边炀抿了抿唇,瞄了眼委屈的人,捂住手机,似乎咬了下牙,压低声音说:"我把人欺负哭了,怎么哄?"

"噗——"电话里传来秦明裕的爆笑,笑声很纯粹,除了嘲笑,没有一点儿杂质。

边炀的脸黑了黑，直接挂断了，就知道这人靠不住。

只是很快，秦明裕的电话又回拨了过来，对面憋着笑问："是唐雨吧？你把人欺负哭了？"

边炀没吭声，秦明裕一猜就是："人家那么乖，跟棉花糖似的，你怎么把人给欺负哭了啊，真够坏的。"

边炀指尖挠了下眉心，眼底浮了点儿躁："你到底有没有招？"

秦明裕虽然不知道他们吵架的原因，不过还挺惊奇的。

毕竟边炀那性格，从小到大就没什么人敢忤逆他，兄弟这么多年，就算闹过矛盾，也是他先服软，然后边炀顺坡下驴，给他个面子，两人就重归于好了，反正就没听他说过"对不起"三个字。

谁能想到，他还有今天啊！

秦明裕坏笑几下，有个主意："炀哥，女孩子都是要哄的，不管怎么样，你先低头道歉，给人说对不起去。"

边炀抿了抿唇，余光留意着后边的小姑娘："我说了。"

说了无数遍，不管用。

"那肯定是不够真诚不够用心啊，这样吧，你大点儿声。"

主要是他想听。

然后电话里就传来了无情的嘟嘟声。

秦明裕看了眼屏幕，嘴角一抽，好家伙，卸磨杀驴是吧。

边炀站在小姑娘身前，弯下腰："唐小雨？"

唐雨捂着眼睛，指缝里还有泪花，不搭理他。

少年喉结滚了滚，低哑的嗓音提了提："对不起。"很郑重的三个字，"我不该吓你，不哭了好不好？"

他轻轻哄着，头一次热脸贴冷屁股，还贴得那么彻底。

小姑娘终于没再哭了，就是手还挡着脸，不给看。

不用想都知道哭了这么久眼睛该多红。

他尝试用手碰了碰她的手，想把她的手拿下来。唐雨跟他别着劲儿，就是不松手。

边炀没办法了，站在那儿看了一会儿，下一秒，把人小心翼翼地带到沙发上坐着，弯腰在矮桌上抽了几张纸巾，随即屈膝蹲在她面前，一只手有力地固定她的双手，按在他的膝盖上，让她动弹不了，另一只手拿着纸巾去擦她脸颊上的泪花。

唐雨睫毛又长又密，微微垂着，上面有些湿润。

"唐小雨。"他嗓音低低的，很认真地念她的名字，以这样仰视的姿态，把自己放在低处，"如果下次，旁人说了什么让你感到不适或者难过的话，你就要第一时间说出来，明确表明你不喜欢听这种话，哪怕对象是我，明白吗？"

唐雨眼皮耷拉着，怔怔地看他，脸上的湿润已经擦干净了。

边炀神色认真，是她从来没见过的严肃，他继续说道："有时候，忍耐是一种方式，但更多时候忍耐是一种懦弱，尤其是自己的权益受到威胁时，不主动反击，会让对方得寸进尺。

"就如同人性，从远处看，每个人都显得特别善良，但它从来都是弯曲的曲木，绝非虚无的白纸，只有惩罚，才能带来改造的效果，比如刘耀杰，又比如，刚才的我。

"善良、懂事、谦卑是一件好事，可这些如果不能让你得到应有的回报，而是让你一味地自我牺牲、隐忍和退让，那么不善良、不懂事、不谦卑也可以。"

唐雨失神地看着她，手指无意识地蜷缩，捏在一起。

没有人跟她说过这样的话。

班主任让她要大度，同学让她要忍耐，父母让她面对遗弃时要体谅，就是爷爷奶奶也总是让她跟同学和睦相处……

只有边炀告诉她，你不需要忍耐，不需要懂事，甚至不需要当个乖乖听话的好孩子。

眼睛轻轻眨了眨，眼泪莫名就落了下去，但很快被他拭去。

"真的吗？"唐小雨抬起红红的眼。

边炀捏了捏她的脸颊，笑："当然，唐小雨，喜欢你的人，不管你变成什么样子都会喜欢你，至于不喜欢你的人，下次你可以坦然地说'我也不喜欢你'。"

唐雨低了低头："那会不会挨打啊？"

闻言，边炀心不自觉地抽疼了一下，她是害怕。

滚了滚喉结，他开口："怕什么，我给你撑腰呢，从今以后你横着走都行。"

唐雨腮帮子微动，看他："可是欺负我的人是你怎么办？"

"呵。"他轻笑了一声，告诉她，"那我也该打。"

然后握住她的手，毫不留情地往自个儿脸上拍。唐雨还没反应过来，"啪"的一声，边炀握住她手的巴掌就抽过去了。

唐雨愣了一愣，他压根没收力，掌心都是麻的，马上把手往回缩，被边炀拽住了。

"现在出气了吗？"

唐雨的嗓子发紧："我……"

边炀重新握住她的手，声音低而缓："没关系，要是没出气就继续打，但你记住了，要是以后谁跟你说同样的话，你就要像这样还回去，懂了吗？"

这次，唐雨马上用力把自己的手缩了回去，边炀蹲着本就不稳，身子被她带过去一些，她的鼻尖蹭到他身前柔软的布料。

是熟悉的雪松冷香。

她抬起头，迅速把手藏在身后。

"我不生气了……你别打了……"她低下头，声音哑哑的，"我也不想打你。"

"真不生气了？"少年表情绷得很紧，留意着观察她的神色，怕她说谎。

"嗯。"她点点头，捏了捏背在身后的手指。

边炀静静地看她，忽然低笑了一声："那我们握手言和？"

少年的手停在她面前。

唐雨舔了舔唇角，松了背后攥紧的手指，用力拍了下他的掌心，又别开视线。

边炀笑了下，落下手，看她抿唇笑了下，总算松了口气。他保持这样屈膝蹲在她面前的姿态，继续说："外边下了这么大的雨，还有雷电狂风，路灯都已经看不清了，酒店的情况你也知道，所以今天暂时在我这儿休息一晚？"

唐雨坐在那儿，乖乖的，不吭声了。

这是拒绝的意思？

边炀没跟人这样道歉过，到这种地步，已经是他的极限了，但还是耐着性子，跟她好声好气地商量。

唐雨捏了捏手指，纠结地看他一眼："其实不是因为这个……"

她终于肯说话了。

边炀这辈子的好脾气都用在了她身上，轻声问："那你是因为什么？"

唐雨目光闪了闪，小声说："我怕给你惹麻烦，所以觉得还是住旅店比较好。"

她在鞋柜那边就想说了。

结果一听这话，边炀的脸成功地黑了。早知道让她多哭一会儿了！

"是谁教你这么聊天的？"

唐雨："……"

他直起身，闷声闷气地拎着水杯去厨房，没多大会儿，他又拎着杯子回来，里面是温牛奶。

"哭这么久，一定口渴了吧，喝你的牛奶，别废话。"他把水杯塞她手上。

唐雨捧着杯子，小口小口抿着，又从杯子上抬眼偷偷地看他。

边炀去了卧室，在里面好像折腾了一会儿，出来时拿着一条毯子和一个枕头，低眉瞧她："喝完就去洗澡睡觉。"

"哦……"她喝了大半杯，把杯子放在矮桌上，同他商量，"你能收留我，我就已经很感激了，我睡沙发吧。"

边炀嗤了一声："让小姑娘睡沙发，传出去我还怎么混。"他把她从沙发上拽起来，将毛毯和枕头扔上去，然后往上面一躺，不给她留坐的位置。

"赶紧去睡。"他已经闭上了眼睛，"我困了，别吵吵。"

唐雨看他已经闭上眼睛，不想搭理她的样子。

搞不明白这人怎么变得这么快，分明刚才还哄她……

她挪动步子，朝他的卧室去，刚到门口，听到身后传来懒懒的声儿："被罩和床单我都换过了，是洗过的，床上那件上衣我没穿过，你当睡衣穿也行，牙刷和浴巾都是新的，在洗手间里。"

她转身看过去，被沙发挡着，看不到他的人。

"谢谢……"她轻轻吐了口气，拿起布包，走进他的卧室里。

床上用品跟原来的颜色不一样，是暖洋洋的米白色，上面放了件叠好的 T 恤。

她摩挲了下手指，拿起来在自己身上比了比。

他本就高，这件短袖又是宽松的款式，几乎到了她膝盖上。

料子软软的，摸起来就很舒服。

她拿着短袖，走进卫生间里，大理石洗漱台上有两个玻璃杯，牙刷都是蓝色系的。

一套牙刷在置物台上，是他的。

底下这套，应该就是给她准备的吧。

边炀听见了关门声，从沙发上直起上半身，一条腿随意地伸长，另一条腿屈着，慵懒又随性。

拾起振动的手机——是秦明裕打来的。

他直接挂断了，扔在一旁，拾起遥控器调台。

一直到浴室的门打开，传来了小姑娘乖软的声音："边炀，我洗好了。"

"哦。"他掀开毛毯，坐起身拎着水杯，从医疗箱里拿出一盒药膏扔给她，"回屋里自己涂。"

"我身上的伤差不多好了，不用上药了。"印迹很淡，消退了很多。

边炀看电视，嗓音低哑着："那就多涂几遍巩固一下。"

"……哦。"她抱着自己换下来的衣服和药膏进了卧室。

涂完药膏，躺在陌生的大床上，虽然床很软很舒适，可她抱着被子翻来覆去，根本睡不着。

唐雨颓废地坐起身，已经有了黑眼圈，抓起手机看了眼时间，竟然已经半夜十二点多。

白天做了那么多套卷子，平常累得倒头就睡的她竟然失眠了……

唐雨耷拉着脑袋，伸手抓乱了头发，把数羊那套都用上了，愣是睡不着，于是她很轻地打开床头那盏灯，从床上小心翼翼地滑了下去。

没穿拖鞋，白嫩的脚丫踩在木质地板上几乎没有任何声音。

唐雨走到桌子前，轻手轻脚地从布包里翻出耳机，往回走的时候，一不留神撞到了椅子腿，椅子和木质地板顿时发出沉重的摩擦声。

怕打扰到外边的边炀，她立刻跟点了穴一样，一动不敢动，脸疼得都皱成了包子，直到没听到外边任何动静，才深深吸了口凉气，弯腰去揉脚腕撞痛的地方。

椅子是实木的，很沉重，脚腕本身没什么软肉缓冲，这么猝不及防地踢到，真的好痛啊。

缓了好一会儿，唐雨才瘸着一只脚，轻手轻脚地把椅子挪到原来的地方。

最后又瘸着脚，做贼似的拿着耳机溜回到床上，把自己塞进被窝里。

她把枕头垫在胳膊下，趴在上面，用指尖划开手机，点开边炀之前分享给她的那些英文歌。

既然睡不着，那就再练习一下英语吧。

殊不知里面的动静，外边听得分明。

他睡不着可以理解，这小丫头深更半夜不睡觉折腾什么呢。

双手枕在脑袋下方，边炀盯着天花板无聊地看了一会儿，直到那丁点儿动静消失。

他抽出枕在头下的手，拾起矮桌上的手机，先是看了眼时间，又拿着手机往沙发懒懒地靠。

垂在眼际的发丝稍微有些乱，他随手往后抓了下，然后点开唐雨的微信："睡了吗？"

唐雨耳朵里塞着耳机，正在听英文歌，然后逐句地在心里翻译。

看到他发来的短信，愣了愣，回复道："还没睡，有点儿失眠。"

屏幕的光映着少年棱角分明的面容，他无声地笑，打字："巧了，我也失眠。"

顿了顿补充："不是因为多了个你，别瞎想。"

唐雨刚有点歉疚的心思被他成功打消。

把下巴垫在枕头上，她眼尾微微垂着，打字："那我出去陪你聊会儿天吧？每次我睡不着的时候，爷爷奶奶在我旁边说着话，我很快就能睡着了。"

唐雨刚掀开被子准备下去，边炀很快发来："不要，你在床上好好躺着，不要出来。"

唐雨又乖乖缩回被窝里。

两个人有一搭没一搭地闲聊着。

唐雨没多大防备心，没多大会儿，边炀就把她家的情况摸了个透底。

生病的奶奶，再婚的爹妈，种田的爷爷，上学的她……

对她这样的家庭来说，高考是唯一的出路，所以唐雨拼命地学习，考到清北，想去京华的大医院给奶奶治病。

多上进！多有孝心！

边炀心里琢磨着，手上慢吞吞地敲字："唐小雨，你以后想考清北什么专业？"

唐小雨看着他发过来的信息，迷惘了一会儿，指尖在打字按键上悬停着，久久没有回复。

一直以来，她唯一的念头就是考清北，倒是从来没想过什么专业……

对她来说，只要能赚钱养家，什么专业都行。

"不知道……"她回复说。

边炀问："那你喜欢什么专业？计算机？金融股票？还是数学物理？又或者生物化学？"

唐雨坦然道："哪个行业最赚钱我就学哪个。"

看到消息，边炀没忍住笑，合着还是个小财迷。

"无论是哪个行业做到极致，都可以赚到很多钱，但喜欢可以支撑你在这个行业走得更长、更远，现在不知道喜欢什么也没关系，距离高考结束还有很多天，我陪你慢慢去探索自己喜欢的行业。"

唐雨抿唇笑起来，眉眼弯弯的，脸颊上挂着两个浅浅的酒窝。

他真的是一个很好的人啊。

唐雨觉得这一定是上天看她太可怜，才会派了边炀过来保护她的。

她翻身仰卧在柔软的床铺里，不禁翻译出来耳机里放着的英文歌。

蜷缩在被窝里，听着耳机里的英文歌，聊了半个小时果然有些困了。

唐雨眼皮困倦地耷拉着，像是快粘上了一样，脑袋也跟着一点一点的。

本想撑着最后一点儿清醒给他发"晚安"，指尖一点一点打着字，居然就这样迷瞪瞪地睡了过去。

长而微卷的睫毛轻轻颤了颤，她往被子里缩了缩，像是拥有了极大的安全感，呼吸逐渐平稳均匀。

久久的，没有她的回复。

边炀骨节分明的手搭在沙发上，一下一下地轻叩着，片刻后从沙发上直起身。

外边雨势逐渐小了些，天际像打翻的墨。

一分钟过去，边炀低头看手机，颀长的身子往后靠在阳台的玻璃上，抬头朝卧室的方向看过去。

暗淡的光线下，少年的脸颊在明暗交叠处模糊了几分轮廓，额前的发丝凌乱无章地遮住漆黑的眼，一动不动地盯着那地方。

这么久没回复，晕过去了？

她那么瘦，营养不良的样子，极有这种可能性，否则她不可能没良心到睡了都不给他发句"晚安"的。

边炀用了十几秒在心里说服了自己，然后把手机塞口袋里，抬步朝卧室的方向走去。

明明是他的房间，来来回回进了几百次，这会儿他却停了下来。

站在门口，先轻轻敲了下门，没有回复，他低着声音："唐小雨？

"你是晕了，还是睡了？"

依旧没动静。

他的手搭在门把手上，让她锁门也不锁，轻轻一拧就开了。

床头那盏橘色暖光灯还亮着。

而床的边缘，露出一双白皙的脚，和还握着手机的一只手。

她跟个腰果似的，只占了床丁点儿大的位置，怀里抱着被子，大半张娇俏恬静的脸埋进被子里，露出的额头映着灯的浅浅光晕，长发披在枕头上，漆黑又漂亮，像是丝绸一般。

边炀轻手轻脚地走过去，眯起眼睛看她脚上的青紫，八成是刚才那动静弄的。

她也不吭声。

他拾起床头柜上的药膏，微俯下身，稍稍凑近就闻到了和他身上一样的沐浴露香味。

他把药膏轻轻涂在脚踝上，完事又把她的脚塞进被子里。

余光发现她的手机屏幕还亮着，上面播放的是他发过去的那些英文曲子。

而屏幕依旧停留在微信界面上，聊天框里是未发出的一个"晚"字。

还不是那么没良心。

边炀唇角不禁轻轻荡开笑意，把耳机从她耳朵里取出来，和手机一起放在床头柜上，又把她露出来的手臂也塞进被子里。

可她偏跟作对似的，刚塞进去的手臂又滑了出来。

整个人倒是睡得挺沉。

他又塞进去，然后又滑了出来。

把边炀给气笑了，微凉的指尖故意在她摊开的手心划弄了一下。

一痒，她的手就缩了回去。

人还在被窝里不安分地动了两下，片刻后呼吸均匀。那人缩在被子里，再度陷入香甜的睡眠。

真行。敢情最后失眠的只有他一个。

少年眼眸垂着，盯着她瘦削的身影看了一会儿，关上床头灯，轻手轻脚地离开卧室带上了门。

唐雨有生物钟，无论昨天多晚睡的，到五点半左右就会自动醒过来。

她在被窝里伸了个懒腰，睁开眼，看到陌生的房间，茫然了半秒才反应过来这是边炀的房间。

她撑着床坐起来，想到昨晚不知不觉睡过去的事，在床上四处找手机，最后发现手机和耳机在床头柜上时，轻轻眨了下眼。

难道是她记错了？

打开手机，页面还停留在昨天的聊天上，她稍稍愣怔了下，手机蓦地振动，是家长群里的消息，她这才迅速切到主页面。

班主任在群里发消息："由于昨日强降雨的影响，目前学校一层部分教室、学校操场以及校外主干道都被水淹了，为了保证学生的安全，今天停课一天。住校的学生在寝室里自行安排，除了去餐厅吃饭，不要随意进出宿舍，走读的学生等群里通知再回校上课，望各位走读学生的家长知晓。"

这是家长群，但唐雨的爷爷奶奶年纪大了，没有微信，也不会用微信，所以唐雨就在群里面。

今天要停课啊。

唐雨有点儿后悔没多拿几套卷子了。

久违地赖了会儿床，唐雨的脸颊在枕头上蹭蹭，然后从床上滑下来去洗漱。

打开门的动作很轻，她从门缝里悄咪咪地探出去脑袋。

他好像还在睡。

边炀昨天睡得晚，这会儿确实困，一只手臂弯着，搭在眼前遮光，沙发边随意侧搭着另外一只手，长腿一边伸直，另一边搭在矮桌上。

领口松松垮垮的，往下是浅色的痣，挂在精致的锁骨上。

毯子不知何时全掉在了地毯上，他身上什么都没盖。

凉城有太阳时会热，阴天时就格外凉，这样肯定会感冒的。

她轻轻地走过去，弯腰拾起地上的毯子，给他盖上，转身时却被矮桌绊倒在地上，闷哼了一声。

沙发上的少年被耳边的声音吵醒，轻蹙眉心，挪开挡在眼前的手臂，微掀开眼，大概几秒的工夫，适应了眼前光亮，他才眯着眼看过去。

"唐小雨，你干什么呢？"少年嗓音低低的，还带着没睡好的鼻音。

小姑娘眼中闪过丝丝窘迫，低头，白净的脸颊上浮起了一层浅浅的淡粉。

"没……没什么，对不起，我把你吵醒了。"

说完她从地上爬起来，头也不回地跑进卫生间，关上了门。

边炀盯着那扇门缓了会儿神，又低头看身上的毯子，当意识到什么的时候，顿时裹紧了身上的毯子，轻吸口气，把毯子盖在腹部。

"唐小雨，你还要洗多久？出来。"外边传来少年微哑的声音。

等她出来，又是五分钟后的事。

边炀靠在沙发上，头发还没来得及打理，凌乱地遮在眼前，懒洋洋的目光落在她不自然的脸上，定定地瞧着，随即镇定自若地说了句："你刚才摔到哪儿了？疼吗？"

低垂的视线落在她的脚腕上。

虽然不严重，但那地方明显比旁边白皙的地方青了点儿。

这还没好全呢，刚才又摔了，她可真行。

"不疼。"唐雨连连摇头，"一点儿都不疼。"

地上铺的是毛茸茸的毯子，落地的时候她用手腕撑住了身子，摔得一点儿都不痛。

"真当自己是钢铁侠啊。"他将手臂撑在沙发上瞧她，"那你刚才，是来给我盖被子的？"

唐雨点点脑袋："今天是阴天，外边温度有点儿低，我看你的被子全掉在地上了，怕你着凉。"

边炀总算露出点儿满意的神情："还算有良心。"

唐雨忽然想起来班级群的消息："对了，班主任在群里说，外边和学校的积水严重，今天不用去学校了，在宿舍的学生就待在宿舍，走读的学生就待在家里等通知再去上课。"

所以，她小心翼翼地询问："我想说的是，我能在你这儿多待一天吗？"

边炀抬睫，唐雨马上保证："你放心，可以回宿舍的时候我马上就回去！"

"我有说你是麻烦吗？"边炀舌尖轻抵上牙膛，"你想待多久就待多久，这地方又不是放不下你。"

唐雨眼睛亮了亮，一听马上感激地说："我保证不给你惹麻烦！"

末了她还献殷勤："那你饿了吧？我记得冰箱里有牛奶，还有面包，我去做早饭，你去洗漱？"

边炀懒洋洋地抬了抬下颌："我自己没手啊？"

说着他用冷白的手腕撑起身子，骨节微微凸起，从沙发上下来，慢吞吞地往厨房走。

唐雨在他身后一边跟着，一边解释，怕他误会。

"我的意思是，这本来就是我的工作，不是嫌弃你不会做饭。"

边炀的脚步蓦地一顿，唐雨猝不及防地撞在少年后背，往后退一步仰头看他。

边炀的脸色似乎一下黑了不少，连说话都带了些不爽的味道："唐小雨，你是在嫌弃我不会做饭。"

"我没有啊。"她冤枉。

边炀瞧她："你就有，没有的话你就不会说出来。"

"……"唐雨头一次觉得男生比女生还无理取闹啊。

"行啊行啊,你现在就开始嫌弃我了。"边炀双臂抱胸,阴阳怪气的。

唐雨摇头如拨浪鼓,她怎么可能有这种想法:"没有,真没有!"

少年用余光睨她:"真的?"

"真的!"唐雨的态度相当认真。

"还是不信,除非你夸夸我,说出我身上十几个优点来。"

唐雨睁圆着眼睛蒙了半天:"……"

看她犹豫不决的样子,边炀不冷不热地哼了声,微微低着眼眸,一副"我早就看穿你怎么想"的样子。

"我就说吧,你肯定是在花言巧语,唐小雨你学坏了,你学会撒谎了,这以后还得了,不得骑到我这个当大哥的脖子上去啊!"

唐雨脑袋一团糨糊,到底是什么让他产生了这种错觉啊。

边炀表情冷淡,明显闹脾气了,给她一个冷傲的背影,让她自己反省。

没几秒钟,袖口处传来一点点轻微的拉力,边炀懒洋洋地垂眸,视线落在捏着自己袖口的那只手上。

他动了动眼皮子,眉眼微抬,视线顺着那双手,落在拉他袖子的人身上。

唐雨正看着他,白净的脸颊微微鼓起:"我说的是真的,没有撒谎。"她一字一顿的,"你身上优点好多的,我刚才只是在整理。"

边炀斜她一眼:"哦?那你现在整理完了?"

唐雨用力点头:"嗯!"

他略微扬唇,而后微侧过脸,指骨屈起抵在唇上,正挡住自己微微上扬的嘴角。

她真的太好逗了。

边炀轻咳两声:"行吧,让我听听你都整理了什么。"

唐雨一本正经地道:"你很正直,帮我打走了那些坏人。"

边炀深以为然地附和,边笑边说:"那可不,作为长在红旗下,根正苗红的好青年,这些都是顺手的事。"

唐雨:"你很善良,会送我药膏,还当我老大,还在大雨天收留我,你是我见过最善良的人。"

边炀修长匀称的手指简单打理了几下发丝,瞧她仰慕的模样,唇角弧度随之一点点晕开，理所当然地道："乐于助人是我的天性，这都被你发现了，有眼光。"

唐雨："你还很厉害，最重要的是英语很好！"

她指了指落地窗前那一排健身器材，眼睛又黑又亮，很崇拜的样子："那些东西特别沉，最重的都有一百斤，你居然都能轻易拎起来，还能拎着上下晃动，简直比体育老师还厉害！"

唐雨会说话，不得不说，这夸得他无比熨帖。

边炀提了提唇角，气定神闲地纠正："体育老师可不如我，他那身材，啧啧，完全没有我的肌肉线条好看。"

"这就完了？"等来等去没听到接下来的话，边炀撩她一眼，语气带着点儿懒，"这才三条而已。"

她颤动着眼睫，调整呼吸，嗓音细声细气的："你还……"

糟糕，思路被打断，一时间连不上了。

"还怎么样？"他悠悠地问。

"还……"磕磕巴巴说不下去了，还什么来着？她明明打过草稿的！

边炀淡晒一声："才三条就磕磕巴巴成这样，果然，你还是在骗——"

"很帅！"两个字脱口而出，唐雨急急地说，"长得很帅，是校草榜排行第一名！"

边炀精致的眼睛一眨不眨地看她一会儿，突然低头笑了声，眼底笑意明显。

"哦。"边炀故意拖长了尾音，越看她着急的样子，越忍不住发笑，笑得还有点儿坏，"那，有多帅？"

唐雨"啊"了一声，杏眼茫然地望着他。

少年俯身凑近："唐小雨，这次就放过你了，就暂时记住这四个优点，其他的你慢慢想，不过要记得每天给我投票哦，别的榜单无所谓，这个榜单我一定要霸榜。"

说完，他略微挺直了身体，不再逗她玩了，转身朝厨房走去。

他怕把人逗急了，小女孩儿又像昨天那样哭得稀里哗啦，难哄得很。

直到边炀从她跟前消失，唐雨才稳了下神色，用力搓两下自己的脸。

她怎么呆住了呀，说完又慌慌忙忙地扎进厨房里。

"边炀，我来切牛奶，热面包！这是我的工作，你放下！"

切牛奶？热面包？他没忍住笑，偏头看她："你这个状态能做成个什么，出去学英语，这里我来。"

唐雨是被他抓住肩膀推出去的。

明明之前说好家务都是她来做，结果从昨天到现在，她就做了一顿饭。

边炀饭量小，还总给她碗里夹菜，饭菜大部分还是她吃光的……

本想着午餐表现一下，然而午饭，他从外边叫了饭菜送上门。

可以说一整天，唐雨收起双腿盘坐在沙发里，除了听英文歌，什么都没做。

而边炀则抱着笔记本，坐在沙发的另外一侧，距离她不远的位置。

屏幕上是一些红红绿绿的曲线，她也看不懂，但见他操作很快，很专业的样子，键盘在他指下像是注入灵魂。

两个人各做各的事情，一直到夜幕降临。

最后外边的积水退去，班主任在群里发了通知，还是边炀把她送回寝室的。

暴雨过后的凉城像是被洗过一样，天际是深蓝色的，挂着几颗闪烁的星光。

路边摊也开始逐渐摆了出来，摊位上挂着的灯泡随风一晃一晃的，像是地上繁星。

边炀一只手慵懒地插口袋里，另一只手拎着她的布包，唐雨则并肩走在他的身侧。

学校里积水处理得很干净，但依旧有不少洼处。

唐雨踮着脚小心翼翼地避开那些水坑，遇到深水区，她跨不过去，边炀就用一只手臂夹着她，把人直接拎了过去。

唐雨紧紧捏着他衣服的边角，落回地面的时候，让她想起了奶奶还没瘫痪时曾带她去过的游乐园里坐的过山车。

也是这样一上一下，心跳很快。

"啧，你还想搂多久？"

头顶落下的玩笑话让唐雨触电般地缩回手："谢……谢谢……"

到了宿舍楼前，边炀把她的东西递给她："走了。"又似乎不大放心地跟她说了句，"有事打电话。"

唐雨接过布包捏在手心里，仰头看他的目光澄净："边炀，洗衣机里的衣服你记得拿出来晒。"

走的时候，她把自己穿过的他的衣服放进洗衣机洗了，身上穿的是原来那身校服。

边炀没忍住笑："好。"

"还有剩下的牛奶记得热一热喝完，要不然今天就过期了。"

他扯开唇，抬了抬下巴："这么不放心我，要不然我再把你带回去吧？"

以为是嫌她烦了，唐雨鼓了鼓脸："不管你了。"

她转身回宿舍，被边炀从后拽住手腕。

他懒懒地笑着解释："知道了，我会喝完的。"

她这才露出笑容，轻软地"嗯"了一声，低头去看他的手。

边炀微微松开手，看着她走进宿舍楼里，才折身往回走，唇角始终挂着从方才起就没落下过的笑意。

就在走到校门口的时候，身后突然传来一道声音："边炀，你等等！"

边炀心不在焉地瞥过去，是孙雪敏，还有校长。

"边炀，我跟校长有事找你谈谈，我们去办公室吧。"

校长没表态，算是默认。

边炀站在那儿，双手插在裤袋里，透着玩世不恭的随性："我回去还有事，你想说什么，就在这儿说吧。"

孙雪敏看了眼校长。

校长轻咳两声，语重心长地问："边炀，孟诗蕊的事你知道吗？"

少年略微挑眉。他差点儿都忘了这个人。

"昨天我们在操场最边角的器材室找到了孟诗蕊，那么大的雨，器材室还漏雨，她硬是在里面吹风、受冻！"孙雪敏说。

边炀闻言面上看不出波澜。

校长看他："边炀，孟诗蕊说是你把她扔在器材室的，这……是不是真的？"

边炀只是笑笑："校长，你确定这事儿是我干的？"

啧，还真是他干的。

孙雪敏说："孟诗蕊亲口指控的你，你还不承认？"

边炀掠她一眼："孙老师，你有什么证据吗？"

孙雪敏语噎，要是有证据，她也不会拉着校长过来了。

校长语气沉重："可是边炀，孟诗蕊是当事人，是她指控的你。"

"她空口白牙几句话，就能证明事情是我做的了？"边炀似笑非笑，"既然这样的话，我说她是气不过我霸占了校草排行榜的榜首，把周寻文甩到了后边，所以才这样说我，也行吧？"

"没必要开玩笑！"孙雪敏情绪激动，"承认错误向她道歉，赔偿医药费就可以了。"

边炀打了个哈欠，满脸困倦又不耐的样子："孟诗蕊应该招惹过很多人吧，孙老师不去调查，单凭孟诗蕊的一面之词就要逼我承认吗？"

校长闻言没吭声，似乎在思索。

孙雪敏继续说道："既然你说不是你做的，那你有什么证据证明当时你不在现场？"

边炀睇她一眼："等孙老师拿出事情是我做的证据之后再说吧。"

他从口袋里拿出手机，瞧了眼时间，淡淡地开口："时间不早了，校长，我先回去了，等你们什么时候找到证据再来找我也不迟。"

说完人就走出了学校。

孙雪敏还想去追，校长沉声开口："孙老师，边炀说得对，没有证据，贸然给学生定罪，无论是对学生而言，还是对学校来说，都会产生不好的影响。至于孟诗蕊父母那边，我会让秘书过去安抚，还有医药费和精神补偿，学校也会一分不差地赔偿。"

可这不是钱的事啊！孟家也不缺钱，要的就是罪魁祸首。孙雪敏想开口，可看到校长略有不悦，只好作罢。

对了，孟诗蕊还说过，唐雨也在现场，或许唐雨能说出真相。

唐雨小跑着到了四层，没直接回406，而是先去汪晴的寝室，去拿她帮忙收起来的衣服和被子。

她在外头敲了敲门，开门的是汪晴的舍友。

"你好，我找汪晴。"唐雨礼貌地说。

对方看了她一眼，也没说话，回到了自己的床位，戴上耳机继续听音乐。

　　汪晴听到唐雨的声音，马上穿好拖鞋，走出寝室："小雨你回来了！"

　　"嗯，我来拿我的东西，谢谢你帮我收起来，要不然很有可能被风刮走了。"

　　"不客气，就是这天潮得要命，我上午用吹风机帮你吹了吹，但摸起来还是有点儿潮，你拿回去之后再晾晾，估摸着一夜就干得差不多了。"

　　唐雨马上道谢："给你添麻烦了，回头我请你吃饭。"

　　"客气什么，我们是同桌啊。"汪晴撞了撞她的肩膀，然后盯着她的脸看了一会儿，惊奇地说，"哇，小雨，我觉得你最近的气色好好啊。"

　　唐雨愣了愣，下意识地摸摸自己的脸："有……有吗……"

　　汪晴用力点头："以前你的脸特别白，就是有点儿不大正常的那种苍白，显得整个人很没精神，一阵风就能刮倒似的，我都担心你随时会晕过去，可现在好像红润了点儿，有生气了好多。"说着汪晴伸手捏了捏她的脸，"居然还有肉了，你以前瘦得特别吓人，虽然也好看，但就是太瘦了，还是像现在这样脸上挂点儿肉好看！"

　　唐雨自己没有太大的感觉，就是觉得最近确实有精神了。昨天睡得那么晚，白天也没有补觉，学了一天英语也不觉得累。

　　"可能是因为最近吃得比较多吧……"她说。

　　边炀每次点菜，都会点好多好多，偏偏他又挑食得很，明明很好吃很精致的饭菜只吃两口就嫌弃难吃，最后吃不完要扔掉，她不舍得，就默默全吃光了……

　　"多吃点儿好啊！最近写卷子上课累得要死，你营养不良的话，哪有精力学习，早就劝你多吃点儿肉了，结果你每次只吃青菜和馒头，吃完饭就急匆匆地回去学习，铁打的身子也禁不起你这么造！"

　　肉菜有点儿贵，素菜会便宜一两块钱。

　　汪晴知道她是舍不得吃。

　　唐雨舔了舔唇角，明白她是好心，甜甜地浅笑着："我以后会注意的。"

　　汪晴正要回寝室拿她的东西，又想起什么，折身过来同她分享论坛上的消息。

"那个，孟诗蕊的事，你知道吗？"

提到这个人，唐雨吸了口气，才忽然想起了昨天的事。

"不知道是哪个人把她关器材室了，咱们那器材室你知道的吧，外边下暴雨，里面下大雨。听说找到孟诗蕊的时候，她正瑟瑟发抖地坐在杠铃上！"

汪晴啧啧摇头："听说发烧了，现在在医院，真惨！"

唐雨没想到会这样："……那确实有点儿惨。"

"惨归惨，那也是她罪有应得，谁让她老是欺负同学。"说着，汪晴还祈祷，"希望她烧失忆了，这样就认不出来人家了！"

唐雨闻言垂头，手指捏在一起，她的眉心微微皱在了一起，指尖掐入指腹，内心也跟着祈祷，孟诗蕊可千万别把边炀说出去啊。

拿好被子和衣服，唐雨回去的路上还心事重重的，以至于看到孙雪敏出现在她寝室的时候，蓦地瞪大眼睛，有些心虚地往后退了一大步。

"唐雨，你回来了。"

孙雪敏看她一眼，精明的眼神透着审量："出来，我有事找你。"

舍友们纷纷交头接耳，头一次见孙老师这么严肃。

唐雨抿了抿唇，把东西放在床位上，默不作声地跟在孙雪敏身后到了走廊尽头。

汪晴正出来上卫生间，看了眼孙老师的背影，在唐雨身边小声问："怎么了？孙老师找你干什么啊？"

唐雨摇了摇头。

孙雪敏转身扫过汪晴。

汪晴吐了吐舌头，马上退到一边去了。

到了走廊尽头的洗衣房里，孙雪敏示意唐雨进去，然后把门关上。

里面只有她们两个人。

汪晴趴在门口偷听。

"唐雨，把孟诗蕊扔器材室里是不是你做的？小小年纪，不可以说谎啊！"

孙雪敏上来就咄咄逼人，唐雨的身子一瞬间哆嗦了下。

这是本能的反应。

她紧了紧手指，呼吸像是被堵住了，低头没说话。

门外的汪晴吓得捂住嘴巴，万万没想到这事儿居然跟唐雨有关！

这样的话可就糟糕了……

看她这副害怕的模样，孙雪敏很满意，随即又是一副失望的表情。

"我知道孟诗蕊平常对你可能有些出格，但你们都是同班同学，再怎么样，你也不能对她做出这种过分的事来吧，你知不知道要是发现得晚一点儿，孟诗蕊可能就出事了？！你能承担得起这个责任吗？！"

一连串的反问和叱责很容易吓到这种没经过事儿的小女孩。

唐雨死死咬着下唇，直至发白，最后紧紧地闭了闭眼。她想把这事儿给认了，起码不会牵扯到边炀身上。

可几秒钟后，她马上打消了这个念头。

如果她认了这事，那孙雪敏必然会问，她一小女孩怎么可能一个人把孟诗蕊堵在器材室，势必要让她说出其他人。

这段时间，她和边炀走得最近，而且在教室里，边炀和孟诗蕊也曾闹过矛盾，那么边炀又怎么会脱了干系？

短短十几秒，唐雨就反应过来了一切。

唐雨鼓足了莫大的勇气，垂在身侧的指尖掐得发白，微微往后缩了缩，面上一片镇定。

"孟诗蕊的事跟我没关系，孙老师，你找错人了。"

孙雪敏似乎没想到她会马上否认，毕竟以往的唐雨是最听话、最胆怯的。

地上半学期就来过办公室找她说孟诗蕊的事，孙雪敏用几句"他们为什么只欺负你，你自己好好想想""别人说你几句你就忍忍，心胸宽广些""现在最当紧的是高考""你先忍忍，等高考结束就没事了"就把她糊弄过去了。

而唐雨居然拒绝了。

"唐雨，你知不知道撒谎多严重！你想变成一个坏孩子是吗！"

女孩轻颤的眼睫微微下合，迟缓半天，复而抬头："老师，是不是坏孩子不是你定的。而且我还记得老师说过，周寻文学习好，就是大家的榜样，我上次考了第一名，比他名次还好，这么说我也是大家的榜样，那我是坏孩子吗？"

比起挣脱她，更让孙雪敏没想到的是，唐雨竟然会跟她对峙。

155

分明还是那个弱不禁风的女孩，眼神却格外明亮和坚韧。

那种锋芒，隐约让她觉得哪里不大一样了……

"是不是坏孩子，不是成绩的好坏规定的，你成绩好，但如果做了坏事，那也是坏孩子！"

孙雪敏道。

唐雨闻言，嘴角微微下垂："孙老师，既然这样，孟诗蕊同学之前对我很过分，像老师说的那样，她是不是更坏的孩子了？"

孙雪敏顿时有些绷不住了："唐雨，我现在说的是你致使孟诗蕊受伤的事，不要扯开话题。"

"可是孙老师，你有什么证据证明事情是我做的吗？"她目不斜视地问。

孙雪敏被这话噎住。

唐雨低下头，声音依旧乖软："没什么事，我先回去了，希望孙老师能早日找到真正的坏学生。"

孙雪敏头一次被唐雨气得够呛，但没有证据，没有他们亲口承认，她就是再怎么样都没办法啊……

汪晴躲在门口头，等班主任人走远了，才进洗衣房，就看到唐雨正撑在墙壁，双腿都在打战。

"小雨，你没事吧？来，我扶你！"汪晴上去挽着她的胳膊，"刚才的话我都听见了，你真是让我刮目相看啊！竟然敢跟班主任顶嘴，还把她撑得哑口无言！你是没看到她走的时候那脸色，黑得发亮！"

唐雨的镇定都是强撑着的，摊开掌心，里面掐了好几个指甲印，黏糊糊的一片。

头一次撒谎，还是对着班主任撒谎，她吓得双腿都软了。

"我也快吓死了。"唐雨心有余悸。

汪晴扶着她走出洗衣房，询问："不过那事儿……真是你干的啊？"

唐雨目光闪烁了两下，晃晃脑袋："不是，我也不知道是谁。"

"真的？"

"真的。"唐雨点头。

她不是不信任汪晴，是这种事越少人知道越好，免得牵连她。

"真是吓死了！按理说咱们一班二班的数学课该由年级主任侯老师

教的，侯老师负责竞赛，还是省高级优秀教师，孙雪敏她又不是重点教师，又没在市和省内拿过优秀教师奖项，真不知道她为什么能当尖子班的班主任……"

唐雨默不作声。汪晴把她送回寝室后，就回去了。

唐雨铺好床后，拿着牙刷去洗漱，听到布包里的手机在振动。

拿出来手机看了看，发现有好几个未接电话和未接微信通话，都是边炀打来的。

环顾四周，舍友要么在玩手机，要么在做卷子，没人注意她。

唐雨握着手机，去了阳台，谨慎地把门关紧，才接通电话，小声地问："边炀，怎么了？"

"唐小雨，不接老大电话可不是个好习惯。"对方的嗓音漫不经心的，很慵懒的声调。

唐雨捂住手机，压低声音："不是故意不接的，是刚看到，刚才孙老师来找我了。"

她说："是因为刘耀杰的事。"

边炀并不意外，把手机开了扩音放在身侧，他膝盖上放着笔记本，视线正落在电脑屏幕上，一边滑动触摸板，翻看上面的文献资料，一边慢吞吞地回："哦，她问你什么了？"

唐雨一只手握着栏杆，脚尖蹭了蹭地面，说："就问我孟诗蕊的事，是不是我干的。"

"那你怎么回的？"

"我说我不知道。"

边炀敲击键盘的指尖微顿，旋即闷笑了声："唐小雨，学聪明了啊，干得不错。"

"你怎么一点儿也不奇怪啊。"唐雨眨了下眼，"孙老师也找你了？"

"猜对了，校门口遇见的，还和校长一起。"

闻言，唐雨没忍住低笑了声。

边炀听见了，忽地扬了扬眉梢："笑什么？"

唐雨轻咳两声，嗓音轻轻软软的："我还是第一次对老师撒谎，当时腿都吓软了。"

闻言，边炀舌尖抵了抵牙齿："你是为了不连累我，才决定撒谎的？"

唐雨低头，发丝轻撩在脸庞："原本我打算承认的，可我转念一想，要是承认了，那校长就会继续查下去，肯定就牵扯到你了。"

这种被保护的感觉，没来由的，竟然让他有点儿温暖。

边炀笑着："唐小雨，这么说，我在你心里是很重要的朋友喽？"

少年玩味的嗓音让唐雨的心跳控制不住地加快，她握住栏杆的手收紧，几秒之后，不自在地嘀咕。

"是你教我的，偶尔当个不乖不懂事的孩子也行，我都是跟你学的。"

边炀弯了弯唇："挺会学以致用啊，唐小雨。"

得到他的肯定，唐雨绷紧的神经莫名一松，抿唇，又忍不住想笑，笑完后，又觉得干完坏事就笑好像不大好。

"不过，你这也不算是撒谎。"他敲了敲电脑。

唐雨迟疑："这还不算吗……"

"别人的阴险狡诈是攻击人的利器，而你的谎言则是保护自己的武器。有时候，就算你有不伤人的教养，别人也没有感激的良心，甚至就算你好到毫无保留，最后换来的可能是对方的肆无忌惮。所以我们偶尔当个'坏人'，偶尔没那么善解人意，偶尔也没那么好说话，对别人，对自己，都好。"

原来还可以这样啊。第一次有人这样教她为人处世的道理，而不是单纯"要做个听话的孩子"。

"边炀，我觉得你很厉害。"她神色认真，"你好像什么都知道。"

"唐小雨也很厉害啊，会照顾生病的爷爷奶奶，会考试拿第一名，会做拿手好菜，还会在菜市场砍价，将来，还会在喜欢的领域闪闪发光……而这些都是我不会的。"

睫毛低低覆盖下来，他笑得温柔。

"唐小雨啊，厉害死了。"嗓音温柔得不像话。

唐雨闻言眨了下眼，握着手机的手紧了紧，望着远处忽明忽暗的光点，样子有点儿呆，随即手机振动了一下，是他在微信发来的一张图片。

一张竖起大拇指的图片——是边炀刚拍的。

她点开那张图片，少年磁性的嗓音顺着话筒传过来，含着浅淡的笑意，隔着电话都可以想象到他笑得多好看："要竖起大拇指夸的那种厉害。"

阳台的声音挺嘈杂，除了不知名的虫鸣，还有对面寝室时不时传来的吼声，以及宿舍楼底下保安清理水坑传来的哗啦啦的声音。

唐雨低头看着那张照片，背景是客厅那张矮桌，少年的手指修长匀称。

后背靠在栏杆上蹲下去，她鼻尖莫名有点儿说不出的酸，就好像要掉眼泪的那种感觉。

唐雨也不知道为什么会这样，明明她感觉到的是无比的温暖，如同熔岩。

唐雨压下心中的涩然，用手背揉了揉眼睛："骗人，我哪有这么厉害，这些很多人都可以做到，我又不是特别的。"

"我做不到，我身边的朋友也做不到。"他喉间溢出轻笑，"唐小雨，没有人是完美无缺的，放松点儿，不要拿自己的短处跟别人的长处比较，你很好，特别好。"

他嗓音温和，似乎蕴藏着很多安抚人心的力量。

"每个人都有属于自己的全盛时期，在命运为你安排的属于你的时区里，你积存的善良和温柔，都会在某天变成惊喜和好运。所以你只管走，往前走，把那些阻挡你前进的糟糕的坏情绪统统打包扔掉，总有一天，你会得到你想要的。"

唐雨默默把这些话记在心里。

挂断电话躺在床上的时候，小女孩儿杏眼扑闪，蕴了一片星辰。

脑海里还在想，边炀说的一定是对的，因为他就是她用过去的善良向老天兑换来的好运气。

边炀啊，是这个世界上最好最好的人，他教她学习方法，教她保护自己，教她为人处世……她这辈子最大的幸运，一定是遇见了边炀。

第五章
月亮轻震

汪晴的被子还给她了，她自己的还有点儿潮湿，被窝凉凉的，怎么都暖不热。

唐雨却一点儿都感觉不到冷，一觉睡到了天亮。

班主任在群里通知今天正常上课。

闹钟响起来的那一刻，舍友纷纷抱怨，但也就那么一会儿，紧接着大家都开始洗漱，收拾东西去上早自习。

唐雨睡得香，气色更好了，她洗了把脸，随便涂了些宝宝霜，也紧忙赶去教室。

到的时候，边炀没来，座位是空的。

坐在前排的男生转头过来，不客气地敲了敲她的桌面，把一张卷子扔给她。

"喂，唐雨，你帮我把英语卷子写一下。"卷子径直扔在了她面前。

唐雨的唇抿成一条直线。

课本被弄得又脏又乱，先前的卷子也破了洞，现在又被人这么不客气地使唤，她想也没想，直接把卷子丢了回去，然后低头，把自己的卷子小心地平展开。

这几张卷子还没来得及对答案，上面的笔迹都被搓得模糊了，还破了个大洞，要用胶带稍微粘一下才行。

前座的同学又把卷子扔过去："唐雨你什么意思，你又把卷子扔给我干什么，英语老师马上要来收了！"

唐雨深吸一口气，直截了当地开口："不写。"

原本以为艰难的两个字，说出来却比她想象的要简单，更有种松口气的感觉。

她把他的卷子又丢还回去。

"啥？"对方掏了掏耳朵，还以为声音太吵，听错了。

唐雨重复："我不写。"

汪晴拿着书，偏头看她，眼珠子瞪得溜圆。

一直以来，唐雨想跟同学打好关系，谁让她帮忙，她从来没拒绝过，还是头一次见她这么直截了当地拒绝别人呢！

男生也愣了好半晌，这次确定自己没听错，唐雨竟然不给他写卷子了？

"凭什么不给我写啊，你都给别人写，给我写一下怎么了？！"

唐雨睫毛微微低着，把卷子一张张铺好："自己的卷子自己写。"

男生也烦了，拿回来自己的卷子："自己写就自己写，那你把你的卷子借我，我自己抄行了吧。"

"不借。"她再次拒绝，一次比一次顺畅。

汪晴用书挡住半张惊讶的脸，露出的眼睛却藏不住情绪。

她一直以来连"不"字都很少说的同桌，竟然支棱起来了！

该不会是被什么附身了吧……

不不不，昨天的唐雨还敢跟班主任硬刚呢，拒绝个抄卷子有什么难的。

"喂唐雨，你怎么这么小气，抄个卷子怎么了，你又不会损失什么！"

汪晴忍不住开口了："人家都不愿意给你抄了，你还自讨没趣干什么？"

男生阴阳怪气，故意把唐雨摆好的书弄歪："不就是考了个第一名吗，有什么神气的，装什么装！"

唐雨整理卷子的手顿住，深深吐了口气，就在这时，头顶上方慢慢地落了句话："第一名就是了不起，就你这脑子，修炼成精也考不了第一名。"

少年把背包往桌子上随意一扔，发出不轻不重的声响，宽松的白色短袖套在上半身，露出一截线条流畅的手臂，在晨光下泛着冷调的白。

他双手插在口袋里，懒洋洋地垂着眼帘，睨那男同学。

漆黑的眼，眼神又沉又冷淡，浑身上下透着一股子不好惹的劲儿。

这几天，边炀和刘耀杰的事儿传得沸沸扬扬，边炀在大家心里落了个不好惹的形象。

没什么人敢自找没趣。

男生顿时缩了缩脖子，小声嘀咕了句什么，就准备算了，结果边炀又开了口："书，整好。"

下颌往那堆书上的方向抬了抬，意思很明显。

男生憋着气，只好把刚才推歪的书又给整回去，才愤愤不平地扭过身去。

唐雨用余光瞧了眼后排，他往那儿一坐，指尖敲着屏幕，应该是在回消息，一副还没睡醒的样子，透着躁意，眉眼都带着懒怠。似乎察觉到她的视线，边炀慢吞吞地从手机上抬眸。

四目相对。

唐雨跟他打招呼："早啊边炀，能看看我的英语卷子吗？"

前排男生听到，顿时把书摔得超响，汪晴闻言都忍不住翻了翻白眼。

她同桌现在不仅学会了拒绝，还学会了双标，不借前排的同学卷子，却主动问后排的同学要不要看？

唐雨估计是昨晚做了卷子，想让他看看做得怎么样，他吊着眼尾："行啊，拿来吧。"

唐雨把做好的卷子全都拿给他看："辛苦你了！"

边炀接过卷子，鼻音"嗯"了一声。

见状汪晴简直无语，谁让人抄自己的卷子，还怕人辛苦，她这同桌怎么脑袋不大正常了？

"小雨，你是不是也被边炀灌迷魂汤了？"汪晴拽了拽她的衣服，两个脑袋瓜凑在一起。

"就算他刚才帮了你，然后你让他抄你的卷子，你也不至于跟他说辛苦了吧。"

"呃……"唐雨感觉她误会了，"边炀不是抄我的卷子，是我让他帮忙看看我做的卷子怎么样。"

"好家伙，他平常上课都不听讲，你还让他帮你看做得怎么样，你当我傻子啊，服你了，给他抄卷子还找借口！"

唐雨："我真没有……"

自从器材室的事情后，孟诗蕊就一直没来上课，就连孙雪敏这个班主任也告假一周。

一班二班的数学课暂时由侯老师代。

没有那些人找麻烦，无论是生活上还是学习上都格外顺利，唐雨的日子从来没过得这么舒坦过。

倒是她的饭搭子边烆，最近挺挑食的。

早饭他懒得去餐厅，唐雨拽他，他才勉为其难地跟着去。午饭，他四处挑餐厅，凉城基本上稍有名气的店，他都带唐雨吃了个遍。

不仅挑剔吃饭的地儿，还挑食。不喜欢吃的菜，边烆都要唐雨一个一个挑出来，才勉强吃上几口。

晚自习放学后，唐雨雷打不动地去奶茶店，结束后尽快回去给他做顿晚饭。

日子过得忙碌而宁静。

直到一模考试的前一天晚上，帮忙快结束了，唐雨把椅子一一放在桌子上归置好，正准备锁门，早点儿去边烆公寓里做晚饭，然后早点儿回宿舍复习功课。

周寻文突然出现，打破了这样的宁静。

"唐雨。"周寻文快步过去帮她把店里最后一把椅子放在桌面上，目光温润地看她。

"唐雨，我是来给你送报名表的。"唐雨垂着眼眸，头也没抬。

周寻文把报名表递到唐雨面前："虽然不知道你为什么拒绝参加比赛，但你一定要回去考虑一下，要是能拿到名次，不仅能获得奖金还能高考加分……"

"不用了！"她拎着布包，锁上门后，快步离开。

周寻文马上追过去，拉住唐雨："唐雨你等一下，你为什么这么躲着我，你对我是不是有什么误会？"

唐雨有些惶恐地想挣开他。

周寻文怕她再跑，攥得更紧一些。

"之前我们相处得不是挺好吗，我们能在学习上互补，这次竞赛我们一起努力，肯定都能拿到名次。"周寻文语速很快，"高三的每一分钟都很珍贵，与其在这里帮忙浪费时间，不如用这点儿时间参加竞赛，你怎么就想不明白呢？！"

"我不要！"

周寻文看她情绪激动，本想安抚她一下，就在这时，一双手蓦地扼住他的手腕。痛感传来，周寻文吃痛，下意识地松开了手。

边炀一把将人给拉到自己身前。他盯着周寻文的眼睛眯了眯，一双眼冷得煞人。

"同学，对女生动手动脚的，你是想蹲局子吗？"

周寻文站稳后，微微皱眉："你怎么在这儿？"

"我在哪儿关你什么事。"边炀眼尾微微垂下，瞧了眼唐雨，"伤你哪儿了？"

唐雨晃晃脑袋："没、没受伤。"

周寻文对唐雨温声道："唐雨，我只是想跟你解释清楚参加竞赛的理由，没有弄伤你的意思。"

竞赛？边炀这才看到他手上的东西，发出一声冷嗤。

"你没听到她在拒绝你吗，你要是耳朵不好使，就去医院挂号治治。"

"你！"周寻文不愿同他多说，深深吐了口气，只看向唐雨，认真地说，"唐雨，你离他远一点儿，他不是什么好人。"

这人怎么这么碍眼呢？边炀松了搭在唐雨身上的胳膊，慵懒地插在口袋里，折身往回走。

"唐小雨，限你三秒钟跟上。"

唐雨捏着布包，跟周寻文说了句"他是好人"，就小跑着追了上去。

"边炀你等等我。"他走得好快，她追不上了。

边炀很轻的"啧"了声，脚步却肉眼可见地慢了下来。

周寻文依旧盯着二人的背影。

唐雨似乎很听边炀的话，还很信任他。

这么晚了，唐雨不回宿舍，要跟边炀去哪儿？好像这几天他们都在一起……

周寻文脸色不大好地追上去一段距离，直到看见边炀和唐雨走进一家餐馆，才松了口气。

餐厅里，看边炀准备点菜，唐雨把布包放在座位上，询问："咱们不回去做饭吃吗？"

他在微信上还说要喝鱼汤的。

边炀没抬头瞧她，在手机上不紧不慢地敲着，扫了码后开始点菜："临时改变主意，今天在外边吃。"

"哦。"

边炀点好菜，把手机丢在一边，双臂抱胸，一副审人的架势，朝她抬了抬下颌。

"你跟那个周什么文怎么回事，他怎么又找你。"

唐雨解释："他让我参加数学竞赛。"

"呵。"边炀压着眼尾，眼神又凉又淡的，"无事献殷勤，非奸即盗。"

唐雨悄悄抬眸看了眼他，边炀很不爽的样子，但还是倒了杯温热的柠檬水递给她。

唐雨捧着玻璃杯，小口小口地抿着水，又抬头看他："边炀，你出来……是找我的吗？"

边炀把餐具拆开，语气凉凉："看你这么晚不回去，还以为你出了什么事，结果某个没良心的，差点儿跟人跑了。"

"我没有啊。"唐雨回答得很快，"我跟他不熟。"

少年不动声色地扬了扬唇，片刻后，他漫不经心地把玩着手机，忽然问了句："我记得一模考试后，就是你的生日吧？"

唐雨从杯子里抬起脸，有些迷茫，想了想，还真是。一模考试后的十五号，就是她十八岁生日了。

"成年了啊。"少年狭长的眸子微弯，语调若有所思。

边炀托着下颌，看着对面的唐雨，指尖有一下没一下地敲着桌面。

她最近有了点儿气色，越来越漂亮了，跟一块擦去灰尘露出光芒的璞玉似的。

即便低着头，唐雨也感觉他的视线落在自己身上，有点儿不大自然地抿着柠檬水。

"唐小雨。"他叫她的名字。

酸酸甜甜的柠檬汁喝下去，她闻言抬头，眸子清透水润，透着疑惑。

餐馆是白炽灯，白光太亮，打在她本就冷白的皮肤上，白出了透明感。

少年叫完她的名字，只盯着她看，不说话，还时不时皱眉，时时冷哼的……

唐雨有点儿迷茫："怎么了？"

"那个周寻文，"边炀轻敲桌面，"他那人不行，学习成绩不如你，说明脑子不行，眼神游离薄骨无肉，面相上就是薄情寡义，做事迟疑自以为是，说明品性不行，方方面面不行的男生，今后得离远点儿。"

他什么时候还会看面相了？唐雨捧着柠檬水，还有点儿蒙："可是，我们本来说话都很少的。"

"那他要是跟你说什么花言巧语，死皮赖脸缠着你，这种情况下，你该怎么办？"边炀看她。

不知道他怎么对这种问题感兴趣，但唐雨还是老老实实地回答："我只想好好学习，没有心思想别的。"

"嗯。"边炀闻言心情颇好地点头。

……他是不是想象力太丰富了点儿？

除却孟诗蕊的因素，周寻文在老师和同学们的眼里人缘挺好的，也从来没做过什么违反校规校纪的事，要不然也不会被评为校草了，呃，应该是上届校草。

如今的清远高中论坛里，边炀以一己之力斩获了校草校霸两个头衔，唐雨每天还投票来着……

边炀看她满脸不在状态的样子，指节不大满意地敲了敲桌面："想什么呢，专心回答我的问题。"

唐雨回："我觉得不会有这种情况，周寻文很要面子的。"小姑娘的嗓音迟疑着，"所以这个问题应该不存在，是你想多了。"

"不是说不熟吗，还知道他要面子。"边炀吊着眼尾睨她，"还是你觉得是我在背后说他坏话，我有问题了？！"

"没有没有！"她求生欲很强地摇脑袋，后背都坐直了些，怕他生气，还虚心求教，"那我该怎么回他啊？"

"滚。"简单明了的一个字。

边炀嗓音又冷又硬的："懂？"

……行吧，他开心就好，反正也不过就是一个假设，是不会发生的事。

"好。"她有点儿无奈，"听你的。"

边炀闻言微微扬唇，隔着宽大的桌面，伸手过去在她发顶上拍了拍。

很快，饭菜上齐了。

边炀每次都点得多，吃两口就不吃了，老规矩，让她解决掉。

用餐的空当，他无意识地扫了眼窗外，瞧见餐厅对面树下的某个影子，眼眸顿时眯了起来。

周什么文居然没走，就在不远处等着，贼心昭著。

边炀从窗外收回视线，瞧了眼对面正捧着果汁小口小口喝着的人，说出一句。

"唐小雨，你最近英语是不是遇到了一些难题？我现在有时间，你想问就问吧。"

唐雨想了想，还真有。

边炀发给她的歌单越来越刁钻了，而且上面没有显示歌词和翻译。

一开始的歌很慢很悠扬，她一天就能翻译好一到两首曲子，可这两天的歌又快又难还生涩，一首歌她听了很多遍，甚至足足两天，愣是没有过关。

所以边炀一说这个，她马上就皱着眉心说："那几首歌太难了，我单词都听不清，更别说翻译了。"

就算勉强听出来几个单词，也没办法连接成句，更别说翻译得完整且符合曲意。

"哦，那我瞧瞧。"边炀刚站起身，片刻后想到什么重新坐回去，指尖敲了敲身边的位置，"你坐过来，拿给我看看。"

餐厅的沙发卡座是双人的，很宽敞，即便是四个人挤坐在一起也没问题。

坐在对面的唐雨本想说，歌单他也有，可以从手机里看。

不过下一秒边炀就解释了："最近清除缓存，之前的记录都没了。"

"哦。"唐雨从座位上起身，主动坐在边炀的右边。

餐厅里挺安静的，她怕打扰到别人，就从口袋里拿出耳机插在手机孔里。

她戴的是左耳，右耳的那只递给他。

边炀扬了扬眉梢，接过来戴上。

有线耳机从左耳到右耳的距离，有五十厘米，就是他们此刻的距离。

五十厘米的距离，她的肩膀和他的手臂几乎贴着。

五十厘米的距离，稍微不注意，就可以蹭到对方的身体。

边炀低头，清晰地看到她的长睫和白瘦的后颈。

小姑娘卷翘的睫毛垂着，指尖划开手机，翻出那首难度超高的英文歌，点击播放。

节奏明快的曲子，他们此刻同频听到。

周寻文是担心边炀会对唐雨做什么，才会一直等在不远处，此刻远远看到这一幕，温润的脸庞表情却阴沉，眉宇间也全是遮不住的烦躁。

边炀左手拎着一杯水，正慢条斯理地喝着，瞄了眼窗外，又朝唐雨这边倾身，右手顺势搭在唐雨身后的椅背上。

很快，外边那道碍眼的影子就不见了。

"就是这句，听不大明白。"唐雨说完抬头，先前一直在听歌，没意识到他凑得这么近，呼吸一瞬间乱了节奏。

刚把人给气走，边炀唇上正挂着毫不收敛的笑，没意识到她的情绪变化，闻言弯起眉眼，道："往回调一两句，刚才我走神了。"

"……哦。"她羽睫轻扇了下，迅速低下头。

调完之后，她掌心轻轻支撑在沙发两侧，很轻微地往右边挪了一点点，挺着背，坐姿相当端正。

边炀察觉她这突然的小动作，装作不知情的样子："这句啊。"

这首曲子用了某部电影里的一句经典台词，但翻译可以有好几个理解，难怪她这么纠结。

唐雨垂头丧气，面露难色："好难。"

指尖按住进度条，准备调回去再听一遍的时候，边炀修长的手指摘掉她左耳的耳机。

少年微微倾身，用磁性的嗓音在她耳边念了那句词，同时缩短了她方才拉开的距离。

"Some of us get dipped in flat, some in satin, some in gloss."

好听的英文从他唇间溢出，像带着磁，十分磨耳朵。

唐雨微微愣怔。温热的气息在她耳郭，似有若无地撩拨着。和这些单词一起，缓慢地，温柔缱绻地，钻进她的耳朵里。

她的思绪开始不受控地乱飞。

"But every once in a while you find someone who's iridescent, and when you do, nothing will ever compare."

他说得很慢，比曲子的唱词慢了好多。

"这次听清了吗？"他念完词，微微直了些身体，右手依旧搭在她身后的靠背上，左手懒洋洋地支着下颌，成半包裹似的姿态，浅笑地看她。

原本宽敞的沙发座椅莫名显得逼仄起来。

唐雨耳郭的热久久不散，心跳也莫名快了好多。

她刚才失了神，竟然一个单词都没听进去。

"没听懂……"她撒谎，有些心虚，捏着指尖，尽量平息这种不自然的情绪。

他眼底的笑意不减："这句话前半句的意思是有人住高楼，有人在深沟，有人光万丈，有人一身锈。"

唐雨垂着眼，眼睫很轻地颤动。好像无论什么语言，由他念出来都格外动听。

"后半句的意思是，世人万千种，浮云莫去求，斯人若彩虹，遇上方知有。"

斯人若彩虹，遇上方知有。

唐雨没想到是这句话，难怪她翻译不出来，总觉得哪里不对劲。

汉语的浪漫是英语表达不出来的。

"现在理解了吗？"支着下颌的手伸到对面，拿来她的杯子，倒了些果汁，又推到她手边。

唐雨道了声谢谢，无处安放的双手正好捧起水杯，认真说："没想到这句词居然这么浪漫，不过翻译出来更浪漫了。"而后脑袋又耷拉下去，"是我学得太浅了，才没翻译出来。"

"学什么都不是一蹴而就的，慢慢来。"边炀也给自己倒了杯果汁，抿了口后，冷白的指尖拎在杯沿，"不过这不算是最浪漫的一句话，我知道一个单词，很有意思，你想不想知道？"

唐雨看他："单词？"

和浪漫挂边的单词，应该也只有浪漫本身吧。

"把手伸出来。"

唐雨微偏头："嗯？"

边炀轻轻握住她的左手，继而把她的掌心摊开："这样。"

他在她掌心里一个字母一个字母地写出来。

指腹摩挲她的掌心，划过的那一小片细腻的地方，唐雨下意识蜷缩了下。

他一笔一画，写得认真，侧脸轮廓隐在光影里，精致得不像话。

唐雨小口地吐出一口气，唇瓣抿得红润，把全部注意力集中在他写的字母上面。

"是 moonquake。"她不自觉地念出这个单词。

边炀点头："嗯，是 moonquake。"

"我好像从没见过这个单词，是什么意思啊？"

好像与月亮相关，又怎么跟浪漫搭上关系？

"据说月亮每年都会发生约一千次大月震。"边炀低头，黑熠熠的瞳仁映入她的眼帘，"月亮轻震，而仰头望月的地球上的人们却浑然不知……"

唐雨等着他的下半句。

边炀久久没说，她抬头看他。

少年的嗓音缓缓地继续："就像是，此刻你坐在我面前，我的心在跳动，但这些心震，你永远不会知道。"

望进他灼热的眼眸，思维有短暂一两秒的凝结，紧接着扑通扑通的是唐雨的心跳。

对视她呆愣的目光，边炀看了她一会儿，弯起唇角，弧度很轻："所以这个词，指的是不被察觉的心跳，不被察觉的喜欢。"

有时候就是如此，越是心虚时，动作越明显。

唐雨下意识摸了摸心脏的位置，震感仿若能清晰地传到掌心。

原来，边炀只是在解释这个词的意思。

她居然以为……

唐雨迅速放下手，然而手没着落一样，不知所措了半天，索性去拿果汁，仓促地捧着喝。

边炀看了眼:"你喝的这杯,是我的。"

"咳咳咳!"唐雨呼吸一窒,瞬间狂咳不止。

边炀抽出几张纸巾递给她,然后轻轻地给她拍背。

而唐雨尴尬得快把自己埋进桌子底下了。

怎么办啊,她怎么可以这么丢人!

头顶传来少年的低笑,痞里痞气的:"唐小雨,你这么激动干什么?喝错了就喝错了,还嫌弃我啊?"

"没、我没……"她鹌鹑似的,头也不抬。

边炀的手指搭在她后颈上捏了捏,指尖微凉,触及她的皮肤。

她一个激灵直起身,全身汗毛都竖起来的样子,眼神可以落在四处,可以落在任何地方,就是有点儿不敢看他。

唐雨极力佯装镇定的模样,说了声:"不好意思啊,我拿错了。"

半遮半掩在发丝下的耳朵泛红得要滴出血了。

边炀指节抵在唇边,艰难地忍着笑意:"那你就是不嫌弃喽。"

她咳嗽得更厉害了。

边炀一边轻轻给她拍背,一边捂住肚子低笑,没收敛半分。

唐雨面红耳赤的,迫切地想喝点儿冰水什么的,她感觉自己好热,浑身滚烫,脑子也成一团糨糊,完全丧失了思考能力,连垂在膝盖上捏紧的指尖都是烫的。

听到耳边不断的笑声,一点儿都没有消停的意思。

她红着脸瞪过去,边炀支着下颌看她,摆明了是故意的。

顿时,她想到有一次,他也是这么逗她的。

那次也是两个一样的玻璃杯,她分明喝的就是自己的,边炀偏逗她说她喝的是他的。

所以这次,他一定又在使坏!

唐雨捏紧拳头,一双明亮澄净的大眼睛含了水雾,使劲瞪着他,可怜又动人。

"边炀,你又在耍我,这次,我是不是又喝的是自己的?你怎么这样啊!"

边炀敲敲桌面:"喂喂喂,唐小雨,你还学会倒打一耙了,你喝的这杯真是我的。"

"我不信，除非你证明给我看。"她鼓了下腮。

她现在学聪明了，非但学会不自证，甚至举一反三会把脏水泼他身上。

边炀舌尖轻抵上颚："既然你认为这杯是你的，好，它就是你的。"

随即，把她先前喝的那杯拿到自己面前，指尖敲了敲杯身："那这杯可就是我的喽。"

老话怎么说来着，姜还是老的辣。

看着唐雨纠结的样子，边炀唇角的弧度根本压不下去。

唐雨气鼓鼓的，感觉自己又被拿捏了。

边炀不按套路来。既然如此，那她也这样，眉心扬了扬，故作轻松地说了句："如果你觉得那杯是你的，就是你的了，你喝吧。"

然后双手抱胸，看他怎么办。

嘿嘿，如果不是他的，他肯定不会喝啊，他就打脸了！

然而下一秒，边炀就拿起果汁，慢条斯理地抿了一口，边喝边从杯沿抬起眼帘，盯着她。

小姑娘像是赌赢了那样，神采奕奕的："边炀你输了！我果然没喝错，我刚才喝的那杯是我自己的，而这杯就是你的，要不然你也不会喝了，哼，你总是戏弄我。"

边炀把果汁放下，似笑非笑地盯着她看："唐小雨，怎么感觉你这杯比我那杯要甜一些呢。"

唐雨脸上的笑容逐渐僵硬。

"你……你胡说什么啊……"唐雨脑子里白茫茫的一片，完全反应不过来。

边炀凑过去，欣赏着她绯红的脸颊："不过这样我们算是扯平了。"

说完，两根修长的手指拎着杯沿，跟她眼前的那杯碰了一下，发出清脆的响声。

唐雨目光闪烁着，极力镇定下来："你肯定是装的。"

边炀挑眉："你看我像？"

就是因为不像，太自然了，她才觉得是装的！

唐雨磕磕巴巴的，显然有些招架不住了。

"要是你那杯是我的，你为什么要喝，明知道是我的，你不可能喝——"

"或许我是故意的呢。"他弯着眉眼，打断她的话，似乎很愉悦。

独留唐雨瞪圆眼睛，脸色红扑扑地待在那儿。

直到从餐厅里出来，边炀把她送回宿舍楼底下的时候，唐雨整个人的魂都还在外边飘着，迷迷瞪瞪的。

"喂，唐小雨，你到了，还往那边走，那边是男生宿舍。"

边炀两根手指提溜着她的领口，把人拽回来。

唐雨这才回过神，迎着路灯，仰头看他。

光线似乎格外偏爱他，他就这样站着，样子就很帅，抬手落在她的脑袋上："早点儿休息，祝你明天一模考试顺利。"

"哦……"她呆呆地要回宿舍了。

边炀从后边拉住她的包带，唐雨迷茫地转身看他，他轻佻地笑着："还记得我刚才给你说什么吗，咱们复习一下。"

"啊？"她脑袋本就宕机了，这会儿根本反应不过来。

边炀双手插在裤兜里，朝她抬了抬下颌："要是周寻文再来找你，你怎么回？"

这个她记得，可唐雨说不出口。

边炀低着眼睑，很轻地"啧"了一声："就说你记性差吧。"

"我记得啊。"她眉眼耷拉，小声说。

小姑娘素质高，说不出来，他并未说破，只是弯了下眉眼："记得就行。"

说完，把她往宿舍推。

"回去早点儿睡，明天考场见。"

唐雨想说，他们可能不是一个考场啊。

一模考试挺严格的，为了防止学生提前互相打听彼此的考号，考试当天的上午才会公布考号。

一般几个班都会打乱顺序，随机安排，所以同一个考场的概率极低。

可她开口的时候，边炀已经挥挥手，走了。

路灯将他的身影拉得修长，像是一张降噪照片，很好看。

她拿出手机，快速地拍了一张，拍完心虚地环顾四周，好在没人看见。

指尖一点点地放大屏幕，低头看着那张照片。

明天就一模考试了，平日里吵吵闹闹的宿舍格外安静，每个舍友都挑着夜灯，疯狂开始背书刷题。

唐雨洗漱完回到床铺上，仰头看着上方的木质床板睡不着，拿出手机，手指控制不住地点开了那张照片，看得眼睛发酸，又点开微信，顿了顿，点开了边炀的微信资料。

他的微信名字原来是一个高冷的句号，此刻已经变成了那个单词——moonquake。

头像也换成了一轮明月。

本想点开他的新头像看看，结果不小心多点了一下，变成了"拍了拍"！

她顿时吓得手足无措，手机直接砸在了脸上，闷哼一声。

正着急地想着怎么解释比较好，边炀发来两个字："晚安。"

她捧着手机，脸颊被屏幕的光照亮，指尖飞快地回复："晚安。"

一模考试不用早起，赶在七点的时候去教室领考号就行了。

从公寓楼出来，天空微微透亮，唐雨站在门口，抬头便是一轮暖阳。

正是开花的季节，经风一吹，香樟树的气味混杂着栀子花的香味飘散开来。

吃完早饭，她去教室拿了考号，没遇到边炀，也没带手机，不好联系他。

看时间已经差不多了，她直接去了考场，复习了一会儿，她抬头看教室里的表，已经八点半了，考场里的人依旧寥寥无几，直到八点五十分左右，考场里人才渐渐多起来。

唐雨正在低头看书，忽然，教室里传来一阵骚动。

"是边炀，边炀跟我们一个考场。"

"最近他在论坛上很火啊，果然长得真帅。"

少年冷白的脖颈上挂了个黑色头挂式耳机，黑色宽松的短袖，配上黑色的休闲裤，单手插在兜里，目不斜视地往前走，直到唐雨后排的座位。

"好了，同学们把与考试无关的东西都拿出去，准备考试！"

监考老师一声令下，学生们动了起来。

边炀把耳机丢到唐雨的桌面上，略微挑眉："谢了。"

唐雨把书和他的耳机都放进包里，小声问："好巧啊，你居然坐在我后边。"

边炀轻笑："这大概就是缘分？"

确实挺有缘分的，唐雨是没想到。

等她放完东西回来，边炀桌子上什么都没有，连支笔都没有，哪里像考试的？

"你没带笔吗？"

边炀看她："没。"

唐雨无语了好一会儿，拿出一支给他。

边炀接过后在指尖把玩着："好贴心啊。"

考试的铃声响起，她扭过身去。

第一场考语文。

唐雨进入状态后，几乎就是沉浸式的，十点钟就已经做完了前边所有的题目，开始写作文了。

余光扫了眼身后的位置，边炀趴在卷子上，正闭着眼。

唐雨趁老师不注意，用胳膊轻轻撞了下他的脑袋，以为边炀会醒，结果他懒洋洋地调整了个更舒服的姿势。

等她写完作文题，边炀才悠悠地醒过来。

上午考语文，下午考数学。

连着一天的考试，学生们筋疲力尽，一打铃就怨声载道。

不过有的同学，已经开始对数学答案了。

唐雨离开考场时心里藏着气，都没搭理边炀，人就走了。

边炀迈着长腿，在她身后慢悠悠地追："唐小雨，你站住。"

她不停，走得更快了。

边炀像是笑了一声，伸手拉住她的手腕，把人拽进没人的走廊拐角里，一手撑在墙壁上，一手挡在她身前。

"还气着呢？"午饭都没跟他一起吃，发多少微信都不回，电话也不接，跑了个没影。

唐雨嘴唇紧抿着，始终耷拉着脑袋，将眼睛里的情绪遮个干净。

"是气我早午饭没跟你一起吃？还是气我借你的笔不还？"

他明明知道她气什么，还故意这么说！

唐雨脸色差得要命，别开视线，还是不理他。

边炀垂眼笑："这么气啊，要不……我讲个笑话哄哄你？"

小姑娘才不想听他说什么笑话，伸手推他挡在面前的胳膊，想走。

边炀不放人，上半身撑在墙壁上，自顾自地说着："清远学校外边的马路边上，有一只小鸭子在排队，想跟前边的同伴对齐，可是怎么样都对不齐，它就着急了，你猜它说了什么？"

唐雨脸上的表情没变，不看他的笑脸。

边炀腾出一只手轻轻戳她气鼓鼓的脸颊："它就嘀咕啊，这怎么对不齐鸭对不起鸭。"

听着他拖腔带调的嗓音，唐雨到底没忍住弯了下唇，但很快抿平。

别以为这样就能糊弄过去了。

边炀可瞧见她笑了，他微微扬唇，嗓音更轻了点儿，带着哄的意思，生怕把人给吓到了。

"给我说说，你到底气什么？连饭都不跟我一起吃了，哪有你这样当小弟的，还对大哥冷暴力，你好可恶啊唐小雨。"

他这大哥的地位，与日俱低啊。

唐雨平静了一会儿，轻轻吐了口气，仰头看他，神色认真："边炀，你以后想做什么样的工作，或者成为什么样的人？"

"嗯？"

唐雨眼睫轻颤："你教我英语，耐心地一遍遍跟我一起听那些曲词，提高我的英语成绩；为了不让我做家务，每次我去之前，你都提前把公寓收拾好了，让我有更多可以复习和做卷子的时间；我说，哪个行业最赚钱，以后我就报考哪个专业，可你告诉我说，无论是哪个行业，做到极致，都可以赚到很多钱，你会陪我慢慢去探索自己喜欢的行业……你不断鼓励我，让我发现自己身上的闪光点，让我越来越有底气和自信往下走。"

她轻轻吸了口气，嗓音闷闷的。

"一直以来，都是你在帮我，你了解我的家庭、我的一切，可我好像对你一无所知。"

边炀低头，静静地看她。

她紧攥着的手一直没有松开："边炀，那你呢，你有自己想要的东西，有自己想走的路吗？"

唐雨颤了颤眼睫，用力咬紧嘴唇，抬头看他："马上就要高考了，我们一生很难再遇到像这样改变人生的机会，我希望你好，希望你将来有更多的选择，所以以后能不能上课不睡觉了，能不能好好学习，能不能好好考试……能不能，我们一起考上大学，一起往前走？"

封闭的空间中，一时间安静得只有两个人的呼吸声。

她一动不动地望着他，眼眶止不住地红。

被她这双黑漆漆的杏目凝视着，边炀终究无奈地笑了一声："唐小雨，你生气是因为这个啊。"

希望他好，希望他有更多选择，希望能一起往前走……

"你告诉我，为什么要拉我一起往前走，为什么唯独选择我？"他扯着唇角，问她，"一起往前走，那么要走多远，要走多久，这个期限又该由谁来判定……"

唐雨怔怔地望进他的深眸里。

这些问题变成丝线一般，钻进她的脑海里。这些问题她没想过，她只是不想看边炀再这样荒废时间。明明他教她的时候头头是道，怎么到自己身上就失效了呢？！

"先不要想这么久，往前走就是了，未来谁说得准呢，总归不该辜负当下才对。"

边炀摇摇脑袋："可我走的每一步都要有未来。"他眨眨眼睛，"所以你要拉上我，就要给我规划未来。"

唐雨揉了下鼻尖，不大满意地说："自己的未来要自己走的，我给你规划算什么。"

边炀理所当然的语气："把我规划进你的未来里很难吗？"

说完轻"啧"一声，"唐小雨，你怎么这么善变，刚才还说要带我一起走，现在就要分道扬镳了是吧，好家伙，敢情你的话都是骗人的鬼话，净诓我的。"

"边炀。"她还憋着口气，又被他这吊儿郎当的态度惹恼了，"我跟你说正经的呢，你能不能严肃点儿？"

边炀眼底浮现出笑意："行行行，严肃点儿。"

唐雨认真的表情："别的先不说，下两场考试是理综和英语，你英语好，就要好好写卷子，还有理综，你也要好好写，不能再睡觉了。"

边炀笑："这么严肃？"

唐雨的唇抿成一条线，瞪着他，那表情何止是严肃，都要发脾气了。"唐小雨真可怕，不睡就不睡。"

唐雨叮嘱："你要好好考试，考完试我检查你的错题，我们一起查漏补缺。"

边炀略微直了直身体，撑在墙上的手交叠在脑后，唉声叹气的："我这老大当得一点儿威严都没有。"

唐雨看他还是这副懒洋洋的样子，根本没把她的话听进去，气得忍不住踢了他一脚，正踢在他小腿上。

边炀先是愣了一下，然后就弯腰抱着小腿，疼得眉头都皱在了一起，嘴里还嚷嚷着："唐小雨你可真狠啊，瞧你给我踢的，肯定都肿了！"

唐雨明明没用多大的力气，瞧他就像装的："你少来！我才不会再被你骗了！"

"好疼啊，疼死我了！"他直不起腰来，整个人蹲了下去。

唐雨看了一会儿，他额头都蒙了层细汗，一点儿都不像是装的，顿时着急了起来，试探性地伸手去碰了碰他的手指："边炀？你没事吧？

"我明明没用太大劲儿啊，我带你去医务室！"

唐雨刚挽上他肌肉分明的手臂，少年顺势将手臂圈在她颈窝上，人也半靠在她身上。

"去什么医务室啊，去吃饭，中午你跟我闹脾气，我都没吃饭，饿死了。"

唐雨被他钩着脖子半拖半拽的，一听这个，就知道又被要了。

刚要生气，边炀在她耳边说："剩下两场，我肯定好好考。

"不过你给我记住了，得把我规划进你的未来里，不能分道扬镳，嗯？"

看似边炀把身子靠在了她身上，其实唐雨并没有感受到什么压力。

她哼哼了声："那你也得能考上清北再说。"顿了顿，又马上小声补充，"考不上也没关系。"

"嗯？"边炀笑着低头看她。

唐雨把他的手臂拿开，小跑了出去。

边炀的双手插在口袋里，慢吞吞地在后边跟。

阳光跟路边香樟树的树影投映在她身上，瘦削的背影，蓝白相间的校服，柔顺的发丝因为跑动微微扬起。

看他没跟上来，她跑得慢了些，回头看他，脸蛋儿上没有任何化妆品，干干净净的一张脸，眼睛同样澄澈明亮。

"边炀，你快点儿啊！"

边炀，边炀，他很喜欢她这样叫他的名字，像是注入了无限生机。

边炀垂下眼帘，唇角轻轻扯了下来。

剩下的两场考试同样紧凑。

最后一场英语考完，伴随着窸窸窣窣的交卷声，率先出考场的人已经迸发一阵欢呼。

唐雨把签字笔放回笔盒里，回了趟宿舍。

等吃完晚饭回教室时，就看到班门口围了好几圈其他班的学生。

后门堵得死死的，窗户口趴的也全是人。坐窗户边上的汪晴都挤不进去了，看到唐雨过来，马上凑过来八卦。

"唐雨，有好戏看了！"

"发生什么事了？"唐雨好奇地问。

"就边炀啊，他最近在学校论坛上不是很火吗，一班有个女生考完试就蹲在咱们班门口！"

唐雨闻言顿时咳嗽几声，咳得脸颊通红。

汪晴给她顺了顺气，"你没事吧？"

"没，没事……"她目光闪了几下，抿了抿微涩的唇，"那之后呢……"

汪晴耸耸肩："我人都被挤出来了，我哪知道！但那女孩还在咱们班里面，而且那人你也认识，就一班的英语课代表柳书冉，长得还挺漂亮，她和刘盈盈一直不对付，上次边炀和刘盈盈闹起来，不是让刘盈盈难堪了吗……要不然我们进去看看？"

唐雨眼里的光淡了淡："我不进去了，我想起来还有事……"

她转身要走，汪晴也没拦她，努力扒拉前边的人，想挤去前排看热闹。

谁知道唐雨又折回来了，凭借着身娇体瘦，在人群缝隙里钻得竟然比她还快！

汪晴内心震惊："小雨你拉我一把啊！别光只顾着自己看热闹！"

唐雨压根没回头，一溜烟就在人群里没影了，看得汪晴目瞪口呆。

好家伙，从前跟她说八卦都一副心不在焉的样子，这次牵扯到边炀就这么着急！

唐雨挤进前排的时候，看到的是边炀的背影。

他坐在她的座位上，一只手枕在她的课桌上，支着下颌，另一只手拿着她的签字笔，在细指间晃晃悠悠地打圈转，眉眼耷拉着，没看面前的女孩，而是低头看着她桌子上被风翻开的书。

站在他面前的柳书冉脸颊飘红，似乎有点儿紧张，捧着信纸，递到少年面前的双手还有点儿抖。

他扫了眼伸到眼前的那张信纸，没接，只是懒洋洋地掀了掀眼皮。

分明被围观的人是他，站在一边的唐雨却不由得屏住了呼吸。

边炀余光瞄见了某个身影，手上转着的笔"吧嗒"一声，掉在桌面上，他转过身朝唐雨勾了勾手指，示意她过来。

唐雨一愣。

一时间所有人，包括柳书冉，视线都落在唐雨身上。

她被看得浑身不自在，边炀支着下颌朝她笑："唐小雨，怎么办啊。"

唐雨抿了抿唇："……"

边炀收回视线，语气吊儿郎当的："唐雨是监督我学习的小老师，人家可跟我说了，马上要高考了，咱们的首要任务是要好好学习，不能想一些有的没的，还得好好考试，考完试还要检查错题的那种，严格得很，所以我得好好学习考大学呢。"

听到这话，唐雨心里莫名松了口气，随即又为自己的这种莫名感到一阵心虚。

柳书冉一怔："一个签名也不行吗……"

边炀微愣，眉梢微微抬了抬，随即两根手指夹住她递来的信纸，用签字笔在上面华丽地落了个签名，重新还给她。

柳书冉："我是你的粉丝！所以找你要个签名！谢谢你！"

"不客气。"

看半天原来是要签名，没了热闹看，周围人渐渐散个干净。

边炀起身走到唐雨跟前，双臂环胸地靠在墙上，一副要表扬的样子。

"我刚才表现得好不好？"

唐雨听到这话，只觉得一阵无语，她可不觉得柳书冉真是来要签名的。

难得见她脸色阴沉，边炀舌尖抵了抵下颚，笑得意味深长。

高三组重点班的卷子改得很快，考完英语的时候，数学卷子就已经出分了。

晚自习的时候，侯老师拿着卷子进班，一时间一片鬼哭狼嚎。

发卷子时，侯老师在台上说："这次一模考试的数学卷子，满分的只有一个人，那就是你们班的唐雨同学。"

听到这话，刚出院的孟诗蕊心里一个咯噔。

上次被关进器材室的事不了了之，这次她的成绩又超过了周寻文，那她岂不是能和周寻文一起参加数学竞赛了？

"唐雨又是满分，不过这次周寻文竟然没满分欸，还挺奇怪。"

"最后一道大题怎么做出来的？服了，我连题都没读懂。"

稍稍惊叹一声后，大家就开始祈祷自己这次能考得好一点儿。

侯老师跟孙雪敏可不一样，他只在乎成绩，从来不在乎学生怎么想，就这样拿着卷子，在讲台上一个一个念分数，念到谁，谁上台领卷子。

丢人的，有光的，一清二楚。

轮到唐雨上台，她拿着自己的卷子下台，正对上孟诗蕊阴狠的眼睛，她心头发怵，一时间感觉难以喘息。

下一秒，一本书横挡在她的面前，挡住了孟诗蕊的视线。

"低头。"是边炀的声音。

唐雨目光闪了闪，收回视线，低头看自己的卷子。

边炀把书收了回来，看向孟诗蕊，似笑非笑的。

下课后，侯明志就走到了唐雨的课桌前："唐雨，周寻文给你的竞赛报名表你填好了吗？填好拿给我。"

唐雨起身："抱歉老师，我不参加竞赛。"

侯志明诧异地看她："为什么不参加？以你的成绩，参加竞赛说不定能拿名次，还能给高考加分。"

唐雨摇摇头："我不想参加。"

见她执意如此，侯志明觉得可惜，但也不能把人绑着去参加竞赛："你要是改变主意了随时找我，截止日期是三天后。"

唐雨甜甜一笑，说了声谢谢，就坐下看自己的卷子。

从奶茶店打完工，边炀送她回宿舍，路上问她："为什么不参加竞赛？"

唐雨睫毛垂下，看不清眼底，她说："竞赛也不一定加分，却要花费大量的时间在数学上，侯老师那性格说不定还要集中训练，这样我就没办法多点儿时间用在英语上面了，想了想，还是放弃比较好。"

更关键的是，这次孟诗蕊肯定记恨上她考试超过周寻文了，如果再参加竞赛的话，无异于火上浇油。

高考近在眼前，她更担心的是这样刺激孟诗蕊，孟诗蕊那样极端的性格，会做出一些伤害边炀和她的事情。

边炀闻言，倒是也没多说什么："你自己考虑就好。"

他这么随意的态度，反而让唐雨紧绷的神经放松了一些，她嘴角不自觉弯了起来。

"边炀，你信我能考上清北吗？"

边炀拖着腔："当然，没有唐小雨，是清北的损失。"

唐雨觉得好笑："那边炀，你去过清北吗？"她憧憬地问着，"听说清华园每到这个季节，里面的紫荆花竞相绽放，比凉城县里最好的公园还要漂亮！"

踩着月光和路灯，两个人并肩走着。

边炀的手插在口袋里，目光落在远处，似乎在回忆什么，轻言："确实很漂亮。"

腾出一只手抬起，拍了拍她的脑袋，"不过唐小雨一定会见到清华园的，到时候我们可以去湖边钓鱼。"

唐雨失笑："学校让钓鱼吗？你肯定在骗我。"

"我们趁着夜深人静的时候，偷偷去钓。"少年的笑声痞痞的，"我们还可以去新民路摘绣球，可以去牡丹园剪牡丹。"

边炀送完唐雨，回去路上瞧见了下午管他要签名的女生，他朝那人招了招手，柳书再指了指自己，边炀点头。

柳书再刚走近，就听边炀开口道："你帮我盯着点儿唐雨，她住宿舍，我不能时刻看着，有什么事儿你打我电话。"

柳书再嘴角狠狠一抽："你让我过来，就让我帮你盯唐雨？"

"不然呢？"边炀瞥她一眼，把手机号打在备忘录，让她存一下。

柳书再头一次存帅哥手机号存得这么扎心。

唐雨回到宿舍，推开门看到眼前的一幕，脸上的笑容瞬间凝固。

坐在房间里的，正是她成长生涯的隐形父母。

看到他们的那一刻，唐雨的脸色就沉了下来："你们来干什么？"

夫妻二人离婚后各自成家，有了自己的孩子，关于唐雨的抚养问题，二人互相推诿责任，踢皮球，最后当了甩手掌柜。

唐父看她："小雨啊，听说你跟同学闹矛盾了，还把同学关到器材室，你现在怎么变成这样了，要不是你老师给我打电话，我都不知道这事儿！"

唐母冷哼一声，四十岁的年纪保养得很好，看不到几条皱纹。

"肯定是你爸妈教的啊，小小年纪不学好，在学校欺负同学，老师和对方家长都找到我这里了！我的脸都被你女儿丢尽了！"

饶是唐雨对他们已经失望透顶，听到这话依旧心如刀割。

"你们问都没问过我事情的经过，凭什么这么说我？"她眼里染了点儿细微的血丝，指着门口，"你们出去，我不想看到你们，我的事也不用你们管！"

"你这孩子，怎么跟爸妈说话呢！"唐父厉声道，"我这就联系老师，再让那个同学家长来一趟，你给人家赔礼道歉，咱们退学，这件事就算了了！"

道歉？退学？唐雨冷笑："你们没资格管我。"

唐母理直气壮："我们可是你的监护人！你自己说了不算！"

"我的监护人是爷爷奶奶，不是你们。"

唐雨不由得提高声音，手背绷得紧紧的。

"你这孩子。"唐母看唐父，"这肯定都是你妈教的，看看孩子都成什么样了，反正我不管了，以后别再给我打电话！"

她说完就走，唐父拉住她的手："想走？那你把孟家给你的钱吐出来！既然事情都交给我了，这钱也应该都给我，凭什么你什么都不管就拿走一半！"

说完就翻她的包。

唐母尖叫："你还是不是个男人。松手，这钱是给我的，你给我松开！"

两个人拉扯之余，互相辱骂对方，骂得凶了，抄起唐雨放在桌子上的手机砸在地上，屏幕四分五裂。

宿舍里还有别的同学，见状都用奇怪的眼神看唐雨。

有这样的父母，真的很丢人。

唐雨垂在身侧的手，紧紧攥住单薄的衣服，只觉得自己好像浸在黑油油的东西里，仿佛会慢慢窒息腐烂掉。

怪不得，他们会来学校，原来是收了孟家的钱啊。

唐雨再也忍受不了："你们闹够了没？！"

眼泪一颗一颗掉下来，嗓音哽咽："你们还嫌不够丢人吗？"

"我丢人？老子把你生下来你不知道感激，你还说我丢人？跟你妈一样，都是白眼狼！"

唐父气急，继而扬起手腕给她一巴掌。

唐雨的脸被打偏，咬住下唇，推开围在门口看热闹的同学，冲了出去。

存完手机号的柳书冉去了趟小卖部，拎着零食上来，生生被撞了一下，零食撒了一地。

她后背撞在墙上，疼得要死，正要找对方算账，抬头看到唐雨的样子，登时愣住。

"唐雨，你……"

身后传来抓人的声音，唐雨咬着唇，跑了出去。

柳书冉甚至都没有反应过来，直到后边两个中年人追来，她才意识到发生了什么。

她张开手臂，一把把人给拦住："喂，你们两个不是这学校的吧！怎么进我们宿舍的？！"

"我们是她爹妈，你松开！"

"唐雨，你这死丫头，往哪儿跑，给我站住！"

柳书冉的肩膀被狠狠推了一下，站稳后，马上想起一件事，拿出手机赶紧打电话。

"边炀，不好了！唐雨的爸妈来了，感觉不太妙，她现在跑出去了！"

边炀没回复她，手机里传来了什么碰撞的声音，他一声闷哼，就迅速挂了电话。

刚才发生的事，刚回宿舍的汪晴并不知情，正从这儿经过，听到这话，赶紧问："小雨跑出去了？！她往哪里跑了？"

"不知道，我上来的时候跟她撞个正着，她哭着跑出去的，追她的人好像是她爸妈。"

不等柳书冉说完，汪晴暗道不好："小雨的爸妈从来没管过她，这次来肯定没安好心。"说完二话不说冲了出去，到处找人。

柳书冉看看散落一地的零食，狠狠心，也追了出去："我跟你一起找吧。"

这么晚了，总要把人赶紧找回来才好。

柳书冉和汪晴，以及学校的保安一起把学校都找了个遍，也没见到踪影。

中间碰到了边炀，边炀额头上全是薄汗，后背已经被汗水打透了，漆黑的眼眶里漫了些肉眼可见的红血丝。

"找到了吗？！"

汪晴和柳书冉有点儿被他的状态吓到，这种眼神，莫名让人生出一种心惊肉跳的恐惧。

"还没，都找了个遍，连人影都没有……"汪晴话还没有说完，边炀就冲出了学校。

大大小小的街区，少年疯了一样地找，几次不要命地穿过川流不息的马路，喊着唐雨的名字。

唐小雨，你别吓我，我们明明说好一起去清北的，别吓我好不好……

白天积存的热潮都在夜里凝聚成了雨。

天暗了下来，唐雨蜷缩在狭窄的空调机下面，这里漆黑无比，无人能注意到。

雨从一开始的毛毛细雨，越来越大了，滴滴答答的愈打愈急，和风一起吹过来溅在她的小腿上，像是把她送进了冰窖里，连眼泪也变得冰凉。

她没有焦距地看着面前漆黑无比的夜，像是被丢在垃圾堆里没人要的玩偶，一动不动，空洞荒凉地在看着自己的未来，没有一丝光亮。

迷茫，痛苦，黑暗。

她也不知道她还能撑多久，从前就想着，先熬着吧，很快就高考了，这段看不见光的日子，很快就能摆脱。可是现在，好累啊。

她抬头擦了擦眼泪。睁开眼睛是黑色的，闭上眼睛也是黑色的，这样的黑色，无论下多大的雨都无法冲刷干净。

边炀说，清华园这时候格外漂亮，未名湖里有最漂亮的红鲤鱼，新民路的绣球花会在四月盛开，牡丹园的牡丹争奇斗艳……

可她好累好疼，走不到清华园了吧……

"唐雨！你在哪儿？！"

"唐雨！"

她好像产生幻听了，听见了边炀的声音，那么焦急，那么拼命地呼喊着她的名字。

唐雨埋在膝盖里的脑袋麻木地抬起，疾驰的风雨把树摇得凌乱。

在电闪雷鸣里，那个在大雨倾盆里朝她奔过来的身影逐渐格外清晰。

"唐小雨，你知不知道你……"他愤怒的声音，到最后颤颤巍巍地变成一句沙哑的闷音，边炀跪在地上，将额头埋低，"你吓到我了。"

他全身都在抖。

唐雨眼眶里迅速涌满热泪，像小孩一样无助地哭着。可她发不出来声音，眼泪一直控制不住地掉。

一阵一阵的哭声，和雨声一起呜咽。

边炀脱掉外套披在她身上，一颗颗系上纽扣，又在外边裹了层雨衣，把她紧紧地裹在里面，她在他面前哭得毫无顾忌，跟这场雨一样无尽地往下流，完全放纵自己哭下去。

唐雨发了高烧，不知何时昏迷了过去。

哪怕是梦里，手指也死死地攥住他的衣服不松开。

"秦明裕，你开快一点儿！"边炀把她塞进车里，厉声道。

"我知道我知道，你冷静一些，下这么大的雨，路上的车又那么多，我已经开得很快了。"

他把暖气调到最高，告诉边炀后排的储物柜里有备用的毯子。

边炀用纸巾擦去女孩脸上的泪水和雨水，然后用毯子把她包裹起来，碰到了她的脸颊，昏迷中的唐雨疼得一缩，呜咽出了声音。

边炀神情忽然变得很紧张："唐雨？小雨，能听到我的声音吗？"

唐雨疲倦地动了动眼睛，艰难地掀开一条缝隙，她张了张口，想说点儿什么。

边炀低头凑到她的唇边，听见她说："别打电话……给我爷爷奶奶，他们会担心……"

边炀的心脏像被什么狠狠掐了一把，痛得几乎喘不上气。

"别告诉他们……"她捏着他的衣角，攥在手里起了褶皱。

边炀低声安抚："我知道，好好休息一会儿，剩下的交给我。"

"秦明裕，再开快一点儿！"

凉城的雨季潮湿又漫长，车外大雨如骤，噼里啪啦地砸在车身上，要把车砸进地里似的。

秦明裕把油门踩到底："好好好，炀哥你冷静一下，别紧张，你一紧张我就紧张……"

一直到医院里，他把人带进去检查，好在只是高烧，身上有一些细小的伤口，应该是她跑出去的时候弄伤的。

边炀靠在墙壁上，低垂着眉眼，没什么表情，只是失神地看着某处，额前的几缕湿漉漉的碎发要扎进眼睛里。

"炀哥？"赶过来的秦明裕看他没有反应，伸手拍了下他的肩膀。

边炀回过神，漆黑的眸子深不见底，看向秦明裕，秦明裕惊了惊，头一次看他这样。

那个生来桀骜，做什么都处变不惊潇洒肆意的边炀，此刻眉眼之间敛着藏不住的阴戾。

推进检查室一个多小时，唐雨才被推出来。

医生摘掉手套从检查室出来，边炀马上走上去询问："医生，她怎么样？"

"没事了，腿上和胳膊上都是一些擦伤，已经处理好了，就是烧得厉害，要在医院输几天液。"

边炀垂在身侧的手指捏得发颤，深深地吐出一口气，冷静下来："谢谢医生。"

"你是病人的什么人？病人的家长在不在？"医生看他也很年轻的样子，不大像是家长。

边炀目光复杂地看了眼检查室的方向，只觉喉头滞涩，继而开口："我就是病人家属，我是她……哥哥，之后您有什么事跟我说就好。"

"总归先输液吧，输液的时候你可以守着，等她醒来喝点儿清淡的粥，有什么事叫护士。"

"好。"边炀一一记下。

边炀和护士一起推着躺在病床上尚在昏迷的唐雨去了病房。

病房里，护士要给唐雨身上的伤上药，涂药的时候，难免会碰到伤口。

昏迷中的小姑娘本能地喊疼，伸手去抓什么，呢喃着边炀的名字。

边炀的拳头紧紧攥着，最后实在忍不住了，跟护士说："我来给她涂药。"

护士迟疑地看他："你会吗？"

他看着病床上的小姑娘，冷白的唇紧抿着："我学过专业的外伤处理，知道怎么样她不会疼。"

"那行吧，有事叫我。"

边炀道了声谢，接过护士手上的药膏，走进帘子里面。

他把药膏涂在棉签上，然后一圈一圈在伤口上打转，力度极轻，用时虽然很长，但药能一点点渗进去。

唐雨睡梦中并不安稳，许是做了什么极其恐怖的噩梦，死死地掐着手指，甚至能把自己的掌心掐出血。

他怕她伤到自己，指腹在她攥紧的手指上轻轻按摩，直到她完全放松下来，然后冷白的指穿过她的手指缝隙，防止她再把自己掐伤。

在医院守了小姑娘一夜，她额头的温度降下去一些，只是她前半夜做噩梦，几乎是半睡半醒的状态，一直到后半夜点滴里的药开始起效果了，有助眠作用，她才沉沉睡去。

边炀小心翼翼地用梳子轻轻梳开女孩的发丝，眼泪从布满红血丝的眼眶里，轻颤着坠下，坠在她的脸颊上。

直到床上的女孩儿用脸颊无意识地蹭了蹭他的掌心，他把那些阴鸷和疯狂压抑下去，将梳子放在桌子上，他请护工帮忙照看，才离开了病房。

唐雨的衣服不能穿了，他要去商场给小姑娘买衣服和一些日用品。

回来时，秦明裕正拎着早餐来医院找他。

边炀眉眼漆黑冷倦，拨出去一个电话："李叔，帮我查两个账户流水，对，马上就要。"

秦明裕闻言诧异地看他。

电话那边应了下来，边炀垂着眼帘，挂断电话。

秦明裕说："你动用李叔帮你查，那你爸肯定就知道了啊。"

李叔是边炀父亲的贴身助理，是天价挖来的编程高手，负责全公司的安全系统，自然，突破信息防线查个账户是没问题。

可当初边炀跟他爸关系闹得那么僵，这么一来，不是打自己的脸吗？

边炀垂下的长睫遮住漆黑的眼，捏着手机的指节微微泛白："这是最快的方法。"

哪怕唐雨的父母在宿舍说漏了嘴，但不把证据摔在唐雨父母的脸上，他们不会承认自己收了孟家的钱才来威胁唐雨的。

秦明裕看他这样子，轻声问："这样值得吗？"

"值得。"他眸色微敛，嗓音略带沙哑。

如果不是放心不下将唐雨一个人留在这儿，如果不是想陪她一起高考一起去清北，他一定不会轻易放过这些人。

虽然不合时宜，但秦明裕还是忍不住嘀咕："你们才认识不到一个月，平常还要上课学习的，哪有这么深的交情。"

边炀低声："有些人相处几十年也没用，有些人相处几天就足够了。"

听到这话，秦明裕一愣，他隐隐发觉，边炀是认真的了。

小县城就这么大，半个小时李叔那边就有了结果。

边炀点开邮件，唐雨父母的银行卡里昨天中午同时多了五万块钱，而且都来源于同一个名字叫孟诗蕊的账户。

靠在墙上的边炀冷冷地扯了下唇："果然是她。"

"谁啊？"

边炀合上手机，脸上表情冷淡："一个很快就不重要的人。"

他拨出一个电话，对方接通后："边炀？"

"校长，我实名举报孟诗蕊花钱买通唐雨的父母对唐雨施行暴力，并且手卜有切实的证据。"

电话那边沉默一瞬："好，你把证据发给我吧。"

而与此同时，孟诗蕊正躺在公主床上，被噩梦惊醒，头上一层冷汗。

好在是个梦。

下一秒她又高兴起来，现在唐雨应该不好受吧。

孟诗蕊冷笑起来，她的父母都是守财奴，给点儿钱就乖乖听话，等唐雨退学后，可就参加不了高考了。

可她只高兴了一夜，第二天校长和边炀就找上门了。

"老爷，太太，有人来找小姐。"

"校长，你们要干什么？对峙？跟我们诗蕊有什么关系？"

孟诗蕊闻声披上外套，下楼，看到客厅里校长和边炀，脸色瞬间变了。

忽然有种不大好的预感，她转身就跑，谁知脚下一滑，直接摔倒在地上。

边炀示意秦明裕，秦明裕几步上了楼，拎着人的领子把人从楼上提下来。

"爸妈！"孟诗蕊挣脱秦明裕的手，瑟瑟发抖地扑向父母。

孟母脸色一变，把女儿护在身后："你们这是干什么？"看向校长，"校长你这是什么意思？！"

"还是先让孟诗蕊同学解释一下这个吧。"校长把银行流水和账户打印单，拿到她面前。

孟母不大理解："这是什么？"

校长："孟诗蕊给唐雨的父母银行卡里各打了五万块钱，让他们威胁唐雨，这严重违反了学校规定。"

孟父一拍桌子："胡说八道，诗蕊怎么可能干这种事，你们肯定搞错了！"

"唐雨的父母已经承认了。"边炀漆黑的眼底冷得没有一丝温度，扫过她时，孟诗蕊咽了口唾沫，躲在了母亲身后。

孟母和孟父相视一眼。

现在证据确凿，就连校长都找来了，可见事情已经板上钉钉，为今之计只能小事化了。

从孟家出去，秦明裕和边炀先把校长送了回去。

路边的街灯影影绰绰地透过车窗，落在少年的面容上，边炀半边身子隐匿在黑暗中，侧脸轮廓模模糊糊的，看不真切。

秦明裕本以为他折腾了一天太累，睡过去了，可手机响起的那一刻，他马上掀开眼睑，接通了电话。

"小雨怎么了？"打电话的是护工，他马上直起身体问，同时示意秦明裕开快点儿。

秦明裕提了速，听见边炀回："好，我这就回去，麻烦您多费些心。"

挂断电话后，秦明裕问："唐雨妹妹醒了？"

"还没。"他眉心依旧皱着，她睡得不安稳。

护工说他走后，她一直做噩梦，极度不安全地念一个人的名字。

护工听见他的名字，就打来电话了。

回到医院的时候，已经是八点钟，边炀下了车就匆匆奔往唐雨所在的病房。

点滴已经挂了三瓶，她躺在床上，穿着蓝白相间的病号服，额头沁了一层又一层擦不干净的冷汗，零碎得仿若漂浮海面的碎冰块，稍稍用力就会被海平面翻落。

边炀接过护工手里的毛巾，弯腰，轻轻擦拭她的脸颊和脖颈。

"不要……"她像是陷入难以自拔的噩梦中，鼻翼上渗出了汗，浑身紧绷着，伤口都有要崩裂的趋势。

梦里，她被退学，爷爷奶奶也得不到救治。无论她怎么努力，都改变不了命运。

"边炀！"她猛地睁开眼睛，重重地喘息。

边炀快步走过去："小雨，没事，缓一缓，别担心，没事了。"

他一遍遍地重复，微哑的嗓音让唐雨空洞的眼神，渐渐有了焦距。

她直勾勾地看向面前的边炀，看了好大一会儿，眼睛里已经漫起一层水雾："边炀……"

声音沙哑得仿若被磨砂纸磨过。

"没事了唐小雨，我不会让你有事的。"他一字一顿地说，"别哭。"

她瘦弱得跟只猫儿一样，嗓音哑哑的："我不哭。"

边炀呼吸越发沉闷："可以不哭，但是难过、生气、害怕都要告诉我，身上哪里疼也要告诉我。"

唐雨鼻尖酸得要命："我……是不是太懦弱了？"

"唐小雨，你并不懦弱，你已经勇敢了一百次，只示弱了一次，那也是勇敢，你能好好地出现在我面前，我已经感到无比庆幸了。"

边炀深吸一口气，压下胸口压抑的涩然："你放心，一切都会好起来的。"

唐雨从他胸口前抬起头："嗯。"

边炀调好病床的高度，在她身后又放了一只枕头让她靠着，她身上披上一件外套，仍旧纤瘦虚弱。

"我爸妈收了她的钱，要逼我退学。"唐雨摇头，"我不会退学的。"

她努力扬起一抹看起来轻松的笑："就像你说的那样，跌入谷底的时候有一个好处，就是可以擦亮眼睛，认清很多人，从今以后我再也不会对他们心存期冀了。"

她脸上温静的笑容，跟细细密密的针一样密集地扎进心口里，疼意瞬间漫入五脏六腑。

他以前见过最不负责任的家长就是他爹，可跟唐雨嘴里的父母比起来他爹简直像个圣人。

边炀眉心沉着，双手迫使她抬头看向自己的眼睛，用指腹轻轻摩挲着她的脸颊，喉头微微滚动，嗓音又哑又闷："不要笑了，比哭还难看，难看死了。"

她脸上牵强的笑容一点点淡去，垂着眼睫，情绪相当低沉。

"我怕我这样，会影响你的心情啊……"她小声说。

"唐小雨，心情不好就要表现出来，不挂脸上难道要挂墙上啊，你当自己是蒙娜丽莎？"

唐雨发出一声轻笑，低着头，眼泪就控制不住地滚了下来。

边炀心疼得要死，女孩长而密的睫毛耷垂着，被不断涌出的泪花浸湿，眼泪大颗大颗地滚落，又热又灼人地落在他的掌心里。

"那我就哭一小会儿。"她声音哑哑地说。

边炀深深地吐气，克制着内心的愤怒："只能哭一小会儿，你高烧还没退，不能哭太久。

"唐小雨，有人把善良这种东西比作一个三角形，你知道是为什么吗？"

她摇摇脑袋。

边炀的声音很沉，又很轻："当你没做坏事的时候，这个三角形便静止不动，如果做了坏事，三角形就会转动起来，每个角都会把人刺痛，如果一直做坏事，每个角最后都会被磨平，那人也就不觉得痛了。

"坏人的心也有这样一个三角形，但已经成了被磨平的三角形，所以他们不会意识到自己在一直做坏事，也不会觉得痛了，但好人会，而且好人会很痛。

"这个社会每个人都在教我们去做一个好人，去做一个尽善尽美的好人，他用道德来要求你，因为你有道德，但是你没有办法拿道德要求他，因为他没有，所以你容易被他束缚，被他的语言所控制。但坏人有放下屠刀就能立地成佛的机会，而善良的人一旦出现任何瑕疵，就会被人群起而攻之。"

边炀低声说："那些坏人在好人心口上留下的划痕和刀印会化成尘，经风一吹就散了，最后没有多少人在意。"

"太过善良热忱的人会被黑暗中的阴影吞噬。"一夜未睡，他声音带些微哑的闷，"唐小雨，不要有任何心理负担，也不需要有任何亏欠感和自责感，你只需要记得，你接受的一切都是你应得的。真正在乎你的人不会介意你是一个不完美的好人，他只会心疼你怎么变得那么伤痕累累。"

边炀想让她无所畏惧，想让她肆无忌惮，想让她知道，无论怎样的她，他都喜欢。

从窗子里散落进来的晨光，将室内的空气照得颗粒分明，唐雨的泪珠默默流下。

她想说，边炀，幸好有你在，让我不那么害怕，忽然鼓足了往前走的勇气。

边炀啊，像炽烈的阳光一样，降临在她的雨夜。

第六章
心动难止

唐雨在医院躺了两天，其间校长来了一次，还祝贺她这次一模考试以 720 的分数拿了全校第一。

校长让她不要担心医药费的问题，因为事情发生在学校，校方会承担所有的医药费。

至于孟诗蕊道歉的事，校长说安排在下周一的升旗仪式上，会让孟诗蕊当众念检讨书。

唐雨在病房里闲不住，边炀把批改好的一模试卷拿了过来。

以往她的英语在 130 分上下浮动，这次进步了 7 分，错题依旧集中在阅读理解和听力上，不过比较之前，确实进步很大。

她把每一道错题单独拎出来拆解，解析出错题所用到的知识点，在网上找了几百道相似题型反复刷题，直到把错题嚼碎了，乃至达到举一反三融会贯通的程度，再让边炀帮她复印一份一模考试试卷，从头到尾重新做了一遍。

直至没有一道错题，她才把先前那份几乎翻烂的试卷扔进垃圾桶里。

至于边炀，除了唐雨硬性要求他必须按时上课之外，其他时间都赖在病房里。

那张沙发就是他的床，美其名曰是方便照顾她。

边炀拎着午餐过来的时候，唐雨正趴在床上的小桌子上心无旁骛地做题。

为了方便做题，输液针扎在了左手的手背。

她做起题来专心致志，就连边炀在房间足足坐了十分钟都不知道，最后还是他忍无可忍地抽走她的笔和卷子，拿到一边去，把饭菜打开铺在桌面上，将筷子塞进她的手里。

唐雨嘴里还埋怨着："我说可以出院了，你不让我出院，这两天不知道耽误多少功课了。"

边炀嘴角抽了抽，扫过床上铺满的书和卷子。

明明是在医院，整个房间不是消毒水的味道，全是知识的芬芳！

"这两天，全科老师让做的卷子都不如你这两天做的一半多，知道的你是来养病的，不知道的还以为你要在这儿闭关修炼成卷子精呢！"

"哪有这么夸张……"唐雨看了眼饭菜，又看看他，"这不是食堂的饭菜吧，你又没用我的饭卡买饭。"

"吃你的，废话这么多。"

边炀嘴上恶声恶气的，手上动作没停，把她手边的书整理好，将写过的卷子和没写的卷子分开，错题本和笔记本放在显眼的位置。

做完这一切，一部手机扔在她桌子上面。

唐雨拿起来看看，是一部新手机，疑惑地抬头看他："这是你买的？"

旋即皱眉，把手机推回去，"太贵重了，我不能要你的东西。"

边炀舌尖抵了抵下颚，嗤了声："谁给你买手机了，之前你爸妈把你的手机砸碎了，我报了警，这是警方要求他们赔的，我只是顺道帮你拿过来。"

唐雨似信非信地瞧他，明显不大信："真的？"

"我什么时候骗过人了。"说完，他还把一张折叠的纸递给她，"还有这个。"

唐雨接过来打开纸张，是警方出具的出警回执单。

边炀看她说："这会信了吧。"

唐雨弯起漂亮的眉眼，眼睛在阳光之下如玻璃球一般澄澈好看："边炀，辛苦你跑一趟了。"

边炀坐在沙发上，双腿自然地敞开，抬了抬下颔，示意她先吃饭："你原来的手机卡已经放进去了，手机里的信息也都在里面，你看看有没有少的。"

唐雨边吃饭，边划开手机，密码还是六个一，甚至屏保都没变，微信的聊天记录都同步了。

她点开相册，拍的试卷和错题都在，又点开私密相册，什么都不少。

"你什么时候偷拍的我？"头顶忽然落了句轻飘飘的声音。

唐雨的手陡然一个激灵，不知何时出现在她身边的边炀，正低头看她。

她下意识用手把手机屏幕捂得严严实实，目光慌得四处乱飘，不知道放哪儿好。

"你看错了，那不是你。"她囫囵地解释。

"那你倒是说说，学校还有哪个背影比我帅？"

唐雨："……"

见她不吭声了，边炀弯腰看她，笑得有点儿野："唐小雨，我都看见了，我这么帅，拍就拍了，有什么不好承认的，拍我又不是什么丢人的事。"

边炀拿起手机，摸着下巴，仔细品味起那张背影，好像是考试前送她回宿舍的时候。

余光下垂，掠了眼小姑娘埋着头面红耳赤的样子。

边炀指尖动了动，点开照相机，调制成前置摄像头的模式，微微躬身，凑到她身边："喂，唐小雨，抬头。"

她迷茫地抬起头。

"咔嚓"一声，边炀点击拍照。

等唐雨反应过来，他已经直起身，正笑眯眯地把照片发到自己微信上。

"想拍就大大方方地拍，我的正脸又不是见不得人！"

照片发过去了，边炀把手机还给她。

"唐小雨，你好上相啊。"他弯腰凑在她耳边，"不愧是我的小弟。"

"咳咳咳！"唐雨差点儿被他这话呛死，眸子里晕染着湿漉漉的水色，瞪着他。

边炀眼角的笑意晕染开来，故意问："怎么了？"

唐雨干脆往后一躺，将被子拉至头顶，不搭理他了。

边炀忍着笑意，伸手把被子掀开："你好好吃饭，我出去拎热水。"

房间的门关上了，唐雨才从被子里探出脑袋，她拿出手机，重新调出刚才拍的那张图。

养了两天，她气色好了很多。

拍照的时候，她明显还没反应过来，镜头都没看，人显得很呆，而边炀凑到她的脸侧，笑容恣意野性，炙热又温暖。

指腹轻轻划过照片，她咬着唇瓣，拖进私密相册里才轻轻吐出一口气。

早知道就对着镜头笑笑了，拍得这么呆……

边炀带来的饭好多，每次把她当饭桶一样，她吭哧吭哧地吃了半天都吃不完，索性点开学校的论坛，边逛着，边慢慢悠悠地吃。

有个帖子直挺挺地挂在第一位——校霸把孟诗蕊和刘耀杰的桌子从二班扔出去了！

底下还有张配图，是俯拍。

两张桌子都是从楼上扔下去的，已经四分五裂，惨不忍睹地躺在地上。

一地散落的书和化妆品，还有站在楼底下气得面目狰狞的孟诗蕊。

还有一张仰拍图。

边炀的手臂搭在走廊围栏上，袖口卷起，阳光正烈，露出的手臂被阳光晒得冷白，他漫不经心地垂眸看下去，唇角分明扬着弧度，却没有丝毫温度，透着不加掩饰的坏劲儿和高不可攀。

　　一楼：先前的校霸彻底让位，刘耀杰被扔了课桌，话都不敢说。
　　二楼：边炀啥事没有。
　　三楼：听说孟诗蕊搬到一班去了，二班她不敢待了。
　　四楼：边炀到底什么来头？

讨论足足有几千楼。

唐雨抿了抿唇，咬着筷子，点开微信，问汪晴："边炀把孟诗蕊和刘耀杰的桌子扔出班了？"

现在学校也是午饭时间，汪晴马上就回复了："小雨，你好点儿了吗？这几天本打算去看你的，可边炀说你身体没好，不见客！"

唐雨还没回复，汪晴又发来语音："是啊，全给扔下去了。当时孟诗蕊鼻子都气歪了，她还去找周寻文，结果周寻文没搭理她哈哈哈哈！对了，周寻文还跟我打听你住哪家医院，我也没告诉他，哼！"

唐雨看着微信，唇抿成一条线，打字过去："挺好。"

汪晴："你是说谁好啊，边炀好，还是周寻文好啊？"

唐雨皱眉，马上打字："当然是边炀好了。"

汪晴直接发了条语音过来，足足十几秒的笑声。

唐雨："……边炀最近上课有好好听讲吗？"

汪晴发语音："边炀还是老样子，睡觉。"

听到这话，唐雨秀气的眉心皱得更紧了，有点儿生气。

边炀真是个大骗子，明明答应他好好上课的，又睡觉。

外边传来了敲门声，唐雨还以为是他回来了，顿时没好气地说了声："进！"

看到来人，唐雨脸色绷紧。

唐父没关心她的病情，上来就劈头盖脸地质问："好啊你唐雨，有本事了，现在居然敢联合外人对付你亲爹亲妈了！"孟家把他们的五万块钱收了回去，这可把他们气得够呛。

唐雨抿唇："你们出去！"

唐母轻哼一声："当初真后悔生了你，别的孩子都是给父母带来什么，你倒好，给我们带来的只有霉运！"

到手的钱飞了，她满脸的晦气。

唐雨正要开口，房门被推开了，边炀拎着热水进来，外边的话听到一半就听不下去了。

这会儿见到这俩人，更是不遮掩地嘲讽了句："知道的你们是唐雨的父母，不知道的还以为是从哪儿冒出来的人贩子。"

唐雨跟他们一点儿都不像，难为俩癞蛤蟆生出一个天鹅蛋，这祖坟得冒多大的青烟啊。

他打开热水壶，慢条斯理地倒了杯热水，递给唐雨时，还给水杯套了层隔热套，接着往沙发上懒洋洋地一坐，俨然没把两人放在眼里。

"既然你们口口声声说是唐雨的父母，按照法律，作为父母就要支付唐雨从小到大的抚养费，按照目前凉城基本工资三千，付百分之二十至三十比例的抚养费来算，你们每人每月至少要支付唐雨六百元，也就是一人一年至少要给七千二，给到成年，一人至少要给十二万九千六百元。"

一系列的数字说出来，两人的脸色当场变了变。

边炀语调吊儿郎当的，抬抬下巴，淡淡地讽道："既然这么积极当人爹妈，先把这笔钱给了吧。"

唐雨捧着水杯小口小口地抿着，余光瞄了眼两人语噎的样子，复而低头，唇角往上弯了弯。

唐父怎么可能给钱啊，怒瞪他一眼："你又是谁？这里哪有你说话的份！"

"管我是谁！"边炀眉毛往上挑了挑，浑身透着一股子难驯的野性，"我专治你们这种小人，趁我手痒之前，从这个房间消失，要不然让你们走着进来，爬着出去！"

唐父气得脸色铁青："小小年纪大言不惭！唐雨你这都结交的什么乱七八糟的人，上学不好好学习，整天跟这些人混在一起，你这辈子算是完了！"

唐雨喝水的动作一顿，抬头静静地看他："我跟谁混在一起，你都没资格管。"

既然生而不养，那就永远别来支配她。

"果然当初我们都没要你是正确的！"

唐雨捏着被子的手轻颤。

边炀黑沉着脸，正要开口，下一秒"砰"的一声，水杯从她手里飞出去，砸在唐父的脚边，碎裂成碴。

唐父穿的短裤，被溅出来的热水烫到，顿时号了一声。

边炀愣了一秒钟后，就鼓掌："摔得好。"

刚才唐雨是失控了，这会儿反应过来看看自己的手，又看看边炀，他居然一点儿厌烦的样子都没有，反而一副我心甚慰的表情……

"唐雨！你、你居然敢朝我摔东西了！你无法无天了你！"唐父都没反应过来。

从前那个乖巧沉默唯唯诺诺，只知道埋头学习，说话声都不敢太大的女儿，现在居然敢拿东西砸他！

唐母也惊愣住："唐雨这都是谁教你的，现在就敢朝爹妈摔东西，以后你还不得上天啊！说，谁教你的，是你爷爷奶奶？还是你身边这个不务正业的浑小子？"

"你们出去，我不想见到你们。"她艰难地吐出一口气，"既然你们一开始不管我，那以后都不要管我。"

边炀说得对，人不能惯。

唐雨缓缓地抬头："如果非要插手我的事，也行，那就按照刚才说的，先把抚养费打给我，哦，除了抚养费……"她看向唐父，嗓音沉沉，"你还从来没支付过爷爷奶奶的赡养费，两笔钱一起付了吧。"

唐父目光忽闪着挪开："什么抚养费赡养费的，你个小孩懂什么！"

"不想承认是吧，没关系，有的是律师跟你普法。"边炀口吻平淡。

可对上他漆黑凌厉的眼，唐父脖子发凉，就好像这个少年真的会说到做到一样。

两笔钱可是一大笔数目，要是被他家那个知道了，还不得闹上天啊……

夫妇俩一提到钱的事，这会儿是一声不吭。

就算被撵出去了，也只是骂骂咧咧两句就走，估计是怕唐雨真找个律师，跟他们打官司要钱。

边炀拎着扫把，处理地上的玻璃碴，唐雨嘴唇动了动，轻轻捏紧在被子下的手，说："我刚才有点儿失控了……"

"啧，确实失控了，这么近你都砸不准。"唐雨有点儿蒙地看他。

边炀清理完玻璃碴，放松地坐在她床边的沙发，略微挑眉："等你出院了，得带你练练射击什么的，下次瞄准点儿。"

他一本正经的样子，让唐雨有点儿无语。

好吧，是她多虑了。

"不过……"唐雨更好奇的是，"边炀，你怎么这么了解法律啊，那如果真的打官司的话，他们真的会付抚养费和赡养费吗？"

"当然。"边炀说，"这是法律规定的，他们必须执行，如果拒不执行，就要承担刑事责任，可能会被处三年以下有期徒刑、拘役或者罚金。"

唐雨第一次接触这个领域，眼睛里闪过一丝希冀："那如果我想起诉他们，该怎么做？"

"找个律师，能帮你走所有的流程。"顿了顿，边炀提议，"如果你要起诉他们的话，我知道一位人好心善的律师，就擅长打这类官司，而且不收费。"

"真的？！"唐雨迟疑，"真的有这样的律师吗？"

律师不都要钱的吗，而且收费很贵吧。

"真的，那律师就淡泊名利，塞钱都不要。"

看她神采奕奕的样子，边炀唇角微弯："我这就联系他。"

边炀拨出去一个电话，联系了秦明裕，让他去找这方面相关的律师。

五分钟的时间就安排妥了。

他挂断电话就跟唐雨说："那律师后天就能到，到时候你跟他说你的诉求，他会帮你达成所愿。"

"边炀，谢谢你！"

唐雨在凉城接触的人很少，更没有接触过律师这样的人物，抚养费她可以不要，爷爷奶奶的赡养费如果可以要一些，至少奶奶的病就能多一些治愈的希望。

边炀支着下巴看她，笑得挺坏："我帮了你这么大一个忙，说谢谢就完了？"

唐雨眨了眨眼看他："那你想要什么啊？只要我能做到的，我都去做！"

"这倒也不必，毕竟护着小弟，这是做大哥应该的。"他掠了眼女孩儿乖乖的样子，片刻后扬唇，"这样吧，你就叫声哥哥给我听听。"

唐雨："……"

"怎么，连区区两个字都说不出口？"边炀似笑非笑地逗她。

唐雨还在纠结，他帮了她这么大的忙，这个要求又再简单不过，好像也不过分。

女孩娇软的唇瓣抿了又松，睫毛轻颤了下："哥哥。"

嗓音软软轻轻的。

在她看过来时，边炀迅速挪开视线，不自在地轻咳两声："那啥，我去问问医生你的伤怎么样，你先在这里好好学习。"

说完，他把宽松的上衣往下拽了拽，从沙发上起身仓促地离开病房。

唐雨眨眨眼，看得莫名其妙，让她喊的是他，跑得快的也是他。

她收拾好桌面上的东西，护士过来拔了针，她想再看会儿书，刚才跑出去的边炀又回来了，还挺严肃地问她："唐小雨，你跟你父母算是彻底闹掰了吧，以后不会再和好了吧？"

唐雨："啊？"

"啊什么啊，我问你正经事呢，你好好回答我。"

边炀刚才出去冷静的时候回过来神，他先前骂的可是唐雨的亲爹亲妈，要是以后唐雨心软了，跟他们和好了怎么办？那他岂不是里外不是人？！

唐雨仔细想了想，摇摇头："他们自从离婚后，就没管过我，哪怕我生病，也从来没问过我，我跟他们的感情早就在这十几年里消磨殆尽了，其实，他们不管我也就算了，还不管爷爷奶奶，闹到如今打官司的局面，是不可能和好的。"

甚至打起官司来，唐父和唐母对她只会更加厌恶，哪还会想好好待她。

"那就行。"边炀蓦地松了口气，又打听，"你的户口本没在你爸妈那里吧？"

唐雨迟疑："问这个做什么啊？"

"就……打官司可能要用到。"边炀的回答显得漫不经心。

"我的户口在我爷爷奶奶那里，我爸妈他们离婚的时候，就把我的户口转到他们名下了，如果需要的话，等这次放假回家，我就拿过来交给律师。"

闻言，边炀悬着的心彻底放了下来，一本正经地道："到时候有需要，我会提前告诉你。"

"好。"唐雨点头。

边炀往沙发上一躺，双腿自然敞开，有要睡午觉的架势，她突然想起汪晴说的那些话，抄起身后的靠枕砸过去。

边炀单手接过后看她一眼，唐雨双手摊开："我让你拿来的你的一模试卷呢？给我看看。"

边炀看了眼她的掌心，薄唇浅抿了起来，这么漂亮的手居然是问他要卷子的。

"边炀，你该不会不想给我看吧？"她一动不动地盯着他，"还是说，你把我的话当成了耳旁风，压根就没放在心上？"

边炀指尖挠了挠眉心："卷子是一种很隐私的东西，你这么关心我的隐私干什么？"

"考理综和英语的时候，你答应过我会好好做题。"唐雨坚持，"我看看你做得怎么样。"

"没必要吧……"

"拿来。"她鼓了鼓腮帮，特别严肃。

那态度显然是不给不行了。

边炀本想把这事糊弄过去，谁知道她还记得，最后磨磨蹭蹭地拿出试卷，放她手上。

唐雨打开理综和英语试卷，看到上面的分数，额头隐隐作痛。

英语还好，考了一百二十五分，除了作文题没写，其他的全对，这是他的强项。

理综简直惨不忍睹，满分三百，只考了一百二十五分！

唐雨来回翻看，发现边炀只做选择题和填空题，其他的题看都不看。

不过但凡他做出来的题，都是对的。

边炀也挺无奈的，从小一路跳级，从来没做过什么卷子，更没耐心趴在桌子上一个字一个字地写解题步骤，能把选择题和填空题写完，已经是他的极限。

就是合起来的分数寓意不大好，侯老师看完他的卷子，问他是不是在骂人。

唐雨分析了好大一会儿，觉得其实边炀很厉害，甚至理综她错的一道选择题，他都做对了。

唐雨又摊开手，问他："你的语文和数学卷子呢？"

边炀站在那儿，手懒懒地插在口袋里，"没带。"

"真的？"

边炀刚点头，然而下一秒，唐雨就掀开被子，从病床上滑下来，不依不饶地走到他面前，去摸他的口袋。

刚才她都看见一角了，又被他塞回兜里了。

"喂，唐小雨，你知不知道你这是什么行为？这是以下犯上。"他往后躲，把口袋捂得紧紧的，欲盖弥彰的样子。

唐雨不管，眯了眯眼，手从他口袋里伸进去。

边炀不停地往后躲，直到腿弯撞到了沙发，整个人往后倒，一下子被她趁机按住了肩膀，轻易按在那里动弹不得。

边炀轻轻吸了口气，慌乱地按住她的手，低下头："你别乱动，我自己拿还不行吗。"

唐雨看他耳尖红了红，把手缩了回去，等他自己拿。

边炀忍辱负重的样子，余光看了眼她，最后把口袋里剩下的两张折成一团的卷子，不情不愿地放在她手心里。

唐雨把卷子放在床上平铺开，两个大鸭蛋十分醒目，就连名字也没写，就写了个考场考号！

唐雨的眼皮动了动，偏头看他。

边炀靠在沙发上，冷白修长的指尖搂着抱枕抵在身前，仰头看天花板。

考试的时候问她要答案，结果自己连个选择题都懒得写。

她不信，又往后翻，结果，他竟然在大题栏的空白处画素描画。

唐雨的呼吸停住，画得好像……是她。

第一道大题下面，她趴在桌子上午休，柔和的铅笔线条在纸上交融，丝丝缕缕地勾着她埋在手臂里的脸颊轮廓，笔触以发梢结束。

第二道大题下面，她咬着笔尖，似乎在思考问题。

第三道大题下面，她握住签字笔，抬头目不转睛地看黑板，从他的角度只能看到半张侧脸。

冷暖交融的灰色调，这样朦胧的素描却勾勒出了神韵，整张图显得极有生命力。

唐雨一声不吭地看完所有的素描画，最后皱着眉头看他须臾："边炀，你很喜欢画素描吗？"

边炀眼皮子掀了掀："一般般吧。"还是那语气，懒懒的，又随意。

"一般般你还画这么多？"

一道题都没写，他把时间全用在这上面了："你要是喜欢画画，当初为什么要选理科？"

"平常不怎么画。"边炀朝她弯唇笑，略显玩世不恭。

"画得很好，下次别画了。"

她把卷子仓促地收好，没还给他："马上要高考了，你把心思多用在学习上，好好写题。"

顿了顿又低头说，"刚才护士说我可以出院了，今天周五，明后天学校放假，我想回家看看爷爷奶奶。"

边炀看她一会儿，从沙发上起身："我帮你办出院手续，只是你能不能后天回去？"他说，"把明天借我一天。"

他站得有些近，身上淡淡的雪松冷香萦绕而来。

唐雨眼里带着疑惑和询问，反应有些迟钝："为什么？"

"明天是你生日，忘了？"他笑，"说好一起过的，唐小雨，你又忘了。"

她确实忘了生日的事情，估计连今天来闹的父母都忘得一干二净了。边炀却记得。

"还有，你宿舍那边太不安全了，我擅自做主帮你办了走读，今后你住我那里。"说完瞧她，"可以吧？"

唐雨的睫毛颤动了下，她是不打算住宿舍了，舍友的反应让她根本无法继续和她们客套地相处下去。

可她也没打算跟边炀一起住呀！

"不用了，我打算在校外租个房子，这样——"

边炀缓缓地打断她的话："这样既浪费钱，又不安全？"

一句话把唐雨成功噎住。

少年的嗓音拖腔带调的："万一你父母找到你住的地方，发现里面就住了你一个人，那才是叫天天不应叫地地不灵，还有，打官司这事儿，你爸妈肯定也会找你闹吧，到时候你是腹背受敌啊唐小雨，没有我你可怎么办啊。"

说完，就打开柜子，慢条斯理地开始收拾她的东西。

唐雨马上把他推开，差点儿维持不住表情，把衣服一股脑地往袋子里塞。

"我……我自己来就行了……"

边炀就在一边站着，唇角微弯："以后就是室友了，我这做大哥的照顾你也是应该的，你不用跟我客气。"

"我又没说要跟你一起住……"她小声嘀咕。

"哦？"边炀笑，"你平常是不是特别爱行善积德啊。"

他细细分析："把帮忙赚来的钱用来交房租和水电费，你对这个社会成功完成了金钱消耗的闭环，主打的就是外边赚钱外边花，一分别想带回家？"

边炀看到唐雨的眉心狠狠跳动了下，明显动摇了。

"你要是觉得蹭住不好，以后用劳力充当房租不就得了。"

她还是不吭声，于是他继续叹气："由于某人嫌弃我成绩差，我不得不请一个家教老师了，可是市面上的家教老师那么贵，可怎么办啊……"

余光若似无地留在她身上，见她看过来，就马上收回视线，愁眉不展的样子。

"我可以给你补课啊。"她说，"不要钱的。"

只要边炀好好学，她有信心把他的成绩提上去。

边炀稍抬眼睑，话里带了几分闲散："可高三的时间那么宝贵，作为年级第一的你百忙之中给我免费补课的话，那我不纯纯占你便宜吗，我是那种光拿好处不付出的帅哥吗？"

他打了个响指，自顾自地拿了主意："所以你住我那儿，顺便给我补课，还能兑现你之前说照顾我饮食起居的承诺，简直一举两得。"

唐雨："可是——"

少年的嗓音循循善诱，打断她的话："还是说……"他微微俯身，黑发细碎地散在额前，离她近了点儿，"你怕我？"

唐雨蓦地撞入他的视线里，表情仿佛僵了一瞬，定格两秒，又迅速移开。

"我没有。"她轻轻吐气。

"那不就得了。"边炀直起身体，边帮她收拾课本什么的，边扬唇说，"这些都是要带回去的吧？"仿佛在给她台阶下，"那我帮你收拾了。"

他不再犹豫，把她的书一股脑全塞进了自己背包里。

唐雨有两身校服，一身被撕破了，一身被踩得都是泥印子，都穿不了了。

不过边炀先前放了几身替换衣服在医院的柜子里，是一件水蓝色的长裙子，垂在脚踝的位置，正适合这个季节穿。

唐雨把裙子提起来在自己身上比了比，然后看边炀："这是……你买的？"

边炀把收拾好的东西放在沙发上，回头看了眼："怎么了？不喜欢？"

没给女生买过东西，就找了家看起来还行的店，跟人说要十七八岁小姑娘穿的衣服。

售货员推荐了一些，他就都买回来了。

"要是都不喜欢的话，我再出去买。"

边炀刚起身，唐雨马上说："不是，我觉得……挺好看的。"

除了校服裙，她没穿过这样的裙子，所以一时间觉得有点儿不大适应，而且这布料摸起来就很贵……

"多少钱啊，我待会儿转给你。"她四处找吊牌没找到。

边炀就知道她会这么说，所以在店里付完钱之后，就让售货员把衣服所有的吊牌全剪掉了。

"很便宜啊，都是地摊货，你手上这个才十五块。"他坐在沙发上，说得随意。

唐雨不信，又从柜子里拿出另外一身樱粉色的："那这个呢？"还是没吊牌。

"这件十八。"

唐雨拎着出来黑色的裙子，歪着脑袋看他："这个？"

"哦，这个十四。"

"……"唐雨表情有点儿奇怪，明显不信。

可边炀表情却很从容淡定："我买得多，店主就给了我批发价，你看都是些没吊牌的断码货，这种很便宜的。"

说完不等她再问什么，他就起身握住小姑娘的肩膀往卫生间去。

"别磨磨蹭蹭的，快点儿换，我先去办理出院手续了。"

唐雨被他推进卫生间，边炀把门一把关上，然后暗暗松了一口气，抬步朝医生办公室走。

在卫生间里的唐雨，默不作声地看了看手上的长裙子……

局促地换好裙子，唐雨从卫生间里出来，没看到边炀，提着东西往外走，途经医生办公室的时候，听到了边炀的声音。

"医生，还有什么需要注意的吗？"

"你是病人的哥哥吧？"

边炀点头："对。"

医生一听是病人家属，所以说得比较详细："我们给小姑娘做检查的时候，发现她有些营养不良和宫寒，也就是说，她经期紊乱或者痛经是正常的，以后不要吃凉性食物，多吃温补食物。"

"好。"边炀听得仔细。

外边的唐雨脸色有些不大自然，这种事说给家里人听倒不觉得有什么，说给边炀……

边炀从医生办公室出来，瞧见唐雨拎着大包小包站在门口，马上皱着眉头把她手上的东西全挂在自己身上，连唐雨手上轻飘飘的布包也接了过去。

"不是让你等着吗，怎么出来了？"

唐雨揪着裙子，神色略显局促："我穿好就出来了。"

边炀把装书的背包往肩上随意一搭，看着她。

她双手捏在一起垂在身前，乖乖巧巧地站在那儿仰头看他，水蓝色的裙子衬得皮肤白得仿佛透明，就跟个不谙世事的破碎天使一样，漂亮得青涩，漂亮得毫无攻击性，却让人很想很想塞进家里私藏起来。

"唐小雨。"她不由得眨了眨眼，用疑惑的眼神看他。

边炀说："漂亮死了。"

她足足愣了两秒，就被边炀带着，抬步朝电梯的方向去。

唐雨从电梯壁上偷偷看自己。

其实她很瘦，瘦得没有一点儿美感，跟漂亮一点儿都不沾边。

她的视线又落在电梯壁上边炀的倒影上……倒是他，一直很好看。

医院楼下是一座供病人和家属散步的小花园。

途经凉亭的时候，唐雨看到了什么，忽然停下来，稍挣了下他的手。

边炀回头看她，唐雨说："我遇到了熟人，想去说几句话，你在外边等我好吗？"

边炀微侧着头，轻描淡写地轻瞥了眼四周，都是些病人，顺着她盯着的方向看去，那凉亭底下有个轮椅的女孩，目光空空地看向不远处。

和唐雨差不多大的样子。

那人他不认识，边烆缓缓地收回视线："好，我在外边等你。"

"嗯。"唐雨轻声应。

直到边烆走远了，她才摸了摸口袋里的东西，迈开步子，朝凉亭的方向去。

看到唐雨的那一刻，轮椅上的女孩视线渐渐有了焦距，缓慢地抬头看她。

"唐雨。"她的嘴唇干裂，像沙漠里好久没喝到水的人。

分明是最好的年纪，眼神却是枯败的："好久不见啊。"

唐雨的唇角动了动，距离上次见许昕妍只隔了两个月，却好像已经隔了好多年。

许昕妍是他的同班同学，因为一场意外而不得不在医院休养，记忆里连刚开学时她笑容明媚生机勃勃地为班里办黑板报的样子，都变得模糊不清了。

再见她，恍然如梦。

"最近还好吗？"唐雨轻声问。

对方扯了下嘴角："不好有什么办法。"

静默了几秒后，唐雨视线下垂，落在她盖着毯子的双腿上："腿……还能治好吗？"

许昕妍看了眼自己的腿，摇头苦笑："谁知道呢，医生说咱们县里的设备不行，得去京华的大医院看，我爸妈最近在卖房子凑钱，京华那边什么都贵，路费贵，房租贵，医药费贵……或许能治好吧，也或许一辈子就这样了。"

唐雨眼眶酸了酸，艰难地从她腿上挪开视线："一定会好起来的……"

许昕妍低头，颤抖地闭了闭眼，声音苦涩："唐雨，如果我没从楼上跌下去的话，是不是也能像你一样坐在教室里读书、做题，然后期待着考一个好学校？大学……是个很漂亮的地方吧……可惜我这辈子都去不了了。"

唐雨垂着眼帘，唇线抿得很直，没有作声。

"模拟写志愿的时候，我写的什么来着？"

许昕妍看着不远处平静的湖面，阳光洒在上面，在微风里折射出一圈一圈涟漪光晕。

她笑："好像是老师，那时候我就在想，等我从师范毕业了，就到清远当班主任，不看哪个学生的家庭背景，也不看校长的脸色，我不会让我的学生受任何欺负……"

许昕妍的眼神逐渐落寞，手搭在已经没什么知觉的腿上。

可惜这个愿望，永远无法实现了。

"距离高考还有七十天。"沉默的唐雨忽然开口。

许昕妍不由得抬头看她，唐雨道："即便双腿不能走路，你也能参加高考，没有哪一所师范学校不接收双腿有疾的学生，也没有哪一所学校不要爱护学生的老师，你的成绩很好，一直在班里排前十，距离高考还有七十天，你还有机会。"

许昕妍微微愣住，片刻后失笑："可是我已经很久没有看书了，而且我还要治腿，我也没有信心……"

"一次不行就第二次。"

唐雨嗓音平静，却极有分量："许昕妍，哪怕别人放弃了你，你都不能放弃自己。"她垂了垂眼睫，"而且学生很需要你这样的老师。"

周遭一片静谧，只有风掠过湖面的细微声。

许昕妍微微张开口，一动不动地看她。

唐雨的唇抿得很紧，复而抬头静静看她："要是以后学生遇到的老师都是你这样的想法就好了，那样大家都能少走很多弯路。"

许昕妍安静了几十秒，眼眶一点点地泛红，张了张口："唐雨，我记得我跟你好像一点儿都不熟，可是……"

唐雨性格孤僻，成绩好，却总坐在角落里一声不吭地做卷子。

而许昕妍先前性格活泼，喜欢操持班里大大小小的集体活动，无意间抢走了孟诗蕊好多风头……所以在一个班里，她和唐雨几乎没说过几句话。

想到过去，许昕妍无声地笑："可是你是唯一一个让我觉得很温暖的同学，要是能回到过去，我一定和你做朋友。"

唐雨看她的脸色似乎好了些，微微扬唇："回不到过去，那就从现在开始好了。"

许昕妍抬头看她，唐雨认真说："你不是有我的微信吗，无聊的话，就找我聊天。"

这话听得许昕妍想笑："唐雨，你好萌啊。"

有个词怎么形容来着，天然呆的那种萌，就让人很想摸两下的那种，但骨子里又很硬，和她软糯纯净的长相迥然不同，是带刺的。

唐雨闻言愣了一下，有些不大懂。

许昕妍觉得她这样更萌了："而且我发现你跟以前好像不大一样了。"

跟她说会儿话，心情舒畅了很多。

许昕妍挤出一抹淡淡的笑来，上下打量她："你以前不会说那么多话，也不会穿裙子，也不怎么笑，除了埋头写卷子几乎什么都激不起你的兴趣，可现在我觉得你好像变得开朗了些，还更漂亮了些。"

唐雨摸了摸自己的脸。若不是她说，自己是没感觉到什么变化的。

她道："你好好考虑一下，如果想继续参加高考的话，我可以把我的笔记给你，以你的基础想跟上不难，七十天，其实能做很多事。"

许昕妍沉默下来，内心有自己的挣扎和纠结。

唐雨也没有催她，每个人的情况不同，她只是提出自己的建议，决定权在许昕妍自己手上。

临走之前，许昕妍忽然开口："唐雨，离孟诗蕊远一点儿，他们那样的人都是疯子，有太多依仗所以才那么有恃无恐，可我们不一样，我们输不起，你别变成第二个我。"

唐雨的脚步顿住，回头看她："我不会。"

她的视线落在不远处懒懒地靠在车边的边炀身上。

他单手插兜，眼睑懒懒地耷拉着，另一只手把玩着手机，有一句没一句地跟身边的人搭腔，阳光落在他的肩背上，镀了一层耀眼夺目的光晕。

唐雨唇角弯起浅浅的弧度，收回视线，看许昕妍说："他会保护我的。"

"谁啊？"许昕妍顺着她的视线看过去，被树挡住了，隐隐约约的是个少年，看不真切。

唐雨笑得甜甜的，没说话，就指了下手机，示意她好好考虑，然后一路小跑着朝医院外去。

边炀瞧见小姑娘是跑着来的，手机放回口袋里，朝前快走几步："别跑，慢慢走。"

边炀的眉头不自觉皱了起来，唐雨的步子马上慢下来。

秦明裕趴在车窗上朝她招手，瞧见唐雨穿长裙子，在微风里裙摆轻轻摇曳，吹了声口哨："哇喔，我们唐雨妹妹一天不见就越发漂亮了。"

从前就见她穿蓝白校服，一成不变的，这会儿骤然换了身新衣服，人漂亮好多，尤其是这颜色衬人，小姑娘在阳光下白得发光。

再加上这几天住院，边炀想着法地给人喂营养餐，生怕小姑娘瘦一星半点的，她脸上的气色比进医院前不知道好了多少。

边炀冷淡地瞥他："用你说，眼睛给我收回去。"

司机陈叔接过东西放在后备厢。

边炀拉开车门让小姑娘往里坐，另一只手把秦明裕雾霾蓝的脑袋毫不留情地按回去。

秦明裕抓了几把被他弄乱的头发，吐槽："我看看怎么了，至于吗？"

边炀用眼尾扫他，懒得搭理。

秦明裕不安分，扭头跟唐雨搭腔。

"妹妹，你身上还有哪里不舒服吗？不舒服的话跟哥说……"话还没说完，后背'哐当'一声，他被踹了。

秦明裕差点儿闪了腰。

边炀慢腾腾地收回脚，双腿自然地敞开，靠在后排的座位上，吊儿郎当的语调。

"你什么时候回去？你还想在这里待多久，知不知道这个城市不大欢迎你？"

"哪儿不欢迎我了，我看是你不欢迎我吧！"秦明裕翻翻白眼。

边炀眼尾略略上挑："知道就好。"

"不用你撵人，我明早就走了，明天下午有考试，我不走都不行啊。"

秦明裕先前就想走了，奈何刚来就水土不服在酒店吐了一天！后来又遭遇大雨，发烧感冒了好几天才拖延到现在，也正巧赶上了唐雨的事。

他跟边炀说："对了，你让我找的律师后天到，酒店我已经给他安排好了，至于律师费用就按——"

"咳咳！"接下来的话被边炀的咳嗽声打断。

秦明裕不明所以地看他，边炀抵在唇边的手抬了一下，同时用眼神暗示他闭嘴，在唐雨看过来时，又马上放下手，随意地搭在膝盖上，朝窗外漫无目的地看。

秦明裕余光瞧了眼唐雨，发现唐雨也正看他，似乎在等他接下来的话，他瞬间明了。

"我的意思是律师费就不必了……"

这边秦明裕说完，边炀明显松了口气的样子。

秦明裕料想他给唐雨撒了谎。

这位律师在京华赫赫有名，从无败绩，要不是他走了家里的关系，寻常人请都请不到的，律师费更是天价……

秦明裕看着边炀意味深长地说："这律师平生就爱乐善好施行善积德，尤其是看到这种官司，就正义感爆发，宁愿自己穷死饿死，都不要人一分钱。"

边炀瞧他一眼，平添了几分压迫，暗含警告。

秦明裕顿时轻咳两声，不敢逗他了，微笑着看向唐雨："最重要的是，这位律师尤其擅长打离婚纠纷和关于子女抚养费和赡养费的案子，你的案子交给他就放心吧。"

唐雨十分感激："谢谢你明裕哥。"

边炀听得脸都黑了："叫他什么哥，以后不许叫！"

唐雨语噎："……那我叫什么？"

住院的时候秦明裕来过好几次，爱讲笑话，逗得她和护士笑得不停，久而久之他们就熟悉了，秦明裕总趁边炀不在的时候，让她偷偷喊他哥。

反正他比她大，唐雨觉得没什么，喊了几次就习惯了。

边炀眼皮子都懒得掀，声音不带情绪："喊他死狗。"

唐雨："……"

秦明裕："……求求你做个人吧兄弟。"

她莫名被戳中了笑点，低头，无声地笑。

边炀余光瞧见了，看向窗外，唇角也稍稍弯起。

车子平稳地停在边炀公寓楼下。

　　秦明裕的酒店在公寓对面，离得很近，本想一起上他家里坐坐，谁知道人压根就不欢迎他，只好回了酒店。

　　打开房门，边炀先进来打开鞋柜，弯腰把她的粉色兔子拖鞋拿出来，冷白的指尖拎着拖鞋，抬了抬下颌，示意她坐到沙发上去。

　　唐雨马上要起身，她怎么能让边炀给她换鞋，连忙摆手。

　　却被边炀拉着胳膊，强行按在沙发上坐下来。

　　"医生让你多休息，没听见？"

　　他把肩上的背包和左手上拎着的衣服，放在地毯上，屈膝蹲在她跟前，伸手解开她的鞋带。

　　唐雨咬着唇，不大适应地缩了缩脚，却被他轻轻握住脚踝，掌心的温度漫进皮肤上，跟要灼伤了似的，她身体都下意识地绷直了。

　　"老实点儿，别乱动。"边炀低头说了句。

　　唐雨的双手撑在沙发上，目光看着他的发顶，内心有种控制不住的奇异的感觉蔓延开。

　　边炀拎着她换下来的鞋，放回鞋柜里。

　　唐雨穿着拖鞋的脚落在地上，袜子里的脚趾蜷缩了下，不经意扫过四周，才发现所有的柜子角和桌角都用泡沫包裹了起来，甚至不怎么大的茶几的四条腿和四个边角也都包了起来……

　　她忽然想到上次在客厅不小心被茶几绊倒那次……忍不住偏头去看边炀，只看得见少年单手扶着鞋柜倾身换鞋的颀长背影。

　　"边炀。"她动了动唇角，出声，"这个……怎么包起来了？"

　　边炀换好拖鞋朝厨房走，洗完手后，自顾自倒了杯温水，旋即拎着玻璃杯走过来，瞄了眼她指的地方，漫不经心地回了句："想包就包了。"接着将水杯递给她。

　　唐雨道了声谢谢，接过来捧在手里，其实很想问他，是不是因为她的缘故，可要是不是的话，那岂不是显得她很自恋啊……

　　而且这些是在她决定住进来之前就包好的，嗯，肯定是她想太多。

　　唐雨摸了摸沙发，上次他睡在这儿，已经很不好意思了，所以正准备提她睡在客厅的事。

　　边炀像在她脑子里安了个监控器，能看穿她在想什么一样，开口说："时间太紧张，我买了张床放在书房。"

在他面前，唐雨好像做什么都是被动的。

"我睡书房，你睡卧室。"

他侧身让开路，示意她去卧室看看。

唐雨抿了抿唇，顺从地迈开步子过去。

地上铺了米白色的毛茸茸的地毯，床的位置靠窗，所有的阳光都能透过窗户明媚地照在她那张床上。

床上用品是米白色系，在阳光的照耀下看上去就很软。

她情不自禁地走进去，张开双臂，把自己陷入柔软的床铺里，是阳光暴晒后散发出来的洗衣液的清香，和他身上的香味很像。

有种舒服，又安全踏实的感觉。

"还行吗？"他侧身斜倚在玻璃门上，看她在被子里滚来滚去，似有若无地笑了下。

唐雨马上直起身，用力点头。何止是还行，简直好得不得了。

不过刚点完头，她就觉得哪里不大对劲了，这些东西显然是提前就弄好的啊。

而她今天才要住进来啊，边炀哪有时间……

顿时，她看他的眼神就变得奇怪："你是不是早就弄好了这些？"

边炀眼皮动了动，依旧气定神闲的模样，不带半点儿心虚："其实有件事我一直瞒着，没告诉你。"

"啊？"她仰着澄澈的大眼睛，认真听的样子。

"其实我是个刚下凡的神仙，打个响指，用意念就能做好这一切，所以在你答应住进来之后，我就稍微用了下仙法，然后就弄好了。"

唐雨："……"

边炀眼角晕开不太正经的微笑："怎么，不信啊？"

她一副"你看我像傻子吗"的表情。

他闷声笑："唐小雨，你怎么这么可爱？"走到床边，抬手揉了下她的脑袋。

唐雨鼓了鼓脸，把他的手拨开。

他下颌微敛，唇角的笑意掩不住："别人的话是不能全信，不过我的话你得信。"

唐雨脸上挂着黑线："信你什么，信你有仙法吗？"

小姑娘还没意识到，不知不觉，话题又让他带偏。

少年提唇："嗯，我有。"

唐雨一脸不信。

"不如我给你变个魔法证明一下？"说着，边炀走到她跟前。

唐雨坐在床上疑惑地抬头看他。

他忽然俯身下来，黑发随意地散落在额前，手撑在她的身体两侧，冷白修长的手指陷入绵软的被褥里，边炀长得本就高，此刻笼罩下来的雪松冷香似能将她整个人包裹。

玻璃折射的日光稍斜，翻飞着的微尘清晰可见。

"不好奇我变什么魔法？"他垂眸，挺不正经的弯唇，"还是说你觉得我比魔法更好看，才这么看着我不说话？"

唐雨自动略过他的问题，声音很小："你又不会。"

"我会，我什么都会。"边炀眼尾上挑几分，眼眸泛笑，"不信的话，我现在在一张纸条上写一些日期，你随便选一张，在心里默念五遍，我就能猜出来。"

唐雨似信非信的，边炀直起身去了客厅，回来时手上已经有三张纸条。

"选一个。"他眼尾扬了几分。

唐雨看着他掌心里的纸条，选了中间的那个，在他眼神示意下，背过身偷偷打开看。

"现在把纸条上的日期，在心里默念五遍。"他说。

唐雨把纸条揉在掌心里，依旧按照他的要求，就在心里默念五遍。

看她眨了眨眼，眼神干干净净地看他，边炀拖着尾音笑："念完了？"

"嗯。"唐雨好奇他到底能不能猜出来。

边炀看着她的眼睛，时不时皱眉，时不时打量她，小姑娘仰头看他的眼眸没有一点儿杂质，就等着他说答案呢。

"猜出来了吗？"

保持这样四目相对的姿态都已经好几分钟了，她脖子都酸了，可边炀还是没吭声。

唐雨忍不住嘀咕："你要是不会的话别硬撑着，我不会笑话你的。"

"唐小雨你怎么……"他恰到好处般地停顿了下。

唐雨抬头看他，似乎在等接下来的话。

边炀的脸半逆着光，意味深长地继续："你怎么在想我的生日呢？"

唐雨愣了下："你的生日是七月十号？"

边炀挑眉："没错，我的生日就是七月十号。"

他还真会魔法啊！居然猜对了。

边炀没忍住闷声笑了出来，几秒钟之后，她像是反应过来什么一样，双手去拽他拿另外两张纸条的手。

边炀拳头捏得紧，手臂线条轮廓都跟着分明起来，任由她随便又掰又捏的，他偏偏不松。

直到她开始用了力，有点儿生气的样子，才笑着松开拳头，让她有机会抢过去另外两张纸条。

唐雨打开一看，另外两张纸条里面都是同样的日期！

"边炀，你故意的！"意识到被耍了，唐雨气鼓鼓的，伸手推他的肩膀。

边炀顺着她的力气，往后懒懒地退了几步，手插在口袋里，唇角的弧度压不住："我都记住你的生日了，礼尚往来，你记住我的，好像也不过分吧。"

"……"默念五遍，又被他耍了一次，唐雨现在确实很难忘掉这个日期了。

"现在你知道我的生日了，就得好好想想到时候送我什么好。"边炀悠悠地说。

唐雨额角抽了下，把纸条扔进垃圾桶里："你的生日还早呢！"

"那我们先过你的。"他并不在意，身子斜靠在方格玻璃上，看她，"明天打算怎么过？"

唐雨垂了垂眼睫："我从来都不过生日。"

印象里，父母在一起的日子全是鸡飞狗跳，不是母亲嫌弃父亲赚的钱少，就是父亲嫌弃母亲不做家务，每次他们吵架的时候，她都极为战战兢兢。

生怕发出一点儿声音，做错一点儿事，就会成为他们发火吵架的导火索，更别提过什么生日。

他们离婚后日子虽然苦了点儿，反倒过得安生了。

"从十八岁开始你就可以过了。"边炀抬了抬下颌，没一点儿正经的神色，"我就喜欢给人过生日，今后每年都得一起过，既然你不知道怎么过，那明天就乖乖配合我，我带你去哪儿，你就得去哪儿。"

唐雨低下眼，细密的睫毛轻轻地战栗着，正要说点儿什么，边炀的手机响了起来，他拿出手机，随意地扫了眼屏幕，眸子肉眼可见地微沉半分。

唐雨感觉到了，不知道是谁打来的，但他没接那电话，再看她时，眼底的情绪散去了些，恢复和往常一样的随性，懒洋洋地说了句："时间不早了，我先去上课，你下午好好休息。"

他走出玻璃门，唐雨从床上下来，跟在他身后，见他从客厅抽屉里拿出另一串钥匙，往她怀里扔，唐雨伸手接住。

"公寓的钥匙。"边炀朝她说了句。

唐雨拿着钥匙看了看，上面挂了个熊猫头，边炀那把钥匙上也是同样的挂件。

他换好鞋子，站在门口瞧她："我走了。"

唐雨坐在沙发上，低头正把书一一拿出来："哦。"

"我真走了。"

"嗯。"

边炀站定，把门推开："你就不送送我？"

唐雨手上的动作一停，偏头犹疑地看他。

边炀看她没那打算，慢悠悠地吐字："我这大哥当的……"话里话外的语气和神情似乎都在谴责她。

唐雨马上站起身走过去，步子迈得小，边炀格外有耐心地等她。唐雨站在他跟前，好脾气地说："那还需要我送到楼下吗？"

边炀满意了："那倒不用了，就送到这儿吧。"

唐雨："……"

外套搭在手臂上，人不紧不慢地往外走。本以为她会说点儿什么，结果走到一半，她还是没吭声。边炀到底没忍住回了头，看她还静静地站在门口看他……

唐雨没想这么多，还以为他忽然回头，是忘了拿什么东西，谁知道他冲她莫名其妙地笑了一下后……就走了。

她无语地关上房门。

公寓里没有边炀，就她自己，安静得突然有点儿不习惯了，跟缺了什么似的，隐约间感觉总能听到他的声音，能看到他的背影。

为了驱散这种诡异的思绪，唐雨开始忙碌起来。

她先是把自己的书和卷子都拿出来摆放整齐，又把换洗的衣服拿去卧室的衣柜里挂起来。

打开柜子，唐雨就被里面琳琅满目的衣服闪花了眼。

柜子是通顶的，被方格玻璃隔在了她这边。

满满当当的三层，除了最上面一层挂着几件男生衣服外，其他的全都是女孩儿的，打开另外两个柜子依旧如此，各种款式，各种色系。

而且无一例外的是，吊牌全没了。

这个季节的衣服本就单薄，却把衣柜挤得满满当当。

他怕不是把整个地摊都盘下来了吧？

唐雨恍了神，怔怔地看了一会儿，过去几年她都舍不得买衣服，柜子那么满，这会儿手上拿的这几身衣服都不知道挂哪里比较好了。

即便一件十几二十块钱的，这三大柜子的衣服加在一起也不少钱吧……

唐雨纠结地咬着指尖，伸出手指一件一件地数，数到一半就放弃了，然后默默地打开手机看自己的余额……还剩四千九百多。

按照平均一件二十算……她用微信转过去三千，留一些钱当生活费和给奶奶买药的钱，但很快就被边炀退回来了。

他还发过来一行字："我就值这点钱？"

唐雨知道他误会了："这是你给我买衣服的钱，如果不够的话，剩下的我先欠着。"

谁知道他发来了句："哦，我还以为这是我陪护的钱。"

唐雨的眼皮一跳："……"

她抿了抿唇，又把钱发过去一遍。他依旧没有收，但也没退，就在上面放着。

估计是在上课吧。

唐雨收拾完东西，又埋头做了张卷子，等再去看的时候，转账还是没收。

本想提醒他一下，可怕打扰他上课，就打消了发信息的念头。

卷子对完答案，更正了错题，又找了几十道与错题相似的题型反复做。

直到把知识点吃透了，唐雨才伸伸腰，下巴垫在桌子上看时间，已经七点钟。

唐雨收拾好桌面，换上鞋子，拿起钥匙下楼。

凉城的夜市文化很浓郁，一到点儿热气渐消，街道上基本会被小摊逐个占据。

街道上站满了出来觅食的学生，人群熙攘，吆喝声起，说说笑笑。

食物的香味和香樟树的味道混杂在一起，不觉得难闻，好像深吸两口，就可以把烟火气融进血液里去。

刚出炉的大馒头还冒着热气，玉米茶叶蛋在浓郁的汤底里浸泡，公共交通的提示音此起彼伏……摇摇晃晃的树叶和各种声音冗杂在一起，出奇地抚平浮躁，就连月光和路灯照不到的角落都显得静谧。

这几天养病，所以向帮忙的奶茶店老板请了假。

平日里，她急匆匆地奔跑在街道上，恨不得争分夺秒，很少像现在这样在街上闲逛，甚至能轻松地哼出耳机里的英文歌。

唐雨在打着花花绿绿招牌的理发店门口停下，犹豫片刻，走了进去。

“同学剪头发啊？”理发师看到她的头发很长，刘海儿也很长了，遮住了眼睛。

唐雨不大自然地抿了下唇：“嗯。”

谁知道理发师看她的眼神逐渐发亮：“同学，你是不是叫唐雨啊？”

她呼吸一停，太敏感的她以为理发师会对她做什么，下意识往后退。

理发师开口笑：“我看你像学校光荣榜上挂的那个女孩头像，就高三第一名那个，我儿子也是高三二班的，跟我说唐雨那女娃又考了第一名，七百二十分呢！我就说这同样都是重点班的，同样都是老师教的，怎么这女娃就能考这么高，我儿子就只考五百来分……”

听到这些话，唐雨紧绷的神经渐渐松了不少。

理发厅进来一少年，那人把外套往椅子上一扔，就扯着嗓子嚷嚷：“爸我饿死了，饭做好了吗，我还要去打球……”话在看到唐雨时一噎，“唐雨？你出院了？”

唐雨的眼睫动了动，抬头看向对方。

少年单手抱着一个篮球，不如边炀高，不如边炀好看，穿着清远的校服，此刻正上下打量她。少年长得是有点儿熟悉……但她想不起来在哪儿见过了。

她陌生的眼神有点儿刺痛对方。

"咱们一个班的啊，你该不会不认识我吧？"

唐雨扯了下唇角："不好意思。我……"

少年嘴角抽了下："我，张靖宇啊。"

她还是一脸茫然，张靖宇忍不住阴阳怪气了："行吧……你们这种学霸鼻孔朝天，我又不如周寻文家里有钱，又不如你后排的边炀长得帅，你记不住我也正常……"

话还没说完，就被他老爹狠拍了下后脑勺："你个浑小子，瞎说什么呢！"

张父用抱歉的眼神看她："别生气啊，他就是嘴毒，人不坏。"

"原来你真是第一名啊，我就说我没记错，你是来剪头发的是吧，快坐快坐！"张父用毛巾擦了擦凳子上残留的头发，人很和善。

唐雨本来想换家店的，但架不住对方热情，只好坐下。

"同学，你想剪成什么样的？"张父看了看她的头发问。

"剪短一些就好了。"

镜子里的张父笑："放心，叔叔一定给你剪得好看！"

张父那气势，说什么也要把她的头发弄好看。

唐雨笑了笑，然后点开下载好的全英文电影。

边炀看她有进步，开始让她尝试看不带字幕的英文电影。

跟高老师上课时讲的英文不同，影片里的演员说话太快了，比英文歌还要快好几倍。

哪怕她全神贯注，也没办法跟得上台词。

所以她反复地拉进度条，一句话反复听十几遍，直到完全理解了意思，才接着往下。

一旦进入状态，就忘了时间，等张父说弄好的时候，唐雨才恍惚地发现已经过去四十分钟了。

她抬头看着镜子里的自己，电影还继续放着，足足好几秒，都没回神。

"怎么样？"张父很骄傲，"我这手艺要排第二，整条街都没人敢排第一！"

打球回来的张靖宇进来匆匆一瞥，手里的球"咣当"一下掉在地上。

表情除了一丝惊艳外，还有点儿扭曲和诡异。

好歹在理发店待了十几年，他从来没见过一个发型就能把一个学霸小可怜变成校花公主切的。

张父弄头发的期间，兴许是问过她的意思，她低头看电影，其间随口应了两声……

唐雨陷入了沉默。

"多好看啊，小姑娘剪这种时兴的发型最合适！"张父很满意自己的手艺，"你长得好，头发又蓬松，咱们弄成公主切，把下半张脸全露出来，显得又洋气又好看！"

她前额的齐刘海也被修剪短了好些，一双明亮的眼眸和精致的脸蛋就这样显露出来。

反正张父越看越满意。

"好看吧？"他还跟自己儿子炫耀。

张靖宇摸了摸鼻尖，没忍住多看了两眼。

从前的唐雨头发又长又多，埋头做卷子，总遮住脸，都没仔细看过她长什么样儿。

现在这个发型，再加上身上冷色调的裙子，又纯又厌世。

很漂亮。让人移不开眼的漂亮。

当初他怎么就没发现唐雨还有这潜质呢！

张靖宇笃定，她周一国旗下演讲可能会亮瞎不少人的眼！

事已至此……唐雨吐了吐气，默默从镜子上收回视线："叔叔，多少钱？"

这发型好像挺贵的，她已经做好了被宰的准备。

谁知道张父大方地摆摆手："你跟靖宇是同学，叔叔不要钱！"

"一码归一码，您把我当成正常顾客就好了。"唐雨说。

"小姑娘，叔叔是看你投缘才给你精心设计发型，平常顾客来，顾客想弄什么，我就弄什么，也不给啥意见，所以你别跟叔叔客气。"

可唐雨不喜欢欠人情，坚持要给。

最后张父眼珠子一转，提了个折中的建议："这样吧，你把你的笔记复印一份给我儿子，我儿子成绩一直提不上去，你的笔记可比这发型值钱多了。"

张靖宇一听也连连点头："唐雨，你把你的笔记全都借我复印一份！还有你的数学到底是怎么做的，最后一道大题那么难，我一点儿思路都没有，你居然考了满分！"

他一脸"你到底是不是人"的表情，又不禁钦佩："你就给我说说你从哪里打开的思路，是怎么想到套用那几个公式的？你给我讲明白了，算是抵了理发费！"

张父见儿子这么积极，也连声附和，说什么都不要钱。

最后唐雨答应了这个提议，毕竟省下一笔钱，也是个不错的选择。

不过笔记都在教室里，要等周一的时候才能拿给他复印。

张父怕外边太吵，就让他们去二楼讲题，二楼是张靖宇的房间，不大不小，一张乱七八糟的床很突兀。

地上滚落几个篮球，桌子上堆满各种各样的学习资料。

他慌里慌张把床上散落的衣服全塞进被子里，用手清理干净桌面，给她腾出一个位置。

唐雨坐在他递来的凳子上，裙子铺在腿面上，打开张靖宇的一模数学试卷，只得了一百一十分。

她心无旁骛，讲得很细致，先把题目拆解，讲了自己的解法后，看他消化不了，又换了几种解题思路，最后还给他总结了一下这种题型的解题方法。

张靖宇托着下巴，听完后醍醐灌顶，觉得她比老师讲得还好。

侯老师性格傲，讲题时给了思路就一笔带过。孙雪敏没耐心，只给和参考答案一模一样的解题方法。

张靖宇说："唐雨，你数学这么厉害，怎么不去参加数学竞赛啊？高考还给加分呢！"

唐雨的唇角小幅度地扯了下："我报名了，只是跟侯老师商量了下，没参加集训。"

"你报名了？汪晴说你没报名啊。"

"原来不打算参加，后来改变主意了。"她说。

住院的时候，侯老师又打来一次电话，劝说她参加竞赛，唐雨答应了。

张靖宇笑："那我就祝你拿奖。"

"谢谢。"题讲完了，唐雨站起身，裙子柔顺地垂下来，"我先走了。"

走到门口的时候，张靖宇忽然叫住了她："唐雨。"

她转身莫名其妙地看他。

张靖宇有些尴尬地挠了挠头发，目光闪烁："其实之前我撞见过孟诗蕊他们找事，但我那时候怕给自己惹事，就……当作没看见，对不起啊。"

唐雨沉默片刻，慢慢地说："没事。"

"那以后……我还能问你题吗？"

唐雨没从他眼里捕捉到什么恶意，嘴唇动了动："可以。"

张靖宇腼腆地笑笑。

十七八岁白纸一样的年纪，撇开孟诗蕊那类极端的人来说，大多数人都是善良单纯。

他把她送下楼。

唐雨站在理发店门口，仰头看着那轮明月，一双漂亮的眸子泛着微光，心情格外清朗。

说不出来什么原因，就好像，她逐渐成了一个正常人。

一个可以在放学后四处闲逛，会和朋友逛精品店，然后再去小吃摊点上一份鱼丸的正常人。

不必再像从前那般战战兢兢，去面临未知的恐惧。

就像现在这样，逐渐溶于平淡的烟火里。

许是内心太过平静，她忽然想到了边炀，想到他给她推荐的英文歌，想到他发给她的清北大学的图片，还有海边和落日。

边炀说，他要把他眼中的世界翻译给她看。

还有……

"Moonquake."她望着月亮，不由自主地喃出单词。

据说月亮每年都会发生约一千次大月震，月亮轻震，而仰头望月的地球上的人们却浑然不知……

就像是，此刻我的心在跳动，但这些心震，你永远不会知道。

热闹沸腾的 live house 里，边炀满脸不耐烦，他是被秦明裕拽着胳膊生生拖进去的。

秦明裕嘴里抗议着："我来这么多天为你的事儿跑前跑后的，你也不请我吃顿饭，明天早上我就走了，你不得为我送送行啊！这才十点，着急回去干什么啊！"

边炀手里拎着一个黑色手提布袋，挣开秦明裕的手，把东西放在身侧的位置，脱掉外套罩在那东西上，上半身那件松松垮垮的白色短袖被灯光氤氲成了橙色，人往卡座上慵懒地一靠，整个人透着股子困倦的散漫劲儿。

秦明裕满脸苦色，他偏头看边炀，对方耷垂着眉眼，压根没听他在说什么，指节微微凸起的手拿着手机，屏幕里微弱的白光反衬得五官轮廓精致分明，他似乎觉得单手打字慢，从口袋里伸出了另外一只手，自顾自地回什么消息。

"你给谁回消息呢？笑得这么开心。"

秦明裕的脑袋刚凑过去，边炀就把手机倒扣，一只手嫌弃地把他凑近的脑袋推开："别烦人。"

"跟谁想看似的。"秦明裕双腿交叠，搭在桌子上，"炀哥，你知道我家里给我订的那个娃娃亲吧，我爹妈说等到法定年纪，就让我俩领证去，你说搞笑不搞笑，我都没见过那女的，就要跟人结婚，一想到我将来要跟一个没怎么见过面的人过一辈子，我就浑身难受啊。"

边炀指尖把玩着手机，眼皮都没抬，不甚在意地回了句："你们家商政联姻是常态。"

秦家往上数四代全是商政联姻的，到了秦明裕这一代，更是在刚出生就订好了姻亲。

不出意外，跟上辈子一样，包办婚姻。

虽说秦明裕没喜欢的女生，也对恋爱什么的不感兴趣，可也不愿意把婚姻大事让人一手操控。

"那你呢？"空调开得太冷，他去扯边炀放在卡座上的衣服。

边炀把他的手拍开："别乱碰。"

"我穿一下怎么了。"

"你自己要个毯子。"边炀伸手把他弄乱的衣服扯回去，遮好黑布袋里的东西。

见状，秦明裕晒了声："这袋子里什么东西啊，拎了一路不说，你还用外套给包住，啥宝贝藏着掖着的，让我瞅瞅？"

他好奇心重，两只手非要扒拉，探个究竟。

谁知道刚看到一个角，两只手就被边炀反剪在身后，秦明裕吃痛地叫了一声，人就被丢到一边。

转过身再去看，边炀正防贼一样拉上外套的拉链，把那黑布袋包得不透一丝缝隙，放在卡座的另一侧。

"好家伙，里面是小姑娘用的东西吧，我看见了，你买那么多干什么？！"

秦明裕捂住手，仿若想到了什么，语调拉得长而慢，一脸玩味地看他："给唐雨妹妹买的？"

边炀侧头瞧他，神色淡淡的："关你什么事？"

他去扒拉边炀，被后者一脚无情地踹开，裤子上落下一个明显的鞋印子。

秦明裕捂着腔，捶胸顿足："终究是错付了，十几年的友情比不上你跟人家相处的一个月！看不出来啊炀哥，之前你可不是这样的！"

边炀轻抬眼皮，没搭腔。

"不过。"秦明裕坐直身体，提出一个现实的问题，"你家就你一根独苗，如果将来给你安排一桩特别合适的婚事，那姑娘也挑不出错处，到时候你怎么办？"

边炀眼皮耷拉着："他不敢。"提到那人，他眉眼之间就格外沉，心情很躁。

秦明裕看出来了，酝酿一下措辞说："其实边叔叔在这圈子里算是格外开明的家长了，从小对你是放养式的。不像我，跟猪圈里的猪一样，上什么学校，读什么专业，甚至接触什么人都被安排得明明白白。"他也就能在头发上偶尔折腾一下，"边叔叔够可以的了。"

"他何止是开明。"边炀一声轻嗤，"不仅思想开放，他人也开放。"

"那事儿不是说明白了吗，边叔叔跟那小明星压根没关系，后来不是连经纪人带那小明星一起都被封杀了吗？"

秦明裕又说："我不提他行了吧，咱们都不提，就想点儿开心的，想唐雨。你跟我说说，你为什么对她那么照顾，到底是真心当朋友，还是可怜人家？"

边炀抬眸瞥他，和他的视线对上。

"可是炀哥，你不是要出国吗？"他说，"两三个月的友谊怎么抵得过四年异国的距离？就算你惦记人家，也无法保证唐雨不会疏远你吧，等她考上了京华的大学，她会有自己的新生活。"

"谁说我要出国了。"那酒的后劲确实大，边炀漆黑的眼底已经有了一些醉，"国内发展前景这么好，我出国干什么？"

"……"秦明裕抽了抽嘴角，像是听到一个天大的笑话，也不知道当初是谁非要出国，多少教授轮番劝都没用的。

殊不知，此刻说话的两人已经被不少女生盯上了。

他们长相又出挑，在人堆里十分扎眼。

有个穿着超短裙的女孩扭着腰肢，坐在边炀身侧的位置。

"帅哥，你们有点脸生啊，外地的？"女孩的年纪看着不大，夹着的声音，显得很细。

边炀偏头看她一眼，眸色冷冷淡淡的。

女孩笑了笑，眼角带上了点媚气："要不要一起玩？"

"起开。"

他身上散发着冷冽的气场，他若是厌烦什么，浑身上下都会散发出厌烦的气息，不加遮掩。

尤其是看到她坐到他的外套时，眼里的嫌恶更是遮不住。边炀伸手把外套抽出来，力道过大，女孩重心不稳，差点被掀到地上。

"你神经病啊！"女孩恼羞成怒地走了。

秦明裕的手搭在卡座靠背，从那女孩身上缓缓地收回视线。

边炀正嫌弃地用纸巾擦衣服，像觉得擦不干净一样，把外套直接扔进了垃圾桶里。

这倒是让他找回了点儿边炀熟悉的样子。

第七章
六百分约定

　　唐雨盘坐在客厅看英文电影，直到将近夜里十二点钟，接到一个电话，是秦明裕打来的。

　　他们在医院互相留了联系方式，这倒是第一次打电话。

　　唐雨摘掉耳机，接通，秦明裕在电话那边苦哈哈地说："妹妹，边炀喝多了，我一个人搀不动，人就在你们公寓楼下，你下来帮我一起呗？"

　　唐雨马上应声，挂断电话后就换上鞋子出门。

　　门关上的时候，才想起忘记拿钥匙，好在边炀走的时候带了一把。

　　楼下，秦明裕搀扶着边炀，见到小姑娘跑下来，他招了招手。

　　唐雨还没过去就闻到了很浓的酒味。

　　秦明裕解释："给我饯行来着，不小心喝多了。"然后惊奇地看她的样子，"妹妹，你这发型还挺好看。"

　　唐雨不好意思地抓了抓头发，边炀很高，她只到他胸口的位置，在秦明裕面前局促了一会儿，不知道怎么搀扶比较好。

　　直到秦明裕安排，把边炀的一只手臂架在她的脖颈上："你就这么扶着就行。"

　　唐雨一只手搭在他的手臂上，另一只手显得无处安放，就搭在他的腰上，支撑他身体的重量。

　　边炀嘴里说着："东西。"

　　秦明裕这才想起手上拎着的袋子："在这儿呢在这儿呢。"

　　秦明裕把东西塞进他掌心里，他才安生一会儿。

秦明裕把他们送进电梯里就走了，边炀酒量还行，没到不省人事的地步，他垂眸瞧见扶他的人是唐雨，就自己靠在电梯侧壁上，仰起头。

电梯顶光铺在少年精致的面孔上，照着他细密卷翘的睫毛，他很安静，只有冷白的喉结时不时滚动，碎发遮在眼帘前，若有若无地，落了层浅淡的阴影。

他们楼层高，电梯一点点上升。

唐雨看他一直闭眼仰着头，靠在侧壁上，也不说话，就轻轻问："是不是有点儿难受啊？"

闻言，边炀缓缓地掀开眼眸，视线下滑，落在她乖巧的脸上。

这么看了好大一会儿，看得唐雨都有得不自然了："怎么了？"

她摸摸头发，解释："理发师弄的，是不是显得很奇怪……"

"不奇怪。"酒精滚过的嗓音又低又哑，"很漂亮。"

唐雨对上他的视线，微微弯了下唇。

电梯打开时，她把他的手臂照旧放在自己脖子上，另一只手扶着他的腰出去。

"钥匙我忘记带了，你的放哪里了？"站在门口，她问。

"在兜里。"边炀应了句。

唐雨伸手摸进他的裤子口袋，这边没有，又去摸另外一边，还没有摸到钥匙，却不想边炀忽然攥住了她的手腕，低声问："唐小雨，今天怎么没回我微信？"

唐雨下意识仰头，眼神清澈："微信？什么微信？"

"你只回了个'嗯'字。"他说。

唐雨想起来，刚才她发微信问他晚饭吃什么，他回答在外边吃，叮嘱她自己出去吃点儿，她就回了"嗯"字。

"你怎么这么敷衍我？"他眼皮耷拉着，可能是因为喝酒的缘故，隐隐有几分委屈。

唐雨一时间竟然不知道怎么回答才好，那对话分明已经完成了闭环。

"我没有——"她试图解释。

边炀打断："你有。"

唐雨很有耐心："那你说，我该怎么回？"

边炀哑声："你该回'嗯嗯'。"

"我生气了唐小雨。"他有点儿无理取闹。

唐雨把这归结为他喝酒的缘故，也没有当真，伸手去摸他的口袋，想拿钥匙。

边炀却突然挣扎起来。

"边炀，你别闹。"

他闷闷的，没吭声，没多久，唐雨就感觉到他用指尖在她掌心轻轻划了一下，像是在求和。

力道不轻不重的，就是有点儿痒。

"你哄哄我。"他说，"你哄我，我把钥匙给你。"

"……"唐雨轻轻地吐气，不跟他一般见识。

"那行，边炀，你把钥匙给我好不好？不给我钥匙，我们都进不去。"

边炀忍不住扯唇笑了笑。

唐雨以为他折腾够了，谁知道他稍稍弯腰，凑到她耳边，说了句："不好。"

唐雨先是愣了一下，卷翘的睫毛忽闪着，显得呆呆的。

他快速说完，低着头，一动没动："唐小雨。"

"嗯？"她颤了下肩膀，浑身有点儿热，心跳也很快。

"唐小雨。"明亮的走廊里，灯光在他精致的面容上落下一片好看的光影，他重复叫她的名字。

唐雨抬眸，湿漉漉的眼眸里全是无措。

他得不到回复，依旧叫她："唐小雨。"

"嗯。"想起他说的敷衍，她又改了口，"嗯嗯。"

边炀没忍住低笑了声，笑得肩膀都在颤，压低嗓音："倒计时开始。"

唐雨有些迷茫，直到他口袋里的手机在静寂中发生声响。

"你电话响了！"

"是闹钟，生日快乐，唐小雨。"他定的是零点的闹钟。

唐雨的眼睫缓慢地眨了下，边炀的嗓音很轻，带着微沙的质感。

"以后我们小雨就是十八岁的小姑娘了。"

此时月光最好，穿过透明玻璃明晃晃地降在地上。

"十八岁可以做很多事情，穿更多漂亮的裙子，见更多迥异的风景，遇到更多的人，也会变得更有勇气，去迎接更有挑战的人生，更坦然地接受很多人给予你的爱。"

他的嗓音是源源不断的能量，是炽烈的阳光。

唐雨的眼圈不由得红了红。

"从今以后，我们小雨会变得自信大胆、明媚张扬，所有的困难都会在你鼎沸的人生里消弭殆尽，我们小雨，会渐渐成为一个无所不能的大人。"说完他又自顾自地笑，"不过也不需要太无所不能，偶尔也要撒撒娇。"

她听着低下头，不自觉地弯起唇，眼泪却从眼眶垂直地滑了下去，滚落在边炀圈着她腰身的手背上。

边炀的手指动了动，扳过她的身体，走廊光线很暗，她还不抬头。

他抬手摸到了她的眼泪，看着小姑娘泫然泪下的眼睛，在黑暗中那么亮。

边炀马上把门打开，带着她进屋子里，抬手把灯打开："怎么哭了？"

小姑娘鼻尖红红的，睫毛湿答答的一片。

"别哭别哭，我错了还不成吗？"哪里还有半点儿酒意，边炀清醒得厉害，就是不知道怎么哄。

小姑娘泪珠越掉越多，还是闷不吭声地掉。

唐雨是发泄地哭，不带情绪地哭，像是要把过去受到的委屈和隐忍都变成眼泪发泄出来，自顾自地哭了一会儿，再抬眼的时候，看到边炀在她面前，手撑着膝盖，急得眼睛都红了的时候，她稍稍一愣，用手背擦掉眼泪破涕而笑。

边炀有点儿不明白小姑娘这又哭又笑的是什么意思："说句话啊，你别不搭理我。"

唐雨轻抿了下唇，抬起手蹭了蹭脸："没事，我就是困了。"

边炀一愣："困了？"

"我困了，想睡了。"

边炀静静地看她，就这么从自己面前走过，一点儿要继续谈下去的意思都没有，他微抿了下唇。

唐雨收拾得很快，全程没看在客厅刷存在感的边炀，在浴室换上睡衣，洗漱之后，就咕咚一声钻进卧室的床上。

把自己陷入棉花糖一样的被子里，细白的腿搭在床边上轻轻晃动，偏头看向窗外的月光，自顾自地弯起了唇，心里莫名漾起丝丝缕缕的甜意。

她之前很喜欢晒阳光，因为太阳晒着，只有光还有温暖。

可现在她也喜欢月亮了。

唐雨抬起手，好像就能碰到从窗子里照进来的清晖，和边炀一样。

倨傲地带着光芒，又从不吝啬他的光。

书房里，边炀把手机开了静音，放在床头柜上。

躺在床上时，他枕着手臂看天花板，过了一会儿又侧过身子，拿起手机："睡不着？"

唐雨一愣，似乎没想到他也没睡着："你也睡不着吗？"

"月亮这么好，有点儿舍不得睡。"

唐雨也看向窗外的月色："是好看。"

边炀酝酿一下措辞，准备问她今天为什么哭，唐雨却忽然发来信息："要是睡不着，你起来做套卷子吧。"

他怀疑自己看错了。

"汪晴跟我说，你上课都没好好听讲，老师讲卷子的时候你也在睡觉。"

边炀："……"

提到这些，她胡思乱想的脑袋才能清明几分。

"你答应过我好好上课的，结果你都没做到……"打字到这里，她带了点儿情绪，"说好要一起考大学的，边炀，你说话一点儿都不算数。"

边炀舌尖抵了抵腮帮："……你看我像说话不算数的人？"

"那你睡不着就去做卷子吧。"

"……"

"做一会儿，你就困了。"

发完这条，唐雨打了个哈欠，嗓音懒懒的："我也要睡了。"

……刚过完生日就让他去做卷子？

没管另一边的边炀此刻心境如何复杂凌乱，小姑娘抱着被子，已经甜甜地进入了梦乡。

　　唐雨本以为自己会睡得不自在，谁知道一夜无梦，睡得格外香，她是被手机铃声吵醒的。

　　她的脸颊埋在软软的被子里，从窗帘缝隙投进来的阳光有点儿刺眼，就眯着眼睛："喂？"

　　"生日快乐，小雨！"

　　唐雨揉揉眼睛，被汪晴叽叽喳喳的声音吵得渐渐清醒，从床上坐起身，睡衣细细的肩带从瘦削的肩头滑落，头发贴在脸颊上，显得有些凌乱："星期天你居然起这么早？"

　　"今天是你生日欸，我是不是第一个跟你说的？！"她还挺骄傲。

　　唐雨抿了抿唇，蓦地想到昨晚边炀那句"生日快乐"，小声说："你是第二个。"

　　"啊？！我居然不是第一个，第一个是谁啊？"唐雨咬着下唇，欲言又止的模样，匆匆岔开话题，"不说了，我先起床，挂了。"

　　"那好吧，我们周一见。"

　　唐雨挂了电话，伸手遮了遮晒在脸颊的阳光，从床上滑下来，走进客厅，环视一圈，也没见到边炀，最后在洗手间的玻璃上看到了他留下来的纸条："请按照路线来找你的老大。——边炀"

　　路线？唐雨有点儿迷茫，然后想到什么，边慢吞吞刷牙，边去卧室拿手机。

　　果不其然，微信对话框里，边炀有留言："餐厅桌子上有早餐，吃完早餐下楼。"

　　唐雨疑惑地打字："去哪儿？"

　　边炀很快就回复了："保密。"很跩的两个字。

　　然后又发了句："柜子里有件蓝色短袖衬衫，穿那个。"

　　唐雨："嗯？"

　　边炀："照做。"

　　唐雨："……好吧。"

　　快速洗漱完后，她去吃早餐，是小笼包和豆粥，还热着，一尝味道，就知道是底下商铺里卖的早餐。

吃完早餐，她打开衣柜，去找他说的那件衣服，果然是有的。

她穿上后站在镜子前，眨了眨眼。

在衬衫里面搭了个白色短袖，牛仔裤宽宽松松的，很休闲的装扮。

走出公寓，她没找到边炀，低头看到了地下的蓝色指示标。

昨天好像没有的。

她下意识踩着指示标往前走，直到路边，一辆黑色的商务车里下来一个穿着西服的男人，走过来，为她绅士地打开车门。

"您是唐雨小姐吧，我是边先生安排的司机，请您上车吧。"

"边炀？"她愣了一下。

对方点点头："是的，您可以确认一下。"

她低头给边炀发信息，得到了他的确认，然后满头雾水地上了车。

司机坐在驾驶座，回头对她笑："祝您生日快乐。"

唐雨规矩地坐着，搭在腿上的手指捏在一起："谢谢。"

"后排的零食是边先生准备的，您可以随意享用。"

"边炀呢？"她以为他在车上，可是没有。

司机说："在目的地等您呢。"

车子缓缓开动，唐雨看了眼身侧满满一大袋子的零食，默默收回视线，给边炀打字："你在哪里呀？"

"在终点啊。"语气懒懒的，不太正经。

语音这么猝不及防地被外放出来，司机听见后轻轻笑了一下。

唐雨脸色变得不大自然起来，快速调小音量键，然后埋头给他发微信："我问的是，终点是什么地方。"

少年散漫的嗓音从听筒里传出来："终点就是我在的地方。"

唐雨："……"

吊儿郎当的，不正经。

怎么问他都不说，她索性合上手机，单手支着侧脸，看向窗外。

今日阳光正好，街边的香樟树被晒得懒洋洋的。

不知道这辆车最终驶向什么地方，她却格外平静，一点儿都不担心。

而发完微信的边炀，挨着浅浅的笑意，单手揣进裤兜里，抬步走进附近的一家花店。

"您好，请问需要什么花？"店员小姑娘看到他，眼睛瞬间亮了亮。

一身清爽的蓝色衬衫，穿着休闲浅色长裤，内里随性地搭了件白色短袖，松垮的领口刚露出锁骨的位置，上面坠的那颗痣在阴影斑驳下潋滟生姿，感觉是精心打扮过的，浑身上下那股子野和慵懒劲儿要从身体里钻出来了一样。

店员热心推荐："告白的话送红玫瑰比较好，红玫瑰的花语是热情似火的爱，或者粉玫瑰，现在女孩子都喜欢粉玫瑰，香槟色玫瑰也是我们店的爆款！"

边炀的视线却落在了别处，他弯下腰，修长匀称的手指抚过其中一朵卡其色的玫瑰。

不似红色娇艳多姿，也不如粉色鲜嫩可人，安安静静地被放在不起眼的位置，却能让人一眼就注意到。

"这是卡布奇诺，卡布奇诺的花语是不期而遇。"店员说。

不期而遇，又何尝不是，遇见就是幸运？

边炀抬头问："我可以自己包装吗？"

店员引他进店里："当然可以！"

边炀道了谢，店员在一旁指导他怎么包装。

少年把肩上背的包放在一旁，双腿敞开，坐在那儿，衬衫被挽起来一截，露出一截冷白削瘦的手腕。

他应该是没做过什么手工，被刺儿扎了好几次，店员动了动嘴，本想告诉他买现成的比较方便，可看他垂下的侧脸极其认真，就把到嘴边的话收了回去。

成品花了半个小时才弄好。

边炀看着手上的花，大概是想到了什么，总是散漫不羁的眉眼此刻含了掩不住的温柔的碎光。

店员目送少年离开。

他一手捧着花，朝某个方向飞快地奔去。

阳光落在他的肩膀上，微风拂过他的发梢。

不知道他要去哪儿，但一定是朝向他最重要的人。

车子开了一个半小时，唐雨昏昏欲睡，直到司机提醒，她揉了揉惺忪的睡眼，映入眼帘的是游乐园。

唐雨愣了愣：“这地方是……”

司机大叔绅士地拉开车门：“这是商市的游乐园，祝您玩得愉快，记得给个好评啊。”

商市是凉城上面的市区，唐雨只在参加竞赛的时候来过，她拎着一大包零食下车，仰头，看着半空中正垂直下落的极速飞车，上面传来男男女女刺激的尖叫声和惊呼声。

太阳有些烈，刺眼又晃神。

休息日来玩的人很多，有带孩子来的一家三口，还有挽着手臂的情侣……

带着香樟树味道的暖风吹过来，每个人的脸上都挂着灿烂的笑容。

“往前走。”她的手机振动一下。

唐雨按照脚下的蓝色指示标埋头往前走，直到眼前出现一双白色的鞋子。

她顺着那双笔直修长的双腿抬头，对上边炀略微上挑的眼眸。

看到他和自己一样的衣服，唐雨一愣，紧接着就看到他变戏法一样，把藏着身后的花捧到她跟前。

红棕色的包装纸里，玫瑰花瓣重重叠叠，宛如细腻的羊绒，中间点缀了巧克力泡泡，看起来像是味道极好的巧克力糖，不张扬，却又美得过分。

边炀屈指弹她的脑袋：“愣着干什么，接着啊。”

唐雨仰着脑袋和他对视，杏眼澄净，表情显得有点儿呆。

边炀把花塞她怀里，顺便拎起她手上的布包和零食：“生日快乐。”

唐雨低头看着怀里的花：“送给我的？”

边炀嗤了声：“不然呢，这里还有别人吗？”

“谢谢。”她唇角浅浅地弯了下。

边炀目光若有似无地在她眉眼处停留，见她喜欢，稍松了一口气，不自觉弯了下唇：“进去吧。”

游乐园不大，但是设施齐全。

小时候奶奶带她来过一次，打那之后她忙着帮忙和学习，就再也没来过这地方。

可能是因为捧着花，周围的人都在看她，唐雨本就脸皮薄，有点儿尴尬。

边炀偏头，看她快把脑袋埋进花里了，觉得好笑。

"唐小雨，这花这么好闻吗，你都恨不得吃了它？"

唐雨顿时抬起头，指尖捏着花的包装纸，小声说："我记得这里有寄存点的，我们能不能把这个寄存起来啊？"

"为什么要寄存起来，你不喜欢？"边炀挑眉，眼神懒懒地扫过去。

"不是。"唐雨连忙晃晃脑袋，声音别扭地弱下来，"是……不大方便。"

她像是想了一个绝佳的借口，马上说："对，不方便，既然来这地方玩，手里拿着东西不方便。"

边炀低头看了眼自己手上的零食和包，觉得也挺合理，于是接过她手上的花，去找寄存点，临走前嘱咐她："那你在这儿等我，别乱跑。"

唐雨点点头，乖巧地站在那里，看他朝寄存点去。

隐约听见周围几个小姑娘窃窃私语："那儿有个帅哥，你瞧见了吗？就是捧着花的那个。"

"用得着你说，我早就看见了，但捧着花呢，不知道有没有女朋友……"

几个女孩看过来，唐雨错开视线，手指微微攥着，去看边炀。

明明他举手投足都随性极了，却又偏偏那么耀眼。

就好像他本该就是这样的存在，炽烈，夺目。

他只要存在，就能吸引所有人的视线，让人从心底里生出自卑的情绪……

唐雨微微垂下眼帘，用力眨了下眼，把脑袋里那些乱七八糟的情绪删除。

不是这样的。

她可以。

边炀告诉过她，她很好，她值得所有美好的事物，她可以不比任何人逊色。

唐雨松开了捏紧的手指，抬起头，边炀已经存好东西，走到她跟前。

"想玩哪个？"他抬了抬下颌，"今天你是寿星，你说了算。"

唐雨环顾四周，指向排队最少的地方："那个。"

边炀顺着她手指的方向看去，喉结微微滚动了下，很淡定的模样："那个……你不觉得里面太黑了吗？"

"不觉得。"她摇摇头，"其他地方排队的人太多，我们先从排队人少的项目开始玩，而且鬼屋很有意思。"

她看边炀，见他神色不大对，酝酿着措辞："不过如果你怕的话……"

"我不怕，谁说我怕了。"他拽着唐雨的手腕就朝那边走。

唐雨看着他的背影，微微抿唇偷笑。

刚进鬼屋的时候，边炀确实挺硬气的，走到后半截，一截手臂突然从上面掉下来，他吓了一跳，拽着她就跑，唐雨人都要飞起来了。

跑了几米，大概是忽然想到什么，把她背了起来，继续往外跑。

工作人员看呆了。

唐雨当即扯他的衣服要下来。

"你不能跑，老实待着。"他解释了句。

唐雨很想说可以不跑的，看他这么怕，就默默闭上了嘴。

出去后边炀就把她放了下来，他明明额头全是汗，还扶着墙，装作若无其事的样子。

"这地方一点儿意思都没有，都是骗你们这种小女孩儿的。"

唐雨憋着笑，从口袋里拿出纸巾递给他，眨了眨黑亮的眼睛："其实你要是怕的话，别硬装，我又不会笑话你呀。"

边炀身体一僵，随即便轻嗤了一声，换作别人这么说他，他肯定不开心了。

要是唐雨的话，就……还行。

玩了两个小时，两个人坐在一棵树下休息。

唐雨让他等会儿，跑去商店买了两瓶水，还拧开了盖给他。

边炀拿着水，一脸复杂地看她："唐小雨，你这样让我怎么办？"

唐雨抿了口水，偏头疑惑的眼神。

边炀指尖敲了敲矿泉水瓶："我是男生，还要被你照顾。"

"我能拧得开。"

"你能拧得开和让我拧不冲突。"边炀佯装生气，"下次让我拧。"

唐雨微怔片刻，旋即摇摇头："我自己能做好的事情，不太想麻烦别人。"

"我是别人吗？"

两个人四目相对，唐雨一窒，下意识地低下头，边炀偏头去看她，轻嗤一声。

"喝完了吗？"他问。

唐雨把瓶盖拧好，以为他要接着玩，就点头。

然后下一秒，少年攥住了她的手腕，另一只手插在裤兜里，牵着她朝游乐园外走："带你去个地方。"

"去哪儿？"

边炀懒懒地掀了掀眼皮子："去了你就知道了。"

唐雨折身往后看："可是我们的东西还没取。"

边炀眼神扫过去，面不改色的："我看你也不喜欢那花，扔了算了。"

"不行。"唐雨挣了挣他的手，"我喜欢，我要带回家。"

"喜欢？"少年眼角上扬，轻笑了声，垂眸看她。

唐雨迎上他的目光，掌心有湿汗。

边炀也没逼她回答，折身回去取东西，之后带着东西和她打车到了目的地。

他们去了商市很有名的回音谷，边炀带她进了缆车，手随意地搭在围栏上，看向外边的风景。

"网上很多人说这地方灵验，对着山谷喊出来的愿望都可以实现。"他看向唐雨。

她正看向外边的风景，两只手趴在玻璃上往外看，也不怕高，眼睛亮亮的。

唐雨说："我从来不信这个，但是这世界上真的有个可以存放执念和心愿的地方，吞掉所有的心事，似乎也不错。"

缆车很快就到了，边炀提着东西，把玫瑰花塞进她怀里："自己抱着。"

唐雨低低地"哦"了一声。

其实车上的零食她都没吃，一大包，看他提着显得很重，就上前去接他手上的塑料袋："我提一些。"

"不用。"边炀伸出一根手指抵着唐雨的肩膀，把人推开。

他走得很快，每次看她跟不上，他又刻意放缓了步子。

唐雨奇怪的是这有名的地方在节假日居然没有游客，走了半天，包括坐缆车，到现在为止都没看到其他人。

"这地方就是了。"边炀回头朝她伸出手，上最后一个台阶。

唐雨握住他的手，越过他颀长的身子，看到了绝美的景色。

四处山峦环绕，形成绝佳的地势，这个位置，像是在环山的中央。

"你想要什么就喊出来，都可以实现。"他牵着她的手站在围栏前，"这里没有别人，你可以喊出所有的愿望。"

唐雨看向远处。

边炀已经松开她的手，像是在给她打样一样，对着山谷大喊："唐小雨一定能考上清北！"

唐雨愣了一下，看他的侧脸。

一圈圈的回音在谷里逡巡，一遍遍重复着：唐小雨一定能考上清北！

然后逐渐被山谷吞没，就好像山谷真的会接收到他的心声。

边炀的手腕搭在围栏上，没有看她，视线淡淡地落在很远的地方。

"心理学上也有一个名词叫作皮格马利翁效应，意思是说，当你内心无比期待某件事的时候，这件事就真的会发生。"

他微微侧过头，看着她，目光很温柔："唐小雨，闭上眼睛。"

"嗯？"她也看他。

眼前被少年的掌心覆盖，只剩一片暗红。

听到他的声音，缓慢又认真："无论是从心理学还是从神学角度，事实证明，这种方式行之有效，像我刚才那样喊出来，喊出你想要什么，这里只有我，不用担心会被别人听见。"

唐雨深深地吸气，他的声音仿佛无形的力量，让她可以鼓起足够的勇气，对着回音谷大喊："我要上清北！"

山谷里回荡着女孩的嗓音，一遍遍的，像石子儿丢进平静的湖面，荡开涟漪。

喊出第一声，接下来她喊得无比顺畅。

"我想爷爷奶奶长命百岁！

"我想变得越来越勇敢！"

炽炀

　　边炀落下了掌心，唐雨缓缓睁开眼睛，听着山谷的荡音，轻轻喘息着。

　　她缓缓扬起干净的笑容来，将所有积压的情绪释放出来，有种说不出的通透。

　　"边炀那你呢，你想要什么？"她问，刚才他喊的是她的心愿。

　　边炀的手插在口袋里，懒懒地瞧她："我能喊吗？"

　　"当然可以了，不是你说的吗，在这里喊出来的心愿就能实现！"

　　边炀略微扬眉："真的？"

　　唐雨点点头，起码喊出来会通透很多，不用压在心里。

　　"那我喊了。"他漫不经心地看她。

　　唐雨点了下头，一脸认真，然后听到他的声音——"我要和唐小雨一起去京华。"

　　唐雨整个人僵愣在原地，微微睁大了眼睛，只抬头怔怔地看向身边的少年。

　　在他低头看过来时，心脏好像一瞬间被什么掏空。

　　世界在一瞬间降噪，耳边只有回音谷里一遍遍的他的回声。

　　他的喉结上下滑动着，安静地注视了她好几秒，漆黑的眼眸里是细碎克制的光芒，她从里面清晰地看到了自己的样子。

　　回声渐渐消失，有些许不躁的风声，不知名的鸟鸣，还有树叶摩擦声。

　　她分不清声音传来的方向，只感觉不断地从耳边擦过。

　　在烈日下，边炀站在那儿注视她，他比阳光还要炽热。

　　两个人隔着很短的距离看着彼此。

　　他呼吸似乎也有一刻的停滞，深呼吸了两秒，边炀缓缓开口，嗓音不知道为什么听起来有些喑哑："唐小雨。"

　　他温热的掌心落在她的发顶："如果不想，可以不需要回答我，我只是喊出我的心愿，不是要你的回应。"

　　唐雨没说话，只看着他。

　　他的身体有些紧绷，好久，才舒缓了心头那份紧张："我只是想告诉你，我对你所有的照顾、体贴和在意，不是一时兴起，而是因为我真心把你当朋友，我的这份在意很认真。"

风声渐起，边炀神色专注。

唐雨抬眼，正对上少年微垂的眼眸，这是她第一次在边炀脸上看见这样小心的神情。

回音谷里的风吹乱了她的发丝，几缕挂在女孩的脸颊上，遮住了她看边炀的视线，可她依旧一眨不眨地看着他。

一声不吭的样子落在边炀眼里，就像唐雨在犹豫怎么拒绝似的。

他薄唇动了动，眸子里说不出什么情绪。

众星捧月长大的少年，第一次感到了深深的挫败感。

他扯了下唇，有些自嘲地笑出声："没关系。"他舌尖抵了抵下颚，佯装镇定轻松的语气，眼神又野又傲的。

"不是。"她蓦地打断了他的话。

唐雨听见自己的声音，微微一愣，她迅速抿直了唇，低下头，没看到边炀眼底浸透的光。

"不是。"他呼吸仿佛紧了又紧，心跳莫名加快了许多，不敢确定又充满期待着，"不是……什么？"

唐雨垂在身侧的手指攥得那么紧。

她以前什么都不要的，眼前总是一片灰暗，像是被遮上了一层幕布。

父母走的时候，她不会张口挽留；老师冤枉她的时候，她也不去解释；别人欺负她的时候，她可以不要自尊，一忍再忍地等待机会。

除了学习，她几乎没有主动过，因为她能决定的事情很少。

那种感觉像是每天都在黑黢黢的乡道上走路，无声无息的，只有她寂寥的一个人，数着灰败的日子，静静地数着倒计时。

从来没想过会有一个人，这样张扬地进入她的生命里，让她觉得人间灿烂。

这一次，她想争取一次，她想踮脚要炽阳，弯腰捞海月。

她要勇敢地，伸手死死地抓住这样的光。

唐雨仰起头，眼里泛着更坚定更透亮的光，勇敢地注视着他："如果，我是说如果……"

唐雨的每一个字都像是刻在边炀的心口，震颤不停，一声又一声，期待又胆怯地想要听下去。

懦弱竟然有一天会成为他的代名词。

耳边那么多繁杂的声音，此刻他只能听到唐雨的。

少年的唇抿得很紧很紧，盯着她微微张合的唇，唐雨看着他说："如果我没你想象的那么好……"

他期待这么久，就听见这么一句，边炀没忍住磨了磨后槽牙。

"唐小雨，我说那么多，你居然还说这种话，你难道看不出来，真正需要你的……其实是我吗？"他最后几个字放得很轻，有些颤。

就像，这玫瑰只有你拿才好看；就像，边炀遇到唐雨才感到自由。

"就不能……让我得逞吗？"

她的手指攥紧少年的衣角，直到起了褶皱。

"我挺好的，做朋友更好。"他垂下眼帘，轻颤着眼睫。

唐雨失笑，过了一会儿，她拽了拽他的衣角："边炀。"

他不吭声。

唐雨的眼睫微动："花被你挤扁了。"

"你对这破花都比对我温柔。"他嗤了声，估计忘了上午为了包这花手被扎了多少次。

唐雨打理花的动作一顿，偏头看他："你是在嫌弃我吗？"

边炀语噎："……我哪敢啊。"

"你敢啊。"她慢慢地说，"我让你写的卷子，你从来没写过。"

"……"又提那该死的破卷子。

"边炀，要不要打个赌？"她的肤色被太阳晒得染了些粉，边炀站在她对面，遮住刺眼的光："赌什么？"

"就赌高考成绩。"她眼里全是笑，"高考你要能考六百分以上才行。"

边炀一瞬间没反应过来："嗯？"

小姑娘已经背过身，看向山谷。

"你说真的？"少年眼睛坠了星光，走到她跟前去，跟她确定，"不骗我？"

唐雨点头。

边炀嘴角情不自禁地扬了起来，终于笑了："唐雨，你说的，不许后悔。"

"嗯。"她说，"绝不。"

边炀对着回音谷大喊："唐小雨，不就是六百分吗，你等着瞧吧！"

区区六百分，便宜死他了。

唐雨扯了扯唇："以你现在的水平，要考到六百分，估计有点儿困难。"

边炀慵散地靠在围栏上，眼底浮现出笑意，透着股子势在必得的架势："那就走着瞧。"

唐雨看了他一眼，手扶着栏杆，像是用尽了全身的力气，对着回音谷喊："那就祝你成功。"

等到一圈圈的回音结束，她轻轻喘息着，闭着眼睛，放肆地喊了出来。

"我要自由的生命，我要在世俗里做个勇士，我要走到我人生的最高处，我要热烈和恣意，我还要……"她陡然停下来，看向身边的少年，轻轻说了声，"边炀。"

"嗯？"他以为她在叫他。

唐雨抿了抿唇，眼睛认真地看他，笑得纯粹。

回去的时候，边炀给她叫辆车，但唐雨执意坐公交车回去。

边炀双手插兜，在车窗底下站着，日头底下，仰头看她："你自己行吗？"

自从来县里上高中，这趟车她来来回回坐了三年，唐雨从来没想过这个问题："当然可以，我习惯了。"

边炀注视着她，片刻后，唇角动了动："那……明天什么时候回来？"

唐雨想了想："明天晚上就回去了。"隔天还要上课。

"那就行。"他笑了下，唇角的弧度很明显，"那我等你。"

唐雨抿着唇，镇定自若地"嗯"了一声，然后跟他摆手："马上要发车了，你回去吧。"

说完就把车窗的帘子拉了起来，隔绝了他的视线。

边炀舌尖痞里痞气地抵了抵下颚，屈指在她窗户上懒洋洋地敲："拉开。"

前排的乘客不由得看她，唐雨立即埋了埋头，拿出手机给他发微信："你回去吧。"

边炀口袋里的手机振了下，他拿出来慢吞吞地看了眼，没回微信，站在窗户底下跟她懒洋洋地说："我就跟你隔了扇窗户，你还发什么微信。"

前排的乘客不由得笑了声。

唐雨鼓着腮帮子，听得脸热，好在这时候司机说发车，外边才没有了动静。

车子开始发动的时候，她打开帘子，从窗户看出去。

边炀已经不在原地了，明明是她催他走的，现在有点儿失落的还是她。

她把窗帘拨开到一边，推拉式的窗户整个敞开着，风暖暖地吹进来，很舒适地拂在脸上。

戴上耳机，里面放的是欢快的英文歌。

现在她可以完整地跟下来，理解每一句歌词的含义。

手机振动了下，她低头看，是边炀发来的信息："别贪凉，窗户关上。"

唐雨顿了下，眼里闪过一点儿疑惑，疑惑他怎么会知道她把窗户全打开的，不过反正他也瞧不见，敲字："嗯。"

指尖悬在屏幕上顿了顿，很快改成："嗯嗯。"

微信上应着好，然后依旧吹着小风。

这个靠窗边的位置最好，还可以晒到太阳。头发被吹得扬起，乱糟糟的也不管，舒服得很，这种自由的感觉还没持续五秒，身后一只冷白匀称的手蓦地按在车窗侧棱。

她愣了下，还没反应过来，那只手从后关上车窗，风瞬间没了。

唐雨下意识地回头看，对上少年的眼眸，那双眼睛仿佛会勾人，微微垂着，却敛不住张扬的风情。

"边炀……"

少年从后排慢吞吞地起身，把她身边座位上的零食和花都拿起来，放在后排空的座位上去，自个儿坐在她身边的位置。

本想看看小姑娘什么时候能发现，结果她只顾着吹风，连回微信都很敷衍，没良心的。

"好啊唐小雨，都学会阳奉阴违了。"他偏头看她，淡淡的语气听不出来什么情绪，"医生的交代都交代到狗肚子里了。"

说完这话，边炀莫名觉得好像在骂自己，忽地扯唇嘲了一声，更气了。

唐雨眨眨眼，还以为自己出现幻觉了，摘掉耳机，莫名有点儿心虚："你怎么会在这儿啊，不是已经回去了吗……"

边炀面无表情，没搭理她，直到唐雨轻轻拽了一下他的衣角，看他的眼里漾着笑，用细软的嗓音道着歉："我这就关上。"

她伸手装模作样地去关已经关紧的车窗，直到连缝隙都不留，然后回头去看他的神情。

结果边炀双臂抱胸，浅浅地掠她一眼，似乎是嫌她这演技太拙劣，鼻腔里哼出一声，面上依旧没什么表情。

唐雨尴尬地把手落回膝盖上，捏着自己的牛仔裤，看他："你怎么还上车了啊，我这就叫停，你下去吧，这样回去还来得及。"

从县城到乡镇的公交车是随时可停的，只要喊一嗓子，司机就靠边把乘客放下，路上有人想上车，也可以随时招手示意司机，就是每次喊停的时候，底气要足，嗓门要大，每次唐雨都要提前做一番心理建设，要不然司机听不见。

"我刚上来，你就想着把我撵下去。"边炀唇抿成一条直线，眼神定定地凝她，看得她都有些不自在了，"我担心你路上不安全，你嫌弃我碍手碍脚，真好。"

"我没有，我哪有这么想！"唐雨连忙解释，"我是怕耽误你回去的时间。"

现在将近六点钟，到目的地就要七点，等他折回去，算上等车的时间，将近九点钟了。

边炀眉梢吊着，语气凉凉："不信。"

唐雨："……"不信，就不信吧。

她睫毛轻颤了下，索性看向窗外，心里想着等到了目的地，叫辆出租车送他回去。

这样省下来等车的时间，就不会太晚了。

边炀等了半天，没等到她的态度，唇角微抽了一下，修长的手指搭在她的发顶上把她脑袋转过来，她还一脸迷茫的样子，边炀气得心肝肺都隐隐作痛："唐小雨，你看不出来我需要安慰吗？"

唐雨"啊"了下，这副纯粹的样子好像真的没想到这点。

他磨磨后槽牙，眼皮垂下来，然后缓了下语气："安慰我。"

"……"她舔了舔有点儿干涩的唇。

酝酿一下措辞后，唐雨仰着澄净的眼眸小心翼翼地询问他的意见："怎么说，你会开心啊？"

"我挺好哄的。"他侧身过来在她耳边低声，炽热的气息轻轻痒痒地扑过来，"这次先这样，不过以后，就说不准了。"

她低下的脸颊忍不住微微发烫。

公交车穿过繁华的中心街，很快偏离了熙攘的路段，周围都是茂密的香樟树，空气里充盈着淡淡的青草香。

青涩又甜甜的，像是山里的清泉融进了空气里。

唐雨将胳膊撑在一边的扶手上，托着下巴朝外看，玻璃上映照着少年低垂的侧脸，即便有些发丝有些凌乱地垂下，也遮盖不住他张扬精致的五官，极为好看。

公交车的座椅对他来说过于狭窄，他两条腿显得无处安放似的，闲散地伸到了过道里。

在边炀看过来时，唐雨连忙打了个哈欠，装作困倦的样子，脑袋靠在玻璃上准备休息一会儿，就被边炀伸手拽到身边，将她机械似的脑袋按在肩膀上。

"睡吧。"

唐雨绷直的后背像个铁板，可这样靠着，渐渐地还真有点儿困，她拨弄几下头发，挡住他看过来的视线，咕哝了声："那到了小唐镇，就叫司机停下。"

"嗯。"他低头笑，拾起一只耳机戴在她左耳上，另外一只戴在自己右耳上，里面是同频的英文歌，"睡吧。"

少年嗓音轻缓："我会叫你的。"

耳朵里荡着音乐，唐雨的后脊慢慢放松了下来，神经也慢慢放松下来，这条路她从高一开始坐了无数次，每次上车之后，就找准离司机最近的位置，全程不敢休息，生怕一睡着就坐过站，头一次可以像现在这样毫无顾忌地闭上眼睛。

不用担心司机听不到她的声音，也不用担心错过了站点。

黄昏的天空散着红晕，窗外挂在枝头的夕阳又圆又小，公交车偶尔经过清澈的溪流，又偶尔穿过黑黢黢的桥洞。

边炀低头，很享受地看她枕着自己肩膀安稳地睡着。

她睫毛很长，垂落下来卷翘起来，等睁开眼睛时，长睫下的眼眸就会有海上浮冰映着烈阳发出的那种明亮。

乌黑长发垂在脸颊两侧，脸颊比一个月前第一次见她时红润许多。

边炀看了一会儿，自顾自地低声笑，指腹按了按压不住的唇角，连前排的乘客都不由得转过头看他一眼。

别说六百分，就是她要天上的星星，他也会去摘。

到了目的地，边炀叫醒她，唐雨才缓缓醒过来。

边炀一手提着所有东西，唐雨就在身后慢慢地跟着。

站在路边，她揉揉惺忪的眼眸，眼底泛起一阵雾蒙蒙的水汽，踮起脚尖去看有没有出租车："边炀，我打辆车送你回去。"

"唐小雨。"边炀手没松开，轻描淡写地看她，"都到你家门口了，也不带我进去坐坐？"

唐雨先是一滞，动了动唇，有些话是说不出来的。

半晌，她稍稍抬了睫，才轻声说了句："现在不回去的话，到了晚上，你回去时路上不安全。"

边炀揉捏着她的掌心，说话慢条斯理的："我看分明是你觉得我不招人喜欢，怕你爷爷奶奶把我打出来吧。"

听到这话，唐雨没忍住抿唇笑，然后摇摇头，没有人会不喜欢他，唔，除了见过他拳头的那些人。

"往哪条路走？"他视线落在远处几条分岔路上。

唐雨犹豫了下，抬起手指了指最曲折的那条。

边炀面不改色地往前走。

走了十分钟左右，停在一处矮房子跟前。

不同于路上见过的那些两三层小楼，外头围了一圈墙，像是简易别墅，而这矮房子明显有些年头了，也没有围墙，只种了一圈带刺儿的花椒树，当作篱笆。

看进去就是一片小菜园，说不出来什么品种，但种类极多。

似乎早就知道孙女今天要回来，爷爷此刻正坐在门口的小凳子上，摇着蒲扇等她呢。

而奶奶坐在轮椅上，手上却没停过，正编织一些花花绿绿的篮子。

"爷爷奶奶，我回来了！"

瞧见孙女，爷爷马上喜气洋洋地迎过来。唐雨也张开手臂，长了小翅膀一样飞扑过去，抱住爷爷。

边炀在身后静静地看着，不同于在任何人面前，此刻她脸上充满了眷恋和依赖。

跟爷爷抱完，唐雨又扑向奶奶。

"小雨啊，你弄头发了？"奶奶摸了摸孙女的头发，稀罕地问。

唐雨脸上的表情笑容僵了一瞬，很快扬起笑容："嗯，好看吗？"

"好看好看，我们小雨怎么样都最好看了。"老人家喜笑颜开的，也没多想。

老人家爽朗的笑声让整个小院都温暖起来。

爷爷看向跟她一起过来的少年："小雨啊，这个是？"

长得很高又好看，尤其是气质，跟他们不大像同类人。

不等唐雨开口，边炀已经上前自我介绍："爷爷您好，我是唐雨的……"

对上她紧张的眼神，他扬了扬眉梢，笑开，"她的同班同学，也是她的朋友。"

"小雨的同学啊，快来坐！"爷爷奶奶拉着他说话。

边炀坐在很矮的凳子上，腿有些伸不开，明明有些不大适应，从头到尾都是笑着的。

唐雨从他脸上看不到任何嫌弃，这才轻轻吐了一口气，还带他参观小院。

边炀倾身很仔细地听，遇到不认识的，还用手指戳，主动问。看她喂养的小兔子和种的蔬菜；看她贴得满墙的奖状，像是勋章；看她数不清的课本和习题册堆成好几摞，都比他高。

发灰的墙上有爷爷帮她标记的身高。

边炀让唐雨站在那地方，也给她记了一个，结果和之前的没什么变化，然后笑她一年都没长个儿。

唐雨不服气，也想给他标记，奈何够不到，于是搬过来一个特别高的凳子，自己站上去。

纤软的手按住他的肩膀，另一只手捏着石子儿，在他头顶仔仔细细地划下一道。

唐雨比画了一下他们的身高差，苦恼地说："边炀你好高啊！"

边炀让唐雨下来，然后弯腰跟她悠悠地开玩笑："是啊，唐小雨，今后你可要好好吃饭，再长高点儿。

爷爷还留他吃晚饭，抓了院子里的走地鸡，从鸡窝里拿出刚下的蛋，摘了长得肥圆的空心菜，做了好些饭菜。

过了会儿，趁着小雨端菜的工夫，爷爷偷偷把他叫过去，问他有没有打火机，刚说完"没有"，老爷子忽然展露笑容，边炀才意识到这是试探。

老先生试探他是不是个抽烟的坏孩子呢……

"今天是小雨生日。"爷爷把藏起来的蛋糕拿出来，捧得小心翼翼的。

"自从小雨的爸妈离婚后，她就从来不过生日了，不过十八岁可是重要的日子，跟别的生日不一样，所以我一大早就去集市上订蛋糕了。"

蛋糕并不是时兴的款式，上面堆满了各种带色素的花，可老人家觉得，小姑娘都喜欢花，准没错。

"家里也没打火机，就只能先用燃气点蜡烛，再插在蛋糕上了。"老人家琢磨着。

边炀拆开包装，拿出里面的小蜡烛，说："我来吧。"

这地方没有外卖，他先前订蛋糕的心思只能作罢，想着等她明天回去的时候补上，没想到老人家已经提前订了。

点蜡烛的时候，老人家在一旁看着他说："小雨之前从来没带过同学来家里，也很少听她说起同学，边炀，小雨在学校没事吧？"

边炀点蜡烛的动作一顿，很快又继续："您想多了。"

老人家眉头没有松开："我在家照顾她奶奶，还得顾着地里，没办法去学校，她也从来不说学校发生的事，虽然电话里她一直说没事没事，我知道是她不想让我们担心，但我还是挺担心的，毕竟别的家长都有爸妈，小雨她父母……"提到那个没良心的儿子，他轻叹一声，声音有些沧桑。

"是我们唐家对不起这孩子。"

边炀有些理解唐雨为什么瞒着家里人学校的事了。

老人家身体不好且性格慈善温和，就算知道后，恐怕也没办法替她撑腰的。

"她很厉害。"边炀透过窗户缝隙，看到笑意盈盈的女孩，也不自觉地扬起唇角，"比任何人都厉害，不仅是年级第一，还把自己照顾得很好。"

独自这样走了那么久的路，她一定是硬咬着牙挺过来的。

高考不是每个人唯一的出路，却是唐雨唯一的出路。她输不起的。

"我们小雨又考了第一啊？"老人家眼睛一亮。

边炀看着窗外的小姑娘，眼里都是笑意："嗯。"

唐雨正摆着碗筷，这时候房间的灯忽然灭了，她还以为停电了，抬头，看到不远处有了光。

边炀轻手轻脚地捧着蛋糕，蜡烛照亮他精致的面容，他跟爷爷唱着生日歌，一起走过来，然后奶奶也跟着唱起来。

唐雨愣愣地直起身，看着这一幕，鼻尖一酸，眼眶微微泛红，好像……做梦一样。

生日歌唱完，边炀走到她跟前，朝小姑娘抬了抬下颌："闭上眼睛许愿。"

爷爷在一旁笑："小雨，快许愿。"

唐雨双手合十，缓缓地闭上眼睛。

她就一个奢侈的心愿，要以后每一天的每一刻，都像这一瞬间一样幸福。

是不是太贪心了？那就贪心点儿吧，就贪心一次。

吃完饭后，天已擦了黑。

边炀把老人家哄得高兴，要不是没地方睡，老人家都要把人留下来住了。

他临走前，老人家塞给他晒干的桑葚和萝卜干，还有褪了毛的老母鸡。

要不是他拎得太多，实在拿不下，还要给他拿刚从地里拔出来的空心菜。

站在大道边等车的时候，边炀低头看她："开心吗？"

"嗯！"唐雨用力点头，"特别开心。"

边炀放下手里的东西，静静地注视着她。

乡镇的路灯很暗，从这角度看去，只觉得这样昏暗的夜幕里，他的眉眼格外温柔。

"真的？"

唐雨笑着应，眉眼格外明亮："真的！"

过去十八年里，从来没像今天这样幸福过。她喜欢的人，都在身边。

"那，我好不好？"他问。

唐雨眼睫微动，很轻地"嗯"了一声，又足够让他听见。

"知道我好，那就简单了。"边炀扬起唇，笑得有点儿坏。

唐雨："……六百分。"她咬唇，脸憋得通红。

"我记得呢，不过距离高考还有差不多七十天，在此之前总该有点儿鼓励吧，先鼓励我一下成不成？"

唐雨瞪着他，似乎在控诉，十八岁的小姑娘，眼睛干净得透底，生气也可爱得要命。

边炀还能怎么办，讨不到鼓励只能投降作罢，不过依旧放狠话："你等着瞧，我一定能考到六百分。"

他捏了捏她的脸，喉结还动了动，是盯着她的眼睛说的。

唐雨顺嘴捋了句："就目前你的成绩来说，这一天怕是遥遥无期。"

听到这话，边炀没忍住笑出了声，忽然很期待高考成绩出来后那天她的表情了。

"那就说好了。"他喉咙有点儿干。

"唐小雨，我不大会说好听的话。"他漆黑的眼睛一眨不眨地睨着她，"不管怎么样，你要记得，我会一直陪着你，不管你是去什么学校也好，将来走哪一条路，我都会一直陪着你。"

唐雨眼睫微动，呼吸稍稍一滞，静静地看他。

大道两旁昏暗的路灯落下来，他眸色认真，像是在许什么郑重其事的承诺。

哪怕时隔多年，她遇到许多波折时，只要想到这一天，都会鼓足无尽的勇气和力量。

在年少轻狂的年纪，他像个不设防的城市，对她肆意地敞开，让她一攻即破。

而这样真挚而纯粹的一句话，让她每每想起，都会心存无畏，一往无前。

原来一个璀璨美好的夜晚，是真的足以抵偿过去以及未来许多个黯然无光的日子的。

回去的路上，边炀的手机一直在响，从一开始的只是短信、到电话、再到接连不断的电话。

出租车司机都觉得吵得慌，见少年有些躁，不停地挂断一个又一个，对方还是锲而不舍地打，就劝他。

"说不定对方是有什么重要的事儿呢，要不然还是接一下吧。"

边炀神色不明，目光放在手机屏幕上，最后划开接通，放在耳边，音色很冷："喂。"

似乎没想到他会忽然接通，对方沉默了片刻，才恭恭敬敬地开口："少爷，老爷让您回来一趟，说有事找您。"

边炀压着眼尾，看向窗外："不回，告诉他，我已经死了。"

这个人总能在他心情最好的时候，让他的情绪迅速沉下去。

出租车司机没忍住看了他一眼。

少年这话说得平静，但肉眼可见地逐渐烦躁。

手机里传来一声轻叹："少爷，您动用李副总给自己办私事的事儿让老爷知道了，老爷说如果三天之内您没有回来京华的话，他会派人去把您带回来，而且最近老爷身体不大好，他——"

"那就试试看啊。"边炀打断他接下来的话，更没兴趣听，"看看他有没有这个本事把我带回去。"

那边顿了半晌，缓缓开口："少爷，最近老爷在收拾夫人的遗物，其中有夫人留给您的东西……"

"让他别碰我妈的东西！"边炀像是被什么刺激到，倏地提了声音，那双漆黑不见底的眸子充斥着凛冽的寒意。

意识到情绪过激，他闭了闭眼，随后深深地吐了口气，偏头看向司机。

"麻烦送我去最近的机场。"

"机场很远的，开过去的话可能要两百了。"司机说。

"嗯，麻烦尽快送我去。"

边炀挂断电话，窗外不断闪退的路灯折射在少年忽明忽暗的脸庞上，衬得他脸庞愈发地冷硬。

他闭上眼睛疲惫地靠在座椅后背，手机捏在掌心里，手背青筋微微凸起，像是在克制着难忍的情绪。

两个半小时的出租车，再加上飞机五个小时，落地京华。

天刚蒙蒙亮，飞机刚落地，航站楼不远处等候许久的黑色劳斯莱斯缓缓地开了过去。

飞机上还没下来的人诧异于居然有人能把私家车开到禁区，正惊讶，就见车里下来一个中年男子，那人穿着黑色西装，恭敬地站在飞机前门。

在看到少年从机舱出来时，那人想第一时间接过少年手上的东西，却被避开。

"我自己来。"

司机的手落了空，看了眼几大包塑料袋，好像装的都是些土特产？

他收回手，随即弯腰打开车门，少年侧身坐进去，把那些塑料袋什么的放在身侧的座位。

车外的霓虹不断倒退，车河闪烁，市中心的街景充斥着纸醉金迷。

黑色劳斯莱斯避开繁扰的街区，朝南池子大街的方向，缓缓地驶进西城区。

边炀微合的双眼掀开，瞧了眼外边的街道，就收回视线："去这儿干什么？"

司机握住方向盘，从后视镜轻轻掠过，只停留一瞬就马上回。

"先生在老太太那边，老太太想您了，说一下飞机，就把您带过去……"

"去竹溪园。"他控制住情绪，声音无波无澜地吩咐。

司机为难地看了眼后视镜，依旧往前开，只是车速放缓了很多。

边炀重复："我说，去竹溪园。"

"少爷，先生那边……"

边炀冷笑："我来是看我妈的遗物的，不是看他的。"

他指尖敲了敲身侧的扶手，嗓音平静，却像薄薄的利刃："要么去竹溪园，要么我下车，你选。"

边炀的父亲边城和母亲戚明宛婚后就从边家的老宅搬了出来，因着戚明宛在清北医学院工作，为了方便她就近上班，他们就在距离清北最近的竹溪园买了婚房。

边炀也是在那儿出生的，夫妻俩名下房产不计其数，可一家三口在那里住了将近十九年。

司机知道他是说一不二的性格，只能咬牙掉了头，不过在等红绿灯的时候拿起手机，偷偷给那边发了条短信。

车子缓缓地停靠在竹溪园的别墅区，边炀拎着东西下了车。

早晨七点，园区已经有了人。

住在这儿的大多是清北学院派的老教授或者老院长，他们从小看着边炀长大的，见到他就笑意盈盈地问他近况。

边炀没有心思和人叙旧，架不住都是些长者，说了一会儿话，将手上的东西不大情愿地分了半边，才得以脱身。

站在门口，他望着四层高的小楼看了很久，小楼侧边已经有了绿意，爬山虎已经蹿到了半边墙高，要攀上窗子了，院子里的秋千，经风一吹荡起轻微的弧度，他七八岁之前，每年这个时候，母亲就会抱着他坐在秋千上看书。

这么看了一会儿，直至眼眶开始有些酸，他才缓缓地低垂下眉眼，识别指纹进了门。

管家王叔听见动静迎出来，瞧见边炀，有些激动："少爷您回来了。"

边城夫妻俩工作忙，经常见不着人，打从生下边炀后，就雇用了王叔照料他。

在戚明宛病逝之后，这地方也交给了王叔打理。

边炀把手上几个袋子递给他："王叔，给你补补身子。"

"哎。"王叔接过时轻轻擦去眼泪，把东西放在客厅桌子上，边炀已经抬步去了楼上。

一切如旧，所有的陈设都没有改变。

他站在一扇门口，拿着钥匙的手抬起，又几次落下，终究还是打开。

去凉城之前，他把戚明宛所有的东西都放在了这个房间，钥匙只有他和王叔有。

桌面是干净的，除了必要的清理，东西没人动过。

楼下传来动静，边炀眼睫颤了下，从房间出去重新锁上了门。

边城脱掉西装外套扔在王叔身上，边扯开领口，边接过王叔递来的水杯仰头喝尽。

"他呢？"

王叔的嘴唇动了动，刚要开口，楼梯处传来不轻不重的声响。

少年的手插在口袋里，站在楼梯上往下看。

边城抬头看到这张和妻子七八分相似的脸，终究压了脾气："你还知道回来！"

边炀漫不经心地往下走，看到母亲的遗物没有被动过的痕迹，就似乎没把他放在心上，抬步朝门外走。

到门口的时候，"砰"的一声，水杯碎在他脚边。

"你给我站住！你要去哪儿？！"

边炀仰颈闭了闭眼，颀长的身形依旧散漫，屋内光线昏暗，看不清他的神情。

看情况不对，王叔连忙在其中打圆场。

"先生，少爷刚回来，就让他先休息休息吧。"

"他有什么好休息的，一个月前拍拍屁股走了，留下一大堆烂摊子，再说，我碰我媳妇儿的东西还用得着他指手画脚！"

边城连撂一堆话，嗓音越来越冷沉，语气也愈来愈重，摆明已经在压着火。

气氛紧绷得一触即发。

边城看向边炀的背影："你母亲给你安排的学校你不读，非要离开去国外读，行，我成全你，可你都在凉城干了什么？撤销了出国留学的申请，还跟同学打架？"

他不轻不重地笑了一声，半点儿不遮掩讽刺之意。

"走之前不是信誓旦旦说不动用我的关系吗，最后不还是找李启帮你查什么资料？边炀，你给我丢人都丢到凉城去了，你能耐了啊！"

边炀脚步顿住了，手死死攥着拳头，却没有说话。

王叔去边城身边急切地小声提醒："先生，你这话严重了，而且少爷又不是随便动手的人，这事儿肯定有隐情，您这么说可就太难听了……"

明明想方设法把少爷骗回来的是他，现在话说这么难听的还是他，王叔都替他着急。

"难听？"边城冷呵，"更难听的还没说呢，你别老替他说话，他什么做派我还不知道？！"

"眼高于顶，做什么都半途而废，你看看这些年他做成过什么？"

"要不是他妈给了他一个好脑子，我给了他一个好家世，他能站在这儿跟我说话？"

边城说话太过直白，脾气上来更是口不择言。

"小时候我最看不上的就是秦家那浑小子，一股子精明劲儿，可现在你看看人家，这才刚成年就考过了司法几大考，老秦那玩意儿成天在我面前可劲儿炫，说小时候智商测试最高的是我儿子，现在整个圈里名声最差的也是我儿子！我儿子再怎么差劲儿，轮得到他在我面前说？！"

王叔听到这话，心头一哽："……您不会又跟人动手了吧？"

"动手怎么了，打的就是他！让他在我耳边狗叫！"

边城这性子也不知道怎么在商圈混得下去，过去还有戚明宛监督，然后帮他善后，现在他打了人，还是秦家那红色背景的，怕是又要闹腾一阵子了。

王叔也是头疼。

边烺转身，对上边城沉沉的眼眸，眉眼都刻着冰冷和疏远。

"行啊，你喜欢秦明裕，让他给你当儿子，以后别再管我的事。"

边城听得胸口发闷，抬手指他："你要跟我断绝父子关系是吧！"

"你就当是吧。"边烺睫毛微微地抖了一下，声音不轻不重，没什么情绪，比任何时候都平静。

边城很明白他这种语气的意思，都是硬脾气，谁也不让着谁。

"行啊，断绝关系行啊，你吃的穿的花的，哪样不是我赚的钱，从今以后，我冻结你所有的卡！断绝你所有的关系！有本事你别再求助老子身边任何一个人，还有那个秦家的！还有你舅舅，我可告诉你，你舅舅在国外的生意正是关键时候，你别给人添麻烦！"

边炀舌尖抵了抵下颚，低头，从口袋里拿出钱包，将里面所有的卡和钱，转身甩向空中。

"可以。"他只留了冷淡的两个字。

边城在洋洋洒洒的钞票里看着他头也不回地离开了这里。

王叔追出去两步，边炀那脾气上来比边城还倔，王叔根本拉不住。

回到别墅里，王叔对着边城唉声叹气："您这又是何必呢？"

"怎么了，我又没说错。"一整天的工作下来，边城眉眼早已有了疲倦。

边炀一走，他把自己沉沉地扔进沙发里，仰起头靠在沙发上，抬手用力地按眉心，似乎很累，浸了烟酒的声音也低了几分："我不信断了他的口粮，他还不回来。"

王叔也不知道该说什么好，看他这样疲惫，说："先生，您回楼上歇会儿吧。"把钥匙放在他面前的桌子上，蹲在地上捡起边炀扔的卡和钱。

几乎每晚上，边城都是在夫人房间里度过的。

边城将手打横压着额头，仰面缓了一会儿，片刻后点燃一根烟。

手臂撑在膝盖上，他沉默寂寥地抽完整根烟，起身前瞥见桌子上的那堆玩意儿："他拿来的？"

"是啊，少爷带回来的，好像是土特产。"王叔把塑料袋都敞开，给他看。

边城拨了下那只土鸡，没看出跟寻常的鸡有什么不同，很轻地呢喃了句"还算有点儿良心"，吩咐王叔："给我炖上。"

"可这是少爷留给我的……"

边城看了他一眼："吃一只鸡，瞧你小气的。"

他弯腰拾起桌子上的钥匙，捏在掌心里："我偏要吃。"说完他去了楼上。

王叔无奈地摇摇头，拿着土特产去了厨房。

边城打开房门，这样静静地站了一会儿，走进房间里，拾起桌面上的相框。

里面的女人模样清婉温柔，怀里抱着还在襁褓里的孩子，和他并肩站在一起笑着看镜头。

他缓慢地眨了下眼，眼眶逐渐湿润，用力抹去眼泪后，嗓音沙哑，又很轻很轻的，像是在跟相框里的女人告状。

"老婆，你看看他是怎么欺负我的……

"都欺负我。"

眼泪砸在相框上，一个大男人在寂静的房间里，抱着相框，逐渐弯下高傲的脊背，喉咙里窒息哽痛得让他几近喘不上气，跟刀子一样寸寸割开他，最后发不出声。

他蜷缩在冰冷的地板上，和那相框一起，脆弱到不堪一击，只有无声的哽咽，无尽的悲痛。

"你是怎么舍得丢下我一个人的……"

没有戚明宛，谁都欺负他。

边炀活这么大，头一次有这样彷徨的时刻。

他孤零零地站在车水马龙的街头，四处都是人影和高楼，仰头看着熹微的晨光，刺得眼睛有点儿发疼。

人流接踵，车流不息。

每一寸土地分明都那么眼熟，却好像又全然陌生。

秦明裕从清北出来，坐在车上，车外闪过去了一道人影他还以为看错了，马上让司机倒回去。

"炀哥？"秦明裕落在车窗外，头发已经染回了黑色，显得中规中矩的。

"你回来怎么不说一声，早知道咱们一起回来了啊。"

边炀掠了他一眼，朝反方向走，看得他有些蒙，马上下车追过去。

"怎么了，摆着脸色，跟边叔又吵架了？"

边炀手插在裤兜里，目不斜视地继续往前走，秦明裕就在他身后跟着。

车子平稳地在两人身后开着。

寻常他们父子俩吵架，虽然他脸色不大好，但不至于不搭理他。

秦明裕忽然就想到了家父某件事，赶紧跟他解释："是因为我爸和边叔打架这事儿吧？"

边炀看他一眼。

看他这样子，秦明裕基本算是确定，就是因为这事。

当时他听说后也挺无奈的，边叔和他爹两个人是发小，从小打到大，这都一把年纪了，居然还动手。

关键是他爹身子骨不行，被边叔一拳打进了医院。

也是他爹多嘴，非要在这个时候去人家底线上蹦跶，边叔跟戚姨的感情那么深，他提戚姨，不是自己找揍吗，一点儿都不亏。

"他们的事跟我们有什么关系，你该不会因为这点儿破事，要跟我绝交吧？"秦明裕可不干，拉住他的手臂，不让人走，"你真要跟我绝交？好家伙，你要敢跟我绝交，我就去凉城找那姑娘告状！"

边炀眼皮都不抬："你有病？"

他总算给点儿反应了，秦明裕内心松一口气，嬉皮笑脸地凑上去。

"果然还是小雨妹妹好使。"

"别挨我！"秦明裕凑上来之前，他就抬脚踹了。

秦明裕熟能生巧地躲开，依旧跟在他身边往前走："那你别跟我绝交啊，炀哥，你可不能不要我！"

"你恶不恶心。"边炀侧开一步，脸上情绪没什么变化，离他远点儿。

秦明裕内心悬起的秤砣放下去，他肯搭话，就说明没往心里去。

看着少年略有些倦怠的脸庞，他应该没怎么睡，眼底淡淡青色的阴影格外明显。

"炀哥，你这次回来还走吗？

"我们聚聚怎么样，那哥几个天天跟我打听你，许久不见，我们一起玩玩？

"炀哥你理理我啊，要不然我联系小雨妹妹……"

边炀陡然顿住脚步，偏头眸色冷淡地看他，秦明裕一下子就闭上了嘴。

他把手摊开："手机。"

秦明裕先是一愣，然后乖乖地把自己的手机掏出来，解锁后放在少年的手上。

边炀点开通讯录，找到唐雨的联系方式，删掉，又检查了一遍微信，没有唐雨，才把手机丢还给他，面无表情地拦了辆出租车，没管秦明裕怎么喊，坐进车里扬长而去。

秦明裕见状暗道不好，头一次感觉兄弟友情隐隐有分崩离析的征兆，连忙吩咐司机追上去，直接追到了机场，把人给堵住。

"炀哥，我到底怎么着你了，你不能让我死得不明不白啊！"

他喊得声音大，周围不少人用奇怪的眼神看他俩。

边炀额心猛地跳了两下，瞭了眼两手张开堵在他面前的秦明裕，舌尖抵了抵下颚，很想动手。

秦明裕说："要是单单因为边叔和我爸的事儿，你肯定不会生那么大的气，可我自个儿也没做什么啊，为了你的事儿我连夜跑到凉城，忙前忙后的，我……"

说到这里，他忽然想到了什么，试探性地询问："该不会边叔也知道这些了吧？"

边炀人倒很平静，眸色却明显寒了几分。

秦明裕看出来了，他落下手，按了按眉心，解释说："这事儿可不是我说的啊，八成是我爸那张口无遮拦的嘴。"

他冲外边那车抬抬下巴，自嘲一声，"你知道的，那司机是我爸的人，跟个移动摄像头似的，我做什么他都跟我爸汇报，我一点儿隐私都没有，我去凉城待了那么多天，我爸肯定猜出是因为你了，昨天他跟边叔吵架的时候，嘴瓢就说出去了……"

他爸这嘴，不仅坑自己，还坑儿子。

"炀哥，对不住啊，要是因为这事儿让你跟边叔闹起来的，我真是……"秦明裕也内疚。

边炀低垂下视线，手上把玩着手机，片刻后，他没什么情绪地开口："我跟他现在没关系了，别跟我提他。"

秦明裕吸了口凉气，这次怕是吵得厉害，都到断绝关系的份上了："断了？"

边炀很淡地"嗯"了一声："钱和卡全还给他了。"

也就震惊了一下，秦明裕就收了情绪，二话不说从外套兜里拿出钱包，从中抽出一张黑卡递给他。

"你刷我的，随便刷！"

边炀看都没看一眼："你当我是什么？"

秦明裕语噎，也觉得这给卡的姿态有点儿奇怪，嘀咕："我这不是怕你受罪吗。"

他们这帮人除了缺点儿自由外，从小就顺风顺水的，几乎没遇到过什么挫折，更别说刷卡的时候，不管买什么，从来不看数字。

这要是忽然断了经济来源，花钱向来大手大脚的秦明裕肯定受不了，更别说对金钱没什么概念的边炀。

边炀冷呵了一声，棱角分明的脸没有笑意，不乏嘲弄："你看我像缺钱的样子？"

秦明裕闻言忽然想起来什么，悻悻地把卡收了回去。

是了，不同于他，边炀早早就接触金融圈了。

"算了，我也不劝了，其实你在凉城待着挺好的，起码在凉城的时候你是真开心。"

"炀哥，那么多一起长大的兄弟里面，我最羡慕的就是你，因为你好像一直都知道自己想要什么……"秦明裕扯了扯唇，低头，自嘲地笑笑。

不像他们，像随波逐流的船，无论做什么都是被推着往前走。

边炀抬手拍了拍他的肩膀，什么也没说，抬步进了登机口。

直到人走远了，秦明裕还失神地站在那儿。

就冲这件事儿，哪怕边炀没说什么，跟他始终都会有条横沟了……

陈叔过来叫他，秦明裕收回思绪，回头问了句。

"陈叔，你是不是把凉城的事儿告诉我爸了？"

陈叔脸色僵了僵，有些为难："老爷问，我也没办法……"

他就知道……秦明裕说不出心里什么滋味，是习以为常的失望，还是毫不意外的苦涩。

说到底，想要什么，就为什么所牵绊。

都是自己选的路，犯不着既要又要的，显得矫情。

可他把这事儿拿到边叔那边说，就过分至极！

秦明裕当即打过去一个电话，那边刚接通，还没吭声，他就开始破口大骂。

"你个老家伙自己没朋友，还想让我没朋友！

"打今儿起，我要是去医院看你一次，我的名字就倒着写！"

律师上午就联系唐雨了，她中午就回了县里。

在酒店里和律师谈到下午六点，她才回公寓，可边炀不在。

唐雨先是把公寓全部打扫了一遍，拖地、擦桌子、收拾衣柜，将边炀乱放的杂志按照日期排序放在书房的书架上，最后去厨房里炖上西红柿牛腩。

后腰靠在桌子上，她看了眼手机上的时间，已经八点钟了，边炀还没回来。

凉城的雨说来就来，外边刮起了风，雨细而黏密，丝丝缕缕地刮在窗户上，最后穿成线。

唐雨站在落地窗前往外看，天际逐渐被黑潮吞没。

听到敲门声，他以为是边炀，马上踩着拖鞋，小跑着过去开门。

不是边炀，而是一个烫着羊毛卷的阿姨。

阿姨说："小姑娘，我是这边区委会的，你是住在这儿的业主吗？这是上个月水电费的账单，上面提醒欠费了，要是再不交费的话，可能会断水断电，你记得提醒家里人缴费哈，可以上网交，也可以去咱们小区底下那个供电公司便民收费点交。"

唐雨道谢之后接过来，她拿着单据，盘腿坐在沙发上，用手机输入缴费单上的户号信息，在网上把水电费都交了，看到还有预存功能……

之前转给边炀的钱，他都没有收，唐雨全都预存了进去，然后把账单和演算用的草稿纸团在一起扔进垃圾桶里。

外边的雨越来越大了，唐雨打他的电话，显示关机状态。

公寓里唯一一把伞还让她拿去了宿舍，没拿回来，他该不会在外边淋雨了吧？

心里隐隐有些不安，于是她换上鞋子，把钥匙揣兜里就出去了。

在楼底下的小商店买了一把伞，然后去附近找边炀。

街上一片灰蒙蒙的雾气，雨来得急，不少行人脚步匆匆。

唐雨双手握住伞柄，走到小区的大门外，她看到那抹熟悉的身影。

边炀淋着雨，没遮没挡的，低头，往这边走。

身上都被淋透了，打湿头发的水一滴滴在额前落下来，整个人像被翻涌的黑雾笼罩。

"边炀！"她快步走过去，鞋子带起的水渍，溅到身上。

边炀听到声音，缓慢地抬头，看到唐雨踮起脚，艰难地抬起胳膊为他撑伞。

他唇角动了动，脸色荒败寂寥，什么也没说。

唐雨眉头轻蹙，微微仰起了脸，有点儿担忧："怎么了？"

他像是被抽空了力气，寻求一个支柱，脊背都弯了下来。

街上行人匆匆，川流不息，偶尔过路人停下看他们一眼，又很快埋头往前走。

过了好一会儿，她说："可以告诉我吗？"

女孩的声音就像温软的棉花糖，黏黏的，穿过他的耳膜。

"我可能帮不到你什么，但会是一个很好的聆听者。"

不知道为什么，会在这个时刻，如此渴望她的声音，她的温度。

就这样听着她的温声细语，他那颗躁动不安的心就可以获得安抚。

"我们回去说好不好？"

唐雨腾出一只手轻轻抚在他的后背上，一下一下，就像她趴在奶奶膝盖上，奶奶安慰她一样，给予他同样的力量。

"我带你回去。"

风在吹，雨淅淅沥沥的，他却在她的声音里趋向安宁。

边炀低低地"嗯"了一声，任由她带着往回走。

唐雨煮了生姜水，听到他从浴室里出来，马上倒好一杯端过去。

他没擦头发，水珠浸湿了领口，唐雨让他捧着水杯，去浴室拿了条干毛巾，坐在沙发上，示意他低头，给他擦头发。

不大熟练，擦得乱七八糟的。

边炀就这样在毛巾下抬眸，漆黑漂亮的眼睛，一动不动地看着她。

擦了一会儿，唐雨过去换毛巾，被边炀握住手腕。

"唐小雨，在我来凉城的一个月前，我母亲去世了。"他嗓音沙哑着，像破碎了一般。

她拿着毛巾的手悬空。

边炀声音低低的，眼睛没有焦距地看着某个点，这样不大像平常的他。

"我母亲是个很好的人。很好很好。

"无论什么病人求她治疗，哪怕费用还不够手术期间的器材损耗费和医药费，但看到那些病人痛苦哀求的模样，她都会想尽一切办法，哪怕自己倒贴钱，哪怕自己去承担所有风险，也要亲自主刀手术。

"她是医学生眼里最优秀的导师，学校里最年轻的博士，病患的守护神，医院里技术高超的院长……"他说着低嘲了一声，笑容有点儿软弱，"可她不知道，她儿子也很需要她。

"我成年礼那天，他们说好为我庆祝生日，我满怀期待地站在校门口从白天等到了晚上，又从晚上等到了天亮，也没见他们的影子，后来才知道，我妈被一场手术耽搁，我爸出国参加紧急会议，他们没有一个人记得我的生日……"

唐雨听着，鼻子里涌起一阵酸楚。

边炀的语气很平静："从那以后，我跟他们冷战了很久，去玩各种极限运动，和狐朋狗友疯玩，好像，只有刺激和堕落才能填补内心空缺的地方，我企图用这种幼稚的方式向他们宣告，即便没有他们，我也照样活得逍遥快活……"

他自嘲了一声，声音有点儿发抖。

"在我母亲去世的前一个星期，那是我见过她的最后一面。

"她没你那么厉害，能做一桌子好吃的饭菜，她的手天生是拿手术刀，能在人体组织上行云流水，能精准无误地找到每一根血管，但要是切个西红柿，都能切到自己的手……那天，为了讨好我，她做了西红柿炒鸡蛋，而我却掀翻了桌子……

"后来她旧疾发作，在医院进行封闭治疗，直到去世都不愿意见我……"

他的脸颊深深地埋入她的颈窝，微微颤抖。

外边疾风骤雨，房间哪怕开着灯，都昏沉沉的。

唐雨颈边一阵冰凉，他埋在她颈窝里，嗓音透出一丝哽咽。

"我好后悔，那是我见她的最后一面。"

边城那些刺耳的话，像鞭子抽在他的心头上，一直以来隐藏的灰暗情绪，此刻就跟针戳到饱满气球上似的，"砰"的一声全炸了。

"他说得没错，我什么都做不好，自以为是，任性妄为，所以是我自食恶果……"

咽喉涌起一阵剧烈的刺疼，他声音有点儿发紧，几乎说不出话。

"我好难受啊唐小雨……"

唐雨感觉他在打战，无法控制地颤抖，只好转过身来跪在沙发上，伸手无言地拍了拍他。

他扭过脸去，不想让她看到狼狈的自己。

唐雨也不去看，直到他情绪渐渐稳定下来。

"边炀。"女孩的嗓音很软很轻，却像是一把带着光泽的刀，能轻易划破这样空洞的黑夜。

"没有人能预知将来会发生什么，哪怕是架在火上烤的人，哪怕再谨慎的人，也会有偶尔出现差错的时候，而你母亲去世，不是你的错……或许可能是你们彼此只适合陪对方走到这里了，仅此而已。"

边炀就这样闭着眼睛，不吭声。

不知道是热的还是怎么，唐雨感觉他贴着自己的那块儿好烫好烫，试探性地抬起手，碰到他的额头。

当即惊了惊，温度竟然这么高。

唐雨把人推开，边炀没什么力气，任由她推到了沙发上，整个人仰颈靠在上面，额头冷汗一直渗出来，呼吸很沉、很重。

"边炀，你发烧了。"不知道他淋了多久的雨，竟然烧得这么厉害。

她跪在地毯上，慌忙翻医药箱，拿出体温计让他夹着。

他大概是烧得很厉害，眼皮都没掀，也没回应她。

唐雨咬着唇，站在那儿犹豫了一会儿，做了一番心理建设后，捏着体温计伸进他衣服里去，偶尔触碰到他滚烫的皮肤，像怕被灼伤，手腕马上往上抬了抬。

"边炀，你夹好。"她轻轻吐了口气，把体温计迅速塞进少年的腋下。

他无意识地"嗯"了一声，估计都不知道自己在说什么。

趁他量体温的工夫，唐雨把毛巾浸湿，搭在他的额头上。

五分钟后，拿出体温计一看，竟然到三十九度八了。

她坚持要送他去医院挂点滴，边炀偏偏不去。

唐雨只得用姜茶给他喂了退烧药，把人搀扶进卧室观察。

要是体温还往上走，说什么也得送医院了。

他身上很热，呼吸急促。

唐雨就挽起他的袖口和裤脚，不停地用凉水擦拭露出来的皮肤，然后每隔半个小时测一次体温。

好在药起效得很快，温度降下去了。

　　唐雨要去换盆水，边炀挪了挪身体靠近她："去哪儿？"

　　他眼皮子沉，抬不起来，蜷缩半边身子，握住她的手腕，就着这个姿势贴向她。

　　唐雨只好坐回来："我去换水。"

　　"别换了，坐着别动。"他闷声。

　　唐雨手背贴在他的额头上，还是热，不停地冒汗。

　　她用毛巾擦了擦："还难受吗？"

　　"难受。"边炀委屈地看她一眼，明明发着高烧，脸却显得苍白。

　　他说话声虚弱，声音哑哑的，像个难过时讨糖吃的小孩。

　　唐雨才想起，他不过就比她大了一岁，她会哭、会疼，边炀也会。

　　她把毛巾放在盆里，这个姿势别扭，不知道该怎么抱他，就把他当成大型布偶一样搂着。

　　鼻息间都是少年冷冽的气息，身体偶尔碰到他汗湿的肌肤。

　　"唐小雨。"他哑着嗓子，声音低到几乎听不见了。

　　她睫毛轻颤了下，鼻音同样哑哑的："嗯？"

　　"谢谢你。"他说。

　　唐雨葱白的指尖捏住衣角，眨了下眼睛。

　　他睡着前又低不可闻地呢喃："你不要像他们一样离开我。"

　　"我不会。"她听到自己说。

　　一晚上，唐雨思绪乱飘，根本睡不着，到后半夜，边炀的呼吸才渐渐平稳。

　　她小心翼翼地松手，然后整个人一点点挪动着滑下去，随着动作，边炀眼看就要醒了。

　　唐雨眼疾手快地往他怀里塞了个枕头，他这才渐渐睡沉了过去。

　　唐雨站在床边理理卷起来的衣角，轻轻吐气，她撑在床面上，用手背碰了碰少年的额头，还是有点儿热。

　　唐雨睡不着，先去卫生间，洗了他换下来的衣服，又去书房拿了几本书和几张卷子过来。

　　把他床头柜上的东西悄悄放在地上，把书垫在桌子上，然后趴在上面写卷子。

　　夜里测了几次体温，还是有些热，中途她叫醒边炀一次，吃了片退烧药。

他眼皮都没掀，迷迷糊糊的，喂他吃什么就吃什么。

吃完，唐雨就把他塞回被子里，药效起来，他睡得很沉，其间没再醒过。

一直到凌晨五点，他才退了烧。

唐雨写了几张卷子就趴在桌子上睡着了。

醒来时腿长时间蜷着，麻得动弹不了，她缓了好久才站起身，腰也是酸的。

唐雨敲了敲腰，手背碰了碰他的额头，体温恢复正常。

她才放心地轻手轻脚地去里间拿校服，是住院的时候，校长重新发的两套。

今天是周一，学校例行升国旗，都要穿校服的。

唐雨没叫边炀，打算给他请个假，留了张纸条，就带着书去学校了。

其实，边炀在她碰他的时候就醒了，只是身上没劲儿，赖着床。

他打算缓一会儿，就起床跟她一块去学校的，谁知道半睡半醒的，直到隐隐约约听到关门声，才发觉她已经走了。

边炀坐起身，冷白的手指穿过凌乱的发丝，往枕头上一靠，修长匀称的指尖夹起她留的那张纸条 —— 我帮你请假，你好好休息一天，醒来后去吃饭，厨房有。

微微扬唇，他从床上下来去卫生间，才发现自个儿的衣服都被洗了。

边炀很轻地"啧"了一声。

洗漱完从卫生间出来，目光所及之处都收拾得异常干净。

去厨房的时候，伸手无意地从桌子上划过，再抬手看，一点儿灰尘都没有。

怎么这么勤奋啊……

边炀边吃饭，边自顾自地环顾一圈。

最后，向来不爱收拾杂物的少年，愣是把自个儿的东西收拾得一丝不乱。

书柜里的书堆得整齐，卷子一张张叠好，鞋也在该待的地方列阵。

只要他弄妥当了，唐雨就是再想收拾也没辙。

唐雨熬的红薯粥，红薯是从家里带回来的，配上圆润润的大米，里面没加糖，也甜滋滋的。

几乎没怎么吃过早饭的边炀，收拾东西的空当，不知不觉地喝了好几碗。

他拎着没几本书的背包，将头挂式耳机挂在脖子上，手插在口袋里，耷拉着眼皮，慢吞吞地进电梯。

下过雨的天湛蓝到透明，六点钟天刚蒙蒙亮，路上听见几个同校学生的抱怨："马上要高考了还开周会，好烦啊，还要穿难看的校服。"

"咱们学校的规矩你又不是不知道，穿校服的站前排，不穿的站后边儿，你也可以不穿啊。"

"那不行，没听说吗，今天有人要在国旗下挨批评，我不得前排围观？"

"你说孟诗蕊……"

"嘘。"对方赶紧示意他小声，"别被她给听见了，要不然咱们吃不了兜着走。"

边炀的脚步顿住，折身就往回走。

翻了很久，才在某个柜子的犄角旮旯找到那身校服。

发给他的时候随手一扔，洗都没洗，边炀穿上就走。

上午有两节早自习，因为升国旗的缘故，只上一节。

边炀到的时候，学校操场乌泱泱的全是人，他一路引得不少女生回头观望。

高三二班是重点班，很好找。

果不其然，没穿校服的都被拎到后排站着，前边清一色的蓝天白云。

孙雪敏休假结束，重新当回了二班的班主任。

她瞧见边炀吊儿郎当地走过来，就想到自己受的那些罪，气不打一处来，脸上倒是挂着和蔼的笑容："边炀，马上要开始升旗仪式了，赶紧归队吧。"

边炀淡淡地扫了她一眼，朝队伍前排走。

他个子高，哪怕穿着校服，也只能站在中间的位置。

隔壁班的女生一瞧见他，就捂住嘴，脸红地跟身边的女生窃窃私语。

二班的边炀居然穿上校服了！

这宽松的长裤短袖是很经典的蓝白配色，无论是谁都难以驾驭，穿上就添几分土气。

可穿在他身上，偏偏就矜贵得要命。

单单站在那里，周围的人就会不自觉地被他吸引目光。

一身散漫随性的气质能溢出来似的，浑身散着不可亵玩的贵气，校服生生被他穿出了高奢的错觉。

边炀抬手，拍了下前排的肩膀。

自从把孟诗蕊和刘耀杰的课桌从班里扔出去后，他的名声就有点儿大。

张靖宇有点儿怕他的样子，战战兢兢的："炀、炀哥，怎么了？"

边炀朝前边抬抬下颌："我站你这儿，你往后站。"

张靖宇愣了一下，校霸不都爱待在后排玩手机什么的吗，不过他想都没想就让位了。

边炀用这样的方法，成功换到了第三排。

前两排都是女生，再换就过分了，不过他个子高，站在这儿已经格外显眼了。

边炀视若无睹，没在前排瞧见唐雨，正要问前边的汪晴，校长开始讲话了。

先是说了一些有的没的，然后让高三年级第一上台发言。

同样的校服穿在小姑娘身上显得很宽松，她抬步往台阶走，晨曦斜在她身上，白得有点儿打眼。

今天有些风，她把头发和刘海儿全都扎了起来，在脑后绑成一个高马尾，露出整张漂亮的脸儿，走动时发梢一扫一扫的，额前垂着几缕毛茸茸的碎发，看起来很乖，眼底澄澈，却没什么情绪，在她站在国旗下最高处的时候，班里好多人都没认出来。

"那是唐雨？"

"好像是她，怎么感觉哪里不大一样了。"

"她之前老用头发挡着脸，现在扎起来了，好漂亮啊。"

要不是校长念唐雨的名字，同班的都有点儿不太敢认。

汪晴有点儿骄傲："我早说唐雨很漂亮了啊，你们都不信，她要是再吃多点儿，好好养养，谁都比不上她！"

"汪晴你小点儿声，说这话也不怕被孟诗蕊听见，她最烦别人说有人比她漂亮，小心她针对你。"

汪晴嘴唇动了动，冷哼一声，却不再说话了。

边炀眼里黑漆漆的，一动不动地瞧着台上的人。

她也瞧见了他，缓缓地眨了下杏眼，没想到他来了，还穿了校服。

唔，这是第一次见他穿校服，很打眼。

尤其他长得那么高，偏偏站在前排，想不看见都难。

唐雨冲他扬起一抹甜笑，漾起清浅的梨涡。

边炀可以确定，唐雨是冲他笑的，眉眼间的沉郁瞬间散了，他也弯唇笑了下。

唐雨例行发完言，校长按照约定，让孟诗蕊上台道歉。

孟诗蕊一上台，底下就鸦雀无声的。

她几乎咬牙切齿地念完所谓的忏悔书，然后偏头看向唐雨，唐雨面不改色地和她对视，稍稍弯了下唇。

孟诗蕊一愣，随即一股子怒火蹿上心头，唐雨这是在向她挑衅。

孟诗蕊发完言，校长就说："今后请同学们共同监督，若是孟诗蕊同学再做出违反纪律的事情，学校将执行开除决定！也请大家引以为戒，把心思和精力都放在学习上，争取高考考出一个好成绩！"

底下顿时议论纷纷，有幸灾乐祸的，有震惊诧异的，也有大快人心的……

大抵是没想到孟诗蕊能被处分。

孟诗蕊低下头，长这么大，从来没像今天这样难堪过，尤其是周寻文的视线从始至终都落在唐雨身上……

她的指甲将检讨书划破，额头青筋毕露，身体因为嫉恨微微颤抖，下一刻挤开人群冲了出去。

校长也没拦着。

唐雨最近几次考试的成绩都很打眼，尤其一模，用的是市联考的卷子，她不仅是清远高三第一，还是市第一。

这小姑娘要是高考正常发挥，很有可能继续拿市第一的。

至于孟诗蕊，她家里人本就不指望她能考出什么好成绩，高考出分不理想，八成也会去省内重点大学。

校长心里有了估量，和善地看向唐雨："唐雨同学，关于这个决定，你应该没意见吧？"

唐雨接过话筒，音色很淡："谢谢校长，我相信学校会进行一系列的整改，比如加高操场的围墙，防止外校人员翻墙进出；在操场死角和走廊安装摄像头，以及增加安保人员，学生凭借学生卡进出学校等，以此来保护学生的安全，我们相信在校长的带领下，清远会越来越好。"

校长嘴角的笑意僵硬。

唐雨说出那么多整改条款，每一项都是要花钱的！

"这个……"校长迟疑片刻，在学生的起哄下，只能咬牙答应。

"这是自然的，今后学校一定加强管理，让每个学生和家长都没有后顾之忧。"

底下瞬间爆发一阵欢呼！

升旗仪式结束后，唐雨刚走下台，周寻文就走过来。

"唐雨。"他叫住她。

唐雨回头看他一眼。

周寻文满脸歉疚又不乏关心："你的身体怎么样？我本打算去医院看你的，可不知道你住哪个医院，找了很久都没找到……"

"我已经好了。"唐雨语气疏远，说完就继续往前走。

"唐雨，你等一下。"他快步追过去，和她并肩。

"孟诗蕊做的那些事我是后来才知道的，对不起，你放心，以后我肯定让她离你远远的，不会再让你受到伤害。"

唐雨的脚步更快，周寻文跟上去："我听说你答应参加数学竞赛了，真好，这次竞赛我们一起……"

她陡然顿住脚步，看向周寻文，开口："你知道孟诗蕊为什么会针对我吗？"

对上她平静的眼眸，周寻文莫名有些胆怯，似乎是怕听到什么。

唐雨语气很淡："是因为你，她觉得你想和我成为朋友，所以她才会三番五次地找我麻烦。"

似乎是忍耐了很久，所以当她平静地说出这些的时候，内心像是卸下了一块压抑的巨石。

周寻文的身体像被什么钉住，咽喉塞了团浸湿的棉花那样，几乎说不出来话。

唐雨看着他继续："可以说，我所经历的那些苦难，都是你带来的。而我一直没有把孟诗蕊对我做的事坦诚地告诉你，你知道为什么吗？"

他不想听，很想捂住耳朵，很想恳求唐雨不要说出来。

"是因为我觉得你和她是同一类人。"唐雨的嗓音无波无澜。

你和她是同一类人，这几个字像刀子一样片片扎进他的身体里。

周寻文心口忽然狠狠一颤，脸色苍白，脚下顿了一下，不自觉地往后退。

她脸上仍然很漠然："我是没几个朋友，但我不想滥交朋友，请你以后离我远点儿。"

周寻文的嘴唇微微发抖，在唐雨转过身时，像是用尽全身的力量出声。

"可我……是真的想和你成为朋友啊。"他有一种预感，如果此时不说出口的话，将来一定再也没有机会了！

周寻文用急切的眼神看向她。

唐雨的脚步顿住。

边炀在她下台的时候，就往这边走了，听到她和周寻文的对话，脚步缓慢地停下来，脸上的笑容一瞬间不见了。

清晨的阳光虽不似正午时灼人，但久了，还是晒得人不舒坦，他脸色黑漆漆的，脸色一路沉下去，没来由地令人心慌，只听见小姑娘说——

"可我不想。"她没回头，唇瓣微动，"甚至……讨厌你。"

说完，她走了，没有一点儿停留。

讨厌你——好像此刻，只能听见这三个字。

周寻文脸上血色全无，瞬间如被雷击，整个人都滞在原地了。

边炀舌尖抵了抵下颚，哪还有半点儿不爽的样子，简直爽死了！

他快走几步过去，站在唐雨身边。

唐雨还以为是那人，脸上不耐烦的情绪没散，结果偏头瞧见边炀，神色明显轻松了不少。

"你怎么来了？"

他个子高，又偏生了张张扬的脸，五官棱角分明，穿上校服，也遮不住出类拔萃的气质。

小姑娘整理好情绪，问他："还难受吗？不是让你休息一天吗，怎么还来上课了？"

边炀的手插在口袋里，整个人很懒散。

听着小姑娘关切的声音，心情说不出地好，唇角的弧度压都压不住。

"怎么，很担心我啊？"

唐雨有点儿无语，没搭理他。

边炀眼角漾着不大正经的笑，跟她不紧不慢地走在操场上："小老师让我好好学习，我当然不敢懈怠，这不回来老老实实做卷子了吗。"

看他这样子就是满血复活了。

"你能这么想最好。"她很欣慰。

然而还没一秒钟——

"那夸奖一下？"

唐雨不搭理他，边炀的手背搭在额头上，就装可怜："忽然又难受了欸。"

"边炀！"她鼓着腮，气呼呼的，他演技太差了，"你能不能正经点儿！"

昨晚上她还心疼好久，现在他又这样吊儿郎当的，让人又心疼又气又无奈。

边炀的手慢条斯理地落下，微抬眉毛："我说的就是正经的。

"奖励制度有必要贯彻一下。"

什么奖励制度，他倒是考一个六百分试试！

他弯腰，和她视线齐平。

看到小姑娘脸被晒得红红的，尾音像钩子一样上扬："有奖励才有动力啊，小老师。"

"你学习是为自己学习的，又不是为了我。"唐雨往后退两步，"不跟你说了，我要回教室了！"

她不经逗，说完人就跑了，头发和裙摆一晃一晃的，在阳光下刺眼。

边炀含着笑意，慢吞吞地直起身，余光瞥见某个落寞的身影，笑意加深。

从前只听过能量守恒定律，没想到居然还有笑容守恒定律呢。

周寻文难受，他就高兴。

边炀心情颇好地抬步往前走，难得想回去做卷子，侧边忽然一道身影，挡住他的去路。

周寻文抿紧嘴唇，看他的神色不豫，充满提防。

虽然不知道刚才他跟唐雨说了什么，但显然，唐雨对他格外信任。

"边炀，你离唐雨远一点儿，她将来是要考清北的，你会眈误她。"

听到这话，边炀侧眸睨他一眼。

他比周寻文要高一些，不同于在唐雨面前脾气很好的样子，此刻面无表情的，就让人觉得有种不可触犯的疏冷，看起来极不好相处。

尤其是薄薄眼皮往下压的时候，还是那副懒洋洋的样子，气势却很强："你算个什么东西？"

周寻文阴着脸："我能和她一起考清北，你能吗，没记错的话，这次一模，你才考了四百分吧，四百分，呵，连一本线都够不上，你只会影响唐雨的学习，对她提供不了任何帮助，而且据我所知，你好像要出国的吧。"

在他浅显的认知里，不参加高考就被送出国，基本是在国内混不下去差到无可救药的，所以他的语气显得高高在上："你跟她不是一路人，她将来的前途不可限量，而你，呵呵！自己想堕到泥里，就去堕落，但别弄脏别人！"

边炀闻言头也没抬，嗓音带着早起的懒意："是哪个下水道没关好，又让你爬出来了？人不怎么样，倒还挺自信。"

"也不知道刚才是谁被讨厌了来着。"他像是突然想到什么，轻轻地笑了，"好像是你吧，周同学。唐雨同学说，她讨厌你呢。"

周寻文的脸色骤然沉下来，暗暗捏紧拳头，眼底蓄了不满的情绪。

他居然偷听！

脸上有些挂不住，不过周寻文依旧保持着自己的骄矜："不管怎么样，你都不配跟她站在一起。"

就像数学竞赛，他有资格参加，边炀就没有。

"请你，离唐雨远一点儿，不要成为她去清北路上的绊脚石！"这几乎是宣战了。

边炀似笑非笑地瞧他："要是我不呢？"

周寻文太阳穴一抽一抽的："你！"

边烊蓦地开口："唐雨从来都跟你没关系。"

周寻文陡然瞪大眼睛，大概没想到十八九岁的少年就敢说这种话，一时间惊愣住了。

边烊神色未改，手搭着脖子懒洋洋地转了转："所以，该离她远点儿的人是你。"

"边烊，你胡说什么，你……你简直！"周寻文惊得一时间竟然说不出完整的话。

"看不惯我？"少年冲他笑，"我给你支个招。"

他抬手往不远处那么一指，是教学楼的天台："瞧见没，那地方高，看不惯我就从上面跳下去，我还能听个响。"

周寻文的脸色更是怒到发青，而对方单手揣进兜里，背包松垮地搭在肩上，已经慢慢走了，丝毫没把他放在眼里。

周寻文自视甚高，向来看不惯这种人，却差点儿被气到心塞。

唐雨回到教室，没几个人在，大部分人在升旗结束后去餐厅吃早餐了。

她打眼扫过边烊的桌子，上面堆满了各种花花绿绿包装的小蛋糕，还有几封粉红色的信件从抽屉里冒出来，悬在空中要掉不掉的。

汪晴冲她招手："小雨你可算回来了，没你在的日子，我八卦都没人说，真是憋死我了！"

唐雨收回视线，默不作声地回到座位上。

"今天你在国旗下说的那些话，真的太厉害了！这次孟诗蕊丢了这么大的人，估计这几天都不敢来上学！还有你以一己之力改变了咱们学校的校风校纪，我真佩服死你了！"

唐雨把书从布包里拿出来。

汪晴搂着她的胳膊，继续："你不在的这几天，瞧见没，班里发生了翻天覆地的变化。"

刘耀杰和孟诗蕊的桌子没了，那地方空着，也没人补上去，确实很突兀。

唐雨进来时就发现了。

汪晴朝她身后又挤眉弄眼的："还有，瞧见没，后边那些巧克力和小蛋糕，都是其他班的同学送边炀的。"

"最近每天都是这盛况，除了咱们高三的，高一高二每天都有学妹来打听他，我这不设置成收费点都可惜了。"汪晴还有点儿遗憾。

唐雨打开书的动作一顿，没忍住说了句："这么多甜的，也不怕吃出糖尿病。"

汪晴听见了："小雨，你这话怎么听起来这么嫉妒啊。"

唐雨马上反驳："你听错了。"

"装，使劲装，塑料袋都没你能装。"跟她做同桌这么久，汪晴不说是最了解她的人，那也是能排个第二第三的。

"之前我跟你八卦，你埋头写卷子，一点儿都不放在心上，而我一说边炀，你就竖起耳朵听。"

余光瞥见边炀进来，唐雨连忙放下水杯，伸手捂住了汪晴喋喋不休的嘴。

汪晴也看见了边炀，然后下一秒就被唐雨按住脑袋，两个人转了回去。

少年拎着包进来，先是瞟了眼埋头做题的唐雨，随后视线落在没地儿放东西的桌子。

指尖夹起最上面一个粉红色的信件，他扫了眼，就喊了声："唐小雨。"

唐雨握住签字笔的手紧了下，然后淡定自若地转身："怎么了？"

少年冲桌子上抬抬下颌："你说呢。"

意思显然明了，让她清理桌面。

唐雨吐了吐气，想到自己的身份，还是他的小弟，只能闷声闷气地找出一个塑料袋，起身，把那些小蛋糕啥的装进塑料袋里。

至于那些信封，一张张地叠起来，然后递给他。

边炀把背包扔桌子，随意地往椅子上一靠，看了眼那信封："你干什么？"

唐雨莫名："……这是人家写给你的啊。"不拆开看看吗？

"我的情况，你还不了解？"边炀指骨敲了敲桌面，意味不明。

唐雨："……"她了解什么？

汪晴瞪着闪烁着八卦的大眼睛："什么情况？什么了解？小雨你了

解什么，跟我分享分享啊！"

不等唐雨开口，边炀就慢条斯理地说了："我要好好学习，要不然怎么考大学。"

唐雨嘴角扯了扯，复杂地看他一眼。

少年支着下巴："愣着干什么，还不赶紧送教导处去？"

"送……教导处？"唐雨有点儿呆，低头看了眼厚厚一沓信封。

边炀已经从抽屉里拿出来课本，翻开一页，看她站着不动，慢悠悠地道："怎么，找不到教导处的位置？"

唐雨迟疑的工夫，手上的信封已经被他抽走，边炀转手给了汪晴："同学，麻烦你送一下。"然后把那一大袋巧克力，也全给了她，"这是跑腿费。"

汪晴抱着一大袋小蛋糕，桌子都塞不下，她舔舔嘴角，用力点头："炀哥放心，我保证完成任务！"

说完人拿上情书，就屁颠屁颠地去教导处了。

唐雨坐在座位上，写了两道选择题，还是没忍住转过身，跟他说："你这样会被全校学生记恨的。"

"那不挺好。"他斜支着脑袋，眨了眨眼睛，不甚在意的样子，"这样就没人影响我考大学了。"说完又自言自语，"我真努力啊，这大学我考不上，谁能考得上。"

唐雨："……"

之前答应过张靖宇复印笔记，唐雨去复印店多复印了一份，邮寄到了医院。

许昕妍在微信说，她决定参加今年的高考。

她回到班里，把剩下那份复印件拿给张靖宇，足足有一厚沓。

对于在尖子班，尤其是陷入瓶颈期始终提不上去成绩的人来说，这份来自学霸的笔记，简直是及时雨。

张靖宇连声道谢，其他同学见状也纷纷要唐雨的笔记。

没了刘耀杰和孟诗蕊，大家都没有了忌惮，一窝蜂把她的座位围得水泄不通。

"唐雨你怎么考到七百二的，我的天，你比我足足多了二百二十分！"

"数学和理综满分，那是人能考出来的吗……"

"唐雨，你把你的笔记借我也复印一份呗！"

"我也要！我也要！唐雨，大家都是一个班的，借给我们都复印一份去吧！"

大家原本打算从张靖宇那里复印的，但二次印刷不清晰，就都来找唐雨。

唐雨被他们七嘴八舌吵得耳朵几近嗡鸣，低头，捂住耳朵。

汪晴一拍桌子："喂喂喂，你们有完没完啊！当初孟诗蕊在班上欺负唐雨的时候，你们连个屁都不敢放，是怎么好意思要人家笔记的！"

登时，所有人跟被扇了巴掌一样，有些尴尬。

"唐雨受欺负的时候你们袖手旁观，现在倒有脸道德绑架说一个班的就得借给你复印，你脸是防弹衣做的吧，不仅大还厚！"

汪晴抬手指向其中叫唤最欢的那个："尤其是你，上次孟诗蕊拿粉笔砸唐雨的时候，你就坐在第一排，看得清清楚楚的，结果老师问的时候，你连个屁都不敢放，还好意思来要笔记！"

被指的同学脸色讪讪的："我是害怕孟诗蕊啊，更何况咱们班先前谁不怕她，又不是我的错……"

"那唐雨也没义务把自己的笔记借给你们！"汪晴冷哼一声。

对方不服气："她能借给张靖宇，怎么就不能给我们也复印一份啊……"

就在这时，沉默许久的唐雨蓦地开口，她神色淡淡的："因为他帮过我。"

张靖宇马上举手："唐雨的发型是我爸设计的，所以唐雨才把笔记借我的，不是无偿的哈。"

趴在桌子上戴着耳机睡觉的少年，听到这话摘掉耳机，身子懒懒地靠在椅背上，用课本敲了敲桌子。

"喂。"他掀了掀眼皮。

声音不轻不重的，足够周围所有人都安静下来，大家纷纷往后退，自觉避开了以边炀为中心的半径一米的范围。

"有没有点儿法律意识？"少年指尖漫不经心地转着黑色签字笔，抬起的眼微微眯起，"知识产权是需要付费的懂不懂？"

汪晴马上顺着他的话："就是，笔记是唐雨一笔一画辛辛苦苦写的，上面每个知识点都进行了总结归纳，标得清晰详细，还用思维导图的方式进行题型分析，举一反三，你们说拿走复印就拿走复印了，哪有这么便宜的事儿。"

想到张靖宇刚才说的那个点，汪晴把书往桌子上一摔，就提了："你们想复印也行，一套一百块，拿钱来复印，否则免谈！"

边炀略微挑眉，汪晴还算有点儿天赋。

可有人不服气了："汪晴，这关你什么事儿啊，我们找的是唐雨又不是你，你替她做什么决定啊。"

"汪晴的意思就是我的意思。"唐雨开口，倒不是为了钱，是想要个清净。

有了正版授权，汪晴顿时更加理直气壮。

"听见没听见没，我的意思就是我们小雨的意思！想复印是吧，拿钱啊。"

她的手摊开，十分高傲，算是找回了场子。

对学生来说，一百块可不是小数目，能买好几本教辅和卷子的，还是一个星期的生活费。

所以一听到要付钱，方才吵闹的人顿时偃旗息鼓，纷纷回了自己的座位。

世界清静，唐雨终于可以安静地写卷子了。

汪晴坐下就忍不住吐槽："这些人就是贪小便宜，压根就不是真心想要你的笔记，个个装得多同学友善一样，结果呢，一群屎壳郎戴面具，臭不要脸的。"

唐雨看她气呼呼的样子，就很想笑："好了，别因为这点儿小事就气到自己。"

"他们肯定会后悔的。"汪晴哼哼。

那些人根本不知道唐雨的笔记意味着什么。

自从跟她同桌后，她的各科成绩都提了二十分左右！

不像别的同学，总担心别人学习比他好，问题也懒得讲，每次找唐雨讲题，她不仅把题讲得清清楚楚，还会帮着归纳知识点和解题思路。

汪晴对此一直都很感激。

"对了，我听说你要参加数学竞赛了？"汪晴好奇，"之前你不还说，如果因为几分没能上喜欢的专业，就说明水平不够没什么好可惜的吗，怎么忽然改变主意了？"

唐雨眨了眨眼睛，眼神干净："后来我想了想，万一我只差这几分，就能选上自己喜欢的专业呢？所以侯老师打电话给我，我就答应了。"

"就该这么做！"汪晴为她高兴。

"咱们能拿的分和奖金凭什么让给别人啊，你数学那么好，之前参加的竞赛都能拿奖，这次一定能行！"

唐雨抿唇笑了笑："我尽力。"然后把笔记推给她，"你也复印一份吧，我最近总结了不少新题型，里面刚好有你的弱项。"

"哇小雨，我爱死你了！"汪晴感激死了，要不是快上课了，恨不得抱着她亲一口。

然后汪晴就拿钱给她，唐雨说什么都不要。

宿舍的事儿她听说了，要不是因为她，汪晴也不会挨打的，她有些歉疚，也只能用这个弥补了。

"晚上放学，还得麻烦你帮我把宿舍里的东西收拾出来，我一直没回去拿，也不太想回去……"

"没问题。"汪晴问，"你住在校外哪个地方啊？安全吗？"

提及这个，唐雨就有点儿心虚，总不好说住在边炀家吧……虽说没什么，可听起来很奇怪。

她磕磕巴巴地随口说了个小区，算是糊弄过去了。

没有孟诗蕊和刘耀杰，二班格外地平静。

一模考试后不久，就要准备二模了。

再加上唐雨又要兼顾数学竞赛，哪怕不参加集训，也要完成侯老师布置的卷子，时间很紧张。

她回到公寓吃完饭洗完澡之后，都是一头扎进书房里，埋头复习和做卷子。

边炀有时会在书房跟她一起趴在桌子上做题，有时会窝在沙发上看书。

大多数时间都各做各的事情，不过唐雨每天都会监督他做完一套卷子。

小老师十分尽责，批改完后，再给他讲解错题。

这天，边炀把做完的卷子交给唐雨看，她接过来后，用黑色水性笔依次勾画，认认真真地批改。

边炀侧着身体，坐在离她不远不近的位置，冷白的手指支着下颌，这样散漫地看她。

灯光从侧面打过来，像给唐雨镀了层质地柔和的光釉，脸颊被照得粉嫩漂亮，遇到有些纠结的题，大概是他写错了什么地方，她咬着笔尖，用签字笔把那地方圈起来，然后一笔一画地标注出来，继续批改下一题。

半个小时后，唐雨批改完试卷，把卷子推到两人中间，抬头正对上他的眼眸。

少年眉眼含着笑："小老师，批改完了？"

唐雨看他的眼神有些探索："边炀，你提前学过高数吧。"她用笔敲了敲卷面，"你的选择题都是对的，大题的结果虽然对，但用的都不是我们书上所学的公式，尤其是这道大题，的确可以直接写出答案，但我们高中阶段现有的公式是不能直接得出这个结论的，需要用极限求答案，而且要说明它在区间上的单调性。"

边炀低头扫了眼卷面，有些迷茫。唐雨非要他写大题，高中的公式忘得差不多了，他按照记忆里的，直接上手用了。

侯老师给她一本高数用来自学，说里面的知识点比较适合竞赛用，所以高数的公式，她很熟悉，但边炀又怎么会用得如此顺手？

"很多高数的公式能用咱们现在学的公式推导或者反推出来，但有些改卷老师需要推导过程，否则就会扣步骤分。"

唐雨的手指，点在圈起来的一道题上。

"你这道题，结果是对的，但用的不是现学的公式，就是在赌判卷老师的心态。

"下次看到类似的题型，要先用多变函数的复合求导法，一步步化到最简，再用全微分近似计算……"

她怕他跟不上，刻意放缓了语调，结果说了半天，身边的少年都没有半点儿回应。

唐雨不由得偏头看过去。

边炀散漫地靠在椅子上，视线微微耷垂着，没有落在卷子上。

唐雨顺着他的视线，低头，顿时站起身，脸颊发烫："边炀！"

边烬微凸的喉结动了动，镇定自若地错开视线，落在那卷子上，喉咙里的声音却紧巴巴的："它自己往下掉的，跟我没关系。"

唐雨微张着唇，却因为紧张和羞恼，发不出一丝声音。

边烬轻咳两声，此地无银的样子："而且我什么也没看见。"

"边烬，我不理你了！"她起身就走。

边烬舌尖抵了抵下颚，伸手从后抓住小姑娘的手腕："我这题还没学会呢。"

小姑娘气鼓鼓的，没回头。

边烬低声哄："真错了，这次我好好学。"

"你还说！"她挣了挣手。

少年搭在她腕子上的手指，微微用了点儿力："那你说怎么办？怎么办才能理我？"

唐雨咬着唇，不吭声。

"你说什么我都能做。"只要别不理他。

现在小姑娘脾气大得很，说不理他，是真不理他的。

先前让边烬写一套卷子，他懒得写大题，她一天没搭理他。

边烬就意识到严重性了，哪还有半点儿过去的叛逆和锋芒，浑身的刺儿在她面前都收着、敛着。

打从那开始，让写什么就写什么。

唐雨回头看了他一眼，见边烬态度极其诚恳，她脸色这才缓了点儿，勉勉强强地跟他说："那你把高中数学所有公式抄三遍。"

他用的全是高数公式，步骤简单，但容易被扣分，很吃亏。

"这会不会太严厉了小老师？要写好久的。"

唐雨瞥他一眼："不写也行。"

边烬以为她心软了，还没来得及笑呢，小姑娘接着说，语气平淡自然："明天我跟汪晴一起吃饭，就不跟你一起了。"

一句话拿捏得死死的。

边烬松了手，算是投降，老老实实地拿出纸和笔："我写。"

他指节敲了敲桌面，稍侧着身，声音还有点儿低哑："不过你得陪着我，要不然哪个公式写错了，我可发现不了。"

唐雨的唇抿直，刚坐下，边烬从沙发上拿起一条毯子，展开，搭在她的肩膀上，又拾起遥控器，把空调的温度调低一度。

唐雨落在毯子上的视线，转而抬起去看他。

边炀握着签字笔，低头写公式，字体遒劲，散漫至极，同他的人一样随性张扬。

她裹了裹毯子，想到那些高数公式，试探性地询问："边炀，你的高数是谁教的？"

边炀托着下巴，手上动作不停，温温吞吞道："老师。"

"你的数学很好。"撇开步骤不说，他所有的题都答对了。

唐雨想起一件事，犹豫很久，还是说了出来："我记得，你之前要出国……"

"没有。"他笔尖顿了顿，心不在焉地回，"我从来没想过出国。"

"可我之前听到你和班主任的谈话，说你要出国的。"

而他的英语和数学这么好，完全不像因为学习不好才出国，倒像是……她的想法还没冒出来，下一秒，边炀的手忽然落在她的脑袋上。

少年斜支着脑袋，笑意浅浅地看她，台灯的光落入他的眸子里，像淬了星辰的光。

"唐小雨，那你是希望我去，还是不希望我去。"

他状若不经意地问了一句，静静地看她。

唐雨目光微微闪动，把下巴缩进毯子里，紧抿着嘴，一言不发。

沉寂片刻，仿佛针落地上的声音都能听见。

"好了，逗你玩的，我去国外做什么。"

唐雨伸手气呼呼地捶他的肩膀。

他似笑非笑地瞧她，尾音拖得很长："唐小雨现在好厉害啊，都敢打老大了，以后还怎么得了，还不得谋权篡位了啊。"

"写你的公式吧，写不完不许睡！"唐雨裹着毯子瞪他，知道坐在这儿，他肯定不好好写，起身回卧室去。

"真走了？"边炀看着小姑娘毫不留情的背影，身体懒懒地靠在椅背上，转着签字笔，很轻地'啧'了一声，"不说好陪我的吗，唐小雨言而无信喽。"

唐雨回头瞪他一眼，表情生动得要命，语气幽幽的："我都谋权篡位了，还怕你说言而无信啊。"说完，人就转身走了。

少年支着脑袋，破天荒地没有得寸进尺，在身后没抑制住笑意。

唐雨回到卧室，坐在床边，手上的书翻了好几页，眼睛却盯着窗外，思绪渐渐飘远。

其实她收拾书房的时候，不经意间看到过边炀的出国申请表，还有一些国外大学的资料。

上网查了一下哈佛和麻省理工关于金融系的录取条件，相当之高。成绩不是唯一的指标，甚至需要知名导师的推荐信等。

边炀申请表上填的专业就是金融系。

好几次，唐雨都想问他，将来是不是考虑出国……可每次她还没等开口，边炀就找她讨要卷子，转移话题。

后来忽然有一天，她就看到那些资料进了垃圾桶。

所以唐雨没忍住，刚才就问了出来。

他的英语超好，哪怕影视剧的台词再快，对他来说也毫无障碍，他甚至偶尔会引导她用英语对话，提升她的口语能力。

他会高数，那些公式，她只在竞赛题里见过，却被他用得如鱼得水。

他好像……跟她不是一个世界的人。不，是跟班里所有人都不是一个世界的人。

唐雨情绪有点儿低落，抱着膝盖发了会儿呆，偏头看身侧的方格玻璃，忽然觉得自己开始患得患失的。

明明住在一个屋檐下，她却感觉此刻他们之间就如隔着这方格玻璃一样，看不清边炀原本的样子。

边炀写完公式，进卧室找她检查的时候，发现小姑娘已经睡着了。

他从方格玻璃上看到她朦胧的影子，抱着被子，脑袋都埋进里面。

安安静静的，书被扔到了一边。

边炀把灯关上，悄无声息地去了浴室洗漱，回来躺在床上，仰头看天花板，有点儿睡不着。

其实他问唐雨希不希望他去国外，她没什么反应的时候，他内心空落落的，没看起来的那么洒脱。他想听小姑娘说挽留的话，哪怕几个字。

指尖划开手机，手机屏保的微弱蓝光，将少年精致的五官照亮，他也没点什么软件，就看着屏保。

上面是他们在医院拍的那张照片。

转眼到了四月中旬，要进行二模考试。

唐雨参加完数学竞赛，隔天就继续二模考了，没有一点儿多余的时间。

成绩出来后，校长亲自找她谈了次话。

这次用的试卷是省联考的卷子，唐雨考了七百三十分！

题型比一模要难，她比一模还提了十分。

从创校至今，这是第二个能考如此高分的学生！

省区重点高中的校长亲自来过一次，名义上是来送竞赛证书和奖金的，话里话外是想把她拉到省重点高中去，还承诺学籍信息什么的不用她操心。

校长一听这个，教学楼也不着急建了，连忙找唐雨进行谈话。

原本学校的重点都在周寻文身上，认为他有拿到省高考状元的潜质，可经过这两次模拟考试，两人分数差距越来越大。

唐雨从一开始摸底考分数不如周寻文，到一模考比他多十分，再到这次多了二十分……

校方不由得把注意力集中在了唐雨身上。

办公室里，校长脸上的笑容和蔼可亲："唐雨啊，恭喜你这次拿了竞赛一等奖，还有咱们二模考的第一名，再有一个多月就高考了，你只要稳定住这个成绩，绝对能过清北的录取分数线！咱们学校有个奖励制度，但凡考上清北的，奖励十万块钱不说，还会将你的名字永远挂在校训墙上，所以你就安心待在清远，别的不要胡思乱想哈。"

唐雨站在那儿，双手规整地垂在身侧："可是校长，在清远真的可以保证我的安全吗？"

"当然了！我已经催了墙体加高的进度，额外聘请的五位安保人员都是正儿八经从警校毕业的，安排了夜班巡逻，还有你之前说的监控，也都已经安装了，你就放心吧！"

这次校长也是诚心诚意的。

在凉城这地方，能考出一个清北大学生，那都是普天同庆的大好事。

会上县城新闻，县政府都会在大街小巷拉条幅宣传，就连县城中心放县长照片的大屏幕也会轮番播放……到时候清远高中会跟她的名字印在一起，无比醒目。

先前出了那么多事，校长是真怕唐雨被省重点的人带走了。

唐雨沉默了片刻，轻言："校长，我有件事想问你，可以吗？"

校长知无不言的样子："问，我知道的，一定都告诉你。"

从校长办公室出来，唐雨回了班级，座位上又是乌泱泱的人，连边炀的座位上都挤不下了。

他也没生气，斜倚在墙上，低头划看手机，瞧见她走过来，手机锁屏，掌心落在她脑袋上揾了揾。

"厉害啊唐小雨，考这么高的分，我这以后还怎么追得上啊。"他笑得漫不经心的。

唐雨在他掌心下抬头，脑海里回荡着校长说的那些话。

"你说边炀啊，他一开始来清远就不是为了学习的，只是在咱们学校走个出国流程，不过后来他忽然找我说，要参加高考，不出国了，我还挺纳闷的。不过真的挺可惜，也不知道他用了什么办法，我们先前递过去他的资料，那大学就直接审批通过了，就差他临门一脚，那可是全球金融行业的顶尖学府……"

她轻轻吸气，思绪抽回，嘴边的话到底没问出来，被汪晴打断了。

"小雨，你快帮我来收钱，这群人都是来买你的笔记的！

"你们别急，我一个一个登记名字。

"这次信了吧，连张靖宇的二模成绩都提了二十分，学校把唐雨的卷子都贴在公告栏参观了，你们见过谁有这个待遇？

"信我的，用咱们唐神笔记，拿捏小小高考！"

唐雨："……"

边炀眼里带着几分笑意："唐小雨，苟富贵勿相忘，晚上请吃饭？"

唐雨看了眼他，嘴唇动了动，最终什么也没说。

竞赛的奖金有三千，再加上汪晴卖笔记的收入还有三千，转眼六千块到手了。

凉城的气温渐渐升高，沿途的香樟树都被晒得卷起叶子，蔫了吧唧。

唐雨请边炀和汪晴吃饭，然而周五出来吃饭的学生巨多，找了三条街才找到一间带包厢的。

汪晴的心情很好，这次二模她提了十分，家里人奖励了她零花钱。

她觉得是唐雨笔记的功劳，其间一直不停感激她。

边炀的视线放在唐雨身上，她似乎有心事，有点儿心不在焉的样子。

汪晴问边炀："炀哥，这次你考了多少分？"

边炀把一次性餐具拆开，用热水浇了一圈，将处理好的餐具推到唐雨跟前，才慢吞吞地回："五百二。"

"520啊，你这分吉利，没记错的话你一模考四百多分，这次居然考了五百多了，进步太大了，是不是也是我们小雨笔记的功劳？"

边炀朝着唐雨的方向，懒洋洋地笑："那倒不是，我是有名师私下亲自教的。"

"哪个名师啊这么牛？"汪晴好奇。

唐雨轻咳两声，用眼神示意他别乱说。

边炀神情松倦地看她一眼："人家不让说。"

唐雨："……"

"那我建议你将你的名师搭配我们小雨的笔记一起用啊，绝对事半功倍，明天我帮你复印一份。"汪晴丝毫没察觉哪里不对劲。

边炀身子稍稍后倾，笑："我不用复印的。"

汪晴又跟唐雨说最近的八卦，但她的反应明显慢了好几拍，心思不在这上面。

"小雨，你想什么呢？是不是最近学习太紧张了，我看你的状态不太好。"

边炀的视线也落在她身上。

唐雨低了低眼："没事。"

她喝果汁的时候，从杯沿看了眼边炀，在他看过来时又迅速低头。

"是不是因为你跟你爸妈打官司的事儿啊？"

汪晴听她提过，但没后续了："他们是不是又找你麻烦了？"

唐雨放下水杯，摇摇脑袋："不是，我爷爷奶奶决定不起诉，我们已经达成协议了。"

"为什么啊？"

"一听说要拿钱，他们就开始折腾起来了，我爷爷奶奶怕他们在我高考的时候闹事，就让他们签了一份协议。"唐雨声音很淡，也很陌生，仿佛提及的事跟自己无关。

"爷爷奶奶自愿放弃赡养费，让他们跟我断绝关系，今后等他们年纪大了，我无须承担他们的养老责任，算是两清了。"

听到这话，汪晴就挺气的："哪里两清了，那你的抚养费怎么办？上大学不花钱啊，他们生了不养算怎么回事。"

唐雨捧着水杯，抿了口温水："只要他们不再来骚扰我，也不打扰爷爷奶奶的晚年生活，就挺好的。"

"这事，怎么没跟我商量？"一直沉默的边炀倏地开口，唐雨的决定他完全不知情。

唐雨眉眼微垂，低不可闻地道："原本就是我自己的事。"

听到这话，边炀忽而不轻不重地笑了笑，笑意却没有半分抵达眼底，他从座位上蓦地起身。

"我去外边吹吹风。"抬步离开了包厢。

汪晴咬着筷子看看边炀的背影，又看唐雨："我感觉他有点儿生气。"

唐雨长而密的眼睫微微颤着，心里有种说不出的感受，她抿着干涩的唇。

"我总不能每次遇到什么事都麻烦他吧，他又不能一直在我身边……"

汪晴不懂："可你们不是朋友吗，朋友之间相互麻烦，相互帮助不是挺正常的吗。"

"我从来没帮过他什么。"唐雨轻轻地吸了下鼻子，很小声地说，"一直都是他帮我。"

无论是孟诗蕊还是刘耀杰又或是她父母，统统都是他解决的。

他像个无所不能的骑士，降临在她差点儿支离破碎的世界里。

可骑士有自己的征程，终究要去更远的地方。

汪晴："你帮他提高成绩了呀，你还给他讲题，哪里没帮他了！"

"他哪里需要我讲……"那些题，他分明都会。

她眼眶发酸，喉咙也很酸很酸："我好像没什么能拿得出手的东西来留他。"

汪晴托着腮帮子，听得很蒙："你刚才说什么？"

唐雨低头，一点儿一点儿地卷桌子上的纸巾，成一个团，再拆开，心事重重的样子。

"姐妹，你能考七百三十分欸！你知道这意味着什么吗，意味着你可以挑选任意一所重点大学，我们都羡慕死你了！"

唐雨默不作声的。

汪晴还以为她是因为父母的事儿，挠耳挠腮的也不知道怎么劝。

这个时间点中心街依然热闹喧嚣，昏暗的路灯被剪碎，落在少年肩膀上。

边炀后背闲散地靠在餐馆的墙上，双腿自然伸展。

周围不少人指尖夹着烟，站在不远处边说话边抽烟，边炀低头来回解锁手机，失神地盯着前方川流不息的车辆。

他们一起经历悲欢。他去她家里，他这桀骜不驯的性子，耐心地去讨老人家欢心，再到后来他情难自已地敞开心扉。

现在她却说"原本就是我自己的事"，这么生分。

"小没良心的。"他微微垂眸，踢了踢脚下的石子，垂在额前的碎发遮挡了黯淡的眉眼，低声嘟了句。

侧脸隐在明暗交织处，握紧手机的指节在微微泛白，片刻又说服自己松开。

边炀在外头吹了会儿风，用了半个小时说服自己，转身回包厢。

两个小姑娘趴在桌子上睡着了，桌子上的饭菜没动几口。

边炀站在那儿，舌尖抵着下颚，这场面给他气笑了。

他敛了唇角的弧度，抬脚，不轻不重地踢了下汪晴的椅子，把汪晴吓得直挺挺地坐起身。

边炀眼梢下压瞧她："给你家长打个电话，让他们把你自个儿接回去。"

汪晴失神地看他几秒钟，本能地缩了缩脖子，有点儿怵。

他五官长得好看，三分疏冷漠然，七分随性懒漫，但属于精致冷，不笑的时候给人的感觉总是矜贵又遥远。

尤其是这样面无表情垂眸瞧人的时候，眼尾淡淡的，那种压迫的审视感很强烈。

汪晴在他的威慑下，手竟然听他指挥似的，自己去拿手机给她爸妈打电话了。

　　等汪晴爸妈来，把她搀扶起来的时候，汪晴才回过神来一样，迷茫地看他问："那我们小雨……怎么办？"

　　边炀站那儿，口吻平淡："我送她。"

　　"炀哥，那就拜托你了，一定要把我们小雨送回去。"汪晴说了唐雨的小区。

　　听到这个陌生小区的名字，边炀不轻不重地"呵"了声。

　　汪晴走后，边炀低头瞧趴在桌面上还迷迷瞪瞪的小姑娘，坐在她身侧的位置，调整了会儿情绪，握着小姑娘肩膀把人小心翼翼扶起来。

　　边炀一手扶着她的肩，一手把她的手机塞进口袋里，拾起她的布包拎在手里。

　　怀里靠着的小姑娘听见声儿，掀开眼睑："边炀……"

　　边炀看了她一眼，还存着气，没搭理她。

　　"你跟边炀好像啊……"她脸颊红彤彤的，陡然眼弯弯地眯着，凑到少年面前，黑色眼睛湿漉漉地盯着他瞧，"边炀也像你这么帅。"

　　他扯了扯唇，小姑娘半梦半醒，皱眉摇头："不对，边炀是最帅的，你跟他比还差一点点。"

　　她伸出手指头比画了一下下。

　　"唐小雨，你看清楚我是谁。"他伸手捏捏她的脸，想让她清醒点儿。

　　她仰头迷茫地看他一会儿，对方板着一张俊脸，她好像认出来了，伸手碰了碰他的手，怯怯地想要确定："你是……边炀。"

　　"还不傻。"

　　她歪了下脑袋，表情显得疑惑，再三确定："你真的是吗？"

　　"我不是，谁是？"

　　肆意的风灌过他们的脊背，行人的各色目光、街上的车水马龙，仿佛都成了绚丽模糊的背景板。

　　好久之后，她像是充满了电。

　　"边炀。"唐雨声音哑哑的。

　　他鼻音很重："嗯？"

　　"我能赚很多钱。"

　　他垂下头轻笑了一声："嗯。"

　　"我以后也能赚很多钱。"她说，然后认真地注视着他，"将来，我会很厉害的。"

边炀任由她碰，低低地"嗯"了一声。

"那如果你真的要出国的话。"提到这个话题，她眼底氤氲起一层薄薄的雾气，被她拼命地压制回去，"也没关系的。"

眼圈那一层水光，映着他的样子，她认真道："如果是对你好的事情，那一定要去做啊。"

边炀嗓音微哑："就不能说点儿好听的。"

他没想到这会是她的心结，能让她掉眼泪。

"最近是因为这个才不开心的？"

她低下头，咬着唇，默不作声的。

边炀问："要是如你所说，我真的出国了，你怎么办？"

她垂着眼帘，唇瓣咬得泛白。

"唐小雨，说句不舍得，很难吗？"他轻声问。

她慢一拍地抬起眼睛，有些呆呆的。可下一刻她说："留下来好不好？"

盯着他愣怔的眉眼，不知道哪来的勇气，唐雨说出了内心的渴望："我一点儿都不想让你出国，边炀，国内也有很多好学校……"尾音有几分抖。

她低下眼："我不能丢下爷爷奶奶出国，可我也想做个自私的胆小鬼。"

听着她哑哑的嗓音，边炀原本黯淡的眼神一点点变亮，克制不住地弯起唇角："那就不走。"

闻言，唐雨抬起头。

"国内有很多好学校，国内有很多美食……"国内还有唐小雨，"所以，是真的走不了了。"

看她呆呆的样子，他忽地抵着下颔笑了几声："你要早这么说，我不知道该多高兴。"

唐雨缓慢地眨了眨眼睫。

他看上去心情很不错："而且，你怎么知道现在就不是最好的选择呢。"

"唐小雨，你不是那个自私的胆小鬼，这是我自己的选择，我是个成年人，知道怎么对自己负责，倒是你……"他捏住小姑娘的脸颊，"你爸妈去闹，你都没跟我说，才是最让人生气的。"

"对不起。"

边炀嗤了声："道歉还挺快。"

两个人之间刚产生的那丁点儿隔阂，瞬间消失得一干二净。

"看你表现不错的分上，就算了。"他屈起指骨在她脑门上敲了下，"下次有什么事就说，不许藏着掖着。"

反应了好一会儿，她捂住脑袋，后知后觉地泪眼汪汪地点头。

也不知道是醒着的，还是醉的，边炀看得好笑。

"那我们很厉害能赚很多钱的小姑娘，现在可不可以回家了？"

到了公寓，小姑娘沾了床就抱着被子滚在一起。

边炀看得失笑，片刻后走到书房，从枕头底下拿出一个盒子，里面安安静静地躺着一条项链。

她生日前定制的，之前没到货，这两天才送来，最近她忙着学习，他没找到时机送。

边炀把项链拿出来，盒子扔在床上，然后去了隔壁，把小姑娘的脑袋从被子里拨出来。

项链从她细白的脖颈穿过，挂了上去，银色的细链条衬得女孩的肌肤更加白皙晃眼。

边炀站着静静看了一会儿，露出满意的神色，才离开房间。

临近中午十二点，唐雨才迷迷糊糊地睡醒。

窗帘不怎么透光，米白色的被褥里伸出一只手，在床头胡乱地摸索一阵子，什么都没摸到，她脑子还有些沉，把脑袋在枕头上蹭了蹭，才缓缓坐起来。

头发凌乱地垂在脸颊两侧，她盯着被褥，眼神放空，脑袋却没空闲着，一帧一帧地帮她回放着昨晚的大放厥词……她双手捂住脸，脸颊忍不住烫了烫。

都干了些什么啊……

听到外边传来的动静，唐雨掀开被子，身上还是昨天穿的那身衣服，拖鞋就在床边。

她趿拉着拖鞋，趴在门口，朝声源处悄咪咪地看去。

餐桌上已经摆了三个菜，两碗粥。

似乎听到了动静，站在冰箱前的边炀略微抬头，侧身朝她的方向看过去。

小姑娘手指扒着墙，也不知道在抠什么，对上他的视线，又马上心虚地移开了。

他扯了下唇，从冰箱拿出一瓶水拧开。

"刚准备叫你，你就醒了，愣着干什么？去洗漱。"

少年比冰箱高出不少，似乎刚洗完澡，头发微湿，在额前微微散乱着，穿着一身白色休闲服，显得人格外清爽，仰头喝水时喉结上下轻滚，一身的随性懒倦。

唐雨迅速收回视线，"哦"了一声，就埋头朝卫生间走去。

洗漱完出来，边炀已经坐在那儿喝粥了。

唐雨尴尬得满地找话题："这些都是你亲自做的啊？"

她刚酝酿一些夸人的措辞，少年慢腾腾地掀了掀眼皮："都是我亲自点的。"外卖。

"……"夸人的话咽了回去。

唐雨拉开椅子，刚坐下捧着粥喝一口，边炀用筷子夹菜，语气幽幽的："放心，是用的你的钱，昨晚某人硬往我兜里塞钱。"

"咳咳咳！"她被粥呛到，偏头咳嗽不止，一张纸巾递到她面前。

唐雨连忙接过擦了擦嘴角，然后脸都快埋进碗里了。

边炀瞧她的小脑袋，唇角小幅度地扬了下，"怎么，反悔了？"

"没有没有！"说完噎住，觉得这话不大对劲。

要是反悔了就是言而无信，要是没反悔那就是承认……

唐雨怎么说都觉得不对，干脆不吭声了，装糊涂。

"别装。"他似乎看出来了她的意图，微抬眉毛，"看你这样子，就没断片儿，那我就不帮你详细回忆了，不过要记得咱们昨天商量好的事情，嗯？"

唐雨窘迫到了极致，想起他说的那些话。

他说，他不出国，还说以后什么事都要跟他商量。

还有她说的那些……她都记得的。

敷衍地"嗯"了一声，埋头吃饭。

边炀嘴角清浅地扬了扬："这周还回你家吗？"

"不回了。"她给爷爷奶奶打过电话，决定在高考前都不回去了，就连帮忙也辞掉了，打算好好复习。

"那待会儿一起做题？"

唐雨咬着筷子，闻言看他一眼，他漫不经心地夹着菜。

想到昨晚的约定，彼此之间不能藏着掖着的。

她就直接说了："昨晚那些话……"

边炀掀眸瞧她，她轻咳两声，视线飘忽："有些是真的，有些是喝醉了胡说的……"

"管你真的胡说的，反正我全信了。"边炀稍稍弯唇。

唐雨又被他绕进去了，埋头吃饭，直接装死，当没听见。

"待会儿一起去超市？"

她还是装死。

边炀靠在椅子上，自顾自地说："这还没怎么着呢，就打退堂鼓了，也不知道昨天是谁说要赚好多钱给我花。看来全是画大饼喽。"

唐雨听不下去了，把碗放下，感觉自己现在从头到脚都是熟的，热得要死。"买买买。"她吐气，"待会儿就去逛超市，要什么买什么。"

边炀唇角根本压不住，心满意足了。

凉城县中心有个大型商超，足足有四层，二层是超市，其他都是鞋服。

权当饭后消食，他们走着来的。

到了超市门口，小姑娘想着公寓里很多日用品都用完了，准备多买点儿，推了个小推车。

小推车设计得很大，结完账后可以在整个商场推着放东西。

等她推着车过来，却发现原本站在原地的边炀不见了。

唐雨环顾了一圈，最后瞧见少年手指插兜，搁超市门口那家花店外拔尖儿地站着。

颀长的身形慵懒挺拔，袖口里露出来的双臂偏瘦却线条分明，看起来就有力量感，额前的头发被来时的风吹得凌乱，也没去打理，懒洋洋地垂在额前，一身休闲装，浑身透着股散漫劲儿，没那么凌厉，多了几分少年气。

他长得又高又帅，光站在那儿什么都不做，就很出众，经过的很多人都在若有似无地瞧他。

唐雨拉着推车过去，站在他身边，顺着他的视线看进花店里，香气扑鼻。

"想买吗？"她觉得他想买的样子。

边炀垂睫瞧她，语气轻飘飘的："想要就能有吗？"

"想要就有。"唐雨觉得他这语气挺茶的，但不妨碍自个儿出手阔绰，"你想要哪个？"

小姑娘一米六五的身高只在少年锁骨下方，视觉上很小一只，此刻却很有气势。

想要哪个就买哪个。

边炀嘴角有笑意漾开，下巴抬向开得最好的那束花上："这个季节芍药开得正好。"

"买！"她赚了钱，还有竞赛奖金，好事成双，就挑了两朵最大的芍药花。

店主用花纸包装得很精致。

边炀冷白的指尖拨弄花蕊，味道淡淡的，有点儿甜香。

"谢谢唐总。"他唇角微弯。

见他心情颇好的样子，唐雨不由得想起生日那天，自个儿收到花的情景，心情也如这般好。

边炀慢条斯理地戳了戳粉色的花瓣，往前走，随口问了句："有没有听说过芍药还有个别名？"

唐雨想到了一句诗："你是说将离？"

边炀微抬眉毛，漫不经心地笑："记性不错。"

"'君抛将离草，我拾结情花'就是指的芍药，这句词出自元稹的《莺莺诗》。"

说完，唐雨自顾自地愣怔了许久。

唐雨走的不是路，全是他的套路。

边炀忍着笑，恍若不知地没戳破，偏头看她一眼："怎么不继续走了？"

"哦哦。"小姑娘晃了晃一瞬间发散的五花八门的思绪,快步跟上去。

进了超市,边炀修长匀称的手搭在小推车上,余光瞄了眼那些带孩子来的家长。

他问唐雨:"累不累?"

唐雨仰头:"不累。"

"从公寓走到这儿,不累?"

唐雨迟疑了一下,见边炀幽幽地盯着她,那她是不是该说累啊?

于是缓慢地点了下头,"有点儿。"

她本以为是边炀自个儿累了,不好意思说休息,才借她的口说。

结果少年下一秒咬住花梗,腾出手来用了点儿力气,直接把人轻易抱进了购物车里。

"边炀!你干什么呀你!"

唐雨本就瘦,购物车里放了她,完全不觉得拥挤,甚至还有很大的空间。

可她脸皮薄,不好意思啊。

自己在里面撑了半天起不来,于是用手挡住脸,羞赧得要命,一双水盈盈的眼眸使劲儿瞪着他。

"快把我弄出去,小朋友才会放进里面!"

边炀取下唇边咬着的花,扔在她怀里,恍若什么也没听见一样,推着小姑娘往超市里面走,懒洋洋地说:"别人家的小朋友能坐,我们家的小朋友怎么不能坐了。"

"……"

一路上不知道经过多少路人的洗礼,唐雨一开始用手挡着脸,后来边炀一边在调料区选东西,一边回头征询她的意见:"这个行吗?"

他选的酱油打着零添加不含防腐剂的旗号,不仅容量小,价格还远高于平均市场价。

她不得不放下挡住脸的手,接过他递来的酱油看配料表,随后还给他,示意他放回去,继而指了指旁边普通的那款:"要那个。"

"为什么?"边炀从来没买过这东西,看不出两者的区别,询问:"是因为便宜?"

唐雨摇头:"打着零添加旗号的酱油本身就是智商税,事实上,国家关于零添加没有一个统一的质量标准，全都是商家自己做的宣传。而且你看那款酱油的配料表里特意标注了酵素提取物，谷氨酸钠本就是通过小麦培养特定细菌，这是微生物自然分解有机质的过程，也就是说写酵素提取物，和直接写小麦本质上没有区别。

"还有，你看它的钠离子含量，和我手上的这瓶每一百毫升仅仅差了一百多毫克，平均分到每毫升上，基本可以忽略不计了，只要不大量食用，是无法超过人体规定的钠离子摄入量的，所以我们只要买普通的酿造酱油就可以。"

边炀还是头一次听到这么详细的关于酱油的介绍。

她不仅仅是读书，更是把生活读透了。

边炀真心实意地为她竖起大拇指："唐小雨厉害啊。"然后竖起的大拇指落在她的脑袋上。

"你要学的还多着呢。"唐雨抬了抬下巴，眼里有微光，一笑唇角就漾起个小小的梨涡。

自信心爆棚的样子，还开始使唤他了。

"边司机，继续往前走，再去买包盐。"

少年嘴角有淡淡笑意，弯腰，推着小姑娘继续探索调料区："好的唐总，坐稳了。"

很快，购物车的东西一件比一件多。

边炀推着她，正慢腾腾地往前逛，余光不经意瞧见某个方位的某个人，那人正鬼鬼祟祟地看向他们的方向，他原本含笑的眸色顿时凉了几分。

他垂头，脖颈冷白，往下一弯，跟唐雨说："我去买点儿零食，唐总先挑着？"

小姑娘正拿着两瓶醋比较，敷衍地"嗯"了一声，头也没抬。

边炀直起身，抬步朝某个方向走，对方意识到他发现了自己，侧身站在另一排货架旁。

"喂。"少年嗓音偏冷。

闻声，周寻文的手不自觉收紧了几分力道，脸部表情在灯光下微动。

边炀手插在口袋里，闲闲地看那人，目光薄冷："周同学上辈子是警犬吗？还搁这儿尾随起来了。"

周寻文抿抿嘴角，转身时语气冷硬："我没尾随你们，这超市是我家开的。"

原本他只是来拿些东西，隐约听见了唐雨的声音，就不自觉追了过来。

现在他确定没听错，的确是唐雨，但还有边炀。

他们在一起逛超市。唐雨和他的关系，比周寻文想象的要好。

边炀眸子里什么情绪都没有，似笑非笑地道："就说呢，周同学怎么会好好的人不当，来当狗了。"

"边炀，你别过分了！"怎么会听不出来他话里话外的讽刺。

周寻文脸色明显不太好看了，良好的教养在他每次遇到边炀时都会濒临崩陷。

"你也好不到哪儿去，跟狗皮膏药一样粘着她，她是不好意思拒绝你，你还真把自己当回事儿了。"

边炀舌尖抵了抵下颚："我何止是能当回事儿，我还是吉祥物呢。"

他浅笑，笑得很恶劣。这人但凡摆出高高在上的架子，那股子嚣张劲儿是谁也比不上的，仿佛能轻易将人碾进尘土中般。

"毕竟自从唐雨同学离你远点儿，而跟我走得近以后，这成绩一次比一次好，显然，吉利的是我，不吉利的是周同学呢。"

周寻文咬了咬后槽牙："边炀，你个只考五百二的人，有什么资格说我！"

再怎么样，他也考了将近七百分。

虽然跟唐雨的分数拉开了一段距离，但他也稳居年级第二，考清北是没问题的。

但这个只考五百多分的，哪来的自信跟他相提并论？！

"有什么资格？"他冷呵一声，"就凭我旺……"他眉毛缓缓上抬，依旧散散淡淡的样子，"旺前桌。"

周寻文皱着眉："唐雨能考第一，是她自己的本事，跟你有什么关系，少往自己身上贴金。"

"我距离她不过三十分，而你距离她可有一百多分，高考一分之差就能甩掉千军万马，到时候你指不定被甩到什么犄角旮旯里了。"他冷笑，不乏轻蔑。

　　与此同时，唐雨挑好了调料，左等右等边炀不来，发短信也没回。

　　她拨开身上七七八八的瓶瓶罐罐，恰好有个售货员过来，把她从购物车里艰难地拉了出来。

　　小姑娘道了谢，推着满满当当的购物车在货架区四处找人，好在边炀人长得高，踮起脚尖，她瞧见了。

　　拉着小推车过去，没瞧见边炀对面有人，小姑娘还没走到，就开始抱怨了："边炀，你站在这儿干什么，给你发微信你也不……"

　　边炀低头瞧她，冷漠的表情明显收敛了许多。

　　然后走到他跟前的唐雨，这才看到对面的周寻文，"回。"她把最后一个字吐出。

　　唐雨脸上的情绪淡了。

　　周寻文怎么察觉不出，指尖缓慢地陷入掌腹，眼神有些说不出的失落。

　　失落她此刻的神色，失落她同边炀那么熟稔，更失落，她说她讨厌他……

　　边炀："东西买完了？"

　　"嗯。"唐雨收回视线。

　　边炀拎起一瓶醋，懒洋洋地端详着："这醋酸不酸啊？"

　　"醋怎么会不酸。"她轻眨了下眼睫。

　　"这个得问周同学。"边炀笑得很坏，"超市是周同学家开的，他们家的醋，他最清楚啊。"

　　周寻文的咽喉确实苦涩难耐，尤其是边炀这番话，简直是往他心口上捅刀子。

　　觉得这地方的空气都有些稀薄。

　　他吐了口浊气，艰涩地保持微笑，却好像在自取其辱："唐雨，我先走了。"

　　唐雨整理购物车里的东西，怕瓶瓶罐罐压坏了花，把芍药放在最上面，低着头，没搭理他。

　　直到周寻文离开，边炀把醋放了回去，轻轻哼了一声。

　　唐雨仰起脸看他，少年表情很臭，她问："怎么了？"

　　"刚才他说我。"他告状似的，"说我没本事。"

唐雨马上摇头："他胡说八道，你最厉害了。"

边炀唇角微不可察地扬起一瞬，尾音上扬："真的？"

"真的！"她用力点头。

边炀忍着笑，语调仍装作不咸不淡的："他还说我往自己脸上贴金，拖你后腿了。"

"怎么可能，我的英语还是你帮忙提上去的呢。"唐雨鼓了鼓腮，"他什么都不知道，凭什么这么说你，我去找他算账。"

说着人气呼呼的就要去，被边炀拦住了。

他整个人肉眼可见地舒坦，嘴上却叹气："算了，咱们不跟小人一般见识，他就是嫉妒我们关系好，挑拨离间来着。"

唐雨皱眉："这人怎么这么坏。"就说他不是什么好人。

"可不是。"边炀黑亮的眼眸含着笑意，"毕竟我这样好的人，不多见了，你可要好好珍惜我。"

唐雨不置可否地点头，脸颊被超市里顶光照得一片粉晕。

边炀得到反馈后，心满意足。

两人又朝水果区和蔬菜区走去，直到把购物车塞满。

这次是唐雨结的账，边炀没拦她，后腰靠在收银处的围栏上浅笑。

从超市出来，外边骄阳似火，跟烤炉似的。

边炀找了个阴凉地儿，把她和装满东西的超大手提袋放在一起。

"在这儿等一会儿，我去叫车，我们打车回去。"

"嗯。"芍药花在她怀里，她乖乖点头。

边炀站在马路边，周六日商超人多，不好打车。

唐雨远远地看着他颀长的背影，身侧有人经过，她弯腰拖着手提袋往边上靠了靠，腹部却忽然传来一阵剧痛，像针刺一般尖锐，来势汹汹、毫无预兆，她疼得直不起身，手撑在树上，指尖还在发颤。

几秒的工夫，额头就已经渗出豆大的汗珠，脸色几乎瞬间惨白。

她的生理期一向不准，痛经已经习惯了，感觉到有血从腿间不受控制地流出来，低头看了眼，牛仔裤已经被染红了。

她整个人背靠着树，不受控地躬身下来，虾米似的把自己蜷缩起来。

明明阳光依旧灼人，后背却是冰冷的，已经被冷汗打透。

边炀叫到了车，转身去找她时，看到她把脑袋埋在膝盖，蹲在树边，明显不大对劲儿。

他让司机师傅等一会儿，急忙跑过去，蹲在她面前，观察她神色："不舒服？"

碰到她的后背，全是湿的。

唐雨模模糊糊地听到他的声音，张了张嘴，想要回答，最后却没发出声音。

边炀捧起她的脸，几乎没有血色，他皱眉："还能起来吗？我带你去医院。"

"不用。"她攥住他的袖口，唇瓣咬得泛白，很小声，"是那个……来了。"

边炀忽然想到医生的医嘱，心头紧揪了一下，他嗓音试图平静下来："我扶你起来。"

唐雨真的太疼了，腹部像有石锥在开凿，知道自己大约撑不住走过去，艰难地点了点头。

可是想到什么，攥他袖口的指节泛着青白，嗡声说："我弄身上了……"

上身只有那么一件衣服，边炀想也没想脱掉上衣。

她腰身很细，他弯腰将袖口系在她的腰上，白色短袖挡住了她的身后。

边炀一只手拎着购物袋，另一只手揽着她。

他把购物袋扔进后备厢，扶她坐进后排。

大概是两人动作有点儿奇怪，司机没忍住从后视镜看了眼。

边炀似察觉她的窘迫，掌心落在她眼前，遮住光亮，随即按着她的脑袋靠在自己身前，低声道："休息会儿，一会儿就到了。"同时看了眼司机，"师傅，麻烦你快点儿。"

司机发动车，不由得打趣："帅哥，肌肉练得不错啊，你们刚才过来，不少小姑娘偷偷看你。"

少年上半身什么也没穿，肌肉线条分明，哪怕是坐在这儿，窄腰上的腹肌都很明显。

边炀默不作声地拿纸帮唐雨擦汗，同时观察她的状态："疼得厉害咱们就去医院。"

"不用。"她摇摇头，"去医院也是吃止疼药。"医药箱里是有止疼药的。

"不想去医院。"她虚弱，声音都很低，几乎听不到，"回去睡一会儿就好了。"

车子很快就到了公寓，边炀扶人进去。

唐雨用指尖戳了戳他的胳膊，没忘最重要的事："得买那个……"

她没来得及买，这附近有小卖铺，唐雨打算自己过去买。

边炀没松手，扶着唐雨继续往前走，步伐控得很稳，上了电梯："买过了。"

唐雨迷茫，不记得什么时候买过，直到回去后，他从柜子里拿出一个手提袋，塞给她。

唐雨想起送走秦明裕的那一晚，这是他手上拎着的，还以为是他的私人物品，谁知道是……站在卫生间里的唐雨抿了抿唇，解开他给缠在腰上的短袖，后边一大片都是红色。

果不其然弄脏了……

唐雨满心歉疚，打开水龙头刚准备洗，外边传来边炀低哑的嗓音："放那儿。"

小姑娘的手一顿，边炀的嗓音继续，"衣服不用洗，放那儿，我处理。"

她小心翼翼地按住开关，水流很小，声音也很小，以为这样他就听不见，她就能偷偷洗的。

可他就像在她脑袋里安装了摄像头一样，语含警告，淡淡开口："唐小雨当我聋呢，你要是敢碰水，我就进去了。"

"别！"唐雨马上心虚地关上水龙头，"我想冲一下身上……"粘在身上很难受。

"嗯。"他闷声应着。

她放弃了洗衣服的念头，然后扶着墙，简单用温水冲了下身上，换上干净的睡衣才出去。

似乎是怕她在里面晕过去，边炀就靠在卫生间外的墙边等。

在她出来后，他二话不说催她去卧室休息，往她怀里塞了个热水袋，然后拿来止疼药，喂她吃下去。

"我去熬一些姜糖水，你先休息会儿。"掌心落在她额头上摸了摸，好在不发烧。

唐雨有气无力地陷入被窝里，嗓音有点儿变调，埋在枕头里"嗯"了一下。

止疼药还没起效，腹部的疼痛依旧很明显，不知道保持蜷缩的姿势多久，大概是起了药效，腹部没那么痛了。

唐雨迷迷糊糊地昏睡了会儿，听到外边传来声响，她动了动眼皮，然后看到边炀小心翼翼地端着汤碗进来，坐在她床边。

修长的身子向前倾，扶她坐起身，往她后腰塞了个枕头。

唐雨看着他递来那碗姜糖水，里面还漂着几颗红枣，散发着甜滋滋的味道。

可她的视线却落在他食指烫红的地方……

"你的手怎么了？"她仰头，声音哑哑地问。

他不会做饭，切菜都不会，十指不沾阳春水。在她来之前，甚至连燃气都不会拧。

可碗里的姜丝切得细细的又不会太碎，红枣开了个小口，果肉吸足了水，膨胀的鼓鼓的。

边炀吹凉一些，用汤匙喂到她嘴边："喝你的。"

她就着汤匙抿了一口姜糖水，苦涩的唇腔里顿时甜甜的，暖流从胃里一直往下，身体开始暖起来，可她心底却泛起一种肿胀的情绪，他烫红的地方，让她咽喉哽得难受。

"边炀。"她不喝了，手指碰了碰他烫红的地方，这要起水泡的，"你去拿烫伤药。"

边炀低声："没事，我用凉水冲过了。"

"疼不疼？"

"我不怕疼。"边炀垂眼。

唐雨的鼻尖酸得要命，在他又喂过来一勺姜糖水时，很乖地喝下去。

很快一大碗喝光了，她身上热热的。

"热水袋给我，我再去换一下热水。"

"不用换。"她小声咕哝，酝酿一下措辞，然后指指床头那本书，"你帮我念好不好？"

边炀嘴角一抽："都这份上了，你竟然还想着学习……"

长这么大，他第一次佩服的人，就是唐雨。

她对学习完全是自主意识的，从来没有抱怨，甚至无比享受。

用她的话说，她觉得学习的每一天都在走向光亮充沛的地方，所以格外有动力。

小姑娘半张脸埋在被子里，眼睛露出来："能止疼……"

边炀不信："我只听说看书能催眠，没听说还有这药效。"

话虽然这么说，但指尖已经拎起她床头那本书，不是高中教材，而是一本《民法总论》。

小姑娘体力恢复了点儿，对上他的视线，解释说："是闫律师送我的。"

他又朝另外一摞书上瞧，不只是《民法》，还有《宪法》《刑法》等，足足十几本，一本比一本厚实。

"闫律师人真的好好，见我对法律感兴趣，就送了全套书给我。"说起这个，她的眼睛似乎亮了些。

边炀翻开她折角的地方，小姑娘已经看过大半了，甚至有些地方做了详细的笔记。

"很喜欢法律？"他粗略扫了两眼，"学这个可是很累的。"指尖敲了敲桌面上那一摞书，"这些都要背。"

唐雨抿唇，眨巴的眼睛很亮，对此极有兴趣："我最擅长的就是背书。"

所有高中教材，每一个公式和知识点在第几页，她都知道，倒背如流。

每次汪晴都感慨她上辈子是个目录精。

闻言边炀轻笑："行，我念。"

人家都是念童话故事什么的，这小姑娘得念宪法。

边炀掀开书页，发出轻微的声响。

唐雨侧着身子，脸颊枕在手臂上看他。

台灯调成暖光，明亮澄澈的光散落在少年精致的侧脸上，如无限柔焦的镜头。

他薄唇掀动，眉眼温柔，嗓音似某种乐器的音质，她说不上来，只觉得不近人情的律条从他唇边吐出来，都变得极具磁性。

第九章
抵达繁星

转眼就到了五月中旬，即将迎来第三次模拟考，眼看倒计时从一开始的一百天，到了现在的二十天，篮球场不见高三的学生了，走廊里寂静一片。

各科老师把卷子往课代表桌上一扔，不用说，卷子雪花似的传了出去。

平常在走廊打闹的同学凭空消失似的，课间只有翻书声和唰唰的笔尖和纸面碰触的声音，偶尔几个人聚在一起讨论错题。

不只是唐雨，所有人投入兵荒马乱的学习中。

汪晴的八卦却没停下来，累极的时候，还不忘跟唐雨分享最近的喜闻乐见。

"你知道为什么最近没怎么见孟诗蕊了吗？"

"她跟隔壁北远高中的校花打起来了，结果对方也是个硬茬，家里也有点儿关系，孟诗蕊把人脸弄伤了，对方去孟诗蕊家里接二连三地闹，反正闹到现在都没说怎么处理。"

唐雨听着八卦，写卷子的笔却没停。

"哎，小雨，你项链挺好看的，哪里买的？"汪晴眼尖，瞧见了。

中间是一轮弯月，周围绕着一圈闪闪发光的碎星星。

唐雨的笔尖顿住，低头飞快地把不知何时露出的项链塞进领口里。

那天她醒来之后就发现了，不知道他什么时候戴上的，反正不是她自己买的，就跑去问边炀。

当时边炀正弯着腰洗衣服，衣服上的血迹都被他搓干净了，慢条斯理地说这是老天看她学习勤奋，奖励她的。

骗人。见她要摘下来，边炀才笑着说是迟到的生日礼物，然后她就一直戴着了。

"我忘了。"她心跳乱了节奏又镇定自若地敷衍，"就在附近吧，具体哪家我忘了。"

"真漂亮，等三模考结束后，找我爸申请零花钱也买一条。"

唐雨低头，继续写卷子。

吊坠时不时碰到胸前的肌肤，是凉的，却好像烫到她一样。

张靖宇从座位出来接水，瞧见边炀的水杯空着，就殷勤地问："炀哥口渴不？我帮你接杯水。"

边炀坐在那儿懒洋洋地犯困，低头瞧了眼时间，才朝水杯抬抬下颌，"谢了。"

张靖宇马上拿起少年的水杯，他又说了句："只要热水，半杯。"

张靖宇："光有热水多烫啊，我给你掺成温的。"毕竟这天这么热。

边炀掠他一眼，他马上改口："好嘞好嘞！热水热水！"

经过唐雨的时候又殷勤地问她："雨姐，你口渴不？我帮你也接一杯？"

自从唐雨连续两次蝉联校第一后，名声就大面积铺开了，第一就算了，还一次比一次成绩高。要知道在这个节骨眼上，提分简直是天方夜谭，不掉分不掉名次，大家都阿弥陀佛了。

尤其是二模卷子，是省联考的卷子，全省五百所高中，她居然考了省第二，省第一是在省会重点高中的精英班，就清远高中这垃圾教学水平，能出来一个跟第一仅仅差了零点五分的唐雨，不怪省重点的校长亲自来挖人。

所以唐雨这名声算是打出去了，尤其是买过她笔记的人，都开玩笑地称一声"雨姐"。

唐雨怎么听都不习惯，礼貌道了谢，拒绝了。

"你雨姐不要，你晴姐要，给我接一杯。"汪晴把自己的杯子隔空丢给他。

张靖宇想也没想把杯子扔回去："汪晴，你也好意思，想喝自己接去。"

勉强接稳水杯的汪晴，从座位里跳出去揍他。

张靖宇给边炀接了半杯热水回来，边炀没喝，从包里拎出一包中药，泡进热水里。

敢情不是用来喝的，是用来热中药的。

这玩意儿是药房熬好的，一次熬七天的量，一天三次，装在真空袋里，热水烫过就能喝。

热了两分钟左右，边炀手背碰了碰药包，接着从水杯里拎出来，用纸巾擦干中药包上的水渍，又扔给了前排。

唐雨正埋头写卷子，忽然从天而降落下一个中药包，没惊讶，但眉心皱在了一起。

自从上次痛经之后，他生拉硬拽带她去看了中医，然后，接下来每一天的早中晚，掐着点儿按时喝。

她现在看见中药胃里就泛苦。

唐雨扭过头，好声好气地打着商量："能不能不喝啊？"

其实她身上已经没什么感觉了。

边炀从书上抬眼："你说呢？"

那眼神，显然是不行。

唐雨扁扁嘴，认命地转过身去，把药包咬开一个小口。

药味钻进唇腔里的时候，整张小脸都皱了起来，简直太苦了。

汪晴拎着水杯，两米远就闻到这味儿了，对唐雨最近喝中药已经习以为常。

"别说，这玩意儿还挺提神醒脑，我就是闻闻，瞌睡虫就全跑了。"比黑咖啡还顶事。

汪晴感慨："不愧是中式热美式，我让我爸也带我去看中医，给我开几包。"

唐雨嘴里衔着中药袋："……"

汪晴不是说说而已，当天放学就去了，隔天就开始喝。

学生睡眠少，气血不足是常态，中医开了一些补气血的药。

自从汪晴也加入中药大军后，不知道哪二传的消息，说喝中药能增强记忆力什么的，还说唐雨就是喝中药记性才这么好，然后一个班里的女孩都开始喝了，成了某种流行，甚至有的男生也默默喝了起来。

每到中午，二班里面就弥散出一种诡异的味道，像是个中医馆。

边炀还跟她开玩笑："多亏我们唐雨同学，为凉城的中医事业添砖加瓦了。"

这种现象在三模考试后更是如火如荼。

唐雨三模考了七百三十七分，生生超了省重点高中第一名七分，名字彻底在省区传遍。

她的学习笔记已经从清远传到了北远的高三圈。

汪晴是直售一姐，张靖宇是代购一哥。

不只是高三，高一高二的学生听说之后，也跟着买。撇去复印的成本，日销最高时，收入达到了两万块，学校复印店的机器都冒烟了。

唐雨拿到厚厚一沓钱的时候人都傻了。

汪晴感慨："知识就是金钱。"

书中自有黄金屋，可不是说说而已。

唐雨执意分一半钱给她，汪晴不要，但也没客气，按照市场价收了百分之十的提成，拿了两千块抽成。

她眼神闪闪发光地觉得自己很有营销的潜质，还信誓旦旦地跟唐雨说，将来要报考市场营销相关的专业，以后铁定能靠这碗饭大富大贵。

何止是笔记，三模考后，中医店里莫名挤进来很多高三学生，进来就说要唐雨同款。

都把中医大夫搞蒙了。

且不说唐雨那方子不是他们开的，他们只负责煎药，不能随便泄露顾客的药方。

更别说那方子主要是调理经期，给小姑娘补气血的，女孩子喝也就算了，男孩子来喝算怎么回事儿？最后也只能开一些治疗神经衰弱提高记忆力的温补药……

六月初下了一场大雨，水洗一般的城市格外清新。

高考前一天晚上，唐雨跟爷爷奶奶通完电话，九点钟就躺在床上了。

大概是有些紧张的缘故，唐雨翻来覆去睡不着，有点儿失眠。

起身把明早要带的文具检查三遍，又把边炀的也检查了好几遍。

两个透明考试袋里，分别装着各自的准考证、圆规、直角尺、三角尺、橡皮、两支黑色签字笔，以及2B自动铅笔，另外还有两瓶矿泉水。

唐雨仔仔细细地检查完，又把签字笔拿出来在草稿纸上画了画，确定没问题，才蹑手蹑脚地打算回去。

哪怕动作再轻，少年还是听到动静了，从书房出来问："睡不着？"

唐雨没想到边炀会出来，低声"嗯"了一下："有点儿紧张。"

前两天校长和年级主任找过她，说她是现在最有潜力拿到省状元的学生，只要正常发挥就好，可她要的不只是省状元。

"要不要我给你念民法？"他半开玩笑。

唐雨轻轻摇头："那本书我已经会背了，现在在看经济法和行政法。"

"厉害啊唐小雨。"他笑，"不过以后就要喊唐大律师了哦。"

唐雨跟着笑完，轻轻吐气："边炀，一切都会好起来的，对吧。"

"会。"边炀垂了垂眼睫，道。

唐雨笑起来，考上清北是她一直以来的目标。每当撑不下去的时候，她就会蜷缩在被子里，一遍一遍地鼓励自己。

"我会让我爸妈知道，他们是错的。

"他们抛下我，就以为我这辈子没他们就完了，不是这样的，我会更努力地向他们证明，我永远不会屈服他们扔给我的这糟糕的人生。

"即便他们践踏我的人生，我依旧能从泥里爬起来，站在最高处。"

她的声音很平静，在寂静中格外清晰。

边炀没有说话，心脏无法控制地抽痛。

久久地，她听到边炀嗓音沙哑地说："唐小雨，谢谢你一个人坚持了这么久。"

唐雨瞬间泪如雨下。

"要是我早些来凉城，是不是你就没那么难过了啊？"

他看到的唐雨，一个人已经走了一段很艰难的路。

他在京华过着无比安逸的日子时，她却那样难过。

要是，能回到过去该多好，他一定更早来到凉城找她。

没有人敢欺负她，没有人敢轻视她，没有人敢让她经历半点儿痛苦……

可是没有如果，那些灰暗的事情，她一一经历着，像烙印一样抹不去了。

若是没有他，她只会默不作声地忍。

可一旦有了依赖，有了可以信任的人，唐雨压抑了很久的委屈瞬间爆发，忍不住哭了出来。

"唐小雨。"他嗓音也似在压抑着某种情绪。

唐雨擦了擦眼泪，听到他认真的声音："你从来没有错，错的是不完善的法律，让不负责任的父母钻了空子，错的是欺负你的人，错的是那些视若无睹的人，你没有做错任何事。

"能走到今天的唐小雨勇敢、坚韧。

"可没有一桩不幸的事，会由于勇敢而变成幸事。"

唐雨渐渐平静了下来。

"还记得我跟你说过什么吗？自己的权益受到迫害时，不主动反击，会让对方得寸进尺，人性绝非虚无的白纸，只有惩罚，才能带来改造的效果。

"你可以不那么善良，不那么大方，因为那是圣人该做的事儿，我们都是普通人，所以我们允许自己存在人性的瑕疵。"

他不想她哭，陷入糟糕的坏情绪里，扬起牵强的笑容，让她听起来自在点儿。

"我们爱记仇的唐小雨多可爱啊，可以随便发脾气，自由地使小性子，反正喜欢你的人会连你的一切都一起喜欢；至于不喜欢的，呵呵，下次就指着他的鼻子骂，少左右我，不喜欢就忍着，关我屁事！"

听到这话，唐雨忍不住破涕而笑。

他长舒一口气："所以我们这短短的一生，都不妨大胆点儿，尽管去做吧唐小雨，无论现在多么难过，但要相信，明天一定会比今天更好，仔细想想看，最坏的情况又能坏到哪里去呢，实在不行天塌下来，我给你顶着！"

他仿佛有某种魔法，能让原本那些糟糕的情绪，统统消失不见。

边炀啊，总会在她失落一百次的时候，打捞起她一百次。

少年沙哑的声音响起："Per Aspera Ad Astra。"

"是拉丁谚语。"他轻声，"穿越逆境，抵达繁星。"

他希望唐雨能抵达繁星，心想事成。

夏天，对中国孩子和家庭的意义是特殊的。

六月份不再是单调的季节，中考、高考、毕业、步入社会的第一份工作……所有重大的人生转折，几乎都发生在这炎热而躁动的季节里。

6月7日至6月8日，县辖区附近考点封锁了相关道路。

边炀和唐雨的考场一个分到清远，一个分到北远。

8号的下午，两个人约定，考完最后一门英语就在两所高中中间的鲜花店会面。

炎热的午后，卷起的热浪直往人脸上扑，树影斑驳。

香樟树的叶子被晒得蔫蔫的，羞涩地卷起来。

几只觅食的麻雀，落在晒得滚烫的柏油路上啄了一会儿又跳到高压线上，低头往下看着那一群聚在校门口焦急却安静的大人们。

一切都静悄悄地发生着，只有偶尔的低语声，以及风吹树叶簌簌作响的声音。

谁都知道，那一群对成熟毫无心理准备的少年们正在唰唰的笔声中，慎重地写下关于人生独一无二的答案和决定。

铃声一响，监考老师示意所有人放下签字笔，把英语试卷和答题卡放在桌子的右上角。

考试散场，学生乌泱泱地从门口涌出。

家长听到声音，不由得踮起脚尖，远远地眺望着自家孩子。

有不少县记者早已举起摄像头，拍摄一张张青涩的小脸。

或悲或喜，或欢呼或颓丧，都已经是过往。

冗杂的人群中，只见一个身材颀长的少年推开人流，朝某个方向肆无忌惮地奔去。

夏风不燥，夏蝉不烦。

阳光从他漆黑的发间细碎地穿过，少年眉眼恣意，身上晕着耀眼灼目的光亮。

记者马上对着少年拍摄，可他跑得很快，热风从白色衬衫里灌进去，如裹着青春里最声势浩大的秘密。

在十九岁，穿过人潮和光阴，他像炽烈骄阳，在人声鼎沸中，仿佛去奔赴一场盛大的约定……

最后镜头勉强捕捉到了少年的背影，留下一张仿佛加了噪点的照片。

可边炀没想到，他已然跑得这样快，却比她晚了一步。

微风吹动她白色的裙摆，小姑娘安静地站在花店门口，额头上渗的汗珠，在光下照得发亮，显然是一路跑过来的。

少年研究一眨不眨地看向她，胸脯微微起伏着，不由得放慢脚步。

夏日蝉鸣悠长，微风浮动，女孩的发丝在空中轻轻扬起。

在他们看向彼此的目光里，一切美好的瞬间仿佛定格。

博莱德尔说："夏天是随性和无理性的季节，因此发生在夏天里的浪漫，缠绵悱恻的程度是其他三季的总和。"

是不是就如此刻，即便一个眼神，就可以感知彼此雀跃的心跳。

是不是就如此刻，即便一个眼神，就可以诉说对彼此毫不吝啬的珍惜。

是不是就如此刻，即便一个眼神，就可以迫不及待地表达自己满腔的爱意。

边炀走到小姑娘的面前，眼神炽烈。

她气息微喘，仰头望着他，漆黑的眼眸干净明透，估计自己都没发现，刘海儿都被汗水沾湿了，黏黏糊糊地贴在耳侧。

他伸手拨了拨她被风吹乱的发丝，弄得她痒痒的，不过片刻，他忽地自胸腔传来低低的闷笑。

小姑娘静静看他一会儿，也捂住腹部，跟着笑起来。

笑声在夏日荡漾，成最好的乐章。

片刻后，边炀屈起指腹在她脑袋上敲了下，唇边的笑意渐收。

"唐小雨，你怎么回事儿，怎么比我还快？"

她弯着眼眸，额头上的薄汗被他细致地擦去，笑容灿烂："你忘了我的考场在距离校门口最近的那栋楼了吗。"

所以交完卷的第一时间，她就跑出来了。唐雨是第一个从学校里跑出去的小姑娘。

发丝被风吹得凌乱，遮在眼前，却遮不住含笑的双眼，迫切想见到他的心情，比任何时候都强烈，所以她穿过热风和人潮，朝他而来。

边炀整颗心像浸足了春水的海绵，他微微俯身看她，弯起唇角，笑得很坏，问她："那跑这么快，是为了见我？"

小姑娘眼睛一眨不眨地看他，澄澈见底，没有任何犹豫地用力点头。

"你这样说，会让我误以为你是我女朋友的。"他伸出两根手指捏她的脸，拖着长调子，半开玩笑地说。

然后她缓慢地眨了眨眼，明亮如星，似乎在酝酿什么，因为接下来的几个字，需要小心翼翼地对待。

"我不是吗？"

听到她绵软的嗓音，少年捏她脸颊的手一僵。微风在脸颊上轻轻一扫，心跳就乱了节奏。

他怔怔地盯着她，眼眶莫名有点儿热："你有本事给我再重复一遍。"

一时间，某种灼热试探的气息隐约在彼此之间传递。

刚才那些话，就已经鼓起了莫大的勇气，再说一遍，到底有些难为情。

他怎么不好好听哪。

所以停顿了很久，唐雨才重新鼓足勇气，抬起的指尖在他手臂上轻戳了下，说出的话谨慎又坚定："我的意思是……"

与少年漆黑的眼眸撞上，她心脏重重一跳，随即轻轻吐气，字字清晰，"边炀同学，我可以，当你的女朋友吗？"

周遭所有一切都放了慢倍速。

小姑娘看他的眼神隐隐藏着期待和忐忑。

边炀的喉结上下轻滚着，有一种虚妄的不真实感。

要是眼睛就是相机该多好，就能把此刻的每分每秒都记录下来。

然后反反复复确定一万次自己没有听错。

不知用了多久，边炀从游离的思绪里回过神，掩饰性地舔了下唇角。

他听着自己清晰的心跳声，盯着她的模样，嗓音慎重："唐小雨。"

唐雨抬起脸看他。

"就不怕……"他佯装镇定，"我考不到六百分吗？"

唐雨顿了顿，眨眼："那好吧，你要是考不到，我就收回刚才说过的那些话——"

"不行！"边炀想也没想地打断，"我能！这就去对答案！"

握她手腕的力道深了几许，他牵着小姑娘就要回去。

唐雨任由他牵着往前走，看他急匆匆的背影，莫名有点儿想笑。

"边炀。"

少年回头看她，小姑娘甜软的嗓音和夏蝉混在了一起。

"其实无论你考多少分都没关系，我喜欢的……"她认真地看他，一字一顿，"是你的人，又不是那些分……"

这次够明白了吗？傻子。

"来的时候我订了两张电影票，所以不知道有没有这个荣幸，邀请我的男朋友一起去看？"她晃了晃手机。

她本来就长得甜美，此刻这样肆无忌惮地笑起来，就是甜滋滋要往人心里灌蜜了。

不只是甜，还很热，又或许是这阳光太烈，他觉得自己快被热化了。

边炀根本不在乎什么电影，他漆黑的眼眸染光，只关心一件事。

"所以我现在，就是你的男朋友了。"

她脸颊绯红，小声道："……嗯。"

边炀低头看她，凑得很近："所以，我们现在正式交往。"

唐雨眨了眨眼，下意识地往后退，被他握住手腕往怀里带，顺着力道，唐雨的身子不由得前倾，险些撞到他身上。

小姑娘轻轻咽了口唾沫，声音更低了点儿："……嗯。"

"所以你，也喜欢我，是吗？"他慢慢凑近她，气息近在咫尺，混杂着熟悉的雪松香。

唐雨不由得屏住呼吸，耳边听不到任何声响似的，只有少年震破耳膜的心跳。

她很轻地"嗯"了一声，然后指腹擦了擦掌心的湿汗，"喜欢。"

随之而来的，是少年完全敛不住的闷笑。

她莫名其妙地抬头，就见边炀眉眼弯着，向来疏冷矜傲的眼里此刻像含了一汪春水，水波层层的，潋滟地映着他满腔欣喜。

"这么小声，谁听得清啊。"

分明已经压不住眼底的笑意，嘴上却吹毛求疵，"一点儿诚意都没有。"

唐雨怀疑他是故意的，鼓了鼓腮："你要是没听清，你笑什么……"

边炀眉毛微抬："你说得声音小，还怪我了。"然后似哄似诱的，"唐小雨你再说一遍，我刚才真没听清。"

唐雨舔了下唇，也是有脾气的："没听清就算了。"说着就挣他的手。

边炀反而握得更紧，眼底含笑："怎么这样啊，唐小雨脾气真大，刚交往就给男朋友甩脸色看了。"

唐雨气呼呼的，耳尖一层粉红："你都听见了，就是在骗我。"

边炀握住小姑娘手腕的指尖缓慢下滑，一寸一寸地，直到触及她的掌心，然后十指相握。

"那我给小姑娘道歉。"他扣得有些紧，像是要将时间溶解。

婆娑的树影落在少年的肩头，边炀眼眸缀着光，是藏不住的笑意。

"就罚我以后非我们小雨不可，得伺候我们小雨一辈子。"

从学校走到电影院，要走很远的路。

两个人牵着手，一刻不松开，像要走到天外去，但他们一点儿都不累。

唐雨订的电影是全英文电影，连注释都是英文。

整个电影厅里就他们两个人。

边炀往椅背一靠，慢吞吞地环顾一圈，然后偏头瞧身边正喝奶茶的小姑娘："故意的？"

她咬着奶茶吸管，眼神有些迷茫："嗯？"

"黑漆漆的环境，黑漆漆的座位，只有明晃晃的我们两个人。"

唐小雨反应过来什么，抬眼看了一圈，可能是全英文的缘故，电影马上要开始了，厅内也没来人。

他双腿自然敞开，漫不经心地把玩着她温热的指尖，尾音像安了钩子一样扬了扬，又继续："好暧昧的氛围哪。"

唐雨窘迫不已，脸颊忍不住烫了烫。

"我订的时候，是打算看全英文电影锻炼听力的，没想那么多。"怎么会预料到除了他们没人来……

"我才不是故意的……"她小声辩驳。

边炀眉梢微微抬了抬，语气散漫又浪荡："故意的又怎么了。"

电影已经开始，厅内的灯光暗下来，少年微微侧着的脸在明暗交叠中越显精致，那双漂亮的眼睛一眨不眨地盯着你看时，仿若一眼就能陷进去，形成一股若有若无的无声勾引。

"还是说，我对你没有丁点儿吸引力了？"

唐雨舔了舔唇角，目光微闪几下，低头，不由得把吸管咬得更紧。

听到电影里主角的声音，她马上扯开话题，磕磕绊绊地说："开始了。"

然后坐得笔直，把奶茶放一边，一本正经地看电影，目不斜视。

边炀斜托着脸颊瞧她。

昏暗的光线下，女孩的皮肤白得发光，时不时扑扇的睫毛纤长，根根分明，底下是一双干净得跟琉璃珠一样明亮的眼眸。

不过看得出来她很紧张，指尖都捏在了一起。

边炀喜欢逗她，却不敢逗得太狠，于是把她捏紧的指尖，一根根慢吞吞地掰开，然后放在掌心里揉捏把玩，她的皮肤很柔软，轻轻一按就有印子。边炀似玩上了瘾一样，哪有心思看什么电影。

唐雨一开始的注意力被他分散了，渐渐地，心思挪到了电影上面。

经过三个月的训练，她的英文提高了不少，可以达到看懂全英文电影的程度，但依旧会遇到不通顺的句子。

每当这时候，她就会用指尖轻敲少年的掌心，然后眨巴几下眼睛，用询问的眼神看他。

少年就会耐心地侧过身，凑到她耳边解释那句话的含义。

电影过半，她感慨主人公命途多舛，又逆风翻盘。

你看，每当你以为人生要烂尾的时候，其实下一页就是幸福。

殊不知自个儿正感慨万千，没注意到身边的人逐渐幽怨的眼神。

小姑娘除了问英语，连个余光都没给他。

所以在唐雨下次点点他的掌心，询问电影里某个单词含义的时候，边炀低着头，装作没看见。

她又疑惑地点了下，依旧没得到任何回应，视线不免往他的脸上多扫了几眼，然后指尖被他揉进了温热的掌心里。

"唐小雨。"少年脸半逆着光，语气有点儿不爽，"电影好看吗？"

唐雨坦诚道："好看！"

边炀给气笑了，微不可察地紧了紧后槽牙，盯着她因为喝奶茶而沾了水渍的唇，忽而问了句："比我还好看？"

"……"

"这电影什么时候都可以看，回家你看十几遍都行。"他的指腹揉捏她的掌心，神色不明，"可知不知道，此时此刻你的男朋友是限定版？"

唐雨缓慢地眨了下眼睛，大概没懂什么意思。

直到他倾身凑过来，一只手搭在她的后颈上，轻轻摩挲着她颈侧细软的肌肤，声音低了低。

"正式交往的开始，是不是应该有个正式的吻？"

唐雨的身子僵了僵，他碰触的地方莫名在发烫。

"我觉得需要有。"他眼角稍弯，凑得更近一些。

少年的脸近在咫尺，呼吸可闻。

她脑子跟生锈似的，一时间说话磕磕巴巴的："刚在一起就……接、接吻，"大概是不好意思说最后两个字，特意模糊不清地含糊过去，然后声音越来越轻，"是不是……太快了……点儿。"

边炀的手穿过她的发丝，温柔地摩挲在她脑后，将人带得更近一点儿。这个动作压迫感十足，似能将她牢牢掌控。

彼此间的空气逐渐稀薄，唐雨感觉呼吸不畅。

偌大的影厅似乎陡然变得逼仄，黑暗里平白添了几分温度。

唐雨的唇瓣像是被烫到，睫毛微微发抖，有些紧张，大概是因为还没来得及适应他们的新关系。

他眼眸溺着春色，指腹在她唇瓣上力道不轻不重的，频频流连。

明亮纯粹的眼眸和娇润粉嫩的唇搭配着，漂亮得让他想犯罪。

像是天公作美，恰好电影里面播放出舒缓的背景音乐，周遭的一切都成了荷尔蒙的催化剂。

久久地盯着她的唇瓣，少年喉结缓慢地轻滚了下，头微垂着，脊背也在往下弯。

直到两个人的鼻尖几乎相互碰触，眨眼间，淡淡的雪松香气就在狭仄的空间散开。

她交叠放在膝盖上的手指下意识捏紧裙子，眼睛一眨不眨地，看进他的眼睛里。

随着彼此间的距离越来越近，少年在明暗交叠中的面容也越发清晰。

电影在讲什么似乎不重要了。

她的心跳停了半拍，下意识地屏住呼吸，连眼睛都忘了闭，似在等待。

等待着他进一步的靠近，等待着他即将到来的吻。

眼前忽而一片漆黑，他的掌心落在眼前。

唐雨愣了一瞬，唇忽地被温柔地覆盖。

在片刻的眩晕感里，灼热的气息顷刻将她包裹。

他吻得很慢、很轻，青涩地覆于她的唇上，像对待极为珍贵的宝物，无比渴望，又极其克制，却没有进一步侵占。

好似仅仅是要让她清楚地感知到他的慎重和珍惜，而不只是贪恋这一个吻。

片刻后，他的额头抵着她的额心，已经缓缓拉开距离，呼吸却还在咫尺的距离里交缠一样，盯着她的眼神眸色暗了些许，始终灼热浓稠。

尤其是此刻，平常清透明亮的眼眸里，满满当当地盛着他的样子，女孩儿脸颊绯红一片，青涩的纯净和动人的明媚糅合在一起，像含苞欲放坠着晨露的玫瑰，让人喜欢得要命。

"场合不对，饶你一次。"他轻轻抬手，带着不知名的情绪，指腹在她脸颊上抚过。

这厅里虽然没人，可有监控。

边炀此刻的心情就跟捡到宝贝后的仓鼠一样，存了私心要把人藏起来，只能给他看，才没兴致让隔着摄像头的陌生人欣赏他小姑娘漂亮的样子。

这样的距离，唐雨好像没听清他在说什么，耳边只有扑通扑通的心跳。

感觉藏在胸腔里的心脏要从身体里撞出来了。

电影已经接近尾声，厅内的光线亮起来，落在少年的肩头，落在眉梢眼角的温柔里。

"不过。"边炀捏了捏她的脸，力道极轻，继而慢慢地笑，"我这人要利息的，以后得加倍还。"

唐雨还有点儿不自在，总有种做坏事的感觉，用力报着唇，上面似乎还残留着他的温度，她视线四处飘着，就不敢朝他那边放。

他搭在她细颈上的指轻轻按了按，看她始终低着头，满脸通红的，也不说话，慢悠悠笑了一下："我们小雨怎么这么害羞啊？"

她捏着裙摆的手指紧了又松，松了又紧，已经捏得褶皱一片。

"可是我很喜欢怎么办哪。"他垂眼看她笑，漆黑的额发细碎地落于额前，眼尾潋滟。

她的脸烧得热气腾腾，感觉戳一下就能跑气的那种。

偏偏他还在继续："像是棉花糖。"

他说她很甜，很想咬，但又不舍得。

唐雨强装镇定，用手背蹭了蹭自己滚烫的脸，有点儿经受不住地直起身，然后离他远点儿。

电影正在播放最后的演员名单。

小姑娘推人的力气小得要命，他顺着那力道靠在椅背上，指骨抵着唇瓣，小幅度地弯着唇，若有似无地瞄她不知所措的模样，也不知道是哪儿戳到他了，然后没绷住闷笑了几声。

笑得胸腔震动。

唐雨意识到自己被嘲了，捏紧手指，圆睁着瞳眸瞪他。

"生气了？"他好笑地问。

她侧过身一点点，腮帮子鼓鼓的，薄瘦的背影都可爱。

边炀看了几秒，勉强收敛了点儿笑意，拖腔带调地道："真生气了啊？"

他伸手扯了扯小姑娘纯白的袖口。

唐雨吐了口气，不想总是在这种事上被他拿捏，就镇定自若地说："才没有。"

这个姿势，边炀只能看到她的侧脸："那你转过来给我瞧瞧。"

然后唐雨努力做了会儿心理建设，磨磨蹭蹭地坐直身体，余光不动声色地去瞄他，偏巧正对上他饶有兴致的视线，看他的指节漫不经心地抵着自个儿的嘴唇，那地方是她刚刚吻过的。

莫名地，她感觉嘴唇又有点儿热。

不行，不能总这样被他牵着鼻子走。

小姑娘掩饰性地拿起手边的奶茶喝了一口，草莓的甜香溢满口腔。

她轻轻吞咽下去，似乎壮了些胆子："我只是忽然想起了一件事。"

"什么？"他温温吞吞地问。

"我记得你之前嫌弃我是软骨头。"她记仇，又或许单纯是因为记性好，所以过往发生的任何事都历历在目，"你还说最不喜欢我这样的。"

而刚才他却说她的嘴唇很软。

她这么一提，边炀似乎也跟着想起了这事儿，忽地喉咙里发出一声哑笑。

她开始翻旧账了。

唐雨又喝了口奶茶，抿了抿唇角："还有，你还说我长得一般，想得倒挺美。"余光瞧他，"说你损失很大，白白便宜我了。"

当时的情况是她走投无路，去找边炀寻求庇佑，被他拒绝不说，还傲娇地讽刺她。

撂完狠话后，就把门"啪"的一声，无情地关上。

边炀似乎也想到了三个月前的场景，敛着下颚，没忍住轻咳两声。

一桩桩一件件的，确实是他干的事儿。

不过他承认啊。

少年笑眼弯弯地瞧她，略显浪荡："现在看来，这么好的姑娘落我手上，那可不是白白便宜我了吗。"

"……"

"没想到我还有未卜先知的能力。"

"……"唐雨语噎，到底不是他的对手。

边炀倾身过去，捧着小姑娘的脸蛋仔仔细细地看，要把她的眉眼刻进脑子里那样，语调轻吞慢吐的："不过有一点说错了，我们小雨漂亮死了。"

然后低头在她唇上轻碰了下，小姑娘成功愣住了，呆在原地。

他哑声笑："我稳赚不赔。"

电影结束，厅内的灯光逐渐亮起。

少年牵着小姑娘离开放映厅，另一只手拎着她不大不小的帆布包。

走到路上的时候，他忽然问了句："那电影真的好看？"

唐雨还有点儿没反应过来，眨了下眼，慢半拍地说："好看。"

边炀从口袋里拿出票根，他没扔，慢条斯理地问："这么好看的电影，我们是不是该分享一下？"

"嗯？"他全程划水，不是没看吗？

然后他牵着小姑娘的手上拿着票根，另一只手用手机拍了一张照片，指尖在屏幕上点来点去的，不知道在捣鼓什么。

唐雨轻轻踮起脚尖去看，他大大方方的，微信界面无遮无掩，是他刚发出去的朋友圈。

文案是"和女朋友一起看的第一场电影"。

配图是他们牵在一起的手，还有那两张票根。

她从屏幕上收回视线，低头，脚尖轻轻擦过路面，嘴角控制不住地弯了起来。

然后脑袋一重，他的掌心落在上面揉了揉，假装不经意地问："喂，唐小雨，做人不能这么小气，这么好看的电影你不分享一下？"

唐雨："啊？"

然后，她反应过来什么，另一只手要从口袋里拿手机，才发现自己穿的是裙子，没有口袋的。

紧接着她的手机就落在眼前。

边炀从她包里拿出手机，冲她略微挑眉，神色闲散又淡，那意思显然明了。

唐雨左手被他牵着，要松开去接手机，少年没松，一只手替她划开屏幕，解开锁，然后切到微信界面上，似乎是在告诉她，这种事一只手就能完成。

她觉得好笑，又不敢笑出声，于是忍着笑意，把朋友圈里他发的图片保存下来，然后学他那样，一只手发朋友圈，一个字一个字地缓慢打字："好看"。

配图和他是一样的。

边炀唇角弯起来，俯身与她平视，带着几分缱绻："唐小雨，这样发会不会让大家产生歧义啊？"

"啊？"她抬头，莫名地看他。

他指尖敲了敲她的手机屏幕："到底是夸人好看，还是夸电影好看呢？"

唐雨的脸忽然有点儿烧，好像确实有歧义……

她缓慢地眨了下眼睛："那我改一下……"

"不用。"他没收了她的手机，塞进自己的口袋里装着，牵着她继续往前走，"反正也是事实。"

他们十指相扣，掌心炙热，无法忽视。

唐雨落了他一小步，稍稍抬了眼。

夕阳正好，透过树荫洒了少年一身，在他颀长的后背镀了层淡黄色的光。

眼前的景色不断倒退，微风轻轻掠过他的发梢，带来他身上的香气。

边炀迎合她的步子慢吞吞地在街上走着，眉眼舒展开来，唇角弧度不加掩饰地弯起，浑身一如既往地透着股子散漫劲儿。

他心情不错的时候，势必是要所有人都能明显感觉到的。

她看了一会儿，眼睫微微垂下，视线又落在两人相扣的手上，似乎又想到什么，不由自主地摸了摸自己的嘴角，随后也莫名地跟着他笑了起来，笑出浅浅的梨涡。

这边岁月静好，可边炀的朋友圈已经炸开。

向来不知怜香惜玉，对女生不感兴趣的少年忽然正大光明地官宣了女朋友，可想而知带来的震撼力有多强。

朋友圈底下纷纷留言：

"炀哥开什么玩笑呢，今天不是愚人节。"

"炀哥不是出国了吗，这是外国妹妹？哪国的？"

"炀哥啥时候回国啊？"

"你们是不是瞎？没看到电影票根上写的是凉城环星影视城？"

"哎？凉城是什么地方？没听说过啊。"

足足三十几条留言，可当事人没回复一条。

秦明裕咬着指尖，抱着手机往下划拉，最后把那照片反复放大，仿佛在寻找什么蛛丝马迹，最后从地面上两个人影子的身高差，他几乎可以确定这就是唐雨。

今天正巧六月八号，也就是高考结束的这一天，边炀就迫不及待地宣示主权了……

秦明裕并不意外，边炀的性格就是如此。

无论是想要的东西还是喜欢的人，下手从来就是干净利落。

点开边炀的微信界面，他酝酿一下措辞，正要发条祝福的信息，手机里进来一个电话。

他犹豫片刻，划开接通："边叔……"

凌晨三点钟左右，公寓传来剧烈的敲门声，她窝在被子里，听到屋外传来门开合的声音，应该是边炀。

唐雨揉着惺忪的眼睛坐起来，走出屋外："怎么了？"

她还犯困，嗓音软糯得不行。

怕光刺到她的眼睛，边炀没开灯："我出去看看，你继续睡。"

唐雨正打算回去，忽而听到外边传来一阵嘈杂声，似乎涌进来很多人，有很多凌乱的脚步，接着是一声威严又暴躁的怒吼，把她一下子惊醒。

"把他给我带走！"

边炀把门打开的一瞬间，房间里就乌泱泱地挤进来五六个保镖，为首的边城站在门外，昏暗中，五官轮廓硬朗分明。

本以为断了边炀的经济来源，他熬不过多久就得屁颠屁颠地回京华，结果两个月过去了，他不但没听到边炀回京的消息，反而从别人嘴里得知这臭小子参加高考，还谈恋爱的事儿。

派人那么一查，才知道边炀在海外有个私人账户，里面金额庞大，难怪不在乎他给的那仨瓜俩枣。

边炀站在那儿不动，扫过边城带来的人，喉咙里发出一声嗤笑："我看谁敢。"

登时，五个保镖站在那儿不动，转头请示般看向边城。

毕竟边炀学过散打，下手轻了他们对付不了，下手重了怕把人弄伤了。

边城黑沉着脸走进公寓，瞬间本就不大的地方变得无比狭窄，他盯着自个儿这叛逆的儿子，气场近似威压："你要不是我儿子，你以为我稀罕管你？！这三个月算我给你放假，我允许你混三个月，但我边城的儿子不能混一辈子，别逼我动粗，给你半个小时的时间收拾东西，要不然收拾的就是你……"

他的话音刚落，卧室"吱呀"一声开了缝隙，里面走出来一个揉着眼眶，穿着奶黄色睡裙的小姑娘。

一时间所有人的视线都落了过去。

小姑娘的皮肤很白，在夜里发了光似的，头发披在肩膀上，似乎被这样的场景和忽然挤进来的陌生人吓到，漂亮的脸蛋儿上表情一时间有些呆滞。

他儿子谈了个恋爱，发了朋友圈，但自己被拉黑，边城还是从别人嘴里听说这事，然后打给秦明裕确认了消息，连夜从京华赶了过来抓人。

这是边城第一次见唐雨，脑子里只有一个想法：这女孩儿，没成年吧？

没成年就拐人家谈恋爱……边炀简直是在犯法！

边城的拳头捏得死紧，一拳挥了上去。

边炀的脸猝不及防地被打偏，身体往后踉跄，唐雨想也没想冲了出去，不知道哪来的力气，用力推开边城，然后呈保护姿态的样子张开双臂，黑亮的眼睛警惕地怒视着对方，把边炀紧紧护在身后。

"你干什么！凭什么随便打人！"客厅里回荡着小姑娘的惊怒声。

边城被推得一个趔趄，身体倒在后边的保镖身上，看她的眼神有些难以言喻。

眼前的小姑娘虎视眈眈地盯着他，没半点儿畏惧，像极了稚嫩的小狼崽子。

边炀指腹擦去唇角的血渍，站稳身体后按住她的肩膀，把她挡在身后，再看边城的眼神无比暗冷："你有病？"

边城看上去有些火大："你说谁有病呢，你看看你都……"他看了眼那个稚嫩的小姑娘，沉默三秒，深深地吐气，"我本来以为你只是不务正业，从来没管过你的私生活，你才十九岁，你居然就在外边……"那几个字他反正说不出口。

最后，边城只吩咐保镖："把人给我带走。"

唐雨捏住他衣服的手，不由得紧了紧。

边炀反握住她的手，将其包裹在掌心里，看边城的眼神不掺半点儿温度："你敢动她试试。"

"动她干什么，我动的是你！"

边城内心在疯狂做心理建设，想着怎么妥善处理这事比较好，余光瞧见那小姑娘轻轻扯了扯边炀的衣角，胆怯又不乏警惕的眼神防他的样子："边炀，他是谁啊？"

感觉他们关系很不好，又感觉他们很熟悉，而且这人和边炀有几分相似，唔，口音也一样。

边炀扫了眼边城，冷呵一声："甭搭理他，他脑子有病。"

边城："你骂谁呢！有你这么跟老爸说话的？！"

"我说过，今后我的事跟你没任何关系。"边炀的手指向门外，声音不轻不重，情绪很冷，"出去。"

边城冷笑："我就不走你能怎么着？"

房间没开灯，唯一的光源是透过落地窗的月光。

边城审视的眼神环顾四周，这才发觉，这间不如他们家一个卫生间大的公寓里充满了小姑娘生活的气息，鞋柜上放着一样熊猫吊坠钥匙扣，底下是两双尺码相差甚远的小白鞋，阳台上晾晒的白裙子以及客厅茶几上叠的千纸鹤……最后，他的视线又落在他儿子护着的小姑娘身上，存着微不可见的打量。

那双杏眼很干净，在黑夜里湿漉漉的，身板跟张纸片一样，体重估计还没有保镖四分之一，却敢在那个时候毫无顾忌地冲上来挡在边炀身前，还敢跟他动手……

在名利场浸淫这么些年，他什么人没见过，聪明和心机可以装，干净和纯粹是装不出来的，即便可以模仿出来言行举止，但眼神出卖不了灵魂。

可这姑娘越是干净，他越觉得对不起人家……

最后他长吐一口气，从钱包里拿出一张支票，递到唐雨跟前："数字随便填，求求你……别告我儿子。"

边炀、唐雨："……"

见两个人不接支票，边城上前一步想硬塞来着，结果余光不小心瞧见用泡沫包裹的椅子桌子，所有的边边棱角全都包裹得一丝不苟。

他登时有了一股不好的预感，捏着支票的手瞬间颤了几下，用难以置信以及痛心疾首的眼神看他们："难道，连孩子都……"有了？！

边炀听到这话，马上用双手捂住唐雨的耳朵，目光凉凉："你再瞎说一个试试！"

最后，边城和保镖以及他的那张支票是被边烊拿着卫生间的拖把给撵出去的。

看着冰冷无情的房门，边城叉腰烦躁地转了两圈，重重地拍门，让边烊出来说清楚！

结果怎么拍都不开，边烊居然还叫来物业撵他们走。

被赶出小区的边城，拿出手机，给戚明洲也就是边烊的舅舅打电话。

"你什么时候回国？"

对方听出他的声音有些急躁，反倒挺淡定的："后天，怎么了？"

"能不能改成今天晚上的？"边城的语气很慎重。

"出事了，出大事了！你要是再不回来，今后就只能去监狱里探视你外甥了！"

说了一堆没用的，他还是没说发生了什么事。

戚明洲继续淡定地询问："到底怎么了？"

"我是管不了他了！他现在连他爸都敢撵！"他闻了闻，身上一股子拖把味儿。

戚明洲似乎已经习惯了边城这脾气，抿了口手边的红酒，疲倦地捏捏镜框下的鼻梁，耐心地又问一遍："你先说说发生了什么事。"

边城语气沉重："他谈恋爱了。"

诡异地沉默几秒钟后，戚明洲轻言："姐夫，阿烊成年了，可以谈恋爱。"

"不是谈不谈恋爱的事，是他……"边城警惕地左顾右看，确认没有旁人注意后，用手挡着手机，很小声，怕被人听见，"那姑娘好像是个未成年！"

"甚至那小姑娘还怀孕了！"

哪怕他说得再怎么惊世骇俗，仿佛要颠覆整个世界一般，戚明洲依旧无动于衷地靠在沙发里："姐夫，你确定吗？阿烊不是那么没有分寸的人。"

"怎么不确定，我亲眼所见！"边城信誓旦旦，"他们现在住在同一个公寓！我揭穿他们后，你猜怎么着，他还恼羞成怒地把我赶出来了，你说说这算什么事儿啊？！"

戚明洲："……"

他眉心忽然很痛："姐夫，我这就改签机票，明天回去，你先别冲动，别跟阿炀起冲突。"

就他俩这脾气，都跟个火药桶似的，一点就炸。

戚明洲叹气："有什么事等我回去再说吧。"

边城看了眼虎视眈眈的保安，确实也不能硬闯，大半夜的有扰民的嫌疑，也只能如此了。

"那行吧，你赶紧的，这种事能快一秒解决就快一秒，我今晚怕是睡不着……"

戚明洲总觉得事情不是他说的那样，毕竟他姐夫有多不靠谱，别人不知道，但他领教过。

"你别多想了。"戚明洲挂断前又叮嘱了一句，"好好睡一觉，记得，别冲动。"

边城又愁又担忧，敷衍地"嗯"了几声，挂断电话后，气得他狠狠踹了脚车，带着保镖走了。

房间里，唐雨开了灯，房间里恢复一片光亮。

她抱着医药箱，默不作声地坐在边炀的身边，从里面拿出碘附，把棉签浸透，盯着他嘴角瘀青的位置，她唇角抿得很直，小心翼翼地往上涂药。

看她神色紧绷、情绪低落的样子，边炀在她上药的时候故意"嘶"了一声。

她马上停下动作，紧张地问："是不是弄疼你了？"

他低笑了声，抬手落在她脑袋上揉了揉："逗你玩儿的，一点儿都不疼。"

换作平常，唐雨会瞪他，让他不要胡闹，可这会儿她低着头，没有说话，重新换了一根棉签，然后继续专注地为他上药，动作很轻很轻，生怕弄疼他，然后眼眶里逐渐浮起了一层湿气。

"怎么了？"他捧起小姑娘的脸，小姑娘眼尾泛起红来，他一颗心都揪起来了，"怎么还哭上了？"

她原本是能忍住的，边炀说完这句话后，喉咙忽然就有了哽音。

"边炀。"她声音哑了些，"你肯定很疼，都流血了。"

而且打他的人不是别人，是他的父亲，又怎么会不疼？

"真没事，我从前跟他针锋相对的时候，闹得可比这严重多了。"

边炀半开玩笑地说了句，指腹轻轻抚过她的眼睑下方，带了点儿安抚，擦去那点儿湿润。

企图通过这种方式，来说明他的浑然不在意。

"这伤口几天就好了，又不影响吃饭，又不影响喝水的，别哭了，你这哭得比我这伤口还让我疼。"

唐雨缓慢地抬起眼睫，语气闷闷的："他怎么可以动手打人。"

语气隐隐藏了些自责。

要是她反应快一些，是不是就能拦住那个人？边炀就不会受伤了。

"就算是父母也不能随便打人。"

从前父母没离婚的时候，唐雨也挨过打，那时候她默默忍受，然后默默消化，一滴眼泪都不想掉，因为心里不在乎，身体上的疼痛就显得微不足道。

可是看到边炀挨打就不行，会难受到不受控地掉眼泪。

"以后我不会让别人伤害你的。"她用很轻的声音说，更像是某种誓言。

就像他保护她一样，她也想保护边炀。

听到这话，边炀沉默下来，指腹轻轻拭去她脸颊湿润的泪珠，胸腔里原本空荡荡的地方，似乎被她用泪水填补了起来。沉甸甸的，让他心口有些微不可察的疼。

不屑于说家里这点儿破事，是因为他觉得自己不在乎，也有能力消化这些糟糕的情绪。

他自认边城做什么，都不会对他的心情造成影响。

可好像不是的。边城的一言一行，始终会牵动他那条敏锐的神经。

"唐小雨。"过了一会儿，他张开双臂，寻求安慰，"抱抱我。"

唐雨把棉签扔进垃圾桶里，软软的手臂轻轻环住他脖颈。

"边炀。"她轻声，"还记得我告诉过你什么吗，或许现在的我可能解决不了你的问题，但我一定会是一个很好的聆听者，所以你有什么事情，都可以跟我说。"她往他颈窝里蹭了蹭，"开心的，不开心的，我都想知道。"

边炀抱她更紧了一点二，脸也埋得更深。

安静片刻后，他轻声道："刚才那个人，虽然我很不想承认，但他确实是我父亲。

"我母亲住院期间，他跟一个女人传出绯闻，之后我母亲的病情加重……"边炀眼神暗淡，轻嗤了声，"从那以后，我们的关系就越来越僵。"

"一模考试结束后我回去了一趟，跟他断绝了父子关系，没想到他又找上门。"

提到这个，边炀就毫不掩饰地厌烦，自嘲般扯了扯唇角。

"估计觉得我是他的附属物吧，我做什么他都要插上一脚。"

唐雨用力抱住他，圈在他颈后的手指，捏得紧紧的。

边炀在她颈窝里汲取温暖："他跟我母亲生前关系很好，是圈内出名的恩爱夫妻，在这件事之前，他再怎么不着调，在我心里始终都还算伟岸的父亲。

"结果我母亲重病住院期间，他竟然……"

看到桃色新闻的那一刻，他对边城所有的滤镜都破碎，那一刻，他最恨的就是边城。

边炀垂下眼，声音低哑至极："无论如何，我都不会原谅他。"

唐雨紧紧圈着他的颈窝："好，我们不原谅他。"

"嗯，不原谅。"边炀笑。

他自愈能力强，缓了一会儿，就恢复成原来吊儿郎当的样子，倒是唐雨，眉心紧紧皱在一起，这样子简直比他还恨边城。

边炀看得想笑，一颗心软得一塌糊涂，伸手抚她的脸："女朋友这么心疼我，我忽然一点儿都不难过了。"

唐雨抬眼仔仔细细地看他："真的？"

她眼眸氤氲了雾气，水汪汪的一片，他的视线慢腾腾下垂，落在她娇软的唇瓣上。

放映厅场合不对，现在这场合……到嘴边的话转了个弯，边炀垂头丧气："其实还有那么一点儿难受。"然后余光偷偷瞟了眼她担心的模样，叹息，"要是有女朋友的亲亲，可能会好一点儿。"

唐雨一顿，迟疑地看他。

少年的肤色在灯光下显得冷白，唇角挂着瘀青，一脸委屈："不行吗？"

唐雨当即挥散脑海里一闪而过的念头，边炀怎么可能是装的，他肯定是在强颜欢笑，于是双手捧着他的脸，在他脸上小心翼翼地落下一个青涩的吻。

"这样……好一点儿了吗？"她盯着他的眉眼，眼神纯粹，没什么杂念，就是想让他好受点儿。

边炀努力压着上扬的唇角，低头闷"嗯"一声，然后点点额头："还有这里。"

唐雨在他额头上落下一个吻。

边炀唇角压不住了，马上抬起指节，掩饰性地抵在唇边，转眼满脸忧愁的样子，又点了点鼻尖："这里也要。"

唐雨想也没想，又亲了亲他的鼻尖。

边炀彻底压不住笑意了，直接闷笑出声，太好骗了。

唐雨迟钝了两秒钟，反应过来什么，就见边炀目光灼灼地盯着她的唇，意有所指地点了上去："现在轮到这儿了。"

他现在哪有半点儿难过的样子，分明就是故意的……

唐雨又气又闷，这种时候，他居然还有心思想这些，亏她刚才担心得要命。

见她不动，边炀佯装漫不经心的样子，又隐隐在期待着什么："继续啊。"

唐雨沉默片刻，伸手摸摸他的额头："……该不会是你爸下手太重，把你脑袋打傻了吧？"

边炀："……"

他把她软软的小手揉在掌心里，还硬装："我是真难受。"

唐雨点头，配合他演："那我们去看心理医生好了。"

"找什么心理医生，眼前不就有药吗？"他的视线始终盯着她的唇。

唐雨面无表情地抽回手，然后把碘附放进医药箱里，刚拎着医药箱站起身，就被一道力量带了过去，整个人坐回沙发上。

唐雨微微仰头，光线被他颀长的身子遮挡，视野被他的俊脸侵占。

"唐小雨，做事可不能半途而废。"

夏天衣服薄，两人也都只穿着睡衣，而他穿的上衣领口大，这样倾身时领口肆意敞开，毫不遮掩地露出深陷又分明的锁骨，上面的那颗痣在昏暗中摇摇欲坠的，很勾人。

大概是贴得紧，唐雨莫名觉得有些热，脑袋多了几分空白："你……你是故意的。"

他的眉眼生得好看，带了丝痞气，一笑就显得很坏："我故意什么了？"

唐雨鼓了鼓腮，他自己心里清楚。

"那我还给你成不成？"他用指腹慢吞吞地擦过她的唇瓣，极具侵略性，低声笑，"就算是礼尚往来。"

一瞬间，没等她反应过来，他的气息重重地压下来，身上的雪松冷香铺天盖地席卷她。

光影轻晃，衣服布料不经意间的碰触摩擦，发出细微的声响，在这样寂静的氛围里格外清晰。

唐雨不适应这样深入的接吻，眼里染了几分可怜的水汽。

淡淡的药味儿和他清冽的气味糅合。

她被他逐步带入沉浸的深吻里。

时间仿佛静止。

不知道过了多久，她渐渐喘不上气，伸手无力地推他。

这样不知所措地看他，青涩得像个半青半熟的粉莓果，简直要了他的命。

少年额头抵着她的额心，眼眸愈发漆黑，最终克制着，稍稍拉开一些距离。

唐雨轻轻吸气，能很清晰地感受到他的体温越来越高，比她要灼烫好几分，身上那股子香气在炽热中愈发浓郁，黏腻地裹在她周身，无形的气息有了既凛冷又滚烫的实质般的触感。

她被那气息包裹，几乎难以正常呼吸。

他指腹轻轻揉按她的耳垂，痒痒的，似在缓解她紧张的情绪。

"好点儿了吗？"

她忍不住缩了缩脖子，脸颊还染着粉嫩的红晕。

边炀将她这点儿小动作尽收眼底，抬起手，摸摸她的脑袋，随即哑笑着凑近她，"唐小雨，你好烫啊，你是不是熟了？"

然后煞有其事地碰碰她的脸颊，又碰碰她的脖颈："要不要我把空调调低点儿？"

他又在故意逗她。

唐雨忍不住小声反驳："分明你比我还热……"

她是热，可他额头已经渗出了薄汗，显然比她还热。

"确实好热。"他冷白的指尖搭在领口，解开一枚纽扣，更肆意地露出紧实的肌肤，线条流畅好看。

她视线四处飘着，不知道落在什么地方，最后无助地搁在他锁骨上那颗痣上。

"很喜欢它吗？"他沙哑地问。

像是被抓包，唐雨视线马上心虚地从那颗痣上移开，却不经意对上他那双蛊惑似的眼。

他的语速温温吞吞："你好像一直盯着它，要不要摸摸看？"

她脑袋被这话激得一片空白，心跳一下一下，剧烈地撞击着胸腔。

接着她的手被他抬起来，贴在他炙热的肌肤上，引诱般，在冷白的锁骨上细细流连。

耳边荡着他的闷笑。

唐雨一个晚上都没睡着。她红扑扑的脸埋进被子里，要将脑海中难以启齿的画面掩藏起来，却不自觉摸上泛起红肿的唇。

脑袋里挥之不去的全是临睡前的画面，指尖似乎还残存着触摸他身体时留下的温度……

怎么办！她总是被撩，根本招架不住！可不能总被他拿捏吧……

唐雨气鼓鼓的。

汪晴之前还跟她八卦，说谁谁谁分手是因为女朋友太黏人、没主见。

唐雨不怎么黏人，也有自己的主见，可就是在这事儿上总拿不到主动权。

每次被他撩一下，就手忙脚乱，脑袋空白。

之前刷的题、背的单词，也全都抛到九霄云外去了。

唐雨伸手摸到桌子上的手机，偷偷拿进被窝里，划开手机跟汪晴聊天。

高考结束后，她肯定玩疯了，这时候八成没睡。

果不其然，刚发过去微信，那边马上就回复了。

汪晴："你怎么还没睡啊？是不是激动得睡不着，在偷偷对答案？"

外边开着空调，唐雨闷在被子里，有点儿热。

"没有，就是睡不着……"

汪晴以为她是因为高考的事儿，就安慰说："你放心，你肯定考得好，别瞎想了。"

然而对面发来一句："这次的题挺简单的，我肯定能考好，没瞎想。"

汪晴嘴角狠狠一抽，这是人说的话吗？

唐雨："下个月十号是边炀的生日，你说……我送他什么比较好？"

汪晴故意问她："他生日你着什么急啊？"

唐雨："他是我男朋友，我不着急谁着急？"

汪晴震惊，接着发来一条语音："你们正式交往了？啥时候？！"

唐雨把音量调到最低，才放在耳边偷摸地听。

"你没看到我发的朋友圈吗？"

汪晴："我看到了啊，不就是看电影吗。"

唐雨想起来，她发的朋友圈就"好看"两个字，而边炀发的则强调了"女朋友"三个字。

汪晴没有边炀的微信，没往那方面想。

可是……唐雨咬着唇说："照片上是两个人牵着手拍的。"

汪晴翻白眼："这也可能是哥哥啊之类的一起拍，网上还有自己左右手牵在一起拍的呢，你这谁能看得出来？不够明显。"

唐雨微微皱眉，不明显吗？她觉得挺明显的啊。

汪晴："不过你俩交往我一点儿都不意外。"

边炀那人，喜欢谁、讨厌谁，全明晃晃地写在脸上。

别的女生接近，他整个人又冷又躁的，唐雨跟他说话，他唇角都咧到天边去了，还得不着痕迹地凑近点儿。

汪晴发完消息，就发现朋友圈图标多了个红点，点进去，看到唐雨在她自个儿发的电影票那条朋友圈底下补充："是和男朋友一起看的。"

汪晴："……"这次明显了。

唐雨在微信里约她出去："明天一起去逛街好不好？"

汪晴稀罕得不行，头一次听她主动提学习之外的事儿，她问："是给边炀买生日礼物？"

"嗯嗯"

汪晴内心无语，觉得这恋爱的酸臭味要从屏幕里钻出来了，但还是应了下来。

唐雨睡得晚，等闹钟响了才迷迷糊糊地从床上爬起来，抓顺了头发，从床上滑下去，趴在门口偷摸听了一会儿，外面似乎没人。

手刚搭在门把手上，房门就从外边被拉开了，唐雨吓了一跳。

边炀正靠在墙边，瞧她呆呆的样子："起来了？"

"嗯。"唐雨一怔，佯装镇定，只是下意识地抿住了唇。

"去洗漱。"边炀留意着她的情绪，嗓音没什么起伏，眼里却压着笑意，抬手拍了拍她的脑袋，"早餐在桌子上。"

唐雨马上"哦"了一声，低头往外走。

在卫生间刷牙的时候，听到厨房里传来字正腔圆的女声："准备一块猪里脊肉，切成条状，宽度约一厘米，将切好的里脊肉条放入盆中，加入适量的盐、料酒和少许胡椒粉，搅拌均匀，让肉条均匀腌制……"

唐雨刷着牙，站在浴室门口探头看出去。

厨房的灶台对他来说有点儿低，少年微微躬身，低头，边看手机播放的视频，边皱着眉头看手里的瓶瓶罐罐，大概是在找视频里提到的调料。

"我来吧。"她嘴里都是泡沫。

边炀马上说："不用。"然后朝餐桌上抬了抬下巴，"洗你的，再不吃就凉了。"

桌子上摆着烧卖、包子和鸡蛋，还有一碗豆腐脑，是他从楼下买的。

旁边的恒温杯里热着上午要喝的中药，空气里有股子淡淡的草药香味。

唐雨看他艰难的切菜动作，灶台已经乱成一团，动了动唇角，还是忍不住："你一个人行吗？还是放着等我来吧。"

边炀神色松懒地睨她一眼："把你的脑袋缩回去。"

唐雨乖乖地回去卫生间洗漱，没几秒钟，就听到厨房噼里啪啦的声音，还是忍不住瞧过去。

边炀正屈膝蹲下身体，捡掉在地上的肉，瞧见她露出的脑袋，快速地把肉毁尸灭迹，扔进垃圾桶，还辩驳说："这是不要的。"

"……"她真的很想说，不要浪费粮食，但看他执着的样子，到底把话收了回去。

她洗漱完，坐在餐桌前吃早餐，余光却始终落在厨房里的边炀身上。

他像是遇到棘手的世界难题，明明跟着视频步骤，却不知道哪里出了问题，最后食材全进了垃圾桶。

边炀重新拿出一份里脊，用调味品给它按摩，似乎察觉到她的视线，侧过身，唐雨马上收回视线，埋头吃饭。

"唐小雨，那些要全部吃光，不许剩。"

唐雨嘴里塞得鼓鼓的，说话含糊不清："吃不完……"

桌子上的早餐起码两人份。

边炀慢吞吞地说："也不知道昨晚上是谁嚷嚷着要保护我的，就你这细胳膊细腿的怎么保护我？"

唐雨语噎，啃着包子，顿时不吱声了。

边炀低头切里脊，头也没抬："距离大学开学还有三个月，三个月内增重十斤。"

唐雨鼓了鼓腮："……哪有这样的。"

"卖萌也没用。"大学开学就是军训，她这小身板哪禁得起折腾。

"不到九十五斤。"把调味料洒撒在里脊上，他呵呵一声，"你就死定了！"

唐雨："……"

吃完早餐，唐雨就出门了，她跟汪晴约好在商贸城见。

汪晴见到她，就递给她五千块。

"给，这是这段时间的收入。"汪晴说，"都是高考结束后，觉得自己考得不好准备来年复读的同学来买的。"

唐雨接过钱："这么多。"

"还是扣完提成的呢。"汪晴挽着她的手臂，边往商贸城走边说，"正巧，这不就有钱买礼物了吗，我妈出门前还给了我点儿，我打算买个唇膏和粉底液。"

她嘿嘿一笑，满眼憧憬："毕竟要上大学了嘛，我准备趁着假期学化妆，打算开学的时候惊艳全校！"

商贸城很大，一楼是小商品区，主要是各式各样的精品店之类的。

二楼是高档化妆品区，三楼则是珠宝区，再往上是鞋服区和餐厅，算是凉城比较高档的商城了。

唐雨不知道要给边烊买什么，逛来逛去的，还是先去了二层陪汪晴买化妆品。

两个脸蛋稚嫩的高中生，穿得也朴素，叽叽喳喳的，一副没见过世面的样子站在柜台前试色。

柜姐料想她们只是看看，完全没有要服务她们的意思。

"小雨，你皮肤白，涂这个颜色肯定好看！"汪晴拿起一个橘粉调的唇釉，用指尖挑了点儿，涂在唐雨的唇上。

唐雨感觉唇上黏糊糊的，有点儿橘子调的甜香味。

"你稍微抿一下。"

她的唇色偏淡粉，很好上色，晶莹透亮的唇釉在她唇上晕开，衬得皮肤更加白皙透亮。

唐雨不太适应，感觉嘴巴上怪怪的。

"真好看！"汪晴眼睛都亮了，"要不买一个吧。"

唐雨低头看了眼价格，一根唇釉要两百多，她手上是存了些钱，但那是要交学费和带爷爷奶奶看病的，这价格对她来说确实不大合适。

"我不买，你要是喜欢的话，你买吧。"唐雨挑了个樱粉色的给她，"这个适合你。"

汪晴试了试，还挺喜欢的，准备付钱，谁知道抬手的时候不小心碰掉了旁边的香水试用装。

"啪"的一声，香水掉在地上，碎裂成碴。

汪晴吓了一跳，还没回过神，柜姐就走过来冷着脸说："这是你们打碎的吧！"

唐雨道歉："不好意思，是我们不小心碰倒的。"

柜姐轻蔑地扫她一眼："打碎试装是要照价赔偿的，这瓶香水一千二，现金还是扫码？"

周围的人时不时看过来，汪晴没遇到过这样的情况，生怕被人说三道四的，而且东西是她打碎的，所以她马上就拿出手机，准备忍痛付钱。

唐雨按住她的手，看向柜姐："好啊，既然是照价赔偿，就相当于我们按照原价买了商品，那么请你开张票据总可以吧。"

柜姐目光闪烁："当然可以。"

她刚拿出票据，唐雨继续："请在票据上注明是试用品损坏。"

柜姐的手一顿，马上改口："我忽然记起来，我们这儿的试用品损坏是不能开票据的，你们直接付钱就行了。"说着把收款码放到她们眼前。

唐雨不紧不慢地道："你确定？"

柜姐明显心虚。

唐雨淡声："根据我国《消费者权益保护法》第二十二条规定，经营者提供商品或者服务，应当按照国家有关规定或者商业惯例向消费者出具发票等购货凭证或者服务单据，消费者索要发票等购货凭证或者服务单据的，经营者必须出具。像迪奥这样的正规售卖店如果拒绝开票据，不知道税务局那边，你说不说得过去。"

柜姐一愣，大概是没想到两个小丫头这么强势，一时间结结巴巴地说不出话来，马上不耐烦地摆摆手："算我倒霉！你们到底买不买东西？不买就去别地儿逛去！"

有唐雨这番话，汪晴像瞬间有了底气，把唇釉"啪"的一下，拍在桌面上。

"谁稀罕买你家的东西，小雨，我们去别家买！"挽着唐雨的胳膊，就出了店。

"这个大妈得意什么啊，眼睛长在头顶，不知道的还以为店是她开的呢！"她气呼呼地跟唐雨吐槽，然后又崇拜得不行，"不过小雨，你怎么知道这么多啊？你怎么知道她不敢开票据的啊？"

唐雨笑了笑："我最近刚好在看消费者权益保护法，且不说这瓶香水的试用装只剩下不到三分之一了，让我们原价赔偿不合理，更何况这样正规品牌店的试用品，一般都属于正常损耗，是不能当成正装售卖的，如果她按照原价开了试用品损坏的票据，我们可以向工商局举报；如果她不开票据，我们可以向税务局举报。"

"呜呜呜，要不是你，刚才我都把那一千二付了！回家肯定被我妈骂死！你好厉害啊，瞬间就让那个柜姐哑口无言！"

唐雨眨了眨眼："很厉害吗？"

"厉害啊！你真的厉害死了！"汪晴崇拜得眼里冒星星。

两个小姑娘挽着胳膊，说说笑笑地走向另外一家店。

殊不知此时此刻，两个一米八几的大男人猫着腰，用传单挡住脸，正悄悄尾随其后。

意识到自己在做什么，戚明洲把传单扔掉，一张清俊的面容相当苦大仇深："姐夫，你真是够了。"

话说，他为什么要听边城的话尾随两个花季少女？跟变态一样，脑子有病吧。

边城生怕他被发现，赶紧捡起传单挡住他的脸："你这样会被发现的！挡好！"

戚明洲额心一跳，把传单推开："且不说我是正大光明，被发现也没什么，更何况那小姑娘又不认识我。"

边城一想也是啊，于是用传单挡着自己的脸，朝唐雨那边鬼鬼祟祟地瞅。

"姐夫，我不是已经告诉过你了吗，人家小姑娘成年了……"

他昨晚上就托人查了查，查完就把信息发了过去，结果刚下飞机就被边城火急火燎地拖来了，还以为是什么重要的事，结果……

戚明洲捏了捏眉心："我就说事情根本不是你想的那样！"

然而边城并不这么想："就算她成年了，但也不能排除那种……可能啊，你是没瞧见公寓里那些包着的桌角，算了，你单身，懂个什么，跟你解释也没用。"

戚明洲狠狠抽了下嘴角，一身儒雅温润的气质，硬是因为边城的存在被拉低几个档次。

周围不少人都在看他们，戚明洲手插在口袋里，往身侧挪开一步，选择离他远点儿。

"你干什么去？你这样不把我暴露了吗！"边城又把他拽过来。

刚才的情况他都瞧见了，边城眼里露出几分赞赏："不愧是我边家的儿媳妇哈，有理有据，有脾气有格局，别说，边炀别的不行，眼光倒是随了我。"都会给自己找媳妇。

戚明洲再好的风度听完都忍不住翻了个白眼："你还好意思提你自己，当初要不是我姐心眼太好，架不住你两三年的软磨硬泡死缠烂打，你以为你能得逞啊，而且……"

他语气幽幽地提醒："人小姑娘可没答应嫁入边家呢，你还搁这儿叫起儿媳妇了。"

"你怎么跟你姐夫说话呢！"一巴掌拍在戚明洲后脑勺上。

戚明洲被打得一个踉跄，深深吐了一口气，显然在忍耐什么。

父母去世后，戚明洲和戚明宛相依为命，姐弟二人关系很好。

边城追戚明宛的时候，也没少从戚明洲身上下手，和戚明宛结婚后，更是把戚明洲当儿子养。

对这个比自己大十岁却比他还不成熟稳重的男人，戚明洲每次见面都异常头痛。

"姐夫，你看人家蹦蹦跳跳的样子，像是……"把那两个字用在这样纯粹的小姑娘身上，他都觉得是一种罪恶，"反正要跟你自己跟，我不跟了。"

戚明洲转身就走，边城一把按住他的脖颈，把人按回来，恶狠狠地道："不跟也行，你去问。"

戚明洲登时瞠目结舌，但很快淡然了，这种话由边城说出来并不奇怪。

"我不去！"

"你得去。"

"凭什么我去！"

边城理所当然的语气："因为我要确定一下，不然不放心。"

戚明洲额心跳得很快，他是怎么把求人办事，说得像下命令一样的？

边城是个练家子，从小在军区长大的，戚明洲哪是他的对手，被他压制，根本反抗不了。

大商场里，他脸皮厚，可以一点儿都不注意影响，可戚明洲要脸。

"你把手松开，我去行了吧？"

戚明洲妥协了。

边城这才满意地收回手："早去不就得了，非得逼我动粗。"看他不情不愿的样子，还踹他一脚，"愣着干什么，磨磨蹭蹭的，快去啊！"

戚明洲深吸一口气，拍了拍身上的脚印子，这辈子最后悔的事，就是当初没阻止姐姐嫁给这个人，可想想看阻止也没用，当时两个人爱得死去活来，根本就没把他放在眼里……

想起姐姐临终前的嘱托……算了，这姐夫能忍就忍吧。

戚明洲抬步走过去，边城则在后边用传单挡住脸，暗中观察。

不知道戚明洲跟那小姑娘说了什么，小姑娘竟然直接跟他走了，然后手机振动。

边城打开信息，上面写着："门口咖啡店见。"

咖啡厅里，唐雨的手垂在膝盖上，后背挺得笔直。

面前两个男人不着痕迹打量她的同时，她也在悄无声息地打量他们。

昨晚上没开灯，室内灯光昏暗，看得不真切。

此刻边城端坐在她对面，硬朗利落的五官在光线下格外清晰，眉宇肃冷，眼眸湛黑深邃，那股子高贵的气质像是刻在骨子里的。

边炀是随他三分长相，四分气质，却比他更精致，更多几分桀骜洒脱的痞气。

而边城身边的男人，比他要年轻一些，戴着一副金丝边镜框，气场柔和沉稳，眸色温润，更显儒雅，跟边炀五官轮廓更有六分相似。

"小朋友，别害怕，我们没有恶意哦。"

边城语气刻意轻柔，跟他冷硬的外表形成鲜明的反差感。

气氛在他一开口时就莫名很奇怪。

戚明洲扯唇："……姐夫，你能不能正常点儿？"

边城偏头瞪他一眼："我哪儿不正常了？！"

戚明洲："那行，你继续，我看你能不能问得出来。"

"我问就我问！"边城看对面的小姑娘，张了张嘴，半晌后，才挤出来这么一句，"……小朋友你吃饭了吗？"

戚明洲："……"

小姑娘文文静静的，一身乖乖的学生气，那双漆黑的眼眸跟小鹿似的，清澈见底。

"那什么。"边城手挡在唇边清咳两声，用余光示意戚明洲，"……

算了，还是你来吧。"

戚明洲："……"他就知道。

于是他看向唐雨，本就长了一张很容易让人疏于防备的脸，更别提此刻语气温和有礼。

"你好，我是边炀的舅舅，姓戚，这位是边炀的父亲，你昨天已经提前见过了的。"

唐雨从边城身上扫过，最后落在戚明洲身上，软软地礼貌道："叔叔好，我叫唐雨。"

戚明洲指尖撑了一下镜框，笑容清润："别担心，我们找你只是想了解一些情况。"

顿了顿，他很自然地询问："唐小姐跟阿炀在一起多久了？"

他将唐雨视为成年人，用的是"唐小姐"。

边城掩饰性地喝水，在一边竖起耳朵听，还是这小子会问问题哈。

唐雨目光澄净，实话实说："我们是在昨天正式在一起的。"

"昨天啊。"戚明洲看了眼边城。

边城放下水杯，似是松了一口气，不过很快眉心又皱在一起。

"才正式交往一天，你们就……住在一起了？"

唐雨稍稍一愣，看他复杂的表情，很快反应过来什么，马上摆手解释说："我们不是同居。"她酝酿一下措辞，"算是借宿吧。"

"之前我遇到一些事情，所以暂时不得已住在边炀的家里，不过我明天就要搬走了。"

高考结束，她没理由继续住下去了，而且也想回去照顾爷爷奶奶。

边城恍然："……原来是借宿啊。"

"嗯。"唐雨点点头，仔细观察着边城的神色，"难道叔叔误会了吗？"

边城一噎。

戚明洲眸色温柔下来，轻笑："他是关心则乱，所以昨天晚上跟阿炀发生了点儿争执，估计也吓到你了，我替他向你赔不是。"

本以为解释清楚就算没事了。

服务员这时上了果汁，唐雨捧着果汁，语气轻轻："既然是误会，那么该由当事人赔不是吧。"她抬头，看向边城，"该道歉的是边叔叔。"

边城和戚明洲都稍稍怔了一下。

很快，戚明洲扬唇："你说得也对。"

他看向边城，意思显然明了。

边城向来要面子，抵了下眉心，人生头一次跟个小姑娘赔不是。

可确实是他太冒失，吓到人家小姑娘是不对。

于是他咳嗽两声，浑身不自在："昨晚上的确是我唐突了，那我给你赔个不是。"

唐雨纤长的睫毛轻轻一眨："边叔叔更应该给边炀赔不是。"她道，"您昨天冤枉他，甚至还动手。"

戚明洲惊讶地看边城："姐夫，你居然还动手了？"

"我当时误会了，就一时急火攻心——"

边城话未说完，被唐雨轻声打断："即便您是他的父亲，但根据《治安管理处罚法》第四十三条规定，您昨天的行为算是侵犯他人的人身安全，您应该向边炀道歉。"

边城闻言似乎被气笑了："我教育自己儿子还有错了？！"

他哪怕刻意敛了气场，架不住天生的不威自怒，尤其是此时，更是透着一股难以言喻的压迫感。

唐雨握着果汁的手指紧了下，又很快松开："首先，边炀没有做错任何事，是您一意孤行专横蛮断，才没给我们解释的机会，这是错一；其次，您不了解事情的始末就出手打人，这是错二；最后，您即便知道自己做错了，还不跟他道歉，这是错三。"

她嗓音很轻很软，此刻眼神却坚定而无畏，字字清晰，条理明确，然后不卑不亢地看向边城："所以，请您给他道歉。"

一时间，边城和戚明洲都愣住了。

眼前的小姑娘明明那么弱小纤细，甚至一阵风就能刮走，身上却仿佛带着一股软刺，细细长长的，看着不起眼，实际上扎人绝不含糊。

他们还真是低估了这小姑娘。

戚明洲眼里忽然多了丝欣赏，然后看边城笑："姐夫，我觉得唐小姐说得很对啊，你真正该向阿炀道歉。"

"你少在这儿瞎起哄！"他不再收敛气场，语气似乎也比之前冷硬。

"哪有爸爸给儿子道歉的道理！"

　　要是给那小子道歉，他非但不领情，尾巴还能翘天上去！

　　唐雨的唇渐渐抿直，又出了声："边叔叔，我第一次见到您的时候，就觉得您跟边炀说的不大一样，您是冲动了点儿，但出发点是为了边炀好，可是现在……"轻轻叹气，"好像真让边炀说对了。"

　　边城一听这个，后槽牙磨得要咬人："那臭小子在背地里编排我什么了？！"

　　"他说您独断专行，固执己见，从来不听别人的建议。"唐雨道，"当时我就反驳了，我说天底下大多数父亲的口是心非，是因为无法表达更深层次的关爱，才会略显笨拙，可是现在……"

　　余光瞧了眼边城，她鼓了鼓腮，垂头丧气的，"好像我打脸了，您的确是那一小部分。"

　　边城见过的人比她吃过的米还多，哪会听不出小姑娘这是故意的，给他下套呢。

　　可偏偏，他还真就没法儿否认。

　　戚明洲瞧他姐夫这副哑口无言的样子，就知道他被拿捏了，于是压着笑意，给他个台阶下："姐夫，我觉得你是属于略显笨拙的那类人，不就是道个歉吗，你什么大风大浪没经历过，道个歉而已，对你来说，简直易如反掌。"

　　边城在桌子下狠狠踹他一脚："你说谁笨呢！少来这套！"

　　戚明洲没嫌疼，侧耳低声："姐夫，人小姑娘正用这双水汪汪的大眼睛充满期冀地看着你呢，你真忍心伤害人家这幼小纯粹的心灵，功德减半吗？反正换成是我，我就不忍心。"

　　唐雨小口小口地抿着果汁，垂下的眼睫在灯光下，投下浅浅的剪影。

　　看起来乖得要死，确实不大忍心。

　　"不就是道个歉吗，我敢做敢当，道歉就道歉。"

　　唐雨抬起的眼睛陡然亮起来："我就说边叔叔是好人！"

　　边城扯了扯嘴角："你这小丫头还真是……"他又气又好笑，"成吧，不过这是看在你的面子上，可不是那小子的面子！"

　　唐雨甜甜地弯唇，笑得软软糯糯的。

　　越看，边城的眼神越慈爱。先前他就一直想要个女儿来着，结果边炀就出生了，毁了他的女儿梦……

"边叔叔，谢谢你。"唐雨微笑，"不过有些话我想和戚叔叔单独说，您可以先避一避吗？"

边城："让我避一避？"他听错了吧。

唐雨甜笑："嗯，谢谢边叔叔。"

这笑容让边城挺扎心，不该让戚明洲避一避吗，毕竟他才是边炀的亲爹啊。

戚明洲也挺意外的，不过他挺好奇小姑娘想干什么，于是把车钥匙递给边城，说："姐夫，我从国外给你带了两瓶好酒在车里放着，不如你去看看？"

边城嗤了一声，起身，也没接他的车钥匙，直接走了。谁稀罕听。

边城走后，戚明洲瞧着小姑娘："你是想问我关于你边叔叔的事儿？"

要是关于边炀的，她没必要避讳边城。

"嗯。"唐雨坦然地点点头。

年纪还小，不懂迂回，她想知道自己想知道的，所以说话很直接。

"边炀跟我说，他跟边叔叔关系不好，是因为边叔叔在戚阿姨生病期间……"语气顿了顿，"出轨。"

"可是我发现，边叔叔虽然脾气不大好，但不像是那样的人……"

要是边城出轨，作为妻弟的戚明洲，不可能跟边城关系如此融洽。

要是边城人品不行，也不会在隔天就找她含蓄地问"同居"的事儿了。

更重要的是，边城的眼睛，不浑浊。

这是唐雨观察得出来的结论，所以她想问的是："戚叔叔，边叔叔真的出轨了吗？"

对上小姑娘探究的眼神，戚明洲笑："你倒是问得直接。"

他似是想到什么，"所以你刚才说那么多，不全是刺激你边叔叔给阿炀道歉，而是为了试探他的人品吧？"

唐雨眨了眨眼："您看出来了呀。"

戚明洲笑："原本我们两个都把你当成不谙世事的小姑娘了，你边叔叔那么生气，也是担心你被边炀欺负，现在看来啊，是我们想多了。"

坦诚又聪明，知世故又不圆滑。

　　从一开始，这小姑娘的心思就活泛起来了，这样的女孩哪会这么容易被欺负啊。

　　唐雨低声："边炀嘴上说着不在乎，可我知他对边叔叔的感情很深厚，所以……"

　　"所以你想缓和阿炀和父亲之间的关系？"

　　唐雨"嗯"了一声："前提是边叔叔没有出轨。"

　　戚明洲垂着视线，指尖在咖啡杯壁上轻敲了几下，似是在思索着什么。

　　片刻后，他轻言："我可以告诉你的是，边炀的父母感情很好，你边叔叔眼里只有我姐姐一个人。"

　　听到这话，唐雨松了好大一口气，她果然没猜错。

　　但接下来戚明洲的话又打破了她的幻想："但阿炀的心结不在这儿。"

　　唐雨感觉戚明洲好像知道很多："那是什么？"

　　"当初，你边叔叔通过媒体澄清过这件事，证据也都摆在那里，不是边炀不信，是他不想信。"戚明洲轻声，"阿炀的心结是在他母亲去世的事上，他母亲的病情来势汹汹，绯闻又恰好发生在她病情期间，阿炀把我姐的去世归结于是边城没有照顾好她。"

　　"戚叔叔，方便告诉我阿姨得的是什么病吗？"

　　戚明洲抿了口咖啡，唇腔苦涩："抱歉，关于这点，我不能说。"

　　"倒不是因为难以启齿，而是这是我姐姐临终的叮嘱，我答应过她不能告诉任何人，所以……"

　　戚明洲不再往下说。

　　唐雨紧抿着唇角。

　　"谢谢戚叔叔，我明白了。"

　　唐雨不想提及他的伤心事："让您伤心了。"

　　从咖啡店出来，汪晴就凑上来，生怕她出什么岔子，直到边城和戚明洲离开，她才问："怎么了怎么了？那俩人谁啊？"挺帅的大叔们。

　　唐雨道："他们是边炀的家人。"

　　"嘶——你们昨天正式交往，今天就见家长了？"

　　唐雨在思考问题，没听到她的瞎嘀咕。

显然，边炀母亲的病情应该跟边城没关系，可为什么戚明洲缄口不言呢？

戚明洲说，他答应过边炀的母亲，不能告诉任何人，甚至连边炀都瞒着……

总觉得这其中，似乎有什么难言之隐。

唐雨垂头丧气，想不出思路。

汪晴推了推她："小雨，他们是不是为难你了？"

"没有，他们都是很好的人。"唐雨摇摇脑袋。

汪晴："那他们找你……"

唐雨开口："没什么，我们继续逛吧。"

和汪晴逛完商场，唐雨又去了趟医院，买好爷爷奶奶的药，还见了许昕妍。

许昕妍的状态比上次要好太多，脸上有了血色，还拉着她要对答案。

"我觉得这次我能考上师范，唐雨，你的笔记真的神了，压中了好多题型欸，我做题的时候都高兴死了！尤其是数学，最后几道大题用到的公式和技巧，你笔记里都写了，恰好高考前几天我刚看完！"

两个人坐在楼下的花园里，唐雨左手边是坐着轮椅的许昕妍，右手边放了药。

微风吹乱了些碎发，她的手撑在椅子上："你能派上用场就好。"

"你对答案了吗？觉得怎么样？"许昕妍问。

唐雨："没什么问题，今年的题比较容易。"

许昕妍嘴角抽抽："……容易吗。"

她用水杯当话筒递过去："请问唐雨同学，哪里容易了？！"

唐雨认真想了想："生物题都是书本上的内容，最后那道果蝇遗传的题比去年简单太多，化学考到的几个同分异构体的结构简式都在平常做过的卷子里出现过，还有物体那道大题，是之前物理竞赛的变形题，对了，今年的英语听力似乎很慢——"

"打住打住！"许昕妍听不下去了。

尤其是她完全没炫耀的意思，一副实事求是的样子，却比炫耀还伤人！

"我现在一点儿都不担心你考得不好了，我应该担心你考得太好，虐我们太惨……"

　　唐雨摇头："也不全是，今年语文作文题挺难的，之前没写过。"

　　要写父亲。要不是为了得分，她都想在每一个空格里写零蛋。

　　许昕妍笑："一个作文而已，不影响大局，我相信你一定能考好。"

　　唐雨："那就借你吉言。"

KUWEI

酷威文化

图书 影视

（下）

呆字闺中　著

江苏凤凰文艺出版社
JIANGSU PHOENIX LITERATURE AND
ART PUBLISHING

目录
contents

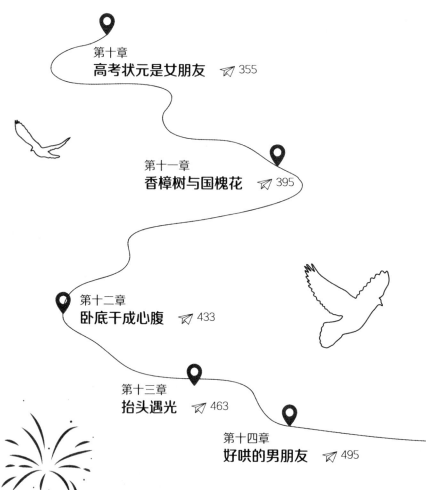

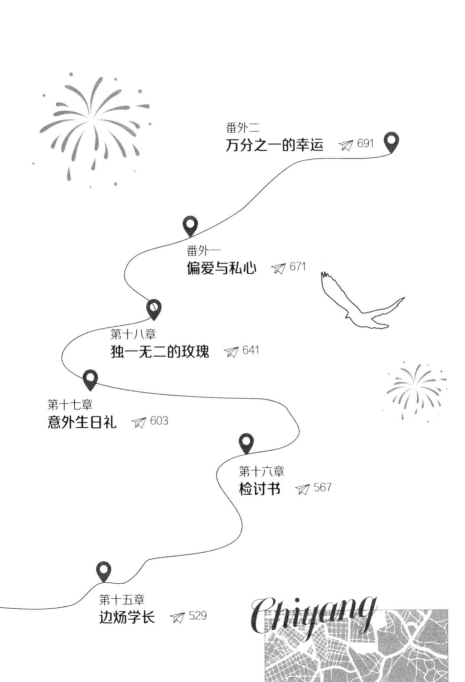

Chiyang

第十章
高考状元是女朋友

回去的路上，已经漫天夕阳。

她坐在公交车靠窗的位置，车窗开了条缝隙，从世界呼啸而来的风，混杂着草木香气，一股脑扑面而来。

发丝轻轻扫过她的下颌，小姑娘望着不远处失神。

一直到公交车在清远高中站牌停下，她才缓过神，从车上下去，踮起脚尖环顾四周，最后瞧见了想找的人。

夕阳洒了他一身，少年颀长的身子懒懒地靠在街边的路灯上，一条长腿微微半蜷着，另一条随意地伸直，戴着顶黑色鸭舌帽，略微低着头，遮住半张精致的脸庞，右手有一下没一下地翻转着手机，似乎是在想些什么，看起来有点儿心不在焉的。

在她悄悄走过去，准备绕到后边吓他一跳的时候，他不知何时发现的她，忽然握住小姑娘的手腕，就把人带到自个儿跟前。

"唐小雨学坏了你，还想吓我。"

屈起的指骨不轻不重地敲了下她的脑袋，顺势拎过她手上的东西。

唐雨惊讶："你怎么发现的呀！"刚才他明明低着头呢。

"你猜啊。"他很自然地握住她的一只手，十指交叉扣紧。

掌心温热，唐雨已经逐渐开始习惯两个人亲近的方式。

她还辩驳："你肯定是刚就看见了，然后装作没看见！"

"猜错了。"他说话懒洋洋的，偏嗓音磁性好听，"继续猜。"

唐雨由他牵着往前走，歪了歪脑袋看他："那就是你一直留意着公交车，所以我一下来，你就知道了。"

"啧，少自恋。"边炀哼笑出声，"再猜不出来，我就罚你了。"

唐雨鼓了鼓腮，嘀咕："我又没说要跟你打赌。"

"而且……"她尾音软软的，带着小小的得意，"你才不会罚我。"

边炀舌尖抵了抵下颚，然后敷衍地"嗯"了声，确实舍不得。

虽然没了阳光，可这天儿依旧热，边炀摘了棒球帽，头发有些凌乱，一只手拎着东西，一只手牵着她，任由风吹乱头发，也没打理。

唐雨瞧见了，示意他低一低头。

边炀不知道她想干什么，想也没想地弯身下去，和她视线齐平。

唐雨松开交握的手，踮起脚尖，抬手打理了下他的额发，有些潮湿，估计是热的。

"今天挺热的，怎么戴帽子了？"他长得好，头发稍微弄一下就利落好看。

边炀掐着她回来的点儿，早就在站牌等着了，先前被几个小女孩接连要微信，才去附近商店买了顶帽子，这会儿却懒散地说："晒。"

唐雨："下次不用接我，我又不是找不到回去的路。"

女孩纤细的手指，从少年漆黑的发丝间慢慢穿过。

边炀被她轻柔的动作弄得痒痒的，就着这个姿势，手撑在膝盖上，很享受地配合她："闲着也是闲着。"

"以后等我忙起来，求我接你都不一定有时间。"他语气很欠，说得挺傲娇的。

唐雨微微弯眸："这倒也是。"

打理好他的发丝，她落下脚跟，视线不经意地跟他对上。

唇角浅淡的瘀青并没有影响他的颜值，反正添了几分痞气，她伸手碰了碰那里："还疼吗？"

"不疼了。"边炀视线下垂，落在她娇软的唇上，上面似乎涂了东西，看起来亮晶晶的，比之前更诱人了。

他抿了下唇角，喉结缓慢地滑动了下："毕竟昨晚吃了特效药，药效很不错。"

唐雨也联想到了昨晚，手背碰了下脸蛋，有点儿热，她往后退一步站稳："我看你心情似乎不错，是发生什么事了吗？"

唐雨若有所指地提道："昨天你爸来找你，今天有没有再联系你什么的……"

提到这个，边炀眼底的笑瞬间散了几分，略微直起身体，啧了一声："别说，你猜得还真准，两个小时前，他给我打了个电话。"

唐雨马上问："那他说什么了？"

"他竟然给我道歉。"想到边城那番话，他就挺烦的，"估计是老年痴呆提前又或者洗头的时候脑袋进水了，总之，像有病。"

唐雨："……兴许，他是认识到自己的错误，真心实意跟你道歉呢？"

边炀眼皮抬了一下："我还是更相信他有病。"

唐雨："……"

看样子戚叔叔说得对，他们之间的矛盾，不是简简单单的道歉就能解决的。

不过有趣的是，他们哪怕闹得再不愉快，也从来没想过拉黑对方。

"边炀。"她伸手轻轻戳了下他的手背，"其实我觉得你今天很开心。"

边炀姿态轻慢："你哪只眼睛看出来我开心了，就是他的电话，把我美好的一下午都糟蹋了。"

唐雨眨眸："可是边叔叔看起来挺有意思的啊，而且你们有些地方真的很像。"

都挺傲，还挺可爱。

"唐小雨，你到底站哪边的？"

边炀不大爽快地指了指唇角，轻哼一声："你男朋友被他打了，你居然还帮他说话？"

"我当然是你这边的！"她连忙说，一副忠心耿耿的样子。

"看起来不像。"他侧目，"你更像是叛国投敌了。"

不得不说，男生的直觉有时候也挺准。

唐雨用指腹轻轻蹭了下他的手指，边炀虽然没躲，但也没迎合，这就是他生气的征兆。

"生气了？"指尖轻轻划了下他的掌心，他几乎下意识地握住。

他意识到这样太便宜她，显得他很不值钱，又马上松开了她的手。

但也只是松开，任由她钩着食指晃呀晃。

"边炀，你真生气了呀？"

边炀掠她一眼，很跩，没吭声，给她几秒钟的自我反省时间。

唐雨往他跟前走了一小步，歪着脑袋去看他的样子，果然是有点儿气的。

她低头，抿唇偷笑，然后微仰起头，自顾自地说："那怎么办呀，我还想亲一下我男朋友呢，可现在他生气了，肯定不让亲。"

边炀垂眸看到她眼中带着笑意，不自觉哑了点儿嗓音："唐小雨，你有本事再说一遍。"

她一点儿都不怕，淡定地道："昨天你不是说想让我主动吗。"于是研究了一晚上关于主动权的事儿，暂时有了一点点思路，"只可惜我男朋友在生气当中，就不能让我大展拳脚了。"

眼睛里带着小小的懊恼，一看就是装的，但生动得要命。

他被她吸引着，视线完全无法移开。

边炀反手握住她软软的小手，把人带到跟前："算了，看你比较着急的样子，就先紧着你来吧。"

唐雨抿唇笑："你还能这样啊，不是在生气吗？"

边炀语调平淡，却又不太正经："我可以改天再气。"

看她不动弹，边炀很轻地"啧"了一声："机会就这一次，我平常挺难说话的，你抓紧点儿。"

唐雨有意哄他，街上时不时有行人经过，她其实不大好意思，可言出必行，也只能硬着头皮上了。

"……那你做好准备。"

边炀："嗯？"

唐雨轻咳两声，佯装镇定："我要亲你了，你做好心理准备。"

边炀眼尾微垂，觉得好笑，然后配合地弯下腰身，把脸闲散地凑过去。

鼻梁几乎要触到她的鼻尖，那玩味的坏笑隐约在说"我准备好了，脸和嘴就放在这儿，看你怎么亲"。

唐雨眼睫轻轻地颤，呼吸也轻轻的，余光扫了眼四周，看没什么人看过来，然后双手扶着他的手臂，鼓起勇气吻了一下他的唇瓣。

很软的唇瓣，微凉。一碰即离，却比炙烈的深吻还挠心。

边炀抿了下唇瓣，去看已经离他一步远的小姑娘，眼眸漆黑，喉结很轻地滚了下，还保持着刚才的姿势，他嗓音低了几分："这是几个意思？"

唐雨小脸微红，镇定自若地点头："展示完毕。"

"你这大展拳脚，让我有种买到假冒伪劣产品的错觉。"边炀眯了眯眼，拉着她的手把人拽过来，"这么快……我刚才都没反应过来。"

唐雨讷讷道："我会慢慢升级优化的。"

边炀气极反笑："成吧。"

本想亲手教她的，却发现她掌心一层湿汗，到底没激进。

能有这么大的进步，学会主动，已经是意外之喜了。

"那你要升级多久啊？"他腾出一只手，捏捏她的脸颊，她总算开始长肉了，手感好得一塌糊涂。

边炀最近很喜欢捏她，唐雨感觉脸都要被他捏圆了，拍他的手："这是内部消息，无可奉告。"

边炀好笑地收回手，转而牵着她的手往回走："成，反正我有的是时间。"

他倒是很期待，她能升级优化到什么地步。

路上有一搭没一搭地说着话，边炀很喜欢她的碎碎念，还主动引导她分享日常。

"今天玩得开心吗？"

"开心。"

"买什么了吗？"

"买了唇膏。"她从袋子里拿出来给他看，第一次买化妆品，迫不及待地想展示，"汪晴说这个颜色适合我。"

她就在别的店里买了相似的色号，哪怕花了些钱，不过钱还能赚，她想变得好看点儿让他，给他看！

边炀看着她的唇角，漫不经意地点了下头，又迅速移开："好看。"

唐雨轻轻扬起唇角，心里有点暗暗的欣喜，听见他又说道："这么好看，是不是要记录一下？"

说完，他已经拿出手机，点开了相机。

上次合拍她都没准备好，这次唐雨看着摄像头，弯着眼眸，笑得格外甜。

按下拍摄红点的那一刻，她的唇瓣落了个同她刚才一样一触即离的吻。

画面定格，她又是一脸呆住的样子，萌得要命。

边炀挺满意的，在手机上点来点去，设置成新的屏保，把那些碍眼的软件从她脸上挪到一边去。

唐雨鼓了鼓脸，语调软软地抗议："再重新拍一张，我刚才都没准备好。"

边炀下巴稍抬，余光掠她，"想亲我就直说，还用这蹩脚的借口。"

"……"她哪有这个意思！

唐雨吐了吐气："那好吧，你把照片也发给我一下。"

"不发。"他收起手机，锁屏，"我拍的，所有权归我。"

然后眼里含着无尽的笑意，向她建议，"想要啊？你可以自己拍。"说着把脸凑过去，"我就勉为其难地把我自己借给你使使，免费的。"

唐雨："……"他怎么这样啊！

"你亲不亲？不亲算了。"他略直起身，手里把玩着手机，微不可察地扬了扬唇。

"毕竟我呢，也很矜持的，过了这村就没这店，你没机会喽。"

路灯不知何时亮了起来，一盏盏透亮的路灯蜿蜒到尽头，香樟树上枝头晕着光，传来阵阵蝉鸣。

路边有无尽夏的花香，不知名的飞虫转来转去。

路灯下，小姑娘生气的小脸鼓鼓的，染了一层路灯的光。

挣开他的手，她走得很快，发丝一晃一晃的，像是无声的抗议。

少年仗着自己身高腿长，在后边慢吞吞地跟，一张脸笑起来，痞里痞气的，又坏又撩。

她的主动权计划，又一次以失败宣布告终……

唐雨好气啊。

出分的前几天，唐雨都在小唐村。

她搬回来后，边炀一天就来一趟，每次都带着食材展示自己的厨艺，还跟爷爷交流做饭心得。

久而久之，爷爷奶奶对他喜欢得不行，每次边炀稍微来晚一点儿，就迫不及待地问唐雨："那孩子今天还来吗，他怎么还不来啊？"

平常家里离不开人，爷爷要在家照顾奶奶，村里大多数年轻人都出去帮忙了，只有偶尔来串门的老人能说上几句话。

边炀来了之后，整个院子像是注入了蓬勃的生机，他和唐雨一起教老人家怎么使用智能手机，而爷爷教他怎么做饭，怎么除草和种菜，整个人的精神都好了不少。

高考分数出来的当天，汪晴给她打电话，说可以查分了。

唐雨嘴上说不紧张，还是有些紧张。

边炀在笔记本上输入她的准考证号和密码，结果显示的却是"*"。

唐雨蒙了，还以为他的电脑出了什么问题。

"怎么回事，为什么不出分？汪晴和许昕妍她们都已经出分了的。"

边炀视线落在屏幕上，眉梢微挑："每年各个省高考成绩位列前十名的会被查分系统技术屏蔽，只有教育局和市教委能查。"

这就意味着，唐雨的成绩是保密状态，连本人都没办法查到。

她既高兴又挺无语："……那我怎么知道自己考了多少分啊？"

"最近一两天就会有人上门告诉你的。"

边炀思索了片刻，起身："我忽然想到，我有个朋友约我有事，要出门两天，你自己在这儿可以吗？"

唐雨微仰着头看他："你要去哪儿啊？"然后指了指电脑，"你还没查你自己的分数呢。"

"我知道我考了多少分，不用查。"边炀弯唇。

唐雨迟疑："你提前查过了吗？"

边炀挑眉："没。"

唐雨："全靠猜？"

"嗯。"他挺傲的。

"那你说，你考了多少？"

树下有风吹过，吹得他发丝稍有些凌乱，边炀语气悠悠："601。"

唐雨不信，把他的笔记本放在膝盖上，然后让他说账号密码，结果输进去之后，上面显示的果然是601。

他一模四百来分，只写了选择和填空，二模和三模都是520分，高考却是601分。

　　唐雨仔仔细细地看了下他的各科成绩，数学和理综竟然全都满分，英语125分，语文那栏成绩……26分？

　　边炀的英语这么好，不可能只考125分，而语文怎么写，都不止26分吧。

　　如果没记错的话，今年英语作文25分，而今年语文选择题加在一起总分刚好26分……

　　唐雨看着屏幕上的成绩愣了好久，又想到他的出国申请，心里隐隐有某种猜测。

　　等抬头的时候，边炀已经不见了。

　　"爷爷，边炀呢？"她找了一圈，没找到人。

　　爷爷正在小菜园除草呢，手上动作没停，闻言抬头说："刚走了啊。"

　　"哦，他还言之凿凿说，他可没有言而无信。"爷爷好奇地问她，"什么言而无信啊？小雨，他答应你什么了？"

　　唐雨一时间语噎，当时在回音谷许愿考六百分，而他考了六百零一分，却是言而有信。

　　可是能在高考考出理综和数学满分的人，平常居然还缠着要她讲题……

　　有好几道题她讲了好几遍，边炀还是一副不懂的样子，让她继续。

　　唐雨又联想到前几天，网上传了好多题目的答案，连她都蠢蠢欲动地想对答案了，可边炀一点儿兴致都没有，考完试之后跟没考一样，不是研究菜谱，想着法地让她多吃点儿饭，就是窝在沙发里打游戏。

　　而现在，他甚至连分数都没查，就能推测出自己考了多少分……

　　今年的高考试卷虽然不难，可想考满分，绝对没那么容易。

　　如果不是对自己有绝佳的自信，又怎么会把分数拿捏得这么死，甚至能轻易控分。

　　唐雨站在太阳底下，一时间被晒得有些凌乱和迷茫，他到底还有什么是她不知道的……

　　边炀又到底是什么来头啊……

　　边炀说得不错，隔天上午，不只是学校的工作人员，就连县里教育局和县政府的工作人员也一同抵达了小唐村。

　　四五辆汽车在村头停下，只见校长穿着一身笔挺的西装，打着棕色格子领带，显得格外精神焕发。

校长并没有走在前边，而是等待后一辆车停下，里面的中年男人下了车，才恭恭敬敬地迎上去，同对方一起径直走向村长家，向其阐明来意。

村长也没想到教育局的局长和县长会亲自来，还是通知高考状元的事儿，顿时发出一阵惊喜的赞叹，连忙又给大队书记以及镇长打电话，通知喜讯。

紧接着，穿着西装或者中山装的十几号人打头阵，成为队伍的先锋。

校长则站在队伍左侧，手里提着一个皮箱，喜气洋洋，而他身边的招生办老师则每人手持一面鲜艳的锦旗。

此外，还有两人在队伍两侧牵拉着两条醒目的红色条幅。

在这支庞大队伍的后方，还有敲锣打鼓浩浩荡荡的十几号人，声势浩大，好不热闹。

如此壮观的场面，吸引了村里村外众多居民前来围观，他们纷纷走出家门，好奇地朝着那些横幅张望，最上面的条幅赫然写着加粗放大的"喜报"两字！

下方的一条横幅则清晰地印着：清远高中理科考生唐雨同学在本年度高考中刷新省内高考有史以来总分最高分纪录。

然而这还仅仅是她的高考裸分成绩，在参加高考前，唐雨就曾拿到过全国数学奥数竞赛一等奖和省内数学竞赛一等奖，意味着还有累计二十三分的加分项。

这已经不是省状元，是当之无愧的全国高考状元。

村民惊呼一声，口口相传，唐家这是出了个状元啊！

他们知道唐雨那孩子懂事听话，学习成绩也不错，但没想到居然能考这么好啊！

平常村里出个大学生，都要摆大席、吹喇叭庆祝的，个个为家里培养出来个大学生引以为傲，在老一辈眼里，能考上大学，就能摆脱面朝黄土背朝天的苦日子，就不用下地干活和去镇上的厂子拧螺丝了，就能去大城市漂亮的大厦和写字楼里，穿着干净整洁的衣服，做更高端的工作！

而现在村里居然出来一个状元，是过去从来没有过的事儿啊！

原本老两口生了个不孝顺的儿子，那人不赡养老人、不抚养孩子，村里人每次提到那个人，都骂他个狗血喷头。

那老两口年事已高，身体又不好，政府的救济金只够买药，老头子下地干活，老婆子坐轮椅上还要编花篮，补贴家用。

两个人的生活已经如此艰难，还坚持抚养孙女上学，村里人可怜这一家子，时不时往他们家送点儿救济之类的。

可现在他们不同情老两口了，反而是羡慕又嫉妒啊。这唐家到底是怎么培养出个状元郎的？！

村里一传十，十传百，最后大家都乐呵呵地跟在队伍后边凑热闹去。

队伍越来越庞大，长长的一溜人站了一百米，浩浩荡荡地朝唐家小院去。

现场气氛热烈非凡，仿佛整个村庄都沉浸在喜悦之中。

闻讯而来的媒体记者，更扛着长枪短炮，乌泱泱几十人几乎踏平了唐家小院的门槛。

昔日清静的唐家小院，已经挤不下人了，鸡鸭受到惊吓，纷纷从墙洞里扑腾扑腾地钻出去。

当时唐雨和爷爷刚从地里回来，被簇拥在镜头和话筒面前，两人挽着裤腿，穿着拖鞋，手上还拎着刚挖出来的带泥的大白菜，都是蒙的状态。

记者的一声声询问甚至掩盖了嘈杂的喇叭声，最后还是县长站出来，义正词严地控制住现场："大家都安静一下！安静一下！"

敲锣打鼓的声音停了下来，记者也不再询问。

县长满脸喜气又不乏严肃地说："我知道各位记者朋友们都对今年的省状元很感兴趣，毕竟这是咱们县有史以来第二位全国高考状元！第一名全国高考状元，你们还记得是谁吗？"

有年纪稍微大点儿的记者朋友说："我记得，是一九九六年，当时还是'3+2'模式，理科考生戚明宛以全科满分的成绩拿到了全国高考状元，那是咱们县里第一位全国状元，距今已经过去二十九年了吧。"

唐雨不由得抬头。

戚明宛，边炀的母亲就叫戚明宛。

当时她收拾书架的时候，不经意间看到一份写着她名字的资料，好像是档案之类的。

边炀保存得很好，她用纸巾擦去了落在表面的灰尘，又将其放回了原处。

再加上记者说的年份，好像是能对上的。

清远高中校长马上说："对，当时我还没调任过来，但已经听说过她了，戚明宛十六岁就以全科满分的成绩考上了清北大学，还是全额奖学金，拿到了清北医学院本硕博连读的名额，是当之无愧的才女。"

县长"嗯"了一声，继续道："这次唐雨同学同戚明宛同志一样，也为县里增光添彩！将来是要写进县重大事件里面的！"

人群中顿时爆发出一阵热烈的鼓掌声。

接着县长看向助理，助理拿上来一个红布盖着的盒子，县长打开后，里面是一沓一沓的现金。

他递给唐雨的爷爷："这是县里的奖金，希望唐雨同学无论选择什么大学，从事什么专业，都能铭记家乡的栽培。"

爷爷褶皱纵横的手颤抖着先是擦去眼泪，然后紧张地接过那个盒子。

媒体把这纪念性的一刻拍下来。

校长也打开皮箱，里面是现金，看向唐雨："唐雨，这是学校的奖金，祝贺你取得优异的成绩。"

她轻声说了句"谢谢"，垂下的眼帘很好地遮住了眼底的情绪。

在县长和校长接连说完场面话后，记者又对老两口进行了采访。

采访到唐雨的时候，她轻声说："这些发出去的时候，能不能给我的爷爷奶奶打上马赛克？我不希望家里人受到不必要的打扰。"

"当然，如果你有需要的话，我们会在后期打上马赛克的。"

记者看小姑娘乖巧漂亮，说话温软好听，任谁见都忍不住心生好感，心里还想着，要是他们能生出个这样成绩好、长得漂亮又乖巧懂事的女儿就好了！

怎么办，想偷！

唐雨抿了抿唇角："我接下来说的话，希望能一字不落地播出去，可以吗？"

各位领导相视一眼，总觉得小姑娘此刻的情绪不大对，没有意料中的欣喜，似乎很慎重。

记者马上说："当然可以啦，你可以分享你考试的技巧或者现在的感受，都可以的！我们都是正规媒体，会如实报道，你放心吧！"

"那我。"她目光直视着那些镜头，"可以说出自己的亲生父母对我的所作所为吗？"

此话一出，全场静寂。

"我的父母在我上小学的时候就抛弃了我，他们离婚后各自有了自己的家庭，对我和爷爷奶奶不闻不问，甚至在我读书期间，为了一己之私，还去学校逼我退学。"

所以她用无数个刻骨铭心的日夜，把自己送到高处。

在这样的日夜里，她无数次把自己打碎又重塑，无数次打碎又涅槃。

没有人感同身受她这一年被噩梦缠身的夜晚。

无数道题，是对自己无数的逼迫。

被孤立的日夜是怎么熬过来的，只有她清楚。

但所有的灰暗，都成了她此刻踏破荆棘的勋章。

正如她的生命久如暗室，不妨碍她明走长春路。

唐雨目不斜视地直视镜头，目光澄净却带锋芒。

眼眶被风吹得干涩，她的声音渐轻。

"曾经，我也以为忍耐就好了，忍一忍就好了，等离开这里，他们就不会再来伤害我了……"

"可是有个人，他告诉我。"提到那个人，她的长睫轻轻颤了下，眉眼逐渐缓和。

"他说，自己的权益受到迫害时，不主动反击，会让对方得寸进尺，人性从来都是弯曲的木头，绝非虚无的白纸，只有惩罚，才能带来改造的效果。

"他说，没有一桩不幸的事，会由于勇敢而变成幸事。

"他说，我可以不那么善良，不那么大方，那是圣人该做的事儿，所以我们允许自己存在人性的瑕疵。"

"所以。"唐雨深吸一口气，压下涩然的情绪，"说我利用舆论也好，网暴他们也罢，我永远不会原谅我的父母，我就是要让他们知道……"

她一字一顿，嗓音暗哑，仿佛期待这一天太久太久。

"我，从来不曾屈服过。

"他们该付的抚养费和赡养费，一分都不能少！"

律师告诉她，她已经十八岁了，抚养费很难要，可如果借助媒体的压力或许就会好办很多，所以她将自己的经历完整地说了出来。

记者们的心情都无比沉重。

现场只有老两口的呜咽声，他们不知道他们生的那个儿子竟然还逼孙女退学，孙女竟然那么无助和痛苦。

气氛愈加沉重。

当天下午"高考状元遭父母遗弃""全国状元父母不付抚养和赡养费"等词条就引爆了全网。

记者为了保护她，还在发的视频上都给她和她的家人打了马赛克。

唐雨注册了微博，热度不断攀升，网友们同仇敌忾，纷纷催促凉城公安立案调查。

瞬间，舆论就像戳破了膨胀的气球，"砰"的一声，在网上引起轩然大波。

很快，凉城公安宣布成立调查组，立案调查此事。

县长也发了声明，严肃地说明会全程跟进案件情况，给她一个交代。

可网民愤怒到了极点，依旧不买账：

"希望警方真的可以认真处理，有些父母真的不配为人！"

"要不是唐雨考了状元，这件事压根就没人关注！"

"只有让遗弃的人受到应有的惩罚，才算真正的交代。"

"我不敢想象要是我经历了这些该怎么办……"

"这些只是她经历的冰山一角，她是走了很艰辛的路，才走到我们面前……"

评论区愤恨的声音，已经引起了更多媒体的关注。

也有不少人私信唐雨，给予她肯定和支持。

而与此同时，某酒吧里，唐父包了全场，请所有朋友庆祝。

"恭喜啊老唐，你那个女儿太争气了，居然是省状元！你家祖坟这是要冒青烟了啊！我们大家伙儿可都羡慕死你了！"

"老唐，听说学校和教育局奖励你女儿不少钱，这次你发财了。"

"老唐以后发达了可别忘了我们啊！"

五彩斑斓的灯光下，唐父的酒劲儿已经上来，不得不说他这个女儿可是争气不少，现在满大街贴的都是她的条幅，电子显示屏播放的也都是唐雨的照片。

他这辈子的腰杆都没这么直过！

昔日这些看不起他的人，哪怕心里不高兴，不还是眼巴巴地羡慕他？

"放心放心，以后我女儿当大官了，都少不了你们的好处！"

他拿起一瓶香槟，在众人的簇拥和狂呼中摇晃，然后喷出泡沫，一时间嗨翻全场。

"大家尽情玩儿，我女儿可是状元，有的是钱，我买单！"

底下传来一阵狂欢："谢谢唐哥！恭喜唐哥啊！"

礼花从各处"砰"的一声炸开。

在漫天闪烁的亮片中，唐父看着台下那些羡慕的眼神，虚荣心爆棚，好不得意。

身边有个小弟上前替他捏肩："唐哥，你想好让你女儿报什么学校了吗？"

"还没呢，反正分这么高，随便报呗，要我说哪里奖学金高就去哪里，反正到最后毕业了也是为了赚钱，当然要去奖学金高的地方啊！"

小弟附和："这可不，要是这么高的分去大专或者二三本院校，那些学校肯定抢疯了，说不定能给一百多万奖学金呢。"

"这么高啊。"唐父摸了摸下巴，他这女儿真能赚钱。

"唐哥我可真太羡慕你了，我们这群人都上不了大学，更别说好大学了，将来你女儿要是闯出名堂了，可不能忘了我们啊！要给兄弟们喝口汤！"

小弟巴结的话让唐父很受用，他脑袋里还在想那一百万的事儿。

一百万啊，在凉城这地方打一辈子的工都赚不了这么多钱。

拿到这笔钱，他小儿子的房子就有着落了。

思绪刚起来，他的电话就响了起来。

唐父接通，里面传来妻子的暴怒声："你赶紧给我回家！你把事情闹成这样，让我和儿子的脸面往哪儿放啊！"

唐父被吼蒙了："媳妇儿，你说什么啊……"

"唐德！你自己看微博，还有，赶紧回家，想办法把这事儿遮掩过去！"

说完，对方就急匆匆挂断了电话。

已经有不少亲戚打电话给她，问她的丈夫唐德是不是真的没给前妻女儿抚养费，也没给父母赡养费。

她一张脸丢了个干净……

唐德挂断电话，就点开微博，上面的热搜一条条的，甚至还有条专门关于他的头条——唐德不养女儿不养父母。

带着未知的恐惧点进去，翻了翻评论，全都是骂他丧心病狂的，还有人扒出来他的照片……

他的每一张照片底下，都有上百条辱骂的评论。

唐德难以置信地瞪大眼睛，眼角几乎撑裂，这到底怎么回事？

他怎么会上微博，还被那么多人骂？

直到他点开了那段采访。

他的照片和所作所为都被扒出来扔在网上，被人批判、控诉！

回到家里，媳妇儿就开始闹，家里乱成一团，再无安宁之日。

唐德的脸被媳妇儿抓得全是伤，骂他没用。

唐德想发怒又忍住了，可事到如今发怒也没有用，他不再废话："我想办法联系唐雨，她不就是想要抚养费和赡养费吗，我给还不成吗？"

听完这话，媳妇儿又开始闹："把钱都给他们了，我和儿子还怎么活啊！你这是要逼死我和儿子！唐德你真不是个东西！"

女人哭完就收拾东西回娘家了。

唐德气急，却也没有办法。

唐雨翻看一条条微博，事情已经闹开了。

她坐在凳子上，后背靠着墙，身体被太阳晒着，却好像还是有点儿冷。

爷爷奶奶哭了很久，现在已经睡着了。

她失神地望着摇曳的树叶，感觉一切都像一场梦，生怕梦忽然醒来，回到第一次见边炀的时候。

如果那时候没有边炀，现在的一切是不是就不一样了？

唐雨缓了一会儿，低头划开手机，指尖停在和边炀的聊天记录上。

片刻后，还是忍不住给他打了电话。

他几乎是立刻接通的："小雨。"

听到他的声音，那些委屈和担心一股脑涌出来，唐雨眼眶莫名就酸了起来，她用力眨了下眼，才轻轻开口："边炀，你看微博了吗？我都说出去了。"

"嗯。"他声音有点儿哑，似乎在忍耐着什么，同她说话时，嗓音又刻意放轻，"你很棒，宝宝，你很勇敢。"

她那些糟糕的情绪，随着他的声音渐渐消散，只是说话时还带着轻微的鼻音："我现在很轻松，从来没有过的轻松。"

"嗯。"他闷声应。

"我在想，要是我没遇到你该怎么办呀，我真的很幸运。"

边炀低声："就算不遇到我，唐小雨也会走下去，哪怕这条路很艰难，唐小雨也会义无反顾地走下去。"

她吸了下鼻子，唇线微抿："我真的可以吗？"

"可以。"他道，"因为我知道的唐小雨就是这样勇敢、坚强，哪怕遭遇再多的不幸，都会一次一次从里面爬出来，然后继续无畏地走下去。"

"还有，网上那些人会不会骂人，怎么一个两个的还没我骂得难听？"他三言两语就把她从坏情绪里拽出来，散漫地说，"待会儿我就上网骂个模版，让他们学着点儿。"

唐雨闻言，没忍住笑出了声，轻声问他："你现在还在你朋友那里吗？"

"嗯。"他应，"明天就能回去。"

然后吊儿郎当地问她，"怎么，短短一天不见，就想我了？"

唐雨轻轻地"嗯"了一声，很认真地点头："想了。"

边炀怔了下，喉结轻滚："那我今天晚上就回去。"

"不用不用，你先忙自己的事！"她连忙说。

边炀哑声："跟他们说完事就回去了，不耽误。"

唐雨温软地问了句："你去找的朋友是秦明裕吗？"她就认识这

一个。

"不是。"

"那……是男生还是女生呀？"

那天他走得快又匆忙，唐雨隐约觉得他是去见什么重要的人。

边炀很轻地笑了下，然后漫不经心地道："如果都是女生怎么办？"

这下换她愣住了，静默几秒后，她小声嘀咕："那你还是赶紧回来吧……"

少年眉梢微扬："怎么，不希望我跟女生单独在一起？"

唐雨老实地点头："不希望。"边炀太好了，会被抢走。

边炀一颗心酸酸软软的。

"那倒也是，我长这么帅，你有危机感是正常的。"他笑得蛮不正经，语气懒懒的，"不过你要是有要求的话，我也能做到，你就跟我撒个娇，说'哥哥，你以后别跟女生单独相处好不好'，就这样，我就能听你的话。"

唐雨一愣，撒娇对她来说有点儿难……还没尝试过。

边炀原本也就是逗她玩的，谁知道小姑娘软了嗓音，还真学他的话："哥哥。"

这俩字一出来，他就受不了了。

"你以后……别跟女生单独相处好不好？"似乎不大自然，唐雨有点儿磕巴。

但不妨碍女孩的声音温软得不像话，跟熟烂的软甜莓果似的，甜滋滋地顺着人的毛孔钻进去。

"不过，可以带上我，我保证在一边当蘑菇，不打扰你们谈事情。"她最后补充了句。

边炀用舌尖顶了顶脸腮："你还挺霸道。"

唐雨低头，脚尖无意识地蹭着地面，把小石子踢到一边又轻轻踢回来，似乎在等他的回答。

"那成吧。"他勉为其难的样子，拖着懒懒的调儿，"我以后都带你。"

"不过，你以后要是单独跟什么男生相处，也得带上我。"边炀趁机顺杆儿爬。

唐雨还不知道这句话的严重性，觉得这样很公平，于是爽快地答应了。

结果她到了大学，悔得肠子都青了，才知道有些承诺真的不能随便答应！

和她说了会儿话，边炀挂断电话时，脸上的笑容瞬间散了很多。

低垂的视线落在手机屏幕上，上面是小姑娘接受采访时的视频和录音。

录音里的讥笑声、拳脚声、巴掌声清晰分明地传出来……

每个字、每个声音、每个藏在录音里几乎听不到的呜咽……都化成淬了毒液的刀子似的，狠狠捅进他的心窝。

边炀捏着手机的指节泛白，胸口肿胀酸涩得喘不上气，深吸一口气，依旧止不住某种席卷整颗心脏缺氧似的室疼感。

身后忽然有人拍了下他的肩膀："阿炀，怎么不进去啊？"

来人对上他蓦地掀起的眼眸，漆黑的眸底似是覆了一层寒霜，还有来不及遮掩的凛冽和潜伏其中的暴戾。

校长惊怔地看他，只片刻的工夫，少年就敛了所有情绪，脸上不见一丝的情绪波动。

"怎么了？"刚才一瞬间，校长被他的样子惊骇到。

边炀锁了屏幕，几乎是强行将戾气压了下去，握着手机的手懒懒地插进口袋里，已然恢复如常散漫的样子。

"没什么，王伯伯，我们进去说吧。"

古色古香的雅间内，四面墙均挂着名画。

檀香袅袅，隔着一扇山水画的屏风，有身穿旗袍的女子奏起管弦丝竹。

米白色的灯罩笼着光，金丝楠木的桌前坐了两位清北大学的院长，一位法学院，一位医学院的。

校长则坐在首座。

"阿炀，听你爸说，你不是要出国吗，怎么还有时间找我们这群老家伙叙旧啊？"

边炀浅笑了声，蓝色的衬衣带着几分随性："没出国，这不想你们了吗，所以特意过来看看。"

他先是为每一位教授用热水烫餐具，然后打开一盒茶叶，盒子打开的一瞬间，茶香四溢。

"这不是你母亲珍藏的金瓜贡茶吗，你竟然舍得拿出来给我们喝？"

"瞧您说的，我什么好东西不想着各位伯伯。"

边炀慢条斯理地打开茶饼，坐在茶台前，投茶、候汤、冲茶、淋壶、烫杯、出汤，冷白的手指把一系列流程做得一丝不苟，一分不差，无比赏心悦目。

等茶汤出来，茶香早已弥漫开来，冲淡了室内的檀香。

他从茶台前起身，半弯着身体，为座上的三位沏茶倒水的，礼节做得足足的。

校长和两位教授都有点儿受宠若惊。

不知道为什么，边炀越是正儿八经的做派，他们越是隐隐约约有种不大好的预感。

毕竟这孩子在清北算是他们看着长大的，大家都对他的脾性略知一二。

他母亲戚明宛当年是清北的风云人物，本该八年制的本硕博连读，她仅仅用五年就提前毕业了，当时校长极力挽留她留校任教。

从讲师成了人人敬仰的正教授，那年她才二十二岁。

接着，她又用五年时间成了医学院最年轻的院长，外兼清北附属医院的副院长。

不仅如此，戚明宛一如她的名字一般，明媚张扬，漂亮得不可方物，偏偏为人正直又善良，基本是有求必应，他们或多或少都承过她的情。

所以无论是和她同届的同学，还是医学院的师兄师弟，提到她的名字，都不由得生出几分憧憬。

边炀随他母亲七分相，和学校的教授又住得近，戚明宛和边城都忙时，就把边炀扔给师兄师弟带，边炀打小就在清北晃荡。

这小子会长，不仅继承了他母亲的美貌，还继承了她的智商。

至于性格大概是随了边城，桀骜不驯，爱惹是生非，经常把他们搅得那叫一个鸡犬不宁！

不只是医学院的人深受荼毒，就连别的学院都对边炀是如雷贯耳，退避三舍。

所以边炀这一番礼节下来……

他们相视一眼，都觉得眼前这茶不是价值千金的好茶，而是砒霜。

"那什么。"王校长没喝茶，慈祥地看向边炀，"这次回来有什么打算啊？"

边炀笑："王伯伯，我母亲生前一直想让我在清北读完博士，我这几个月琢磨了一下，觉得她说的话确实有道理，我还年轻，不着急创业，应该多学点儿理论知识。"

王校长激动道："你能这么想真是太好了！你不知道，在你走后，你章伯伯半个月都没睡好觉，你要是能回去读完博士，你章伯伯做梦都得笑醒。"

边炀微笑："之前是我年轻不懂事，辜负了章伯伯的一番厚爱，后来我痛定思痛，觉得还是留在清北好，毕竟你们都是我的家人不是，去哪儿都不如这儿有归属感。"

王校长听得是欣慰不已，这孩子长大了啊，知道心疼人了。

"对了，王校长。"边炀扯了话题，看起来像闲聊，"我记得我母亲之前以全国状元的身份入清北时，清北开出了极好的条件，具体是什么来着？"

王校长开口："明宛啊。"

已经过了许多年，他都有些不大记得了。

还是医学院的郑院长开口："免学费外加五万奖学金，另外还是医学院的重点培养对象，参加了什么计划来着，这点我倒是忘了。"

他是戚明宛的学长，同留校任职，戚明宛去世后，他接任了戚明宛的位置。

二人亦师亦友，戚明宛去世后，他哀伤和可惜了很久。

边炀漫不经意地问："郑伯伯，一九九六年的五万奖学金，放在现在值多少钱？"

郑院长笑："那可值不少钱，当年猪肉三元一斤，现在可十八一斤了，物价上涨了将近六倍，那五万放在现在，起码得三十万。"

王校长疑惑地看边炀："你问这些干什么？"

边炀抿了口茶，浅笑："王伯伯知道今年的全国状元是谁吗？"

"谁啊？"

每年清北都会盯着各省状元，然后跟各高校抢人才，更别提全国状元了，可想而知会被疯抢。

不过看边炀这得意的样子，他不禁问："你认识？"

边炀挑眉："当然。"

"叫什么名字？参加过清北的自主招生考试吗？"

"她叫唐雨。"边炀解释，"没参加自主招生考试是因为清远高中没有清北的自主招生名额，但这不影响她考了今年的第一。"他这话里话外的强调和炫耀，王校长怎么听不出来。

王校长又问："我还没来得及看今年各个省份的高考成绩，你要是认识的话咱们就好办了，你让那孩子来清北，老师和专业任选，当然，奖学金也少不了。"

边炀开门见山："既然王伯伯这么有诚意，那我就不兜圈子了，免除她在校期间的所有学杂费，再给奖学金三十万，另外她爷爷奶奶身体不好，清北附属医学院免费为二老看诊治病。"

王校长、郑院长："……"

就知道这茶没那么好喝！

随后他又看向法学院沈院长，漆黑的眼里噙着坏笑："沈伯伯，我知道您最惜才了，肯定不会放过这么一个好苗子吧，对了，法学院要出个'慎德'计划吧，本硕博连读五年制，这个挺好的，给个名额呗。"

沈院长："……"好家伙，终于和盘托出了！

这就是只请他们三个来喝茶的原因，个个都给安排上了。

王校长轻咳两声："你这孩子也太直接了，清北目前给到的奖学金最高只有四万，你上来就要三十万，当清北是菜市场呢，是不是有点儿过分了！"

医学院的郑院长敲敲桌子："何止是奖学金的事儿，首先我还不知道她爷爷奶奶得的什么病呢，这后续治疗需要多久，用什么方式治疗，这算下来，费用可是个未知数啊。"

法学院的沈院长更像是明白了什么："原来你小子找我来是因为这个！'慎德'计划我还没公开呢，你居然就知道了！看样子是那孩子对法学感兴趣吧，你小子专门找我来，除了这计划，还想让我亲自带他！"

边炀给人斟茶，恭维话说得好听："要么说沈伯伯是法学院的人呢，任何蛛丝马迹都逃不过您的眼。"

沈院长:"你少来了,就知道你小子没安好心!"

他年纪大了,已经很久不带学生了,就想早点儿退休养老,结果这小子直接预订了五年。

王校长沉默许久,似乎在思考什么,最后,他看向边炀,语重心长:"阿炀,你老实说吧,你跟那孩子什么关系,你们是亲戚?还是朋友?"

郑院长和沈院长也看他。

边炀这人生来便不缺什么,无论是家世还是智商,都超过常人太多,自然,性格桀骜,眼高于顶,更不屑求人办事。

相识这么多年,他们也从未见过他为什么人、为什么事退让过,更别说低过头。

今儿个能做到这一步,可想而知那人跟他关系不浅。

只见,边炀缓缓站起身,站在空地儿,朝三人深深地弯下腰身。

王校长三人顿时面面相觑。

边炀直起身时,脸上已然挂着引以为傲的笑意。

"不瞒各位伯伯,其实今年的全国高考状元唐雨是我女朋友,今后有劳各位伯伯费心了。"

三人愣怔片刻后,旋即相视一笑。

能让一个轻世傲物的少年低下高傲脊梁的,不是别的,原来是他喜欢的人啊。

最后,王校长考虑到综合因素和后续影响,答应了一部分要求。

免除在校期间所有学杂费,给予四万入学奖金,这些是学校对待全国状元该有的规格。

另外唐雨爷爷奶奶的医药费,将由学校全报,这是王校长开的特例。

除了因为边炀的缘故,更重要的是唐雨被父母遗弃的事儿在网上传开了。

如果这时候清北伸出援助之手,必然会落个好名声,算是一举两得吧。

而沈院长禁不住边炀的软磨硬泡,最后答应接收唐雨为关门弟子。

其实,他对这个小姑娘还蛮好奇的,到底是什么样的姑娘,居然能收了边炀啊?

不过,这将是他退休前的最后一位亲授学生了。

结束前，边炀拿出一把钥匙，推到王校长跟前："这是？"

王校长看他。

边炀的视线落在那钥匙上："这是学校分给我母亲的家属院，王伯伯，你就以学校的名义交给唐雨吧。"

沉默许久，王校长道："这房子在你母亲去世后就一直空着，你既舍不得租又舍不得卖，既然现在要给她用，为什么不直接给她，让她知道呢？她也能记住你的情。"

边炀懒懒地笑，眼底露出些许藏不住的爱意。

"她这个人执拗得很，要是知道这房子不是学校派给她的，而是我的，怎么可能接受啊。"

言辞间的无奈和宠溺，校长听得都牙酸。

"行了行了，别在我跟前秀恩爱了！"

王校长把人轰走前，又叮嘱了句："别忘了去见你章伯伯，他念叨你很久了。"

"嗯。"边炀低声应。

"还有，这茶叶给我们三个留下，你小子把账先结了，然后就可以滚了！"

边炀扬眉："好，这就滚。"

隔天，唐雨就接到了清北招生办电话，听到这些优越的条件后，高兴得快要跳起来了。

这意味着她不需要再为爷爷奶奶治病担忧，也不需要再为学费担忧，可以安心度过整个大学时光。

尤其是本硕博连读，还是法学院的院长亲授，简直让她觉得像做梦一样。

她沉浸在被馅饼砸到的喜悦里，高兴得晕乎乎的，然后连忙跟爷爷奶奶说了这件事。

自从那天采访之后，老两口的眼泪就没停过，此刻听到这样的好消息，更是泣不成声。

他们一直担心会拖累孙女上大学，正想着说服孙女去清北，他们自己留在这里就好。

谁知道学校考虑到他们的家庭情况，不仅免除了医药费，还给分了家属院的房子！

唐雨在清北读书期间，房子都可以免费使用，他们就不担心没地方住了。

老两口感激不尽，朝供奉的观音菩萨，连连磕头。

艰难的日子总算熬过去了，唐家总算拨云见日了，他们孙女也总算守得云开见月明。

而唐雨此刻最想分享的人就是边炀了。

刚拨出去电话，谁知道电话铃声就在院子门口响了起来。

夏阳炙热，树叶簌簌作响，蝉鸣悦耳。

唐雨抬头，顺着声源看过去，就见少年接通电话，站在院子门口，另一只手懒散地插在口袋里，树影斑驳，落在少年肩头，他依旧是那副玩世不恭的模样。

"唐雨同学，又想我了？"他的嗓音从院子里传来，也从她贴在耳边的话筒里传来。

唐雨站着没动，眼神一动不动地瞧着他的方向，软软地唤了声："边炀。"

"嗯？"他也站着不动，隔着小院瞧她。

唐雨弯眸："没什么，就是想叫你一声。"

边炀很轻地"啧"了一声，从口袋里伸出的手朝她扬了扬："过来，给我抱抱。"

唐雨挂了电话，像蝴蝶一样扑进他的怀里。

边炀张开手臂，把她稳稳地抱了个满怀。

"唐小雨，爷爷奶奶看着呢，你这样是不是不大好？"

话虽然这么说，但他抱得更紧了点儿，唇角浅浅扬起，丝毫没有松开的意思。

唐雨也搂着他的腰不松手，余光瞥了眼满眼揶揄的老两口，还是觉得有点儿害臊，就把脸埋在他胸口，小声嘀咕："他们早就看出来了。"

老两口早就看出来了，每天都在她耳边问边炀，还拿她跟边炀开玩笑。

"看出来了？"少年话里带了几分调笑的意味，"难道是我们在菜园偷偷牵手的那次被看见了？"

余光瞄见老两口朝他打了个手势，然后爷爷推着奶奶的轮椅就回里屋了。

边炀看得好笑。

唐雨老实地摇头，简直乖得要命："不知道，反正他们就知道了……"

边炀冷白的指尖轻轻拨开遮在她脸颊的碎发，"哦"了一声，半开玩笑地："那肯定是你对我的喜欢太明显，他们就看出来了。"

听到这话，唐雨在他怀里，微仰起头："那你不喜欢我吗？"

边炀低头看怀里的小姑娘，拖着长调子："喜欢哪。"喜欢得要命。

"那肯定是你被看出来的。"唐雨从他怀里出来，退了两步，跟他拉开距离，舔了舔唇角，神色认真。

"你天天来，意图太明显了，傻子才看不出来，所以肯定是你。"她摆事实，讲道理，"而且你是不是还跟爷爷说'我去哪儿你就去哪儿'这种话？爷爷不多想才奇怪吧！"

边炀舌尖抵了抵腮帮，轻"啧"一声："老爷子不厚道啊，说好保守秘密的，怎么全说出来了。"

唐雨哼了一声，又忍不住笑起来，嗓音甜甜的："因为我才是爷爷的亲孙女啊，他当然是向着我的了！"

瞧着小姑娘生动的样子，谁能想象这样明亮澄净的眼睛里，也曾藏匿着无数的委屈和无助，但如今也在慢慢治愈。

他伸手把人揽过来抱住，脸颊深深地埋进她的颈窝里蹭，嗓音懒得不行："困。"

唐雨还想问他关于分数的事儿，刚推了下他的胳膊，他倏然闷哼一声。

这会儿才看到他胳膊里侧的瘀青，唐雨紧张起来："你胳膊受伤了？"

"没事。"

当初说好博士毕业，结果边炀中途放了老教授鸽子，所以再次见到他，老教授气急败坏，二话不说就抡了两棍子上来。

对方年纪大了，边炀也不能还手，硬生生挨了两棍子，让老教授出了口气。

"这怎么伤的？是你那些朋友？"

边炀蹭她的颈窝，发丝弄得她痒痒的。

他不太在意地说了句："就不小心碰到的。"

他从凉城到京华，又从京华到凉城，下了飞机直接来找她，来回倒车没停过，在飞机上也没睡好。

见到她，边炀浑身的疲倦涌上来，就想抱着她："有点儿困。"

"那你去我的房间睡一会儿吧。"她没了心思问别的。

边炀略微掀了掀眼皮："这样不好吧，毕竟是你的房间。"还睡她的床。

"……你不是困吗？"唐雨把他拽进房间去。

边炀扬着唇，慢吞吞地任由她牵着往里走。

房间不大，一张单人床，靠近窗户的地方放了书桌，上面全是书和卷子。

唐雨把边炀按在床上，让他躺下，打开风扇。

"这里没空调，可能会有点儿热。"

边炀躺在她粉色的床铺上，鼻息间是少女身上甜软的香气，感觉很奇妙。

一股沁凉的感觉钻进心窝里，哪里还会觉得热。

唐雨把窗户打开，有风进来。

等她转过身的时候，他的脑袋枕着手臂上，已经闭上眼睛，似乎睡着了。

风扇轻轻转动，发出微噪声。

唐雨的脚步放轻，找出红花油来，倒了几滴在掌心，搓热后贴在他瘀青的位置轻轻揉。

边炀眼睫投下暗影，眼底一片乌青，似乎好几天没睡好。

他睡得很沉，上红花油时，都没醒过一次。

唐雨手臂撑在床上，托着下巴就这样看着他熟睡的样子，然后忍不住伸出手，指尖隔着薄薄的空气，一点点细致地临摹少年精致的五官。

他的睫毛很长，鼻梁很挺，唇瓣颜色淡淡的，不笑的时候给人一种高贵矜冷的感觉。

可要是笑起来，只有唐雨知道，他漂亮得勾人。

忽然意识到自己在笑，她马上缩回手指，拍了拍自己憋笑的小脸。

唐雨啊，天天都能见到他，怎么还对他犯花痴呢！真是没出息！

然后又忍不住这样支着下巴，弯着眉眼看他，另一只手摇着蒲扇，怕他热，轻轻扇风。

直到口袋里的手机振动起来，唐雨怕吵醒他，才轻手轻脚地走出房间，把门关上。

像是把他锁进了自己小小的世界里。

这几日网上闹得沸沸扬扬，不少义愤填膺的人拎着油漆桶把唐德和李秀英家的大门泼红。

在上面大写着"报应""不是不报，时候未到"等字眼。

唐德和李秀英的家已经面目全非，他俩只好瑟瑟发抖地躲在里面，不敢出去。

事态已经到了不可控的地步。

唐德和李秀英只能按照法律，补齐亏欠唐雨的抚养费，并且唐德还要支付老两口的赡养费，两笔钱加在一起，可是不小的数目，但唐德为了息事宁人，只能咬牙拿出钱，为此媳妇儿要跟他闹离婚。

这笔钱拿出来后，网友总算满意了。

警方也呼吁民众理性，不要做出过激的行为。

事情总算告一段落。

这边闹得喧嚣，孟家也不好过。

警方接到一条报案，对方事无巨细地提交了孟家偷税漏税以及建材以次充好的证据。

目前孟父已被警方逮捕，并且被冻结了孟家名下所有的不动产和流动资金。

远在京华的某人，得到警方反馈，正扬扬得意。

这可是那个臭小子第一次低声下气地求他办事。

边城当时嘴上说着自己的事情自己办，可私底下发动所有关系去查孟家。

做公司的，尤其是县城里的小公司，有几个真正干净的？稍微一查，就查出来了猫腻。

边城直接把证据全给了警方，让孟父蹲个几十年不成问题。

桌子上的手机响了起来，助理拿给他："是少爷打来的。"

边城掠了眼来电显示，接过来划开，架子还端着："你小子给我打电话干什么？"

电话那边沉默了片刻，声音没什么起伏地开口："谢了。"

短短两个字，敷衍又欠揍。

说完，电话挂断了。边城听到"嘟嘟"声，眼睛都瞪大了，气得炸毛："这臭小子！"

求人办事，就说两个字，居然就挂断了！

助理莞尔："……好歹少爷是领情了不是。"

边城冷哼，不想承认："我管他领不领情啊！我纯粹是匡扶正义！"

助理："……"一个两个的就嘴硬吧。

孟父被抓进监狱后，法院为防止财产转移，冻结了孟家明面上的所有资金。

一时间孟母彻底慌乱了。

树倒猢狲散，先前跟孟家合作的公司连连撇清干系，生怕下一个查到自己头上。

自从结婚后，孟母就没有工作过，衣食住行都有保姆伺候，过惯了衣来伸手饭来张口的日子，早就失去了自主生活的能力，哪里懂得经营公司这类事情。更别提孟诗蕊了，她现在连门都不敢出，更别说扛起大旗，想办法解决公司危机了。

在风雨中飘摇的公司，没有人主持大局，也没有人可以应对危机，如同溃烂的毒疮，只能眼睁睁看着它毒性发作。

孟家倒闭的速度出乎了所有人意料。

直到孟母和孟诗蕊被"请"出别墅的时候，两个人都像是没回过来神。

看着别墅大门上贴的封条，孟母脸色苍白地一屁股跌在原地，怎么也想不明白短短几天而已，怎么天就变了。

"妈，这到底是怎么回事儿？咱们家和公司怎么被查封了？同学们都看我笑话，这让我以后还怎么抬得起头啊！

"还有我上大学的事儿会不会受到影响？"

孟诗蕊担心的只有自己，她只考了三百分，跟周寻文上不了同一个大学，所以家里花了钱给她找了点儿关系，"妈，我要去上大学，你赶紧把这事儿解决了啊！"

"都这时候了，你还只想你自己！

"我怎么就生出来你这么个女儿啊，你知不知道，你爸爸是被你连累的！要被判几十年！公司现在也倒闭了！咱们家所有的财产都被查封抵账，我再也过不上好日子了！"

孟母猩红着眼眶，扬起巴掌狠狠落下来，一巴掌不解气，接连打了好几巴掌。

"你这丧门星！你害死我们了！我这辈子全被你毁了！"

孟诗蕊被猝不及防地打了好几巴掌，脸颊红肿。

她猛地尖叫一声，使劲推开孟母，眼里的怨恨不比她少！

"关我什么事啊！分明是你们自己经营不善，别什么锅都甩在我身上，我还怨你们没处理好这些事情影响我读大学了呢！"

孟母瞪大眼睛，嘴唇哆哆嗦嗦说不出来半个字，最后一屁股坐在地上，哭天喊地。

"我这是造了什么孽啊，家和公司都被查封了，自己的闺女还在这里对我大吼大叫，我的一切全毁了！"

孟诗蕊被吵得心烦意乱，事情一个接一个，就好像多米诺骨牌，她原本绚烂多彩的人生顷刻间崩塌殆尽。

到底为什么啊？

明明一个月前，所有人都要看她的脸色。

那些她往日招招手就凑过来的人，现在竟然都敢拉黑她，像生怕被她牵连一样……

再看她平日里只知道做头发做美容的妈，这会儿边哭边对她骂骂咧咧。

巨大的落差，让孟诗蕊一度缓不过来神，她觉得天旋地转的。

她的十八岁不该是这样的啊！

孟诗蕊接受不了现实，直接跑到周寻文家里，疯狂拍门，拍了足足半个小时，她的手都肿了，门才被打开。

孟诗蕊拉住周寻文的手，哭哭啼啼："周寻文，我们家被法院封了，你帮帮我们家好不好？"

周寻文面无表情："你们家的事，谁都帮不了你们。"

"什么……"孟诗蕊疯狂摇头，双眼充满期冀地看着他，"那我这段时间能住在你家吗？我没地方去了，现在我们都毕业了，提前办婚礼也行。"

周寻文推开她的手，皱眉："诗蕊，我不喜欢你，不会跟你结婚的。"

孟诗蕊难以置信地看着他："可是之前两家都说好我们的婚事了啊！"

"那只是两家人的玩笑话，不能当真，而且我喜欢的人不是你。"

孟诗蕊听到他残忍地说："我喜欢的人是唐雨，我也考上清北了，我会跟她一个大学。"

说完他不再看孟诗蕊苍白的脸色，转身回家。

孟诗蕊跌在地上，眼神空洞，一直到晚上，才被孟母失魂落魄地接走。

她们现在一贫如洗了，甚至要去住在平日里看不上的出租屋。

一间房潮湿难闻，见不了光。

孟母不会做饭，也不洗衣服，更不想出去工作，所有积累的负面情绪全都发泄到了孟诗蕊身上。

孟诗蕊第一次被孟母用棍子打，没来得及反应，接连不断的棍子就落在了后背上。

她脑海浮现的却是唐雨那张脸，她好像考上了清北。

现在大街小巷的投屏，中心街最热闹的区域挂着的横幅，全都是她的名字！

而她曾经最瞧不起的人，竟然得到了周寻文的喜欢！

孟诗蕊想想就忍不住笑，最后疯狂地大笑起来。

那可怕的笑声把挥舞木棍的孟母都吓了一跳。

"你笑什么！你把你爸都送进监狱了，把全家害成这样，你还有脸笑？！"

孟母怒火难消，简直气疯了。

孟诗蕊死死地咬着牙，眼底全是不甘心，从地上爬起来，抄起桌子上的水果刀就冲了出去。

孟母被撞在墙上，脑袋磕得生疼，还以为她又要出去鬼混，也没管她。

傍晚，唐雨和爷爷坐在小院的凳子上摘菜。

录取通知书已经下来了，法学院的沈院长和医学院的章院长加了她的微信，让她最好尽快来学校，这样一来可以让爷爷奶奶早点儿接受治疗。

所以这两天他们在收拾东西，一家人准备去京华了。

摘完豆角，爷爷去厨房做饭。

唐雨拍了拍身上的菜叶，把凳子挪到墙边，刚准备去帮奶奶编最后几个花篮，忽然一道身影从外边窜进小院。

天色将黑，院子里的梧桐叶染了墨色。

唐雨看清了来人，孟诗蕊此刻正恶毒地盯着她，手上的刀子反射着冷光，令人心惊胆寒。

唐雨心中一凛，警惕地迅速往后退，用藏在身后的手机不动声色地报了警。

孟诗蕊看她的眼神像是条毒蛇，步步紧逼，像要把她抽筋剥皮似的。

"唐雨，你该死！要不是你，不会闹到现在这种局面！我真是低估你了，你把我爸送进监狱，从前对我嘘寒问暖的妈妈现在也动不动打我，我被你毁了！我们家被你毁了！我家的公司也全被你毁了！"

爷爷听到动静从厨房出来，吓得不轻，唐雨用眼神赶紧示意爷爷别出声。

她也是最近才听说孟家出事的，也是天道好轮回吧。

孟诗蕊现在的情绪很不稳定，随时有可能拿刀刺上来。

爷爷似乎也明白这点，从厨房悄无声息地拎出来一个凳子。

厨房在院子的边角，天黑就看不清，孟诗蕊满眼又都是唐雨，所以没注意到身后有人偷偷靠近。

唐雨继续分散孟诗蕊的注意力，生怕她回头："你冷静一下，你爸被送进监狱，那是因为他偷税漏税和建材以次充好，你妈打你那是因为你把你爸和你家公司推到了风口浪尖，至于你。"她冷笑，极其讽刺，"是你自作自受。"

"你闭嘴！闭嘴！"孟诗蕊尖叫，用刀尖指她，"你有什么资格说我！"

"我最后悔的就是当初没能把你从清远踢出去！"

在她的脑子里，唐雨就该畏惧她、害怕她、对她唯命是从，而不是现在这副高高在上的模样。

孟诗蕊无法接受，也不能允许唐雨爬到她头上来，愤怒和嫉妒已经完全挤占了她所有的理智，爸爸的入狱，妈妈的殴打，网上的唾骂……而罪魁祸首就在眼前。

她当即挥舞着水果刀就刺过去。

忽然孟诗蕊后背一痛，"啊！"了一声。

是爷爷抢起凳子砸过去，而唐雨趁机去夺她手上的刀。

孟诗蕊尖叫起来，疯狂地扭动身体挣扎着，刀子在黑夜里明晃晃的吓人。

善良来源于从小的不断教化和矫正，成年人的善是复杂的善，而恶有时候就只是恶，没有什么可以美化的皮囊。纯粹的恶完全就是纯粹的发泄，纯粹的嫉妒，纯粹的毁灭。

孟诗蕊身上纯粹的恶，显然已经激发出来。她嫉妒唐雨的好样貌、好成绩，嫉妒凭什么她能考满分，学习成绩那么好，能成为老师口里的香饽饽，而自己现在一无所有，住在潮湿破旧的出租房，再也回不到过去奢靡自在的日子。

她想看洁白无瑕染上污秽，想看天之骄女卑微乞怜，想看高傲者下跪求饶，想把更多的人拉入和她一样低贱的境遇里……好像只有这样，内心的不平衡才会得到一些缓解。

奶奶看得心急如焚，大声呼救，左邻右舍听到动静，赶紧过来看。

眼前的场景让他们吓了一跳！

孟诗蕊正攥着刀乱捅，若不是唐雨和老人家死活不松手，怕是要出大事了！

邻居赶紧上来帮忙，动静闹得大，听说唐家出了事儿，个个都奔了过来。

前几天老爷子挨家挨户送糖、送菜的，他们收了好，怎么可能坐视不管，纷纷冲上来制止孟诗蕊。几个人按住她，把刀子夺了过去。

村民怕孟诗蕊发疯，把人推出小院。

夜里黑灯瞎火的，谁知道她一脚踩空，掉进了院子外的粪坑里。

警察和村长赶来的时候，她人正在粪坑里扑腾。

唐雨看着她狼狈的模样，神情复杂。

唐雨和爷爷都没事，配合警方做了笔录。

现场的村民都是证人，警方最后把孟诗蕊带走了。

安顿好爷爷奶奶，唐雨跟随警方一起去县城做笔录。

从警察局出来时，已经是夜里十一点。

街上偶尔有车和行人经过，刮起一阵暖风，树叶跟着簌簌作响。

这个点，不好回小唐村了，她打算去公寓。

站在路边，伸手招车，身后忽然传来一声："唐小雨！"

她刚转过身，就被一双温热的手臂紧紧搂入怀里。

唐雨愣了下，少年身上熟悉的气息萦绕鼻间，她缓慢地回抱住少年的腰身。

他跑得喘息，身上出了汗，她心里涨涨的，感受到了他深埋的不安，知道边炀肯定担心了，脑袋在他怀里安抚地蹭蹭，解释说："没事，我没受伤，爷爷也没受伤。"

边炀抱着她，很用力，没有吭声。

爷爷给他打电话后，他马上就赶过来了，看到她站在那儿的一刻，悬着的心才算放回肚子里。

真的要被她吓死！

唐雨就是怕他担心，故意说些轻松的话："当时我可勇敢了，孟诗蕊拿刀刺过来的时候，我一点儿都没怕，然后爷爷一个板凳把她砸得晕头转向，当时孟诗蕊都傻眼了！

"然后村里的人都过来帮我们，最后你猜怎么着，她掉院子外那个粪坑里了。"

唐雨闷笑："被捞上来的时候臭得要命，我们都离她远远的，警察都嫌弃死了，不愿意上前。"说着她自己笑得肚子疼。

然而，边炀还是没吭声。

空旷的街上回荡着小姑娘的笑声，她显得有点儿尴尬。

"很好笑吗？"他把人松开，眸色低沉，暗藏火星。

唐雨闻言不大自然地摸了摸鼻尖，笑不出来了……不好笑不好笑……

路灯下，边炀漆黑利落的碎发遮住眸子里蕴着的底色，也不抱她了，嗓音低冷得要命："你竟然还刺激她，敢跟她抢刀，你有几条命去抢的，万一没抢到，她捅到你怎么办？！"

他没对她发过脾气，这会儿冷着脸色，周身呼啸的怒气就跟寒冬数九天浸了雪的风似的，让人怪害怕的。

唐雨艰难地吞咽了口唾沫，低头摆弄着手指，小声解释："当时情况紧急嘛，不把刀抢过来，万一她刺伤爷爷奶奶怎么办？"

"她的目的就是报复你，那她万一刺到你呢？！"边炀嗓子干涩，压抑着情绪。

唐雨摇头："不会的，我很小心，而且第一时间就喊邻居了。"

明知道她说得在理，可边炀只要脑补当时的场景，就一阵后怕。

看他脸色不大好，唐雨伸出手指，轻蹭了下他的手背，边炀没搭理她，只沉默地回握住了她的手。

唐雨马上顺势撒娇一样晃了晃他的手："你看我现在不是活蹦乱跳的吗，事情已经过去了。边炀，我保证。"另一只手做发誓状，"下次一定不会冲动了！"

边炀瞪她："还敢有下次！"

唐雨连忙改口："没有下次，没有下次！"

"以后遇到这种事，我就把自己关门里面，任凭她把门插出个窟窿我也不出去，我就恐吓那人说'我男朋友超厉害的，你敢对我不客气，他就揍死你！'，行不行呀？"

边炀被她气笑，笑里渗着深深的凉意，两只手捏住她的脸，手劲不小，微凉的指尖捏得她脸颊有点儿疼："你还敢阴阳怪气是吧！"

唐雨把他的手推开，鼓了鼓腮，揉脸蛋："我明明是在哄你呀。"

边炀冷"呵"一声，眉眼凉薄得很。

这副样子特高冷，特不近人情。

"你少来，你看我像是被哄好的样子吗，我快被你气死了！"

更气的是，这事出来后，她也不跟他打个电话！

从警察局出来连一点儿联系他的意思都没有！

要不是爷爷跟他说，他还被蒙在鼓里呢！

唐雨微仰起头，看着他漆黑的眼眸，今晚月色极好，他比月色还灼。

她软软绵绵地喊："边炀。"

少年不搭理他，背过身去，路灯落在他薄瘦的肩背，还有他漆黑的发丝上。

唐雨看得好笑，手指扯了扯他的衣角："边炀？"

少年依旧无动于衷。

"边炀，你应我一声呗？"她拖着绵绵的嗓音，在撒娇。

平常的时候，他早就心软了，可这会儿有意让她反省，所以忍下了。

"边炀。"她的脑袋抵在少年的肩背上，"我好累啊，还没有吃晚饭，都快饿死了。"

她可怜巴巴地摸肚子。

边炀抿直唇角，到底心疼了。

小姑娘的额头在他后背上蹭："好饿啊，你女朋友好饿啊。"

下一秒，她就被抱了起来。

唐雨惊呼一声，细白的藕臂环在少年的脖颈上，然后弯着眉眼看他。

他的唇角抿成线，五官棱角在灯影下明暗变换，显然还在生闷气中。

心理上在生气，身体却很诚实地怕她饿到，抱着她去觅食。

唐雨抿着笑，垂下来的发丝被暖风吹得扬起，脑袋乖乖地靠在他的肩膀上。

因为发了力，隔着薄薄的布料，能明显感觉到他紧实的线条和肌肉。

小姑娘搭在他紧实手臂上的小腿轻轻地晃，在月色下白得发光。

过了一会儿，她又忍不住伸手戳了下他精致冷硬的侧脸。

边炀低头淡淡地掠她一眼，小姑娘眨巴着眼睛："我男朋友怎么这么帅呀？"

路灯从他头顶打下，像是在他无可挑剔的五官上，临摹了一层浅色的光晕。

少年轻嗤一声，哪听不出来她的恭维："花言巧语，帅还用得着你说？"

唐雨："……"怎么跟她想象的回答不一样啊。

　　这条街上的饭店不少，边炀挑了家安静的，才把她放下来，结果唐雨蹲在地上不动了，抱着膝盖要赖。

　　边炀用舌尖抵了抵脸腮，顾长的身影将她完全笼罩着："唐小雨，你又不饿了是吧？"

　　她抬起一只手，让他牵："和好。"

　　边炀视线落她伸出的手上，冷"呵"一声，神色凉薄。

　　周围的路人在看，这样青涩的年纪，似乎做什么都赏心悦目，更别说少男少女长得漂亮惹眼，而他们逝去的青春哪，连个鬼影子都没了。

　　唐雨低了低头，觉得不大好意思，但手依旧伸着，她不想跟边炀吵架，也不想看他不高兴。

　　"手好酸哪。"她握拳慢吞吞地敲了敲胳膊，然后用余光偷偷地看他。

　　边炀看得是好气又好笑，这拙劣的演技，偏偏……拿她没办法。

　　伸手把她从地上拉起来，还用了力，导致唐雨一下子扑了过去，鼻子猝不及防地撞在他胸前，酸得要流眼泪了。

　　他故意的。唐雨仰起头，眼里噙着水光。

　　边炀捧起她的脸，轻轻揉了揉她的鼻尖，终究是软了神色："我没生气。"

　　只是担心、害怕。

　　他认真地给她复盘："以后做什么都三思而后行，别把自己放在危险的境地，别再冲动。"

　　"嗯，好。"她应得温顺。

　　"也要第一时间给我打电话，像今天这种事，要通知我，明白吗？"

　　"嗯，好！"她答应得认真，"这次我太着急了，下次我一定先告诉你。"

　　边炀淡淡地"嗯"了一声，才算把这事翻篇，牵着她往饭店走。

　　唐雨在后边悄悄吐了吐舌头。

　　一顿饭，吃得她肚子滚圆。

　　回去的路上，边炀说："既然东西都收拾好了，那就早点儿去京华吧。"补充了句，"明天就去。"

　　省得在这儿夜长梦多。

　　毕竟小唐村距离公寓太远了，出什么事他来不及赶过去。

"可是官司怎么办？"唐雨说，"我不在这儿可以吗？"

边炀道："这里可以交给你的律师。"

"律师？"可是她没请律师啊。

边炀道："看手机。"

唐雨闻言疑惑地打开手机，上面是她的老师沈院长发来的："唐雨，你的经历和官司我大致了解了，剩下的就交给我吧，算是为师带你上的第一堂课。"

然后她的微博就响了起来。

警方在两个小时前发了一条孟诗蕊伤人未遂的通告。

一个没认证却坐拥三百万粉丝的名为"沈老头"的微博号，转发了此条微博，并简短利索地附上几个字："欺负我徒弟@唐雨，那就法院见吧。"

短短一行字，就上了头条。

紧接着十几个国内顶级律师事务所的大 V 纷纷转发，并留言：

"欺负我师妹@唐雨，让你生死难料。"

"欺负我师妹@唐雨，那你算是踢到铁板啦。"

"欺负我师妹@唐雨，是不知道她有几个混这行的师兄师姐？"

"老师，这种事交给我们就好啦，哪用得着您老亲自出马。@唐雨@沈老头。"

"楼上的，你又破坏队形！"

"每次都是他破坏队形，显然是想引起师妹和老师的注意，心机狗！"

"沈老头"这号没认证，微博偶尔发几张风景图，或者写的毛笔字等，跟个退休老头一样，但是关注他的人全是国内顶尖事务所的合伙人或者创始者，或者是他带出来的学生。

这次齐刷刷地转发和关注了唐雨，显然意味着她已然被清北法学院录取，且成了沈院长的弟子。

"沈老头"是现任清北法学院院长，为人低调，但在圈内举足轻重，人送外号"九死一生"。

但凡他接手的案子，无期能辩成死缓，死缓能立即执行。

"沈老头"发完言就下线了，可消息瞬间在网上引起哗然。

　　紧接着清北校长转发了此条消息，并说明已经录取唐雨，且学校考虑到学生的家庭情况，将承担学生爷爷奶奶的医疗费。

　　此举赢得了不少的赞扬和好名声。清北在这次招生中，算是出尽了风头。

　　唐雨浏览着微博，眼底一层淡淡的雾气在聚集，一切的一切都那么美好。

　　从今以后，她不是孤军奋战了。

　　她有边炀，有老师，有太多太多值得信任的人站在她身后。

　　她好像被裹在了温水里，浑身上下，连骨头缝里都是温热的。

　　"边炀，你看！这些都是我师兄师姐，还有老师，他们都站在我这边！还专门转发了微博！"唐雨激动地举起手机给他看。

　　哪承想少年扫了眼屏幕，眉骨微微抬了抬："嗯，看见了，至于这么高兴吗？"

　　"你不懂。"她可高兴了，在微博上打字，一个一个地认真回复和感谢，然后回关了他们。

　　边炀看她一直低头打字，不看路，伸手把她的手机抽了出来，塞进口袋里，没收了。

　　小姑娘不满意，要去他口袋里拿回来："我还没回复完呢！"

　　边炀一如平时的懒散，带着一点儿漫不经心的腔调："走路不要玩手机。"那帮人有什么好回复的？

　　行吧……那她回去之后再继续回复。

　　"边炀。"

　　"嗯？"少年肩背挺阔，闲闲地应声，把她护在马路的里侧。

　　"你去过京华吗？那里的人好不好？"

　　少年语气懒懒的："还行吧。"

　　"你喝过豆汁吗？"

　　"没有。"

　　唐雨眼里充满憧憬："那下次我们一起去喝好不好！"

　　边炀眉头皱了一下，大抵是不乐意，但还是"嗯"了一声。

　　"你到底填报的哪所学校啊，怎么还不告诉我啊……"

　　唐雨问了好几次他都不说，还卖关子，说到时候就知道了，可她不放心啊，生怕边炀改变主意，不去京华，他们就要异地了！

接着，脑袋一沉，她从他掌心下抬眼。

少年冷白的手落在她脑袋上不轻不重地揉了揉："到时候你就知道了。"

又是用这句话敷衍她。唐雨鼓了鼓腮，轻哼一声，不过她心情好，不跟他计较。

柏油马路上，是少年和她重叠的影子。

月白风清，溶溶夜色，共赏之人，就在身侧。

这样好的时光，已经是老天足够的厚待了，她要永远永远地记住和感激才好。

"好好走路。"边炀看她走神，屈指在她脑袋上要敲，唐雨早已经有所防备，笑着躲开了。

这条街上没什么人，也没车。

她向前快走了两步，转过身，手背在身后，弯着眼眸娇俏地瞧他，然后小白鞋踩着少年的影子，慢吞吞地往后倒着走。

笑意连绵，像是故意跟他作对似的，不好好走路。

一盏盏路灯恍若连成了线，从她身后静静地流淌而过。

一切都尘埃落定，回头看，轻舟已过万重山。

如同此刻的她，终究会通过黑夜的道路，到达黎明尽头。

第十一章
香樟树与国槐花

边炀和唐雨到底是参加完高中毕业典礼走的。

没怎么听校长的长篇阔论，几个人从会堂偷偷溜出去拍照。

汪晴被省内的一所重点大学录取了，学的是市场营销，一想到和唐雨即将分开，拉着她用拍立得拍了几十张照片。

"别说，这拍出来挺好看的！"汪晴甩了甩照片。

照片里，唐雨弯着明亮的眼眸看镜头，而她捏着唐雨的脸，笑得两排牙都露了出来。

唐雨眼底含笑，脑袋凑过去看："这张送给我吧，我留作纪念。"

汪晴一股脑给了她十几张，唐雨把这些照片小心翼翼地放进口袋里，准备回去夹在书里保存起来。

"汪晴，能不能帮我跟边炀拍一张？"她凑过去在汪晴耳边小声说。

边炀正站在不远处打电话，和她一样穿着校服，浑身上下透着散漫的松弛感。

汪晴朝她挤眉弄眼的："必须行啊！"

唐雨默默地挪到边炀的身边，边炀低头瞧了她一眼，还有竖起的剪刀手，同电话那边敷衍地说了句"嗯，挂了，回去聊"，就收了手机，双手懒懒地插在口袋里。

"女朋友，你鬼鬼祟祟的干什么呢？"他抬眼，忍不住想笑。

唐雨微仰起头，眨眨眼："我们也拍一张照片吧，留作纪念。"

边炀微挑了下眉梢，吊儿郎当的样子："你让我拍我就拍，那我多没面子，你求我啊。"

唐雨："我才不求你呢，不拍就不拍。"她气呼呼的，懒得理他。

说完人就要走了，边炀提着她的后领口，把人提溜回来。

"你就不能撒个娇？让人拍照还给人摆脸色，越来越长本事了哪唐小雨。"

唐雨闻言稍稍一愣，思绪有点儿飘忽，似乎跟边炀在一起的时间越长，她就越发"长本事"了。

这是从来没有过的事。

无论是对家人，还是对朋友，任何人对她的评价都是温顺听话。

她几乎没有发过脾气，也鲜少跟人起争执。

可在边炀面前，她什么情绪都不用遮掩，想笑就笑，想委屈就委屈，不受控制地想把自己的一切，无论好的坏的，都呈现在他面前……

正当她发觉这样或许会令人生厌时，边炀另一只手捏她的脸，拖着调子："可怎么办，你摆脸色的样子还挺可爱的，我都忍不住打算为你破例一次了。"

唐雨先前的那些担忧被他插科打诨的话，瞬间驱散得一干二净。

她没忍住哼了一声，后领口还在他手上，整个人像是他手上的玩具，乱扑腾着想挣脱出来，可无济于事，反而让他笑得更大声了。

"边炀，你放我下来，我不跟你拍了。"

边炀稍稍用力，手臂钩着她的脖颈，把小姑娘按在自己怀里，然后朝那边偷笑的汪晴抬了抬下颌，姿态肆意。

"拍吧。"他对着镜头笑，眉梢眼角都是张扬，"谁让我人帅心善呢，勉为其难跟你拍一张吧。"

唐雨还在手脚并用地挣扎："不拍不拍！"

她哪能这么没出息。

结果汪晴手疾眼快，拍了好几张，照片出来后，她笑得肚子疼。

照片里的唐雨跟个炸毛的猫儿一样，头发被恰好刮来的一阵风吹起来，她一口咬在他禁锢着肩膀的手臂上，而边炀表情管理相当到位，低头看她时满脸都是纵容无奈的笑，侧脸帅得不行。

唐雨看到照片，人都蒙了，怎么跟她想象中的不一样？

他是帅了，她龇牙咧嘴的，一点儿形象都没有！

"汪晴，你到底跟谁一伙的啊？"她抗议。

汪晴赶紧说："我当然是跟你一伙的啊，这次是意外，再拍一次好了！"

唐雨看了眼边炀。

他将她幽怨的小表情收入眼底，从里面读出来的信息是：她一点儿都不想求他！

少年冷白的手指抵在唇瓣，忍着笑，然后轻哄了声："再拍一张，这次我保证不弄你了。"

小姑娘都爱美，把她拍得张牙舞爪的，虽然他是很喜欢，但也得考虑小姑娘的感受不是。

唐雨迟疑地看了他一眼："你真会配合？"

边炀眼角含着笑："配合，别说拍照了，这会儿你就是把我按在墙上亲，我都配合。"

唐雨："……"

汪晴："喂喂喂，我还在呢，能不能考虑一下现场孤狼的感受啊？！"

最后总算拍了一张正儿八经的毕业合照。

唐雨拿着照片，指尖轻轻划过上面的两个人，唇角晕开浅浅的笑意。

背景是学校的花坛，里面玫红色的月季花开得正好。

少年穿着校服，双手插在口袋里，颀长的身子有意朝她倾斜了半分，下颌微抬，懒洋洋地冲着镜头笑，犹如炽阳，恣意而招摇，而她的脸上挂着同样浅浅的笑容，穿着同样的校服，和他并肩站着，身高差了一大截。

这是属于他们的高中记忆。

定格在这张照片上。

唐雨低头看了照片很久，久到边炀什么时候站在她身后都不知道。

"女朋友，你还要看多久？"他带着一点儿浪荡的调儿，倾身下来，下巴正巧搭在她的颈窝上，"这么喜欢看我，待会儿回去让你看个够好不好？"

耳边忽然传来少年低低的嗓音，钻进她耳朵里，把她吓了一跳。

唐雨往前走了一步，转身看他，边炀微微直起身，见她把照片放进贴身的口袋里。

"我哪看你了，我是看我自己。"她镇定自若地说。

边炀略微挑眉："这样啊。"然后指尖从口袋里夹出几张照片，正好是她炸毛的那几张，他跟汪晴要回来了。

"可我觉得这几张里面你最好看，回去之后我准备将它放大挂在墙上。"

唐雨见状，连忙伸手去抢，边炀仗着身高优势，手拿着照片举高，任由她怎么踮起脚尖都够不着。

"边炀，你还给我！"他好坏啊！

"各凭本事。"少年嗓音里含着浓浓的笑意，"你够得着就还你。"

唐雨跳起来伸手去抢。

小姑娘气急败坏的声音和少年肆意的笑声在校园里一圈圈回荡。

而此时，会堂里，校长的宣讲正式结束的那一刻，人群爆发出一阵狂呼声。

从会堂冲出来的高三学生抛起了手上的花。

高三教学楼洋洋洒洒的试卷，如漫天柳絮飘扬。

夏日的阳光炽烈，光影迷离，一时间模糊了所有高三学子的身影。

时光在一张张狂欢的笑脸上定格。

"我们毕业喽！再也不用做题了！"

"大学，我来了！"

仲夏苦短，蝉鸣悠长。

时光或许会让这一天的记忆模糊，可少年明媚的憧憬依旧清晰明了。

少年的心比天高，是即将飞往春山蓄势待发的弓，是斩破荆棘一往无前的剑，是篝火不息繁星可缀的长夜，是冲破桎梏野心磅礴的圣地……这段由青春演奏的交响乐永不消弭。

唐雨带着对未知的向往想象着京华，那是一个什么样的地方？

只从同学和老师的只言片语里，在脑海组成过短暂的片段，然后真正踏上这片土地，干燥炎热的空气扑面而来时，才明白那些只言片语构不成这座底蕴深厚的城市的万分之一。

她趴在车窗上朝外看去，风将她耳边的碎发散下。

道路两边的国槐花正值怒放，满树青白浅黄，茂密的枝丫上挂着一串串娇小的槐花，阵阵微风拂过，犹如风铃一般轻轻晃动，然后坠在树下停放的自行车和汽车上。

不似香樟树淡淡的木质香，国槐的香味是甜的。

她舒服地眯着眼，任由风抚过脸侧，还没一会儿，车窗就被升了起来。

唐雨偏头看他，边炀用指节敲了敲侧棱："别贪凉。"

"这都夏天了，很热的……"

他靠在椅背上，语气不容置疑："那也不行。"

唐雨只好气鼓鼓地坐好，开车的人她不认识，副驾驶的人她也不认识。

两个人西装革履的，严肃又板正，对边炀的态度也相当恭谨。

显然，这都是边炀安排的。

其实唐雨在家里偷偷搜过"戚明宛"的词条。

清北医学院院长，清北附属医院副院长等各种令人瞠目结舌的标签，底下有个词条关联是边城的名字，边氏集团 CEO。

那……边炀的身份可想而知。

上学的时候，边炀花钱就大手大脚的，她猜过他的家境不错，可没想到竟然这么好……

他也从来没提到过。

边炀似乎注意到了她的视线，侧目看她，唐雨马上收回视线，一脸乖的样子目视前方。

车子缓缓停在清北的家属院。

唐雨已经把行李用快递提前送了过来。

这里的楼簇拥在一起，错综复杂，再加上一棵棵古树长得枝繁叶茂，遮挡住了楼号，她找了好久都找不到。

边炀也不着急，就在她身后慢吞吞地跟着。

不少住在这儿的教授见到他，亲切地打招呼，嘘寒问暖的，边炀一一回应，而唐雨就在不远处站着，等他。

等边炀过来了，再装作什么都没看见，继续往前走。

"唐小雨，你就没什么想问我的吗？"边炀比她还忍不住。

唐雨转身一脸迷茫："问什么？"

边炀仔细看她的神色，没从里面读到自己想要的情绪，莫名有点儿憋闷，要笑不笑地问她："不觉得我很有名？这儿的人都认识我。"

唐雨："……哦。"然后往前走，看着正前方一栋楼的楼号，正是她要找的那栋。

她快步过去，找到一单元，抬脚，正准备进去，边炀从后边拉住她的手腕："你就对我一点儿都不好奇？"

唐雨想了想，点头，片刻后又摇头。

"跟我打什么哑谜呢，好奇就是好奇，不好奇……"他顿了顿，恶狠狠的，"不行，必须对我好奇！"

唐雨挺无奈的："我是觉得这是你的私事，你想告诉我的时候自然就告诉我了，不想告诉我，那一定有自己的原因。"她轻声，"我不想让你为难。"

她希望边炀跟她在一起，每天都是自在快乐的，就像他本该就如此。

边炀搭在小姑娘手腕上的指腹轻轻摩挲着，嘴上依旧不饶人："你就不能对我严格点儿？"

唐雨满头问号。

边炀嗤了一声："一不查我手机，二不关注我的社交圈，三对我的家庭不感兴趣。"越说，他越气，最后成功把自己给气到了，得出一个结论，"唐小雨你答应跟我在一起，该不会就是图我的美色吧？"

"……"边炀现在越来越会无理取闹了。

在高铁上，她明明不困，正在微博上跟师姐师兄们互动得好好的，他非要按住她的脑袋，强行让她枕着他的肩膀睡……现在又说这些莫名其妙的话。

唐雨鼓着腮，敷衍地点了两下头："那你说是就是吧。"

边炀拽住她的手腕，把人按在单元门里面的墙上。

她轻吸了一口气，后背沁凉一片，很快又被他用手掌隔开，后背贴在了少年温热的掌心上。

"不行。"他脊背弓下来，压着眼尾，眼睛眨也不眨地低头凝视着她，"图我的色可以，你也得图我的人。"

唐雨："……"

边炀别扭地继续："我这人是不错，长得好、性格好，人品家世样样俱佳，可以说挑不到任何错处，但你要是指出个缺点一二三来，我还是挺愿意跟你一起共同进步的。"

"……"唐雨沉默一会儿，抬起手，手背贴了贴他的额头，"也没发烧啊。"

怎么还胡说八道起来了？

"少来！"边炀把她的手拿开，指尖抬起小姑娘的下巴，迫使她直视自己，"别插科打诨的，我说的那些，你全都给我听进去。"

唐雨喉间一哽："嗯……"

她试探性地伸出手，主动环向他的腰，他整个人像是被安抚到，眼里情绪散去了些。

"那我想想问什么比较好。"

隔着一扇玻璃门，外边的人随时都可能看到里面的情况。

她声音低了点儿，浅笑："毕竟我男朋友身上的秘密太多，我总要先排个先后顺序问吧。"

边炀静静地看了她一会儿，挺满意她这态度，于是勉为其难地"嗯"了一声，才牵着她的手往里走。

院长提前把钥匙邮寄给了她。

房子在一楼，三居室，外边还带了个小花园。

唐雨没想到屋子居然这么大，装修都是崭新的，整体米白色调。

客厅有一扇巨大的落地窗，阳光可以洒满房间，衣柜、床以及厨具一应俱全。

如果不是沙发和桌子上罩着白色防尘罩，不是小花园长满杂草，唐雨觉得这间房子原本的主人依旧在这里生活着。

唐雨从小花园里回到客厅，看到边炀站在那儿，失神地盯着墙上那幅油画，是一幅骑马图，上面的男子一身黑色骑马装，挥舞着鞭绳，在草原上肆意奔驰，侧脸英俊硬朗。

在他身后还有个孩子，四五岁大的样子，骑着一匹白色小马驹，嘴里咬着一根草，在后边慢悠悠地晃。

"边炀？"她唤了他一声。

边炀回过神，低头看她："房子怎么样，还可以吗？"

"嗯，很好。"爷爷奶奶腿脚不方便，这正好在一楼。

唐雨看他："你怎么了？"

边炀摇头："没事。"

"你认识这幅画上的人吗？"她也看向那幅画。

边炀"嗯"了一声，不再看那幅画，"画这幅画的是这家的女主人。"

她听出他语气里一丝落寞，待再去看他时，边炀已然恢复如常慵懒的模样。

"爷爷奶奶已经到医院了，是先收拾东西，还是先去医院？"

"先去医院吧，这些东西晚点儿可以慢慢收拾。"唐雨顿了顿，"而且，我也想知道你母亲工作的地方是什么样子的。"

边炀闻言一怔，唐雨不大自然地捏着手指："其实……我从校长口中知道你母亲的名字后，就尝试性地在网上搜了一下，没想到还真搜出来了戚阿姨和边叔叔。"

词条标注的清晰，他们是夫妻关系。

她试探地看了眼他的脸色，低声："我早就知道你的身份了，所以才没问你。"

边炀闻言轻笑："原来你不是对我没兴趣啊。"

唐雨小声道："我要是对你没兴趣，怎么会跟你交往哪。"

"算你有眼光。"抬手揉了揉她的头发，他眼神黯淡下来，"不过有些遗憾，我母亲见不到你了。"

听到这话，唐雨的心口似莫名被什么堵住了一样，她忍不住抱住了他。

"边炀，别难过。"她说，"你知道我看到你母亲的资料时在想什么吗？"

唐雨在他怀里蹭了蹭，低声道："我在想，阿姨这么忙这么厉害的人都能把你教养得这么好，要是阿姨还在世，再陪你久一点儿的话，你该好成什么样啊。"

"那么好的边炀，我该怎么追才能追得上啊……"

网络上关于边氏的词条，足足有四五页，所涉及的产业数不过来，像他这样家境优渥的子弟，哪个不是活得随心所欲的。

可边炀跟他们都不一样，没有周寻文身上的目中无人，也没有孟诗蕊身上的嚣张跋扈，更没有仗势欺人……他很好，把自己养得很好，凡是见过他的人，一定会喜欢他。

小姑娘软绵的嗓音，像七月的风，在他的心脏处骤然撞了一下。

少年埋在她颈间，嗓音听起来很暗哑："唐小雨，你还真会安慰人。"

唐雨摇头："我没有安慰你，长得好、性格好，人品家世样样俱佳，可以说挑不到任何错处的男朋友才不需要安慰呢，但他现在需要一个吻。"

小姑娘踮起脚尖，很轻地吻了一下他的脸颊。

边炀低下眼，盯着她恬静的小脸，心脏软得一塌糊涂，让他拿她怎么办才好？

明明自个儿才经历完那样暗淡无光的日子，还有无数的温柔和耐心，把他从坏情绪里拉出来。

他伸手揉了揉她的脸蛋："可一个吻哪够？"

弯下腰，跟她视线齐平，冷白的指尖点了点唇瓣，唇角微漾："亲这儿，亲这里的药效强。"

他又满血复活了。

唐雨看得又心疼又好笑，抿了抿唇角，还是心软了。

这边没什么人，那快速地亲一下，让他开心点儿，应该没事……

然后她闭上眼睛，迅速地往他唇瓣上碰了一下。

刚落下脚跟，准备往后退，后脑勺却被少年的掌心按住，不能后退，迫使她加深了这个吻。

唇瓣碾磨了很久，气息搅得混乱。

她晃几下，站不稳了，边炀额头抵着她的额头，轻轻地喘息，微热的呼吸平白在寂静中放大了许多倍。

"那一下敷衍谁呢，以后要这样亲。"他的呼吸微沉，指腹稍用了些力擦过她水光潋滟的唇，"不仅要用到这儿，还要用心。"

像是在手把手教她，怎么才能更轻易地掌控自己，"只有这样才算吻，懂吗？"

她脸颊很热，肉眼可见地有点儿红，似乎还没回过神。

他忍不住笑，听起来又痞又欠揍："自己好好回味消化一下，下次我检查。"

还检查……唐雨愕然，好气啊。

他们是走着去医院的。

从家属院到医院，沿着熙春路，只需要走十五分钟。

周遭绿化极好，西大操场被太阳晒得发光的草坪，让人很想在上面滚几圈。

路两边绵延不绝的柳树、杨树，规整得像是进行过军事化管理。

他们牵着手走在树荫底下，路两边的红砖矮楼好似悄无声息地诉说着这片土地悠久的历史。

边炀主动同她说："小时候我爹妈没空管我，就把我往学校里一扔，哪家要吃饭了，我就去哪家吃，以后跟着你男朋友，你可赚大发了，不用办什么饭卡，一到饭点，咱俩挨家挨户地去蹭吃蹭喝，绝对没问题。"

几片柳叶打着旋儿落在少年的肩膀上。

唐雨伸手摘去，忍不住低声笑："原来你是吃百家饭长大的啊。"

边炀指腹轻轻揉过她的掌心："怎么，你还嫌弃上了？"

"怎么会。"唐雨道，"不过以后你不用挨家挨户去蹭饭了，家属院离教学楼也不远，你想吃什么，我每天都能做给你吃。"

边炀弯唇："呦，这么疼我？"

唐雨无语："你到底来不来？"

"来，当然来。"边炀唇角压不住，语气倒是懒洋洋的，"女朋友想拴住我的胃，那我当然要老老实实地配合了，就是我这个人嘴刁得很，要是吃惯了谁做的菜，可就得吃一辈子了。"

唐雨装作听不懂："爱吃不吃。"

"喂，唐小雨，这时候难道不该说'边炀，你放心，我就想拴住你一辈子'这种话吗？"

边炀看她无动于衷，很轻地"啧"了一声，"你一点儿都不浪漫。"直女不懂他的心。

唐雨："……"

边炀来劲儿了："你说一声给我听听，就重复刚才那句。"

她幽幽地看他："我听说学法律的忙得很，可能没时间做饭了，以后还是去食堂吃吧。"

"这就放弃了？"他轻哼一声，但依旧牵着她的手，"你这样半途而废，让我怎么相信你能爱我天长地久。"

这个角度看过去，少年精致的侧脸上写满了质疑。

唐雨埋头，在心里笑。

边炀需要哄的，他特吃花言巧语这套。

喜欢听好听的话，喜欢小姑娘主动，最喜欢小姑娘冲他撒娇。

可唐雨这个性子，寻常是不会撒娇的，她只会在做错事的时候撒娇、示弱。

边炀一方面想看她撒娇，一方面又怕她做错事……只能干瞪眼，用这种方式逼她来哄他。

唐雨晃了晃他的手，身上被人阳晒透，骨子里都是热的。

她说："这么好的天气跟喜欢的人在一起，一定是老天保佑了。"

语调又轻又软，像能钻进他心窝里去。

简单自然的一句话，他一颗心被熨烫得无比妥帖。

边炀扬着唇，把先前她半途而废的事儿抛之脑后，伸手拨了拨她额前的碎发，附和："这么好的天气跟漂亮姑娘一起散步，确实还不错。"

唐雨听到这话，学他在家属院那话，慢吞吞地说了一句："边炀，你答应跟我在一起，该不会就是图我的美色吧？"

本意是想让他自个儿反省一下这话有多无理取闹。

谁知道他眉梢一挑，不着她的道，还怡然自得地来了句："是的，我就是这么肤浅的人，唐小雨漂亮死了，便宜死我了。"

唐雨被成功气笑了。

偏偏心里还挺高兴，说不出来半点儿反驳的话。谁不希望被男朋友夸呀？

医院对老两口进行了全身检查，爷爷倒还好，有些高血压，按时吃药就好。

奶奶的情况要严重一些，前几年家里条件不好，耽误了最佳治疗时间，如今双腿已经开始萎缩。

即便是青壮年在手术之后，都扛不住那样日复一日年复一年的康复训练，对老人家来说，已然成了一种折磨，而且医生说，不能保证康复训练后，老人家一定能站起来正常走路。

所以唐雨把决定权交给了奶奶。

但奶奶还是做了手术。她说，这辈子怎么着都得让孙女和边炀吃上

炽炀

一顿她亲手做的饭。

手术室外，唐雨和边炀，还有爷爷坐在长椅上等。

六个小时后，手术室门终于打开，医生说手术成功的那一刻，唐雨捂住嘴，低头泣不成声。

爷爷激动得不知道说什么话，抹掉眼泪，拉着医生的手连连道谢。

术后，奶奶要在病房观察两天，看有无术后反应，之后就可以回普通病房疗养了。

边炀和爷爷在病房里陪奶奶说话，沈老师给她打了电话，唐雨去医院楼下的花园里接听电话。

一个小姑娘哭得很厉害，跑的时候被石头绊倒在地上，手掌擦破了皮。

唐雨跟老师说完话，匆匆挂断电话，连忙过去把她扶起来。

小女孩七八岁的样子，穿着病号服，很瘦很瘦，眼窝几乎凹了进去，衬得一双眼睛格外大。

唐雨扶她的手臂时，甚至感觉有些硌手。

她嘴里嚷嚷着要找"戚妈妈"，哭得很可怜，大概是走失了。

唐雨拍了拍她身上的灰尘，然后抽出纸巾，擦她手上的泥土。

破皮的地方冒出血来，她用干净的纸巾捂住："不哭不哭。"轻轻擦掉小女孩的眼泪。

"是不是找不到妈妈了？我带你去找妈妈好不好？"

"姐姐，她们都说是我害死了戚妈妈！我不信，戚妈妈那么厉害，她才不会死呢！"

她眼泪大颗大颗地流，哭得双眼通红："姐姐，你带我去找戚妈妈好不好？"

唐雨没听太懂，蹲在她面前，擦着她的眼泪，想了想问："那你告诉我，你的戚妈妈长什么样呀？"

小女孩揉了揉眼眶："戚妈妈很漂亮，跟电视里出来的一样，这里最漂亮的就是戚妈妈，别人都怕我，不跟我玩，只有戚妈妈和我一起玩编绳，还教我下棋，可是她不见了，我找了好久都找不到她……"戚妈妈对她来说是很重要的人。

她哭得肩膀耸动着："她一定是躲起来，等我去找她呢，她才不会死！那些人都是骗我的！

"姐姐，你带我去找她好不好？"

小女孩一双哭红的眼睛充满恳求："戚妈妈说会给我带小蛋糕，会陪我下象棋，还说楼下的月季花开了后会送我一朵，可是现在花已经开了，她为什么不来找我？"

她的眼泪越流越多，纸巾都已经湿透。

"戚妈妈不是言而无信的人，她答应的事一定会做到，姐姐，你带我去找她吧，我好想戚妈妈……"

小女孩哭得声音嘶哑，唐雨把她搂入怀里，轻轻哄着。

好不容易等她心情平静了一些，唐雨牵着她的手，准备去医院的保卫室问问情况，这时候一个女医生和一个男人快速地跑过来，男人一把抢走了小女孩。

而医生看小女孩手上居然有血，眼里一阵惊恐，马上拽走唐雨。

唐雨被拽得一个趔趄，身后小女孩哭闹的声音越来越大。

她转身看，那男人已经不顾小女孩的挣扎和哭喊，把她强行抱走了。

"等一下，医生，您这是要干什么？"唐雨直接被抓进了一间病毒隔离室。

医生没回她的问题，是皱着眉头，用戴着防护手套的手迅速按住她接触血的地方在水流下冲洗，又打了几遍肥皂水，隔着口罩严厉地问她："你身上有没有伤口？"

唐雨一愣，摇头："没有。"

"除了用手接触过她的血液，别的地方碰到过吗？"

唐雨看了下自己的手，摇头："没有。"

"用手揉眼睛了吗？"

"没有。"

可即便这样，为了保证万无一失，医生还是拿给她一颗白色药片："吃了。"

唐雨接过，有些不解："这是什么？"

"阻断药。"

听到这个陌生的名词，唐雨神色一滞，似乎反应过来什么："刚才那个小女孩她……"

医生用酒精消毒液清洗手台和四周，点头："你接触过她的血液，即便身上没有伤口，为了避免万一，还是吃药比较稳妥，两周后再来复查一次血常规，确保万无一失。"

唐雨接过医生递来的矿泉水，把药片吞了下去。

"可能会出现恶心干呕的副作用，如果觉得不适，可以再来找我。"

唐雨点点头，她想起小女孩提到过的人，询问："她说的戚妈妈……是谁？"

医生收拾器皿的手一顿："是我们副院长。"她低声道，"也是我的导师。"

唐雨猛地反应过来，唇瓣颤了颤："是叫……戚明宛吗？"

医生很淡地"嗯"了一声。

她抬头，看向唐雨："没什么事的话，你先出去吧。"

唐雨缓缓起身，走了两步又折身问："刚才带走那个小女孩的，是她的父亲吗？"

医生奇怪地看了她一眼，大抵是寻常人沾染此类患者的血液都会惊慌失措、畏惧胆战，而她竟然还有心思关心差点儿感染她的那个小女孩的情况。

不过她依旧回答了唐雨的问题："是她的父亲，不过她的父亲也患有此病，所以你以后见到他们就尽量避开些。"

唐雨点头，迟疑了一下，继续问："那个小女孩，先前是不是由戚院长一直照看？刚才她一直在喊戚院长。"

"你已经吃过阻断药了，其他的就不需要知道了。"医生这话是在下逐客令。

唐雨抿了抿唇，不再多问，走了出去。

从房间的缝隙，她看到女医生撑在办公桌上的手在微微颤抖。

唐雨站在医院的大厅里，看到医院光荣墙最上面的一张照片，名字是戚明宛。

女人眉眼干净，明媚如洗，一身白色大褂纤尘不染，满头的秀发被盘在脑后，看着镜头的眼眸仿若透明的琉璃，能折出世间所有的光亮和温暖，去照亮黑暗。

唐雨仰头看着她，怔然了好久。

边炀跟她很像，尤其是眉眼，但照片中人眼神炽烈之中却比边炀更多几分春水般的柔软和对世人的悲悯。

好似，常青树就长在她的眼睛里。

任谁对上这双眼眸，即便是心中冰天雪地，也可以顿时化作杏花烟雨。

这样安定人心的魔力，是与生俱来的，又或是仅她独有的。

而如今，这样的人竟然不复存在了。

唐雨的眼睛忽然变得有些干涩。

不远处的护士看她一直站在这儿看照片，过来问："你认识戚院长？"

唐雨抿了抿唇角，轻轻"嗯"了一声。

"那你应该是戚院长看过诊的病人吧，这个月已经有好几个人像你一样站在这儿看这照片很久了。"护士轻声说，不乏惋惜，"但戚院长不会回来了，你也节哀。"

唐雨没有说话，眼神黯淡，可能是药效出来了，开始有些干呕。

她站在花园里透风，在不远处的椅子上看到了坐在那儿的中年男人——是抱走小女孩的男人。

那人的上衣已经发黄变形，看不出原本的样子了。他佝偻着身体，目光没有焦距地落在地上，可能没有意识到自己已经流了眼泪。

唐雨递过去一张纸巾，男人恍惚了一瞬，从纸巾上方抬头看她。

唐雨指了指自己的脸，示意他。

男人接过纸巾，手掌布满茧子，迅速擦掉眼泪，声音低不可闻地道了一声"谢谢"。

看她也坐在椅子上，就默默地挪到最边处，和她保持距离。

唐雨关心地问他："你女儿还好吗？我看她哭得很厉害。"

汉子脸上的纹路印得很深，皮肤粗糙而黝黑，是常年暴晒的结果。

他不大擅长交际，说话时也很局促："我听我女儿说了，刚才对不起啊，她不是故意把血弄到你身上的，医生应该给你吃过药了吧。"

"嗯。"她应，"其实我身上没伤口，用肥皂水冲掉血液就可以了，医生担心我用手碰到了眼睛，才会给我吃药。"

汉子看了她一眼，唐雨眼神坦诚，没有丝毫的鄙夷嫌弃。

他才收回视线,低声说:"我们最好还是离远点儿吧。"说完,他站起身要走了。

唐雨在身后说:"能坐下谈谈吗?"她道,"你们的病没那么可怕,正常社交距离是不会感染的。"

那汉子身体陡然顿住。这句话,他只从为女儿主刀的医生嘴里听到过。

"你女儿跟她口中的戚妈妈感情很好,戚院长也是我认识的人。"

唐雨开口,风吹得发丝晃动。

而汉子像是被什么刺激到一样,顿时变了脸色。

"我已经说过了,我负不起这个责任,不要再来找我,也不要再来找我女儿!

"我们已经很惨了,你们还想让我怎么办!难道我就想害死她吗!

"非要把我们逼上死路吗!非要让我……死在这里吗!"

他近乎力竭地喊道,低下头,哽咽到几乎不能言语。

汉子的情绪很激动,周围不少人看过来。

男人脚步凌乱身形慌乱地离开,唐雨愣在原地,没反应过来到底哪句话刺激到了他。

只是"负不起这个责任"是什么意思?他害死的又是谁……

直到有人叫她的名字,唐雨才缓过神来,抬头看身边的边炀。

"在这儿傻愣着干什么呢?"他顺着她的视线看去,什么都没有。

唐雨缓了一会儿,唇瓣微动,然后摇摇头:"没什么。"

她又看了眼男人去的那栋楼,收回视线,牵起边炀的手:"走吧。"

戚明洲听说有人来找他好几次了,对方还是一个青涩的小姑娘,他在脑海里搜索了半天,没想到什么人,直到看见唐雨。

她穿着白衬衫和牛仔裤,捧着助理给她的水杯,乖巧地坐在那儿,见到他后,马上放下水杯站起身来,眼神明亮:"戚叔叔。"

戚明洲没想到来找到这儿的居然是唐雨,他扬起温润的笑:"唐雨同学,是你啊。"

唐雨乖乖应声:"打扰您了。"

之前戚明洲给了她一张名片,上面写了他公司总部的地址,就在京华。

唐雨之前来过几次，他都在出差，不在公司，这次终于遇到了。

"来我办公室聊吧。"戚明洲把她带进办公室，吩咐助理倒了杯果汁给她，指尖托了下镜框，他笑容温和，"来找我是为了边炀吧，边炀欺负你了？"

唐雨马上摇头："没有，边炀很好。"

她抬头看戚明洲，犹犹豫豫了好一会儿，开口："我来找您，是为了戚阿姨的事情。"

戚明洲脸上的笑容僵住。

沉重的寂静里，唐雨开口："上次您说，您答应过阿姨保守秘密，那个秘密是不是跟一场手术有关？"

戚明洲的手指动了下，她察觉了。

这几天，她从许多护士和医生口中明里暗里地打听到，戚明宛是小女孩的主刀医生。

那场手术是她最后一场手术。

可这件事就像是关在匣子里的秘密，她再问深点儿，医生和护士都避之不及，谁都不再提半点。

她能问到的也就这么多。所以，唐雨就来找戚明洲了。

"我姐姐是重病身亡。"他说。

唐雨看他："戚阿姨最后的那场手术……"

戚明洲的手指已然攥紧，沉默了一会儿："你走吧，这件事已经过去了，我也不想再谈。"

唐雨："小女孩手术结束后，戚阿姨就生病了，而且病情一天比一天严重，无法控制。"

戚明洲的声音开始发颤："别说了，也别再继续试探。"

唐雨沉默了一会儿，垂在膝盖上的手指捏紧又松开："对不起，提到您的伤心事了，我只是想知道真相。"

戚明洲摘掉眼镜，指尖疲倦地按了按眼眶："我让人送你回去。"

他按下内线电话，让助理进来。

眼看着自己要被赶出去，唐雨有些着急，蓦地开口："戚阿姨的病跟那个小女孩有关。"

戚明洲身体一僵，他转过身去，吩咐助理："送客。"

唐雨抿了抿唇角。

其实，她仅仅是查到了戚明宛住院治疗的时间和小女孩手术治疗的时间。

两个时间几乎没有缝隙地衔接了起来。

所以"小女孩手术结束后，戚阿姨就生病了，而且病情一天比一天严重，无法控制"这些仅仅是她自己的猜测，并没有得到过证明。

而戚明洲的反应恰恰证明，她隐约接近了答案。

否则戚明洲会马上反驳她的言论，而不是强忍着情绪，不让她继续说下去。

所以……真的是因为那场手术吗？

助理走到唐雨跟前："小姐，请吧。"

唐雨缓缓站起身，看着戚明洲的背影，忍不住提了提声音："如果戚阿姨是因为这场手术而出现的意外，而不是重病，为什么不能告诉边炀？"

告诉边炀，他跟边叔叔的误会就能解开。

告诉边炀，戚阿姨不是因为讨厌他才不愿意见他最后一面，他才能从无尽的自责和歉疚中走出来。

戚明洲吐了一口气，视线落在窗外："孩子，这件事没你想的那么简单，这也是我姐的遗愿，不希望任何人追究下去，你回去吧。"

他说这句话的时候很平静，只是低沉的嗓音，泄露了他此刻并不平静的内心。

"小姐，请吧，别让戚总为难。"助理的语气重了点儿。

唐雨哑着嗓音，眼圈终于忍不住红了："边炀见戚阿姨最后一面的时候，吵得很厉害，后来戚阿姨住院，一直不愿意见他，他一直以为是自己的问题。

"他过得很不好，一点儿都不坚强，跩得要死，实际上会一个人淋雨，一个人偷偷地哭，一个人去消化坏情绪，边炀他……其实需要很多很多的爱。"

"可是戚阿姨和边叔叔把他想得太厉害了，你们都把他想得太厉害了，他明明那么渴望你们……"她垂着长睫，声音微微颤抖。

"你们都很爱他，却让他连跟戚阿姨好好道别的机会都没有，真的为他考虑过吗……"

戚明洲沉默了很久，背影寂寥。

唐雨被带离了办公室。

戚明洲坐在椅子上，仰着头，眼睛无神地看着天花板。

脑海里一遍遍浮现的，是姐姐过世前形容枯槁的样子。

戚明宛很爱边炀，所以没有让他见她最狼狈的一面。她没有错，可想见母亲最后一面的边炀也没有错。

好好的一个家如今闹得分崩离析，每个人都变得那么难过。

安静的办公室里，他轻言："姐姐，你说，我到底该怎么做才是对的？"

戚明洲本以为唐雨碰壁过一次就会放弃了，谁知道第二天，她竟然拿着书和小毯子，直接在他公司楼下的沙发区"住"下了。

每天上班的时候跟他打招呼，说："戚叔叔早上好。"

下班的时候，又起身说："戚叔叔明天见。"

听前台说，这姑娘特有耐力，饿了就点外卖，吃完把桌子收拾得干干净净，渴了就用带来的水杯接公司的热水，然后就坐在沙发上默不作声地看书，除了去卫生间，一看就是一天，非常乖巧。

有一次戚明洲出差了好几天，回来之后，下意识地朝沙发区看。

小姑娘捧着一本书安安静静地看，见到他，马上扬起干净的笑，同他打招呼。

以至于现在全公司都认识她了。

戚明洲头疼地按了按眉心，边炀这小女朋友真不是一般的倔。

一个星期后，戚明洲终于熬不住，让助理把人叫去办公室。

唐雨进去时，戚明洲正在处理文件，听到声音，抬头看她："你天天来这儿，边炀就不管你？"

"我告诉他我在闭关看书，暂不约会。"唐雨走到他办公桌的对面，用眼神询问他是否可以坐下。

戚明洲好笑："你天天来我公司也没问我的意见，现在倒是开始问了？"

唐雨有点儿不好意思地坐下，将布包规矩地放在膝盖上："很抱歉这段时间给您添了不少麻烦。"

戚明洲失笑："倒是没有添麻烦，可我知道，就算我每一次都赶你走，你依旧还会来。"他问她，"想喝点儿什么？"

唐雨摇摇头，她问："戚叔叔，你是不是想劝我放弃？"

戚明洲闭了闭眼，缓缓开口："我会把真相告诉你，因为知道真相后，你自然就会放弃了。"

唐雨呼吸放慢。

办公室寂静，只有戚明洲沙哑的声音。

"你见到的那小女孩叫莹莹，年末因为突发急症送到阿炀母亲所在的医院，当时情况紧急，来不及等到检查报告出来，必须要马上进行手术，患者的父母却担心医院不肯接收病患，而隐瞒了孩子的病史，那孩子手术中出血情况严重……"他顿了顿，声音低沉了很多，"血，迸射到了主刀医生的眼睛里，造成了病毒暴露。"

唐雨的手指一点点攥紧，呼吸滞了下来。

"手术进行了十二个小时，检查报告出来时，医院的人才知道患者的事情，而我姐因为高强度的手术工作，做完最后的缝合，人就当场昏迷了过去，阻断药是被护士硬塞进喉咙里的。"

戚明洲苦涩地动了下唇角，"可还是晚了。"

唐雨的嗓子像被什么哽住，艰涩地出声："没有超过二十四小时，不是可以实现完全阻断吗？"

"我们比谁都希望可以百分之百阻断，可偏偏她这样好的人，成了那百分之零点一……"戚明洲低声道，"我姐从小就患有炎性肌病，免疫力一向很差，再加上那段时间她旧疾发作，本来已经提交了休假申请，可当时医院能做那小女孩手术的医生只有我姐。"

他嗓音晦涩，心脏难受得泛疼："老天真是会开玩笑，如果她早一天离开医院，如果她没那么善良坚持做完那场手术，或许就不会……"

戚明洲双手抵着额头，鼻音浓重："病毒很快让她的免疫系统迅速瘫痪，一个星期后，她只能住在重症监护室靠呼吸机喘气，我们眼睁睁地看着她一天比一天瘦弱，一天比一天枯槁，却无能为力……

"而那个小女孩的母亲，也是我姐曾经救过的一个病患，或许是觉得歉疚，又或许是怕医院和姐夫追究责任，从医院楼上……跳下去了。"

时间仿佛被扼住了喉咙，唐雨被拽进一片难以呼吸的空间。

一瞬间，仿佛只能听见自己的心跳声，一下又一下，无比沉重。

戚明洲苍白的手指颤了颤，取下镜框，眼里的灰败显露出来："一场手术，两条人命，一旦事情披露出去，那个已经失去母亲的小女孩，兴许连父亲都会失去，再也没有一家医院会愿意接收他们，所以我姐临终前让我们不要再继续追究下去，她说，她喜欢那个孩子，那孩子是她用命救回来的，她希望……那孩子将来万事无忧，一生顺遂。"

唐雨唇角抿得死紧，低下头，眼圈骤然红了。

"所以，我们封锁了所有的消息，那孩子才可以在医院继续接受治疗。"戚明洲声音颤了颤，"这就是真相。"

室内的光影一半明一半暗。

他看向面前的小姑娘，泛红的眼睛柔和："我知道你坚持来找我，是为了边炀，我很高兴，他能拥有一个这样在乎他的恋人，但是孩子，事情没有想象的那么简单，你无法保证边炀知道真相后，不会一怒之下去报复导致他母亲去世的那家人。

"那孩子的父亲性格固执，在他妻子去世后，始终认为是我们逼死了他的妻子，几次站在楼顶以死相逼，做出了过度防备的举动，他一旦遭到刺激，万一选择自杀，去重复那孩子母亲的路，或是选择报复社会，边炀身上就会无端背负一条甚至几条人命……这是我们谁都不愿意看到的。"

戚明洲问她："所以，换作是你，你会怎么选择？你敢赌吗？"

走出戚明洲的公司，唐雨目光有些失焦，在街头上漫无目的地游荡，如果是她，她会怎么选择……

临走前，戚明洲给她看了一条监控。

在戚明宛宣告死亡后，病房里只有边城的哭声。

他像个疯子一样，抱住戚明宛的尸体，怒吼着，不许任何人碰。

病房被砸得粉碎，所有的仪器都倒在地上，尖锐刺耳的声音不断从手机里传出，全是边城的绝望。

那种哭声寒凉得让人从骨子里轻轻颤抖，可床上枯槁成薄薄一片的女人已经听不见了。

她无声无息地躺在那里，任凭他怎么哀求、祈祷都没有一点儿反应。

她的身体逐渐冰冷，边城耐心地焐了好久都没有用。

护士强行把他拉开，他又疯狂地扑上去，将脸颊深深地埋入妻子的颈窝里，亲吻她，然后咬破了她的唇，护士见状惊呼一声，七八个人上前按住了他，强行给他塞下阻断剂。

紧接着戚明宛的尸体就被拉走火化，她所有用过的物品都要焚烧。

最后，留给边城的是一室空白。

他无助地站在那儿，好像怎么都想不明白，明明不久前还跟他约好去听音乐会，去看画展，约好一起策划儿子生日的妻子，为什么就不见了。

他整个人被抽走了灵魂，蜷缩在地面上，抱着她仅剩的物品泣不成声。

唐雨摸了摸脸颊，脸上竟已泪流满面。

如果当时边炀也在，那是不是会如边城一样崩溃？

边叔叔如此深爱戚阿姨，甚至想和她一起去死，又怎么会出轨？

可这些，边炀都不知道。

他那么爱他的母亲，如果知道母亲是因为那家人刻意隐瞒了病情感染身亡，他又怎么会轻易原谅那家人？

戚明洲说得不错，如果边炀真的去找了那家人，万一刺激到对方，谁都无法想象后续发生的结果，也没法承担这个责任。

边炀才十九岁，他那么好那么好……他的人生盛大灿烂，他的未来光明一片，他不能有任何污点，更不能背负人命。

唐雨死死地捏着包带，蹲在街头，抱住膝盖，将脸颊埋在手臂之间，艰涩得难以呼吸。

那么谁该对那么好的戚阿姨负责？谁该对深爱妻子的边叔叔负责？

谁该对……边炀负责？

"小姑娘，你没事吧？"路人拍了拍她的肩膀，唐雨抬起头，眼眶已经红了一片。

她擦了擦眼睛，从地上缓缓站起来，嘴唇张了张，却因排山倒海而来的钝痛感，哽咽得难受，一句话都说不出来。

她摇头，就是想边炀了，很想。

唐雨没有坐地铁，打了车回医院，几乎用尽全身的力气跑。

景色不断地从身侧倒退，风刮在她耳边，刺进肺里。

她跑得喘气，直到进了医院大厅，看到那道颀长的身形。

他站在人群里，仰头，静静地看挂在上面的照片。

形单影只，好似被遗弃。

边炀腰身一紧，毫无预兆地被一双手臂从身后抱住腰身，将他从放空的思绪里拽出。

他皱了皱眉，下意识刚要把人扔出去，身后传来小姑娘又哑又软的嗓音。

"边炀。"他的身体瞬间放松，想转身过来，腰身却被她抱得紧紧的，动弹不得。

他低头看了眼腕表："这还不到七点呢。"

边炀的指腹摩挲着她圈在腰上的手背，轻哼了一声："不是说七点之前都闭关不见我的吗？"

小姑娘先前规定了，闭关期间，七点之后才能见面。

他就跟灰姑娘似的，每天都得眼巴巴地等到那时候。

"以后不用等到七点了，闭关结束。"她嗓音闷闷的。

边炀觉得她情绪不太对，转身过来抬起她的小脸："哭了？"

唐雨摇头："没有啊。"

她挤出一抹难看的笑："跑得太快，风进眼睛里了。"

"跑这么快做什么。"他皱眉，一只手落在她的发顶，轻轻揉了揉。

"想见你啊。"她踮起脚尖，双手搂着少年的颈窝，在他怀里蹭了蹭，"特别想。"

边炀呼吸都放轻了，弯下腰，让她可以不用踮脚，嘀咕："还算有良心。"

唐雨在他耳边轻声说："那我每天都想你。"

边炀心跳慢了一拍，扶着小姑娘的肩膀，认认真真地看她看了很久："唐小雨，你重复一遍。"

唐雨微仰着头："我说，我会每天都好好想你的。"

边炀看她的眼神，闪烁着审视，好像在看一个冒牌雨："你老实交代，你该不会偷摸做什么对不起我的事了吧？！"

平常怎么骗她都不说的，现在居然把话说得那么好听，必然有诈。

唐雨鼓了鼓腮："我认真的。"

边炀看了她一会儿，自顾自地说了句："难道说看书真能提高思想觉悟啊？"

他瞄了眼小姑娘："那行吧，唐小雨以后每天都要想我。"片刻后，他忽然改口，拖着尾音，不情不愿地，"隔一天想一次也成。"

唐雨："啊？"

边炀揉捏着她软软的小手，视线牢牢地盯住她的脸庞："万一你哪天想腻了，以后都不想了怎么办哪？"

唐雨听完一颗心又酸又胀，把他的掌心摊开，在上面一笔一画地写。

边炀疑惑，不知道她画的是什么。

唐雨解释说："这是法院的判决书公章。"

边炀低头看她，她映入少年的眼中，声线干净而沉静："在我们法律系，有一句众所周知的宣言，我想讲给你听。"

边炀看着他的眼睛："宣言？"

她握住他的手掌："现在由未来的唐大律师正式宣读最终判决。"

她一字一句，像是在读庄重的誓言："唐雨的心永久赠予边炀，占有，使用，处分，所有权都归边炀所有，往后此生，你将是我终身研读的基本准则，而对于今日宣判，唐雨永远放弃自我辩护，绝不复议，绝不上诉。"

边炀的心脏，在此刻雷鸣。

他家小姑娘要是想哄一个人的时候，会让人心甘情愿地把心都掏出来。

"你这都跟谁学的，净会哄我。"虽是这么说，但少年忍不住弯起唇角，像被顺毛的样子。

唐雨摇头："我没有哄你，我会牢牢记住我对你的每一句承诺。"

她嗓音轻轻的，眼神纯粹认真："唐大律师，一言既出，绝不反悔，向来说到做到。"

边炀轻笑："好，我信我的唐大律师。"他低头瞄着他的女孩儿，冷白的指尖沿着她温软的脸颊一路下移，直至很轻地捏抬起她的下巴。

紧紧凝视着她的脸，他说，"毕竟你说什么，我都信。"

传染病病人所在的楼比较特殊，除了医护人员，基本没什么人过去。

汉子打完工，带着一身的汗水回到医院，往日病房传出来的要么是女儿打碎东西的声音，要么是哭声，而今天里面竟然传出来女孩清冷的笑声。

他推开门一看，女儿乖巧地躺在床头，手上拿着一根红绳，正玩得不亦乐乎。

红绳在她指尖迅速变换，每个样式都不同。

看到父亲，她眼睛一亮："爸爸！"

汉子推门进来，买的饭菜放在桌子上，摸了摸女儿的脑袋，上面是刚长出来的头发，他心情似乎也跟着好了很多："莹莹，吃饭了。"

"嗯！"莹莹竟然小口小口地吃着饭菜，乖得让汉子有些不适应。

吃完饭，洗澡、睡觉，全程都没有哭闹。

从第一天的红绳，到第二天的小蛋糕，再到一副平白出现的象棋……

男人再也忍不住了，开口询问女儿："莹莹，爸爸去上班期间，是不是有人来找你了？"

莹莹用力点头："是漂亮姐姐！

"漂亮姐姐教我玩编绳，她好厉害啊，什么样式都会！

"她带来的小蛋糕可甜了！

"她还教我下五子棋，下象棋。"

说着，小女孩耷拉着脑袋："我每次都赢不了她，我还求她让让我，她告诉我说，想赢游戏，要靠自己，而不是别人的施舍，她鼓励我，说只要好好养病，争取早点儿出院，就能上学读书，那时候我就能赢过她了，爸爸，我真的可以上学吗？我想靠自己赢姐姐一次！"

看着女儿眼里的期冀，男人的心脏一痛。

这世界上哪有什么能接收他女儿的学校。

"莹莹。"他问，"那个姐姐长什么样子？"

莹莹双手比画了一下："那么高，头发长长的，很漂亮，尤其是眼睛，她的眼睛里好像有星星。"她摸了摸自己的脑袋，"爸爸，我以后也要留长头发，像姐姐一样漂亮！"

男人陡然沉默了下来，医院里的护士和医生都是盘发。

只有那个给他递过纸巾的女孩，是莹莹描述的这样。

"莹莹，以后不许再让她进来了，明白吗？"

莹莹一愣，有些着急："为什么？！"

男人冷着脸："总之不许！她不是什么好人！她会把我们赶出医院的！"

"姐姐才不是那样的人！你说谎！"莹莹眼眶红了。

"别人都躲着莹莹，只有姐姐不会，别人不告诉莹莹戚妈妈去哪里了，只有她告诉了莹莹，姐姐才不是你说的那样，爸爸，你为什么要说谎！"

男人神色一滞，声音有些发颤："她都跟你说什么了……"

"她说戚妈妈才没有去世，她只是请假了，和她丈夫去听音乐会，去看画展了！戚妈妈过得很快乐，还说他们正准备给戚妈妈的儿子策划生日呢，姐姐还给我看了大哥哥的照片，大哥哥好帅呀，跟戚妈妈长得很像！"

男人的身体僵硬在原地。

莹莹欣喜地说："爸爸，戚妈妈真的没有骗我哦，之前她就炫耀说，她有个很帅的儿子，还说我将来说不定会见到，爸爸，我真的见到了。"她又有些遗憾，"可是我见到的只是照片，姐姐告诉我，他本人更帅，我好想见见呀。"

病房里只有女儿叽叽喳喳的声音。

他站在原地愣了很久。

从女儿口中，他知道了，戚院长有个很爱她的丈夫，有个很帅的儿子。

她已经休假去跟丈夫听音乐会、看画展了，还跟丈夫一起为儿子庆生。

可是戚院长……已经死了啊……

男人不知道怎么从病房里出来的，女儿已经睡了，医院走廊里寂静一片。

他疲惫地靠在墙上，双眼无神地盯着上方的白灯，白灯把被晒伤的皮肤照得清晰。

他从口袋里摸出一根烟，夹在颤抖粗糙的手指间。

身后响起声音："这里不能抽烟。"

他偏头，看到小姑娘站在不远处，怀里捧着一束新开的月季。

"果然是你。"他迅速直起身，浑身竖起防备和警惕。

唐雨站在那儿没动："这花是新开的，莹莹说她喜欢月季，我把上面的刺和叶都去掉了，只留了花，不会弄伤她。"

男人没有说话，她试探性地走过去，把花递给他。

男人看着花失神了好久，才接过，声音微微颤抖："……谢谢。"

唐雨转身离开，男人忽然叫住她："你到底想干什么？！"

唐雨顿住脚步，偏头看他，语气平静："我只是在做戚院长没做完的事。"

男人眼睛发红，似乎反应过来什么，把花狠狠扔在地上："我看你就是不怀好意！"

唐雨轻轻摇头，清透的眼睛很静："叔叔，我理解你的恐惧。"白光照在她白皙的脸上，光晕柔和，"其实我挺羡慕莹莹的，她有个好爸爸，她的爸爸在她患病期间从来没想过抛弃她，每天去工地风吹日晒，在尽力扛起一个家……"

男人暴怒的情绪，在她轻缓的嗓音中，渐渐平复下来。

他从她身上没感知到任何攻击性。

"我没有任何疾病，我爸妈离婚的时候都不要我，觉得我是个女孩，是个累赘。"

她扯了扯唇角，但很平静，可以平静地撕开伤疤。

因为她已然走出泥淖，那些往事再也无法击垮她。

"其实他们刚离婚的时候，我偷偷去找过他们，那时候我很饿，实在是没钱吃饭。可到了之后才发现，我爸有了新的孩子，他举着孩子，亲昵欣喜地叫那个孩子'宝贝'，却从来没有这么称呼过我，我也从来没见过他对我笑，那时候我就明白，他不是不喜欢孩子，而是不喜欢我……"

唐雨说，"我努力学习，考第一名。"顿了顿，她摇摇头，"他们依旧不喜欢我，我陷入否定，无法自拔，在学校还被同学孤立欺负，我甚至产生过轻生的念头，我想，或许我死了，他们才能想起我吧……"

男人抿紧嘴角，看着面前瘦弱的小姑娘，很难想象她曾经经历过这样的事情。

"可是，我遇到了一个很好的人。"只要提到那个人，她就笑起来，眉眼弯成了月牙，像是被阳光笼罩，"他告诉我说，要好好保护自己，说我很棒，夸我说……我把自己照顾得很好。"

唐雨走过去，捡起地上的花，把每一枝花都整理得很好，然后递给他："您也是。"

她说，"您把莹莹照顾得很好，不管您曾经做错过什么，但您一定是位好父亲。"

男人盯着那花，捏紧的拳头颤抖，片刻后他红了眼圈，双手捂住脸，什么也不说，肩膀耸动着，泪水从指缝里流了出来。

寂静的走廊静得针落可闻，只有男人悲凉压抑的啜泣声。

男人的名字叫张德兴，为了方便照顾女儿，在医院附近的工地找了份扛钢筋的工作。

他每天早出晚归，中午买了饭送到女儿病房，又会匆匆赶去工地。每天比正常工人要多工作两个小时，为了能多赚一些钱。

他说："我们俩都没啥文化，我妻子嫁给我后，一辈子没享过什么福，跳楼的那天，她跟我说，她赚不了多少钱，她撑不下去了，能为这个家做的唯一一件事就是……"

声音颤了颤，他擦去眼泪。

"我没想到她会跳楼，到现在我都没敢告诉莹莹她妈妈已经去世了，我骗她说，妈妈是去姥姥家了，过段时间就会回来。

"戚院长……是很好的人，我对不住她，我们一家人都对不住她，可是我们也要生活下去，我妻子已经死了，难道我们付出的代价还不够吗！"

张德兴埋下头："事已至此，说什么都没用了，我唯一活下去的希望就是我的女儿，如果谁要是做出伤害我女儿的事情，我就是拼了这条命也要跟他同归于尽！"

两人坐在楼下花园里的长椅上，唐雨听到这些，静默了许久。

她靠在椅背上，仰头看着无边无际的月色。

"戚阿姨是我们县城第一位全国状元，很难想象她在父母去世后，是如何带着弟弟一步步走进京华的，以她的成绩完全可以选一个高枕无忧的职业，金融或者IT，什么都好，赚钱都很快。

"可是她偏偏走了一条最难的路，学医很辛苦，要背数不完的书，做数不完的实验，她从小县城到能为你的女儿治病，足足花了二十九年……"

男人的嘴唇颤了颤。

唐雨眨了眨湿润的眼："叔叔，你不知道吧，可我觉得你应该要知道，戚院长患有炎性肌病，在你女儿急救的前一天，她已经提交了休假申请，当时她的病情已经很严重了，几乎站不稳，可能为你女儿做手术的只有她一个人。"

张德兴摇头："别说了。"

她望着远处："足足十二个小时的手术，她是怎么撑过来的，她在做完手术缝合完毕的那一刻就昏迷了过去，那是她坚持的极限，就连阻断药都是护士强行塞进嘴里的。"

"别说了……"张德兴很痛苦，"求求你别说了……"

唐雨轻轻摇头："我没有在逼你，我只是觉得你应该知道到底是什么样的人救了莹莹。"

"我知道戚院长很好！我知道……"张德兴用猩红的眼睛看她，"那我们就该死吗？我女儿就该死吗？"

"你知不知道我身上的病，我女儿身上的病哪里来的！"

张德兴冷笑："前几年我在我们老家的流动献血车献了血，她们说献血就能发面包和果汁，我就去了……"他把脸埋在掌心里，"后来我就感染上了，但当时我并没有意识到，直到我女儿的身体越来越差，我带她去县城医院检查，才知道她也感染了。"

他搬钢筋弄伤了胳膊，血弄到了身上，无意间感染了女儿。

经过医院检查，才知道他是传染源，唯一庆幸的是，当时妻子没有感染，可如今妻子也……

张德兴问她："你来找我，那你说我该去找谁？谁又对我，对我的女儿负责？！"

男人的步步逼问，让唐雨瞬间噤声。

心口像是被什么撕开，她一瞬间没了任何表情，思绪纷杂得要窒息。

"你看吧。"他苦笑，"谁都不能。"

炽炀

"说我自私也好，恩将仇报也罢，我都认了，因为我……别无他法。"

没人知道这些年他经历过的白眼和嫌恶，没人能体会他和妻子抱着孩子求助无门的恐慌和绝望……

他死了可以，但不能眼睁睁地看着女儿就这样一点点死在他怀里。

后来，他妻子来北京的医院看病，遇到了戚院长。

像是老天开眼一样，戚院长人很好，主攻心胸外科，她和别的医生都不一样，得知他们家的家庭情况不好，没有医保，还向医院申请减免了医药费。

而他们……卑鄙地利用了戚院长的善良。

"我对不起戚院长，对不起她的家人，同样，这些医院也对不起我们一家人！"

"不是这样的。"唐雨暮地开口。

张德兴讥嘲道："怎么，你想替她报复我？"

唐雨冷声："这代价应该由害你的人偿还，而不是无辜的人。"

"小姑娘，你还是太年轻了，天下乌鸦一般黑！"张德兴讽刺道，"如果我当时得到了正义，我拿到赔偿去治疗我和我女儿的病，你觉得我会说出这种话？我妻子还会跳楼？"

就是因为他得不到正义。

"那些人嘲弄我说，我身上的病不知道从哪儿感染的，他们才不负责！如果我能得到善待，我就不会走上这条路！"他的声音越来越高，目眦欲裂。

唐雨平静了一会儿："如果你能呢？"

张德兴看着她明亮而清冷的眼睛，一时间怔住："什……什么？"

"如果你能得到该有的正义，你会公开向戚院长道歉吗？"

张德兴抬头："这不可能的，如果能查出来，早就查出来了……"

"没试过怎么会知道。"唐雨起身，身上笼了层很淡的月光，声音柔和而坚定。

"总要试一试吧，如果我能给你一个真相，那么请你给所有人一个真相。"

她低声道，"因为你这声道歉，有人等了很久。"

张德兴一时失神地看着眼前的小姑娘，她才十七八岁的样子，身板瘦弱，却好像能担起所有的重量，眼神格外明亮、坚韧，好似任何污秽都染不了半点儿。

也是，这个年纪，正是对这个世界充满渴望和期冀的时候。

他不抱什么希望的，但总比让她一直纠缠得好。

所以他说："如果你能做到，那么我也能做到，如果你做不到，请你以后不要再出现在我女儿面前！"

唐雨抿了抿唇角："好，我答应你。"

她把放在凳子上的月季花递给他："这个，请转交给莹莹，毕竟，做人不能言而无信。"

张德兴看着手上的花，再抬头时，她瘦削的身影已经消失在夜里。

"你要去旅行？"听到消息后，边炀马上说，"我马上回去收拾东西，跟你一起去。"

唐雨轻轻拽住他的衣角，微仰起头，嗓音软软地开口："可是我已经跟汪晴约好了，这是属于我们女孩子的旅行，你跟过去不合适吧……"

"所以你的意思是要把我自个儿扔在这里，你出去鬼混是吧？"

唐雨眨了眨眼睛："毕业旅行怎么能是鬼混呢……"

边炀声音跟他的眼神一样怨气很重，他用手指头戳了戳她的脑袋："前两天某人才跟我说，要每天都想我，然后转眼就要跟别人单独出去旅行……唐小雨你不觉得这样有点儿过分吗？！"

唐雨抱着他的手臂晃呀晃："都是汪晴，汪晴非要拉着我一起出去旅游，我原本是想带你的，可是她说带上你，她就不去了……"

这锅，暂时甩给汪晴背一下吧。

她眼神可怜巴巴的："我就她一个好朋友，总不好拒绝吧。"

边炀鼻息轻哼一声："所以你就为了好朋友，不要你的男朋友。"

"要的要的！我只是去毕业旅行，又不是不回来了。"

边炀没吭声，给她一个窄腰宽肩的冷漠背影，让她自己猜。

唐雨绕到他面前，这边没什么人，她伸出的双手虚虚地圈在少年劲瘦的腰身上，撒娇似的："再说了，不都说小别胜新婚吗，之前咱们每一天都腻在一起，你都没有自己的时间，正好我出去旅行的这段时间，你也可以跟你的朋友聚一聚。"

边炀垂着眼帘，姿态高高地掠她，不冷不淡的："我看你就是嫌我烦了。"

唐雨求生欲极强地晃脑袋:"当然不是!"

"那怎么办?"她耷拉着脑袋,"我都答应汪晴了,这时候放她鸽子的话,她肯定不会原谅我了。"

余光偷偷地看他,对上边炀审视的目光,她顿时又垂头丧气的,"不过为了男朋友也就只能这样了,反正朋友还能交,但是男朋友就一个,还是男朋友比较重要,我这就给她打电话,说不去了。"

她叹着气拿出手机,要给汪晴打电话。

边炀抿了抿唇角,把她的手机从掌心抽了出去。

唐雨低头时唇角微弯了一下,又很快压平,抬头又故作迷茫地看他:"怎么了?"

"出去旅行……也行。"边炀妥协了,又似带着克制。

他家小姑娘的社交圈子不大,平常连个说话的人都没有,他怎么忍心真让她连一个朋友都没有,哪怕他一点儿都不想让她去。

"你把旅行路线发给我。"他让一步,远远地跟在后边,不让汪晴发现总行吧。

唐雨马上摇头:"路线给了你,你肯定跟过去了。"她轻轻说,"这样我们玩得不自在,你也浪费时间,倒不如不去了。"

边炀低头看了她好一会儿,舌尖抵了抵脸腮,给他气笑了。这是彻底在嫌弃他碍事了!

唐雨轻轻拉了拉他的衣角,一脸乖的样子,实际在以退为进:"你不要为难了,总归我不去了。"

"得了吧,少在这儿跟我演!"边炀轻抿着唇,伸手撒气似的把她的头发揉乱,"别以为我不知道你想出去旅行。"

唐雨顶着鸡窝头甜甜地冲他笑。

"还笑。"也就她有这个本事,让边炀气得最后没脾气。

气了半天,他最后无奈地伸出手,冷白的指尖轻轻打理小姑娘刚才被他弄乱的头发:"路上注意安全,不要去人少的地方,不要随便和陌生人搭讪,尤其是男人。"

他每叮嘱一个注意事项,唐雨就乖乖地点头。

"不给我发路线图,那到一个地方总能给我拍一张照片报平安吧?"

边炀把她耳边的发丝别在耳后，顺势捏了捏她柔软的脸颊，低声道："见不到本人，起码让我看到照片睹物思人。"

"嗯！"唐雨眼睛微微亮，"边炀你真好！"

明明不舍得她去，还是妥协了。

"别给我发好人卡！"

他捏她的脸陡然用力，几个字像是从牙缝里挤出来的，恶狠狠的样子，唐雨被捏得都有点儿疼了："要是哪天没发照片，我就杀过去，你就是跑到天涯海角，我也能把你逮回来！"

唐雨鼓着腮连连点头："不用你逮，我长了腿，会自己跑回你身边的。"

边炀才不情不愿地哼了一声，算是饶过她。

垂下脑袋的唐雨轻轻松了一口气，算是蒙混过关了。

当天，唐雨就坐上高铁离开了京华。

她跟长了小翅膀一样，转眼飞得无影无踪，从高铁站出来的边炀，整个人都显得空落落的，就好像她一走，把京华的温度也全都带走了。

可他想要唐小雨，喜欢唐小雨，是想她此生都平安喜乐、百岁无忧，而不是折了她的翅膀，把她束缚在身边。

唐雨在边炀走后，就马上鬼鬼祟祟地去了另外一个站台——去往民权县的站台。

这段时间，根据张德兴提供的地址和信息，她联系了当地的警方，并且寻求了师兄师姐的帮助。

师兄师姐们在这个行业深耕数十年，早就有了盘根错节的人脉。

庆幸的是，有个师兄的律师事务所就在民权县直属的市区，在当地名声很大。

师兄在一年前也接过类似的案子，同样苦于受害者没有足够的证据，所以案子一直搁置，唐雨不确定是不是同一起，就打算去民权县跟进一趟。

到民权县的时候，天色已经暗沉。

师兄年纪比她大二十岁，今年三十八。

见到小姑娘拎着行李箱，俏生生地站在那儿，师兄脸上的笑容和善又新奇。

现在不是流行什么美颜吗，小姑娘发的照片多多少少都美颜过，可他这小师妹真人比照片漂亮多了，那皮肤白得在夜里能发光似的。

"师兄！"唐雨隔得远远的就认出了他，招手。

之前他们互发过照片。

师兄替她拎过行李箱，边往车的方向走边说："今天太晚了，我订了警局附近的酒店，你住在那里方便明天一起去警察局。"

"谢谢师兄！"唐雨甜甜地道谢，叫得他心生欢喜。

师兄发动车："我女儿跟你差了五岁，她今年十三，我看你啊，就跟我看我女儿一样，你就别跟师兄客气，待会儿把行李放好，师兄带你回家里坐坐，我媳妇儿知道你来，提前做了一桌子好菜呢！"

师兄人很好，说话直接又温和。

唐雨手里捏着安全带，心里很温暖："谢谢师兄！"

吃饭的时候，她还偷偷拍了张美食图片，自拍也刻意避开了师兄家里的装饰。

然后又让在外边毕业旅游的汪晴发来几张风景图，合在一起发给边炀报平安。

吃完饭，师兄送她回到酒店，边炀恰好给她打来视频。

看到她在酒店，也没有怀疑什么，聊了两句，唐雨借口困了，就催他去睡。而自己挑灯夜战，把师兄送来的几十厘米厚的卷宗看到凌晨三点，才不知不觉地趴在桌子上睡着。

师兄来找她时，她已经收拾好了，在酒店楼下等他。她把厚厚的卷宗还给他："师兄，你的受害人跟我认识的受害人感染途径是一致的，重叠时间都是去年三月份献血的日期，也就是说我们的案子大概率是同一起。"

师兄笑了笑，把卷宗接过来："没想到你这么快就捋清了时间线，我看完张德兴的卷宗，跟你想的一样，他的感染途径跟我的受害者刘芳华高度重叠，所以才会让你来民权一趟。"

"实际上这个案子在今年五月份就有了线索，警方已经沿着献血车这条线查到了提供一次性针管器具的相关厂商，这些厂商里面其中一家厂商是重点怀疑对象，但目前警方还没有相关证据。"

两人简单吃了些早餐，就去了警局。

师兄经常打官司，跟警局的人早就熟识。

关于这个案子，省卫生临床检验中心、疾病预防控制中心等专家已经联合警方组成了调查组。

调查组的负责人把他们请进办公室详谈。

办公室里都是该项目的成员。

师兄向警方介绍了唐雨，说她是律师，其实唐雨并没有律师执照，甚至还没正式办理入学……她当然也没否认。

调查组组长站在空地，指了指背后黑板上错综复杂的关系图，说："目前，我们已经把目标锁定在这家叫'建州'的一次性医疗器材生产厂，根据我们现有的资料和调查发现，张德兴和刘芳华等献血者所去的那辆献血车内配置的一次性器具均来自这家厂。

"一般情况下，流动车里采集的血液样本会直接运送到医院，废弃后的一次性采血器具要经过高压灭菌、或化学消毒处理后，再由统一的垃圾转运公司集中处理，直至销毁，所有环节都会有专人签字、称重。

"然而这辆车使用后的采血器具并没有直接运送到医院，所以我们怀疑该医院跟这家生产厂有着不可告人的秘密，打算安排卧底去探查。"

他拿出一张传单："这是建州生产厂前几天发出来的招工广告，他们每年暑假只招学生，不招社会工作人员。

"学生涉世不深，劳动力廉价，心眼少又好拿捏，对他们来说，学生最合适不过。

"但现在的问题是，那厂子在民权县开办了四五年，早就对警局的人了如指掌了，如果安排我们的人进去，恐怕会打草惊蛇啊。"

组长看向其中一个同事："今年上面拨的新人什么时候入职？"

"头儿，人要到九月份才能来。"

组长闻言沉默了，现在才七月份，两个月哪能等得起。

其中一名女同志立刻举手说："我可以，我是疾病预防控制中心的，一直在市区工作，他们应该没见过我，而且我毕业才一年，应该还能装学生……吧？"

她笑得讪讪的，感觉自己有点儿装嫩的嫌疑。

组长看了她一眼，她确实年轻，但是眼神不够"傻"。

一看就经历过社会的毒打，显得有些圆滑。

"我也行。"一直站在角落里旁听的唐雨缓缓举起手。

师兄诧异地看她一眼，连忙想把她的手按下，可全屋子的警察已经看过来了。

"我今年大一。"小姑娘的声音软软的，一双眼睛干净得像琉璃珠，"他们认不出我。"

她等不到九月份了。

组长看了她一会儿，神情严肃："小姑娘，虽然你是大学生，符合广告上的要求，可你不是我们警局的人，卧底可是有风险的，没你想的那么简单。"

唐雨往前走了一步："我可以和那个姐姐一起去，互相做身份，他们应该不会怀疑什么。"顿了顿，她看向组长，"而且我相信，警方会保证我们的安全。"

全屋子沉默下来，都欣赏小姑娘的勇气。

师兄问她："你真的考虑好了？"

律师不过是拿钱办事，即便正义感爆棚，毕竟不是人民警察，也不至于做到这种地步。

唐雨点了点头："师兄你放心吧。"

有人还在等她，她会把自己保护好的。

师兄嘴唇动了动，看她坚持，也不再说什么。

调查组的人开了两个小时的会议，最终拍定三个人一起去面试。

一个是疾病预防控制中心的女同志，另一个是临时从市区调派过来的年轻男同志，比女同志大了几个月，最后一个就是唐雨。

三个人互相帮扶照应，再加上警局的高科技，安全不成问题。

"耳钉是微型摄像头，对讲机可以塞进耳朵深层，你们三个都戴好，仪器防水防电防火，扫描仪都扫不出来，我们会通过摄像头拍摄厂房的内部场景，也能听到你们的声音，同你们对话，所以你们放心，一旦遇到危险，我们会立刻终止计划，进去营救。"

唐雨摸了摸耳钉。

她没耳洞，这是刚打的，还有点儿疼。

小小的一个，根本看不出来是个微型摄像头。

不仅如此，她们还要改名字。

疾病预防控制中心的女同志黎芝芝，更名为黎书。

临时从市区调派过来的男同志周忠民，更名为周大伟。

而唐雨……她说："我改成计时雨吧。"

边炀是她生命中炽烈的骄阳，那她就做他生命里的一场及时雨。

翌日，三个人就来到厂里应聘，但只留下了两位女性。

不只是那名男同志，凡是来应聘的男性都没有通过。

唐雨和黎芝芝被带进去的时候，黎芝芝犯嘀咕："为什么只要女性啊？"

唐雨环顾四周，厂子里埋头工作的员工基本都是女性，她说："大概他们觉得女性力气小，就算闹出什么事，也比较好控制吧。"

领头的把她们领到一间厂房，厂房组长马上就给她们分配了任务。

流水线工作，简单而重复。

唐雨的工作就是给传送带上的半成品医疗器具上帽。

她们在流水线足足干了三天，手腕子都酸了。

吃饭的时候黎芝芝唉声叹气："这日子什么时候是个头啊。"

更郁闷的是，她们成天做这种工作，哪能接触到什么机密啊。

然后看了眼埋头吭哧吭哧干饭的唐雨。

她嘴角一抽："你的胃口真好……"

唐雨舔了舔粘在嘴巴上的米饭："我开学前必须增重到九十五斤，要不然我男朋友会生气的。"

黎芝芝："……行吧。"

人比人气死人，她减一斤都恨不得放鞭炮庆祝，这居然还有硬性指标要求增重的！

黎芝芝戳着米饭："可这样下去也不是办法啊，咱们总不能一直在流水线上吧？"

正说着话，忽然有人坐到她们身边，是同车间的工友。

黎芝芝瞬间噤声。

"这一顿饭太贵了，两个菜居然要十五块钱！咱们一天的工资也不过一百五十块，食堂也太坑了！"工友边吃边埋怨。

另一个工友揶揄："那你努努力争取当组长呗，组长一天三百块，而且免餐费。"

唐雨眼睛顿时一亮："你们说当组长就能免费吃饭，还能提高工资？！"

"那当然了，毕竟是组长嘛，待遇肯定要好点儿啦。"几个人说说笑笑。

万万没想到，隔天下午，唐雨就因为给出一套完整的提高流水线生产效率的方案，而晋升为第三车间的组长。

黎芝芝、昨天开玩笑的两位工友、监控室内的警察们："……"

接下来的一个月里，黎芝芝在流水线拧螺丝，唐雨代表车间开总结会。

黎芝芝在流水线拧螺丝，唐雨因为在会议上指出领导报表中的关键数据错误，并给出正确的计算结果，被会计室里的老大看中，强行调到了会计室。

黎芝芝在流水线拧螺丝，唐雨在会计室算算账、吹空调、喝奶茶、睡午觉……

她们只有在午饭的时候碰面。

唐雨吧嗒吧嗒炫完一份午餐，就马不停蹄地要了第二份。

黎芝芝手上拿着筷子，看得嘴角直抽抽："妹妹，你别忘了咱们是……"她左顾右看，小声道，"咱们可是卧底啊！可我怎么感觉你已经完全融入他们了！"

唐雨左手大鸡腿，右手大龙虾，嘴里鼓鼓的，像个小松鼠："反正不吃白不吃。"

餐盘里大虾鱼肉应有尽有，还有水果和牛奶，根本吃不完，她分给黎芝芝好多。

这些普通工人去买都要花钱的，而唐雨现在可是财务部部长眼前的大红人，可以免费吃。

"芝芝姐，你也多吃点儿。"唐雨又给她一只大鸡腿，"吃完我再去拿。"

黎芝芝狂汗："……我感觉你不是来卧底的，而是来吃自助餐的。"

工友端着餐盘坐在他们身边。

唐雨性格好长得乖，年纪又是里面最小的，早就和工友们打成了一片。

看到唐雨餐盘里堆成小山一样的食物，大家即便习惯了，也瞠目结舌。

"小雨啊……你吃得完这些吗？"

唐雨满嘴油，用力点头："能的！"

"我是感觉你比来时胖了点儿。"工友笑。

唐雨低头看自己的腰，还是没有肉。

她垂头丧气："昨天刚称过，才九十斤。"还差五斤，还是得多吃点儿。

"才……九十斤！"一名工友看着自己盘子里清汤寡水，她盘子里大鱼大肉。

工友肉眼可见的羡慕嫉妒恨："这世界真不公平，有人撑得瘦腰细腿，有人饿得肥头大耳。"

唐雨已经能准确地叫出她们的名字："粥粥，六车间还没报账，你记得提醒你们组长，下午去趟财务室，我要盘这个月的总账了。"

"啊？可是我们车间从来不用报账的啊。"

黎芝芝顿时竖起耳朵。

"有问题。"耳机里也迅速传来警察的声音，"小雨，芝芝，你们适当引导她们往下说，别太明显，免得打草惊蛇。"

蹲了一个月，终于有点儿苗头了！

唐雨把吸管"叭嗒"一下插在酸奶盖上，咬着吸管，闪烁着八卦的大眼睛问："为什么你们车间不用报账呀，是因为你们组长有问题？！"

黎芝芝一愣，这问得也太直接了吧！

警察也赶紧在耳机里说："小雨啊，你问得太直接了，你应该说，其他车间都报账了，所以问一下六车间是不是忘了之类的。"

结果耳机里就传来工友小声嘀咕的声音："这不是我们组长的问题，

是上面规定的，说我们车间不归厂里管，你说奇不奇怪。"

黎芝芝：这你也回答？

警察："……"

小姑娘一脸的单纯无害，那双眼睛纯粹得像是清泉，一眼能看到底。

问问题的工夫，也没耽误她喝牛奶、吃水果，她嘴里鼓鼓囊囊的，就没停下来过。

她们当然不会对这样一个吃货设防，甚至跟她一起八卦："听说咱们厂比较特殊，名义上是建州，实际上有两个老板，前五个车间一个老板，唯独我们车间是另外一个老板，我听人说，他们是兄弟俩，还是混黑的，现在反黑严重，才把厂子只挂在现在大老板头上，二老板隐居幕后。"

唐雨把牛奶喝到底了，晃了晃瓶身没有了，她起身说："我再去拿一瓶，你们等我回来再继续八卦！"

"去吧去吧，帮我也带一瓶，反正你拿不要钱，我们拿要钱。"

唐雨嗒嗒嗒地跑去拿牛奶，发梢一晃一晃的。

工友撞了下黎芝芝的肩膀："黎书，你怎么不让小雨拿，反正不要钱。"

黎芝芝嘴角一抽："我吃饱了不怎么饿。"

"确实，你也少吃点儿吧，脸都圆了。"

黎芝芝："……"她明明拧螺丝拧得都瘦了！

吃饭的工夫，唐雨就把她们知道的信息全套出来了。

第六车间果然有问题。

吃完饭回财务室，部长还没回来。

她从兜里掏出一瓶牛奶，不舍地放在他的桌面上，正巧被回来的部长看见。部长一脸无奈："小雨，又给我带东西了？不是说以后不用帮我带了吗？"

监控室里的警察暗暗感叹小姑娘笼络人心的手段。

她连送部长一个月的牛奶，现在部长看唐雨的眼神，别说不设防，简直跟看亲闺女一样。

唐雨摇摇脑袋，似纠结了一会儿，才认真地坦白："我觉得还是给您带一瓶比较好，毕竟中午我偷偷拿了十几瓶，已经超过厂里规定的免费指标了，心理上难免有点儿负罪感……可如果部长也喝了的话，那就跟我是一根绳子上的蚂蚱了！"

部长："你还真是……"

他骂人的话还没说完，唐雨把牛奶又拿了回去："部长要是不想喝的话，那我就拿走了，毕竟我还在长个儿。"你已经不长了。

部长气笑了，额心直跳。

那么多妖魔鬼怪都想从财务部捞油水，可没见过贪几瓶牛奶的。

说她蠢吧，小姑娘算术天赋极高，他计算机还没按出来，她就已经能说出结果了。

说她聪明吧，她还缺心眼！

每天就琢磨着怎么多吃点儿饭，唯一的目标就是要长到九十五斤。

不过就是这种人，他才敢留在身边用。

部长把文件扔在桌子上："晚上有个饭局，你跟我一起去。"

这是第一次，部长要求她参加饭局。

警察觉得这是个极好的机会，没准能探听到什么。

结果他们的嘴还没张呢，唐雨就摇头拒绝了："晚上啊，那不行，晚上我还有事。"

要是没接到边炀的视频，她就完蛋了。

监控室里的警察捶胸顿足，这么好的机会，居然！

部长扯了扯嘴角，这人不仅没心眼子，还贼没上进心！

"参加饭局的可都是厂子里的老板，你表现好就能转正，工资这个数。"

他伸出两根手指，表示有两万："现在大学毕业生都不一定拿得到这个工资。"

"小雨你先答……"警察着急得话还没说完，唐雨坚定地摇头："那也不行。"

监控室里的警察仰面泪流。

部长生气了，发火了："你不去也得去！你个帮忙的还反抗起领导了！晚上的饭局你必须去，不去就卷铺盖走人！"

监控室里的警察："……"

最后，唐雨叹气："……那行吧。"

部长看她勉强的样子，简直快气死了，把桌子上本该亲自整理的文件数据，直接甩给她："饭局前整理好！"

说完，人气冲冲地走了。

唐雨像是个苦逼的帮忙人，翻开文件……呃，是第六车间的数据。

唐雨扫过上面的数字，成本那一栏居然为零。

监控室里的警察再也忍不住了！

"小雨，这是个千载难逢的好机会！你必须要去！"

唐雨自然明白，她咬开牛奶，在嘴边咬着吸管，指尖从所有数据上划过。

"不出意外的话，今晚就能有结果。"这饭局，显然是跟这些数据有关。

"今晚我们会在他们聚会的地方部署警力！有哥哥姐姐们给你当后盾，你放心大胆去干！组织的希望就在你身上了！"

彼时，黎芝芝还在流水线拧螺丝，已经指望不上了。

唐雨慎重地点头，片刻后又纠结："可是……如果我男朋友在打视频的时候发现我不在的话，他一定会杀过来的。"

她不是开玩笑，这是个相当严峻的问题。

这一个月内，为了"应付"唐雨的男朋友，他们甚至跪求了警局技术专家专门给她……修图，还得修得毫无痕迹的那种，把唐雨完美地融在汪晴发来的照片里。

以至于现在，技术专家的修图技巧磨炼得炉火纯青，已经准备去接婚纱照和写真修图的单子了……

"这样吧，你把手机留下，这样等你男朋友发微信的时候，让芝芝帮你回。"

貌似也只能这样了……

唐雨其实还是不大放心："要是露馅，可就惨了，我男朋友很聪明，你们一定要小心撒谎。"

"……好的。"

到了晚上，唐雨和部长来到饭店，居然要搜身。

扫描仪从她身上扫过的时候，监控室里的警察敛声屏息。

好在有惊无险，扫描仪没有扫出来警局的高科技。

"时雨，你连手机都没带？"部长把手机交上去时，诧异地看唐雨。

唐雨很奇怪，一脸迷茫："一定要带手机吗？"

"不不不，不带最好！"于是部长对她更放心了。

这小姑娘是真没心眼啊，连手机都没带，可见对他不是一般的信任。

部长脸色柔和："到里面少说话，保持安静，要是表现得好，以后就能跟着我踏实干了，只要你好好听话，以后跟着我绝对吃香的喝辣的。"

唐雨交上来的数据，他相当满意，总算找了一个称心如意的帮手，如此一来，他就能高枕无忧了。哪怕出了事，也可以让唐雨背锅。

"谢谢部长！"唐雨一脸激动的样子。

部长很满意，带她进去。

"小雨已经成功进入饭店，各单位注意！"

与此同时，话筒里传出来黎芝芝惊慌失措的声音："怎么办怎么办，唐雨男朋友打视频来了！"

明明去参加饭局的是唐雨，盯着唐雨手机上视频通话的黎芝芝和监控室里的警察却如临大敌。

她男朋友属闹钟的吧？

秒针刚过，视频通话就发过来了！没给他们一点儿准备的时间！看来只能随机应变了。

部长进入包厢，正打着官腔给老板端酒，小姑娘忽然来了声："不能接。"

一个包厢的人都奇怪地看她。

监控室里警察的心都悬起来，哪还管什么视频通话，枪都握紧了！

黎芝芝说了句："挂断了挂断了！"

唐雨目光晃动，淡定地环视一圈，耳钉里的摄像头把在场所有人清晰地拍了个遍，才缓缓说了句："喝酒伤身，影响判断力。"

"老刘，这就是你之前跟我们提到过的很厉害的小姑娘吧。"现场几个人浑浊的视线上下打量她。

小姑娘穿着蓝色衬衫，里面是件白色内搭，牛仔裤裹着细长笔直的双腿，清清爽爽的，满头秀发柔顺地披在肩膀上，长得那叫一个乖。

尤其是其中一个年轻男子看她的眼神简直发亮。

这厂妹居然这么漂亮，纯得他心痒痒，是他的菜。

好在老板没生气，部长松一口气，马上介绍说："她叫计时雨。"接着偏头看唐雨，"你过来，给老板敬杯酒。"

"能来这儿的都是一家人，敬什么酒啊。"年轻男子站起身，"爸，人家说得也不错，咱们今天是来谈正事的，开场就喝酒确实不大好。"

他是二老板的儿子，一身名牌，浑身散发着一股子暴发户的气质，朝唐雨笑得不怀好意："计时雨是吧，来，来哥这边坐。"

唐雨看了他一眼，微型耳机里是黎芝芝慌乱的声音："完蛋了完蛋了，我拒绝视频通话后，小雨男朋友发过来一条语音，他说'唐小雨，玩野了？'，别说，声音还挺好听的，可是听起来有点儿危险的样子啊！我该怎么回？我没谈过恋爱啊！"

一屋子的直男警察摸着下巴，认真思考后，打了个响指，回答："就回'亲爱的，人家现在不方便嘛'，对，男生都喜欢听女生撒娇，就这样回绝对没问题！"

唐雨捏了捏眉心："……"这群人到底靠不靠谱啊？

老板儿子看她头疼的样子，还以为是她不愿意，起身走过来，自以为是地要帅。

"小妹妹，别害羞啊，这里都是自己人，来来来，你坐我旁边。"说完按住唐雨的肩膀，把人推坐在椅子上。

部长赶紧给她递了个眼神，示意她抓住机会，傻人有傻福，二老板的儿子居然看上她了。

黎芝芝盯着屏幕："我回了，可是他说……"

她点开语音，里面传出来少年懒洋洋的嗓音："亲爱的？唐小雨，这三个字得语音才动听，视频不方便，那就语音，说给我听听。"

嗓音撩人得要命，可黎芝芝没心思想这些！要是发语音不就露馅了吗！

看到屏幕跳出来语音通话，她连忙掐断："咋办，小雨男朋友让我接语音通话。"

警察出谋划策："你就说你去洗澡了，暂时不方便，反正能拖延一段时间就拖延一段时间。"

唐雨"嗯"了一声，算是回应。

黎芝芝得到允许，就照原话回过去，果然那边暂时被安抚了下来。

"嗯？"老板儿子喜笑颜开，手都不规矩地搭在她椅子上了。

"小妹妹，你也觉得我很帅啊。"显然是误会了唐雨这个"嗯"的含义。

圆桌上，几个人已经在讨论上个月的利润了。

大概是觉得她构不成威胁，而且检查过没有电子设备，并不避讳她。

他挪动椅子凑近了点儿，手撑着太阳穴，看她："那你说说我哪儿帅了。"

唐雨偏头看他一眼，眉眼微弯，笑容人畜无害："你像我们村里的油菜花。"

又油又菜，还花。

"啥？"现在流行这么夸人了？

男子瞬间心领神会："我懂了，你在夸我有才华。"

监控室里的警察叔叔一脸嫌弃的表情，这人上辈子是个咸鸭蛋吧，从里到外都冒油。

唐雨收回视线，看着那两个老板："他们都在好好听数据，你不听，就不怕被提问吗？"

敢情她以为是上学呢，还提问。

男子被她逗乐了："嘻，这有什么好听的，每个月都是这样。"

警察敏锐地捕捉到"每个月"几个字。

唐雨指尖转着杯沿："看来我们厂子的效益还真不行。"

"不行？"男子一乐，"你知道我们每个月赚多少钱吗，你就说不行。"

唐雨："上个月总收入四百五十三万二千元，去掉成本三百万，每月净盈利一百五十三万二千元，这还不包括人工成本和厂房租赁以及水电成本。"她摇头，"这利润太低了，分到你手上也就几万块吧，够你泡妞的吗？"

男子无语："谁给你说厂子只赚这些钱，小爷有的是钱！"

唐雨一脸无辜："我算得绝对不会出错，你别打肿脸充胖子了，你没钱。"她甚至还担心，"万一厂子发不了我们的工资怎么办啊？"

哪个富二代要是被人当面质疑"没钱"，那简直就是一种侮辱！

"我们这么大的厂子还差你这点儿钱？你是算得没错，可……"男子凑过去，闻到她身上淡淡的甜香，一阵心猿意马，"要是不需要成本呢？"

唐雨敷衍地做出夸张的表情："哇，这么天才的主意到底是谁想出来的，没有成本欸，那四百五十三万二千元可就是净利润，你家好有钱啊，这些钱能买一辆奔驰了吧？"

厂妹就是没见识。

男子沾沾自得："什么奔驰。"

他大拇指朝外边指了指，嘴角上翘，炫耀："外边那辆黑色跑车你进来的时候没看见？那就是我的。"

他往她身边又凑近了一点儿："回头吃完饭，哥带你出去兜风怎么样？"

唐雨屁股往后挪了挪，低头小口小口地喝果汁，像没听他说话一样，更没有意料之中崇拜他的眼神。

监控室的一个警察凑到组长跟前小声吐槽："组长，再不实行抓捕行动，咱们的卧底马上就成小老板娘了。"

自从进厂之后，唐雨的职位是一路飙升。

组长："……你可闭嘴吧。"

看唐雨这冷淡的反应，男子顿时有点儿挫败感，自尊心烧了起来："除了那辆车，我还有一栋别墅，我们家在县里可是数一数二的富豪，县城里面的有钱人见到我都得叫我一声哥，你要是坐我跑车上兜一圈，以后全县城的人见你都得给三分薄面！"

唐雨撑着下巴，另一只手晃着杯子里的果汁，有些无聊地掠他一眼。

"现在一辆车和一栋别墅就能成为富豪了啊，标准这么低了吗？"

"什、什么？"

唐雨眨巴着澄澈的大眼睛，上下打量他一眼，皱着眉摇头："感觉你也不是很有钱的样子。"

男子气笑了："你个厂妹懂什么。"他把手腕上的表盘亮出来，"知道这是啥表不？一块就一百多万，够你打一辈子工的，还有我这双鞋，最新款，一双十几万！"

唐雨"哦"了一声，兴致缺缺的样子。

男子舔了舔嘴唇："除了这些，我家里的现金堆成一堵墙了，几辈子都花不完！"

监控室里的警察低声道："小雨，你做得很好，就这样继续引导他说下去。"

而黎芝芝也庆幸地看着唐雨的手机，对方没再发来什么为难的信息了。

结果这种庆幸还没过几秒钟，忽然进来一条微信语音："唐小雨，今天的照片你没发我。"

好在黎芝芝早有准备，立刻把修好的照片发过去了。

刚发过去，那边传来冷冷的笑声："不是说在洗澡不方便吗？"

黎芝芝吸了口凉气："……"糟糕！

唐雨这男朋友搁这儿钓鱼执法呢！

边炀："接视频。"

没给她反应的时间，视频就打过来了。

黎芝芝手忙脚乱地挂断，完了完了，这可咋整？

这时候唐雨他们正是关键时期，不能再打扰他们了。

黎芝芝脑袋灵光一闪，点击关机！

要是回头唐雨男朋友秋后算账，那也可以说手机没电了之类的，黎芝芝为自己的机智点赞！

而唐雨按照警方的提示，继续说道："一个月的净利润即便不算成本，均分到两位老板身上，各二百二十六万六千元，按照老板给你百分之五十零花钱算，你到手一百一十三万三千元，也就是说，你一个月的生活费只有一块表……"

唐雨抿了口果汁，睁着一双充满质疑的大眼睛："所以，你到底哪来的自信觉得这钱可以花几辈子的？"

那表情明显是"你在吹牛"。

男子抓了把头发，被她说的话无语笑了，头一次被人质疑到无话可说的地步。

正在这时，他爸和他大伯正低声说着六车间的事。

他敲了敲桌子，看着这个厂妹："六车间的利润可不像你看到的这么简单。"

她拿起一只大闸蟹，用小剪子把外壳剪开，手上油乎乎的，好像都没听他说话，往嘴里塞了一大口蟹黄。

果然贵的食物有贵的道理，肉质细腻，汁水饱满，鲜美的味道在唇腔里爆开。

嗯，下次她也要给边炀买大闸蟹。

"有什么不简单的，一个车间还能赚够全厂的利润啊？"她把蟹黄吞下去，才不屑地说。

"嗨，你还真猜准了，其实六车间地上的部分只是个幌子，真正赚钱的……"他得意地说，"在地下呢。"

唐雨吃东西的手一顿，重复一遍："在地下啊。"

"是啊，地下才是我们的根本。"见她终于来了点儿兴致，男子的手不由得摸到她的手上。

小姑娘的手软得不行，他简直爱不释手。

唐雨眼里是难以藏匿的恶心。

警察马上提醒她："再忍忍唐雨，我们已经派人去搜厂了，你问问看地下的入口在哪儿？"

还忍？她现在就想把叉子插他手上，她直接开口："入口在哪儿？"

一分一秒都忍不了。

男子还摸她的小手，别的都挺好，就是有点儿油，她刚吃了大闸蟹，"你问入口干什么啊，你只需要知道哥的钱足够养你就行了，以后跟哥混，你就——"

谁知道唐雨蓦地起身，厌恶地抽回手，桌子上的果汁杯和餐盘猝不及防被她的动作带了下去，摔了一地。

果汁也弄到了男子一身名牌上，他登时怒火中烧："你干什么！"

包厢里正在谈话的老板顿时都警惕地看过去。

警察的枪再次握紧！唐雨暴露了！

唐雨用力瞪着那男子："我不想知道你说的那什么入口，什么六车间，也不想知道你刚才炫耀说你们赚了好几千万，还想把钱独吞，不分给大老板！"

大老板反应过来，猛地拍桌子："老二，你这是什么意思，你想独吞钱？！"

二老板一脸蒙："胡说八道，我怎么可能独吞钱！"

大老板冷嗤："你儿子都这么说了，你还想藏着掖着？我早就看出你不对劲了，不赚钱的生意都在我名下，赚钱的生意你一手张罗，还不让我的人插手，老刘也是你的人吧？"

他把桌子上的报表扔在老二脸上："这上面的数字还不是你想填多少就填多少？！糊弄谁呢！"

二老板急了："大哥，你怎么能这么说我！这些年咱们兄弟一起赚钱，我哪次少你的了？"

大老板正想开口，唐雨打断："原来地下的生意都是二老板的啊，怪不得……"

她说了一半，就不说了，还用同情的眼神看大老板，就跟在大老板那火气上倒了油一样。

他颤抖着手，指着唐雨，眉眼凌厉，恐吓十足："你继续说，怪不得什么？！"

财务部部长在巨大的惊变中都没回过神，登时冷汗涔涔，赶紧给唐雨打手势。

唐雨像没看到一样，不紧不慢地指着男子说："刚才他说的啊，他还告诉了我六车间的入口，让我跟他们实现共同富裕，还说以后就不带大老板一家玩了，毕竟大老板也没什么用了。"

大老板抓起杯子，直接摔在地上！

"好你个老二，当初要不是我冒着风险帮你建地下工厂，你能有今天？"

"我就说你怎么忽然改入口了，那入口原本在后门好好的，你非要改到六车间，原来是防着我呢！"

老二赶紧解释："那是因为后门之前差点儿被警察发现了啊，我才改到厂内的！大哥，你这不是冤枉我吗！"

唐雨耳朵动了动，小声嘀咕："难怪六车间这么特殊。"

不只是账特殊，连入口都藏在那里。

调查组组长马上通知派去厂里的警察："三组四组去六车间找入口，实在找不到就联系爆破组，就算把那地儿给我炸平了也得把地下工厂给我挖出来！"

"是，组长！"

厂里因为警方的出现，已经乱成一团，而包厢里的两位大老板还在扯头发、砸杯子。

财务部部长看愣了。

二老板的儿子也惊了，赶紧上去拉架，被大伯顺带着打了好几巴掌。

可见这些年他有多大的委屈。

唐雨坐在椅子上，两个老板面和心不和，还是工友告诉她的呢。

她把桌子上最后一只大闸蟹放进自己盘子里……

"组长！入口找到了！果然是地下工厂！"耳机里传来厂里队员的惊喜声。

组长长舒一口气，立刻吩咐在饭店待命的同志："收网！"

在两位老板还在掰扯的时候，房门被一脚踢开，瞬间涌进来十几个持枪武装警察。

"都抱头蹲下！不许动！"包厢里所有高层一锅端。

唐雨已经吃完了大闸蟹，抽出湿巾擦手，瘫在椅子上肚子圆圆的，看那些被逮捕的罪犯，终于结束了，再吃下去肚子要撑炸了。

两位老板和二老板儿子还处在不知所措中，就看到一位警察走到唐雨身边，含笑拍了拍小姑娘的肩膀。

"做得不错，你很有潜力，要不然考警校吧，以后留我们局里。"还抛出有利条件，"可是有编制的哦。"

唐雨站起身，挠了挠头发："组长，我这都是侥幸。"

"面对歹徒不露怯，这可不是侥幸，是勇敢。"组长欣赏地看她。

要不是唐雨这张太具有欺骗性的脸，又因为超强的学习能力被财务部重用，卧底工作也不会展开得如此顺利。

唐雨摇头："其实我还是挺怕的。"要不然也不会穿这身衣服。

这是她和边炀的情侣装。

穿上就好像把她带回了回音谷那天，就好像边炀在身边，她才不会那么害怕。

组长诧异地看她，压根不信："你还怕？怕还吃这么多？"

唐雨摸了摸自己鼓鼓的肚子，后怕一样地叹了口气："……怕归怕，我这不是更怕浪费食物吗。"

组长嘴角抽抽。

蹲在地上被警方按住的老板们和其儿子，呆呆地看着唐雨跟警察的互动。

她……竟然是卧底！几个人暗暗气得磨牙。

尤其是财务部部长，看她的眼神……深恶痛绝！还说她缺心眼呢，敢情他才缺心眼！

还把人专门从流水线调到财务部……

组长做最后的料理工作。

那群人被押走的时候，唐雨站在油腻男子跟前，男子恶狠狠地看她，简直恨死这个卧底了。

唐雨朝他甜甜一笑，语气不急不缓："很不幸地告诉你，根据法律规定，你刚才炫耀的跑车还有手表都属于非法所得哦。

"还有我刚才没有夸你帅，说你是油菜花，是觉得你很油。"

唐雨坦诚的样子，字字句句肉眼可见地变成了刀子，直接往他身上扎："不仅油，你还丑！"

男子恨得牙痒痒，从齿间蹦出几个字："你给我等——"

下一秒，"啪"的一声，他的脸被打偏。

全屋子的警察都愣了。

就见平常说话都软软糯糯的小姑娘甩了甩手，说："我男朋友教育我，谁要是对我动手动脚或者说一些污言秽语，就让我一巴掌扇过去。刚才我一直在忍，现在终于不用忍了，对了，除了这一巴掌，还有……"

她歪着脑袋，好像在努力想男朋友当时的交代。

然后想到了，恍然大悟，学着边炀的语气骂他："我烦死你了！滚吧！蹲你的监狱踩缝纫机去吧！"后边两句是她的临场发挥。

被打的男子登时恼羞成怒，对她破口大骂。然而警察没给他这机会，强行用东西堵住他嘴巴，然后把人扔进了警车。

饭店抓捕完毕，耳机里传来厂房那边的汇报，那边也已经将现场控制完毕。

组长看唐雨时满脸笑容："待会儿你师兄来接你，你回去宿舍先把你的东西带走，厂子那边今晚上就要肃清了。"

唐雨点点头，走了两步，又走回去，纠结地站在组长面前。

"怎么了?"组长询问。

唐雨微仰起头,看着闪闪发光的警察叔叔:"你们查封厂房后,按照规矩是不是要没收他们所有的财产了?"

组长点头:"这是当然,那些都是非法所得,而且两兄弟涉黑,我们已经掌握了相关证据,自然,他们的东西都要上交,然后赔偿给受害者家属,这些明天一早就会发通告的。"

唐雨眨巴几下眼睛:"那我这个月的工资……"九千块呢。

好家伙,这姑娘是一点儿亏都不吃。

组长好笑,嗓音带着点儿无奈:"不差你这点儿钱,不只是你的,等核实完毕后,厂里无关工人的工资都会照常发。"

唐雨眼睛微微亮,像落满了繁星:"谢谢警察叔叔!"

"去吧。"

她真的太乖了,脸上挂着浅浅的微笑,耳边的碎发散下,更显得小姑娘清纯恬静,跟田里刚萌发的嫩芽似的,好似看一眼,就能从她身上汲取勃勃的生机。

这么漂亮又聪明的小姑娘要是他闺女多好。

组长没忍住拍了拍小姑娘的脑袋。

而与此同时,京华某高档会所。

昏暗的包厢里,角落里指尖拎着酒杯的少年,仰颈向后靠在沙发上,喉结微凸,在时不时扫过的光下,他的面部轮廓隐在暗处,瞧上去略显朦胧,只有喉结显得冷白分明。

身边的朋友八卦说:"江家少爷那事儿你们听说没?都在圈里传遍了。"

"什么事儿啊?"

"他之前不是砸了好几个亿捧了一个小明星吗,为了这个小明星还跟家里闹得很僵,你猜现在怎么着?那小明星火是火了,可得知他被家里赶出来,扭头攀上了另外一根高枝,把江少给踹了!他现在成了圈子里最大的笑柄!"

"要么说人心难测呢,江少之前还挺宝贝那小明星的,要什么给什么,可带人见识了更大的圈子后,这翅膀就硬了,江少稍微一松手,这不，人就飞走了，这不妥妥的给别人养老婆的大冤种吗。

"要我说还是门当户对好。"

这人话刚说完，后背就被人踹了一脚。

那人本想发作，可扭头看到踹他的人是谁时，顿时讪讪一笑。

"炀哥，这是怎么了，我没惹你啊？"

边炀拎着酒杯的手搭在膝盖上，眸色跟包厢的暗色一般，昏昏沉沉的。

"滚。"他一个字，刚才聊天的几个公子哥赶紧溜了。

边炀指尖划动屏幕，点开某个备注，脸色沉沉地拨出去电话。

"您拨打的电话已关机……"他把酒杯扔桌子上，发出不轻不重的声响。

顿时，包厢里鬼哭狼嚎唱歌的人都不唱了。

秦明裕摆了摆手，示意他们继续，然后坐在边炀身边："怎么了炀哥，谁招你惹你了？跟我说，我一定把他揍得亲妈都不认识！"

边炀摊开手："你手机给我。"

秦明裕把手机递给他，才疑惑地问："怎么了这是？"

边炀没搭理他，拨出去一个电话，提示依旧是关机状态。

秦明裕掠了他一眼："呦，给小雨妹妹打的啊，她关机了？可能是手机没电了吧，你别担心。"

边炀把玩着手机，眉心微微皱着。

秦明裕看他这心不在焉的样子，调笑："你是不是听说了江家那事儿，担心小雨妹妹在外边遇到更好的哥哥，就不要你了？"

话刚说完，就换来边炀一记冷眼。

"别拿谁都跟她比。"他嗓音挺沉的，眼底像结了一层冰霜。

秦明裕马上附和："这就对了啊，既然你们互相信任彼此，那你还担心什么？"

"马上就是你生日了，这两天她肯定会回来。"秦明裕拍了拍他的肩膀。

可边炀不大放心："她手机从来没关机过。"

她发的那些文字，也不像是她的风格。还有，她竟然三番两次挂他的视频和语音通话！

边炀一直怕她觉得自个儿管得太严，手伸得太长，毕竟小姑娘都有自己的空间，所以他把风筝线松了又松，这一个月都强忍着情绪，除了约定好聊天的时间，不干涉她的私生活太多。

可这会儿电话关机，风筝线断了，他忍不了了。

边炀拾起桌子上的手机，拨了清远高中校长的电话，又从那里拿到了汪晴的联系方式。

他打了汪晴的电话，并没有人接，就去加对方的微信。

汪晴的微信没有设置好友验证，朋友圈也没设防。

边炀无意间看到她最近几条朋友圈，那几张图，跟唐雨发给他的一模一样。

可是里面却没有唐雨，只有汪晴自己。

边炀的呼吸好似停了一下，迅速从相册里翻出来唐雨先前发给她的那些对比。

全都是一模一样的，甚至连草木的位置都没有变。

唯一的变化就是，照片里多了唐雨。

时间好似一瞬间静止了。

他垂敛的视线盯着那几张图，捏住手机的指节泛白。

修图技术再好的照片，这样仔仔细细地比对，也会发现痕迹。

边炀蓦地冷笑了声，心像是被狠狠刺了一下。

唐小雨，你就是仗着我信你，才这么骗我。

这时，汪晴的电话回复过来："喂？是出版社吗？"

她误以为边炀是自己先前联系的几家出版社。

边炀薄唇抿成一条直线，似在压抑着怒火："唐雨呢！"

这熟悉的声音……汪晴头皮一紧，顿时磕磕巴巴："炀炀炀炀哥，是是是你啊！"

他平静地重复："唐雨在哪儿？

"给你三秒钟时间，三、二……"

他的嗓音冷得好像能掉冰碴子了，汪晴本能地畏惧，迫于对方的威势，很可耻地全招了……

唐雨接到汪晴电话的时候，刚用肥皂把手洗了十几遍。

她人在宿舍，刚把衣服叠好，一件件放回行李箱里。

厂子突遭变故，被查封了，那么工人自然要离开。

宿舍里的声音嘈杂，唐雨拿着电话，找了个安静的地方，才接通。

"喂？"

电话里传来汪晴火急火燎的声音："你怎么关机了啊？！我打了好几个电话都打不通！"

"没事。"黎芝芝因为这事儿跟她说了好几声抱歉，总归都是为了抓捕行动，唐雨也没有怪她，"怎么了？是有什么急事吗？"

汪晴讪讪的："是这样的，有件事，哦不，是有两件事要跟你说，你做好心理准备。"

唐雨百无聊赖地用手揪着窗户上的小广告玩，问："什么事啊？"

汪晴，"……有一个好消息和一个坏消息，你要先听哪一个？"

唐雨想了想："今天遇到的都是好事，那就先听好消息吧。"

"好消息就是，你全国状元的名声经网上一传，不只是咱们县里高中的学生争先恐后要买你的笔记，临近县城还有市区高中的学生都找我买你的笔记！现在每天都有无数人加我的微信要找我买你的笔记欸！"所以她干脆连好友验证都关了。

"生意这么好，我一个人又忙不过来，最近两天就联系了几家出版社，准备正式刊印你的笔记，现在出版号都批了，也就是说你现在可是正儿八经的第一作者，要出书了哦！"

汪晴真为她高兴！而且这样正规起来，流水什么的也清晰明了。

以后她都不用去实习了，这也算是创业的一种，比她在任何大厂的实习经验都有用！

唐雨琢磨："这确实省事了好多。"

汪晴就不用来回跑复印社了，而且大学马上就开学了，也不能因为这事儿耽误汪晴的时间。

"谢谢你汪晴，这件事从头到尾都是你在忙活，今后利润我们五五分。"

汪晴："客气什么啊。"她有些怅然，"之前孟诗蕊欺负你的时候，我连气都不敢出，所以一直以来我都很歉疚，这次能帮到你，我不知道有多高兴。"

"都过去了。"唐雨仰头看着繁星满天，弯唇，"现在就是最好的时刻。"

"嗯，都过去了。"汪晴长舒一口气。

她的同桌啊，已经穿过潮湿昏暗的雨季，即将迎来她璀璨夺目的人生。

"所以呢，你说的坏消息是什么？"唐雨又问。

一说这个，汪晴刚才的感慨瞬间没了，支支吾吾着："那个……其实是这样的。

"刚才炀哥给我打电话来着，你知道的，我胆子本来就小，他一质问我就没忍住全招了，就是你没跟我一起旅游，实际上自己去民权县当卧底的事儿……反正能说的我全说了呵呵……不出意外的话，他现在应该在逮你的路上了……"

唐雨瞬间提了一口气："这么重要的事儿你怎么不早说！"她没控制住力气，把窗户上的小广告直接全扯掉了。

汪晴："……是你让我先说好消息的啊。"

唐雨眉心倏地一跳，差点儿给气晕过去，挂了电话后，咬着指尖在走廊里来回走，最后抱着一种上梁山前必死的决心，特别忐忑地给边炀发微信。

结果人家没搭理她。

唐雨又小心翼翼地给边炀打电话，那边很快接通了，但是寂静无声。

隔着屏幕，她都能隐约感受到对方身上骇人的气息，冷飕飕的。

唐雨吞了吞唾沫，谨慎小心地试探着开口："边炀？"

电话通着，对方无声。

"边炀，你在听吗？"通话上的时间一秒一秒地流逝，只有她的呼吸清晰可闻。

电话那边，边炀握住手机，贴在耳边，面容隐匿在明灭的路灯之中，眸色一寸比一寸深。

周身呼啸着的戾气，像是从十八层地狱里卷出来的。

秦明裕明显感觉此刻炀哥心情极差，偏头，却看到他攥住手机的手，在微微颤抖。

"男朋友？"她始终得不到回应。

忐忑中，唐雨自言自语，试探道："是不是没人啊，那我就先挂了？"

"唐雨。"电话里是他低沉沙哑的声音。

唐雨的呼吸很轻。

"你敢挂一个试试。"边炀鼻音却很重，似乎在克制着无数压抑的情绪。

怕他生气，她语气特地放乖一点儿，马上说："不挂不挂。"

他不再说话，就这样保持手机通话中，任凭唐雨说什么都不回。

完了，她第一次看边炀这么生气！

何止是生气啊，秦明裕到现在脑海里还都是当时边炀接完电话后，那种极为惊惶和恐惧的样子。

边炀从包厢冲出去，不知道冲撞了多少个路人，任凭他在后边怎么喊，都跟听不见一样，不管不顾就冲去停车场。

秦明裕不大放心他的状态，在他坐进车的那一刻钻进去把车钥匙给拔了。

他握住方向盘的手都在抖，这样子哪能开车啊。

秦明裕艰难地顶着边炀骇人的疯狂视线，好声好气地劝了他好久，最后才把人弄到副驾驶，自己当司机，一路开车去民权县。

他父亲跟边炀的父亲是发小兼死党，两家一开始住在同一个大院里，再加上他跟边炀的年纪差不多大，他打小儿就跟在边炀屁股后边转。

边炀天生就有一种令人绝对信服的领导力，除了他，还有很多富家子弟在他周围鞍前马后。

在他的记忆里，边炀从来都是矜贵散漫、高高在上的。

他继承了父母所有的优质基因，无论做什么都显得轻而易举，是圈子里公认的别人家的孩子。

甚至因为他的存在，不少世家都放弃了联姻的打算，转而在世界范围内搜罗智商高的女孩，只为生下同样智商超群可以继承家族的孩子。

边炀是倨傲的，是随心所欲的，是他们打小艳羡追逐的目标。

可在那一瞬，秦明裕觉得，他也和正常人一样，会恐惧，会无措，甚至会哭……

边炀无神地靠在椅背上，用抖得厉害的唇瓣呢喃着"要是她出了什么事，我怎么办……"的时候，秦明裕感觉，他战无不胜的炀哥一身傲骨尽碎，脆弱得可怕。

这世界存在那么一个女孩，可以让他溃败千里。

唐雨怕手机没电，边充电边同他说话，边收拾东西。

他一言不发的，让她心里很慌。

一直等到师兄开车过来接她，已经是凌晨四点钟了。

先前师兄在外省出差，听说收网后就马不停蹄地赶了过来。

厂子外边的路灯下，唐雨坐在行李箱上，下巴垫在扶手的位置，顶着两个很大的熊猫眼看手机，瘦削的身子被光照得很亮。

天黑沉沉的，开始下雨了。

唐雨感觉脸上凉凉的，就撑开伞。

缓缓开过来的一辆大巴车上，全是队里的警察，都跟她很熟了。

他们让司机停了车，趴在窗户上看她。

"小雨，你怎么等在这儿，你师兄没过来接你吗？"

"要不然跟我们一起走吧，天气预报待会儿有大雨，你别在这儿淋感冒了。"

黎芝芝也说："局里过几天办庆功宴，你可是这次行动的大功臣，晚几天再走呗！"

"是啊，晚几天再走吧，好舍不得你啊！"

"晚几天再走吧，起码开完庆功宴啊！"

车里的警察一声声挽留，让她心底仿佛有股暖流静静淌过。

她微仰起头，眼神澄净地摇摇头："师兄去见组长了，马上就过来。"

"庆功宴我就不去了，过几天就是我男朋友的生日了。"她眉眼含笑，"我着急回去见我男朋友。"

手机的通话还保持着，唐雨低头看了眼手机屏幕，已经保持通话五个小时三十分钟。

还没有挂断。

黎芝芝忍不住揶揄："天天听你提你男朋友，你男朋友到底是何方神圣啊，值得你这么惦记，难道比我们警局里的小哥哥还帅啊？"

唐雨点头，丝毫没给车里的警察留面子，特别认真："他最帅，全世界最帅。"

黎芝芝忍不住捂着嘴笑，故意逗小姑娘："成，以后你可就是我们警局和疾病预防控制中心罩着的人了哈，告诉你男朋友啊，他要是敢欺负你，我们第一个不答应。"

"就是啊小雨妹妹，你男朋友要是对你不好，就换，我们警局年轻小伙子都排队等着呢！"

"不不不！我男朋友天下第一好！全世界最好！"唐雨求生欲极强，据理力争，"这辈子都不换！"

生怕手机里人的给听见了，双手合十暗示他们千万别乱说。

这下更哄不好了。

黎芝芝他们不知道她在打电话啊。

这么年轻的小姑娘将来的路长着呢，现在哪个小姑娘不是谈三四个才结婚的。

"有句话不是说得好吗，这男朋友就跟工作一样，不得多试几个才知道哪个是更合适的？"

黎芝芝拍拍胸脯："不管怎么样，我们都是过命的交情了，他要是对你不好，你就跟姐说，咱们大不了就换了他……"

就在这时，不远处忽然传来一声低沉至极的嗓音，像是穿越黑夜，直达黎明。

"唐雨！"

听到这熟悉的声音，她下意识侧身看去，满车厢的人都不由得探出脑袋也看过去。

朦胧的雨雾中，少年一身黑衣，没有打伞，已经被雨淋透，站在一辆黑色埃文塔多的身侧，静静地看向她。

忽然，车灯打开了，雨水在一刹那间清晰可见，照亮了他颀长的身形。

唐雨愣了一瞬，揉了揉眼睛，以为自己看错了。

下一刻，少年朝她而来，一步一顿，被雨水洇湿的深沉眉眼紧紧凝视着她，仿佛眼里就只有她一个人。

在他走了几步时，唐雨就连忙小跑了过去给他撑着伞，白色的裙摆溅上了雨渍。

"边炀……"

她被用力按入他的怀里，带着雨的凉意，她被禁锢得很紧，那人力道大得几乎要将她整个融入骨血里。

“边炀，你弄疼我了……”她小声。

少年好像没听到，圈着她肩膀的手臂用力，近乎颤抖："那就忍着。"

嗓音嘶哑窒涩，如同裂帛。

以往每次她喊疼，边炀就会马上松手。

这是第一次在她喊疼的时候，边炀完全没有收力，反而要让她继续感受着这样的疼。

"唐雨，谁让你这么做的？你到底在感动谁？"他的声音很沉，在雨声中，低沉得像是梦呓。

她的身体陡然一僵。

"我母亲的事跟你有什么关系，别人得了病，跟你有什么关系？

"为什么要当这个英雄，为什么要为我做到这种地步，谁告诉你我需要了！"

他的嗓音轻颤，胸腔剧烈地起伏，圈着她的手臂克制不住地抖。

像高峰天寒地冻的濒死之际，像一场没有重生的浩劫，像她随时会消失一样……他把她抱得愈来愈紧。

"边炀……"她目光微微发颤。

"我不想知道什么真相！更不想要你去当英雄！

"如果你因为查我母亲的事，出了什么意外，你让我怎么办……

"你只要在我身边就好了，这样……很难吗？"

无边的黑暗像一张大网将他笼罩其中。

他眼眶发红，沙哑的嗓音很慢很慢，好似连呼吸都会疼。

"唐雨，你看不出来……我最需要的就是你。"

耳边是他剧烈的心跳，从他身上蔓延来的温度，像把她泡进了温热的水流里。

唐雨眼眶里渐渐蓄起一些水光，无法形容自己此刻的心情。

边炀在害怕。

所有人都在夸她勇敢的时候，边炀只有恐惧，恐惧哪怕一丝一毫她会出现意外的可能性。

他把她抱得这么紧，好似从骨子里都在轻轻颤抖。

唐雨手里的伞不知何时落了下去，双手用力回抱着他的腰身，周遭的一切如抽空声音后静静流淌的画面。

她脸上已经一片湿润，不知道是雨还是眼泪。

在这被潮湿雨季浸透的八月，在早已被漆黑吞噬的凌晨四点。

眼泪像湍急的河流，滚了又滚。

"对不起。"她哑着嗓音，眼眶酸得厉害，用鼻尖亲昵地蹭着他的胸膛。

"我不该骗你，不该让你担心，不该自以为是。"

唐雨心想："可是边炀，我一点儿都不后悔。"

"我想告诉你，戚阿姨没有生你的气，她那么伟大，令人尊敬，不该这样牺牲得悄无声息。

"边叔叔那么好，他对戚阿姨的爱毫无保留，赤诚而灼热，他同样爱着流淌着爱人血液的你。

"戚叔叔忍着失去亲人的伤和痛，哪怕知道保守的秘密对姐姐不公平，也不敢拿你的未来赌那么一丝一毫的不确定。

"好多好多人都在认真地爱你。

"边炀，你值得所有的爱，我希望你没有任何忧愁，无论过去还是将来，都可以肆意如风地走下去。

"哪怕这些……让我拿命去守护和珍惜。

"就像，你说你在认真喜欢我一样，我也有在认真地喜欢你。

"这是我除了哭，能为你做得最好的一件事。

"所以我哪怕很害怕，内心做过无数个最坏的幻想，只要一想到你，你还在京华等我回去，我好像充满了力量。

"我不想只当那个被你庇护在身后的小可怜，有时候我的肩膀你也可以靠一靠。

"所以啊……"

"边炀，原谅我好不好？"她嗓音温温软软的，"怕你生气，我还特意穿了最漂亮的裙子，打算回到京华就去找你，给你道歉的，可是你看，现在都淋透了。"

哪怕下着雨，也不耽误警车里的警察脑袋一个两个叠在窗户上朝那边努力瞅。

个个把脖子都伸得跟个长颈鹿似的。

"现在什么情况啊，那应该就是小雨的男朋友吧？"

"明明没看清长啥样儿，莫名觉得他很帅！"

黎明的雨雾中，周围被一层薄薄的雾气笼罩着。

少年以一种极没有安全感的姿势，弓下腰身，将脸颊深深地埋在小姑娘的颈窝里。

车灯明亮的光线穿透雾气，洒落在他们身上，仿佛披了层的朦胧纱衣。

他们紧紧地拥抱在一起，时间在此时凝固，好似在这个喧哗而潮湿的季节里升起最美的幻觉般。

周围的一切都变得不重要了。万籁俱寂。

坐在跑车驾驶位的秦明裕，满脸笑容地趴在方向盘上，酸溜溜地看着前方这美好的一幕。

像是电影里的慢镜头，却又真切地发生在他面前。

他绞尽脑汁，想用华丽的辞藻形容这样的画面，可终是词浅字薄，说不出少年的情愫炽烈、心潮澎湃。

总归就一句话——看得他都想谈恋爱了！

"动了动了！"那边一有动静，黎芝芝就激动不已，前排吃瓜，"小雨被推开了！"

"什么？被推开了？"

"怎么会被推开了？不是抱在一块了吗？"

黎芝芝像是战地记者，激动刺激地为后排看不见的群众讲解："没错，被推开后的小雨再次发起进攻，双手紧紧地搂着少年劲瘦的腰身。嗯，对方或许还有腹肌，但因为距离太远看不见，但我猜测大概。注意看注意看，少年的手扶着小雨的肩膀，似乎还在生气，要推开她，可是小雨抱得很紧，他推不开！"

警察们："……"

唐雨不知道自个儿在这儿哄男朋友的行为正被一队人马注视。

被推开后，她马上又抱上去了。

微仰着湿漉漉的小脑袋，被打湿的发丝贴在耳边，她正可怜巴巴地看他。

"边炀，你好凶啊。"明明刚才还抱她抱得那么紧，可现在却冷冰冰地推开她。

少年微微垂着眼帘，黑色发梢上的雨珠一颗颗落在她脸颊上，眸色如同一汪深不可见的寒潭，这样定定地看着她，片刻后，薄唇微动："松手。"

"不行。"她搂得更紧了。

最后干脆扑上去，努力踮起脚尖，双手圈住他的脖子，这个姿势他更不好推开她。

她有点儿耍赖的嫌疑，将脸眷恋地埋在他的颈窝里。

边炀喉结慢慢滚动着，最后他没办法了，双手从她的膝窝下穿过，把她径直抱了起来。

警车里面立刻传来黎芝芝激动的尖叫声，她捂住嘴，疯狂地拍身边的人。

"我的妈耶，抱起来了抱起来了！唐雨被塞车里了，那辆黑色跑车里！"

身边的男警察被她打得龇牙咧嘴。

被抱起来的到底是唐雨还是她啊，这么激动干什么。

唐雨被小心地放进副驾驶座，和驾驶座的秦明裕打了个照面。

边炀的身子还淋在雨里，可是他好像一点儿都不在乎，从车里翻出来条毯子，把她严严实实裹起来，力道不轻不重地给她擦头发。

刚擦了没几秒，忽然想起来什么似的，他松了手，把毯子罩在唐雨的脑袋上："自己擦。"

她从毛茸茸的毯子下面露出澄澈的眼睛看他，已经顾不上秦明裕还在这里了，一脸乖的样子，冲他撒娇，嗓子还有点儿干涩，发出来的声儿没有她想象的那么温软。

"可是我想让男朋友帮我擦。"比起那些微不足道的矜持，她显然更想要的是边炀。

可边炀头一次对她这种讨好视而不见。

他面无表情地把车里的外套也罩在她脑袋上，弯腰调开暖风。

等她把外套从脑袋上扯下来的时候，边炀已经关上车门，拾起她先前扔掉的雨伞，抬步朝警察那边走了。

唐雨想下车，被秦明裕制止，对方还锁上了车门。

"小雨妹妹我建议你还是老实点儿吧，炀哥现在极其生气，我跟他在一起这么多年，还是头一次见他这么失控的样子，你还是暂时别招惹他比较好。"

唐雨整个人被裹在毯子里，头发还在滴水，耷拉着小脑袋，整个人很颓："那怎么办啊？"

秦明裕摊开手："你是没见他来的时候那样子，我都吓死了！这次难办喽！"

隔着雨雾，唐雨看出去，少年的身影模糊在连绵雨色里。

他该不会要跟她提分手吧……

这个念头把她吓了一跳，她马上自顾自地摇头："不会的，他肯定不会跟我分手的。"

话虽然这说，手已经紧紧地捏住了濡湿的裙角。

"分手应该不至于。"秦明裕摸着下巴分析，"炀哥要是真想跟你分手，还能追到这里来？还把你抱进车里，给你毛毯？他要是真绝情起来，没用毯子把你闷死就不错了，所以啊，事情有回旋的余地。"

唐雨觉得言之有理，虚心求教："那我现在该怎么办？"

"哄呗，还能怎么办！"

连绵雨色中，大巴车里的人瞧见少年撑着黑色的伞，朝他们的方向走来。

直到站定在唐雨的行李箱跟前，伞面缓缓抬起，少年的容貌渐渐清晰。

昏暗的路灯在他棱角分明的五官上晕了层边界不明的暗影。

这是一张极为年轻和精致的脸。

五官冷沉，好似处于青涩和性张力的交界点。

眉梢眼角稍显了少年该有的倨傲，可那双浸了夜色的眸子分明不带任何情绪，却带着上位者身上令人不寒而栗的气场，有种天然的强势。

边炀一只手慵懒地插在口袋里，另一只手撑着伞，目光淡淡地扫过警车上所有的男性。

最后稍弯起唇角，举手投足显得矜贵有度。

"这段时间，我们小雨给你们添麻烦了。"

不知道为什么，大家伙从这短短的一句话里，闻出了很浓的火药味。

尤其是"我们小雨"这几个字，好像被刻意加重，在彰显主权一样。

黎芝芝直接看呆了。

少年身上本是宽松版型的上衣此刻被雨水淋得贴在身上，隐隐勾勒出腹肌线条。

难怪唐雨嘴里成天念叨着她男朋友……

除了身材，还有这张脸，真是麻雀吃了蟋蟀，雀食蟀啊！

黎芝芝心里暗暗感慨。

"不麻烦不麻烦，这次还多亏了小雨呢，要不然事情不会那么顺利！"黎芝芝连忙说。

边炀目光淡淡地扫过她，嗓音磁性好听，却透着一丝凉薄："您就是小雨口中的芝芝姐吧。"

黎芝芝眼前一亮，有些羞涩："哎呀，小雨还跟你提到我呢，她都夸我什么了？"

边炀笑："夸您人美心善，总是替她找男朋友。"

黎芝芝扬起的笑容僵在脸上，被他的眼神看得更是心头一跳，只觉得被盯上的那一瞬间，脑袋像被开了个洞，嗖嗖地往里面灌风。

反应再慢，也猜出这人是来秋后算账的了。

"哪有的事啊，我能是这种毁人姻缘的前辈吗……哈哈哈哈。"

黎芝芝一阵尴笑，疯狂揪身边的人帮她说话，可身边的小哥直接撇开她的手，双手交叉，装作无聊地放在脑后。

一副死道友不死贫道作壁上观的态度。

把黎芝芝气得够呛。这群人刚才可不是这样的！

少年的嗓音淡薄："我们小雨很聪明，又很固执，无论一条路多难走，就算咬碎牙，她都会混着血吞下去。"片刻后，他顿了顿，轻声道，"这点上我跟她不同，我不喜欢的事，没有人能逼我走到最后，可唯独喜欢她这件事……"

边炀一字一句，昏暗的光线下，他眸色波动明显："没有人能动摇我。"

少年的嗓音，透过薄薄的雨雾，清晰得让车上的每一个人都足够听见。

"所以，我不会给任何人抢走她的机会。"

如果刚才觉得那阵火药味可能是错觉，这会儿可以说是硝烟弥漫了。

黎芝芝愣了一会儿，连连摆手："没有没有！不抢不抢！我也觉得你们挺般配的！"

她现在哪有这个胆子抢啊，这眼神快要把她给撕了！

"先前我们那些话都是开玩笑的啦，你千万别介意，你要和小雨好好谈！"

边炀"嗯"了一声，从口袋里伸出的手握住小姑娘行李箱的扶手："那就借你吉言。"

直到边炀的身影走远了，黎芝芝才拍了拍胸脯。

"现在的大学生气场都这么强了吗，刚才我感觉我要是给小雨介绍男朋友，下一秒我脑袋就能搬家啊。"

其他人揶揄："小雨这男朋友占有欲可不是一般的强，你还是赶紧打消这心思吧。"

警察看人很准的，黎芝芝也深以为然。

"以后可不敢开这种玩笑了。"

他们正说着，忽然有人敲了敲车窗，几个人朝外边看去。

只见一个穿着短袖，在风里苦苦撑着一把摇摇欲坠的伞，冻得瑟瑟发抖的少年礼貌地询问："那个……警察叔叔，方便把我送到最近的机场吗？"说完，秦明裕就想泪流满面。

他炀哥把他从驾驶座扔出来后，他还没反应过来呢，怀里就被丢进一把伞，然后黑色超跑当着他的面儿扬长而去。

任凭他怎么追车，对方都完全没有要停的意思……就这么把他扔在这儿了！

这该死的鬼天气，和他炀哥的心一样冷！

　　从民权到京华，他连续开了七个小时的车，其间任凭她怎么找话题，边炀都没搭理她。

　　一直到中午十一点钟左右，车子缓缓地停在清北家属院。

　　边炀开了锁，并没有要下车的意思，偏头看她一眼，冷淡的眼神很明显，让她下车。

　　唐雨细白的双手紧紧攥着安全带，生怕被扔下去："我不下去。"

　　边炀看了她一眼，然后自顾自下了车，提着她的行李箱，抬步往单元楼里走。

　　唐雨见状马上松了安全带，从车里下来，追过去跟在他身后。

　　她用钥匙开门的时候，还一直留意他，生怕他跑了一样。

　　房门打开，边炀把她的行李箱推进去，转身离开时，被唐雨从后抱住腰身。

　　他略微低头，瞧见小姑娘在身前交叠的双手，后背贴着她温软的身体。

　　在车上两个人的衣服已经被暖风吹干了。

　　"唐雨。"他刻意用了这种有距离的称呼，说明他的心情很糟糕，"松手。"

　　唐雨置之不理，紧紧抱着："我不松，你要是舍得的话，那就掰断吧。"

　　她就是仗着他不舍得，才敢这样说。

　　边炀仰颈微微吐了口气，平静地道："先把手松开。"

小姑娘小心翼翼地问："那我松开，你会走吗……"

边炀顿了下："不会。"

她这才缓缓地松开手。

边炀转过身，颀长的身形将她轻易笼罩，嗓音平静："唐雨，还记得之前孟诗蕊那事儿后我告诉过你什么吗？"

小姑娘微仰起头，紧抿的唇瓣已经绷成一条直线。

她记得。

边炀缓缓开口："你答应过我，以后做什么都三思而后行，不把自己放在危险的境地，不会再冲动。"

唐雨听着这些话，低头捏着手指，唇瓣咬得发白。

"可你怎么做的？

"你没有做到，你言而无信，你说的那些话都是谎话，只是敷衍我的。"

唐雨的心口一痛，鼻尖忽然酸酸的："对不起。"

边炀的声线很冷，他不笑的时候，给人的距离感很强，更别提此刻，他心情极差："因为我信任你，所以无论你发来什么样的信息和图片，我从来没有怀疑过你会对我撒谎，可是你骗了我将近一个月。"他盯着唐雨的眼睛。

"我一直以为你在外边旅行，和照片上一样快乐。"

哪怕照片里没有他，只要她开心，他就觉得同样开心，可她却时时刻刻置身于危险境地。

"如果你出了任何意外……"他的喉咙忽然哽住，哑声，甚至不敢继续说下去。

唐雨马上急切地解释："不会有任何意外，警方会保证我的安全，还有那些高科技，他们随时都能知道我的动静，一有意外会率先保证我的安全！还有芝芝姐，我们吃住都在一起，也能互相照应，你看我，这段时间还胖了好几斤，我现在已经九十二斤了。"

像是急于证明，小姑娘拉着他的手就贴在自己肚子上。

隔着层薄薄的布料，是她腰腹上绵绵的软肉。

"我还长高了两厘米。"唐雨又把他的手放在自己脑袋上，跟他的个子比一比。

先前只能到他胸腔那里，现在她可以到少年锁骨的位置了。

"还有，我每天都有按时喝中药、喝牛奶。"

边炀仍旧无动于衷地落下手，薄薄的眼皮下压，不带任何情绪，看着就让人不敢接近。

这让想贴近他的唐雨忽而心生胆怯。事态远比她想象的更严重。

边炀不仅松开了她的手，站在几步之外面无表情地看她，面容还冷若冰霜。

唐雨咬了咬唇瓣，打算使出撒手锏了。

她舔了舔有点儿干裂的唇角，忽然上前几步，不管他如何冷淡，踮起脚，攀着他的肩膀。

鼓起勇气问："你之前说的那个利息还收不收了……"

说完这些话，她自己的脸先红了，但还是硬挺着："还有，我现在已经升级完毕了……"

她抬手轻轻抚上他的脸侧，很凉。

他眼底一片乌青，这一路上都没有休息过，像是要迫不及待地把她带离任何危险的地方。

唐雨心尖尖泛着疼，忽而很想吻一吻他。

唐雨失败了。

在要吻到他的时候，少年拎着她的后脖颈，竟然把她无情地丢开！

一想到当时的场景……唐雨嗷呜一声，脑袋一头扎进被子里。

一次勇敢，换来一生内向……恨不得把自己直接闷死算了。

还是奶奶把她从被子里拯救出来的，奶奶用手指轻轻抚去小姑娘脸上的碎发："我们小雨怎么了？这么难过啊？"

唐雨扑进奶奶的怀抱，都是消毒水的味道，可让她觉得很安心。

奶奶笑着抚她的后背："是不是我们小雨去做的事情，被边炀发现了？"

唐雨闷闷地"嗯"了一声。

她去之前，把这件事跟爷爷奶奶说过。

当时爷爷奶奶很担心，却没有阻拦她，只是慎重地问她是不是考虑清楚了。

毕竟她要做的事情有着未知的危险。

可她坚持要去，爷爷奶奶犹豫了很久，还是同意了她的决定。

奶奶说："我们小雨从小到大就是个有自己决断的人，或许对未来的你来说，此刻的决定不是最好的，但奶奶知道，一定是此刻的小雨最问心无愧的，我和你爷爷都很高兴，我们小雨也有要努力去守护的人了，就像爷爷奶奶也在守护着小雨一样。

"发生这种事的换作是小雨，我和你爷爷也会拼了命地保护你、维护你，换作边烊，奶奶想，他也会这样保护我们小雨。"

老人家摸了摸小姑娘的脸颊，慈祥地笑笑："所以边烊会原谅你的。"

"可是他已经不理我了。"她垂着小脑袋显得失落极了。

奶奶诧异："我们小雨这么漂亮可爱，谁舍得不理我们小雨啊。"

边烊昨个儿晚上还来看他们呢，和平常没什么区别呀。

真要是跟小雨闹掰了，哪还会搭理他们老两口。

就是还堵着一口气。

老人家一眼就看出来了，边烊这是想给小姑娘一个教训，所以不会那么轻易就把这事儿掀篇过去。

唐雨揪着手指，抽了抽鼻尖："可他就是不理我了。"

昨天把她扔小猫一样无情地扔开后，他板着一张脸，头也没回地离开了家属院。

唐雨追出去的时候，他已经开车离开了，停都没停。

"对他来说，你瞒着他去做那么大的事，还撒了谎，人家还不能生气，还不能不理你了？"

奶奶嗔怪地点了点她的鼻尖："越是担心在意你的人，才越会把你的任何事都放在心上。要我说，边烊没错，就该多晾着你一段时间，让你好好反省反省。"

"奶奶，你到底跟谁一伙的啊？！"小姑娘抱着奶奶的胳膊撒娇。

手术之后，奶奶每天都按时做复健，精神头也一天比一天好。

唐雨说："你该帮我呀，帮我把人哄回来呀。"

奶奶哼了一声，把胳膊抽出来："自己的男朋友自己哄。"

唐雨的小脸顿时一红："奶奶，你说什么呢！"

奶奶笑眯眯地看她："难道我们小雨不喜欢边烊吗？"

"当然喜欢了！"

奶奶悠悠的："那是以后还会喜欢别人？"

唐雨马上摇头："不会喜欢别人。"

虽然不知道未来会发生什么，可她就是如此肯定，比咬牙在高考中硬扛下去还肯定。

她一定会和边炀走下去，但前提是得先把人哄回来……

"那不就得了。"奶奶眯着笑眼拍了拍她的手，"只要你用心，他肯定能感受到你的诚意和决心的。"

唐雨嘴里咕哝了几个字，声音很小，奶奶听不清，但见小姑娘已经元气满满地起身，好像重新鼓足了干劲。

"嗯，我能做到。"

一次不行就两次，两次不行就三次。

奶奶靠在床上，弯着眼睛，好像又从他们身上看到了自己年轻的时候。

在那个包办婚姻的年代，她和老头子自由恋爱，像是异类。

被村里村外人指指点点的，但他们还是毅然决然地结婚、生子。

虽然生的儿子不是个东西，但好在孙女填补了他们此生的缺憾。

爷爷正巧遛弯回来，瞧见小姑娘斗志昂扬的样子，也忍不住笑起来："我们小雨又恢复斗志了。"

"嗯！"唐雨说，"后天是边炀的生日，我肯定能把他哄好。"

爷爷笑："那我们小雨要加油哦，反正边炀这孙女婿我是看中了，你就是连捆带绑也得把人给弄回来，知道吗？"

"……爷爷。"唐雨又羞又无语。

"对了爷爷，我看家属院里的院子你都收拾好了。"还搭了架子。

爷爷点头："是啊，那院子还挺大的，空着多浪费啊，我种了你奶奶爱吃的秋黄瓜，你爱吃的西红柿，还有边炀那小子喜欢吃的南瓜。"

除此之外还有香菜和生菜，院子被他规划得满满当当。

唐雨想了想问："那现在能不能种芍药呀？"

"这个季节正是种芍药的时候，小雨想种芍药？"

小姑娘弯起的眼眸像月牙："嗯，边炀喜欢。"

老人家乐呵呵，精神头也远比在凉城的时候好："好，那爷爷给你在院子周围种一圈芍药，等出了花，让我们小雨摘了送情郎。"

　　唐雨脸颊红红的，点头。

　　嗯，送情郎。

　　警方在第二天清晨就公布了抓捕信息，以及非法采血的地下黑心工厂。

　　这群人伪造不少假的献血车，用一些廉价的面包或者小礼品当幌子，吸引县城和农村家庭困难的人献血，殊不知用的器具没经过正规处理，采血流程不符合医学规范，导致了不少交叉感染的病例。

　　到目前为止，统计的受害者就有三十三人，其中十五人已经死亡。

　　鉴于性质恶劣，影响极大，目前所有相关人员已经入狱，等待法院进一步审判。

　　黑心工厂收缴的现金以及财产，一部分将用于补贴受害者以及受害者家属。

　　此等消息一经传出，瞬间引起轰动。

　　被恶意感染的人不是罪犯。病毒是错的，但被恶意感染的人是无辜的。

　　他们在这样的不幸里挣扎求生，已经是无止境的折磨，若是再遭受白眼和嫌恶，便会将他们本就充满厄运的生命的最后一丝光都残忍地掐灭。

　　而这件事，亦让人明白，生命之可贵，之渺小，之脆弱，我们更当保持敬畏，时刻珍惜。

　　深处病痛囹圄的人尚且艰难求生，我们有什么理由，可以放弃生命？

　　网友们纷纷为揭发和查封黑心工厂的警方点赞。

　　如果不是他们，不知道还有多少人会被感染艾滋。

　　他们争取到的光，照耀在了每一个人身上。

　　然而在这件事热度最高的时候，忽然一条致歉微博引起了不少网友的注意。

　　对方应当是刚注册的，没有头像，也没有简介，只有一条举着身份证，像是实名举报的视频。

　　画面中男人瘦骨嶙峋，穿着一件洗得发白的黑色坎肩，被太阳晒得黝黑的皮肤已经看不清原本的纹理。

"我叫张德兴,民权县人,也是这次工厂非法采血的受害者之一。"

这是自拍的视频。他看上去很局促,拿着身份证的手指,指甲已经被磨得很平。

"起初我并不知道自己患病,患病期间防护不当,传染给了我的女儿。在今年一月份,女儿突发急症,我和妻子带着孩子去了京华最好的医院。

"因为担心这个医院不接收我们,所以我们对主治医生和医院隐瞒了女儿的病情,手术过程中发生医学暴露,导致主治医生戚明宛也感染了……"

汉子的声音变得有些哽塞:"事后,我们担心戚医生的家人和医院会为难我们,我妻子也无法承担害死戚医生的歉疚,选择跳楼自杀,而我因为妻子的缘故,一直拒绝向受害者的家属道歉,把妻子的死归咎在他们身上……"他直视着镜头,眼眶已经发红。

"可那个小姑娘说得对,害我们一家人的是黑心工厂,不是医院,也不是戚医生,我不该把自己的不幸加注在别人身上。"视频里,他颤抖的声音里是无限的自责和悔恨。

"戚医生是很好的人,如果不是我们刻意隐瞒病情,她就不会死……"

说完他深深鞠躬:"我和我妻子向戚医生以及她的家人致歉,这一切的后果我愿意全部承担,我愿意承担任何法律责任,只求我的女儿能继续得到治疗,希望她将来能像正常孩子一样生活,不会继续遭人白眼和歧视。"

视频一出,全网哗然。

有人痛骂他刻意隐瞒病情,导致医生无辜受到牵连。

有人同情他和女儿都被感染,妻子跳楼自杀,求助无门。

好像所有的不幸都发生在了他的身上。他有罪,亦可恨、可怜、可悲。

网民的热议越来越偏轨,从一开始得知他是受害者的同情控诉,到得知他隐瞒病情牵连无辜医生,逐渐发展到了质疑谩骂!

就在这时,清北医学院官方微博发声:"'人性的矛盾性在于,真诚中有矫揉造作，崇高中有无耻，抑或，哪怕在恶毒里也可以找到美德的成分'，我们都不是完美的人，受害者更不应该被打上'完美'的标签，请广大网友停止对受害者攻击谩骂，让逝者安息。"

在网民攻击谩骂张德兴的时候，戚医生的学生和曾经的患者也纷纷站出来发声：

"戚医生哪怕忍受着疾病的折磨，也坚持把手术做完，她用命救下来的人，不是让你们攻击和网暴的。"

"戚老师的事迹能够公开于众，张德兴能够出面道歉，已经是极大的幸事，我们很感激警方能够查清事情的始末，相信老师在天之灵一定会得以安息了。"

"我是戚医生的患者之一，命是戚医生从生死线上拉回来的，戚医生是个大爱无私医德崇高的人，她如果还活着，绝不希望看到这一幕。"

这件事也引起了许多官媒的关注，官媒纷纷转发和评论了清北医学院的微博，呼吁停止网暴。

而张德兴也主动去警方自首，警方以违反刑法将人正式收监。

戚明洲看到新闻的时候，眼眶热得发酸，片刻后缓缓地弯出一抹苦涩的笑。

一直以来，他和边城的心病就是张德兴。

明明是他做错了事，却死死咬住妻子跳楼的事不放，不肯向姐姐道歉。

姐姐临终前虽然宽恕了这家人，可他知道，她也是失望的，失望于人性。

可张德兴的过往竟然如此，这是戚明洲没有想到的。

张德兴可恨，但又可悲。

"姐，你终于可以安息了。"戚明洲站在落地窗前，摘下眼镜，轻轻地说着。

而与此同时，边城的手机响了一下，彼时他正坐车后排座位上处理文件。

手机是助理在保管，副驾驶的助理回过头，请示总裁："边总，是戚先生发来的。"

"念。"他头也没抬，皱着眉头，低头翻过手上的文件。

助理说："是戚先生转发过来的新闻头条。"

边城轻嗤："他不是在忙清河的项目吗，还有时间看这玩意儿？"

助理念出来标题："黑心工厂受害者张德兴。"他蓦地顿了顿，下意识地看向边总。

边城手里的签字笔已经在文件上画出很长的一条黑线。

助理轻声继续，"张德兴手持身份证就因隐瞒病情而导致清北医院副院长戚明宛女士感染进行忏悔和致歉，目前张德兴已去警局自首……案件已被京华第一中级法院正式受理，将于不久后开庭审理。"

边城手中的签字笔掉在地上，抬起发红的眼眶，伸出手："把手机给我。"

助理连忙把手机递过去。

边城逐字读完了这条新闻，助理看到他几乎拿不稳手机了，连忙吩咐司机靠边停。

"边总，您没事吧？"

边城眼里布满血丝，默不作声。

宛宛，你瞧见了吗？他在向你忏悔。

虽然这声忏悔和道歉迟到了那么久，可若是她听见，以她的性格大概又要洒脱地挥挥手说："都过去了，没事的。"

边城是个急性子，脾气又爆，给谁都没好脸色，不像戚明宛是个老好人，总能大方坦然地接受生活中的一切悲喜。

他总告诉她不要太善良，会吃亏，可她总是笑笑说"但行好事，莫问前程"。

戚明宛出事后，边城整个世界都塌了，再也不相信什么好人有好报。

眼睁睁地看她身体一天比一天虚弱下去的时候，他甚至生了同归于尽的心思。

可他的宛宛光明磊落洒脱恣意了一辈子，他不能这么做。

他忍到了现在，守着戚明宛的遗愿每一天都过得生不如死。

可无论他怎么忍耐，张德兴过去那副矢口否认的嘴脸，始终都是横在他心头的一根刺。

"去边家墓园。"边城声音沙哑地开口。

助理迟疑："可是待会儿还有个重要会议。"

边城重复:"去墓园。"

助理马上应声:"是。"

车子到了墓园,已经是傍晚时分。

天有点阴,不见夕阳。

边城捧着一束白桔梗到墓园的时候,那里已经坐了一个人。

边炀盘腿坐在墓碑前,手垂在膝盖上捏紧,微微低垂着头,看不清神色。

直到有人在墓碑前放了一束白桔梗,边炀缓慢地抬头看了眼他,又收回视线。

"看来你已经知道了。"边城看着墓碑上妻子笑靥如花的照片,声音缓了很多。

少年没有说话,脊背弯下去,整个人像笼在暗色里。

边城用西服袖口轻轻拂去墓碑上的落尘:"你母亲救那个孩子时,病情就已经很严重了,如果能早休假一天,或许就赶不上那场手术了。"

他擦着妻子的墓碑,说完又苦笑。

"可那孩子的手术医院里只有你母亲能做,我想就算当时她已经休假了,就她那性格,如果得知这件事,也一定会去做那场手术。"

"这些……为什么不告诉我?"少年忽然开口,嗓子涩得说不出话。

边城弯腰,把周围刚飘过来的落叶一片一片拾起:"你母亲住院后状态一天比一天差,我不甘心这件事就这么了了,就瞒着她去找了张德兴,没控制住情绪把他打伤了……过了几天,他妻子就跳楼自杀了,你母亲知道后一直很内疚,以为这是我和她的缘故。"

边城眼帘轻颤:"所以她让我保守秘密,不可以把这件事告诉你,怕你冲动,和我一样造成不可逆转的结果,这场手术已经死了两个人,她不希望再有人牵扯进来,宁愿你不知情,这样无忧无虑地活下去。"

边炀微仰起头,漆黑的眸子里蒙了层水色,淡淡扯唇:"你们都可以为我做决定。"

边城顿了顿,嗓音遥远:"你母亲赌不起,你舅舅也赌不起。"他也赌不起。

如果张德兴跟他发生冲突,而产生轻生或者报复社会的念头……

难道让他眼睁睁地看着妻子去世后,再看到儿子锒铛入狱吗?

边城颤了颤音："你母亲是个坦荡的人，无论是你还是我，都不能给她丢脸。"

周围寂寥无声。

边炀看着墓碑上女人灿烂的笑脸，眼睫颤了颤："她走的时候，痛苦吗。"

"不疼，是在睡梦中走的。"

边城粗糙的指腹拂过妻子的照片，从口袋里拿出一个盒子，弯腰放在他手边。

"你母亲为你准备的十九岁生日礼物，本打算明天给你的，想想看，你明天大抵也不愿意见我，就现在给你吧。"

边炀低头看着那个盒子，缓缓闭上眼睛。

边城拍了拍他的肩膀："你母亲说，之前因为紧急手术没能操办你的成年礼，这一直是她的遗憾，可我想她现在应该没什么遗憾的了，因为她儿子无论有没有成年礼，都是一个大人了。"

寂静的傍晚，少年把脸颊埋在膝盖里，像个孩子一般泣不成声。

晚上，边炀不知不觉走到了医院特殊住院部。

在一间特殊病房，他看见了那个母亲拿命救的小女孩。

她正捧着一本书认认真真地看，房间里一个人都没有，等她把书放下，边炀才看清她的样子。

瘦得只剩一把骨头，为了方便治疗，把头发剃光了，更显得那双凹陷的眼睛尤其大。

她有点儿渴了，捧着水杯咕嘟咕嘟地喝水，然后擦了擦嘴，继续埋头看书。

边炀垂下眼帘，面无表情地收回视线，转身离开时金属质地的腕表却不小心碰到了墙壁，发出清脆的声响。

病房里传出来声音："谁在外边？"

紧接着里面传来拖鞋趿地的声音，房门打开了。

小女孩探出脑袋，懵懂地看着他的背影："你找谁呀？"

"我爸爸做错事，要去警察局反省很长时间，估计要很久才回来，你是找我爸爸的吗？"

边炀的喉结滚了下，没回答她，抬步继续往前走。

小女孩突然问："你是戚妈妈的儿子吗？"

边炀后背僵住，她已经跑到他面前来，仰头看着个子很高的少年，"你真的是大哥哥！戚妈妈给我看过你的照片！"

边炀感觉衣角被攥住，他低头，对上小女孩水汪汪的眼睛，"你是来找我的吗？是戚妈妈让你来找我的吗？她是不是已经旅游回来了？那戚妈妈为什么不自己来看莹莹呀！"

她很激动，满眼的渴望。

边炀往后退了一步，把衣服从她手上扯开，冷漠道："她不会回来了。"

"为什么啊？"

边炀唇瓣动了动，小女孩耷拉着脑袋："是不是因为莹莹不乖，莹莹没有把二年级的数学学完，他们才不来看我的？"

"妈妈也是，戚妈妈也是，现在爸爸也走了，他们都说要很久才回来。"

"大哥哥，很久是多久啊？"小女孩低着头，揪着自己的病号服，轻弱的声音在寂静的走廊里清晰，"是不是莹莹做错什么了吗，他们才会走？我想要他们都在莹莹身边。"

她仰起头，大哥哥表情很淡地盯着她，她忽然有点儿怕怕的。

他好凶，像冰块一样，不像戚妈妈说的那么好相处。

小女孩下意识地往后退了一步，然后躲回门缝里，从缝隙里偷偷看他。

边炀神色漠然地收回视线，快步离开了特殊住院部。

而在他离开后，小姑娘拎着热水回来。

"莹莹怎么趴在这儿？"唐雨看她躲在门缝里不停地张望着什么。

小女孩指了指少年消失的地方，往里面缩了缩："我看见大哥哥了，可是他好凶，我有点儿怕。"

大哥哥。唐雨脑海里忽然浮现出一个人，马上把水壶放在她房间里，折身追出去，但小女孩怯怯地拉住了她的裙角。

"姐姐，我爸爸什么时候能回来呀？"

唐雨转身，弯下腰摸了摸她的头发："在你读完五年级的时候，你爸爸就会回来了，我们莹莹要努力养好身体出院，这样就能马上去学校读书，就能马上读完五年级了。"

张德兴这种情况影响大、后果严重，如果他在牢里能积极服刑，按规定能减轻劳改年限。

但唐雨不敢说准一个具体的数字，算了算时间，读完五年级，无论张德兴什么情况都会在那时候出狱了。

"姐姐，我爸爸到底犯了什么错误，才会被警察叔叔抓走的？"小女孩难过地询问。

唐雨想了想，认真说："是很严重的错误，每个人都要为自己的选择而付出代价，但是你爸爸勇于改过自新，就是莹莹的榜样。"

"可是莹莹以后就没有家人了。"她掉眼泪。

唐雨摸了摸她的脑袋："莹莹放心，读完五年级，你爸爸就回来了。"

"那妈妈和戚妈妈呢，她们也会在我读完五年级后回来吗？"

唐雨沉默了片刻，缓缓开口："她们会一直陪在你身边，只是以别的方式。"

哄完莹莹回房间，唐雨就从病房跑了出去。

花园没有，住院部没有，一直跑到医院外的街道旁，几棵茂密的洋槐树遮住了路灯的光。

边炀屈膝蹲在路旁，手里夹着一根没点燃的烟，藏在树荫下，目光无神地盯着不远处，仿佛与任何事物完全隔绝般。

就连唐雨走到他身边，他都没有察觉。

唐雨把裙子折在身前，蹲在他面前，把他手里的烟拿走。

边炀眼神渐渐聚焦，眼眸望向她。

唐雨把玩着他手上的烟，细长的烟显得细指葱白："怎么学会抽烟了？"

他动动唇，半晌道："没抽。"

终于肯搭理她了。唐雨内心松了口气，想同他多说些话："不会抽烟为什么要拿着？"

边炀没说话，发丝下的眸子很深。

"是因为这东西能排忧解难吗。"说完，她学着他之前抽烟的样子，把烟别扭地咬在唇边。

可也只是刚碰上，就被边炀抢走，用力掐断。

她看了眼被折断的烟,伸出手指戳他的膝盖,嘀咕着:"坏边炀。"

边炀垂着薄薄的眼皮:"小小年纪不学好,还说我坏,唐小雨不仅学会撒谎,还学会倒打一耙了。"

唐雨鼓了鼓腮,不大服气:"明明这东西是你买的。"

"我买的我抽了?"他嗤了一声。

唐雨抬抬光洁的下巴:"你不抽你为什么买?而且我过来就看到你手上拿着烟,谁知道你刚才有没有偷偷抽,可能只是没被我发现而已。"

指尖已经把那玩意儿捏碎,他原本就挺憋闷的,气边城和戚明洲打着为他好的旗帜隐瞒真相,气戚明宛没底线还自以为是的宽宏大量的善良,气唐雨为了一个道歉去做什么卧底,更恨那家无知的人……

他还没原谅她那些事儿,现在更是被她这番话气得血液倒流。

"唐雨!"边炀叫她的名字时,分明在压抑情绪。

唐雨蓦地打断他的话,然后伸出两根手指,拉住他衬衫的衣角晃了晃,微仰起头:"边炀,你看,生活有时候就是这样的,哪怕说我们眼睛看到的,也不是全貌,就好像我仅凭借一根烟冤枉你,你看到边叔叔和戚叔叔隐瞒真相而生气,听到戚阿姨因为不相干的人去世而觉得可笑……我们不是当事人,看到的都只是冰山一角。"

小姑娘的嗓音,在寂静的夜里轻软,似在抚慰他藏匿起来的伤痕疮口。

"戚叔叔告诉我,戚阿姨哪怕临近去世的那几天,也从来没有后悔过救那个小女孩,作为旁观者认为她善良无底线,但作为当事人,她只想挽回在她手术刀之下的生命,对她来说,无论是怎么样的生命都异常宝贵。"

阴影层层包裹着他。

她前倾一些身体,伸手捧起他低垂的脸颊,让他可以抬头遇光。

"可是戚阿姨再厉害,也没办法顾全所有人,她想保护最爱她的边炀同学,让他可以无忧无虑地长大,可是她忘了,边炀同学已经是个大人了,他有自主决定的能力,有控制情绪的能力,甚至有了保护女朋友的能力。"

她有些小骄傲:"他已经不需要保护,甚至可以独当一面了。"

边炀目光微微晃动着,漆黑的瞳孔清晰地映着小姑娘的样子。

她脸上没有妆，干干净净的，路灯在她身上氤氲着淡淡的光，像是投射进了他漆黑的世界里。

他只能仰望。

唐雨踮起后脚跟，忽然吻了吻他的眉心，然后弯唇笑。

"上次让你跑掉了，这次让我得逞了。"

小姑娘眼睛里泛着细碎的光芒，熠熠生辉又带着一些小得意。

被占了便宜的少年别开视线，缓慢地眨了下眼睑，低声："唐小雨，别以为这样我就能原谅你。"

小姑娘捧着他的脸不松手，还在他手感超好的脸上乱摸了几下："好，不原谅，边炀同学保留生气的权利，唐雨同学绝不上诉。

"那边炀同学看在我道歉这么诚恳的分上，可不可以可怜可怜我，奖励我一个抱抱啊？"

她张开手臂，像把自己毫无顾忌地摊开在他面前，眼睛里泛着委屈巴巴的神色。

可明明是询问，却不等他的回答，小姑娘双手穿过他的肋下，在他最柔软的地方嵌进去一样，紧紧圈住了他。

如同两块契合的拼图碎片拼在一起，又好像他们生来就应该如此契合，双手还在他背后打了个结似的，解不开了。

"边炀同学，研究表明一个拥抱可以释放多巴胺和内啡肽，缓解120%的压力，一个亲亲可以缓解150%的压力，我现在已经往宝宝身体里注入270%的能量了，要是不够的话，尽情索取，我这个女朋友可是很大方的。"

她学他动情的时候喊他宝宝。

暗影落在他脸颊上，他缓慢地低头，怀里小姑娘正用脸颊蹭来蹭去，像是在努力捡起掉成碎片的他，认真地拼凑起来，来爱他。

最后禁不了诱惑，他把自己陷入这样令人贪恋的温暖里。

脸颊深深地埋在她的颈窝里，依赖地呼吸着属于她的气息。

路灯下，他们像两只小动物一样紧紧依偎进对方的身体里。

彼此的发香，体温，皮肤上的小绒毛……以及身上蓬松温暖的味道。

统统包裹起来，毫无保留地献祭给对方。

唐雨的脸颊紧紧贴着他的心脏，手一下一下地抚摸他弯曲下来的后背。

他隔着薄薄的衣服布料，感受着小姑娘指尖传来的温度。

风声、树叶声、不远处的汽车鸣笛，还有他的心跳……

明明那么多声音，可是特别安静。

不知道过了多久，他用哑得不成样子的声音说："唐小雨，虽然我抱了你，但是我还没有原谅你。"

唐雨微微弯着唇，应声："好。"

"虽然我还没原谅你。"他抱她的手紧了些，声音渐渐软弱下去，听得人心口凝滞，"但你也不能离开我。"

小姑娘嗓音软软地应："好。"

"也不能在心里给我减分。"

唐雨不理解地笑："你生气是因为我做错了事，我为什么要给你减分呀？"

埋在她颈窝里的少年，嗓音闷闷的，"总之不能。"

她心里莫名酸酸的。

她男朋友生气的时候，还在想她会不会偷偷给他减分，她怎么会啊，哄他还来不及呢！

可这时候只能无奈地应："好。"

"不原谅，不离开，也不减分。"

唐雨还特意重复了一遍："你想生多久的气就生多久，好不好？"

边炀沉闷地"嗯"了一声。

他决定要生一个月的气。

她的腰身太窄了，他双手把人深扣入怀里，还存留有很大的空间。

他不满足，要更紧更近一些才好，直到唐雨喊疼了好几声，他才缓缓地松开手。

"边炀同学，我带你去个地方好不好？"

小姑娘蹲得太久，站起来的时候身体摇晃了下，扶着他的肩膀才站稳。

边炀仰头看她，她逆着路灯的光线，蓬松的发丝都是橙黄色的光，朝他伸出手。

"别看我来京华的时间短，但是这地方你肯定没去过。"

他的视线落在她伸出的手上，然后握住了那束光。

唐雨带他去了人声鼎沸的小吃一条街，还是爱溜达的爷爷告诉她的。

小姑娘牵着少年的手在飘着香气人来人往的巷子里游荡。

她买串的工夫，漂亮姑娘来找他要微信，小姑娘串串也不买了，马上抱着他的手臂，一脸乖地要他帮忙拎包。

然后买了发光的兔耳朵，趁着他低头的时候，站在石墩上戴在他的头上。

他们买了几袋垃圾食品，边吃边逛偌大繁华的城市。

走累了，就手牵着手，随便坐在一张躺椅上。

看车水马龙，听街头喧嚣，观市井百态。

熙熙攘攘的街头兴许会在十二点钟以后逐渐寂静无声。

自信灿烂的都市白领兴许会在到家后忽感孤单落寞。

蹒跚独行的拾荒老人下一刻兴许会走到街头和家人重逢……

唐雨的脑袋枕在他肩上说："我们都无法预测下一秒会发生什么事，身边的人会变成怎样，就像人山人海，总有人要先离开，又总有人要进来，唯一能做好的就是过好当下，不辜负家人、爱人和朋友，但无论什么时候，边炀，我都会陪着你的。"

她指了指天上的星星，"跟戚阿姨一样陪着你。"

今天是边炀十九岁的生日。

原本秦明裕看到了新闻上的事儿，想着不大适合办聚会，先前的准备可能要黄了。

谁知道边炀那边儿竟然主动提出要办，还打给他银行卡里一串数字，全交给他去策划，还要把圈里关系差不多的人都给叫上。

秦明裕收到钱后惊了下，马上给他回了个电话过去。

"咱们常去的那几家会所不都是你家名下的吗，哪用得着钱啊。"

边炀音色挺淡的："换个地儿。"

秦明裕明白了点儿这话的意思，这是不想在自个儿家产业里办，估计还跟边叔那边闹着别扭："那行吧，但也用不到这么多钱，我姐新开了个高档会所，叫酩酊，私密度还挺高的，不如就去我姐那个吧，算是给她捧捧场。"

"随你。"他不甚在意。

秦明裕:"我把钱给你转回去,我姐肯定不收你钱。"

"一码归一码。"

那边刚说完话,手机里传出来什么东西碎了的声音,秦明裕问:"怎么了?"

边炀扫了眼地上碎了的杯子,屈膝蹲下来捡:"没事,杯子碎了。"

他一片片捡,扔垃圾桶里,"钱只管用,我不缺这点儿,更不想欠人情。"

"可这不是见外了吗。"

边炀闲散:"别废话。"

"……那行吧。"秦明裕无奈地说。

这边聊了一会儿,刚挂断电话,管家就走了过来:"少爷,边少让人送来的车放哪儿啊?"

"车?什么车啊?"

秦明裕满头雾水地走出去,瞧见那辆他念叨了很久的限量版雷文顿正停在他家院子里,直接嗷呜一声扑了上去,边爱怜地抚摸着跑车,边激动地问管家:"我炀哥送来的?"

他惦记边炀这车好久了!可惜边炀一直不肯割爱。

管家说:"是啊,送车的人说,这是边少送您的回礼,说是最近麻烦你了,这是辛苦费。"

秦明裕马上打过去电话:"炀哥,你这是啥意思,咱们之间的友情能是一辆车衡量的!"

话虽然这么说,但人已经坐进了驾驶座。

边炀把手机开了扩音,随手扔在桌子上,正低头看被玻璃划伤的指尖:"辛苦费。"

"哎呀,这怎么好意思呢。"

秦明裕发动了车,这声音让他享受地眯了眯眼睛,悦耳至极。

边炀提着酒店的医药箱,用镊子把碎玻璃夹出来,本打算上点儿药的,顿了顿,看着那伤口片刻,把药又扔回了箱子里:"你下次能不能换句话说,每次都说这话,我听腻了。"

秦明裕正用脸蹭方向盘："嘿嘿。"

"晚上你几点来，我七点开始叫人行不行？"他也不客气了。

边炀不大在意的语气："随便。"说完，想到了什么，改了口，"八点吧。"

七点钟，她估计还在医院陪爷爷奶奶，没时间来。

"好嘞，您就等好吧。"

边炀挂了电话，仰颈靠在沙发后背上，脑海里浮现出昨晚上的一幕幕，冷白的喉结微微滚动着。

他们吃完小吃、逛完街，随便坐了辆不知道去哪儿的公交车，漫无目的地在街区闲逛。

车子到终点站的时候，小姑娘枕着他的肩膀睡着了。

这地方距离家属院起码一个半小时的车程，回去这么折腾不值当。

他把人从公交车里小心翼翼地抱了下来，本打算在附近的酒店开两间房，等明天一早再回去。

谁知道这附近举办什么音乐节，酒店房间都被订光了，最后还是边炀高价从另一名顾客手里换的房。

是一间豪华大床房，只有一张床。

唐雨迷迷糊糊醒来的时候，他正在浴室洗澡，然后就被误会了。

第二天一清早，他从沙发上醒来的时候，她人就鬼鬼祟祟地先跑了，只给他留了条短信：

"奶奶今天做复健，我先回去了，那个……我不是因为昨晚上的事先跑的，另外，生日快乐，边炀。"

边炀越想越无语。

他还生她的气呢，要是上赶着解释的话，那他这气生得还有什么劲儿啊。

脑海里一阵天人交战后，边炀打开手机照相机，拍了一张手指头受伤的画面，发了朋友圈，然后手机调常亮，双臂抱胸。

只要她一评论，他就可以顺着她的话，引到昨晚那事儿上。

可是底下乱七八糟的人一阵瞎评论，边炀烦得把朋友圈删了，又重新发了条仅她可见的。

然而一直等到退房，她都没评论！

边炀是黑着一张脸回去的，一直到晚上七点钟，唐雨一整天都没给他发消息！

她该不会觉得昨晚上他们牵手、拥抱、逛街吃饭后，就算是和好了吧？她就不搭理他了？

她骗了他一个月，这才哄几天啊，就不哄了？

边炀气得够呛，连接电话的时候，都没好语气："喂。"

戚明洲听他这低沉的声音，还以为他在生气他们瞒着真相的事儿，于是缓了缓语气说："阿炀，今天是你的生日，我和你爸打算给操办一下，你有时间吗？"

成年礼没办好，这次戚明洲和边城就想弥补这个缺憾。

边炀闷声："没有。"

戚明洲眼眸黯淡下去："那好吧……"

边炀顿了下："我要在酩酊办。"

戚明洲闻言眼睛微亮，试探着温声问："那我和你爸可以去吗？"

"随便你们。"他敷衍。

戚明洲马上欣喜地应下来，这边刚挂断电话，就打电话给边城说这事儿。

边城知道边炀心里还没过去那道坎儿，跟他划清界限的意思，才不在自家产业里办。

不过能让他去，算是这臭小子做出的最大让步了，他也不计较。

"行，我准时到。"边城应。

唐雨第一次给边炀正儿八经过生日，格外慎重，坐着公交车去市里逛了好几圈，直到大包小提的回到家属院。

似乎知道他孙女里里外外的要折腾什么，老人家主动提出今晚上要住医院里，说不回来了。

这是要给小年轻提供温馨的空间，不稀罕当那个电灯泡。

唐雨不好意思地挽着爷爷的胳膊："您留下来也没什么的。"

"怎么没什么，别看我年纪大了，但不影响你们年轻人的事儿，正巧我约了医院里那个张老头下象棋。"

说着，老人家吹胡子瞪眼的："他仗着自己学历高，卖弄棋艺，结果被我杀得片甲不留，这不，脸皮子挂不住了，向我下战书了，待会儿我陪你奶奶复健完后，就去再杀他几次！灭灭他的威风！"

唐雨捂住嘴，忍不住偷笑，同时又很欣慰。

起先，她特别担心爷爷奶奶不习惯这边的环境。

毕竟在村里住习惯了，爷爷也喜欢折腾菜院子之类的，她怕大城市的节奏和束缚会让老人家不舒服。

谁知道爷爷和奶奶淳朴善良又脾性好，住院的这段时间交了不少好朋友，最近不是下下棋，就是练练太极。

用爷爷的话说就是，要紧跟上孙女儿的步伐，不能给咱拖后腿。

爷爷走后，唐雨更没顾忌了，整个客厅都布置了起来。

等她弄完一切，已经是下午四五点钟，满身大汗。

看着眼前的一切，她拍了拍身上残留的叶子和灰尘，眼睛闪着漂亮的光泽，同时又有点儿忐忑，万一他不喜欢怎么办？

哼，不喜欢也得喜欢。

她低头甜甜地笑了笑，手摸了摸口袋里的盒子，梨涡里像灌了糖。随即拿出手机，打算给边炀打个电话。

正巧有个电话进来，是秦明裕的号码。

她接通："明裕哥？"

"小雨妹妹，你还记得我呀。"电话里传来秦明裕浪荡的调儿。

唐雨点头："嗯，我存了你的号码。"

他们之前是互相存了号码来着，可他炀哥酸得不行，把她手机号从他手机上删了。

现在好了，自己又拉不下脸叫人来，这不，艰巨的任务又落在了他这狗腿子身上。

你说炀哥他图什么啊？

"小雨妹妹，今天是炀哥的生日，我们在酩酊办个派对，一起来玩呗。"

唐雨愣了下，然后看了圈自己的布置，问秦明裕："边炀也在那儿吗？"

"当然了，就是炀哥要办的。"

秦明裕捂住手机，瞧了眼那边阴影里的少年，侧过身小声嘀咕："就是他让我给你打电话的，他这人要面子得很，咱们给他个台阶下，你就来一趟呗。"

那她这些布置岂不是白费了？

唐雨虽然显得有点儿失落，但只要他高兴就好，在哪里都无所谓："好，你把地址发给我。"

"嗯，八点我派车去接你。"

唐雨连忙说："不用，我打车去就好了。"

洗个澡，简直收拾一下，还来得及。

秦明裕也没勉强，挂掉电话后，人朝边炀那边走去，晃了晃手机。

"喏，通知了。"秦明裕坐在他身侧，手肘搭在卡座上瞧他，"要我说，你直接跟人说不就得了，还绕这么大一个圈子，你图什么啊。"

少年颀长的身体陷在沙发里，包厢里的光挺暗的，他戴着一个黑色鸭舌帽，半逆着光，从这个角度只能看到轮廓分明的下颌线。

他炀哥真挺帅的，不怪圈里那么多妹子打小就屡败屡战地惦记他。

撇开家世背景，就这张脸扔在哪儿都是个香饽饽。

就好比他不过发了个朋友圈，说今晚上炀哥生日，那些个名媛贵女就朝他要门票，宁愿倒贴钱也要来玩儿，他都不稀罕戳穿她们。

可惜没戏咯，现在她们惦记的对象，正每隔十几秒就看一次手机，不值钱得很。

"想要人家找你，又不主动开口，炀哥，你上辈子是个毛巾精吗这么拧巴。"

秦明裕揶揄的话刚说完，人就被踹了一脚。

刚换的新衣服就落了个灰印子，他张口就想发脾气："就老欺负我对吧，我还没跟你算把我扔民权的账呢，现在又欺负我……"结果对上边炀略掀起的眼眸，到嘴边的话变成，"欺负我，那你算是欺负对人了，我长这么大，不就是给你欺负的嘛，一个鞋印子而已，来来来，炀哥，不解气再来踢两脚。"他还凑上去。

边炀一脸嫌弃："你给我离远点儿。"

打小就这么闹，早就习惯了。

秦明裕非但不远点儿，还拎着酒笑嘻嘻地坐近了点儿。

"刚我给小雨妹妹打电话说了，她二话不说就要来，压根儿就没生你的气，你别看手机了，这手机都被你盘包浆了。"

"你搞清楚。"边炀低头看完手机，闲闲地锁了屏，拎着酒杯的指尖搭在沙发侧楞上，懒懒散散地垂眸扫他一眼，"现在生气的人是我，我才是甲方。"

秦明裕诧异而迷茫："啊？生气的是你啊？！"

他这怨夫的样子，哪里像是生气的，更像是生怕被人踹的。

"你生气你等人微信？"

边炀矢口否认："我没等。"

"没等你十几秒就看一次手机，你看，你现在又看了！"

边炀划开手机的指尖一顿，仅是一瞬，马上欲盖弥彰地锁屏，神色如常："我就爱玩手机不行啊。"

"……"秦明裕翻了个白眼，但依旧为他竖起佩服的大拇指，就嘴硬吧。

人陆陆续续地来了，边炀把鸭舌帽摘了盖在脸上，双腿往桌子上一搭，人向后舒服慵懒地躺着，正懒洋洋地犯困。

可这群人像是在他身上安了雷达，没一两分钟就有男的女的找他搭腔。

他有点儿烦，把帽子随手扔一旁，双手插在口袋里，起身要去楼上单独的休息室睡觉。

临走前跟秦明裕说了句："她来了，就给我打电话。"

秦明裕应声："衣服给你放休息室了，你待会儿记得换。"

边炀单手插兜，头也没回，另一只手摆了摆，人从包厢闲散地晃出去了。

正巧身边的女人听见了。

"阿炀等谁呢？"说话的女人长得精致漂亮，恰到好处的妆容以及披散肩头的大波浪，一身银色高级定制的亮片裙包裹着玲珑有致的身段，搭配一双银白色系的细高跟鞋，一身妩媚成熟的气质极为出众。

"等他女朋友呢。"秦明裕打了个哈欠，"前些日子两个人不是闹别扭了吗，我估摸着炀哥是拉不下脸求和，想趁着生日让他那小姑娘多哄哄他嘛。"

"阿炀谈恋爱了？你开什么玩笑。"女人明显不信。

但凡跟他接触过的都知道他什么人。

对身边的人向来没什么耐心的，更不给人接触他的机会，要不然他早被拿下了。

秦明裕的手搭在她肩上："姐，你没看他朋友圈？人家都公开了。"

这女人是他亲姐，秦家的掌上明珠秦语微，比他和边炀大了三岁。

"哦，我想起来了，炀哥把你删了。"

秦明裕想起那么一段往事："你是不是给他表白过？还被拒绝了？难怪炀哥删了你，你看不到朋友圈。"

秦语微的脸顿时有点儿黑，把他的手丢开。

"这都多少年前的事儿了，再提小心我揍你！"

边炀十六七岁的时候就极为出挑了，圈里人都知道边家出了个出类拔萃的少年，不少人都惦记着联姻的事儿。

她少女怀春，本以为凭借弟弟的关系能来个近水楼台，谁知道当时告白完，被拒绝得那么惨。

当时边炀怎么说来着："巧了，语微姐，我也挺喜欢我自己的，但是不好意思，咱俩身份证号不同，不合适。"

当时她不知道怎么回，人就直接尬在那儿了。

好不容易酝酿了一天情绪，给自己打足了气，去微信上找人再自荐一下，结果换来的是个对方不是你好友的感叹号。

她还托秦明裕去打听打听，打听的后果是把她手机号也拉黑了！

秦语微想到那些事儿，自尊心就挺受挫的："他女朋友是哪家的千金？今天也来？"

想看看是哪个女人能得手。

"不是圈里的，之前新闻上的全国状元你知道吧，就是那姑娘，整个一学霸。"

秦语微嗤了一声："在边炀面前她也好意思说自个儿是学霸？"

秦明裕耸耸肩："别说，炀哥还真参加高考了，真没人考得多，只考了六百零一分。"

秦语微不大信，她出国的时候，边炀双硕士都毕业了，怎么可能只考这些。

"那姑娘什么来历？你见过？"

"挺漂亮一小姑娘，性格也好，就是家庭不怎么好，小县城考上来的，反正挺不容易的。"

听秦明裕这么一说，她忽然就想起来江家那小少爷被个小明星耍得团团转的事儿。

攀高枝的人她见多了。

不只是她爸被强塞过女人，边炀的父亲边叔叔不也被人算计过吗？

最后因为这事儿，还让他们父子俩闹得分崩离析的。

在她看来，不是一个圈子里的人，门不当户不对，那招惹的就是无穷无尽的麻烦。

秦语微若有所思地抿了口红酒，用高跟鞋踢了踢秦明裕："不是要接人吗，我去接。"

"你？你又不认识人家，你怎么接？"

秦语微翻翻白眼："我不认识，我还没嘴，不会问啊？"

把红酒放在侍从端来的托盘上，她吊着眼尾："好歹我也是这儿的老板，迎接一下客人也是应该的。"

秦明裕正想偷懒呢："那你去吧，人到了给我打电话，我得给炀哥说，他老早就等着了。"

秦语微敷衍地"嗯"了声，踩着高跟鞋离开。

唐雨从出租车下来，仰头看着金碧辉煌的私人会所，在这寸土寸金的地方，建得出奇地大。

外圈建了圈足足四米高的墙，像一条泾渭分明的曲线，墙内墙外划分成两个阶级感极强的迥然不同的世界。

那种感觉就好像破破烂烂的拾荒者，在仰头看直耸入云的高楼大厦。

出租车是不能开进去的，她被门卫拦在铁门前，说需要特邀函。

唐雨轻轻吐了口气，拿出手机，正要给边炀打电话，保安室的电话响了。

保安接到电话后，看了眼窗外的小姑娘，对电话那边连连颔首，挂断电话后，好声好气地过来询问她："你是唐雨唐小姐吗？"

唐雨拨电话的指尖微顿，她点头："我是唐雨。"

"不好意思，刚才不知道您是唐小姐，我们老板说您现在可以进去了。"

保安让出路，那是一条通往会所的红地毯，踩上去是软塌的感觉。

唐雨沿着红地毯走到会所正门，有穿着制服的服务生恭敬地弯下腰身。

她轻轻道了声"谢谢"，自动玻璃门打开。

金灿灿的大厅里是室内维纳斯喷泉，南侧有一个小型乐队，全员穿着优雅的礼服。

轻缓优雅的小提琴和大提琴声完美融合，在大厅里静静流淌着。

"你就是唐雨？"不怪秦语微一眼认出，实在是她跟这里格格不入。

头发应该很长，抓成了蓬松的丸子头，几缕碎发垂在额前和耳边，没化妆，只在唇瓣上点了下唇彩，衬得本就白的皮肤好像在发光。

个子嘛，不算高，身材比例倒是不错，蓝色的针织短上衣略有些贴身，显得那腰肢堪堪一握的样子，下摆是一件膝盖之上的白色百褶短裙，露在外边的两条腿又细又长。

至于模样，确实漂亮，嫩生生的，跟新长出来的嫩芽似的，清新又干净。

几秒钟的工夫，秦语微用挑剔的眼神把她上下打量了个遍儿。

唐雨闻声转过身，水晶吊灯强烈的光线有些晃眼。

她眯了眯眼睛，看见一个极为张扬的女人信步走到她跟前："您是？"

秦语微伸出一只手，下颌微抬，泄出一丝轻傲来："秦语微，阿炀应该跟你提过我。"

唐雨礼节性地跟对方握了一下手，坦诚地摇摇头："不好意思，他还没跟我提过您。"

秦语微脸色微僵，迅速把手抽回来："他肯定提过，只是你大概是忘了，反正我们算是发小吧，关系一直还不错。"

唐雨想说她记性很好，一般不会忘掉看过的人或者事，但见她有点儿生气的意思，就没开口。

"你知道他是谁吗？"秦语微问她。

唐雨迟疑："您指的是……"

"你跟我来。"秦语微挺高傲地掠了她一眼，踩着高跟鞋走到前边。

唐雨顿了下，跟上去。

这是酩酊的顶楼，虽然不足以俯瞰京华，但也能尽揽繁华夜景。

"这一片，那一片，还有你眼前能看到的楼盘，几乎全是边氏房地产旗下的产业，但也只是冰山一角。"她的手指随意地划过几片区域，然后回身看她。

"每年来京华奋斗的年轻姑娘不计其数，可无论这边哪一处的房子，市值都有几千万，听说你是今年的全国状元，还被清北录取了，嗯，是挺厉害的，不过也仅限于此。"

唐雨抿了抿唇："你想说什么？"

秦语微靠在围栏上，风将她的发丝吹得妖媚飞扬。

"我只是想告诉你，你可能是块金子，但这地儿最不缺的就是金子，你们之间犹如鸿沟的差距，不是你鼓起勇气就能迈过去的，而有些地方，是你读再多书都到不了的地方。"

她的语速缓慢，却像在每个字里都藏了细密的针，往唐雨身上扎。

这种感觉，似乎在告诉唐雨，她和边炀才是一个世界的人，而唐雨显然是个外来者。

唐雨轻轻吐气，捏紧包包背带的手指近乎泛白，黑白分明的眼睛里开始透出冷淡："我想，我还是去找边炀吧。"

说完，她沿着记忆里的路，头也不回地走到大厅里，拿出手机就给边炀打电话。

秦语微笑了下，理了理被风吹乱的头发，也快步追到大厅，高跟鞋踩得很响。

"喂，我说的那些话，其实你都听得懂，对吧。"秦语微说，"我们这个圈里基本都是门当户对的，你跟边炀在一起会耽误他的前程。"

听到这话，唐雨放下掌心里的手机。

她本以为没拨出去，谁知道指腹在她收起手机的时候，不小心擦过屏幕，电话已经拨出去了。

她转过身，看秦语微，自然也看到了她眼底的轻视。

"有句话，不知道你有没有听过。"秦语微弯起红唇，娇生惯养出来的气场远比她这样纯白的姑娘强大，"What happen in Vegas, stay in Vegas.

"在拉斯维加斯发生的就留在拉斯维加斯，那么在凉城发生的，不如就让它留在凉城，你觉得怎么样？"

她从包里，用两根手指夹出一张卡。

"里面有两百万，钱是不多，但在这年头，想不劳而获就拿到两百万应该也不容易，你还在上学，拿回去买点儿化妆品和营养品又或者喜欢的书，对你来说更有意义。"

唐雨捏紧手机，长睫低了下，在白皙的面颊上垂落淡淡的阴影。

她语气依旧平缓："你是要我离开边炀。"

"果然是聪明的小丫头。"秦语微笑，以为她会识趣。

谁知她想也没想地就说："恐怕不行。"

秦语微脸上的笑容僵住："你说什么？"

唐雨抬起眼帘，目不斜视地盯着她，干净透澈的一双眼，没有秦语微想看到的献媚和惶恐。

"正如你有的我没有，我有的你没有，你给他的或许高贵，但我能给的你也未必给得起。"

听到这话，秦语微先是惊讶，然后又嗤："好大的口气啊小丫头。"

"不好意思，我的确不能让，或许我们之间确实存在鸿沟，但对他，我做不到任何洒脱。"

唐雨字字清晰，像是说给她听的，又像是说给自己听的。

"如果我配不上，那我就努力去配，去到他的位置，一天不行就两天，一个月不行就两个月，一年不行就两年，一辈子不行就两辈子三辈子，就是如此，年年岁岁，我要让他不用回头就能看见我，我要让他永远会为我停留。"

她爱他，不是要他为她低头，而是她要步步追寻他。

哪怕这条路难走，但只要他在，她就能一直年年岁岁地走下去。

对上小姑娘坚定不移的目光，从里面看不到一点儿自怨自艾，秦语微一时间怔然，忘记了反应。

直到一声"唐小雨"。

两个人闻声，都下意识地看过去。

少年被簇拥在乌泱泱的人群中央，稀薄的冷光掠过他的眉眼。

他一身黑色休闲装，极为贵气地站在那儿，一只手闲散地插在口袋里，另一只手拿着手机正贴在耳边，漆黑平静的眼眸犹如深不见底的寒潭，正一动不动地看她们的方向，或者说是在看她，眼中渐渐弥漫灼热的光。

唐雨微微怔然，不知道他何时站在那儿的，直到他走到她跟前。

边炀冷白的手搭在她肩上，力道不算轻，把她揽入自个儿怀里，姿态更像是将她禁锢。

唐雨抬头，视野被少年轮廓分明的侧脸侵占，此刻他低垂着视线，并未看她，只轻描淡写地扫过秦语微手上那张卡，而后眉眼泄了一丝轻慢，极淡地笑了一声，嗓音又沉又懒倦。

"语微姐，这是什么意思，给我女朋友的见面礼？"

明明在笑，却冷得没什么温度，周遭的气压也一瞬间跌到了零点。

秦语微顿时有种做坏事被人抓包的尴尬，连忙顺着他的话："……对对对，这就是见面礼来着。"

边炀淡淡地在她身上一掠，瞳仁是纯粹的黑，在光线下更显凉薄："今儿个是我生日，这钱就不收了，赶明儿我再办个局，再把小雨正式介绍给大家认识一下。"

秦语微马上顺台阶下，"对，其实我也是这样的想法，呵呵。"她讪讪地把卡收回去。

站在不远处来参加派对的人，摸不透此刻的状况，但能察觉这氛围不对，没人敢往上凑。

"宝宝，正式介绍一下，这是秦明裕的亲姐姐，我们都叫她语微姐。"

边炀颀长的身子朝她倾下，笑着，但话更像是对秦语微说的，"语微姐比我们年长三岁，年纪大了点儿，这手自然也长得长了点儿，打小就爱多管闲事，她没跟你说一些有的没吧？"

唐雨明显能感觉到这话的针对性。

果然，秦语微的脸色眼看着就不大好看了。

不知道边炀听见了多少，但她不想让他因为自己跟朋友闹得不愉快，于是幅度很小地摇了摇头："语微姐人很好，是她把我带进来的。"

"语微姐人是不错。"边炀倏地笑了一下，唇角始终保持上扬的弧度，"我让秦明裕来接你，语微姐人品好，这才替秦明裕来呢，自个儿的爱情事业一塌糊涂，倒是喜欢抢别人的活干，这人品我都自愧不如。"

闻言，秦语微瞬间涨红了脸，窘迫得说不出话来。

唐雨背在身后的手，迅速地扯了下他的衣角 —— 暗示他这话说得太难听了。

边炀面不改色地拉起她的手，在指尖揉捏，然后十指相扣。

秦语微的视线不由得落在两人交握的手上。

被这么看着，唐雨耳根子有一点儿发热，把手往外抽了抽。

边炀非但不撒手，反而举起两人牵着的手，在外人的视线里，低头，吻在小姑娘的指尖上。

唇瓣微凉，她的指尖却热得滚烫。

感觉到她的指尖蜷缩用力，小姑娘那张漂亮的小脸此刻已经红透，染了半盒胭脂似的。

少年掀开眼眸瞧她，指腹轻轻蹭了蹭她的手背，笑起来有点儿浪荡："宝宝，语微姐不是外人，咱们没必要害羞。"

宝宝两个字，拖着尾音，说得缠绵悱恻，他还腾出一只手亲昵地捏了捏她手感极好的脸蛋。

唐雨脸颊红扑扑的，把他的手推开。

他眸中倒映出她昳丽的模样，笑："捏疼了？"

小姑娘一只手正揉他刚才捏的地方，小声咕哝了几句。

他捏得频繁，快把她的脸捏圆了……

秦语微翻了个白眼，真是看够了。

天之骄女哪受过这种气，吃过这等狗粮！傻子才看不出来这是故意让她不痛快的！

这边，秦明裕正从人群里挤出来，看那边情况不对劲的样子，赶紧冲过去。

"咋了咋了？"

边炀漫不经心地牵着小姑娘的手，说了句："你们玩吧，我和小雨先回去了。"

"炀哥你可是今天的主角啊，这还没开始呢，你怎么能先走啊！"

边炀晃了晃小姑娘的手，微抬下颌："你们该玩什么玩什么，账记我名下。"

说完，人就不管不顾地走了。

唐雨对秦明裕抱歉地点了下头，人几乎是被拽出去的，小跑着才能跟上他的步伐。

秦明裕转头郁闷地看他姐："你是不是为难人家小妹妹了？"

秦语微双臂抱胸，不否认："是为难了点儿。"

秦明裕一猜就是。家里孩子少，她姐性格难免被养得骄纵了点儿，说话都不过脑子的。

"我真的服了，你们一个两个的都想让我没朋友！一个老爹去招惹边叔，一个你去挑衅人家女朋友，合着你们就盯着人家一家祸害是吧。"

话刚说完，脑袋就挨了秦语微一手包。

秦明裕捂住脑袋。

秦语微又狠狠地踹了他一脚："你吃熊心豹子胆了是吧，敢跟你姐这么说话，小心我揍得你亲妈都不认识。"

"我试探试探一下那小丫头的品行怎么了，那么多活生生的例子你是瞧不见？"

"再说了，我不试试她是个什么样的姑娘，我怎么输得心服口服。"

此刻，秦明裕的脑袋还疼，屁股也疼，心脏也突突跳。

他气得跳脚："你是心满意足把人给试了，那我咋办啊，我以后还怎么跟人家相处！"

"人家是跟边炀处对象，又不是跟你处对象。"

秦语微不疾不徐地截了弟弟气急败坏的话，理了理揍人时稍稍乱了的发丝，依旧高傲优雅："不过那小丫头还真跟我之前见过的小丫头不大一样，挺有意思的。"

别看她软软绵绵的，豆芽一样弱不禁风的样子，骨子里是带刺儿的。

秦语微还蛮欣赏这种自尊而不自卑的小姑娘。

秦明裕抓狂："你们做事前能不能考虑下我的死活？"

炀哥临走前那眼神，看着若无其事，实际上是暴风雨的前兆！

秦语微从手包里拿出口红，对着镜子补妆，看都没看他一眼："你的死活关我什么事？"

秦明裕嘴角抽了抽："我总算知道你为啥没朋友了，谁跟你当朋友，谁脑子有病。"

秦语微皮笑肉不笑地从镜子上抬头，看他："你再说一遍。"

"我就说怎么的！我就说你没朋……"话是不可能给他机会说完的，

秦语微就用她的小包包把他脑袋砸得全是包。

"我让你叫，让你叫！

"姑奶奶暗恋失败，本来心情就不咋地，你还搁这儿乱叫！

"秦明裕你给我过来，你有种别跑！"

整个大厅回荡的全是秦明裕的惨叫。

其他人望而却步，眼看着小秦少被他姐狂揍，除了同情，都表示爱莫能助啊……

第十四章
好哄的男朋友

"这样走了真的没事吗？"她还回头看。

那些都是他的朋友，走了的话，岂不是全放鸽子了，以后他还怎么跟朋友相处？

边炀拉开车门，把她塞进去。

跑车的车门很低，他的手搭在门框上，要弯着腰才能跟她说话："你还担心这个，你就不担心担心我？"

唐雨有些迷茫地抬起头："你？你怎么了？好端端地站在这儿。"

直到少年把手指头晃给她看："敢情你到现在都没瞧见？"他眯着眼，"还是故意装作没看见？"

那手指头是有条粉色的划痕，都开始结痂了。

唐雨本来想说"这么小的伤口，要不要我们去医院缝两针"，但想着说完这话，估计他能把她扔河里去，就马上露出担心的表情："呀，怎么受伤了？快让我看看。"

然后把他的手牵过来，轻轻吹一吹，边炀感觉手指痒痒的。

小姑娘仰起头，眨巴着眼睛："疼不疼啊？"

边炀挺受用的，眸子慢悠悠地撩起："还行吧。"

然后看她低下头，抿紧唇偷笑，瘦削的肩膀都跟着一颤一颤的。

他顿时好气："唐小雨，注意你的态度，你还没哄好我。"

唐雨抬起头时唇角还憋着笑："是哦，我还没哄好。"

于是两根手指轻轻拉了拉他的衣角。

小姑娘语调软软的："既然这里不去了，那我们回家属院好不好。"

他扬了扬眉梢：回去哄我？"

唐雨眼里沁出了点点笑意，藏了星辰似的："嗯，回去哄。"

他这才露出点儿满意的神色："行吧。"

样子看起来勉强，但给小姑娘系上安全带，上车、关门、踩油门的动作倒是行云流水。

车的外观一如他的个性张扬野性，车子犹如黑色丝绸一般驶过街道。

等红绿灯的时候，不少路人拿手机拍照。边炀把篷升起来，隔绝了外边的视线。

唐雨不大懂车，不过看那些女孩子和男孩子艳羡的眼神，这车应该很值钱的样子。

他们这个圈子，跟她的世界确实天壤之别，可是边炀从来没带给过她割裂的感觉。

好似只要她伸手，他就会走过来，指尖就能轻易碰到他一样。

车子平稳地停在家属院门口。

开了半个小时的车，他靠在驾驶座，手搭在脖颈上轻轻转了转。

唐雨解开安全带询问："是不是有点儿累了？"

有点儿后悔在黑心厂里的时候没能顺便再考个驾照了，起码能帮他开一会儿。

边炀偏头，撩她一眼："是啊，累，你要不要补偿我？"

唐雨还在愣怔，少年冷白的手忽然扣住她后脑勺，她的身体不受控制地朝他倾过去。

他咬上她的唇，仿佛带着电流，在她娇软的唇瓣上游离。

她被猝不及防的吻亲得迷迷糊糊，其间听到边炀的呢喃声："……是不是真的？"

她没听清，唇瓣还被他咬着："嗯？"

他把她的脑袋按在胸膛上，耳边的心跳快得离谱。

听到他嗓音沙哑地重复："在酩酊你跟秦语微说的那些话，是真心实意的还是骗我玩儿的？"

唐雨有点儿没反应过来："你都听见什么了？"

"就……一辈子两辈子三辈子这种。"

　　唐雨不知道距离这么远，他怎么听见的，但那就是她的想法，所以承认得也很坦然："我以后都不会骗你了，所以说的就是真的。"

　　他真的太难哄了，不划算。

　　少年的指腹在她脸颊上轻轻抚过，带着闷闷的鼻音："你不能和他们一样都瞒我。"

　　"可我和他们一样都爱你。"她轻声。

　　边炀垂下眼帘，眸色剧烈晃动。

　　小姑娘紧紧搂住他的腰身："可我保证，没有下次了。"

　　他总算是"嗯"了一声。

　　唐雨也松了口气，他肯主动再提这事儿，就说明已经走了出来，这事儿算是揭篇了。

　　"我们现在算不算和好了？"小姑娘在他怀里仰起头，先前涂的唇膏都弄到他唇瓣上了。

　　她白净的小脸染上潋滟的绯红，伸出手指轻轻地蹭掉那些唇膏，殊不知自个儿唇瓣还有被他咬后殷红的痕迹。

　　暗影里，少年喉结微不可察地滚动。

　　小姑娘的手指在他唇上蹭来蹭去的，这样对他来说简直是一种无形的勾引。

　　他把人往怀里搂得更紧一些，低头将她的手指顺势咬住，一双潋滟的眸子，边紧盯着她，犹如狩猎，边将她的指尖在唇齿间碾磨。

　　指尖酥麻的感觉，让她登时愣住了，脸红得好像滴血。

　　手指一瞬间也好像不是自己的了。

　　他喜欢她因自己而泛红的脸颊，更喜欢咬她软莓果似的唇瓣。

　　"先让我亲一会儿，再和好。"

　　唐雨的下颌被抬起，对上他热切直白的目光，气息愈来愈近，她下意识闭上了眼睛，用手紧紧攥住他胸前的衣服。

　　忽然，车窗被敲了两下。

　　唐雨一瞬间被吓得睁开眼睛，把他用力推开，边炀后腰猝不及防地撞在了方向盘上，闷哼一声。

　　外边一对老夫妇正笑眯眯地弯腰看车里。

　　唐雨来不及关心他了，马上羞耻地把头埋下去，本想着用头发遮脸的，才想起今天扎的是丸子头……

"外边看不见里面的。"看她这么可爱，他抵唇哑笑了声，也顾不上腰了。

知道小姑娘脸皮薄，他把车里的小毯子罩在她小脑袋上才落下车窗。

"张伯伯，遛弯呢。"他往后靠，很自然地打招呼。

老教授跟身边的妻子说："瞧吧，我就说这是阿炀的车，绝对没认错。"

天儿已经黑了，但架不住路灯亮。

少年唇上的润唇膏是粉橘色调的，都弄到唇周去了，他自己没察觉。

可老两口这么定睛一看，再瞧了眼副驾驶蒙着脑袋的小姑娘，还有什么不明白的。

"那什么，我就不打扰你们了。"说完老两口闷着笑，赶紧往前走，可不敢耽误人小年轻的好事。

等人走远了点儿，边炀好笑地拍了拍身侧的小蘑菇："出来吧，没人了。"

她从衣服底下鬼鬼祟祟地钻出来。

少年冷白的手闲散地支在方向盘上，在一旁瞧她，语气幽怨："祖宗，我就这么见不得人？"

唐雨也不知道怎么的，本该正大光明的，可这该死的条件反射……

她悻悻地把他的衣服折叠放好，弄了弄有点儿乱的头发："我就是……还没适应过来。"

"那是得多适应。"他倾身，直勾勾地盯她，"继续。"

"要不……回去吧。"她声音低得不行，怕被人看到。

边炀舌尖轻抵上颚，语调显得不太正经："回去就不怕被爷爷看见了？"

"爷爷不在。"小姑娘摇头，"他今晚上住医院陪奶奶。"

边炀顿了一下，马上说："下车。"

等她反应过来，驾驶座的人已经不见了，然后副驾驶车门被拉开。

唐雨愣愣地从车上下来，感觉边炀走得好快，她是小跑着追上去的。

从口袋里摸出钥匙开门，房间里黑漆漆的，进去之后，她的手摸着墙壁要打开灯。

灯打开的一瞬间，他从后边贴了上来，灼热的掌心覆上了她的手背。

"啪"的一声，刚打开的灯被他按灭，周遭重新陷入一片黑暗与静寂中。

后背灼热，她耳边的气息滚烫，紧接着她细软的手腕被握住，整个人跟着翻了过来，双手被他抵在头顶。

上衣本就是短款，往上轻轻一拉，小姑娘露出的那截软腰，正落在他另一只手的掌心里。

"不是说升级完毕了吗。"他倾身下来，鼻尖触到了她的鼻尖。

她的思绪一时有些空："嗯……"

彼此的呼吸在黑暗里平白放大，属于他身上淡淡的雪松香气裹挟着温热的空气几乎要吞没了她，却在即将吞没时停了下来。

"宝宝，我想看看你的实力，这次……连本带息一起还我。"

他彻底放开了她的手，双手搭在她柔软的腰肢上，这样弓下腰，某种引诱似的，任由她为所欲为的样子。

他的眼睛好漂亮，犹如一剪春水，也似星河万千，总是以这样强势的姿态占据她所有的视线。

或许是这黑暗给了她不必遮掩羞涩的勇气，她双手轻颤着攀上他的颈窝。

小姑娘眼睛紧紧闭在一起，软润的唇瓣贴上来，生涩地学他吻她时温柔细腻地描绘他的唇线，细白的手指抚他柔软的发丝，生涩得像个浸了糖渍的青梅果子。

空气像无意点燃了一团火，将黑暗填满。

怕她仰头吻得不舒服，边炀托起她的腰肢，把她轻易放在了鞋柜上面。

鞋柜有些高，她坐在上面，要低头，而他需要仰颈。

不知道上面有什么东西被蹭得掉下去了，发出不轻不重的声儿。

小姑娘刚睁开眼睛想去看看，就被他扣着后颈，重新贴回来。

唇线摩挲的间隙，他的喉结上下滚动，声线沙哑得不行："这就是你学习的结果吗。"

她迟钝地慢了一拍。

他睁开眼，在黑暗中一动不动地凝视着她："虽然还不错，但学无止境。"

他冷白的指尖在她露出的那截软腰上轻轻打转，她浑身紧绷着。

他说："要不要我教你？"

"……嗯。"她被他无意识地牵走了神魂，都不知道自己答应了什么。

"好乖。"低哑的笑声从少年喉咙里溢出，他不舍得吻得太狠，可是……"没办法，是我想要的更多。"

"宝宝。"黑暗中，他的指腹蹭了蹭她的脸颊，笑，"其实我特别霸道，特别坏，特别喜欢欺负你，可平常不舍得，你太好了，太干净了，我怕稍微弄一弄就碰坏你。"

"可我想要的太多，要你的注意，要你的爱，想要你暴烈地来爱我。"

"所以哪怕你弄伤我也没关系，剖开我也没关系……"说着，他仿若已然不认识这样的自己，忽地笑了声，轻轻呢喃着，"真想剖出来这颗心，让你看看它是怎么为你跳动的。"

他们的感情炙热而纯粹。

仿佛只要她走向他，他就会山崩地裂，会毫不犹豫地将自己献祭……

边炀从未想过有这么一天。

遇见唐雨之前，他只喜欢数字，把屏幕里的数字转化为账户余额，享受着驱使金钱的快感。而女孩子这种生物，软弱又无聊。

遇见唐雨之后，那些红红绿绿的曲线好像都索然无味了……他喜欢看小姑娘澄澈的眉眼，喜欢她被风吹散的发丝，喜欢她软软的皮肤、细细的胳膊，喜欢她因他而红润的脸颊和唇瓣……

喜欢到像是把理智和冷静全都燃烧光，那片荒芜只为她长出摇曳生姿的草。

越是喜欢，越是想要她的注意力。

可唐雨不是那种黏人的小姑娘，她不黏着他，总有自己的事情要做。

学习、比赛、照顾家人、收拾家务……她把自己的生活安排得井井有条，而他，是她的时间计划表里的一员。

边炀不想，他想她满满当当的都是他的。

可也知道那样不行，他会折断她的翅膀，因为比起让她喜欢他，他更想让她深深地喜欢这个世界。

所以啊只有这个时候，他才能得偿所愿，才能独占她，又怎会轻易饶过她？

唐雨听着他的嗓音，深夜寂静，她湿漉漉的眼睛怔然。

这是边炀第一次对她说这些，说他对她的渴望，说他是如何如渴望甘霖般地渴望被她爱。

纯粹、直白。

非要钻进她的心窝里，在里面筑巢生长。

他爱她，甚至比她爱他更爱她。

她该怎么回复他炽烈的感情呢？

再多的话都词不达意，只能把自己通透地敞开，让他肆意地住进来，然后摸摸他的头发告诉他："边炀同学，从今以后，世界上又要多一个在好好爱你的人了，唐雨同学会让你成为这个世界上最幸福的人。"

可她没说这些心里话，而是把柔软的小手贴在他滚热的胸膛上："只有这颗心剖给我吗？"

边炀微微抬眸看她，心脏剧烈跳动。

分明这些话有些难为情，可说出来的时候，她没有一点儿犹豫："可我要的又不只是这颗心，边炀同学也太小气了。

"就不能把你的全部给我吗？"

她对上他晃动着的眼眸，浑身热得像掉进熔岩里，也要重复一遍："全部都给我吧，我会好好珍惜的。"

他像是被洪流淹没，又像是被抛入云端。

耳边是心跳，眼前是她。

"边炀。"唐雨看他久久不说话，收回贴在他心口的手蜷缩起来。

脸颊卷着绯色的红漫上来，她埋下头，轻声细语地问："不是要教我吗，还教不教了……"

他深呼吸，哑声："教。"

这次，他毫不掩饰自己的欲望，眸色里倾泻的温度灼烈："第一步，离我近一些。"

她的手撑在鞋柜上，挪动臀部，温顺地离他近一些，膝盖已经紧紧抵住他的腰了。

"再近一些。"他呼吸滚烫。

唐雨已经动不了了："近不了了。"

他揽着她柔软的腰肢,贴向他的腰身："是这么近。"

唐雨几乎呼吸不上来,耳边是他很轻的嗓音："第二步,捧着我的脸。"

她伸出两只手,贴着少年温热的脸颊,和他四目相对。

"吻我,这是第三步。"他掐着女孩儿腰肢逐渐用力,眼底压着翻涌的情绪,呼吸微沉。

"这一步很关键,要用心,还有记住,我不说停,那就不能停……"

她的唇贴了上去,本以为是她掌控主动权,下一秒,她的下巴被他强势地抬起。

温柔的厮磨已经不足以满足,他暴烈的吻让她发疼。

把她已经捏紧抵在他胸口的拳头用指腹一点点撑开,她细嫩的掌心已经出了些薄汗,边炀把她展开的手强制地带到他劲瘦的腰上,另一只手的掌心抵着她的后颈,把浮游的女孩带过来,继而两个人的距离更近,让她几乎没有半点儿后撤的余地。

寂静的空间内,偶尔有浴室时不时传来水的滴答声。

"滴答——"

滚热的呼吸声平白放大,他散发出的占有欲将她彻底淹没。

渐渐地,她被吻得没了意识,不受控地发出细微的声音,身体几乎软得好像水,双手无力地扶着他的腰,像湖海里飘荡的时候要抓住浮木。

"宝宝。"他的下巴垫在她的颈窝,嗓音性感。

"我好热啊,难受。"在她耳边的气息沉沉的,"帮我把衣服解开好不好?"

他引领小姑娘纤弱温热的手到领口的位置。

黑色衬衫上的暗纹纽扣,在暗色里闪烁着光泽,耀眼得让人恍惚。

唐雨唇瓣微微张着喘息,受了蛊惑似的,乖顺地伸手解他的衣服。

可能是光线不够,又或是手指头都是软的,解得磕磕绊绊,并不顺利。

她指尖颤颤巍巍的,时不时碰到他的锁骨,半天弄不开一颗。

他的呼吸却更沉了,眼睫轻轻颤抖,似乎禁不住了,把她的手挪开,用力一扯，纽扣被直接暴力地挣开。

他领口瞬间敞开得过分，双臂撑在她的身体两侧，从喉结到锁骨一路向下，完美地展现在她面前，冷白的皮肤和黑色衬衫形成极强的视觉冲击。

他确实很热，薄瘦的肌理上面沁了一层薄薄的细汗，肉眼可见。

她的呼吸滞了滞，视线乱得无处安放，可他的掌心已稳稳地托起她滚热的脸颊，不容她躲避半分地望向他，非要她眼睛里盛满他所有的样子。

"是喜欢这儿，还是喜欢这儿？"他重新握住她根本使不上力气的手，带她的手从眉眼一路慢吞吞地蜿蜒到锁骨的位置。

这是她最留恋的地方，坠了颗摇曳生姿的痣。

他嗓音低哑，欲念浓盛，指腹贴着他的皮肤，烫得要命。

唐雨被他这样的动作刺激到，气息紊乱，脸烧得厉害。

他是贴着她的唇瓣问："到底更喜欢哪儿？"

都喜欢，他怎么样都喜欢。

可喉咙里发不出声音。

小姑娘禁不住微喘了声，下一秒就被他按入胸膛里，环住她的手臂烫得灼人。

"都……喜欢。"她终于说了出来。

软糯的嗓音像蛊一样，从他张开的毛孔里肆意钻进去。

昏暗的光模糊了少年几分轮廓，他微仰起脖颈，轻轻合上眼，微凸的喉结滚了又滚，平复了很久才把她轻轻推开一些，略往后站，不敢再离她更近了。

没了支撑，她瞬间从窄窄的鞋柜上流了下来，双腿一软，没骨头似的身体直往地上跌。

少年手疾眼快地伸出手，将她一把捞过来，却因为身高的缘故，室内昏暗，视野很差，手掌往上错了些，搂错了位置。

一股软钝的麻意迅速从手指蔓延至整条手臂，让他直接没了知觉！

唐雨也在那一瞬间僵住身体。

短暂的五秒钟像是按了暂停键。

他被烫伤似的快速收回手，指尖用力捏在一起，退到离她一米远的位置，只用余光留意着她是否站稳。

唐雨垂着小脑袋，听到边炀结结巴巴的声音："我……我不是故意的……"

垂在身侧的手指松了又紧。

指尖的触感在他脑袋里如炸开的烟花，一时间压迫了他的中枢神经。

如果此刻开了灯，就能清晰无比地看见，边炀的耳尖，正在一点点地泛红。

寂静蔓延。

她也结结巴巴："没、没事。"

"那……那我……"他该怎么办，一向随性闲散的人，这会儿竟然有些语无伦次了。

唐雨镇定地摇头："吃蛋糕吧。"

边炀沉沉吸气，似乎在克制什么："……嗯？"

"对，生日不就是要吃蛋糕的吗！"唐雨深深吐气，马上顺着这个好不容易找出来的话题，一本正经地继续，"你离灯比较近，先开灯。"

"吧嗒"一声，灯光打开。

边炀转身看到室内的场景，视线微微停滞。

目之所及，粉色芍药上面缀着闪烁的星星灯，整个房间被一片梦幻的花海淹没。

现在已经是八月份了，芍药盛开的季节已经过去，而这些粉色芍药要去郊区花卉培育市场才有机会买到。

在他愣怔时，小姑娘捧着点燃蜡烛的蛋糕缓缓走了过来，蜡烛把她本就绯红的小脸映得更加莹润。

"祝你生日快乐，祝你生日快乐。"

那双乌黑的杏眸里水盈盈地映着蜡烛和他的光影。

她站在他跟前，微仰起头。

小姑娘的丸子头已经被揉乱到不行，松松垮垮地挂在脑后，几缕发丝沾在脸颊边上，唇瓣上还有被他咬过泛红的痕迹，俨然一副被他狠狠欺负过的模样。

她不知道她此刻的样子多诱人。

少年喉结缓慢地滚动着。

"过生日时许愿一定能实现，边炀，闭上眼睛，许个愿望吧。"她目光盈盈地说。

边炀轻吐了口气，其实心思早已不在蛋糕和愿望上了，不过依旧听话地闭上眼睛，在小姑娘的歌声里，许下唯一一个心愿，然后睁开眼眸，目光依旧灼灼，眼角有些未褪去的红色。

"许完了？"

他嗓音沙哑地"嗯"了一声。

唐雨弯眸："那吹蜡烛？"

边炀又顺从地吹灭蜡烛。

唐雨把蛋糕放在桌子上，然后背着手走到他跟前，看了他一会儿后，伸手去蹭他的脸颊："你脸上都是汗。"

他的眸子始终一动不动地盯着她。

这会儿光线充足，她肌肤上泛起的迷人的粉晕更是清晰无比。

唐雨浑然不知，只觉得自己做完坏事儿后，当事人还没意识到，顿时有点儿得逞的小得意。

在她落下手的时候，被他忽然握住，揉在掌心里轻轻刮蹭："这些，你什么时候准备的？"

唐雨缓慢地眨了下眼睫："喜欢吗？"

即便他什么都没说，从眼神也可以看出他有多喜欢。

"你应该早点儿告诉我。"边炀嗓音闷闷的。

其实他等了一天，从朋友圈到微信，又去会所，等了那么久，还以为她的心是石头做的，铁石心肠得很，殊不知她都在这里布置这些……

唐雨把碎发拨在耳后，眼里像盛了星河："怕告诉你就没有惊喜了。"也怕他会不喜欢。

"还记得芍药的意思吗？"他把小姑娘往身边拽。

唐雨窝在他怀里点点头，声音软软地"嗯"了声。

"那你送了我这么多，是想把我订多少次？"他额头抵着她的额心，嗓音带着淡淡的哑。

唐雨想了想说："大概一辈子两辈子好几辈子那么多次吧。"

他闻言低声笑："好，我愿意。"

小姑娘鼓了鼓腮："这么轻易就愿意了？万一以后遇到更漂亮的女孩子，你就不后悔呀？"

他凝视着她的眼："我心匪石，不可转。"

她微怔，唇瓣微动："我心匪席，不可卷。"她亦是。

少年抬起小姑娘的下颚，指腹抵在她被吻得殷红的唇瓣上："我好像还没说停下。"

不说停下，那就不能停。

可在他贴上来时，小姑娘已经泥鳅似的趁机从他手心里钻了出去。

刚给他脸上偷偷抹了奶油，要是凑过来的话，不就弄到她脸上了吗。

对上他情绪浓稠的黑眸，她清了清嗓子，心虚地道："先吃蛋糕吧。"

他后背往墙边靠，闲散地不动，还朝她慢条斯理地勾了勾指，"过来。"

唐雨犹犹豫豫的，要是过去，就要被弄一脸蛋糕了。

见她不动，他直起身，想把落跑的小姑娘捉回来，无意间扫过镜子，瞧见了她借擦汗为由头弄得他满脸都是奶油，危险地眯了眯眼。

伸手去抓她的时候，小姑娘抿着笑跑开，躲进自己的房间里，他的手在她关门那一刻挡在门框，她急急地往后退，瞧见少年已经打开了门，把门关上后，缓慢地朝她走过来，步步逼近中犹如优雅进食前的野兽。

"唐小雨。"她退到了床边。

"是不是很好玩？"

她连忙摇头，不敢说他好玩。

边炀敛着眼皮瞧她，人已经站在她跟前。

唐雨退无可退地往后，一屁股坐在了自己的床上，他的双臂顺势撑在她的身体两侧，低颈俯身，凑近她时，眸子又晦暗几分，脸颊上几抹分明看起来好笑的奶油，在他这样侵略感十足的眼神下却显得很野。

"吻我。"

她澄净的眼里有点儿慌，捏住床单的手忍不住收紧几分，最后，乖顺地把唇贴了上去。

他微喘了声，双手抚向她的颈侧，穿在她凌乱的发丝之后："宝宝。"

她像被什么包裹了起来，寂静的空间里，他非要霸道地将她每一寸肌肤都染上他的气息。

不知道吻了多久，她几近窒息，也不知何时被边炀压在了身下。

在他冷白的指想从她衣角探进去的时候，又陡然克制地停下来。

少年手臂撑在她身侧，重重喘息。

刚尝过这种销魂滋味的甜头，这会儿自制力简直仿若蒸发了，他压抑的隐忍像被过滤的沙一样，稍稍漏了一些给她，轻颤着嗓音，用渴望的眼神征询她的回答："我……可以碰你吗？"

刚才吻得太深，她还在重重喘息着。

房间的灯没来得及开，只有从窗帘缝隙折射出来的街灯和时不时晃动的车灯，落了几道痕迹在他脸上，他浓稠漆黑的眼底以及其中满满的占有欲和潋滟欲色，都被照得一清二楚。

此刻，她仿佛能清晰无比地听到他心脏剧烈的跳动和血液沸腾的声音。

唐雨的睫毛轻轻扇动，不只是面红耳赤，细白的脖颈、锁骨，以及往下蔓延的每一个地方，身体的每一寸肌肤都晕了层淡淡的粉色。

他看她如坠云彩里，她看他如扑烈火里。

这样的四目相对足足十几秒钟，她意识才逐渐回笼，微仰起头，指尖把床单捏皱成一团，声音低弱得几乎听不清。

"……我成年了。"说完就极为尴尬地把脸扭到一旁去。

边炀愣了下，这样的话无疑让他拿到了可以肆无忌惮的通行证。

情欲更浓的眼睑巡身下诱人粉嫩的小姑娘，像在睃巡专属于自己的领地。

紧接着，炽烈的吻落在她的眉眼，她的脸颊。

无比爱怜地，在虔诚地取悦她。

空气弥漫起一股充满雪松和甜美果香交融的潮意。

他的指尖轻颤着，落在她露出的那截腰间细白滑腻的肌肤上抚了片刻。

一股酥麻的感觉瞬间从那处贯穿全身。

她呼吸一颤，整个人一动不敢动，心脏也像是被轻柔地捏住。

他吻她微仰的细长的肩颈，湿热的吻缓慢而慎重，齿尖停在锁骨那里反复啃噬，那股陌生又奇异的感觉从皮肤里钻出来快把她淹没了，圆润的脚趾下意识地蜷缩在一起。

"宝宝。"

她听到他闷哑的声音，微微颤着眼睫睁开，他正低眸。

这样近的距离，看到清晰分明的红晕从他眼尾氤氲开，他这样……真的好漂亮。

"亲亲我好不好？"扑洒在颈窝的炽热呼吸，凌迟着她的意识，他眸色热烈，喉头发紧，"就一下。"

她此刻已经无法思考，甚至忘却该如何呼吸，只能迟钝地下意识地按照他说的去做。

双手攥住他身前的黑色衬衫，吻在他锁骨的那颗摇曳生姿的痣上。

"嘶——"他仰起头，深深地吸了一口气，微微滚动的喉结上都泛了一层红晕。

边炀有点儿绷不住，一只手撑在床上，微喘着气："别说话，也别乱动，这样就好。"

炙烫的体温，柔软的身体，毫无缝隙地紧贴着他。

"我现在……有点儿狼狈。"他嗓音低低的，脸颊蹭了蹭她的耳边，"我记得凉城公寓里的东西，你帮我带回来了，就放在你的柜子里，对吗？"

她娇润的唇瓣动了动，正要张口说话。

他马上沙哑地说："不要说话，点头或者摇头就好。"

唐雨不知道他发生什么了，只是点了下头。

得到回答后，他闭了闭眼平复呼吸。

最后在她额头落下亲吻，紧实的手臂撑起身体起身，把弄开的纽扣重新一颗颗整齐地扣好，又扯开被子盖住她。

"睡吧。"他克制地抚了抚她柔软的发丝，又亲了亲她湿漉漉的眼睫。

她迷迷糊糊地看他，然后整个人就迷迷糊糊地被被子包住了。

边炀找到柜子里的洗漱用品，迅速进了浴室。

浴室房门关闭，水流声响起，她躺在床上迷茫地看了一会儿天花板。

耳边似乎还残留着他滚烫的呼吸声。

浴室的水流声淅淅沥沥的，又像是某种催眠曲。

他在浴室很久，久到她思绪纷乱，眼皮子开始泛沉，最后连自己都不知道什么时候抱着被子迷迷瞪瞪地睡着了。

冷水从少年的发顶一路蜿蜒而下。

他的手撑在墙壁上，仰颈闭着眼，冷白的指尖从湿润的发丝间穿过，不知道冲了多久，身体里那股子燥热才总算压了下去。

穿好衣服，从浴室出来，已经夜里一点钟。

他弯腰把小姑娘蹬开的被子盖好，后背顺着床铺滑坐在地上，一条腿随意地伸展着，另一条腿微微屈着，手腕搭在上面，后颈靠在床上，喉结滚动。

碰她的时候，那种对她的渴望像是从四肢百骸不受控制地钻出来的一样，争先恐后地想把她吞噬干净，想让她从身到心完全属于他。

但搂紧她的那一刻，忽然就后悔了，他不能那么做，如果理智屈服于情欲，那么他跟畜生有什么区别。

他的小姑娘值得拥有一个盛大的求婚仪式，而不是默不作声的，在这种情况下把她扣在自己身边。

他要给小姑娘的安全感，是因为他这个人。

他想要她，不只这一刻，还有将来的每一刻，而那一刻应当是慎重的、深思熟虑的，是他足以给她一个真正的家的时刻。

所以他把欲望拉了闸。

冷静下来想想看，比起她来，没什么不能忍的。

耳边是小姑娘安安静静的呼吸声，而他坐在床尾的位置。

无比希望时间停留在这一刻，此刻的幸福值好像到达了峰值。

他爱的人，也从身到心地爱他，那么其他什么都是锦上添花。

边炀微微闭上眼睛，仰颈呼吸着属于她的气息，周身散发着和她一样的香气。

"已经很好了。"边炀领口敞开着，皮肤冷白，指尖摸了摸她亲的地方，不可抑制地弯起唇角，喃喃自语。

翌日清晨，唐雨是被外边的动静吵醒的。

她挠了挠乱糟糟的头发，从床上滑下来，打开门，外边的芍药花统统不见了，甚至都已经没了昨天布置的痕迹。

她揉了揉发酸的眼睛，爷爷正把早餐放在桌子上，见到她马上招招手："小雨起来了，赶紧去洗脸刷牙，吃早餐了。"

唐雨瞅来瞅去，没看到自己想见的人，走到客厅问："爷爷，边炀呢？"

"走了啊。"爷爷说，"我五点多回来的时候，看到他睡在客厅沙发……你说你，也不给人铺个卧室，那不还有一间空房吗，你怎么能让人睡沙发呢。"

"他一起来不管不顾的，就开始弄那些芍药，把芍药全搬到他车上去了，这屋子也是他打扫的，我不让他弄，这孩子还非得弄，非要把花都弄走。"爷爷自言自语的，"看得出来，他是真喜欢芍药啊。"是得多种点儿。

唐雨默默听完，回卧室洗澡洗漱，换衣服的时候看到脖颈处的吻痕，她用指尖蹭了蹭，蹭不掉，脸红地看着镜子里的红透了的自己。

好在头发乱糟糟的，正好遮住这地方，要不然爷爷看见就糟糕了……

不过刚才爷爷那态度，完全都不担心的样子……唐雨也是挺无语的。

"小雨，快出来吃早餐了。"爷爷敲门。

唐雨把头发放下来遮好脖颈，又不大放心地穿了件带领口的上衣，才从房间里出去。

吃早餐的时候，爷爷问她："昨晚上我和你奶奶送给边炀的礼物，你送了吗，他喜欢吗？"

提到这个，唐雨一拍脑袋。别说爷爷的没送，她自己的都没来得及送出去！

不过昨天那种情况，她哪有时间张嘴说礼物的事啊，到最后，他都不让她说话……

唐雨吃着油条，支支吾吾地回："我还没来得及送呢。"

"你这孩子，我临走前千叮万嘱的你怎么就忘了！"

"这不是没来得及吗……"

爷爷吹胡子瞪眼的："那么长时间怎么就来不及了，不就是吹个蜡烛吃个蛋糕吗，怎么就连个送礼物的时间都没有？"

唐雨越听脑袋越往碗里埋，然后狼吞虎咽地把早餐吃完，用去看奶奶的借口连忙离开这个是非之地。

爷爷在门口还说："你遇到边烆别忘了给，你这孩子，脑袋读书的时候怪灵活，这事儿怎么就不往心里去……"

唐雨吐了吐舌头，捂住包包里的礼物，心虚地跑了。

边烆和王叔一起把芍药都搬进竹溪园。

王叔看跑车里满满当当的都是这花，还挺诧异："怎么这么多啊，不是芍药的季节了，得跑大老远才能搜罗这么多芍药吧。"

边烆眉眼含笑地应："我女朋友给我买的。"

"少爷的女朋友？"王叔一愣，紧接着狂喜，"少爷有女朋友了啊。"

"嗯。"他应，"有空了，我带小雨来见您。"

"好好好。"王叔跟他的亲人一样，听到这话喜笑颜开，"到时候王叔一定给她做好吃的。"

"还有这些芍药，既然是女朋友送的，意义可就不一样了，待会儿我都插在花瓶里，好好养几天，等干枯了就做成标本，能留个纪念。"

"谢谢王叔。"边烆把一部分花送进自己房间。

正在整理，手机忽然响了起来，是戚明洲打来的。

边烆站在桌子跟前，指尖随意地拨弄着花蕊，一边闲散地接通电话："舅。"

"阿烆，你爸出车祸了。"

边烆的脸色瞬间一变："什么？！"

戚明洲语重心长："昨天他着急去你的生日派对，路上开得快了点儿，谁知道就……"

"总之你快来医院一趟吧。"

"还有一件事，这几天我仔细想了想，那小姑娘说的有道理，我们觉得为你好的事不代表一定是对你好的事，你已经成年了，事情的决定权应该交给你，边烆，你父亲不是你想的那样。"

戚明洲挂断电话，发给他一段视频。

边烆不知道是怎么看完的。

视频里边城愤怒至极的样子，泣不成声的样子，殉情的样子，到最后失魂落魄无措的样子……

他脑袋一时间有点儿空，好像不知道刚才听见和看见了什么，然后缓过神的下一秒就拿起手机冲出了竹溪园，狂奔去清北医院。

唐雨正在路上走，看到他的背影，喊了一声，路边车太多鸣笛声掩盖她的声音，等她再看时，少年的身影已经消失不见了。

边炀气喘吁吁地冲进病房里，其间不知道撞了多少人，看到床上蒙着白色被褥的人，瞳孔剧烈震颤，身形摇摇欲坠。

他不知道是怎么走过去的，微微颤抖的手不敢碰床上的人，只有眼泪不受控制地坠落，生怕他一下子就碎了。

唐雨追过来时，正看到边炀抱住床上的人痛哭。

她呼吸窒了下，缓慢地走进去，谁知道下一秒被子被用力掀开，传来边城的暴怒声："我还没死呢！你哭个球啊你！"

边炀吓了一跳，双手撑着地面，直接跌坐在床边。

唐雨也被吓了一跳，但很快轻轻吐了一口气，过去扶起边炀。

边炀回过神，意识到自己被耍了，眼泪都没擦，指着他就是破口大骂："你脑子有病啊！没死你脑袋上盖块白布！"

边城瞪眼："我是嫌外边吵才蒙脑袋的！"

刚才老秦那东西闹腾腾的，快把他烦死了，他让戚明洲把人拖出去，蒙脑袋想躲个清净！

谁知道刚蒙上，就有人来哭丧了，别说，边炀哭得还挺走心。

边炀胸膛起伏不定的，接过唐雨递来的纸巾胡乱擦掉浪费的眼泪，简直气笑了。

戚明洲进来就看到这一幕，温和地问："阿炀这么快就来了。"

唐雨跟他打招呼："戚叔叔好。"

又给边城打招呼："边叔叔好。"

边城冷硬的脸庞瞧见小姑娘，马上扬起和平常迥乎不同的慈眉善目的笑容，眉眼都是弯起的："小雨来了，快过来坐。

"明洲，你快给人搬个凳子。"

这病房大得很，沙发客厅一应俱全，哪里用得着凳子。

戚明洲目光温柔地看着小姑娘："小雨，你随便坐，别跟叔叔们客气，当自己家。"

边炀牵住小姑娘的手将人拉到自己身边，轻嗤："舅，谁要把医院当成家，你这不是咒我们小雨吗。"

戚明洲扯了扯唇，想给他一巴掌："你这孩子……"

"我怎么了，要不是你在电话里不说清楚，我能……"

唐雨马上拉了下他的手，弯起的眉眼跟月牙儿一样，很乖地应："谢谢叔叔。"

"你看看人家。"边城看边炀时原本温柔的脸顿时乌漆麻黑，"再看看你！一来就哭爹喊娘的，怎么地，哭死老爹准备继承我遗产啊！"

唐雨、戚明洲："……"

戚明洲跟唐雨解释："没事，习惯就好，他们一向父呲子哮。"

唐雨："……"

边炀眉梢眼角都是轻慢，哪还有方才半点儿惊慌无措的样子："你要是舍不得这点儿东西，回头你死了，我全给你烧了带走。"

"你！"一个杯子飞过去，是直冲着边炀砸的。

唐雨手疾眼快地把人拉到自己身后护着，边城一下子就想起来了在凉城的时候，这小姑娘怎么教育他的。

她不让他揍边炀。

臭小子现在有人护着了，那还不得跳上天！

"瞧你这点儿出息，还躲人小姑娘后边，你给我出来！"

边城一只杯子没砸到，又拿起一只举起来，他往左边，小姑娘就挡左边，他往右边，小姑娘就往右边，边炀被护得严严实实。

偏偏边炀仗着有人护，仗着他不敢轻举妄动，还对他进行言语挑衅！

"我看你车祸伤的不是腿，是脑子吧，这脑部病情是越发严重了，躺床上了你还不安分。"

边炀扶着小姑娘的肩膀，把人带到自个儿身后来，悠悠的声音非常欠儿："果然是祸害遗千年。"

唐雨这前脚刚挪开步子，那边水杯就飞了过来。

本以为边炀肯定要被砸到了，谁知道少年懒洋洋地抬起手，就抓住了那只水杯。

透明的玻璃杯在少年冷白的指尖打转，他略微抬眼："你还不服气，不服气你下来，我们打一架？"

边城哪经得起他这么激，马上掀开被子，瘸着腿就要揍他。

"你给我站住！我今天不揍得你屁股开花，我名字就倒着写！"

边炀的视线落在他身上，上下扫了个遍。

只有左腿打上石膏，其他地方没有包扎的痕迹，精神也相当不错。

眼看边城真要下床了，他慢吞吞地走过去，把水杯放在桌子上，然后吊儿郎当地站在那儿，让他揍。

"难怪我妈临走前最放心不下的就是你，都快五十岁的人了，成天打打杀杀的，还没我稳重。"说着弯了腰，按下调控床头高低的按钮，又往他身后放了个柔软的靠枕。

不顾边城瞪眼，把他的肩膀按下去，让他靠得舒坦一些："我妈还让你照顾我，就你这样的，能照顾好自己就不错了。"

"戚明宛"这三个字，就跟边城的死穴一样，只要提到，他就会平静下来。

但他依旧没好气地扬手，冲边炀肩膀落一巴掌："小兔崽子，我再怎么样也轮不到你——"

边炀默不作声地挨了那一巴掌，蓦地打断他的话："生日每年都会过，派对也不重要，下次开车不要开这么快了，驾驶技术不行，能让司机开就让司机开。"

边城的嘴唇动了动，眼眶忽然一酸，还知道关心他，虽然这关心的话不怎么好听。

边炀倒了杯温水，递到他手边，低声："祸害遗千年也不是真想骂你，你要是真能活这么久，我打心眼里高兴。"

房间里一瞬间安静了下来。

边城咽喉微哽，说不出来什么情绪弥散上来，雾了双眼。

他抬头看这张和妻子七八分相似的脸，忽然想起来了这臭小子刚出生的时候。

明宛骨架小，生他的时候吃了好多苦头。

他心疼得在手术室里团团转，一个大老爷们边不知所措地哭，边骂这个臭小子怎么还不出来，明宛忍着生孩子的疼，还得抽空哄他。

孩子一生出来，边城就撸起袖子，不顾医生阻拦要揍他。

可当看到那个红红小小皱皱巴巴的皮猴子的时候，他扬起的巴掌怎么都落不下去了。

那么小，那么弱，瘦弱的小身子上都是没来得及擦去的胎脂，伸展着红彤彤的四肢。

随着每一次呼吸，薄薄的胸腔就有一次明显的震颤。

这是他心爱的妻子拿命生下来的宝宝。

这是他和妻子将来要去守护一生的宝宝。

可因为他让妻子遭这么多罪，边城生了好几天闷气，都没抱过他，整天围着妻子转。

最后还是明宛看不下去了，命令他去抱的时候，他才勉为其难地笨手笨脚地把皮猴子抱起来。

这和他在妻子生产前上过的准爸爸培训课完全不同。

当时他可是班里最厉害的准爸爸，风雨无阻地上好每一堂课，每样课程都拿优秀。

抱硅胶宝宝、换尿布、做排气操，就连做辅食也得心应手。

从班上毕业的时候，老师开玩笑地说，他都可以考月嫂证了，是最称职的准爸爸。

可这是第一次抱真实的宝宝，抱他和明宛的血脉。

无论上课的时候再怎么熟能生巧，这会儿都显得无比笨拙。

可这个在襁褓里几乎没有重量的小东西，眨着不屑的眼睛，居然冲他翻白眼。

打从那开始，边城就知道这小子绝对不让人省心。

事实也如他所料，边炀自从学会走路之后，就再也没让他省心过。

家里什么东西贵他玩什么，古董字画的损失简直不计其数，就连他藏酒庄地下室犄角旮旯里的陈年老酒，都能让他扒拉出来嚯嚯了。

终于熬到他上学的年纪，边城以为能松口气，结果更糟糕了！

他被老师请去学校的次数，比这小子自己去学校的次数多！

偏偏每次考试，他还能拿回来一张完美的考试成绩单堵他的嘴，让他愣是干瞪眼。

后来大院里几个大人攀比孩子智商，边炀被他爷爷也拽去做智商测试，导致边炀在五岁那年，就凭一己之力把别家孩子衬托得像个智障。

打从那开始，边城就对他不怎么上心了。

因为他知道，这小兔崽子浑蛋是浑蛋了点儿，但无论什么时候都能把自己照顾得很好。

所以后来，他把重心全放在了妻子和公司上。

可他大概忘了，再厉害的小孩，终究是个小孩，渴望父母的关爱和陪伴，渴望得到认可，渴望与父母交流……

这么看着边炀的脸，边城恍惚间发现，他们父子俩已经十几年没能坐在一起好好谈过了。

每次见面就会鸡飞狗跳。

明宛说过他很多次，他都不以为意。

边城接过那杯水，别开视线，趁人不注意的时候，偷偷擦去眼角的泪水，然后嘀咕了句："我要是能活这么多年，还不得送到研究所给人研究去了啊。"

边炀双手懒懒地插在口袋里，低头浅笑："那他们估计会一无所获吧，因为就算把你解剖了，里面也空空如也。"

边城沉默片刻后，掂量了一下手里的杯子，想砸。

果然，他们父子俩不太适合走温情路线！

交警来病房的时候，边炀才知道，边城是开车撞路杆上了。

他人没事，路杆事大了，赔路杆的钱比他医药费还多。

交完罚金，边炀牵着小姑娘的手，在医院的花园里散步。

这会儿没了别人，两个人的氛围就变得微妙。

边炀担心，她会认为他轻浮。

唐雨担心，他会认为她冷淡。

毕竟晚上她真的睡着了……而且格外香。

"那个……"

"你……"

两个人同时出声，然后又同时闭嘴，接触到对方的视线后，又同时脸红地挪开视线，忽闪着落在别处。

牵在一起的手烫得出汗，跟火球似的，但谁都没松开。

最后，边炀手抵在唇边，轻咳两声，佯装镇定地说："你先说。"

唐雨脸红得厉害，白皙的脸蛋在阳光下晒得粉白粉白的，她也佯装镇定："我是想说……叔叔应该没事吧？"

"他就是崴到脚了，躺个几天就活蹦乱跳，不用担心。"说完，他又把她转了一圈，检查好几遍小姑娘，生怕刚才那杯子掉在地上迸裂的碎碴弄伤她。

"倒是你，这养的什么坏毛病？他砸我，你还挡我前边来了。"

确定她一点儿事儿都没有，他屈起指节惩罚似的敲了敲她的脑门。

"下次不许这样了！"

"我一个大男人，还用得着你护着啊，人家都是男朋友保护女朋友的，这要是传出去，我以后还怎么见人？"

唐雨捂住额头，鼓了鼓腮："女朋友也要保护男朋友的。"

边炀听得想笑，唇角止不住弯起，揉了揉她毛茸茸的发顶："你还挺厉害。"

"昨晚……"话在嘴边转了几圈，他想了想，牵着她到四下无人的亭子里，然后扶着小姑娘的肩膀，对上她澄净见底的眼神，严肃认真地说，"昨晚上我是认真的，我没轻浮。"

唐雨臊得慌，手指一抖，攥紧，低头很轻地"嗯"了一声，声弱得不行："我知道。"

他不是那样的人。她相信他，所以才敢把自己毫不设防地敞开。

边炀啊，是世界上最好最好的人。

"你知道？"他扬眉。

她埋着脑袋，露出的那一小段洁白的后颈上也染了层薄薄的绯色。

边炀捏捏她的脸，她一脸红，手感更好了："那你说说，你到底都知道些什么？"

唐雨被他的手带着抬起小脑袋，少年眉宇间带着几分野性，笑起来显得格外坏。

"不就是……"她咕哝，"你不轻浮吗？"

"对，我不轻浮。"少年嗓音携了一丝笑，低头，唇瓣就碰了下她柔软的唇，一触即离，"也就是喜欢占你便宜而已。"

他的眼睛很漂亮，似星河鹭起，似朗朗风月。

被这样的目光注视着，人很容易就陷入里面，那就……趁风光正好，陷进去吧。

她一眨不眨地看着他的眼睛，以及他唇角的位置，忽而踮起脚尖，吻在他弯起的唇上，耳根子发红："很巧，我也是。"

他愣了下，心口似开了个洞，有烈风灌进去。

那些被风拂过的不为人知的角落，恐怕早已鲜花怒放了。

戚明宛是前任副院长，医院的院长和医生大多是她的同窗或者师兄师姐和师弟师妹。

打小，边炀就把医院当家一样逛。

这里的人无论是护士还是医生，基本都认识边炀。

边炀回病房的时候，熟识的医生和护士长看他那嘴角都咧到天边去了，纷纷打趣："阿炀，又从女朋友奶奶那里回来了？"

自从唐雨的爷爷奶奶开始住院，这小子比人亲孙女跑得都勤快。

他们谁也没避讳过，在医院里正大光明地牵手、约会。

一来二去的，全医院都知道边炀的小女朋友了。

边炀扬起手腕，冷白的手腕处和腕表叠戴了一条漂亮的手链，跟人打招呼。

走过去时，还懒散地抓了把微微凌乱的发丝，手腕子在人眼前晃悠："青姨，中午打算吃什么？"

护士长看了他一眼，平常打个招呼就没影的人，这会儿居然靠在护士站有心思跟她话家常，瞧把她护士站的小护士迷得，快找不着北了。

"还能吃什么，食堂有什么吃什么呗，你爸那里还好吧，没打你吧？"

护士长边看查房记录，边随意地问。

边炀把手腕搭在桌子上，稍稍弯腰，一副松弛慵懒的样子："我又不是陀螺，他见面就得抽。"

几个小护士闻言忍不住捂嘴笑，用文件夹挡住脸，时不时偷看他。

他那张脸本身就挺招摇的，眉眼天生带点儿冷感，不笑的时候还好，挺让人望而却步的，可这会儿脸上挂着灿烂的笑容，再加上一身玩世不恭的气质，就跟个花孔雀一样，感觉从骨子里都开始发芽开花了。

护士长回头瞥了眼那群捧着脸的小护士。

她用笔敲了敲文件，咳嗽两声，然后无奈地看他："你有事找我啊，今儿个居然这么有闲心跟我聊天。"

"瞧您说的，没事就不能跟您聊两句了？"

边炀手肘闲散地枕在护士站的案台上，微微偏了偏头，刻意用戴手链的那只手托着下颔。

他都这么明显了，她还看不出来？

"青姨，你有没有觉得我今天哪里不一样？"

护士长瞧他一眼，没什么不一样啊。

他很轻地"啧"了一声，右手的指尖不紧不慢地点了两下左手的胳膊，已经提醒得很明显了。

青姨总算看见了："你这块手表挺好看的，新买的？"

边炀："……"

他把手表摘了，随手扔口袋里，然后扬眉："现在呢。"

少年手臂线条分明，以巴西黑玛瑙材质设计的手链佩戴在手腕上，更显气质斐然。

护士长这次想看不见都难了："呦，这手链怪好看的，很有设计感，没见你之前戴过。"

边炀似乎就等她问呢，马上说："这是荷鲁斯之眼。"

"什么眼？"护士长这把年纪可不懂潮流。

"一种古埃及文明的神秘图案，与象征永生的金字塔型宝石相结合，是代表守护和平安的意思。"说完，他微微抬了抬下颔，"我女朋友刚送的。"

"漂亮吧？"他笑。

护士长嘴角抽抽："……"难怪他举着手腕，在这儿晃来晃去的。

边炀低头用指尖拨弄着手串上的纹路，语气又跩又欠儿："小姑娘就爱买这种东西，买完还跑大老远去寺庙过香，说这样可以保平安的。"

说着，他自己唇角收不住："您说，这让寺庙里的神仙怎么想啊，我跟她说，两国神仙语言不通，你猜她怎么做的，为了这手串，还专门学了几句埃及语，过香的时候，特意用两种语言都说了祈祷，她觉得这样人家肯定就听得懂了。"

这话里话外的宠溺，快要把护士站给淹了。

护士长把自动签字笔的末端用力戳在文件夹上，发出吧嗒的声响："敢情你是来跟我炫耀的！你个臭小子！"

"青姨你这就冤枉我了。"边炀一脸无辜，"我哪炫耀了，我不过是说我女朋友送了我手链并且为了这东西跑寺庙去过香，还去学埃及语而已。"

他指尖敲了敲桌面："这都是事实。"

"……"护士长总算明白边城为什么总是忍不住动手了，这臭小子有时候真挺欠揍的。

一路上，他举着那手腕子，逢人就介绍这玩意儿的含义。

很快，整个医院都知道唐雨送了条手链给他。

边炀回到边城的病房，刚伸出手腕，还没等着开口。

戚明洲和边城就异口同声："别炫耀了，我们已经知道了，这是小雨送你的。"

边炀略微扬眉："消息还怪灵通的。"

戚明洲失笑，自顾自倒了杯水，坐在沙发上。

"你在护士站炫耀，别人就是想不知道都难。"

众所周知，护士站是医院八卦消息中枢，什么事儿都藏不到第二天。

边炀落下手腕，懒懒地插在口袋里，抽了张椅子往上面一坐，双腿自然敞开："那你们就没点儿表示？昨儿个可是我生日，我爸就算了，他本身就小气，舅舅，你今年还没送我礼物呢。"

边城瞪眼："你说谁小气呢！"还当着他的面儿说。

边炀浅浅地看他一眼："把我卡都停了，你不小气谁小气。"

"那还不是你先冲我用脸色的！"边城冷哼，"再说，卡根本就没停，你自己没刷，当然不知道没停了。"

边炀嗓音懒倦："原来你没停啊，不早说。"多花了自个儿好多钱。

父子俩语气依旧都呛，但你一句我一句的，全然没了之前那种一触即发的火药味。

戚明洲想，要是姐姐能看到这一幕该多好，可即便她看不到，在天之灵也会无比欣慰。

戚明洲站起身来，从抽屉里拿出两个盒子，隔空扔给边炀。

"我和你爸的礼物都在这里了,哪年少过你的了。"

边炀接过来后打开,完全没有任何惊喜地把里面的东西拿出来,是两把车钥匙。

"又这么敷衍我。"每年都送车。

十八岁之前他们就送车,他不能开,都放在地下车库。

十八岁之后,那车还一辆一辆往里塞,车库都放不下了。

边炀把包装盒扔垃圾桶,指尖转着两把车钥匙:"这玩意儿能不能退?给我兑换成现金?"

"当着你舅的面要钱,是嫌我养不起你?"边城没好气。

戚明洲也看他:"阿炀,你缺钱?"

边炀往后靠在椅背上,慢腾腾地说:"我得为自己攒彩礼。"

边城、戚明洲:"……"

他瞧了眼躺在病床上的边城,若有所思的:"爸,你现在还能爬起来吗?"

边城还没反应过来,就见他儿子从口袋里拿出一张卡,递到他跟前,格外认真地说:"这是我这些年存的积蓄,你拿着,帮我去唐家订婚好不好?"

边城本以为他是在胡说八道,故意拿他开涮,可少年的眼神慎重认真,仿佛经过了几百遍的深思熟虑,一点儿都没开玩笑的意思。

沉默片刻,边城看他,以及那张卡:"你这是玩哪套?"

戚明洲也严肃地看边炀:"阿炀,这种事不能开玩笑。"

边炀点头:"我很清楚自己在做什么,说什么。"

垂了垂眼帘,他说:"我想要她,想给她全部,怕别人跟我抢她,想要她属于我。"

他毫不遮掩地表明自己的态度。

边城嘴唇动了动,即便有些话刺耳和现实,也必须说清楚:"你还年轻,才十九岁,将来说不准会遇到更适合你的女孩。小雨是很好,我也很喜欢那孩子,可正因为她很好,我们才要对那姑娘负责。"

"儿子。"边城轻声,第一次用语重心长的口吻跟他说关于未来的事。

"生在我们这样的家庭,就注定你的退路很多,婚姻对你来说试错成本低,即便最后以离婚收场,你也不会失去什么,可对唐雨那样的小姑娘来说，可不是如此，如果将来你遇到更合适的人，你的抽身而去，对她来说，或许是毁灭性的打击。"

金钱倒是其次，最重要的是感情。

少年的感情最是浓烈而炽热，开始的时候多美好，散场的时候就有多痛苦。

唐雨那孩子看起来文文弱弱的，实际上重情重义，谁要是对她有一点儿好，她就掏心掏肺了。

边城也是在去监狱里见过张德兴后才从他口里得知，是唐雨配合警方，给了张德兴清白，张德兴才心甘情愿地公开道歉并且接受法律制裁。

后来他又去查了查，没想到，唐雨这小姑娘居然还去黑心工厂当卧底。

想想看，他就是一阵后怕，随即就是难以置信和欣赏。

这弱不禁风的小姑娘居然有这样的胆识。

正因为此，他们欠了唐雨一份情，才更应该在婚姻大事上对她负责，而不是一时头脑发热就把婚给订了。

万一这小兔崽子最后把人给辜负了，闹到退婚甚至离婚的局面，被边家退婚的姑娘，以后在京华不是平白让人笑话了吗？忘恩负义不说，还白白耽误人家。

"所以儿子，这种大事，三思而后行。"边城说完，病房里安静了片刻。

站在那儿的少年依旧拿着卡，垂下的眉眼晃动几分，轻声道："可是我很确定是她。"

他看边城："就跟您当初确定我母亲一样确定。"

一时间，边城怔然。

戚明洲也不再多言，没什么比这句话更有说服力了。

边城立刻掀开被子："我今天就是爬，也得爬过去把这婚赶紧订了！"

到最后还是戚明洲给人拦住了。

哪有双方家长一次正式的面都没见，上去就谈订婚的。这父子俩没一个让人省心的！

戚明洲摘掉眼镜，无奈地按了按眉心："总要见过几次，吃过几次饭，然后等孩子们处两年再谈订婚，你们这样直接杀过去，人老两口估计能吓得够呛。"

边城一想也是。

戚明洲拍了拍少年的肩膀："阿炀，我信你，也信你对那小姑娘的感情，但有些事需要时间沉淀，更何况小雨的奶奶还在做康复训练，你爸这腿脚也不方便，无论哪一方面，你们现在都不适合订婚，所以你能等吗？"

边炀点头："我当然行。"

"这么着急，就是怕小姑娘被人抢走了？"戚明洲看得出他的顾虑，打趣道。

边炀唇线抿直，显然被说中了心思。

戚明洲笑："虽然舅舅没谈过恋爱，但也明白由爱故生忧的道理，你是太在意，才会这么不自信，可你想想看，如果你总以这样没有安全感的姿态出现在喜欢的人面前，自己患得患失的情绪影响她，是不是会给她带来很多压力？"

边炀沉默了。

"给她一些时间，也是给你自己一些时间。"戚明洲拍了拍边炀的肩膀。

这个脸庞尚且稚嫩的少年，远比他们想象的更有责任心。

"阿炀，舅舅相信你，将来某一天一定能像你父亲一样，承担起对一个家庭的责任。"

边炀默默地收回卡，瞥了眼床上动弹不得的男人，到底没忍住翻了个白眼："还是换个参照物吧。"

边城气冲冲地砸过去一个枕头！这小兔崽子！

边城出院后，应医学院的请求，给戚明宛办了一场追悼会。

先前因为边炀以及担心那次医疗事故会造成社会影响的缘故，所以对外声称，戚明宛是病逝的，可现在没了那么多顾虑，追悼会势必要办的。

戚院长带过的学生、救治过的病人，以及医学院的师生都自发来参加了这场悼念会。

清北医院的礼堂里站满了穿着黑色素衣，戴着白色胸花的悼念者。

照片里的女人笑容依旧温婉明朗，而这样光风霁月的她，生来坦荡善良，离开就该接受怀念敬仰。

在追悼会上，边城宣布，依照戚明宛的遗愿，成立一家儿童慈善基金会，将用来支持像莹莹这种患者儿童的治疗以及教育问题。

悼念会没有结束，边城就一个人先走了，不让任何人跟过来。

由戚明洲和医学院的院长主持最后的收尾工作。

结束后已经是傍晚，边炀和唐雨走在回家属院的路上。

看他默不作声的模样，唐雨晃了晃他的手，担心地问："是不是哪里不舒服？要不然你别送我了，早点儿回去休息。"

"不是。"他捏了捏她的掌心，摇头，"只是有些恍惚。"

"我母亲竟然已经去世半年多了，而这半年像一场梦。"

唐雨轻声道："阿姨在天上看到你和叔叔重归于好，看到你和叔叔都平安健康，她一定会放心的。"

边炀动了动唇角："如果她还活着，最先谢谢的应该是你。"

唐雨有些茫然。

边炀的手掌落在小姑娘的发顶："如果不是你解开了张德兴的心结，那么黑心工厂的事儿就不会曝光得这么顺利，他也不会这么心甘情愿地公开道歉、接受制裁，如果不是你做了这些事，也不会有更多的人关注到莹莹这类儿童的问题，如果不是你，追悼会也不会开得顺利，我和我爸也不会重归于好……唐小雨，你一定是上天派来拯救我的。"

唐雨从他掌心下抬起黑亮的眼睛，眨了眨，然后弯起："那你也一定是上天派下来的。"

边炀揉了揉她的脑袋，唇边也跟着弯出弧度，看着她的笑容，再多的负面情绪都会消失不见。

"那当然，而且我是老天派下来的最优秀的一个。"

唐雨把他的手从脑袋上拿下来，轻轻哼了一声："是啊，所以明天就要开学了，你还是不打算告诉我，最优秀的你要去哪里上学吗？

边炀没告诉她，是因为他心虚。

前几天刚说完要互相坦诚，不能欺骗，结果他自己就冒出来了这事儿。

要是说出来的话，那她会不会觉得高考那时候，他故意逗她玩呢……虽然他当时确实有那意思。

"宝宝。"他忽然放软了声音，还带着点儿试探性的意思。

边炀最近很喜欢这么叫她，还哄着她叫，但平常的时候，她有点儿难以启齿，还是喜欢叫他的名字。

"怎么了？"她问。

"如果，我是说如果。"边炀轻咳两声，留意小姑娘的脸色，"如果高考前我骗了你一件事，现在忽然想起来了，这件事对目前的状况产生了些许影响，你会生气吗？"

唐雨觉得这范围有点儿广啊，而且看他这表情，隐约觉得骗的事还不简单的样子。

她扬起一抹甜笑："嗯？什么事呀？"

边炀："你得先保证你不会生气。"

唐雨笑容加深："你先说什么事。"

"……"边炀被她笑得有点儿慌。

他家小姑娘脾性好，不经常生气的，可要是生起气来，能好几天都不搭理他，他觉得这后果有点儿严重。

于是他摸了摸鼻尖，把她的小手在掌心里捏了捏，扯出一抹勉强的笑来。

"没事，我觉得爱能迎万难……"明天的事，交给明天的边炀去处理。

今天的边炀还想要个吻，他决定先平安度过今天再说……

明天清北本科生就要开学了，章院长晚上八点钟发给他一份入学名单，是今年金融系新入学的本科生。

边炀这个已经做了好几届金融系新生班主任的老学长，不出意外，今年的新生班主任又是他。

章老这是把他当生产队的驴使唤了！

边炀刚准备打电话过去，让他选其他的驴，余光不经意间扫过名单上的某个人名，顿时微眯起了眼。

指尖从那人名上缓慢地划过，再到该生的生源信息上，他顿时嗤了一声。

周寻文——清北金融系本科新生。

差点儿忘了，周寻文今年似乎考得也不错，到了清北的分数线，但因为他家小姑娘的成绩太突出，把他给淹没了。

这时拨出去的电话刚好接通，里面传来章老中气十足的声音。

"你又干什么！这都大半夜了还骚扰我，知不知道老人家需要充足的睡眠？！"

边炀后背靠在椅子上，一只手随意地翻看名单，一只手把电话开了扩音就扔在一边："章伯伯，这次的班主任我接了。"

"你就是不想接也得……等等，你接了？"章老还以为自己听错了。

他打电话难道不是为了拒绝的吗？

边炀略微扬眉，把名单扔桌子上，拾起手机起身去客厅接水，慢悠悠地说："是啊，接了。"

"你这小子总算开窍了！"

边炀指尖拎着接好水的玻璃杯，往沙发上靠，那边管家王叔无声地询问他是不是可以吃饭了。

边炀给他一个手势，然后继续问电话里的人。

"对了章伯伯，今年金融系的新生代表选出来了吗？"

往年都是从本科生主动递来的资料里选，同时参考高中时期的获奖信息和学术经历等。

章老回："我记得有个叫周寻文的，递上来许多获奖信息，也参加过不少竞赛，还有个叫姜亭午的也不错，都是备选。"

"选什么别人，选我啊章伯伯。"

今年法学院的新生代表不出意外就是唐雨，一想到周寻文可能跟他家小姑娘同台一起发言，他就不乐意。

章老听完就无语了："你怎么好意思的？"

边炀漫不经心："我为什么不能？"微扬着下巴，挺傲的一人，"是我不够优秀？"

"是你太老。"章老毫不客气地戳穿他。

"你个读博士的，去凑什么本科生的热闹，老老实实当你的班主任！"说完，电话被无情地挂断。

边炀轻嗤了声，慢条斯理地抿了口温水，又颓又懒地靠在沙发上，也不着急。

当时周寻文怎么讽刺他来着 ——"狗皮膏药""甩到犄角旮旯""拖后腿"？

既然狭路相逢了，就让他看看什么才叫相形见绌，什么才叫吉祥物。

第十五章
边炀学长

八月二十三日，清北本科生开学，一大早校门口就充满了迎新的气氛。

新生脸上洋溢着青涩和憧憬的笑容，和来送入学的家长激动地在西校门口合影留念，相比较而言，已经是老油条的学长学姐则显得游刃有余，淡定无比。

学校在西门准备了迎新巴士，方便拎着行李的学生直达 C 楼，而 C 楼广场的迎新氛围最是热烈高昂，路中央横挂了迎新横幅，气球飞扬。

各个学院都搭有帐篷，帐篷前学长学姐举起专业标识，引导学院新生报到。

各个社团也由学生会组织支好招牌，在道路两旁如火如荼地举办拉新活动，各自晒出社团这些年的奖牌战绩和拿手好货。

一秒计算的数独和魔方游戏，草坪乐队，天津快板……偶尔有穿着社团人偶服的学长或者学姐，吆喝着拉新。

唐雨是本硕博连读的法学生，可也是本科生，是分有宿舍的。

爷爷担心她经历过校园暴力，对宿舍有心理阴影，想让她住家属院，但要是住家属院的话，就没办法认识更多新朋友了。

唐雨想了一晚上，还是决定直面恐惧。

入学报到那天，她拎着装的满满当当的行李箱，和大家一样，走正常的入学流程。

签完到后，就去宿舍。

宿舍是四人间，上床下桌。

唐雨到了门口，听到里面有谈笑声，她抿了抿唇角，鼓起勇气推开房门。

一时间宿舍安静下来，三人都看向她。

"我们最后一个舍友总算来了！"说话的是倒坐在椅子上的女孩，头发是粉红色的，脸上化了淡淡的妆容。

她马上站起身，大方爽朗地说："你好，我叫周昭妍，睡在门右手边的位置。"

坐在桌子前看书的女孩，戴着一副眼镜，短头发，气质偏冷。

"你好，朱嬅，我睡这儿。"她指了指脑袋顶上的床。

后面一个女孩应该也是刚来不久，行李箱都没打开。

她腼腆地冲唐雨眨了眨眼："我叫李珊珊，你睡哪个床铺啊？我有选择困难症，要不，你先选一个？"

这两个床铺都是靠阳台的，没什么区别。

唐雨指了其中一个："那我选这个可以吗？"

"当然可以！"

李珊珊痛快地把自己的行李推到另一个床铺下的桌子边。

"对了，你叫什么呀？"三个女孩都看她。

她酝酿了一下措辞，自我介绍："我叫唐雨。"

话音刚落，三个人都尖叫了一声，然后用惊奇和震惊的眼神看她。

"那个本硕博连读，被咱们院的院长点名要的唐雨？"

"院长亲自帮你打官司，还把施暴者送进监狱的唐雨？"

唐雨被三双灼灼的眼睛盯得不自在。

她吐了口气，低声："你们说的，应该……是我吧。"

小姑娘耷拉着脑袋，觉得自己这情况大概是要不受人待见，可李珊珊和周昭妍却齐齐挤过来，跟看重点保护动物一样，把她围着转了一圈。

"我的乖乖，你是怎么考那么高的？"

"唐雨，你可是咱们班唯一一个本硕博连读，导师还是院长的学生！"

朱嬅人比较高冷，指尖托了下镜框，也没放过她："同样都是省状元，我跟你差了三十分。"

"唐雨，以后我们就是一个宿舍的人了，你一人得道，可要带着我们鸡犬升天啊！"

周昭妍是自来熟的性格，直接挽起小姑娘的胳膊。

唐雨不大适应忽然的亲昵，但她没从女孩眼里看到恶意，内心做自我建设，刻意让自己放松下来。

不是每个人都是孟诗蕊，她不需要对正常同学竖起太多的防备。

唐雨扬起一抹甜笑："以后请大家多多指教。"

宿舍是四人间的，不出意外的话，四个性格迥异的小姑娘将一起度过整个大学时光。

有周昭妍在，很难冷场。

很快四个人打成一片。

说话的工夫，她们就把唐雨行李箱带来的特产全扫荡了。

从前她带给舍友的东西都被扔进垃圾桶了，现在甚至不够吃。

"唐雨，你行李箱全是吃的，你的衣服和被子呢？"周昭妍嘴里鼓鼓鼓囊囊地问。

唐雨说："待会儿我就去取。"

周昭妍忽然挪动板凳，招招手，示意其他三个人凑过来。

四个小脑袋瓜凑在一起，周昭妍贼兮兮地问："你们……都谈恋爱了吗？"

朱嫚高冷地哼了一声："刚分。"

"啊？"

朱嫚轻描淡写："他听说我报考法学院后，怕以后离婚我打官司让他净身出户，就跟我分了。"

周昭妍和李珊珊吃着肉干，齐刷刷地点评："渣男。"

轮到李珊珊了，她羞涩地捧着脸说："其实我有暗恋对象，但是还没告白，担心他不喜欢我，告白之后连朋友都没的做。"

周昭妍"啧"了一声："怕啥啊，喜欢就上，拒绝就换，男人多得是！"

说完，自己托着下巴，无比憧憬："我还没遇到过喜欢的人呢，真要是让我逮住一个，嘿嘿嘿……"

周昭妍笑得好猥琐，三个人战略性后仰。

"小雨呢？小雨有喜欢的人吗？"朱嫜看向不太爱说话的她。

唐雨刚点了下头，周昭妍的胳膊就搭在了她的肩膀上，把人搂着。

"这还用问啊，我们小雨是乖乖女，考这么多分哪有时间谈情说爱，她肯定没谈恋爱啊！"

毕竟对她们来说，高中可能有暗恋的人，有很多青涩美好的回忆，但对经历校园暴力的人来说，高中就是一场噩梦。

周昭妍不想让她想起那些糟心的事儿，就岔开了话题："时间差不多了，咱们得去领军训服和校服了，好像是在体育馆那边。"

朱嫜和李珊珊也点头："那我们走吧。"

四个小姑娘手挽着手，说说笑笑地朝体育馆去。

空气好像很甜。

夏日正好，微风不燥。少女的眼睛明亮澄净，似蕴藏着无边的星河和光芒。

周昭妍和李珊珊各自挽着唐雨的手臂，朱嫜高冷地走在一旁，但一步也没落。

被挽着的小姑娘，唇角满足地扬起，漂亮的眼睛在阳光下像琉璃一样闪耀。

原来这就是舍友啊，她喜欢舍友，也喜欢上住学校了。

她们到体育馆的时候，学长正在组织排队。

唐雨她们来得比较晚，站在后排，队伍有点儿长，估计要排很久。

李珊珊从口袋里拿出四根棒棒糖，正好每个人一根。

唐雨撕开糖纸，咬着草莓味的棒棒糖，唇齿间都是草莓甜味。

就在这时，不远处忽然传来一阵骚动，排队的新生都一脸迷茫地看过去。

就见好多学长学姐很激动的样子，朝操场的某个方向跑过去了。

就连登记处的学姐都按捺不住地起身，把表直接塞给了学长。

"你帮我登记着，我去看看，马上回来！"说完，登记处的学姐跑了。

"怎么了这是？学长学姐个个跟打鸡血一样，那边发生什么了？"

周昭妍也踮起脚尖瞅，可惜太远了，什么都看不见。

前边的同学围成了一圈，正在八卦，周昭妍她们凑过去听。

"我姐是大三金融系的，听说，他们系有个传奇人物要回来读博，这人不仅在专业上贼厉害，还长得贼帅，那几届学长学姐都把他奉为偶像，这不，整个金融系的人全跑过去看他了。"

"什么传奇人物啊这么牛？"

能考进这学校的人都非池中物，而能在一群厉害的人里面脱颖而出的，又是何等的凤毛麟角。

大家越来越好奇了。

八卦的人说："他十四岁在清北少年班的时候就被光华学院的章院长抢走了，用了四年时间就读完了经济学和金融学的双学位硕士，咱们十八岁考上大学，人家十八岁就读完双硕士了！这么说吧，要不是章院长先下手为强，人家还看不上咱们学校呢。"

周昭妍听得瞠目结舌："我去，这么牛，天才吧！"

唐雨咬着棒棒糖，附和着点头，也感慨："好厉害啊。"

朱嬟手臂抱在胸前："清北这地方卧虎藏龙，咱们在自己省里或许能排得上号，可在这儿显然还不够看的。"

"四年，双硕士！"还是光华学院的人。

李珊珊打了个哆嗦，想都不敢想。考上清北，她都累死累活了，还是因为在疆市分数线低很多的缘故。

她现在就盼着全年不挂科，顺利毕业就行。

"你们消息够灵通的啊。"组织排队的学长看见学弟学妹们凑在一起八卦的样子，忍不住失笑，"不过你们了解的只是一部分，这位学长比你们想象的厉害多了。"

"啊？还要厉害？"周昭妍瞪圆眼睛，赶紧追问。

"学长，你跟我们说说呗，那位大神，他到底怎么个厉害法？"

学长享受着学妹们渴望的小眼神，轻咳两声，缓缓开口："等你们军训的时候就知道了。"

"学长，你别卖关子了！你快跟我们说说！"

学长被催得不行，这才开口："每年新生军训的射击项目，其实学校都会从部队请专业的教官来带，唯独金融系不用教官。"

周昭妍疑惑："为什么啊？"

学长轻耸下肩："因为金融系的射击由这位大神带，大神拿过市射击比赛的金奖。"

此话一出,周围的学弟学妹都"哇"的一声。

周昭妍彻底服了:"敢情人家不仅脑子好使,别的也强。"

唐雨和朱嬋等人露出无比钦佩的眼神。

哪怕她们这样在学习上天赋较好的人,也很少有时间深研别的技能,更别提达到教官的程度。

学长慢慢开口:"除了这个,他还拿到过散打比赛的金牌。"

众人:"……"

"除了射击和散打,你们更想不到,他还是……"

听到这里,大家其实已经开始麻木了,好似这样的人活着,天生就是为了打击他们的,不过依旧好奇:"想不到什么啊?"

学长仰天,泪流满面,说不下去了:"算了,你们以后慢慢就知道了。"

想当初他们入学的时候,也是一个个心比天高的天之骄子,后来……全被打击得支离破碎,而这些新生蛋子,很快就会和他们一样有心理阴影了。

想到这里,学长总算有了点儿欣慰。

可是前排的八卦还在继续。

"对了,你们知道这人是什么身份吗?"

周昭妍宿舍四人组,咬着棒棒糖,也竖起耳朵听。

"他妈妈可是医学院前任院长,他爸是边氏集团的总裁!边氏集团你们知道吗,不知道的话建议百度一下,京华大多数房地产都有边氏的注资,福布斯富豪榜上的人物,而大神是边家唯一的儿子!"

"咯吱"一声,唐雨咬碎了嘴里的棒棒糖。

她慢了一拍地重复这几个字:"边氏,集团。"

身边的周昭妍在骂人:"上帝这是给他开了VIP特权吧,有脑子有学历还有钱,他一定是个丑八怪,否则我这就引爆地球!"

朱嬋看她一眼:"那你放过地球吧,刚才不是说了吗,大神长得贼帅,全学院的学姐都跑去看帅哥了。"

唐雨垂下眉睫,忽然冷不丁地笑了一下,嘴里的棒棒糖咬得咯吱咯吱响,那表情挺瘆人的。

周昭妍搓了搓胳膊问:"小雨,你咋了,被刺激到了?"

李珊珊垂头丧气："我也被刺激到了。"

朱嫥看向人潮涌动的方向，挺好奇这种德智体美全面发展的大神，究竟长什么模样："要不……我们也去看看？"

周昭妍连连点头："去吧去吧，我们都去看看！"

"可是我们已经排了好久的队伍了……"李珊珊无比纠结，内心又特想去看看传说中的大神，她选择困难症又犯了。

最后是周昭妍左手拎着神情复杂的唐雨，右手拖着有选择困难症的李珊珊，当机立断。

"东西晚点儿领也行，这人要是见不着，那多遗憾啊！"

与此同时，操场上慕名而来的人越来越多。

这届新生比较多，操场临时搭建了遮阳篷，光华学院的校服和军训服要在操场临时分发。

除了大一新生，大二大三乃至研究生学院的学长学姐纷纷走进操场里。

光华学院正在排队领服装的新生还挺纳闷。

"怎么这么多学长和学姐来了，是来看我们的吗？"

"刚才过来的时候听学姐她们说好像是来见炀神的。"

"什么炀神啊？"

"不清楚。"

他们都是新生，不知道先前学校里发生的事儿，但隐约觉得那人应该很厉害。

周寻文站在太阳底下，一身清润的气质出众。

学长对他印象挺好，长得谦逊有礼，举止温文尔雅，特意让他来前排，帮忙一起发校服。

新生堆里几个女生要周寻文的微信，周寻文出于礼貌，加了对方的微信。

学长见状打趣："你还挺受欢迎，这一会儿都有三四个女生加你了。"

周寻文把手机收起来，对此没什么感觉。

"我有喜欢的人了。"

唐雨也考进了清北，在法学院，周寻文还没来得及去找她，时间匆忙，恐怕只能军训后了。

"有喜欢的人，那意思就是还没表白？"学长揶揄，"那你可要抓紧了，上了大学，女同学可是很吃香的哦，稍不留神就会被别的男生捷足先登。"

听到这话，周寻文倏忽间想到了那个人——边炀。

高考出分后，他就刻意打听过，边炀高考601，根本考不上清北的，甚至连京华的985院校也考不上，只能勉强够上211的分数线。

所以……周寻文淡然地开口："他不会有机会了，等军训完，我就能拿下我喜欢的人。"

他会向唐雨证明，谁才是最适合她的男人。

"学长，今年的新生代表选出来了吗？"周寻文边登记学生的名字，边打听这件事。

来之前，他就向学院里发送过高中参加过的竞赛以及拿过的奖的统计文档。

明天就是开学典礼了，每年清北都有新生代表发言的环节，可现在似乎还没确定人选。

学长笑："你想代表发言啊？"

"嗯。"周寻文挺自信的，"我觉得我有这个能力。"

不出意外，高考分数最高的唐雨会是今年法学院的新生代表。

到时候他们就能同台演讲了，像在高三时候那样，这次没了孟诗蕊，没了边炀，他们之间没有任何阻碍。

学长拍了拍他的肩膀："你要是想，待会儿你们系的班主任来了，我帮你引荐一下，他负责挑选这次的金融系新生代表发言人。"

周寻文顿了顿："班主任？"他看学长，"不是您负责我们吗？"

"我只是学生会派来的苦力，可不是你们的负责人。"学长失笑。

这位学长已经很厉害了，大二时就拿下不少金融比赛的大奖，还没毕业，就接连收到了国内好几家五百强企业的邀请。

刚才，周寻文刻意跟他打好交道，就是想让学长以后参加比赛时带他一下。

毕竟在大学，如果能有个厉害的学长在各个比赛里稍微指点一二，简直事半功倍。

学长看他履历还不错，口头上也答应了他的恳求。

周寻文就问："学长，那我们班主任什么时候来？"

要是能和班主任打好关系，以后肯定能顺利些。

学长环顾四周："应该快来了吧，瞧见外围这些学长学姐没，都是来看他的。"

忽然肚子有点儿疼，学长把表塞进周寻文手里："我先去趟卫生间，你继续登记着。"

说完，人匆匆朝操场的卫生间去。

周寻文边整理表格，边扫了眼四周。

果然，操场上来了很多学长学姐，哪怕顶着大太阳，也要撑着伞站在那儿等什么人。

这么看来，班主任应该是个很厉害的老学究。

毕竟能当班主任的，可都是研究生以上的学历，而光华学院从不缺优秀的研究生，对方的学历恐怕要到博士层次了。

就在这时，操场外围传来一阵震耳的声浪。

只见一辆橙色科尼赛格跑车极其嚣张跋扈地驶进操场里，像是全场的焦点，一下子吸引了所有人的目光。

清北是不允许外来的私家车进入学校的，能把车开进来的人……

周寻文同所有人一样，视线落在那辆跑车上。

只见跑车缓缓停下，驾驶座的车门缓慢张开侧翼，车上下来的少年身子颀长，黑色墨镜下，敛着眼皮，双手懒懒地插在口袋里，在耀眼的阳光下，浑身透着一股子懒倦而轻慢的劲儿。

这人好张扬啊，到底什么来头？

可无论是谁，单凭能把车开进学校来说，这人就绝对不一般。

新生满眼好奇。

而早就认出来边炀的学长学姐，已经默默拿出手机开始拍照了。

这可是他们学长的学长的学长啊，从他们学长的学长的学长开始就有这人的传说了。

他很少来学校，更很少在学校闲逛，但每次出现身上就跟自动带了定位器一样，大家好像达成了某种共识，凡是见过他的人会马上把位置抛到学校论坛上，然后引来不少人过去观摩。

边炀漫不经心地扫了圈四周，薄薄的日光勾绘着少年线条分明的侧脸轮廓，透出些许不近人情的冷白。最后他视线淡淡地锁定在金融系的横幅上。

他略微扬唇，迈开双腿，朝那边缓慢走去。

排队的金融系新生议论纷纷。

"这是谁啊？为什么大家都在看他？很厉害的人吗？"

"应该不是，看起来跟我们差不多大啊，就是他那车我搜了一下，落地三千万……"

"估计是哪个富二代？毕竟京华嘛，有钱人多得很，花钱走个特殊通道应该也行吧。"

"清北什么时候成这些富二代们的聚集地了，来自取其辱？"

"也可能是我们同届的学生啊，人家富二代是有钱又不是没脑子，就不允许富二代自强不息考个好大学了？"

周寻文听着周围的议论声，表面风平浪静，内心却有了不小的波澜。

在凉城的时候，孟家一倒台，周家就成了凉城首富。

他从小衣食无忧，花钱如流水，可也没接触过这样高的层次。

这一辆车居然就抵得上他们家产业将近一年的利润了。

京华果然卧虎藏龙，有钱人不计其数，他在凉城的优越感在这里荡然无存。

但周寻文也没放在心上。虽然拼不过家世，但成绩这方面，他对自己很有信心。

就在他胡思乱想的时候，戴着墨镜的少年已经在万众瞩目下，慢慢晃到了金融系的篷底下。

桌子腿被踢了下，发出不轻不重的声响。

周寻文正在写登记表，桌子忽然的晃动让笔尖画出一道斜痕。

他皱眉抬头。

那人微压着眉骨，似随意扫了眼他，态度懒散地吩咐了句："给我搬把椅子。"

这声音……好耳熟，周寻文总觉得在哪里听过这样的腔调。

但他不太确定，因为对方戴着的墨镜挡住了大半张脸。

这个角度也只能看到少年凉薄的唇形，笑容很是玩世不恭。

可这种气质，也给他很熟悉的感觉。

莫名地，一张脸陡然窜进他的脑海里，但很快又被周寻文否认。

不可能的，边炀怎么可能随便进出清北，每个进来的新生都要检查录取通知书和身份证的。

"这里是登记处，新生要去排队，不能插队，要领校服往后边排去。"更别说给他搬什么凳子。

周寻文公式化地说，似拿出了班长的架势。

边炀蓦地笑了一声，冷白的指尖摘掉墨镜，露出那张精致夺目的脸："呦，这么大的架子。"

周寻文不耐烦地抬头，陡然看到他的模样，整个人愣在原地。

"边炀！"他直接站起身，刚才的温和有礼全然不见，眉头皱得死死的。

"你怎么会来清北！你是怎么混进来的？！"

边炀扯开一条椅子，闲适地往上面一坐，双腿自然敞开，似笑非笑的口吻："有什么好奇怪的，你都能来的地方，不就说明这地方也就那么回事儿吗？"

排队的新生搞不清什么状况，都踮着脚尖往前瞅。

"你混进来也没用，早晚会被赶出去。"

周寻文冷淡地笑了声，姿态拿捏得很高："我知道你是来找唐雨的，不过我要是你，看到和她这么大的差距，就会自动消失，免得丢人现眼了。"

边炀掀了掀眼皮，深以为然："是啊，挺丢人现眼的。"

"那你还不快滚……"

周寻文的话音刚落，去卫生间的学长张晋跑回来了。

看到边炀，他还挺稀奇的："学长，你怎么来了？"顺便拧开了瓶矿泉水，殷勤地递给他。

周寻文整个人一滞，一度怀疑自己耳朵出了什么问题。

就见坐在椅子上的边炀，漫不经心地接过水，不疾不徐地回了句："既然当了班主任，那怎么着也得有点儿责任感，来视察视察这届的苗子。"

"这届苗子确实蛮好的，比往年还多录取了好多新生。"

张晋偏头看了眼呆滞的周寻文，拍了拍他的肩膀："刚才你不是还想接触一下你们班主任吗，这不，他就是你们的班主任，边炀学长。"

张晋回忆："我大一的时候，边炀学长也是我的班主任，还带过我打比赛呢。"

周寻文整个人有点儿眩晕，一度找不回自己的声音："他是您的……学长？"

少年穿了件宽松的黑色上衣，袖口处延伸出来的手臂筋络清晰，线条流畅。

矿泉水在他手掌心翻了翻，边炀一脸兴味地朝他掠了眼："原来是学弟啊。"

周寻文眼睛里全是不可置信。

但张晋并不奇怪周寻文这副震惊的样子。

事实上，他刚入学，瞧见他这个边炀学长的时候，也是这样目瞪口呆。

"周寻文，别愣着了，叫学长啊。"张晋失笑，"不，叫学长不大好，现在学长是你们的班主任，按理说你得叫一声班主任或者老师的。"

周寻文嘴唇张了张，这才发现嗓子像被人塞了把滚烫的铁砂似的，根本发不出来声音。

他甚至往后退了步，站在太阳底下，以为是中暑产生幻觉的缘故。

这不可能，一定是骗人的。

对上边炀饶有趣味的眸子，他努力平复心绪，摇摇头："学长，一定是搞错了，他是今年的考生，高考考了六百零一分，不可能考得上清北的。"

张晋好笑："你在胡说八道什么呢，边炀学长可是咱们金融系的重点保护对象，章院长唯一的嫡传弟子，经济学和金融学双硕士，今年都读博士了，怎么可能参加高考。"

当事人仰头喝了口矿泉水，喉结缓慢地滚动了下，他瞧着周寻文，带着一点儿浪荡的腔调："是啊，我都读博士了，怎么可能参加高考呢。"

明明是个艳阳天，周寻文的脸色却愈来愈苍白。

而不远处，正朝这边走来的唐雨四人组，根本不用打听，顺着人流就瞧见了传说中的"炀神"。

"哪个是啊？是坐着的，还是站着的那个啊？"

周昭妍朝金融系的遮阳篷里张望。

这边人太多了，而且周围环境嘈杂，她们只能看到一个模糊的影子。

李珊珊又近视，没戴眼镜，什么都看不清。

来都来了，周昭妍就拉着唐雨她们往前挤，要走近点儿看。

直到站在遮阳篷的后边，这个位置能清晰地看到几个人的背影，连说话声都能隐约听见。

几个人都站着，只有一个人没骨头似的，懒散地靠坐在那儿。

唐雨的视线落在那人的后脑勺上，听见他轻慢的声音："是啊，我都读博士了，怎么可能参加高考呢。"

"这届学弟不仅没礼貌，眼神还不好使。"他侧过来的脸半逆着光，神情睥睨又恶劣，"真是我带过的最差的一届学生。"

唐雨："……"

张晋连忙示意周寻文："赶紧给你班主任道歉啊。"

也不知道周寻文听见没有，他从头到尾呆滞的样子，整个人显得魂不守舍的。

毕竟这人帮他做登记，还挺上道的。

张晋有意提点他："边炀学长不仅是你们的班主任，负责挑选这次新生代表的发言人，而且参加比赛的经验非常丰富，你要是能跟他打好关系，让他以后比赛的时候捎带上你，你的毕业成绩单会非常漂亮。"

这会儿，周寻文的脸色已经不只是苍白了。

在边炀饶有趣味的注视下，他只觉得自己血液一寸寸冷下去，像个跳梁小丑。

空气里时不时扫过来的热风，跟巴掌一样，抽得他脸生疼。

无论如何，他都无法叫出那声学长和老师！

周寻文往后退了一步，嘴里还自欺欺人地嘟囔着："这不可能，这不可能。"

强烈的自尊心驱使他赶紧离开这个是非之地。

谁承想，刚转身，就直面撞上了唐雨！

短短两个月不见，她出落得更漂亮了，不再总是穿着高中那身洗得发白的校服，这次穿的是一件藕粉色的裙子，头发在脑后扎成松散的丸子头，静静地站在那儿美好得不像话，和他的距离却好像拉得越来越远……

那一瞬间，他感觉自尊心被踩在脚底下，瞬间被碾得渣都不剩。

他嘴里瞧不上的边炀，只会拖后腿的混子，抽烟打架样样都沾的社会渣滓，已经是清北的博士生，还是他的班主任……

丢人现眼的，从一开始就只有他。

京华八月份的太阳，晒得人恍惚。

周寻文咬紧牙关，脸色难看地闪避着唐雨的视线，碎了一地的自尊都来不及捡，低着头，近乎狼狈地跑离了遮阳篷。

边炀只瞧见这人羞愤得跑了，没瞧见身后的小姑娘，还优哉游哉地靠在椅子上，很轻地"啧"了一声："这届学生素质堪忧啊。"

张晋也没想到这个周寻文这么没礼貌，连个招呼都不打，就这么走了。

"学长，你别跟个新生一般见识，他估计是受到了什么刺激。"

边炀侧身瞧了眼张晋，眉毛缓缓上抬，依旧散漫："也是，可以理解。"

站在李珊珊她们的角度，这个姿势，她们正巧能看清少年的侧脸。

这姿态，简直又轻又狂。

"毕竟我这么优秀，因为太过出众而和他们显得格格不入，正常人因为嫉妒而受到刺激也是应该的。"

闻言，张晋嘴角狠抽了下，边炀学长还是一如既往地……坦率啊。

而李珊珊她们基本可以确认，这人就是传说中的炀神了。

周昭妍刚瞧见那人的侧脸，就激动地挽着唐雨的手臂说："真帅啊！炀神不愧是炀神，难怪那么多届学姐都对他念念不忘，撇开这好使的脑子和学历不说，就是这张脸都能杀遍全校无敌手了好吧。"

她声音不算小，周围的人都能听见，自然，张晋和边炀也听见了。

边炀习以为常，来这儿的目的就是给人找不痛快的，既然心想事成了，那自然没必要留在这浪费时间，还不如去找他的小姑娘谈情说爱。

"我走了，这儿交给你。"

张晋点头："学长慢走。"

少年从椅子上懒洋洋地站起身，握着没喝完的矿泉水，另一只手插在口袋里，朝车边走。

"小雨，我们去要签名好不好？"周昭妍完全成了炀神的粉丝，"不不不，还是合照吧，咱们直接去来张合照好了！"

不只她们有这个念头，这会儿，已经有学姐拿着手机上前过去要合照了，只可惜被那人拒绝了。

炀神戴上墨镜，敷衍了句"不爱拍照"，头也不回地继续往前走，留下学姐失落地站在原地，怪可怜的。

这场景也让周昭妍成功打了退堂鼓，被当众拒绝确实挺尴尬的。

周昭妍歇了心思："算了，还是不拍，这等大神只可远观，不敢凑近。"

李珊珊也很遗憾："听说他很少来学校，我们要是错过这次机会，可能以后都见不到他了。"

她也想合照，然后放床头，考试前就拜两下。

朱嫜看那人的背影："这人真够跩的，这一小会儿的工夫就拒绝四五个学姐了，不过他挺无差别对待的，就连学长也拒绝，看样子是真不喜欢拍照。"

唐雨的视线落在他懒散的背影上，咬着棒棒糖，忽然说了句："他喜欢拍照。"

周昭妍三人："啊？"

唐雨想了想："而且喜欢自拍。"

每次都会猝不及防地点开前置摄像头，然后猝不及防地拍，每次合照都把她拍得很呆！

"你怎么知道的啊？"朱嫜疑惑。

不等唐雨回答，周昭妍自己解释了："这么帅的脸肯定喜欢自拍啊，要是我，我也拍，1T的手机内存都放不下我。"

李珊珊还难过着："可是我真的很想要一张他的照片啊。"

想拜考神，保佑她全年不挂科："要不然我们去前边偷拍个正脸怎么样？"

周昭妍和朱嫜没意见，反正要不到合照，偷拍一张也不枉回去之后重新排队领校服了。

唐雨抿了抿唇："不用偷拍。"

周昭妍三人还没反应过来，她就牵着李珊珊和周昭妍的手，朝那边走过去。

"咱们正大光明地拍。"

朱嫦愣了一下，她这文文静静的室友，怎么忽然间崛起了？

炀神这生人勿近的气场，是她们能亵渎的吗，用脚趾头想都会被拒绝得很惨啊。

"小雨你冷静一下，我可不想刚入学就先社死了哇！"

可小姑娘已经把人拉到了边炀身边，就在距离少年一米远的位置。

边炀一边慢吞吞地走着，一边从口袋里拿出手机，给小姑娘打电话，问问人在哪里呢。

结果小姑娘熟悉的手机铃声竟然从他身后响起来了。

他下意识地转身，就见四个女孩站在他身后，就只有几步远。

周昭妍三人完全没想到他会忽然转身，一瞬间迎面暴击！

周昭妍和朱嫦还好，强撑镇定，而李珊珊是比较容易害羞的性格，恨不得原地刨个坑把自己埋进去。

这下惨了！

炀神肯定觉得她们四个是尾随痴汉，然后用不屑一顾的眼神，把她们统统扔进垃圾桶。

可出乎意料的是，炀神似乎比她们还紧张。

手上的矿泉水瓶"吧嗒"一声，掉在地上，捡都没捡。

唐雨微仰起头。

今个儿太阳大，小姑娘的脸颊被晒得像粉玉一样剔透，穿着藕粉色的裙子，踩着一双小白鞋，经风一吹，裙摆摇摇晃晃，撩得人心痒痒。

"能合张照吗？"她含水似的眼弯起，最后四个字，好像是从齿缝里挤出来的似的，"边炀、学、长。"

边炀："……"有种不大好的预感。

戴着墨镜的少年，喉结艰难地滚了下，明显局促。

小姑娘弯着眉眼，笑容很漂亮，也让他很慌。

"宝宝，你听我解释……"

紧张兮兮以为要被拒绝得很惨的周昭妍三人，原地呆住。

宝宝？她们幻听了？

就见她们的小雨舍友面无表情地看着炀神，眼皮子都没眨一下，倒是炀神，好像越来越紧张了。

她板着脸："什么解释？我看是狡辩吧。"

边炀艰涩地咽了口唾沫。

"边炀学长好厉害啊。"温温软软的嗓音，也是温柔刀，"居然已经读到博士了。"

"那高考前让我帮你补课是怎么回事儿？"她看他，"还有，四百多分，五百二十分，六百零一分又是怎么回事？"

"每天晚上让我给你讲题，还让我给你批改卷子……"唐雨轻轻吐气，"这些又是怎么回事。"

周昭妍三人彻底愣住："……"

什么鬼啊，新舍友脑袋好像短路了！

然而炀神的脑袋好像更短路了，他此刻摘掉墨镜，也不装了，耷拉着脑袋，哪还有刚才恣意矜傲的样子，在跟她们的新舍友特别诚心诚意地道歉呢："宝宝，我错了……"

唐雨哼了一声，背过身去。

边炀赶紧走到小姑娘面前，放下身段，双手撑在膝盖上，温声细语地哄："当时你也没问我，我就觉得这事儿不重要，反正你去哪儿我就去哪儿，这又不是大问题，我后边就没提……"

"这么说，还是我的问题了。"小姑娘看他一眼。

边炀马上改口："我的问题，肯定是我的问题！宝宝一点儿问题都没有！"

无人在乎周昭妍三人的生死。

她们的神情就跟打翻了调色盘一样，个个捂着心口，瞠目结舌。

别人可能听不见，可这一声一声缠绵悱恻的"宝宝"，她们是听得一清二楚。

新舍友的男朋友，好像是炀神啊……

"你们能不能掐我一下？我好像在梦里没醒过来。"周昭妍眼睛呆滞地盯着一米远处正在打情骂俏的小情侣。

朱嫜用力掐她一把，周昭妍疼得龇牙咧嘴。

朱嫜说："我记得在宿舍讨论谈恋爱的时候，小雨就点头了。"只是她们忽略了。

不远处的学长学姐们都不知道什么情况，就只看到从前那个很跩很高冷的炀神，已经人设崩塌，正拉着小姑娘的手玩命哄呢。

想去牵人家的手，被人家拒绝后，又不死心地去揉揉人家的脸，结果手也被人家拍开了。

后来，不知道小姑娘说了什么，他马上乖巧点头，然后走到另外三个呆滞的女生跟前，用她们的手机拍了张合照，拍完之后就继续哄小姑娘去了。

张晋远远看到这一幕，惊得下巴都掉地上了。

他揉了揉眼睛，就看见学长强势地牵着小姑娘的手，把人连哄带骗地塞进车里，然后扬长而去……

剩下的周昭妍三人组，好久没回过神，而再看手机上的合照，三个人的表情都很呆……

边炀把人带到了人烟稀少的地儿，操场上人太多，影响他发挥。

跑车顶棚升了起来，停在一棵茂密的榕树下。

这边僻静，没什么人经过。

小姑娘双手抱胸，眼睛看向窗外，给他一个高冷的后脑勺。

那丸子头被他刚才弄乱了，几缕头发散落在脸侧，她的脸腮气得鼓鼓的，好可爱。

他忍不住弯了下唇，却不敢让她看见，指节抵在唇边轻咳两声，倾身凑过去，把小姑娘的肩膀扳过来："祖宗，还生气呢？"轻轻捏捏她的脸颊，这段时间养得好，已经有肉了。

"你说怎么着就怎么着，别不理我成吗，把自己气坏了，我要心疼的。"

"……"唐雨有些无语，一本正经地跟他说，"我没有生气。"

他好笑地伸手揉了揉她发顶："你明明在生气，都写脸上了，而且是不好哄的那种生气。"

"我真的没生气，我是在想别的。"她温温吞吞地回，声音挺低的。

他垂眼，嗓音柔得不像话："那告诉我，宝宝，你在想什么？我们一起想好不好？"

他指尖轻轻抚平她皱在一起的眉心，见不得她这样愁眉苦脸的样子。

他的小姑娘还是笑起来最好看。

唐雨没有吭声，但眉头舒展了一些。

边炀伸手包住她的手，掌心温热，和她柔软的掌心相扣，还时不时捏一下她的指尖。

他很喜欢和她这样亲近。

边炀坦诚地说："我瞒着你学历的事儿，是我不对，因为当时你还不喜欢我，我要是说了学历，你肯定就不跟我讲题了，也不住在我那儿了，我哪有机会追你啊，所以就隐瞒了一些不重要的事，但这事儿我确实做得不对，你怎么罚我都成，就是别不理我。"

他凑过去一些，额头亲昵地贴了贴她的额头，嗓音低低的："我受不了你不理我。"

唐雨眼睫颤了下，和他的气息很近，几乎融合。

她没推开他，小声控诉："上次我做错事的时候，你冷了我好几天。"

她也哄了他好几天的。这次要是轻易把事儿掀篇了，是不是太便宜他了？

边炀捧着小姑娘的脸："那换个惩罚的法儿成不成？"

"也行。"唐雨微垂着眼，认真想了一会儿说，"我记得某人说过他就爱写检讨书。"

边炀眉心猛地一跳："我说过这话吗？"

"那行，当你没说过。"唐雨笑。

边炀咬咬牙，马上改口："我想起来了，我说过，不就是检讨书吗，做错事写检讨是应该的，只要祖宗你别生气，我一万字都能写。"

唐雨悠悠地接话："那就写一万字吧。"

边炀搬起石头砸自己的脚了，他挣扎："能不能少写点儿……"

这写一万字的工夫，得耽误多少跟她相处的时间啊。

"看在你男朋友这么真诚且帅的分上，打个折成吗？"他还讨价还价。

唐雨看他这副可怜巴巴的样子，到底没忍住"扑哧"一声笑了出来。

她本来就没怎么生气，刚才不过是逗他玩的，但也不会轻易放过他。

"边炀。"唐雨看着他的眼睛,"我真的没有生气,一路上我都在想……"

边炀问:"想什么?"

唐雨低声:"我在想你怎么这么优秀啊。"

他眼睛里盛满了她的样子。

"我追逐的你太厉害了,我不想离你越来越远,看样子要付出更多的努力才行。"

现在的边炀是最好的边炀,现在的她,却不是最好的她。

他已经为了她退了很多步,她也要为他做得更好才行。

"边炀。"小姑娘在做很重要的决定,"我会追上你的,你是我喜欢的人,也是个强大的对手。"

"我挺较真儿的,在学习上不觉得比任何人差,我能考将近满分的成绩,就意味着我有无限可能,你是很厉害,超出我认知范围的厉害,但不代表你无法超越。"

小姑娘一字一顿的:"你可别轻敌了。"

边炀看着小姑娘的眼睛,坚定,执着,而强悍。

他的小姑娘能炫耀的何止是漂亮?

正如一棵葳蕤春树,以不可抑制之势,在肆意地发芽和生长。

这样的小姑娘怎么能让人不一次又一次地深入骨髓地喜欢。

她只要看他一眼,他就会乖乖就范,会在生锈的黑夜里,搁浅于她的眉弯。

"宝宝,能和你势均力敌,是我的荣幸。"他轻轻笑了声,眉眼俯首称臣地低下来,凑近她的唇,覆了上去。

唇紧紧相贴,他吻得很重,不满足于浅尝辄止。

可是小姑娘并不配合,他才只是贴了一下,就被她无情地推开了。

边炀舔了舔唇角,是草莓味的小姑娘,一手扣着她的后颈,又要凑过来讨吻。

小姑娘葱白的指尖,抵着他的肩膀,拉开了距离。

"怎么了?"他嗓音低沉地问,长睫从上到下低低地覆下来,漆黑的眼眸直勾勾看着她,其中浮动着昭然若揭的欲色。

唐雨眨了下眼:"我虽然不生气,但不代表这事就掀篇了。"

"嗯？"边炀后知后觉的，显然没品过来这话的意思。

唐雨的身子往后靠了靠，指尖用力，把他推回了驾驶座的位置。

彼此之间的暧昧才算消散。

"死罪可免，活罪难逃。"小姑娘嗓音软软的，语调长而慢，"我不生气是我宰相肚里能撑船，但你的过错是事实，犯错受罚，理所应当。"

边炀还以为能蒙混过关的，没想到小姑娘记仇得很。

"上次你生气晾了我几天来着。"她掰着手指头算了算，"嗯，前后加起来七天。"

"那这次我也晾你七天，是不是很公平？"

"不过我比你仁义点儿，我晾着你的这七天里我们可以正常聊天、约会，我不会像你之前那样不搭理人，但是你不能牵我的手，不能拥抱，更不能……"她轻咳两声，小声道，"更不能吻我。"

边炀错愕："……"

看得着、摸得着，却不能碰不能亲才是地狱模式吧！她学坏了！

唐雨倒是觉得挺合理的，这样既不会影响感情，又能解决问题，顺便还达到了惩罚的目的。

可她不知道，这对边炀来说，简直苦爆了，比揍他一顿还难受。

于是他斟酌措辞，讨价还价："我都写检讨了，是不是可以再宽容点儿？"

他用指腹蹭了蹭她的手背，是求饶的意思，却被她无情地丢开，并给出一记黄牌警告。

边炀的手落空，整个人颓废地趴在方向盘上，显得可怜巴巴的。

"可以不写。"她莫名有点儿想笑，其实对检讨书什么的并不在意，却很想逗他，故意说，"边炀学长要是觉得没必要，就可以不用写啊。"

"……"这种情况下，他能不写吗，不写的话说不定连见面的机会都会被剥夺。

他盯着小姑娘娇软的唇瓣，喉结微微滚动下，略微直了直身子，咬牙："我写。"

全是妥协，暂时不敢抗争。

"谁让我惹我家小祖宗不开心了呢，不过我知错就改，检讨书而已，难不倒我。"

但是不能牵手拥抱接吻，那绝不可能。他有的是办法，让她主动牵他、抱他、吻他。

边烬低头时，藏了微不可察的笑意，然后恢复正儿八经的样子，手搭在方向盘上。

"不能牵手拥抱接吻，那一起吃饭总可以吧？"

"不行。"她刚说完，边烬就偏头看她，他眼神挺幽怨的："你刚才可是说可以正常约会的。"

唐雨无奈地解释："不是不跟你一起吃，我还得排队领校服和军训服，再晚回去就来不及了。"

她想起："对了，我决定住校了，不住家属院。

"昭妍、姗姗，还有朱嫦她们真的很好，我想留下来交朋友。"

小姑娘眼睛亮亮的，对大学充满了向往。

她也想和朋友们一起吃饭、上课、参加社团，空闲的时候再一起逛街。

这些事，她高中的时候只在梦里有过。

倏忽间，她脑袋一沉。

唐雨抬眼瞧他，就见边烬正拨弄她的脑袋，唇角扬着浅浅的笑："好，那我们就住校。"

唐雨迟疑："我……们？"她问，"你也住校？"

边烬轻描淡写："当然，博士也有宿舍，只不过是两人间。"

"可你不是从来不住校吗。"唐雨歪头看他，"外边都传你很少来学校。"

"没办法啊。"边烬揉她头发的手，又忍不住捏捏她手感很好的脸蛋，看她稍稍皱眉了，就没敢再有多余的动作，"我家小姑娘要住校，为了能多见她几次，我只能妇唱夫随喽。"

唐雨听得想笑，把他的手从自己脸上挪开。

他习以为常地反手捉住她的手放在唇边来吻，结果人直接抽走了手，还给他一记白眼。

啊，不能牵手。

边烬眼皮子一跳，盯着他姑娘傲娇的样子，心里跟被羽毛撩过一样，痒痒得很，却只能看着干瞪眼。

他是真拿她没辙，只能有气无力地叹息，这七天，他该怎么活啊！

唐雨去领校服的时候，手机振动了下。

在宿舍的时候，她们四个就已经加了彼此的微信。

周昭妍说，她的校服和军训服已经拿回宿舍了。

唐雨又跑回宿舍，见到她回来，周昭妍三个人的表情非常诡异，她们把她按在椅子上，严刑逼供一样把她团团围了起来。

"小雨。"周昭妍拖着音调，眼神意味深长地在她身上打转，"你跟炀神怎么回事啊，从实招来！你们……"

她把大拇指对在一起，挑眉："是这种关系？"

唐雨还没来得及解释呢，朱嫱双臂抱胸："这还用问？当时炀神一口一个宝宝的，什么关系才能这么称呼啊，他们当然是那种关系了！你就不能问点儿有价值的？"

周昭妍无语："你来你来，我看你能问出什么有价值的问题。"

朱嫱的手撑在椅子两侧，眯着眼看唐雨，很有气势。

"你说，你们谈多久了？发展到哪一步了？打啵了没？"

"……"唐雨的脸一臊，眼睛水亮亮的，脑袋里莫名浮现出他们接吻的画面。

她皮肤白，一红就特别明显，这会儿皮肤上似蒙了层粉玉般的色泽，让人很想捏两把的那种。

"呵。"周昭妍玩味，"看来不用问了，当事人的脸都红成煮螃蟹了，表情已经说明了一切！唐雨同学，你还有什么需要上诉的吗？没有的话本法官可要当庭判刑了！

"这么大的事居然藏着掖着，害我们丢了那么大的脸！早知道你和炀神是那种关系，我们直接上去干就完了，你知不知道当时我的心脏都要跳出来了！"

她好气啊："此等恶行，必须判重刑！"

李姗姗也用力点头："判重刑！"

她也吓得够呛，回宿舍吃了好多零食才缓过来。

"隐瞒犯罪事实，罪加一等。"朱嫱看她，"被告，你还有话要说吗？"

这时候，唐雨弱弱地举起手："被告有话要说。"

朱嫱勉强给她个机会："允许被告发言。"

唐雨眨了下眼："晚上一起吃饭好不好？我男朋友说，想请你们一起吃个饭。"

三个人齐齐倒吸了口凉气："吃……吃饭？炀神请我们吃饭？！"

唐雨点点头："嗯。"然后微仰着头，小心翼翼地看她们，"可以吗？"

边炀说的，这是大学习俗，宿舍里谁交了男女朋友，都要请客吃饭的。

他们既然公开了，那这顿饭肯定少不了。

唐雨也觉得有道理，毕竟当时把她们吓到了，是该赔礼道歉的。

周昭妍她们是真没想到，刚入学就被全校的风云人物请客吃饭了，而且是楼下专车接送的那种。

临近傍晚，晚霞正好。

少年一身清爽的白色衬衫，搭配宽松的牛仔裤，阳光透过树枝的间隙，洒了层淡淡的光晕在他的肩背上。

这人一出现就是焦点，更别提此刻站在女生宿舍楼下。

可对方丝毫没有被参观的意识，或是已经习惯了，双手闲散地插在裤兜里，耷垂着眉眼，漫不经心地靠在黑色商务车上，脸颊轮廓也覆了极浅的一层柔光，分明再闲适不过，存在感却格外强烈。

周昭妍她们下来时，看到的就是这样一幅画面。

在蓝白的天空之下，少年垂首，颀长的身子懒散地靠在车身上，冷白的指尖时不时拨弄几下腕子上的黑色手串，似乎是想到什么，微微扬着唇，浑身散发着少年勃发张扬的吸引力，漂亮得简直就跟幅画一样。

周昭妍感慨地说："小雨，你可得把炀神看牢了，这等姿色的狐狸精简直就跟个肉包子掉狗窝里一样，别说咱们这届的，往届那么多学姐都在打他的主意……"

炀神这行情，她都替唐雨愁得慌："你以后可怎么办啊？"

男朋友太平庸让人烦得慌，男朋友太优秀让人愁得慌。

朱嫱对她的形容简直无语透顶，哪有这么形容自己的，把自己当狗，不过话糙理不糙……

"别的男生，你这么说我会觉得夸张了，有情人眼里出西施的成分，但你男朋友……"她默默地给予同情，"是得好好盯着。"

操场的场景她到现在还记得，边炀天生就有一种引人瞩目的磁场，或是因为他这张脸，或是身份家世，又或是出众的天赋能力，又或是他身上张扬的气质……总之无论哪一项，这等天之骄子，人神共愤的同时，又人人向往。

唐雨看了一眼不远处的边炀，很想告诉周昭妍何止是大学啊，高中的时候他桌子上就没空过，全是别人送的小蛋糕和情书。

无论在哪里，他都是凤毛麟角的存在。

本就该这样。他天生就该璀璨夺目的，站在高处，站在云端里，会让人觉得很有距离感。

可是边炀给她的一直都是触手可及的距离。

李珊珊看唐雨不说话，怕她们的话太打击人了，连忙挽着唐雨的胳膊不服气地说："他是很优秀，我们小雨也不差啊，全国状元欸，已经好多年没出过这么高分数的理科状元了！我们小雨又漂亮学习又好，配他绰绰有余好吧。"

似是察觉这边的视线，少年眼皮一抬，看向她们的方向。

一瞬间，周昭妍三个人就不说话了，被这样的目光瞧着，莫名变得紧张起来。

少年直起身子，朝这边走来，很自然地接过唐雨手里的包，另一只手习以为常地准备牵起小姑娘，忽然想到不能，就蜷缩了下手指，收了回去。

他低声跟小姑娘说："不跟她们介绍一下我？"

这会儿，他哪还有操场那会儿的恣意张扬，把一身乖张收敛得极好，就是个会给女朋友拎包的工具人。

周昭妍三个人很不适应，根本适应不来，原来从冰冷的北极到热死人的撒哈拉沙漠只要十秒！

全校口中桀骜不驯的炀神，在小姑娘面前就跟个被顺毛的猫儿似的，一点儿刺儿都没有。

唐雨马上介绍："这个是周昭妍，朱嫱，还有李珊珊。"然后又同她们说，"他……你们应该都认识了。"

她不介绍，边炀就主动介绍自己，唇角带笑，如沐春风："我叫边炀，小雨的男朋友。"

周昭妍三人挤出笑容："学……学长好。"

边炀浅笑："你们以后叫我边炀就行，小雨跟前，我就是边炀，你们是小雨的朋友，自然是我的朋友。"

听到这话，周昭妍三人对视一笑。

他全然没了一身锋芒，没有一点儿倨傲和疏远，甚至一点儿架子都没有，倒是让她们紧绷的神经放松了很多。

边炀拉开副驾驶的车门，让小姑娘先上了车，弯腰给小姑娘系上安全带。

她们可不敢让边炀开门，很有眼力见儿，自个儿麻溜地爬了上去，个个坐得笔直。

边炀特意开的商务车，后排空间很大。

开车的时候，他说："小雨说你们没忌口，我想着你们都是外省的，应该还没吃过正宗的本地菜，这家私房菜不出名，但味道很不错。"

周昭妍忙说："我们都行，什么都能吃，随便吃点儿就可以！"

李珊珊不大喜欢给人添麻烦："学长，别太破费了。"

"我跟你们差不多大，用不着学长学长叫我。"他的手搭在方向盘上，指节冷白细长，看着前边的路，懒洋洋的语调拖得很长，"你们这么叫我，小雨以后也跟着叫，那我可受不了。"

天知道现在"边炀学长"四个字，对他此刻的心理阴影有多大！

等红绿灯的时候，他又下意识把手伸去副驾驶，想去捏捏她的手，但被唐雨直接忽略了。

少年又讪讪的，委屈地把手默默缩了回去。

这一幕被后排三人看得清清楚楚。

"那我们以后就叫你炀神吧！"反正叫名字，她们是叫不出来。

周昭妍从后排缝隙里看唐雨，有意让她说话："小雨，你觉得怎么样？"

唐雨想了想："你们怎么舒服怎么来。"

边炀弯了弯唇，没说什么。

车子平稳地停在一家很古朴的餐厅前。

下了车，几个人看面前这家在巷子里不怎么起眼的餐厅，不是那种让人望而却步的五星级餐厅。

招牌不大，也不明显，连牌匾都是用粉笔写上去的，给人一种很家常的感觉。

唐雨偏头看边炀，其实他对衣食住行都很挑。

边炀说他订餐厅的时候，她都带上了银行卡，算上学校的各种奖金以及在工厂里的工资，卡里有三十多万了。

而他明显是考虑了她们，怕那种地方会给她们带来不适，才没选那些十分高档的餐厅。

"进去吧。"边炀拎着小姑娘的包，另一只手又下意识地去牵她。

这是习惯。

结果唐雨只是"嗯"了一声，扫了眼他伸出来的手，径直越过，直接进去了。

周昭妍三人又清清楚楚地看见了这一幕。

就见炀神可尴尬了，默默收回手，然后追上去，跟人并排走着。

周昭妍三个人在后边嘀咕："你们有没有发现点儿什么？"

朱嬟眯眼："发现了。"

李珊珊小声："他们是不是吵架了？"

"不大像啊，要是吵架，还能请我们吃饭啊？"

"这倒也是。"朱嬟说。

距离拉得有点儿远了，三个人赶紧跟上去。

包间安静又低调，边炀让她们每个人都点了个喜欢的菜，随后加了几道特色菜。

等上菜的工夫，边炀用热水把餐具烫了一遍，推给小姑娘。

这椅子有点儿不贴腰，他要了个靠枕，垫在小姑娘的腰后，让她靠得舒服点儿。

等菜上来后，又给她倒果汁、夹菜。

小姑娘刚要夹虾，他就把虾剥好了，放在她盘子里，伺候得妥妥帖帖。

这家菜很对她的口味。

小姑娘腮帮子鼓鼓囊囊的，把他夹的菜全吃光了。

两个人气氛和谐得要命，不像是吵架啊。

周昭妍吃菜的工夫，视线在两个人身上不停流转，好几次想开口，都忍住了。

直到唐雨中途去了卫生间。

回来时，她听到门缝里传来他低缓的声音。

"我们小雨先前经历过一些不好的事，遇到了一些不好的人，内心筑了一座高墙，导致她性格有些内向，很少主动交朋友。说实话，她主动提出住校的时候，我挺担心的，担心她又会遇到那样的人，所以故意借这顿饭，想试探探你们怎么样，但显然是我多虑了。"

他笑说："你们都是很优秀很好的人，庆幸小雨能在开学第一天遇到你们。

"可能你们发现了，我们小雨不太擅长社交，也不太爱说话，但她是很真诚的人，谁要是对她好，她就恨不得十倍百倍地还。"

似乎提到他的小姑娘，他的眼睛里就会蕴藏数不尽的温柔和光。

"相处起来，你们就会发现她是个极好的小姑娘，坚韧，勇敢，聪明，善良……我想不到更美好的词来描绘她，一度觉得她是上天送给我的最好的礼物。"

从椅子上起身，少年颀长的身形挺拔而高傲。

周昭妍三人愣了一下。

"以后就拜托你们多多照顾了。"

从门缝里，她看到边炀在三人诧异的视线下，微微弯下了腰身。

唐雨眼睛一酸，低头，轻轻眨眼，泪水无声地砸在了地毯上。

他请客吃饭，是为了这个啊……

这顿饭吃得很好，不只是菜，更是心情。

一开始，周昭妍还担心小雨拿不住边炀。

那样的人太过心高气傲，周围花团锦簇，心思哪会那么轻易系在一个人身上，现在她们完全没了那份担忧。

从餐厅出来，周昭妍把唐雨往边炀身边挤，起哄说："你们都不牵手的啊，热恋期的小情侣那手掰都掰不开，你还不赶紧把你男朋友牢牢牵紧了！"

唐雨被猝不及防地挤到边炀怀里。

他顺势揽着小姑娘的肩膀，无声地笑了笑，唉声叹气："没办法，家庭地位低，人不给我牵哪。"

一顿饭的工夫，全把她们收买了。

与其说是饭，更重要的是边炀的态度吧。

她们清晰无比地感知到边炀对唐雨的态度和爱意，他也毫不遮掩。

浓烈的，炽热的，尽数都要给她。

周昭妍三人既羡慕又欣慰，更多的是从他们身上看到了爱情最美好的原貌。

"这就是你的不对了，小雨，谈恋爱不牵手跟吃饺子不蘸醋有什么区别？赶紧牵上。"

连朱嫦都看不过去。

边炀懒懒的语调："你们别逼她了，她不想牵就不牵吧，男人嘛，吃点儿爱情的苦也是应该的，我一点儿都不失落。"然后装模作样地叹气。

唐雨无语地看了他一眼："……"

周昭妍她们这么说，是因为不知道内情，他这么说显然是故意的。

可这时候，她总不能跟她们再把事情从头到尾解释一遍吧。

而她更忽视了边炀此刻在她们心目中伟岸的形象。

周昭妍一听这个，对她意见颇深："小雨，你这样就不对了，你怎么舍得让炀神吃苦的，赶紧给炀神发点儿糖。"

她挤眉弄眼的，点了点脸颊，暗示得很明显，还怂恿："亲一个！"

"亲一个！"朱嫦和李珊珊憋着笑，也跟着怂恿，"亲一个！"

唐雨感觉脸颊一阵热意，反观罪魁祸首一脸无辜，小姑娘看过来的时候，他还眨了眨眼，笑得又坏又撩："怎么办啊，他们都让你亲我，我要是不给你亲，你岂不是下不了台？"

说着，人已经慢腾腾地弯腰，把脸凑过去。

"那我就勉为其难把自己借给你用一下吧，亲哪儿都行。"

他气息很近，指尖拨开她额前的碎发，薄薄的唇瓣弯着，一动不动地凝视着她，深邃的眼神像是直接盯进她的心脏里："喜欢哪儿就亲哪儿，都喜欢的话，更好。

"毕竟，要是被你多亲几下的话，晚上就能做个好梦了。"

耳边是周昭妍三人的惊呼声，她们捂住脸，差点儿尖叫，磕疯了。

唐雨的脸很热，用力抿了下唇，羞涩的红晕从耳根到脸颊，又往下蔓延，整个人在路灯下粉粉白白的。

他真是……偏偏不是他提出来的，是她舍友怂恿的，还不算违规。

唐雨又去瞪她们，周昭妍不仅不怕，还拼命催："赶紧的赶紧的！小雨，你该不会害羞得不敢亲吧，自己的男朋友怕什么啊，放心，都是一个宿舍的，别把我们当外人！"

朱嫦："小雨肯定在酝酿感情，你别催她，我们有的是时间慢慢等。"

李珊珊捧着脸，征求意见："我可以拍照吗……"说着就要拿出手机了。

吓得唐雨赶紧凑上去，飞快地吻了一下他的脸颊。

边炀唇角轻漫的笑意加深，摸了摸被亲的位置，似乎还残留着她唇瓣的柔软和温度。

嗯，这顿饭没白请。

李珊珊好遗憾，她刚打开相机："我还没拍呢！"

周昭妍郁闷，没看够："这就完了？你不抱着多亲两口？"

唐雨脸红得厉害，瞪着她们："你们到底跟谁一伙的？"

周昭妍吐了吐舌头："这不是在给你谋福利吗？"

"……"真是好室友。

周昭妍三人何止是好，还很有眼色，不让边炀送，给小情侣约会的时间，主动提出打车先回学校。

唐雨拗不过她们，目送他们离开后，转身瞧见少年背靠在路边的栏杆上，手臂搭着栏杆，微微向后仰，颈部线条流畅分明。今晚的月色极好，他凸起的喉结和锁骨在月色下显得冷白，街景变得模糊，一切都好似沦为了他的背景板。

让她恍惚间想起第一次见他的时候。

他刚转学来的那天，靠在走廊的栏杆上也是用这样的姿势晒太阳。

他站在炽阳底下，比阳光还耀眼，仿佛所有的黑暗和泥淖都无法侵袭他半分。

当时她就默默站在不远处看着他，直到眼睛看得发酸……心里想着，要是他身上的光能分给她一点儿该多好。

没想到，承蒙老天厚爱，那抹光居然走向了她。

边炀微微睁开眼，偏头看过去，对小姑娘招了招手，她慢腾腾地走过去，被他伸手带到身边来。

"今天别回宿舍了吧。"他的指腹擦过她的脸颊，忽然说了句。

唐雨一愣，后知后觉地反应过来什么，局促地往后退一步："你、你想干什么……"

边炀看得想笑："你想哪儿去了。"

他屈指很轻地弹了一下她的脑袋，慢悠悠地说，"今晚月色好，要不要找个地方一起赏月？"

唐雨眼睫稍抬，仰头看了看天空。

月色正好，她点了下头，跟室友和爷爷打电话都说了一声后，跟着边炀开车去了郊区的一个山顶。

车停在山顶，好似伸手就可摘月。

她从车上下来，忍不住抬手，落下的清晖触手可及一般。

边炀在车头上铺了毯子，握住小姑娘的软腰，很轻易地就把她放在了上面，还从车里拿出一个抱枕给她垫在脑袋后边。

然后自己也上了车头，躺在她身边。

手臂枕在脑后，抬起眼，月亮便可入眼。

"真好看。"她眼里映着皎洁的月色，脸颊和身上犹如铺了薄薄的轻衫，忍不住呢喃着。

此刻，是薄荷般的山风，是飘淡微卷的云，是虫鸣绝唱的繁夏词话。

少年偏头，眼里映着她莹润的侧脸，已经分不清眼里的光究竟是她还是月色了："嗯，好看。"

唐雨枕着靠枕，望着圆盘似的月亮，静静地游神了会儿，唇瓣微动，忽然念了一个词："moonquake。"

边炀听见了，弯起唇角，弧度很轻："还记得这个单词啊。"

唐雨"嗯"了一声，大概此生都不会忘记了："据说月亮每年都会发生约一千次大月震，月亮轻震，而仰头望月的地球上的人们却浑然不知……"

边炀漆黑的瞳仁微微晃动。

她垂了下眼帘，缓缓继续："就像是，此刻你坐在我面前，我的心在跳动，但这些心震，你永远不会知道。"

那时候，她看进他灼热的眼眸里，心脏跳得剧烈，犹如月震一般，只有她自己知道。

不被察觉的心跳，不被察觉的喜欢，都是一个人的心事。

原来那个时候，她就已经喜欢上边炀了。

唐雨忍不住偏头，看着少年隐在光影里的侧脸轮廓，从这个角度，依稀能看到他偏淡的唇，此刻正微微上扬，她很想知道："边炀，你是什么时候……"她抿了抿唇，很小声地问，"你是什么时候喜欢我的？"

"真想知道啊？"他一条腿懒懒地伸长，另一条腿屈着，并没有看她，只是望着月色浅浅地笑，眸色温柔。

唐雨轻轻地"嗯"了一声。

她听到身边的少年漫不经心地回，却又显得不太正经："当然是在你还不喜欢我的时候。"

唐雨吸了吸鼻子："你怎么就确定那时候我不喜欢你了……"

"你说呢？"边炀伸手，轻轻拨了下她的小脑袋，看着她，语调慢吞吞的，"你那时候满脑子都是卷子，就连吃饭都在背单词，怎么可能看见我的兵荒马乱。"

胸口的吊坠在衣服里轻轻摩擦过心口的位置。

她伸手攥住，鼻子酸酸的，眼里有些荒瘠："可那时候我还很差劲，胆小、懦弱，长得瘦瘦弱弱的，不好看，性格也不讨人喜欢……"

"你不是。"他忽地出声，"是我喜欢你，你无须讨任何人喜欢，无论是过去的唐小雨，还是现在的唐小雨，什么样子的你，我都喜欢，喜欢你是我自己的事情，但是宝宝……"

他的手掌落在她的脑袋上揉了揉："你不能否定过去的你，无论过去发生过多少不尽人意和时乖命蹇的事，我都感激那个曾在过去苦苦支撑走到今天的你，她多厉害啊。"

他指尖轻轻拨开她额前的碎发，她眼睛有点儿红。

他把小姑娘抱入怀里，掌心一下一下安抚似的抚过她的后背。

"春日里来不及发芽的你，如今已经枝繁叶茂了，宝宝，恭喜你，等来了属于自己的春天。"

从来都不是他慧眼识珠，而是她披荆斩棘，才走到了他面前。

"也就是我命好，才在你最需要我的时候发挥了一点点作用，让你看到我还算闪光的一面，要是换作今天我遇见你，我都不敢想你这姑娘该有多难追。"他轻声失笑。

趁她还失神的时候，他得逞似的把人往怀里搂。

唐雨整个人顺从地被揽入他的怀里，鼻息间都是那股熟悉的令人安心的香气。

抱了一会儿后，头顶传来少年几声闷笑。

这会儿唐雨才反应过来什么，从他怀里钻出来："说话归说话，你怎么又抱我了？"

这才第一天，都破例几次了！

"我这是在安慰你呢宝宝。"摩挲了指尖上残留的温度，少年眼底的笑意不减，"刚才分明是你占我便宜。"

小姑娘闻言翻了个白眼，往旁边恨恨地挪动了点儿。

他也支着手臂，慢悠悠地挪过去一点儿："不过呢，我这人向来大度，亲一下抱一下的都不跟你计较了。"

唐雨觉得后槽牙莫名有些痒。

偏偏他还浑然不知，似认真又似半开玩笑地说："我看好像起风了，要是把你冻感冒了怎么办？爷爷还不得剐了我啊。"然后张开双臂，一副任由她蹂躏的样子，语气倒是随意，"快钻进男朋友的怀里暖和暖和，免费的。"

唐雨看都没看他一眼："我一点儿都不冷。"

边炀有些遗憾地落下手，唉声叹气地暗示："山顶，月色，四下无人，多好的你侬我侬的机会，可惜女朋友没情趣。"

唐雨微挑了下眉心。

她也不上当，反而撑起身子，双手抱着膝盖，歪头笑眯眯地看他，眼神又无辜又纯净："边炀学长。"

听到这称呼，边炀浑身一僵。

小姑娘很淡定地看他说："既然学长觉得没情趣，那我们就早点儿回去吧，省得把大好时光浪费在这些没情趣的人和事上。"

"……我有说没情趣吗。"他微妙地停顿了一下，然后一本正经，"我刚才那话还没说完呢，其实我的意思是，这么好的月色你侬我侬的多俗气，幸亏女朋友没情趣，否则就辜负这么好的人和景了。"

唐雨微笑，磨牙："这不还是说我没情趣吗。"

边炀弯唇："巧了不是，我也没情趣。"

他凑过去，额头碰了碰她的额头："这大概就是'不是一家人不进一家门'吧，我们俩没情趣到一块去了，绝配。"

分明就是强词夺理。

唐雨轻轻哼了一声，也没跟他计较，伸长纤细的手臂，往后舒展地一躺，整个人被月光穿透了似的，露出的手臂和脖颈在月色下白得发光。

没瞧见少年的眸子时不时扫过她因为伸展手臂，而不经意间露出的那截柔软细腻的腰肢。

小姑娘的体重开学前是达到了他说的标准，已经九十五斤。

可她还是很瘦，小腹平坦到微微下凹，这腰依旧细得要死，两只手就能轻易握个完全。

周围环境清幽，耳边是不知名的虫鸣。

在这样寂静放松的环境下，她的眼皮子渐渐耷拉下来，有些犯困了。

不知不觉睡过去时，听见窸窸窣窣的声响，隐约感觉有人抱起了她。

商务车的后排可以完全放下，形成极大的空间，后排放下后，边炀将气垫床铺上去，然后把小姑娘放进去。

他蹲着身子，把她的鞋脱掉，放在前排的驾驶座上。

气垫床上铺着软毯子，她窝在里面，很快打了个滚，抱着毯子就睡了过去。

见状，边炀闷笑出声，又弯腰，按了下车载恒温系统和电动百褶窗帘，只留一盏小夜灯。

小姑娘的脑袋埋在毛毯里，穿着长裤短袖，上衣往上缩了点儿，那截腰在夜色里白得晃眼，像是无声的诱惑。

边炀抿了抿唇角，伸出手，本想把她的上衣往下拽点儿，半道忽然改变了主意，把车门一关，自个儿也躺了上去。

这会儿才九点钟，并不困，边炀仰躺在她身边，面不改色地一点点往她身边挪，直到肩膀碰到她的身子，才堪堪停下来，然后拽住毯子的一角，也不知道是想让她听见还是不想让她听见，嗓音轻得快听不清、"宝宝，你压到毯子了。"

对方呼吸轻浅，睡得很香，没反应。

"你不回答我，那我就自己抽了。"他自顾自地说。

小姑娘依旧没反应。

他指节抵在唇边，轻咳两声，然后小心翼翼地抬起她的一条腿，放在自己腿上，把被她压着的毯子拽出来一点儿，又把她抱着被子的手，转而搭在自己腰上。

经他好一番摆弄，才总算让她完全挂在自己身上。

边炀低头看了眼正搂着他腰身浑然不知的小姑娘，绷着笑意，视线又落在车里的星空顶上，自说自话："你怎么抱住我了？赶紧拿开。

"给你三秒钟时间。"他慢腾腾地道，"三、二、一。"

数完了，他很轻地"啧"了一声，"给过你机会了，是你自己没挪开的，这可不怪我。"

说完垂下眼帘，掠了眼她恬静的脸："真拿你没办法。

"抱就抱吧，醒来可不能说我。"

然后把她心满意足地揽入怀里，指尖有一下没一下地在被子里摩挲着她的软腰，又忍不住低头吻吻她的眉心。

从眉眼，到脸颊，细致地吻着。

似乎有点儿亲不够，盯着她近在咫尺的唇瓣看了好大一会儿，喉结滑动着，终于低头心满意足地贴了上去。

忍了一天，总算得逞。

清甜的气息，让他有些难以自持。

边炀微喘了下，搂着她腰肢的手臂紧绷又克制着。

似乎被他不自觉吻得用力了，小姑娘发出很轻的嘤咛声。

这声音让他瞬间清醒，他马上紧张地把人松开，老老实实地闭上眼睛躺好，平缓地呼吸，装作什么都不知道。

直到她没动静了，才敢掀动眼皮，低头瞧她。

好在小姑娘没醒，只是往他怀里埋了埋脑袋，就继续睡了。

昨晚上睡得早，唐雨五点钟就迷迷糊糊地醒过来了，她揉了揉眼睛，入目的是少年精致的侧脸，稍稍愣怔了一瞬，她低头，看到自己跟八爪鱼似的缠在他身上。

唐雨脸颊一热，小心翼翼地把手和脚缩回去，然后托着下巴，静静地看了他一会儿。

他睡得很安静，额发微乱地往后顺了些，露出整张精致的脸。

唐雨的指尖不自觉轻轻地从他高挺的鼻梁上划过，最后停在他薄薄的唇瓣上。

她目光闪了闪，下意识抿了下唇角。

一阵轻微刺痛，让她轻轻吸气，这才发觉唇瓣有点儿红肿。

唐雨摸了摸唇，一阵莫名。让蚊子咬的？

窗外正是日出，山顶上视野绝佳。

唐雨无暇想这些，蹑手蹑脚地从车上下来，望着旭日东升。

边炀醒来时，怀里空空如也，他脸色陡然一变，整个人近乎踉跄地从床上跌下去，连鞋都没穿！

在看到她时，他才轻轻松了口气。

淡淡的光晕勾勒着女孩的脸颊，她张开双臂，正肆意地迎风。

"这么早就醒了？"他弯腰穿上鞋，过去站在她身侧。

唐雨眼睛很亮，头发乱糟糟的也不在意："边炀，日出！"

他一脸没睡醒的样子，很轻地笑："嗯，日出。"

"这是我第一次站在山顶看日出。"她眼里溢着光，伸出手，光从指缝里穿过，语气透着兴奋，"很美。"

边炀嗓子睡得有些哑："以后我们会有很多第一次。"

小姑娘笑，用力点头："嗯。"

然后忽然想到了什么，她差点儿呛到，但偷偷看他的脸色，边炀倒是一如既往地慵懒，似乎没往那方面想……

"唐小雨，你脸红什么？"他略微侧眸，把她的窘迫尽收眼底。

她马上摇头，镇定自若："我没有，脸红是被太阳晒的。"

"骗谁呢，你这脸，热得能煮鸡蛋。"他把手背贴上去，然后想到了什么，意味深长地轻"啧"了一声："你该不会是想那个——"

"我没有！你别瞎说！"她飞速打断他的话，脸热地往后退。

"是吗？"边炀慢吞吞地靠近她，语气欠欠的，"昨晚上你对我又搂又抱的，我怎么推都推不开，所以你这话的可信度很低啊，当然，我理解，毕竟美色当前，你控制不住自己也是应该的，不过我这损失……"

直到把小姑娘逼到车跟前，她的后背贴在车上。

边炀的手撑在车门上，低头看小姑娘无措的样子，憋着笑，问："你要怎么赔？"

唐雨目光微微闪烁，想起早上那一幕，就有点儿心虚，确实是她抱着人家不放……

她这脸是丢光了……

"搂我，抱我。"他慢吞吞地重复她的"罪行"，抬起小姑娘的下巴，让她不得不陷入他的眼睛里。

"哦，说不定还趁我睡着偷偷亲我……"他"嘶"了一声，被自己说服，"唐小雨，你对我图谋不轨啊。"

唐雨回到宿舍的时候，又被三堂会审了，她整个人被围在椅子上，三个人看她的眼神逐渐猥琐。

"小雨。"周昭妍笑眯眯地拖长声，"你们昨晚都干什么了？"

李珊珊眨巴眼："上高速了吗？"

朱嫜无语："你们怎么能这么问，人家不害臊的啊？小雨，别听她们的。"她一脸兴奋，"你就直接告诉我，你们什么时候结婚好了，我要当伴娘！"

唐雨捂住脑袋，哪有她们想的那种事啊，面红耳赤地把昨晚上的事一五一十地招来。

周昭妍听完后一脸震惊："都二十一世纪了，小情侣夜不归宿竟然是去看月亮，你们玩纯爱啊。"

李珊珊咬着薯片："原来是低速，不对，应该说是没开车。"

"你们这副嘴脸真的够了。"朱嫜说，"这样挺好的啊，炀神是认真在谈，不过咳咳……应该也会亲亲抱抱举高高吧？"最后一句话，她眼睛闪烁着八卦的光芒。

周昭妍又来了兴致："展开说详细说！我爱听！"

还真让她们猜准了一点点……

想到了在山顶最后的场景，唐雨脸颊发烫，整个人就跟煮熟的螃蟹一样。

当时边炀把她抵在车边，说她图谋不轨，她垂死挣扎，下意识就不服输地回了句："难道你就不对我图谋不轨吗？"说完她就无比懊恼地想捶自己。

这话简直就跟自爆没什么区别，间接承认自己真图他了。

边炀笑得肩膀都在抖，然后低低地"嗯"了一声，指尖摩挲着她的脸颊，大大方方地承认："我图你又不是一天两天了，这还用问？还是我图得不够明显？也就是我能忍，否则……"

他捏她下巴的指尖用了点儿力，再多的委屈都化为一声轻叹："我都忍得那么辛苦了，某人呢，昨天还挑战我的极限，抱我、搂我一小会儿，我忍忍也就算了，可是这一整夜呢。"

他越说越幽怨："唐小雨，你铁石心肠，良心就不会痛的？"

他说得头头是道，她被他说得越来越抬不起头，就好像昨晚上自己真的做了什么对不起他的事。

可是她睡着了啊，发生了什么都不知道，不过她确实有抱玩偶睡觉的习惯，估计是把他当成玩偶了……所以只能含糊地敷衍他："那你说怎么办。"

他姿态轻慢地吐出几个字："还能怎么办？"

终于图穷匕见了，"这时候不要问怎么办，吻我就是最好的"。

他主动把她的手放在自己脸上，躬身下来，脸凑过去："你就使点儿劲亲我，就行。"

当然她没如他所愿，一是因为这全是他的一面之词，证据不足，二是因为昨天刚约法三章。

所以她打算把这事儿暂时搁置。

可边炀不愿意，经不住他痛心疾首的控诉，唐雨最后一口咬在他的脖子上。

这也算是亲了……

不过，唐雨可不想把这么丢人的事说出来，声音细细地说："没什么，就这些啊……昨晚上的月亮很好看，日出也很美。"

周昭妍："就……这？"

唐雨面不改色："嗯……"

三个人大失所望，一哄而散。唐雨摸了摸鼻尖，讪讪地回了自己的床铺。

第十六章
检讨书

下午两点是开学典礼，她要代表法学院发言，这会儿一直埋头写稿子。

上台发言这事，在高中就习以为常了，所以她不大紧张，可到了礼堂，就发现不是那么回事儿，好多人似乎都在若有若无地瞧她。

唐雨被看得有点儿不大自在。

还是周昭妍给她答疑解惑："你和炀神之前在操场上的事儿被发到学校论坛了，现在，大家都知道你跟炀神关系不浅，你现在的身份是全校焦点的绯闻女友。"

周昭妍把学校论坛给她看，也不知道哪个人才拍的，连两个人的表情都拍得一清二楚。

照片里她双臂抱胸，绷着小脸，挺生气的样子，少年弯腰哄她，眉眼恣意温柔。

唐雨扶额，难怪别人看她的眼神不对劲儿。

"喏，你的绯闻男友在那儿呢。"周昭妍撞了下她的肩膀，朝前边努了努嘴。

唐雨顺着她指的地方看过去，最前边一排是校长、院长以及教授的座位。

第二排则是班导和导员的座位，边炀坐在那排。

第三排则是代表发言的新生要坐的位置。

班主任过来提醒唐雨："唐雨，你待会儿要发言，去第三排坐吧。"

唐雨点了下头，在第三排坐下，右前方就是边炀。

567

他攥着黑色签字笔，曲起的手指指节冷白，尤其好看，左手托着下颌，不知道在写什么。

身边的人瞧见他脖子那处挺明显的红痕，好奇地问他："边炀，你脖子怎么了？"

少年眼皮轻轻撩起，指尖扯了下领口的位置，散漫地回："被人咬的。"

留了一排小牙印。

那人愣了下："啊？"

边炀耷拉着眼皮，边写东西，边懒倦地叹气："女朋友牙尖嘴利，没办法。"

听到这话，唐雨耳尖滚烫，手上的演讲稿不自觉捏紧了，他怎么什么都说啊！

那人瞪圆眼睛："你什么时候交女朋友了啊？"

"你不看论坛？"那人跟边炀一样，是博士，目前是工程管理学的班主任，但比边炀大了八岁有余，平常除了写论文，就是出差做交流学术，哪有时间看什么论坛。

直到边炀划开手机，把论坛上的内容丢给他看。

那人捧着手机，看完所有的内容，是一脸错愕和玄幻。

好不容易艰难地接受了，然后看他不停地写东西，又问："你这写的是什么啊？还手写。"

毕竟论文什么的都打印，金融系应该没有用到手写报告的地方。

少年懒懒地回了句："检讨书。"

那人又愣："啊？"

边炀手上动作没停，脸上的神情也是少有的缱绻："女朋友家教严，犯错就得写检讨，没办法。"

唐雨："……"

边炀瞥了眼对方目瞪口呆的样子。

他往后靠在椅背上，唇角向上扯："算了，对牛弹琴，跟你说，你这单身狗也不懂，一边玩儿去，别耽误我思想进步。"

说完，又继续在纸上一笔一画地写字。

对方风中凌乱，他是落伍了，不怎么看论坛，但他会发论坛啊，让你小子狂。

他暗暗地拿出手机，偷拍了正在写检讨的边炀，就发学校论坛，标题特清晰直接："大瓜！边炀被罚写检讨，女友家教特别严！"

他俩说话声音不大不小的，周围的人刚刚好能听到。

身边的人认出她是操场上的女主角，若有若无地瞟她。

唐雨低着的脑袋快埋进脖子里了。

她想踹他的凳子，让他闭嘴，可隔着一个位置，踹不到。

唐雨低头打开手机，正给边炀发信息，周昭妍给她发来一个链接，是学校论坛的链接。

还有一行字："小雨，你快看论坛！啊啊啊，炀神太会了！"

隔着屏幕都能感受到周昭妍的兴奋和激动。

唐雨隐隐有种不大好的预感，点开论坛链接进去，入目就是那行刺眼的标题。

她深吸了口气，往下划开，是一张偷拍图。

照片里少年左手托着下颌，只露出半张精致的侧脸，另一只手攥着黑色签字笔，写字时垂着眼帘，在眼睑落下一层好看的阴影，显得神情散漫又认真。

不仅把人给拍上了，不知道是故意还是无意的，那人还隐隐约约地拍上了他写的那份"检讨书"。

少年的字如其人，笔锋苍劲张扬，"检讨书"三个大字，赫然在白纸的最上方，然后另起一行是："亲爱的小雨宝宝……"

唐雨深吸一口气，脸上一阵燥热，继续往下看。

"一想到要跟我们小雨度过余生啊，每一次日升月落里，我都对未来充满了期冀。怎么这么喜欢你，连我自己都搞不明白，大概就如呼吸一样简单。想把藏不住的情感写进纸页里，让你可观可看，可落笔。

"心脏不知何时已经绣满你的名字，涌动在每一根舒张的脉络里，浸润在每一寸清癯的骨骼里。层层递进，次次迂回，总怕给不够你，又怕淹没了你，可似乎已经无法控制。我的理智早已揭竿而起，臣服于你给的盛世流年里……"

大概是屏幕调得太亮，眼睛看得酸涩又胀，她抬手揉了揉眼眶，忽然发觉耳边的嘈杂似乎骤然消散，空荡荡的，只有她的心跳依旧振聋发聩。

后边的笔迹被他的掌心遮住，已经看不到了。

她眼睛轻轻一眨，缓慢地抬起头，入目的是少年轮廓分明的侧脸。

他低头握住签字笔，碎光盛了满眼，不知道他接下来会写什么，但此刻，她身子像被温热的水流包裹着，无孔不入地钻进四肢百骸，冲开了那些隐匿在骨缝里晦涩的情绪。

他的偏爱明目张胆，次次拉她入艳阳里。

唐雨低头，手机不知何时已经息屏，这条词条底下的评论已经看不见，但通过此刻身后毫不避讳的窃窃私语以及逐渐嘈杂的环境，她可想而知，这封检讨书已经传开了。

"我去，他们真的在谈恋爱，正大光明地谈恋爱！"

"炀神啊，听说是金融系的传奇欸，今年已经读博了，居然被这届高考状元拿下了。"

"何止是拿下，我看是拿捏……"

那字里行间里的爱意，别说唐雨看见会怎么样，他们看见都被淹没了，这哪里是什么检讨书，分明是情书！到底是谁发上来的！新生的命不是命？

有人开玩笑："以后男朋友不听话，就能说'你看看炀神，人家那么帅，家世学历那么好都听女朋友的话，你怎么好意思跟女朋友吵架的？！'，有这个标杆立在那儿，这届，哦，不，是咱们学校的全体男生估计都有心理阴影了。"

唐雨迅速把头低下去，有点儿后悔今天扎高马尾，没法用头发挡住脸。

刚才那点儿感动，听见这几句话，瞬间没了，她整个人跟烧开的水壶一样，快咕嘟咕嘟冒烟了。

她拿出手机飞快地敲字，给边炀发："别写了！"

边炀放在桌子上的手机振动了下，他手腕松松一抬，放下笔，划开手机瞧见是小姑娘发来的，还是这么莫名其妙的三个字，微微眯眼，慢吞吞地回："你怎么知道我在写检讨书？"

似是想到了什么，他侧身看后一排，正捧着手机八卦的大家，马上看热闹不嫌事大地起哄一声。

"哇哦——"尤其是附近的学生，更是捂住脸。

边炀没怎么在意，视线直直地落在他左后方，面红耳赤的小姑娘身上。

小姑娘穿着校服，漆黑柔顺的发丝绑得高高的，此刻正用演讲稿挡着脸，放在膝盖上的另一只手疯狂暗示他赶紧转过去。

边炀额心一跳，手臂往椅背上闲散一搭，朝她看："怎么了这是，跟我装不熟呢？"

唐雨："……"想钻地缝。

周围的学生忍不住捂着嘴偷笑。

距离最近的学弟大胆发言："学长，你们何止是熟啊，我们都能作证，你们可太熟了。"

边炀扬唇，长睫抬起，视线浅显地掠过那人的胸牌："管院的啊，有眼光。"

被夸的学弟挠头，嘿嘿一笑："这不是有眼光，是有眼睛的人都能看出来，您和唐雨同学天造地设，绝配。"

"这么会说话。"边炀很轻地笑了下，跟旁边管院的班主任不大正经地搭腔，"这苗子得好好培养，将来前程远大。"

边炀左边刚好坐的是管院班主任，此刻正抱胸旁观。

"谁看过你的情书不说句天造地设都是睁眼瞎，你往后又写多少了，给我看看。"论坛没后续了，说着，他脑袋就往边炀那情书上凑。

边炀把那纸漫不经心地倒扣，指尖轻敲纸面："你还偷看？"

管院那班主任摊手："我可没偷看，我是光明正大在论坛上看的。"

边炀没理解这话什么意思，那人眼中满满的趣味，继续道："边炀，家教严点儿好啊，有句话怎么说来着，媳妇宠得好，招财又进宝，就是没想到你平日里装得怪高冷，跟你组队打比赛都不乐意，怎么谈起恋爱来这么能说啊，待在金融系实在委屈你了，去文学院吧，那里装得下你。"

"我们怎么了！"文学院的班主任不服气，随后又凑过去，"不过边炀，我们文学院确实需要你这样的人才，你要是能来，我们院长能高兴死。"

边炀不轻不重地嗤了一声，环视四周，这才发觉他已经成了全场焦点，这批新生小眼神冒出的八卦精光，藏都藏不住。

他敏锐地捕捉到"论坛"两个字眼，划开手机，点进去论坛，看到醒目的大标题以及上面放的图，眉心一跳，而那罪魁祸首，座位空空如也，人已畏罪潜逃。

他合上手机，目光忽闪着，指节抵在唇瓣轻咳两声，片刻的工夫就已经镇定自若，一派泰然。

"看见就看见了，又不是见不得人，就算我再怎么优秀，你们也不用羡慕到这种程度，都低调点儿，我不大想出名。"

这人真是绝了。

管院那班主任笑得不行："还得是你，你就不怕人新生觉得你爱得卑微？"

"我女朋友这么美，不卑微点儿能追得上？"他说得如此理直气壮，直接把管院本想看他笑话的那班主任说得干瞪眼。

边炀垂着薄薄的眼皮，朝那人抬了抬下颌："打比赛你不行，写检讨你也跟不上，知道你崇拜我，但也别太崇拜，反正下次打比赛还不带你。"

那人气得够呛，偏偏又不能拿他怎么办，就扭头跟唐雨告状。

"弟妹，以后多管管这小子，瞧瞧他尾巴都翘成什么样了！"

唐雨悬着的心终于死了，社死的。

有个桀骜不驯的男朋友，这辈子是不可能低调的，而挡住脸的演讲稿已经没什么挡的必要了，大家都知道她是唐雨，事件里的当事人。

她对前边的学长干笑两声，脸僵得不行。

边炀嗤了声，跟她说："别搭理他，他就这德行。"

那人不服气："我怎么了，我都不稀罕揭穿，你写的那是检讨书吗？"当着面，他就怂恿唐雨，"他那分明是挂着羊头卖狗肉，弟妹，别被他的花言巧语给骗了，把他这份打回去，让他重新写。"

这人怎么干什么都这么顺风顺水的？他不服，想让边炀吃点儿爱情的苦。

结果边炀直接伸手搭住那人的脖子，把人给按回前排了。

后排的座位高，看得一清二楚，都忍不住笑出了声。

院长和校长一行人进来的时候，见这么热闹，还挺稀罕。

"这届的新生挺活跃啊，个个脸上带笑，很有朝气的样子。"

校长一身中山装，环顾四周，背着手满意地点头："你说得不错，这届新生确实还行，尤其是前排那些个，笑得跟朵花一样——"视线扫过去，声音陡然顿住。

因为他看见边炀正按住身边人的脖子，给人抵在桌子上了，当即不轻不重地哼了一声："这臭小子又欺负学长。"

章老拄着拐杖，护犊子得很："小孩子打打闹闹多正常，这群博士生整天死气沉沉的，连个十九岁的小孩儿都打不过，都该跟新生一起练练。"

"他散打拿过奖，谁能打得过他啊，你就惯着他吧。"王校长又瞧法院的沈院长，"你那徒弟呢？"

沈院长前些天刚打完官司回来，解决了唐雨那事儿，听到这话，他瞧了眼校长："你到底是关心我徒弟，还是关心阿炀女朋友长什么样？"

王校长被戳破心思，也不心虚："怎么了，我瞧瞧不行啊？"

想看看是哪个勇士收了那兔崽子。

沈院长往前走："她是新生代表，发言的时候你就知道了。"

校长和院长们一来，新生们都压低了声音，礼堂也渐渐安静下来。

主持人上台开始走流程，校长发完言之后，就是各个学院的代表发言。

等到唐雨上台时，几乎所有人的视线都落在了她的身上，或欣赏，或打量，或羡慕……

这人不仅是论坛顶流，还是今年将近满分的全国状元。

如今她穿着清北白色文化衫，下面随意搭了件同色系淡紫色百褶裙，有些清瘦的缘故，腰线那里略有些空荡，更衬得那腰不堪一握，此刻正温静淡然地站在台上。

这是周昭妍为她搭配的，还配了双紫白相间的长袜，包裹那两条纤细白皙的小腿，显得又直又长的。

周昭妍说既然要发言，总要打扮打扮。

头发也是周昭妍扎的，原先的齐刘海已经长长，唐雨没来得及修剪，都被周昭妍扎了上去，露出整张莹润无瑕的脸蛋，额前垂着几缕毛茸茸的碎发，勾勒着小姑娘流畅的脸型，一眼望去就是亭亭玉立、俏生生的模样。

周昭妍本来想给她化妆来着，可又觉得画蛇添足。

她长得漂亮，皮肤在灯光下瓷白如玉，是恍若银色山泉和白茶花那样干净的漂亮。

十八岁的小姑娘，就算什么都不涂，也是好看，所以只在她唇瓣上点了点儿橘粉色的唇彩，便已经足够惹眼。

论坛上在操场拍的那张照片似乎只突出了她外在的美貌。

而她身上那种淡淡的书卷气以及望上一眼内心就会平静的气质，是拍不出来的。

光而不耀，静水深流，正如唐雨。

金融系新生里，有人跟周寻文打听："寻文，你跟她好像是一个高中的吧，之前她上学的时候也是这么漂亮吗？难怪咱们班主任这么喜欢她。"

周寻文失神地看着台上的女孩，轻轻摇头。

不是的，她在高中的时候并不是这么耀眼夺目。

那时候她总是低着头，用厚厚的刘海遮住脸，也不像别的女孩那样喜欢穿漂亮衣服，一身校服穿了一年又一年，都已经洗得发白破洞了。

直到一次，他从女生宿舍路过，不经意间抬头。

斜阳从窗户里钻进去，斑驳的树影映在她薄瘦的脊背上。

她转过身，抓着湿漉漉的头发，刘海还没来得及吹干，整张青涩稚嫩的脸蛋露出来。

时至今日，他都能想起自己当时的样子。

仰头看她到忘记脖子发酸，直到她吹干头发，回到宿舍里，他才恍然收回视线。

从前只知道她成绩好，几次大考超他太多分，还参加竞赛，就记住了她的名字，却不知道原来……她长这个样子。

像料峭枝头萌发的新芽，又像软甜青涩的莓果。

总之，那天，他鬼使神差地等在女生宿舍楼下，直到唐雨低头从宿舍出来，从他身边径直走过，没停半分。

只有女孩发丝上残留的香气萦绕在他的鼻间。

他不受控地叫住她："唐雨同学。"

她脚步停了一下，回头莫名地看他。

他自认在年级里比较出名，没人不知道他，却从她眼里看到了陌生。

周寻文捏紧手上的书，动了动嘴唇："我叫周寻文，一班的。"然后吐了口气，"有道数学题想问你，行吗？"

那是他第一次主动找女生说话，出奇地紧张，好在她没有拒绝他，但也只是讲完题，就走了。

笔上残留消散的温度，让他有些眷恋，也有点儿失落，后来借着讲题，他开始频繁找唐雨，想多些接触的机会。

周寻文自认谦和温润，讲题时也规规矩矩的，可唐雨对他却越来越避讳，越来越排斥……

甚至每次刚看见他，还没等他打招呼，她就掉头跑，就好像他是洪水猛兽。

周寻文以为女孩是脸皮薄，怕被人说闲话，所以他又主动了些，甚至还打听到她帮忙的地方，几次借着买奶茶，想跟她多待一会儿，直到孟诗蕊的事情爆出来……

他闭上眼睛，苦涩地抿了抿唇。

台上，小姑娘已经开始演讲，嗓音温软而有力量。

在临近结束的时候，她分享了最近在书上读到的一句话："我可以灿烂、勇敢、喧嚣鼎沸，也可以怯懦、逃避、弃甲丢盔，去做野蛮的月亮，做冬日里青翠的残碑，做一曲谎言里最汹涌的谲诡，乃至是扉页被燃尽的余晖。

"可它们亦不与我相违背。

"我接纳自己的憔悴、落灰、不完美，更容许我的淋漓、滂霈和葳蕤，毕竟我只是自己的晴山，不会因某棵树的荣衰而枯萎抑或卑微，我永远出类拔萃，爱自己生命的明媚。"

这也是边炀教给她的道理。

允许自己存在人性的瑕疵，接受自己的不完美。

她的生命只属于她自己，不必满足任何人的期待。

她希望和她过去一样曾陷入深深的自我否定以及正在否定自己的朋友们，能从内耗中走出来，走向属于自己的春山。

演讲结束，现场响起一片真诚而热烈的掌声。

下一个便是金融系代表，谁知道边炀竟然起身，似乎准备要上台了。

王校长瞧见后直瞪眼，声音很低地叫住他："新生代表发言，你干吗去？"

边炀眉梢略扬，慢吞吞地说："博士新生，就不是新生了？"

"……"校长按了按眉心，敲敲桌子，示意章院长，"这是你的徒弟，你倒是拦着啊！"

"事到如今，还能怎么办，他这副样子，显然就没挑备选人。"

章院长带他四年，也算摸清他是个什么人了，他看边炀，冷哼一声："我回头再找你算账。"然后摆摆手，当作没看见。

其他学院的院长见状都相当无语，谁都知道这小子什么盘算，不就是想跟女朋友同台吗。

发言完的新生代表人要站在台上，一直到所有新生发完言后拍合照留念，再一同下台的。

可主持人认识他啊，现在学校谁不认识他，只能尴尬地强行圆场，说他也算是新生，博士新生，让他给学弟学妹们一些建议什么的。

唐雨同所有新生代表站在一排，余光瞧见上台的是边炀，马上低下头，几缕发丝垂下来，装作没看见，谁知道眼前，忽然落了一片阴影，将她笼罩。

头顶传来少年玩世不恭的笑："宝宝。"

话筒被她握在身前，距离两人都不远，这清晰的声音就传了出去。

"话筒。"他朝她手里的东西轻抬下颌，温和而缓慢地说出了句，"你忘给我了。"

清晰无比的一句话，在大厅里荡着，也在她脑袋里一圈圈地荡着。

她握住话筒，整个人都蒙了，脑袋白茫茫的一片，不知道多久才反应过来，是了，发言完要把话筒给下一个新生代表，而她因为看见边炀上台，一紧张，就给忘了……

台下已经响起一阵又一阵的起哄声。

"哇，宝宝。"

"宝宝，话筒，你忘给我了。"

"我去，炀神谈起恋爱来是这样的吗！说好特高冷特不近人情的呢！"

底下的欢呼声，卷起一股又一股的热潮。

周昭妍兴奋地掐着朱嫦，差点儿尖叫，被朱嫦一巴掌扇胳膊上才冷静。

"抱歉啊抱歉，我太激动了！"周昭妍讪讪地松手道歉。

朱嫦翻白眼："要习惯。"啊啊啊嗑死她了，但是她不能像周昭妍一样没出息！

前排的校长和院长们："……"你小子！

同届班主任呵呵："……"就知道。

唐雨脑袋里像是炸开了一样，马上仓促地把话筒塞进他手里。

能不能把她绑在火箭上发射出去，这地球，她实在不想待了……

边炀接过话筒，上面都是小姑娘掌心沾湿的薄汗。

他唇边浮着浅笑，抬起的另一只手落在她低垂的脑袋上，轻轻揉了揉。

她身子明显滞了一瞬，从他掌心下轻轻抬眼，神情似有片刻的空白，旋即少年眼里毫不遮掩的缱绻，映入她的眼帘。

清晰的、炙热的，连同日月星辰都流动在他的眉眼里，毫无保留。

周围的画面似乎变成了一帧一帧的，倏忽，那些紧张和窘迫统统消失不见。

落在发顶温热的掌心似有一种特殊的魔力，她紧绷的神经一下子被他顺得乖乖的。

她的心情迅速平静和安定下来。

边炀拿着话筒，身姿松弛，走在台前。

他轻轻抬了下手，台下的起哄声戛然而止。

他们都看着台上耀眼的少年。

似乎都忘了其实他跟他们差不多的年纪，是那些传闻把他抬上了一个高度，让他和他们无形间拉开一截遥不可及的距离，更多了这些看似成熟稳重的距离感和神秘感。

可如今这样仔仔细细地看少年精致俊美的脸，白衬衫和牛仔裤，漆黑发丝下的眉眼里，是除了张扬桀骜外，还有未来得及褪去的只属于少年的青涩感。

边炀拿着话筒的手指指节分明，另一只手则随意地插在口袋里。

他在哪里都如此从容松弛，一如平时的懒散："原本呢，是该在院系里挑选一个新生来代表发言的，可仔细想想，那么多新生发言后，你们应该也想听听我们这些老东西的一些建议和看法。"

校长听到这话忍不住轻哼一声："从前让他上台发言他推三阻四的，懒得动弹，这会儿倒是拿起架子了。"

其他院长闻言笑："他说得也有道理，新生代表发言后，确实需要几个有影响力的学长给这些新生带带路。"

底下有人手做喇叭状，喊道："我们想听边炀学长的建议！"

边炀散漫地扫了眼台下那人，半开玩笑地道："这可不是我请的托，实属民众心声。"

底下一阵哄笑，气氛被带动了起来。

"刚才唐雨同学最后分享的那句话很好，爱自己生命的明媚。"他嗓音轻缓而磁性，"很多人以为上了大学就能高枕无忧了，那你们可能要失望了。"

他说："其实，大学才只是开始，在人才汇聚的地方，更会让你们产生挫败感和失落感。

"前年我去过一所大学做学术分享，而在那天之前，有个学生因为学业问题而跳楼。"

底下一阵唏嘘。

边炀缓声继续："他自杀的理由是无法顺利毕业、愧对家人，没有任何预料，却像是做足了万全准备，在寂静深夜里从教学楼上一跃而下。"

台下一阵沉默，校长和院长们心情都很沉重，这也是他们所关注的问题。

每年都有不少大学生因无法承担巨大的学术压力，身患抑郁症或焦躁症，最终选择退学或休学。

原本这次新生典礼上，校长本想点一下这个话题，但怕给新生们压力，没有说出来。

有人举手："学长，你年纪轻轻就读到博士，人生这么顺利，也遇到过不能解决的问题吗？"

边炀语气坦荡地承认："当然，人生哪有什么一帆风顺，你们只是没瞧见我玩股市赔钱赔得睡不着的时候，可我这人呢，好面子，向来只报喜不报忧，这反而给不明真相的观众造成了一种我很无敌的错觉。"

他用指节敲了敲演讲台的桌子，敛着嘴角的弧度，"可我要真有那么神，跟开挂似的，还读什么博士啊，早就去开家投行，运作几年，搞个世界首富的头衔玩玩了。"

新生们听到他自嘲的话，纷纷大笑。

"举这些例子，是想告诉你们。"

他清淡的嗓音出来，底下恢复安静，所有人都在认真地听他讲话。

唐雨的视线也静静地落在正前方少年颀长的背影上。

他天生就有一种领导力，像是刻在骨子里的那种，令人绝对信服和绝对崇仰的领导力。

"有时候呢，老天会给我们或多或少地出一些难题。"

娓娓道来的嗓音似洪流，又像柔风，灌进聆听者的心里。

"但它的本意并不是要你自怨自艾，而是认为你有承担苦难和挫折的能力，在这条路上，许多人都毁于恐惧本身，还有许多人，或许在害怕命运的时候，就走向了命运。"

"所以啊，我们都想开点儿。"他笑，"更多时候牢笼是自己给自己的，我们应允许一切发生，允许短暂的驻留和颓废，更应该允许幸运在某天忽然降临。"

看着台下每一张稚嫩青葱的脸庞，就如看到了自己。

他轻言："而你们到了这个地方，已比大多数人幸运，这里是可以滋养你们的地方。你们只管放心大胆地去做，剩下的交给……"

他停了一下，台下的学生，甚至台上的新生代表，包括唐雨都有所共鸣地补充："命运！"

只管放心大胆地去做，剩下的交给命运。

少年漫不经心地笑了下，拖腔带调地道："是报应。"

唐雨无语地看了他一眼，底下一阵唏嘘。

校长低声笑骂了句，又不乏纵容："这臭小子，估计是莲藕托生的吧，心眼全让他长了。"

不过以这种方式说出这番话，显然比枯燥乏味的演讲更能让这群新生接受。

"难怪你这么淡定，是早就知道这小子提前准备了？"校长偏头看章院长。

章院长与有荣焉："阿炀这孩子平常是玩世不恭了点儿，可在大事上绝不含糊，我对我徒弟当然有信心。"

校长嗤了一声："你要是有信心，刚才还说台下再找他算账？就嘴硬吧。"

章院长面不改色："我是故意吓唬吓唬他，让他发挥好点儿。"

"……"这师徒俩一个德行，校长算是看明白了。

"好了，我的分享完毕。"边炀又恢复如常散漫的样子，把话筒准备递给主持人。

可底下人接二连三地举手，都是要问他问题的，主持人只能让他继续在台上，挑几个新生回答问题，主要是问一些职业规划相关的。

边炀回答之后，最后一个学生倒是直接，站起来问："学长，你经验丰富，能跟我们说说怎么追女孩吗？我们大多数人还是单身呢，能不能跟我们分享分享恋爱的捷径啊？"

那人问完，底下又是一阵笑声。

其实就是好奇他和唐雨两个人生轨迹看似毫不重合的人是怎么走到一块去的。

校长和诸位院长也饶有兴趣地看台上的少年，看他怎么说。

而另一名当事人，此刻则显得有点儿繁忙，不是低头掩饰性地弄弄手指，就是摆弄演讲稿，眼神显得无处安放，结果余光不经意扫过身侧的人，发现同排的新生代表都在偷偷看她……

原本还有点儿害臊的小姑娘，顿时扯开唇角，神情一瞬间淡然。

大概就是破罐子破摔的表情。

站在那儿，也想听台上的少年怎么说。

"什么经验丰富，我呢，就谈过一个，可没什么经验分享给你们。"他回答得落落大方。

底下一阵起哄，原来是初恋啊。

唐雨的唇角不自觉微弯了下，意识到后又轻咳两声，迅速抿紧。

"不过。"边炀云淡风轻地开口，"心得倒是有一些，你们想不想听？"

"想！"底下齐刷刷地喊。

"赢得姑娘芳心的方法呢，其实只有一个，那就是让自己变成值得她爱的人。"

众人纷纷应声，深以为然。

紧接着台上又传来他懒懒的嗓音，不乏认真。

"要说捷径的话……"话头忽然止住。

边炀抬抬眼皮，单手插在兜里，又懒又狂的模样，看着台下："那你们恐怕模仿不了，因为你们学长这张好用的脸就一张，概不外借。"

新生们顿时一阵唏嘘。

在众人揶揄声中，他弯了弯唇，声音多了几分磁性："演讲到此结束。我谨代表学校全体师生，提前预祝各位，在大学玩得愉快。"

台下爆发一阵狂呼声，新生典礼正式结束。

接下来，是校长和各个学院以及新生代表拍照留念的时间。

小姑娘身边自动留出了边炀的位置，快门按下时，他肩膀不动声色地朝小姑娘那边倾斜半寸，笑容恣意而温柔。

台下，新生正在分批次往外走。

周寻文还坐在那儿，失神地仰视着台上的人。

他们无比登对地站在一起，最后下台时，少年跟她的身后，笑着说了些什么，小姑娘捶他的肩膀，他故意踉跄地往后倒，吓得她马上伸手拉住他的手，他又得逞似的往她身边凑。

明明都是发生在眼前的事，可莫名地，离他越来越远。

一如此刻台上红布落下，舞台黯淡下来，他那些还不曾宣之于口的情感，也正在落幕。

他和所有人一样，都只是这张照片背景里的一员，那样遥不可及地看着她在台上发光。

"寻文，你怎么还不走啊？快走了，明天就要军训，赶紧回去休息。"

周寻文收回黯淡的目光，离开礼堂。

舍友问他："你之前不是说，你喜欢的人也是这届清北的新生吗，哪个专业的？你什么时候告白啊，需要我们帮忙不？"

"不需要了。"他远远地看着已经消失的人影，声音低得近乎呢喃，"我已经够不到她了。"

从他纵容孟诗蕊的所作所为开始，两个人就已经渐行渐远。

而今，够不到了。

论坛上关于新生典礼的事儿传播得很快。

这件事带来的后果就是，它不仅斩断了边炀身边所有的异性缘，连同唐雨的也一起斩断了。

心情颇为舒畅，他决定趁热打铁。

于是炎炎烈日之下，新生正在苦逼地参加军训时，就见某人戴着墨镜，身后的小弟替他拎躺椅、抱西瓜，还在操场树荫下给他支了个帐篷。

边炀往椅子上一躺，双腿自然敞开，面前正是法律系一班的军训方队。

小弟殷勤地替他切开西瓜，露出红瓤。

天热，蝉鸣，一块清甜的西瓜就跟罂粟一样，把这群新生的魂都勾走了，就连军训的教官都忍不住咽唾沫。

边炀朝人群看："来吃瓜啊李教官。"

李教官很有原则，不为所动："你来这儿拉仇恨的是吧！"

他每年都来清北给新生军训，多多少少听过边炀的大名。

边炀屈肘抵在桌上，托着下巴看不远处太阳底下站军姿的唐雨，一身军绿色迷彩服宽宽松松地罩住身体，头发盘成松散的丸子头，一张白净的小脸被晒得冒汗，也不知道有没有乖乖涂防晒。

而秦明裕在旁边拿着小电风扇，给他吹风："炀哥，你怎么不让嫂子逃军训啊？"

随便整个借口也能给逃了，起码边炀有这本事。

边炀确实想过秦明裕的提议，怕她这柔弱的小身板扛不住烈日炎炎。

可她坚持啊，不想搞特殊，也不想让他落人话柄。

"练练挺好的。"边炀的视线始终落在她身上。

小姑娘自始至终都没看过来，他表情如常地回："适当锻炼，有利身体健康。"

队伍里，趁着教官他们搭腔，周昭妍轻轻撞了下唐雨的肩膀，朝那边努努嘴："你那宽肩细腰长腿的男朋友来看你了。"

"……"唐雨深吸一口气，"你闭嘴吧。"

"你男朋友搁这儿拉仇恨呢！在咱们面前吃西瓜，这合适吗？回头你好好教育教育他，一点儿都不懂得人情世故！"周昭妍也馋得慌，想吃那西瓜。

唐雨抬眼，朝那边看过去，边炀修长匀称的手指拎着一块西瓜，四平八稳地坐在那儿，边吃边跟教官有一搭没一搭地说着什么，似乎察觉了她的视线，他看过来。

她马上错开视线，面不改色地站军姿。

边炀往后靠在椅背上，整个人懒懒散散的，余光却总是时不时掠过腕表上的时间。

直到十分钟后，教官一声解散休息，他朝秦明裕抬了抬下颌，秦明裕一个电话过去。

很快，一车西瓜运到这边来，瓜农将西瓜子上切得整整齐齐，然后在桌一字排开。

红色的果肉流淌着丰沛的汁水，经热风一滚，甜甜的清香蔓延开。

旁边几个班的学生眼冒精光，都馋坏了。

秦明裕扬声道："边炀学长请法律系的同学吃西瓜了，随便吃，随便拿！"

此话一出，法律系几个班的人一阵狂欢："谢谢学长！"

然后一哄而上。

别的系的新生看得发呆：啊？只请法律系？

"啊啊啊，为什么只请法律系？我们信院的就不是人了？"

"还问为什么，人女朋友在法律系，人当然只请法律系的了。"

"你可别郁闷了，炀神连他自己带的班都没请。"

"……这么残忍？不过听到这话心理瞬间就平衡了。"

树荫底下，周昭妍吭哧吭哧地吃着西瓜，一脸满足。

嘴里含糊不清地跟她说："小雨啊，你就把我刚才说的话当作屁，我可什么都没说哈！这西瓜真甜！"

唐雨："……"她看了眼手中的西瓜，手指蜷了蜷，然后抬头看不远处的边炀。

对方往后一躺，正在闭目养神，应该是没睡，秦明裕在一旁给他吹风扇，挪动椅子凑到他身旁不知道说了句什么，他跟着轻扯了下唇角，隐约回了句什么，神色不冷不热的。

"炀哥，要不要我给你捏捏腿？"

"不要。"

"炀哥，要不要我给你买冰棍吃？"

"不吃。"

不怪秦明裕热脸贴他冷屁股，自从上次的事之后，边炀就不搭理他了，秦明裕一直在想办法弥补，这不，总算找到机会表现了。

他蹲在边炀身边解释："上次的事儿我真不知情，我姐也认识到错误了，还托我捎了份礼给嫂子赔礼道歉的，你看，我要不要给人送过去？"

边炀这才掀了掀眼皮："什么玩意儿？"他得先把把关。

秦明裕从口袋里摸出一个盒子，放在边炀手上，打开一看，是条钻石手链。

边炀只扫了眼，就把盒子丢回秦明裕怀里："这玩意儿她送了，以后老子还怎么表现？"

"这不就是一份心意吗。"秦明裕打着商量，"要不然兑成现金？"

边炀淡淡嗤一声："我们家差你这点儿钱？"

"那炀哥你说，你说怎么办？"秦明裕没办法了，被抛弃一般的可怜，"总不能因为这点儿破事，影响咱俩的关系吧，你都好久没跟我一起玩了，我整个人都空落落的。"他叹气。

圈子里真心实意的朋友少，难免掺杂了别的利益在里面。

他跟边炀不一样，两个人一起光着屁股长大，跟异父异母的亲兄弟似的。

边炀语气带了点儿应付："是好久没揍你了，手确实有点儿痒。"

秦明裕眼睛一亮："那你揍我，快揍我！"

边炀姿势都懒得换一下："想得美。"

哪怕说话间，他也总是往小姑娘那边看。

秦明裕的视线在两人身上打转，脑袋里的灯泡瞬间一亮："炀哥，嫂子军训还得二十天呢，我刚查了一下天气预报，哎哟喂，你猜怎么着，这几天热得不行，嫂子怎么受得了啊，所以我决定这二十天每天都来免费送西瓜，您看怎么样？"

边炀的视线依旧瞧着那边："这不大好吧，要是专门只给她送，别的同学怎么想，我们小雨不是该被人嫉妒了吗。"

"还是炀哥想得周到，那我就学你今天这样，给法律系的都送，你看怎么样？"

边炀掠了他一眼："挺好。"上道。

"那之前那事儿……"

"我又不是爱记仇的人。"他从口袋里拿出纸和笔，在桌子上慢吞吞地铺平，写上"检讨书"三个字，是小姑娘让他重新写的。

他支着脸腮，另一只手闲散地握笔写字，"记得换着送，西瓜性凉，吃多不好，她还喜欢吃樱桃草莓什么的。"

还得讲究个营养均衡是吧？秦明裕嘴角抽抽："得嘞。"

刚定下这事，瞧见小姑娘朝这边走来。

秦明裕起身，脸上挂笑："嫂子好。"

听到这诡异的称呼，唐雨嘴角一扯，还没来得及说话。

边炀已经放下笔站起身，不轻不重地抬起她的下巴，用纸巾擦她满头的汗："涂防晒了吗？"

"涂了。"她乖乖地应。

边炀很轻地"嗯"了一声，拿来秦明裕手上的小风扇，给她脸颊和脖颈吹风："不舒服就跟教官打报告，别硬撑着。"

头发被吹起来几缕，她点头："嗯。"

"瓶里还有水吗？"

"有的。"

"腿站得酸不酸？坐这儿，我给你按按。"

"边炀。"她忽然出声，他眸色晃动，薄唇抿成直线，小姑娘微仰着头，对上他直勾勾的视线，"你明天别来了。"

秦明裕默默往后退了一步，摸了摸自己的手臂，这大夏天的，莫名有些冷。

"嫌我烦了？"他眉毛下压，眼皮垂着，语气无甚波澜，却让人感觉涩得慌。

唐雨听得直叹气，伸出一根手指，主动钩了钩他垂在身侧的小拇指。

很明显，他的脸色又好看起来，身上的冷气也消散。

"不是因为这个，是你这样，大家还怎么好好军训？

"打从你过来，所有人的眼睛都长你身上了，连教官的话都听不见。"

刚才前排两个同学都撞一起了。

她抬起头，目光澄澈："你太惹眼了。"

边炀的指尖摩挲着她钩过来的手指："就因为这个？不是觉得我烦？"

"你这哪来的结论，我怎么会觉得你烦。"她说，"对了，西瓜挺甜的，周昭妍让我谢谢你。"

边炀仔仔细细瞧着她的表情，是没半点儿嫌弃，他徐徐带笑："甜就多吃一块，但只能吃两块，性寒的你少吃。"

"好。"唐雨挺无奈的。

她的自理能力很强，可边炀总把她当成残废对待，而且昨天他明明都答应了，会老老实实写检讨书，结果今天又跑过来……

这时，唐雨余光不经意间瞥见桌子上的纸和笔，顿时有些头疼似的揉了揉额头。

好吧，冤枉他了，他是在认真地写……只是这场合……

"说好了，明天不准来，去做自己的事，我又不是小孩子了，不需要你时时刻刻盯着。"

"挺难的。"他低声。

唐雨不理解："为什么啊？"

边炀用舌尖抵了抵脸腮，认真地注视她："我总觉得你是宝宝。"

唐雨："……"

秦明裕忽然在一旁大叫一声，头也不回地走了。

边炀说到做到，确实没再来过，但不知道是不是他打过招呼的缘故，后续军训的地儿换到了树荫底下。

除此之外，秦明裕每天雷打不动地送水果，今儿个樱桃，明天牛油果，后天杨梅，变着法地送，把其他专业的人羡慕哭了。

他也不跟唐雨打招呼，送完就走，但法律系的人都知道是因为谁的缘故。

默默把这份情记下。

直到最后一项射击项目。

边炀穿着教官的服饰出现在法律系一班，唐雨这才知道，他跟原定的教练换了人。

边炀指导别人的时候，总板着一张不近人情的脸，用教棍指点动作，十分严苛。

轮到她的时候，边炀湿热的细指覆着她的手背，手臂松懒下放，下巴几乎要搭在她的肩窝上。

鼻尖若有若无地抵蹭在她的脖颈上，耳边是他漫不经心的声音："宝宝，这不算违规吧？"

脖颈很痒，像有酥麻的电流，蹿到心口。

唐雨轻轻地吐气，呼吸拉得绵长。

小姑娘低头往旁边挪了点儿，和他拉开距离后，很低声，带点儿警告的意思："大家都在看。"

"谁会这么闲。"结果他打眼扫过去，所有人顿时齐刷刷地收回视线。

看看天、看看地，然后若无其事地研究研究手里的模拟枪。

边炀扯了下唇角，身子却纹丝不动，低头跟小姑娘说："可我要是这时候松开手，岂不是此地无银三百两？"

唐雨："……"深吸一口气，"可你要是不松手，晚饭就自己吃吧。"

下一秒，边炀蓦地松开手，垂着眼睑看她。

玩不起？还威胁上了？行吧，还真被威胁住了。

军训时间安排得紧，没空跟他约会，早饭和午饭她要跟舍友一起吃，早餐吃完就要列队去操场，午饭后得午睡，需要好好休息，只有晚饭有空能跟他一起吃，吃完还得马不停蹄回宿舍。

要是再把这点儿时间给他剥夺了，他算是彻底被打入冷宫了。

"对，就这姿势，保持住。"边炀收回的手背在身后，面不改色地指导她。

唐雨侧目看了他一眼："是，教官。"

这称呼……少年指节抵着唇瓣轻咳两声，然后移步到下一位同学身旁。

这位男同学性格活泼，在班里很活跃，也特敢跟教官开玩笑："教官，我也拿捏不好姿势，要不然你也像教唐雨同学一样手把手地教我一下吧？”

听到这话，周围的同学都憋不住笑，笑得端模拟枪的肩膀都在不停抖动。

他可真敢啊！

几乎瞬间，红晕从耳根蔓延到了手指尖上，唐雨指尖颤了颤，整个人都是热的。

而边炀教官用舌尖抵了抵脸腮，片刻后很轻地笑了下，神色不明。

"成啊，是该……"最后四个字是他笑着从齿缝里挤出来的，"一视同仁。"

他站在那人身后，比这人高个十公分，阴森森的影子落下来时，冰冷的气息也侵袭下来，吓得男同学身体登时打了个寒战，马上把枪端得笔挺，人也挺拔如松。

"报告教官！不用了！我忽然茅塞顿开！已经顿悟了！"

边炀微笑："是吗？"接着上下懒懒地打量了一下他的动作，确实规范，这岂不是更说明这位同学是故意拿他开涮的吗。

于是他慢悠悠地说："既然王治同学的姿势这么规范，思想觉悟如此之高，那就有请王治同学亲自走到每一个同学面前，面对面给大家做个范本，好让大家共同进步。"

糟糕，王治表情苦哈哈："教官，这就不用了吧，其实我有点儿社恐。"

"你社恐？"边炀语气里的笑意更明显，"法律系的同学怎么能社恐呢，难道将来到了法院还要提前跟法官打声报告说你社恐，让对方律师让着你吗？法律系的同学更应该主动锻炼锻炼处变不惊的能力。"

他抬了抬下巴，意思很明显："去。"

王治："……"就想抽自己这张嘴。

然后别的班就看到一班的王治同学，在班里剩下的三十五名同学，其中包括十五名女生面前逐个展现了他优秀的端枪姿势……

彻底记住了这号人。

别人看热闹的时候，唐雨却微垂着眼帘，在思考什么。

边炀说出的这番话无意，但听者有意，她确实能感觉到自己的性格内敛了点儿，不太擅长交际。

除了同宿舍的人外，她也很少与班里其他同学沟通，可既然选择了这行，就像边炀说的，更应该主动锻炼处变不惊的能力。

军训持续了二十多天，总算圆满结束。

与此同时，凉城官方发布了法院对于孟诗蕊校园事件的判决结果。

孟某蕊因涉嫌多种罪行，数罪并罚。

唐雨接到许昕妍电话的时候，正在去沈院长办公室的路上。

唐雨问："你的腿怎么样了？"

"最近好多了，准备接受一次手术治疗。"许昕妍的声音轻下来，"学校知道我的事儿后，帮我联系了这方面的专家，专家说我还有站起来的希望，但具体怎么样，还要看手术后的治疗效果。"

"手术费够吗？"唐雨说，"我这里有一笔钱，你先拿去用。"

"你的好意我心领了，但你也在上学，钱还是留在自己身边吧，校方帮我募捐了一些钱，足够手术费用了。"许昕妍语气里尽是感激，"网上还有不少好心人私信我，说可以给我提供帮助。"

"唐雨，真的谢谢你当时对我说的那些话，还有送过来的笔记。"她在电话里声音有些颤，"原本我都觉得自己这辈子也就这样了，我和我爸妈都没想到能走到今天，也没想过我能考上师范学校……"

唐雨见她的那天，她几乎已经丧失了对生活、对社会、对一切所有的希望，几次产生过轻生的念头。

她不想连累父母，也不想父母再为她的双腿在各个医院里奔波。

"其实，你更应该感谢的是你自己。"微风拂开她脸颊的发丝，唐雨仰头看着蓝天，看着高耸的教学楼，再回想过去的一切，恍然如梦，"如果自己没有从逆境挣扎求生的决心，无论旁人说什么话，给什么样的笔记都没有用的，许昕妍，是你自己救了自己。"

她想到边炀的那句话，不自觉地喃出了声："Per Aspera Ad Astra。"

许昕妍擦了擦眼泪，不大明白："什么意思啊？"

她笑："是句拉丁谚语，意思是……穿越逆境，抵达繁星。"

而她们已经穿过漫长潮湿的雨季，迎来了璨若繁星的人生。

挂断电话后，唐雨转发了警方那条官方微博，并说明会把总计二十万的赔偿金捐给慈善基金会。

唐雨已经不缺二十万了，她的奖学金足够支撑她整个求学生涯。

法律不能把刘耀杰判刑，但她要把这个人永远钉在耻辱柱上。

而且这样一来，即便刘家想等这件事的热度过去之后赖账，慈善基金会也不答应。

此举一出，网民叫好。

唐雨发完微博就退出了界面，没再看那些评论，站在院长办公室门口，轻轻敲门，听到里面道了一声"进"后，她走进办公室。

沈院长的办公室里全是书，法律专业相关的书籍堆满整面墙壁，连空气里都散发着一股纸墨的清香。

沈院长戴着一副眼镜，正坐在书桌前翻看一本几十厘米厚的书，隔着很远，唐雨就看到了上面密密麻麻的小字。

"院长。"

沈院长从书中抬起头看她一眼，小姑娘文文静静地站在那儿。

军训并没有把她晒得肤色分明，跟刚入学那会儿几乎没什么区别："坐吧。"

他的手搭在书上，很和善地看唐雨找了个凳子乖乖坐好。

"以后别叫我院长，叫我沈导就行了，我是法学院的院长，也是你本硕博的导师。"

唐雨又乖乖点头："好，沈导。"

她感激地说："谢谢您帮我打的那场官司，没有您，孟诗蕊不会这么快被判刑。"

"欺负我门下的学生，就跟打我的脸没什么区别。"沈院长摆摆手，然后和善地笑了笑，"不过，我更期待有朝一日，你能自己堂堂正正地走进法院，为自己和别人伸张正义。"

唐雨用力点头："我一定会的。"

沈院长满意地笑笑，然后从一堆书里翻出来一张纸，上面密密麻麻写了什么，唐雨隔得远，没看清。

"你是本硕博贯通培养的学生，跟别的本科生不大一样，这五年你会很辛苦，我找你来，是为了说这事。"沈院长看着小姑娘，"怕辛苦吗？"

唐雨摇头："不怕。"

沈院长缓声道:"我了解过一些你的情况,也从阿炀那边了解过你的性格,听说你的记忆力很好,做事很有自己的想法,这点倒是很适合学法律。"

唐雨轻轻松口气,这口气还没完全松下,沈院长下一句话让她又紧张起来。

"但是,你的性格有点儿内向,小姑娘,读这行,很重要的一点你知道是什么吗。"

唐雨毫不犹豫地回答:"是正义。"

"正义当然重要,法律,就是正义的尊严。"沈院长双手交叠,置于桌面上,"而律师,就是正义的守护者。"

"可要想当好一名合格的守护者,只有充沛的情感是不够的,要有能言善辩、处变不惊的能力,更要有敢于抗争、敢于直言的勇气。"

他看着小姑娘,历经沧桑的目光带着审量:"在这方面,你还不够火候。"

唐雨垂在膝盖上的手指攥紧。

"不过不用担心,没有谁是十全十美的。"沈院长笑,"我记得自己刚入这行的时候,第一次进法院打官司,人紧张到结结巴巴的,说不出来话,被对方律师嘲笑了好几天。"

"那院长您……是怎么克服的?"唐雨眨了下眼睫,很好奇地问。

院长把一份计划表递给她。

唐雨起身,双手接过来一看,上面各类比赛以及课程安排几乎填满了每一天的每一分钟。

"克服缺点,哪有这么简单,当然需要时间和锻炼了。"沈院长慢条斯理地品了口茶,"这就是我给你安排的学习计划表。"

看她惊愕的表情,他好笑:"这就怕了?"

唐雨马上摇头,深吸一口气,眼神坚定:"不怕!"

"嗯,不怕就好,每一周我都会根据你本周的表现更新一次计划表,不过,要是撑不住,就别硬撑着,我可不想让边炀那臭小子来找我算账。"

他半开玩笑地说。

唐雨马上摇摇头,眼神一次比一次坚定:"我可以。"

沈院长微笑地看着小姑娘，不乏欣赏："那我就期待你的表现了。"

自从这次谈话之后，唐雨就变得异常繁忙，有时候边炀好几天都见不到她。

就算打电话，她也只是说了几句后就匆匆挂断，跟赶什么场子似的。

可不吗，她就是赶场子。

普通本科生一天的课都在课表里，规规矩矩上完课，剩下的时间自由安排。

可她的课不只是课表，要保证学习基础专业课程的同时，还要着手参加沈院长安排的各类比赛和学术交流，就连同住宿舍的周昭妍三人，有时都看不到她的影子。

连续被冷落一星期之后，边炀终于把人堵在图书馆里，此时唐雨还在低头上网课，头都不抬地做笔记。

"宝宝……"他刚说完两个字，就被唐雨忽然用笔抵住唇瓣，"嘘，小声点儿。"

小姑娘轻轻摇头，很严肃地示意他："这里是图书馆。"

边炀无奈地点头，她才落下笔，继续做笔记。

少年自顾自地拉开椅子，坐在她身边的位置上，支着脸腮，散漫地偏头看她。

结果呢，小姑娘没给他半分余光，眼睛始终盯着手机里播放的视频，一眨不眨地看，好像视频里那皱了吧唧的沈老头比他还帅一样。

本科的课程有些慢，达不到沈院长要求的进度，她只好向师兄师姐要了沈院长之前的教学视频提前学习。

"宝宝。"第三次试图引起女朋友的注意失败后，他把脑袋凑过去，身上清冽的气味也跟着拂过来，嗓音刻意压低，"你什么时候结束？下午一起去海洋馆怎么样？"

听说那里很适合约会，他还头一遭地做了攻略。

唐雨低头写字，笔速很快："下午我要去参加辩论赛，没时间。"

"你上周不是刚参加过一个吗，怎么又参加？"

听到这话，唐雨终于停下笔，和他一样的姿势托着腮："上周那个，是我第一次参加辩论赛，这一参加才知道自己究竟差了多少，不过这次我做足了万全的准备，势必要把上次丢的面子捡回来。"

边炀闻言还能说什么，他开口："那我去旁观。"

"好啊。"唐雨低头，继续写字。

边炀看着小姑娘认真的侧脸，伸手把她垂在脸侧的发丝别在耳后，顺便捏了捏她柔软的耳垂："那明天呢，参加完比赛总有时间了吧？"

"啊，这不十月份了吗，咱们学校举办的全英文模拟法庭竞赛要开始了，我明天要去英语系上课，弥补一下口语的短板。"她用笔支着下巴，又往后说，"竞赛结束后，我还要准备国际刑事法院模拟法庭竞赛的中文赛和咱们学校举办的理律杯。"

边炀默了好几秒："……这些比赛，大一就参加？太早了吧。"

"我已经把书背得差不多了，沈导说光背书不行，得会用，我缺少实战经验，他让我多参加比赛，不求拿名次，只求刷经验，跟着学长学姐多学点儿东西总归是好的。"

更重要的是锻炼能言善辩的思维能力和强化她性格里偏弱的一部分。

边炀眼睫轻抬："宝宝，你好忙……"比他还忙。

唐雨点头："是挺忙的，我都好久没回家属院了，这段时间只跟爷爷和奶奶通过两次视频。"

"跟我也没通过几次视频，每次不到十分钟就挂断了。"他这话颇有些怨念，唐雨听出来了。

环视了圈四周，零星几个同学坐得离他们比较远，也都在埋头学习。

她把黑色签字笔放下，两只小手捧起少年的脸，眼睫眨了眨，很小声地道："那等我闲下来再一起约会好不好？"

这话多少有敷衍的意思，边炀微笑："唐小雨，一段时间不见，别的不说，你画饼的功力倒是与日俱增。"

唐雨莫名心虚："哪有，我会努力挤挤时间的。"

边炀掰着手指认真算了会儿："按照你的安排，那估计要等到过年了。"

唐雨慢一拍地"啊"了声，做思考状："好像是这样，那就只好暂时委屈委屈我的男朋友了。"她捧着他脸颊的手转而抬起，笑眯眯地安抚似的摸了摸他柔软的头发。

边炀被顺毛了会儿，才捉住她的手在指尖不轻不重地捏捏，最后低头，一个吻落在她掌心的位置。

温热的气息有点儿痒，她不自觉地蜷了蜷指尖。

他从她掌心抬起漂亮的眸子，遮在额前的碎发里，有些勾人："我不是黏人，是怕你太累。"

"嗯，我有分寸的。"她笑着应道。

"那……"他略微直起身，长睫耷垂着，漆黑的眼睛一眨不眨地睨她，以及她柔软的唇瓣。

"看在我这么善解人意的分上，能不能发点儿福利？"他冷白的指尖抚上去，意有所指地摩挲在她的唇上。

简直还不如军训那会儿，至少还有机会争取一二，这段时间倒好，他就跟冷宫里得不到宠幸的怨妇一样，每天期待她良心偶尔发现才能接他一个视频，人是想见都见不到的。

唐雨耳根缓慢变红："这里是图书馆。"

他缓声哄："那去图书馆外边。"手指强行挤入她的指缝里，然后一点点收紧。

"我知道一个地方，没人。"掌心里是他滚热的温度，耳边还有他低沉灼热的吐息，"我的办公室你还没去过呢，我带你去。"

唐雨还走神的工夫，就被他拉了起身。

手机、书和笔都被他一应塞进包里。他一只手拎着包，另一只手牵着小姑娘，离开了图书馆。

边炀的办公室是单独的，跟别的博士两人间都不一样。

章导知道这人吹毛求疵，于是在学校僻静的位置专门给他留了处公寓，外边挂了个"闲人勿进，有事等着"的牌子，粉笔字张扬得跟他的人一样。

踏进他的领地，清冷感十分强，室内都是冷色调的。

他把她的包放在沙发边的地毯上，人也跟着往软塌塌的沙发上一躺，朝站在门口的小姑娘招了招手，身边专程给她留个位置。

唐雨环视了一圈，这布局跟他在凉城那公寓几乎完全一样。

就连沙发、地毯的颜色，桌子上摆的白瓷花瓶都是一样的。

就是里面插的花已经干了，卷曲着泛黄的叶子，蔫巴巴的。

唐雨规规矩矩地坐在他身侧，手肘撑在并在一起的膝盖上，托着脸腮，用指尖碰了碰那干枯的花瓣："是芍药。

"可这花应该放了很久了吧，都干成这样了，怎么不插一束新的？"

他的手松弛地搭在她薄瘦的肩膀上，身体往前倾，姿势放松地看那花："这花是我专门托人从凉城捎回来的，你不觉得眼熟吗？"

都枯成这样了，她怎么可能认得出来。

不过唐雨反应过来了，她偏头看他，惊奇的样子："这该不是在凉城买的那束吧？"

边炀不置可否，那傲娇的神情已经表明一切。

唐雨哭笑不得："就让它入土为安吧，芍药干成这样插在花瓶里不好看，明天我给你买束新的。"

似乎就等着她这句话呢，边炀意有所指地说："就算买新的，也还是会枯萎，倒不如不换了。"

唐雨怎么听不懂这话里话外的意思？所以她弯了弯眼睛说："那每次要枯萎的时候，我都来给你换新的。"

"真的？"他唇角克制不住地弯起半分，"又画饼？"

唐雨纳闷，她在他这儿的信誉值很低吗？哪有画饼，分明是真心实意。

看他不信，她还伸出三根手指，一本正经要发誓的样子，结果被他直接攥住那三个手指，把人领到门跟前，在密码锁上按了几下什么，然后捏着小姑娘柔软的指腹，贴上去。

输入她指纹的时候，边炀还说："说得再好听，都不如主动来一趟，指纹给你录进去，今后想什么时候来就什么时候来，我呢，随时等待唐大律师的传召和宠幸。"

什么宠幸……唐雨听得都不好意思了。

录完一根拇指后，他还继续录中指，唐雨嘀咕："输一根手指的指纹就够了。"

"万一你哪天忘了是哪根手指怎么办。"

"就算忘了，我也会逐个试的。"

"你要是试得不耐烦走了呢？多输入几个保险。"

唐雨闻言，微仰起头看他，少年的表情依旧散漫，嗓音却挺认真。

心口被某种酸胀感填满，输完密码后，她就伸出双手搂住他的腰身，脸颊也贴在他身前软软地蹭了蹭。

"不会的,用在宝宝身上的耐心永远只多不少。"她声音细细小小的,同他一样认真。

边炀喜欢唐雨这样叫他,垂着眼帘,掌心落在身前的小脑袋上揉了揉:"真会哄我。"

小姑娘踮起脚,仰颈贴了下他的唇。

看他唇角止不住地扬,她也跟着弯起眼睛:"不止会哄,还会亲。"

"你这算哪门子亲。"他冷白的指尖抬起她的下颌,低头,唇瓣贴了上去,"怎么学别的就学得那么卖力,这方面就不用点儿心?"

唐雨水盈盈的眼睛,一眨不眨地看进他深邃的眼眸里。

"哪有不用心了。"她小声辩驳,说话时,微张的唇瓣会时不时擦过他微凉的唇,像软软的羽毛在轻轻刮蹭,痒痒的,"学得怎么样,最后还是要看老师教得怎么样。"

"上次不是教过你了吗。"少年滚烫的手心抚过她纤细的腰身,蓦地贴向自己。

空气里似乎弥漫开来一股暧昧潮湿的气息。

凝着她的眼睛,几乎要将她溺毙在里面:"难道说,宝宝是觉得我教得不好?"

距离太近了,她下意识地屏住半分呼吸:"大概是因为……"

"因为什么?"他把她抵在墙边,一只手握在她细软的腰身上,另一只手的指尖抚了抚她的脸,继而闲散地搭在她后脑勺上,跟墙壁隔开。

她慢慢地眨了下眼,说不出来个所以然。

总不能说,男生在这种事上无师自通的本事似乎比女生占据天然优势。

"回答不上来?我替你回答。"他鼻尖抵向她的鼻尖,轻轻亲昵地蹭了两下。

"大概是因为宝宝吻的时候太投入了,所以忘了我教的东西?"

唐雨被他这些话说得面红耳赤,刚开口叫了声"边炀",下一秒唇瓣就被他狠狠吻住。

周围没有一丁点儿声响。

所有的思念,眷恋,忍耐,都在寂静中疯长。

他吻得很重，几近掠夺她的每一寸呼吸。

温柔的时候，他比谁都温柔，偶尔有分歧，他也总是第一个举手投降。

唯独这种事上，从来不说半个退字，清晰无比地展现他的占有欲。他的强势。

唐雨微仰着头，后背靠在微凉的墙壁上，不知道吻了多久，逐渐喘不上气，双腿也站不稳，发软的身子顺着墙壁不受控地往下滑，被他用手掌轻易地托住了腰身。拿着她那双手，圈上他的脖颈。

他额头抵着她的额头，稍微拉开一些距离，小姑娘正用湿漉漉的眼望着他，唇瓣微微红肿，似乎还在刚才深吻的余韵中。

边炀看得眼眶一热，喉结滑动，亲亲她通红的脸颊，又把脸眷恋地全埋进她颈窝里，叹气："忽然想提前过下一年的生日了。"

她脸热地埋在他的肩窝里："嗯？"

他低声："这样就能许愿了。"

"那你想许什么愿望？"

边炀从她脖颈里抬起脸，漆黑水润的眼眸一眨不眨地凝望着她："许了就能实现吗？"

唐雨隐约觉得这话不大对劲，隐约有种鱼钩递到她嘴边，就等着她咬上去的意思。

明知道是陷阱，她还是上钩了。

没有别的，就是想实现他任何愿望。

"那你……说说看。"她细声，把头低下去。

边炀不可抑制地弯起了唇："就是……"贴向她的耳边，"想让你咬我。"

唐雨被他这话刺激得感觉整个人都有些呆。

他已经拾起她的一只手，用她的指尖缓缓蹭着自己清晰凸起的喉结，还有微微下凹的锁骨，目光灼灼地盯着她。

"咬我。宝宝，想让你咬我。"

肌肤烫得她指尖蜷缩。

他盯着她的样子，慢条斯理地，一颗一颗地解开衬衫纽扣，露出的薄瘦的肌肉和冷白的肌肤，在昏暗的光下，犹如盛宴。

让她恍惚间想起周昭妍对他的描述——狐狸精。

而此刻，狐狸精漂亮柔顺的尾巴在她眼前摇曳个不停，还对她说："想让你咬我。"

唐雨止不住咽了口唾沫，目光一动不动地盯着他的锁骨，一颗潋滟的痣坠于其上——是极其适合落吻的位置。

她血液都快停了，艰难地移开视线："别闹了。"

"不行吗？"灼热的气息拂在她颈窝。

唐雨咬着唇，没吭声。

"那换我咬你……"边炀嗓音沙哑着开口，周身清冽的气息极富侵略感地吞噬着她，"成吗？"

明明是询问句，落吻的时候却没等她的回答。

他细致地吻她的眉眼、她的脸颊，在她柔软的唇瓣上碾磨许久，犹如品尝什么软糯的甜品，逐步吻向她的脖颈。

耳边回旋着的是他的喘息，以及自己逐渐失序的心跳。

最后，边炀把自个儿关进了浴室里。

淅淅沥沥的水声，在寂静中很突兀，唐雨犹犹豫豫地在客厅转了会儿，然后敲了敲浴室的门，提醒他："冲太久冷水会感冒的。"

"回卧室睡你的午觉去！"语气难得地冷硬。

唐雨"哦"了一声，蹑手蹑脚地去卧室。

和凉城的布局一样，只不过这里只有一张床。

她脱掉鞋子躺了上去，鼻息间都是和他身上一样清冽好闻的香气，于是把自己埋进被子里肆意滚了滚，刚吃完午饭，这么一躺，还真有些困倦了。

过了一会儿，有人把她搂进一个微凉的怀里。

她眼睛没睁，窝在他怀里，像只小猫，迷迷糊糊地说了句："边炀。"

"嗯。"他头发半湿半干耷垂着，捏着被角，给软趴趴的小姑娘盖好被子。

"闹钟响了记得叫我，还要比赛……"

"好，睡吧。"

她在他怀里寻了个舒服的姿势，才又沉沉睡去。

小姑娘手臂依赖地圈着他的腰身，耳边是她平稳的呼吸，这种感觉要把他的心脏填满了。

边炀睡不着，很难睡着。原来心脏太满的时候，哪怕昨晚熬了通宵做项目，也是睡不着的。

沈院长发现，别看他这个小徒弟文文静静的，可就跟块吸水海绵一样，无论往她身上灌输多少知识，她都能完全吸收进去。

不仅如此，她骨子里还有一股韧劲儿，无论怎么往她身上施压，做多少次弹性训练，她不仅能把学习计划保质保量地完成，甚至每次还能带给他一点儿意想不到的惊喜。

比如，一开始她的英文口语虽然还算流畅，但还不能达到参加全英文辩论赛的地步。

可他偏逼了她一把，要求她必须去参加那比赛，不为拿名次，就算见见世面也是好的。

可结果呢，仅仅半个月过去，她竟然就能操着一口流利的英文站在辩论赛台上，跟对方辩友战个你来我往了，还拿到了第一名。

沈院长开始有了兴趣，让她参加的比赛规格越来越高。

从一开始的校内辩论赛，再到六校联赛，然后直接把她扔进全国性的大赛里。

这姑娘神得很，参加比赛的时候，谁都没把这么个乖巧听话的小姑娘放在眼里，直到辩论台上，那斗志昂扬舌战群儒的气势，不只是对方辩友，就是观赛的群众都看傻眼了。

比赛完之后，她又是那副温顺乖巧的样子，俏生生地站在领奖台前，对着台下的少年微微扬唇，志在必得的模样像疯长的铮铮劲草，似永不凋零的野玫瑰……

小姑娘羽翼渐丰，如今脱胎换骨，眼藏高山水远。

有一次全国性的辩论赛台下，沈院长跟身边的边炀说："这小姑娘可不得了，这两年的时间不仅把本科都读完了，硕士该学的，她都学了一大半，比她历届师兄师姐领悟力都高，今后律坛说不定有她一席之地。"

少年双臂抱胸，那神情堪称趾高气扬，比自己拿奖还傲娇："这还用你说。"

沈院长气笑，不过倒是挺意外："一开始我对她进行强压训练的时候，还以为你会找上门让我替她减负呢，没想到你倒是能忍，愣是没找过我一次。"

他安排的那计划，别说约会，就是吃饭、睡觉都得掐着点儿，连后来的沈院长自己都觉得那计划表对于小姑娘来说过于苛刻了点儿。

可表已经发出去了，总不好收回来吧。

他都想好了，就算唐雨完不成计划，他也不训斥，谁知道她五天就给做完了，可把他惊得目瞪口呆。

这么一问才知道，她高三的时候就开始背法律了，整个暑假期间也没闲着，把书啃得透透的，所以基础知识对她来说，简直手拿把掐。

那一条条生涩拗口的法律条文，哪怕随便问她，也都能回答得头头是道。

所以沈院长干脆跳过许多理论知识，直接把她丢进辩论赛实战了，顺便看看她的潜力。

边炀眉眼温柔地看着台上领奖的小姑娘，抬手鼓掌的时候，说："瞧你们都把我想成什么人了，我脑子里又不全是谈恋爱，也有自己的事儿做成不成？"

听到这话，沈院长一把年纪没忍住翻白眼："我是老了，但眼睛还没瞎。"

也不知道谁在这两年里跟影子似的，追在唐雨后边。

一个几乎不怎么来学校，更从来不去图书馆的人，愣是快住在图书馆了。

有人要是问"边炀呢"？那人肯定毫不犹豫地会说"他去找唐雨了啊"。

那唐雨呢？那还用问，唐雨肯定在图书馆啊，所以边炀也一定在图书馆。

少年的视线没从台上的小姑娘上移开，像没听到沈院长的揶揄，弯起的眼眸里似卷着所有柔情，只轻轻地说："我的姑娘志存高远，她就应站在山顶看灼灼春日，应扶摇直上逐日光，应不负韶华长成葳蕤苍野。

"而我这当战地后方的，不是她乘风破浪时拖后腿的绊脚石，而是她后退一步就可惬意安暖的依仗，我支持她，而不能支配她，倒是她啊，让我忽然有了危机感。"

台上，主持人为唐雨戴上金牌。

边炀指尖拨弄了下手里的花，轻笑："我要是不努力，人家有一天还可能会说'唐雨的男朋友原来是吃软饭的啊'。"他站起身，捧着鲜花，抬步朝台上走，"所以呢，我也该努力了。"

沈院长看着他散漫地走向台上，给小姑娘送上鲜花后，还张开双臂，不要脸地当众要了个拥抱。

不过观众倒是没什么意外的，甚至习以为常，因为唐雨的每一场比赛，他都在现场。

每次在结束后，无论成绩如何，他都会为小姑娘送上一束鲜花，还要个拥抱。

他们爱彼此这件事，恐怕早已人尽皆知了。

"这臭小子。"沈院长鼓掌时，摇头失笑，忽然想到今年边炀刚好博士毕业。

就在前不久，他就创办了一家风投公司，看来，这是要准备正式创业了。

小情侣一个选国际法律方向，一个走国际金融方向，也不知道是不是提前商量好的。

第十七章
意外生日礼

唐雨二十岁生日那天，边炀消失了一天。

沈院长给她放了一个月的假，她本打算跟他出去约会的，结果人找不到了。

唐雨盘腿坐在椅子上，咬着指尖，刚给边炀拨出去电话，周昭妍的脑袋就笑嘻嘻地凑上来，搭在她的下巴上。

"宝贝，今天是你生日欸，有什么安排吗？"

唐雨的电话还拨着，没人接，这还是破天荒的第一次。

创业挺辛苦的，难道是因为太忙？

唐雨挂断电话后，用手机撑着下巴，失落地晃了晃脑袋："原本打算约边炀出去吃饭的，可现在电话打不通……"

"打不通那就算了呗，跟我们一起聚一聚怎么样？咱们好久都没一起聚会了。"

周昭妍在她肩膀上蹭来蹭去地撒娇。

唐雨被磨得没办法，就点了头："那行，不过我得提前跟边炀说一声。"

"你给他发个微信就得了，他看见肯定就知道了，炀神现在创业忙点儿没看到电话和微信也是正常的。"

唐雨发完微信，他还是没回复，而周昭妍已经拿出化妆品，在她桌子上一字排开。

"这是干什么？"唐雨抱住膝盖，看得莫名其妙。

周昭妍理所当然："宝贝，姐妹一起出去聚餐当然要化个美美的妆

603

了，你看，姗姗和朱嬟她们去做头发了。"

说着，周昭妍指尖抬起她瓷白的脸颊看了看："今天你可是主角，相信我的技术，我是专业的，保证让你对这天永生难忘。"

唐雨看了看她晃在眼前的粉底刷："没必要吧，就是吃个饭而已。"

周昭妍把她的手按下去，挺严肃地在她脑袋上拍了拍："吃饭也得美美的，听话，别乱动。"说着把凳子扯过来，准备大展拳脚了。

唐雨不知道她在自己脸上倒腾了多久，自己都快睡着了，最后还是被周昭妍叫醒的："宝贝，来换衣服了。"

小姑娘迷迷瞪瞪的："还换衣服？"

"那可是个高级餐厅，我也得换的，姗姗和朱嬟她们都换好走了。"

唐雨迷茫："她们什么时候回来的？"

"就在你睡着的时候啊。"周昭妍把她拉起来换衣服。

周昭妍把她手上的牛仔裤嫌弃地一把扔开，从柜子里拿出一条白裙子："宝贝，咱们今天穿这个！"

是件轻绸缎面料的高腰设计连衣裙。

"这裙子哪儿来的？"唐雨看看裙子，又看看她。

周昭妍眨了眨眼，眼底藏着几分狡黠的碎光："是我们三个人凑钱一起买的，送你的生日礼物。"

"你快穿上。"周昭妍看了看时间，催她。

唐雨把裙子换上，尺寸恰到好处，就跟量身定做的一样。

小姑娘已经出落得落落大方，往那儿一站，清新干净的气息扑面而来。

周昭妍一眨不眨地盯着她看，唐雨平常不爱化妆，偶尔也就涂个防晒，这会儿经过她的精心雕琢，简直美到让人失语的程度。

她的气质淡雅干净，所以她们挑裙子的时候，特意选了这件最简洁的小白裙。

还好朱嬟弄对了尺寸。

裙子没有多余的色调和繁复的装饰，方形领口露出她细长的颈部线条，廓形伞状垂顺感很好的裙身用几笔简洁的线条勾连，收腰的设计更显得腰身盈盈一握。

唐雨被她盯得神色不自然，微微侧过身一些。

周昭妍嘿嘿笑了两声，又将她满头长发夹了个微卷，留了几缕发丝慵懒地垂落，勾勒着小姑娘精致白皙的脸颊，剩下的发丝在脑后盘成一个松散的花苞。

"大功告成。"周昭妍把她转了一圈，相当之满意。

"现在闭上眼睛。"她说。

唐雨不明所以："闭上眼睛干什么？不是要去餐厅吃饭吗？"

"就不允许我们三个给你准备个惊喜啊？总之你乖乖听话，别问那么多为什么，把眼睛闭上，然后呢，放心把手交给我，我带你去个好地方。"

周昭妍一脸神秘的表情，把她的手握住。

唐雨想不通她们三个要搞些什么，但依旧乖乖地闭上眼睛。

谁知道眼睛上还落了层很轻的白色纱布。

"这又是什么？"她摸了摸眼睛。

周昭妍马上说："别动！"

把她的手拿下去，"小心把眼妆弄花了。"

"别睁开眼啊，这个就是防你偷看的。"周昭妍牵着她的手，很小心地往外边走。

视野里一片黑暗，唐雨攥着她的手，也挺没安全感的，可周昭妍千叮万嘱不让她睁眼。

第一次穿高跟鞋，挺不舒服的，唐雨路上崴了好几次。

不知道周昭妍把她带到了什么地方，直到踩的地方略有些软塌。

"到了吗？"她无奈地问。

"快到了。"周昭妍回。

她忽然间松开了唐雨的手，唐雨在空气里抓了两下，没碰到她："昭妍？"

没人回她。

周围的环境似乎有些空旷，弥漫着一股淡雅的花香。

"昭妍？那我睁开眼睛了？"唐雨试探性地又问了一声。

周昭妍还是没应。

唐雨伸手摘掉眼睛上的轻纱，眼前的情景让她不禁微微一怔。

空旷的操场上已然是花的海洋，入目所及，粉色的玫瑰犹如一片汹涌的浪潮将她簇拥在正中央。

唐雨目光微微晃动。

昏暗的光线里，不远处似乎有人影晃动，待她想看清楚时，"哒"的一声，高悬于顶的大灯忽然打开。

强光耀眼，她下意识地抬手挡在眼前，待适应了光线，唐雨缓缓落下手，十几米外的少年逐渐清晰。

他人向来懒散惯了，哪怕是再怎么正式的场合，也很少见他穿西装，此刻却一身白色西装，优雅安静地坐在一架钢琴前。

周围粉玫瑰正绽放得如焰火般热烈，纷繁又无声地铺满了黑夜。

寂静一片，光辉清清浅浅，随着他冷白的手指轻轻触碰琴键，旋律缓缓流淌而出。

唐雨静静地站在花海之中，瓷白的脸颊被白灯照亮。她有些蒙，眨眼的速度都放缓，几乎失去呼吸。

边炀磁性的嗓音伴随着指尖流泻而出的钢琴曲如同在讲一个娓娓动听的故事，薄唇里念出的每个英文单词都无比缱绻。

从厌弃自我地来到凉城，偶遇到一个可怜兮兮的小姑娘，再到对小姑娘产生兴趣，不可自拔地黏上了她，然后沦陷进一个名为爱情的漩涡里。

直到现在，迫不及待地，在她二十岁生日的这天，他私心要许下一个"厮守终身"的愿望。

曲声渐渐趋于尾声，边炀停止了弹奏。

他从钢琴前起身，着一身白色西装，恍若从古世纪城堡里走出的王子，缓缓地走向她。

所有的声响在一瞬间屏去，世界静寂。

耳边的发丝被微风吹拂起来，唐雨怔怔地望着朝她而来的边炀，比之两年前，他多了几分成熟稳重的气息，可眉眼间的桀骜与痞气与从前的他还是一般无二，或者说，他在她面前从不需要任何伪装。

唐雨微仰着头看他，顶灯有些晃眼。

边炀站在小姑娘的身前，颀长的身型挡住了刺眼的光线，眼尾懒懒地垂着，伸手抚蹭着她的脸颊，一动不动地注视着他的姑娘。

他长得很高，即便她穿着六七公分的高跟鞋，也只到他下巴的位置，而这个位置，视线刚好撞进他深邃的眼眸里。

他缓缓摩挲着她的脸颊，是极其认真的神色，轻声问："宝宝，你知道我要做什么吗？"

她睫毛轻颤了下，垂在身侧的手指捏得发紧，内心是一种说不出的紧张。

如果现在还不知道的话，那她可以回凉城再读一遍书了……

"其实两年前我就想干这事儿了，可那群老家伙说我猴急，苦口婆心地劝我再等两年，我知道，他们是觉得我心性不定，甚至觉得我喜欢你不过是年少气盛一时兴起……

"可他们不知道，只要是你，无论何时，我都会沉迷。"

他垂下眼睛，额前黑色的碎发落了一小片阴影。

原本温柔磁性的嗓音，不知不觉中，也添了几分哑意。

"我这人打小随性惯了的，不受约束管教，厌恶墨守成规，凡是做过的决定，也很少人能改变，也从来不屑于向任何人证明点儿什么，可唯独那次，我却很想证明。

"证明我边炀此生非你不可，证明我这颗心上早已镌满了你的名字，证明我可以为自己上一道经年累月的名为心甘情愿的枷锁，更得向我的小姑娘证明，我这人虽然偶尔浑蛋了点儿，但绝对靠得住，绝对值得我的姑娘托付一辈子。"

心口像是有风灌了进去，唐雨看他的眼睛直至发酸，心口胀胀的，有些微不可察的痒，还酸酸的。

"唐雨。"在她发愣的注视下，他忽而单膝跪地，仰头看她的眼睑略有些薄红。

他尽力克制着颤音，缓声问她："还记得这首曲子的名字吗？"

唐雨眨了下眼，缓慢地点头："记得。"

他静静注视着她："那我可以向组织申请今年以未婚夫的身份，陪我的小姑娘过二十岁的生日吗？"

边炀从口袋里拿出一枚闪耀着璀璨光芒的戒指，郑重地递到唐雨面前，她的脸庞被灯光照亮，看进他灼灼的眼睛里。

一片温热的心脏里只有几个字震颤——未婚夫。

这些年，她很明白自己的心思，仰望他，追逐他，深爱他。

如今，可以陪伴他往后余生，以妻子的身份。

边炀的妻子，是多美好的词啊。唐雨眼圈红了些。

在这行两年里，沈导亲自带她打过不少官司，她的理性是超过感性的。

可此刻，她整颗心都变成了一团甜糯的棉花糖，任凭什么坠上面，都会立刻塌陷下去。

更别提这是她爱的人。

面前西装笔挺的边炀，恍惚间，和脑海里两年前洒脱不羁的少年重叠在了一起。

过去的那些时光，犹如电影般一帧一帧播放出来。

第一次见面，她走投无路，内心哀求着祈祷着谁能来救救她，像是神明的安排，他出现在巷子里，事后却嘲笑她"这点儿出息"。

后来，他坐在她的后排，她被孟诗蕊堵在座位上，他踢她的凳子让她去接水，她知道他是好心，他总是一副很坏的样子在办好事。

给她买软塌塌的拖鞋，明明他是小弟，他还主动洗菜洗碗。

那些特重的健身器材，在她每次去前都提前放好了……

因为之前的事儿，他被叫走的时候，她是真的害怕，后悔把他扯进自己的不幸里……

他是第一个对她说"你并不懦弱，你身上有一百个地方勇敢，只示弱了一次，那也是勇敢"的人，也是第一个告诉她"太过善良热忱的人会被黑暗中的阴影吞噬，真正在乎你的人不会介意你是一个不完美的好人，他只会心疼你怎么变得那么伤痕累累"的人。

他抚摸、拥抱、亲吻她的脆弱，让她无所畏惧，让她肆无忌惮，让她知道，无论她如何，他都喜欢。他告诉她，她值得所有美好的事物，可以不比任何人逊色。

边炀啊，是炽烈的阳光，降临在她的雨夜，而这抹阳光，现在要紧紧牵着她的手，岁岁年年地走下去。

她又如何不欢喜？

见小姑娘怔怔地看着自己，也不说话，边炀忽而拾起她的手，强势地把戒指直接套在她的手指上。

套完之后，才仰颈，慢吞吞地看她说："怎么着啊，还想对我不负责？"

唐雨从过去的思绪里回过神，戒指在手指上似乎异常滚烫，这人连几秒钟都等不了……

她舔舔唇，嘀咕了句"总要等我酝酿酝酿情绪吧……"哪有这样的？

他人还跪着呢，用舌尖抵了抵脸腮，笑得有点儿野："回家让我跪多久都行，可在外边总要给你未婚夫留点儿面子不是？这么多人看着呢。"

这么多……人？唐雨像是反应过来什么，慢了半拍，抬起头。

忽而，一颗一颗藏在花蕊里的小灯，星星般全亮了起来。

顶灯原本只照亮了他们这一块的位置，此时，黑夜葬身于花海，整个操场亮如白昼。

星河璀璨、花海簇拥，美得令人窒息。

而在亮光的尽头，她看到不知何时站在那里的爷爷，正举着写了"求婚顺利"发光的牌子，欢天喜地跟她打招呼，而奶奶正低头擦泪。

边城和戚明洲站在那儿，微笑地看着他们的方向。

除此之外，还有沈院长、章院长以及不少教授讲师……甚至连操场观众台都座无虚席。

那亮起手机的照明灯里爆发一阵欢呼。

"炀神求婚顺利！"

"唐雨学姐答应他！唐雨学姐答应他！"

"唐雨学姐不着急！再让班主任多跪一会儿呗……"

"对对对，平常炀神太跩了，这时候就让他多跪一会儿吧！"

"唐雨学姐让他跪！唐雨学姐让他跪！"

话风很快被几个人带偏。

全场从一开始"唐雨学姐答应他"变成了齐刷刷的"唐雨学姐让他跪"！

边炀在校期间被章院长塞了不止一届新生，各届学生里又有不少崇拜者。

他搭建现场的时候，让周昭妍把唐雨拖在宿舍里，可搭建现场的时候难免会有动静，别的学生瞒不住啊。

大家一听说炀神今天要求婚，都赶过来凑热闹。

大好的日子，他又不好赶人，只能交给秦明裕统筹管理。

秦明裕是策划人之一，就利用这群学生安排了个求婚成功后一起亮起手机照明灯的步骤，也算是人尽其才了。

谁知道这群学生不按套路出牌，竟然现场改台词！

边炀视线危险地看过来的时候，秦明裕立刻缩了缩脑袋，表示他也管不住啊！

谁让他自己平常在学校太嚣张，这不，受到反噬了吧……

在学校求婚的学生其实不少，可章院长和沈院长也是头一次见这种别致的求婚场面。

这群学生典型的看热闹不嫌事大，一个个喊口号那兴头比上课回答问题积极多了！

不过他们还挺喜闻乐见的。

要不是身份不合适，他们也想融入人群里喊几声，让这嚣张跋扈的臭小子多跪一会儿！

边城和戚明洲相视一眼，扶额，都从对方眼里看到了无奈。

他家孩子这是在学校里得罪了多少人……关键时刻，没一个靠得住，全是拖后腿的。

不过他们这做老爹做舅舅的，也表示爱莫能助啊……

而周昭妍她们站在不远处，原本哭得泪眼汪汪的，简直比自己被求婚了还感动，结果听到这群学生的口号，哭笑不得。

这……怎么办……管不了了，因为她们也想振臂高呼，让炀神多跪一会儿。

毕竟可是难得的场面。

尤其是之前被边炀打击太惨的同届博士生，也不管什么学长不学长的了，愣是带头冲锋，喊出了振奋人心讨伐曹贼的架势！

让他跩，让他狂，让他跪一夜！

操场上口号洪亮，花海璀璨。

学生们虽然喊了"唐雨学姐让他跪"的口号，手机的手电筒却还浪漫地晃着。

这齐刷刷的场面特别像开演唱会……

唐雨直接看呆了，一时间忘了还跪在地上的边炀，直到少年可怜巴巴的声音传来："祖宗，我这还要跪多久……"

这群兔崽子，走着瞧！

小姑娘这才反应过来，连忙把他从地上拽起来："你怎么叫来这么多人啊？"

哪怕她打了这么多场辩论赛，已经练就了处变不惊的本事，这会儿后知后觉的，耳根子也开始发烫。

不过好在跟边炀交往的两年时间，她已经练就了一张"厚脸皮"，能扛得住这场面。

"这次真不怪我。"边炀目光幽森地环视一圈，几乎是咬牙切齿，"估计是作业布置得太少，学习压力还是不够大，回头我给学校提提建议！"

"可别。"唐雨哭笑不得，"你毕业走了，我人还在这儿呢。"

"……也是。"这群小兔崽子无所谓，唐雨还要读硕博呢。

边炀捧起小姑娘的脸，小姑娘眼眶还红红的。他也不管那么多人看着，低头在她眼皮上亲了一下："不过那几个喊让我多跪一会儿的，我可记住了！"

唐雨脸颊烫了下，双手圈在他劲瘦的腰上，把脸埋进去。

他的心跳声就在她耳畔，鼻息间都是属于他身上熟悉的香气。

她很想说，几乎全场都在喊，你能记得完吗？

关于刚才的反应，她小声解释："不是故意让你跪的，是我……没反应过来。"

"没反应过来？难道是我表达得不够真切？"他的下巴抵在她的发顶，说话时，喉结的震动清晰明显。

又怎么能不真切。

唐雨闭着眼睛，在他怀里语调软软的："其实联系不上你的时候，我就猜到了点儿什么，只是没想到你会在今天求婚。"还以为只是过生日而已。

十八岁之前，她从来不过生日的，因为这一天对她而言并不是什么好日子。

每当这一天，她就尤为羡慕那些有父母陪伴的孩子，更显得被抛弃的自己凄楚可怜。

所以她从来不过生日。

可从十八岁那天开始，这一天就变得不一样了。

边炀重新定义了她的生日。

十八岁生日那天，他带她去回音谷许下承诺；十九岁生日那天，他们去看了维塔湾，他说她的眼睛，像维塔湾的海水，会让他一次次沉溺；二十岁生日这天，他当着全校的面下跪求婚，约定终身。

往后此生，她再也不会觉得这一天不幸。

因为这一天变成了真正意义上值得纪念的日子。

这一天，她出生在这个世界；这一天，他们订下彼此的余生。

"边炀，我愿意。"她在他怀里，带着闷闷的鼻音，怕他没听清又重复一遍，"不管这首歌的名字是不是我愿意，我的回答是我愿意。"

"边炀。"唐雨紧紧抱住他的腰身，不管四周如何起哄，只有心跳在她耳边响起，分不清是他的还是自己的，一声一声清晰无比，"成为你的未婚妻，是我最好的生日礼物。"

"傻不傻。"边炀满足地抱着小姑娘，懒洋洋地说，"我怎么能算是礼物，我不早就是你的了吗？"

他扶着她的肩膀，稍微拉开些距离来，微微弓下脊背，低头对上她的眼睛："求婚是求婚，生日是生日，一样都不能落的。"

"不过现在看热闹的人太多，不适合送生日礼物，明天我再给你。"然后他慢条斯理地拾起她的手，把一张卡放在她掌心里。

唐雨莫名其妙地看了一会儿，听到他说："这个呢，是我的工资卡，当然，创业阶段，目前里面还没多少钱。不过你放心，以你未婚夫的能力，有朝一日，一定能让我媳妇儿过上挥金如土的日子。"

"媳妇儿"这个称呼，让唐雨白皙的脸颊，蓦地染上了一层薄薄的粉红。

"这个你拿回去，不用给我。"她执意退回去，却被边炀牵住手，朝边城那边走。他边走边说："这是我们家的传统，结了婚的男人，工资都得上交，不信，你去问我爸。"

"哦，不。"他拖腔带调的，还带点儿欠欠儿的笑意，"以后应该说，是咱爸了。"

这两年里，两家走动得都快成一家了，时不时凑在一起包个饺子，野个餐什么的。

两家人走动得相当频繁，这次求婚，也提前通知了双方家长。

台下，两家人其乐融融的。台上某处，却显得格外消沉。

"这算是成功了吧，真是的，唐雨怎么这么快就让咱们班主任起来了！我还没看够热闹呢！"

看周寻文从头到尾默不作声的，同学用手肘撞了下："你怎么不晃啊？赶紧把手机晃起来，咱们可是气氛组！"说完，他拉着周寻文的手就晃。

周寻文不耐烦地挣开："别人求婚，关你什么事？"

"哎？你这话就不对了，炀神是咱们班主任，怎么就不关咱们的事儿了？"他说，"有句话说得好，叫一日为师终身为父，当然，我的意思不是说他是咱们的爹哈，但尊师重道总要有吧，而且炀神狂是狂了点儿，对咱们可是尽职尽责，他比赛带的队伍里可都是咱们班的人，别人班都没这个机会。"

他还有幸跟过一次呢，经历成了简历上很亮眼的一笔。

周寻文脸色沉沉地起身："那也跟我没关系。"他就不该来这一趟。

临走前，周寻文看了眼台下拥抱在一起的两个人。

两年时间，唐雨出落得更出色了。

听说她已经通过了法考，国内竞赛的奖项拿了个遍，已经是法院赫赫有名的人物了。

而他依旧在金融系不温不火……到了大学才知道，京华究竟是如何卧虎藏龙。

他这点儿成绩，只算中庸，溅不起一点儿水花，更别提还有个边炀罩在金融系的头上，他一个人就独占了整个系的荣光。

周寻文深深吐了口气，苦涩地收回视线，扯了扯唇角。

手机振动了下，是京华某连锁超市千金发来的消息："周寻文，你考虑得怎么样？当我男朋友，你不吃亏的，我能带你进京华的圈子。"

他眼神晃了晃，目光复杂地再次看了眼台下笑靥如花的女孩。

他已经没希望了，倒不如紧紧抓住眼前的，于是面容冷淡地在手机上打字："好，我们交往。"

求婚结束后，边炀让秦明裕留下来清理现场，这成山成海的粉玫瑰，家里可没地方放了。

秦明裕正愁不知道怎么办呢，周昭妍她们就提出干脆把这些花分给操场上的学生们。

分享的是花，是幸福，同时也是学长学姐此刻的心情。

于是就有了这么一幅画面，并不是什么特别的节日，但路过的行人都可以看到清北的学生捧着四五朵玫瑰花，脸上洋溢着喜悦从学校里走过，成了一道特别的风景。

路人好奇地问这是怎么回事，学生就笑着回答："炀神向唐雨学姐求婚成功了啊，这不，在操场上发玫瑰花呢，见者有份！"

求婚声势浩大，那天的夏风皎月都是献礼。

这件事不只是传遍了清北学校的每个角落，还有人把炀神求婚的完整视频上传到了学校论坛和网上。

很快，旁边几所高校的学生全知道了，离得近的纷纷来领花，凑一份热闹。

周昭妍也是纳闷啊，怎么排队的人还越来越多了？

不过多了也好，也不管学生哪来的，眼睛不眨地往每个人怀里塞四五朵花。

不知道发了多久，几个人累得腰酸背痛，结果扭头一看，天哪，这才发了一半，顿时累瘫！

可当事人已经带着另一个当事人跑了。

唐雨提着裙摆，回头看身后一片乌泱泱的人，惭愧地吐了吐舌头："我们这样走了不大好吧？那些花还没处理完呢。"

边炀把外套披在她肩膀上，揽着她的脑袋往自己身边一带："别担心，我安排了几个人去帮他们一起分，很快就处理完了，爷爷他们都在酒店等着了，我们先去酒店。"

"去酒店干什么？"

闻言，边炀懒懒散散地低头，漆黑的眼眸映着她的影子，一路上，唇角弯起来的弧度压都压不住。

"还能干什么，当然是商量咱们的婚事了。"

京华四月的风刚好，暖而不燥，沿途的洋槐树正是花季，街道上弥漫着一股甜甜的香味。

小姑娘站在洋槐树下，一身洁白的长裙，发梢慵懒，身上披着男人的白色西装外套，看他的表情微怔："嗯？"

边炀钩着小姑娘脸侧那缕微卷的长发绕在指尖，平常不怎么化妆的小姑娘就足够漂亮动人，这会儿简直像个勾人心魄的妖精。

他用指腹轻轻擦去她唇瓣上的唇膏："怎么着啊，答应了我的求婚，却不想嫁给我？"说完又很轻地"啧"了一下，拖长的腔调显得不大正经，"当着操场上那么多人的面跪了那么长时间，结果未婚妻还不想跟我结婚，我可真是命苦啊。"

唐雨鼓了鼓腮："我哪有，就是结婚……"然后微妙地压了下唇，"我是到了法定婚龄，可某人没到啊。"

此话一出，边炀当场愣住，好像是啊。

每年盼着小姑娘长到二十，却忘了今年他才二十一……

唐雨慢条斯理地把头发从他指尖抽出来，慢吞吞地学他的语气，拉长音调："我可真是命苦啊，想结婚都结不了，还得等到未婚夫再长一岁，这能是我不想嫁吗，这分明是某人娶不了。"

边炀一时好气又好笑，沉默了半晌，才把刚刚溜走的小姑娘搂回来，在臂弯里禁锢着："没关系，证不能领，那先把婚礼办了。"

唐雨眨眨眼："这么着急？"

"着急。"边炀满怀柔软，用指尖刮蹭了下她的脸："我听沈院长说了，一个月后要带你去法国参加学术交流，起码要在法国待上两个月，我这边项目刚启动，走不开，不能像之前那样陪着你了，你这样过去了，我怎么放心得下来？在你出国前把婚礼办好，好歹能让你多点儿道德约束感，起码随时随地能想着，你在国内还有个每天眼巴巴盼妻归的丈夫。"

妻子，丈夫，陌生又柔软的词。

唐雨不自觉地抿了下唇，心里柔软得似团云。

又听他淡淡地说："再说了，法律规定了不到年纪不能领证，但没规定不能办婚礼吧。"他伸手掐了掐她脸颊："你说呢，唐大律师？"

既然叫声律师了，那唐雨一本正经起来，"这样的婚姻可不受法律保护。"

走到车跟前，他为小姑娘拉开车门，手臂懒散地往上面一搭，感慨：

"听听，法律都不保护我了，唐小雨，在咱们家，你可是老大，以后可得保护好我。"

唐雨脸颊止不住烫了下，神色自若地"嗯"了一声，然后踮起脚尖，细白的指尖摘掉落在他头发上的洋槐花，掌心又落在他发顶上拍拍。

他的头发揉起来软软的，很舒服。

"放心，有我在，没人敢动你。"她弯眸，认真地说。

边炀从她掌心底下抬眼，眼眸璨若星辰："要么说有媳妇就是好呢。"

他这么快就进入已婚角色了，一口一个媳妇的。

耳垂薄红渐染，小姑娘羞赧地放下手，弯腰坐进车里。

边炀低身把她垂在车门上白色的裙摆拾起，稳妥地放进车里。

给她系安全带的时候，他动作很慢，似乎在思考什么。

安全带系好了，他手臂撑在小姑娘身体两侧，却没直起身。

片刻后，嗓音低低地说："还是算了。"

唐雨莫名："怎么了？"

边炀轻声："其实求婚前，我就找我爸他们商量早点儿办婚礼的事，因为太高兴了，就完全忽略了我婚龄的问题。宝宝，你不知道我等这一天等得多辛苦，我想正大光明地拥有你，想过三餐都有你的日子，但冷静下来想想看，婚礼是个大事，得好好策划。我两年都等了，也不差这一年，咱们的日子长着呢。"说着，他凑过去，啄了下她的唇瓣。

这话明明是跟她说的，三言两语的，却像是把自己安抚好了。

"别有什么心理负担，现在我是你未婚夫了，已经满足得要死，两年跟三年没什么区别，等到酒店，我跟他们说清楚，等下一年领完证再办婚礼。"

唇瓣上是他残留的温度，唐雨双手捏着安全带，忽然很轻地说："其实现在办和以后办都没什么区别。"

边炀的心跳不受控地漏了一拍，嗓音变得缓慢滞涩："嗯？"

她看着边炀："就是现在办也挺好。"

唐雨松开攥住安全带的手，回吻了下他的唇瓣，转而抱着他的脖颈："其实只要是你，时间已经没那么重要了，边炀，我想嫁给你的心情，什么时候都不会变。"

她的边炀看起来桀骜不驯无坚不摧的，其实是个很容易没有安全感的人。

他爱她，在意她，就会生出对她的渴望和占有。她也是。

所以唐雨抱紧他，微哑着嗓音说："婚礼不过是个形式，结婚证也不过是一纸证明，能支撑我们走在一起并且白头到老的只有我爱你，我爱你，所以无论何时都是正好的时间。"

她微微松开他的脖颈，才看到他此时眼底的热潮。

唐雨抚他泛红的眼，手指上花枝缠绕的戒指，在路灯下折出柔皙的光泽。

"结婚吧，我想嫁给你。"她吻他的唇瓣，嗓音温柔而缠绵，"也想当我们边炀众所周知的太太。"

两个人到酒店里，向长辈们说了共同的决定。

边家这边完全没意见，爷爷奶奶哪怕思想保守了点儿，但这些年看着边炀和孙女的共同成长，两人也毫不犹豫地投出了赞同票。

商定完婚期，边城心里高兴，晚上喝了不少酒，最后趴在桌子上起不来了。

戚明洲派人把老两口送走后，又开车把边城送回去。

边炀把小姑娘塞进车里，说要带她去个地方。

唐雨也喝了点儿酒，脸颊红扑扑的，显得特别乖软，不过意识还很清醒，趴在车窗上像只小奶猫，眨着明澄澄的眼睛看他："这么晚了……要去哪儿啊？"

"带你去看生日礼物。"边炀没喝酒，就等着商定婚期就送礼物呢，腾出一只手自然而然地穿过她指缝，牵着她走到车旁。

"半个小时就到了，你先休息一会儿，等到了我叫你。"边炀坐在驾驶座上。

"我不困。"她高兴，睡不着。

车窗落下，她手臂搭在车窗上，风把发丝吹得飞扬，车窗外的霓虹在她清澈的眼眸里光影重叠。

边炀放慢了车速。

晚上十一点钟，京华街头依旧繁华，不过隐约要下雨了，开始起了风。

两年的时间，他带她逛遍了京华，几乎每一条街上都有他们经过、走过的痕迹。

这是繁花似锦的城市，这是底蕴深厚的城市，这是……有边炀的城市。

因为有他，冷冰冰的建筑和灯光仿佛就有了温度，所以她爱上了京华。

唐雨忍不住笑了起来，头就抵在车窗上，掌心滚热，想伸手去捉风，被他制止了。

怕她不老实，他把车靠边停后，扯掉领带把她两只手绑在一起，省得她总往外伸，不安全。

小姑娘看着被绑在一起的双手，委屈得不行："边炀，你欺负我。"

"祖宗，外边车这么多，你手伸出去不想要了？"边炀声线低沉地哄，"听话。"

唐雨微仰着小脑袋，吸了吸鼻子，眼巴巴的样子："那你给我解开，解开我就听话。"

边炀扶额："早知道就不该让你喝那瓶果酒。"

酒量差得不行，还偏要喝。

小姑娘声音软绵绵的，自言自语地嘀咕着："这不是为了壮胆吗？"

边炀没听清："什么？"

唐雨低下头，用绑着的双手捂住通红的脸颊，不吭声了。

被绑着，她显然老实很多，就是一直傻乎乎地看着他笑。

边炀手肘搭在车窗上，单手打着方向盘，余光时不时掠过他的姑娘。

这……该不会喝傻了吧？嗯，傻了也爱。

半个小时后，车缓缓停在一处三层别墅前。

这是京华刚开发的一片别墅区，坐落于清北附近，距离他公司又近。

这片地刚圈出来的时候，他就把最好的位置预留了。

副驾驶上的小姑娘见车停了，脑袋往外探，迷迷瞪瞪地问："这是哪儿啊？"

边炀刚解开她的安全带，还没等解开她被困在一起的手，唐雨就从车上下去了，远远看去，就能看见院子里种满了芍药花。

还不是芍药盛开的季节，不足拳头大点儿的花骨朵在路灯下随风招摇，在这样繁华的地段，有一种世外桃源的感觉。

"这是婚房。"他懒散地站在她身边,补充,"我们的。"

唐雨一愣,略微诧异地抬眸:"我们的……婚房?"

边炀低头,把缠在她手腕的领带解开:"结婚当然要有婚房了。"

这个地理位置,这么大的占地面积……唐雨忍不住呢喃:"很贵吧?"

"都是自家产业,肥水不流外人田。"边炀一手揽住她的肩膀,往里面走,院子里的感应灯随之亮起来,映照着庭院风光,"咱爸就我一儿子,家里那么多钱,咱们不帮他花,谁帮他花,这地方且先住着,等你毕业了,看你在哪儿工作,我们再搬个折中的地儿。"

院子很大,走了将近十分钟才走到别墅正门,指纹验证后,大门自动缓缓打开。

边炀拾起放在岛台上的遥控,打开了所有灯,整个别墅瞬间亮堂起来。

映入眼帘的是原木风装修的客厅。

唐雨忽然想起一年前,某一次约会吃饭的时候,边炀状似无意地问她:"宝宝,你喜欢什么装修风格?"

当时她正在微信上回复沈导的消息,头也没抬就随口答了句"原木风吧"。

那段时间,她刚随沈导从巴西出差回来,那边正盛行原木风。

"知道你忙着学业,也没空装修,就擅自做主先把房子给装修了,这里是我跟设计师一起设计的,要是将来你住得哪里不舒服,咱们再改也来得及。"

唐雨稍怔,睫毛轻轻眨了下,有点儿没反应过来。

边炀笑意慵懒地捏捏她的后颈:"不喜欢?"

唐雨摇摇头,声音低得几不可闻:"这些……你一年前就准备了。"

"应该说是两年前吧,在你来京华的时候,我就开始留意地段了。"边炀从后环抱着他的姑娘,薄唇贴着她软热的耳郭上蹭了蹭,"毕竟是要一起生活的地方,还要慎重点儿比较好,爷爷奶奶腿脚不方便,我安了一部电梯,想住楼上可以住楼上,一楼也留了卧室。爷爷喜欢种花种菜,我特意把院子建得大了点儿,爷爷想种什么都能种得下,你喜欢看书,我特意在咱们卧室单独隔出一间书房来,我带你去看看。"

唐雨木偶般被牵到了三楼。

暖色调的光线从头顶垂落，映照着室内所有的陈设，整个三层也都是按照她的喜好布置的。

她走进那间书房，书架上放的也都是她最近在读的书。

看她抚着书架上的书，默不作声的，边炀揉揉她的脑袋："怎么了？"

唐雨什么也没说，转身伸手牢牢抱紧了他，把自己深深地陷入他温热的怀里。

边炀的指尖温柔地抚过她的发丝，唐雨在他怀中偷偷擦掉眼泪："坏蛋边炀，什么都让你做了，我还怎么表现？"

他低头亲了亲她的头发："我呢，这辈子第一次给人当丈夫，往后此生也是唯一一次，生怕我的姑娘找了我当丈夫，会觉得没别人的好，平白受了委屈，可我也没什么经验，只能摸着石头过河了。"

唐雨在他怀中抬眸："胡说，你明明天下第一好，世界第一好。"

小姑娘弯翘的睫毛上挂着水汽，眼圈都雾蒙蒙的。

他抬起手，指尖擦了一下她的眼角："那为什么还哭？"

"我是高兴的。"她抬手揉了揉眼睛，另一只手还搂着他劲瘦的腰身，"这叫喜极而泣。"

他伸手扣着她的后脑勺，把她带过来一些，落吻在她湿润的眼皮上："我这还没送礼物呢，你就喜极而泣了，要是送了礼物，你还不得坐在这儿大哭一场？那我这礼物还送不送了？"

她一哭，哪怕是高兴的，他也难受。

她的眸子湿漉漉的："礼物？"怎么还有礼物？

边炀松开她，打开卧室的床头柜拿出来一个盒子，走到她跟前，还没打开，她的手"啪"的一声就按在那个盒子上，边炀抬眸看她。

唐雨眼圈还红着，扫过盒子的样式，就猜出来点儿什么，氤氲着眼睛问他："这里面是珠宝？"

边炀顿了下，点头，这是他用公司第一笔利润在拍卖行拍下来的孤品。

唐雨从他手里把盒子抽出来，没有打开，直接扔在了客厅的软沙发上，看都没看一眼："我不要什么珠宝。"

边炀极为有耐心地说:"宝宝你还没看呢,怎么就知道不喜欢了?"

他为了这东西,足足等了一个月。

"不是不喜欢。"她摇了摇头,同他对视两秒后,忽然拾起被他随手扔在桌子上的领带,走到边炀跟前,踮起脚尖,用领带在他脖颈上系成一个蝴蝶结。

"我想要这个礼物。"她微仰着小脑袋,眼中一片水色,脸颊不知是因为喝酒的缘故还是说这话的缘故而越发滚烫,"我想要绑着蝴蝶结的边炀。"

边炀低头看了眼脖子上松松垮垮的蝴蝶结,整个人都有点儿蒙。

小姑娘的目光盯在他的唇上,下一秒,双手环住他的脖颈,将他往自己的方向带,深深地吻了上去。

她才刚开始描摹他的唇形,就被他抵在客厅的墙上了。

墙壁冰凉的触感被他的掌心隔开,下颌被强势地抬起来的那一刻,唐雨微微张开唇瓣的瞬间,就已经完全丧失了主动权。

侵略,浸染。她承受他一次次的深吻,渐渐喘不上气。

寂静的空气里,是彼此起伏不定的呼吸声。

不知道过了多久,耳边一片荒芜,只有他埋在颈窝里低低的喘息声。

唐雨也在喘,眼神空茫地望着头顶的水晶灯。

直到呼吸逐渐平稳,他才略微直起身体,低头看她。

小姑娘编好的盘发已经凌乱,漆黑的发散落在胸口,在明晃晃的灯光下,瓷白的身子犹如涂了层淡粉色的胭脂,眼睛正带着水光一般看着他,像极了个蛊惑人心的水妖,在他的眼前熠熠发亮。

他微凉的手指抵在她饱满的唇瓣地,一下又一下上游移着。

四目相对,他眼底似跃动着某种沉浸的欲色:"这都是跟谁学的?明知道我不经撩,还撩我是吧?"

"撩了又怎么样?"唐雨的指尖拨动了一下他脖颈上的蝴蝶结,还挺好看,显得他又痞又娇的,"只准你撩我,不准我撩你?"

他身体发热,抬手松了颗衬衫纽扣,不轻不缓地回:"家里你说了算,这事儿我说了算。"

她摆弄着那蝴蝶结:"照你这么说的话,我这当老大的,空有其名,家庭地位似乎不高。"

边烫捉住她的手低头亲了亲，嗓音压抑着什么："宝贝，这种事上就饶了我吧，我不禁撩。"

"要是不饶呢？"她这么说的时候，边烫的心轻轻颤了下。

唐雨伸出一根手指，沿着他脖颈分明的线条，滑到他滚动的喉结，在他锁骨上轻轻抚过。

她弯眸笑："要是不饶，未婚夫，你能拿我怎么办？"

边烫喉结禁欲地滚动两下，抬手把那条系成蝴蝶结的领带给扯开，随意地挂在脖颈上，目光深深地盯住她："宝贝儿，我再给你一次重新组织语言的机会，别挑衅我。"

小姑娘忽然伸出手，拉着领带的两端，带着他缓慢地往后退。

如同受到某种蛊惑，他一动不动地看进她的眼睛里。

此刻的她是清澈见底的溪泉，是午夜盛开的玫瑰，也是拉他沉溺的水妖。

身子不受控地顺着她的力气，似纵容自己，步步随她往前走，一直走到卧室。

卧室开的暖灯，她双手搂住他的腰，把自己陷入他的怀里。

"床是你买的吗。"

他用了点儿劲，将她按在怀里："嗯。"

"软吗？"他声线沙哑地回，"只在买的时候躺过。"

唐雨笑了声，问："那你躺在上面的时候在想些什么？"

"在想……"回忆似乎被带到那一天，为了挑一张最合适的婚床，他耐着性子试睡了整个商场所有的床，躺在上面的时候，他就在想："身边要是躺的是你就好了。"

唐雨的额头抵着他低下来的额心。

夜的低吟声中，两个灵魂像是轻轻触碰，世界只剩下彼此的眼眸。

他姑娘的笑容很甜："真好，以后每天都能这样了，我们边烫的愿望实现了。"

边烫也笑："是啊。"

"我的愿望也实现了。"她说。

他目光微微晃动。

一切如忽然抽空声音后，轻轻流淌的画面。

他看入她盈盈的眼睛里，心脏被什么填满，只有她的声音："一想到将来我们每一天都会一起醒来，一起用餐，一起入睡，一起可以做很多很多事情，想想看，就好期待。"

边炀弯唇："很美好。"

"要不要试试？"她忽然开口。

边炀的瞳孔微微缩了下，双手将她在怀里按牢，嗓音又低又哑："还撩。"

"我都感觉到了。"她在他怀里仰起头，脸颊红扑扑的。

边炀轻轻吸气，忽而抬手，滚热的掌心落在她的眼睛上。

另一只手搭在她的后颈上，将她重新按回自己怀里。

唐雨视野一片漆黑，脸颊贴着的胸膛热得要命，甚至能隐隐感觉他的身体在轻轻颤。

唐雨都给气笑了，把他的手从眼前拿开，又从他怀里挣脱出来，仰头问他："边炀，你的专业学的究竟是金融还是忍术？要不要我给你报名参加一个忍者大赛？相信我，你绝对能拔得头筹，给咱们家多一笔收入。"

他忍成这样了，她居然还在笑。

边炀眯了眯眼睛："宝宝，你好狂啊，仗着我不会动你，你就……"

小姑娘忽然蹬掉了高跟鞋，光着脚踩在他的鞋面上，吻也跟着她踮脚的动作贴了上去。

唇瓣分开一瞬，唐雨盯住他说："不是说都是我的吗，不是要把一切都给我吗？"她指尖擦了下他的唇瓣，"这里给我。"

把他的领口扯开，指尖从他的衬衫里钻进去，在他的心口点了点："这里也要给我。"

微仰起头，说："你的人也得给我，都是你说的，那么今天，全给我吧。"

空气陡然因为她这些话滚热了几分。

两年的工夫，她早已经不是那个只会仰望他的小姑娘，是可以站在他脚尖上，耀武扬威地说要全部的他的小姑娘。

明明纯净如清泉的她，这会儿简直像毒、像罂粟。

他伸手取下她脑后松开的绳结，女孩的发丝完整地披散下来。

他喉结滚动着，冷白的指尖先是慢条斯理地打理着她柔顺的发丝，又抬起小姑娘的下巴，唇瓣若有似无地贴上去摩挲，像是野兽进食前优雅的餐前仪式。

"趁我还能忍，给你个机会把这话收回去。"空气中弥散着一股独属于他的张力。

他的气息在无形之间似乎将她包裹，像是要将她碾碎，她几乎喘不上气，这跟平常的他不一样。

她给自己鼓起勇气，手紧紧攥着他的衬衫，然后轻轻吐气："这机会，我不要了。"

说着，唇瓣用力贴上去。

唇齿相抵，气息混乱，尽数吞没。他舒服地喟叹一声，选择彻底放纵。

明知道这样狂兽烈焰般的爱，会让他献祭心脏，会让他骨骼瓦解。那也要的。

像悬崖壁垒的粲花一夜繁生，像枯萎干瘪的老树骤然开刀，像即将崩裂的火山硝烟弥漫。

他甘愿成为她最虔诚的信徒。

因为，她的爱会钻进他的身体，长出新的骨骼，沿着剧烈鼓动的血管肆意蔓延。

外边不知何时下了雨，淅淅沥沥地打在窗户上，汇聚成线，又形成蜿蜒的水流。

一切的浮光声色在雨中朦胧。

院子里摇曳生姿的芍药，一次次被压下，被摆布，被雨水肆意侵占，蒙了层朦胧柔弱的光晕。

"雨宝，下雨了。"

雨吗，从记事以来，唐雨就讨厌自己的名字。

雨，似乎永远都只是潮湿、黑暗。

她在这样的雨季里待得太久，又怎么会喜欢雨？可是今晚的雨夜……和他一样迷人。

"宝宝。"他吻了吻她的脸颊，又去吻她的耳垂。

她嗓音轻软，含糊不清地说了句什么，他没听清，大概是困极了，她迷迷糊糊地又在被子里蠕动几下，往里面钻深了点儿，柔软的发丝散落一床。

他笑着把她捞出来，把她揽入怀里，掌心轻抚着她薄瘦的后背。

"宝宝。"趴在他怀里的一团动了动。

他嗓音低沉悦耳，眸底潋滟了一片红晕："生日快乐。"

也不管她听没听清，薄唇轻碰了一下她的眉心。

"愿我们小雨年年如愿，岁岁长安。"

窗帘遮光效果很好，室内一片昏暗。

唐雨已经迷迷糊糊地醒了，但眼睛睁不开，就着被他搂入怀里的姿势，蜷缩在他的臂弯里，细细软软地出声。

"边炀……"小姑娘嗓子都是哑的。

边炀九点多就醒了，处理完工作，看小姑娘还在被窝里睡得香甜，索性又躺回床上抱着她继续睡了会儿，所以她一动弹，他就掀开了眼眸。

"嗯。"指腹轻轻刮蹭过她釉白的锁骨，上面依旧挂着那条星月项链。边炀眸色晦暗，垂着眼帘看她，嗓音低缓："困的话再睡会儿。"

她在他怀里艰难地动了下，额头抵在他锁骨的位置，问："几点了？"

这是她上学以来，第一次没被生物钟叫醒，彻底没了时间观念。

边炀低头，就着这个姿势，吻了吻她薄瘦的肩颈。

气息温热，她的肩膀下意识地轻轻颤了颤，听到上方传来他喑哑的嗓音。

"十二点了。"

居然……十二点了。唐雨从他怀里挪出来，似乎反应过来什么，低头，巴掌大的脸都埋在被子里，怎么叫都不应。

在边炀看来，小姑娘这是害羞，赖床呢。

头一次见她懒怠的模样，他就这样托着下颌看她，觉得新鲜好笑得很。

平常小姑娘的时间管理极其严格，什么时间做什么事，绝无例外。

在她身上是没有"拖延症"三个字的，只有当机立断。

那股子说话办事雷厉风行的风格，就连对学生一向吹毛求疵的沈院长都挑不出半点儿错处。

这会儿她却像个鹌鹑一样，把自己埋起来，动都懒得动一下。

"宝宝。"边炀指尖刮蹭了一下小姑娘露在外边的后背，她在轻颤，他又沿着她的寸寸脊骨循序向下，一点点的，像是在抚摸什么艺术品，直到小姑娘忍无可忍地把他的手拍开，他才长臂一伸，笑着把人搂回来，摁到自己怀里，用被子包裹得严严实实。

"饿不饿？"昨晚上她只喝了点儿果酒，没吃什么东西，现在都中午了。

小姑娘没吭声。

"怎么不说话？"从后边搂她的人低头，鼻尖蹭了蹭她的脸颊，"是不是哪里不舒服？"

"没……没有不舒服。"

看她的脸颊红得滴水，他没忍住往她脸颊上掐了下，结果被小姑娘气呼呼地推开。

唐雨把被子都卷起来了，裹成蚕蛹似的，含了水光的眸色动人，此刻瞪着他。

边炀手臂撑着床铺，领口是松垮的，不经意露出了昨晚上她抓在锁骨和脖颈的痕迹，此刻隐隐地笑开，浑身透着慵散和餍足，看她红得冒泡了，最后笑得胸腔轻颤。

他抬手揉了揉她的脑袋："还困吗？困的话再睡会儿，我陪着你，不困的话起来，我带你去个地方。"

唐雨摇摇脑袋，虽然还有点儿蔫，但已经睡不着了："想起。"

边炀从床上下来，张开手臂："那老公抱着起。"

这称呼……她低头脸红地咳嗽两声，眼睫抖了抖，无论如何还不大习惯。

"我自己来就好了。"唐雨揪着被子，微仰起头，雪白的肩颈是漂亮的线条，她眨了眨眼，"那个，能不能给我找件衣服啊？或者，你帮我去学校拿身替换的衣服来好不好？"

这里离学校也不远，开车的话，估计十几分钟就到了。

昨晚上穿的那件是件礼服，平常穿不大合适。

边炀躬身，指尖不轻不重地在她鼻尖刮了一下，笑得很坏："跟你老公怎么还这么客气，昨晚上不是教过你怎么叫了吗？"

唐雨咬唇："边炀，别闹了！"

他挺认真的，没开玩笑："这得习惯，你先提前练练，叫我一声，我给你拿衣服。"

"你……"他怎么这样啊。

唐雨鼓了鼓腮，忍着腰酸腿软的，裹着被子要去捡昨晚扔在地上的衣服："不要你拿了。"

真有骨气。

边炀已经连同被子一起把人环住："就这么难开口？"

唐雨嘀咕："还不大习惯。"

"所以说得多叫几声，来，咱们从现在开始练习。"他循循善诱，"你看我，我叫你老婆的时候特异常顺滑。"

其实求婚前，他自个儿在家提前演练过，对着空气叫老婆，叫完之后自己在沙发上笑成一团，从外边回来的王叔还以为他抽风了。

边炀现在想听，就哄她叫。

"宝宝，你叫我一声成吗？你老公特想听。"

在凉城的时候，边炀的口音就跟他们不一样，是普通话没错，就是跟他们有不一样的韵味。

来了京华才知道，他从小在这儿长大，说话自然带着一股京腔，尤其是撒娇的时候，磁性的嗓音搭配上那腔调，就显得特别撩人，就好像细细的羽毛一点一点在心口划拉，生出一股股软钝的麻意。

唐雨喜欢听，也禁不住他撒娇，就是他说什么都会忍不住无脑答应的那种。

所以她酝酿了好大一会儿，不知道把那两个字在心里默默念了多少遍，唇瓣动了动，才艰难地吐出两个字来："老……公……"

说完，脸噌地一下烧得厉害，埋下小脑袋，简直羞耻得不行。

边炀被这两个字叫得无比舒心，像极了个顺毛的大狗狗去蹭她的脸："真好听。"

还想听，听不够。

"现在可以去学校帮我拿衣服了吧？"她用指尖戳他的肩膀。

"衣服啊。"边炀眉梢扬了下，然后松开抱她的手，走到衣帽间，从柜子里拿出七八件衣服扔在床上，"咱家多得是，不喜欢，就进来慢慢挑。"

"……"唐雨的拳头顿时捏紧了。

明明这里有，他还在她面前装，哄她叫老公。

她深深吐了口气，从衣服上抬起的眼睛特别危险地眯起，看他："有衣服你不早说！"

某人耸了耸肩，语调温温吞吞的："你也没问哪。"

唐雨："……"

他指节抵在唇边，笑声从喉腔溢出，然后过去把蚕蛹似的小姑娘轻而易举地抱了起来，朝浴室走，边走还边解释："这可不怪我，昨晚上我不都说了吗，你老公除了别的优点，还向来思虑周全……"

刚到浴室，不等他说完呢，从他怀里滑下来的小姑娘就推着他的后背，把人往外赶。

浴室的门一关，把他的人和他没说完的话一起关在外边。

边炀看着紧闭的浴室门，指尖挠了挠额心，很轻地笑了一下。

看来夫妻关系，还有待进一步的提升，不过……

"老婆，你衣服忘了拿进去。"

他从床上拾起一身跟他身上这件颜色很相似的衣服，冷白的指尖钩起，站在浴室外边。

下一秒，浴室门打开，一条纤细白嫩的手臂伸出来，把他手上的衣服一股脑都抢走了。

他还没反应过来呢，紧接着浴室里又扔出来一条薄被，罩在他脑袋上。

边炀把被子从头上拿掉，浴室里面已经响起了沐浴声。

唐雨洗漱完，换上衣服，是身偏休闲随性的米白色春季长裙，裙子垂在脚踝的位置，领口也不低，但是脖颈上的痕迹却遮不住。

她用指腹碰了碰，照经验来说，这痕迹起码要一个星期才能完全淡去，可现在出去怎么见人啊？

她低头咬了咬唇，正想办法呢，不经意间看到了手边的化妆品，跟她现在用的那套化妆品是一模一样的。

唐雨的心脏"砰"的一声，似乎在放烟花。

他说的那句"你老公向来思虑周全"，又一次得到了印证。

这间婚房即便没有她的参与，也处处都是她的存在。

衣服，鞋子，化妆品，浴巾牙刷，甚至一些她没想到的东西，这里都有……一切都为她准备着，就好像……只等她来。

唐雨想了想，把遮瑕放回去，干脆不遮了。

为什么要遮？身边所有人都知道他们交往了两年多，昨晚上的求婚仪式更是全校皆知。

而他们也要在五月中旬结婚了，他们是光明正大的关系。

唐雨看着镜子里的自己，脸颊粉白，唇色殷红，眼神清澈，她就这样看了一会儿，似在透过镜子里的自己，去看内心清晰的想法和欲望。

她喜欢和他接吻，喜欢他的亲近，喜欢和他做任何事，而这种事没什么见不得人的。

唐雨对着自己笑了下，涂了点儿保湿的水乳，就从浴室出去了。

卧室里，边炀已经不在了。

她去到小客厅的位置，也没看到他，但是昨晚他送的礼物还被孤零零地扔在沙发上。

唐雨拾起木盒，缓缓打开，里面是一条手链，上面缀满颜色各异、形状各异的不规则宝石，像是天然形成的，没有经过机械切割，保持着最纯粹的模样，偏偏大大小小的组合在一起，竟然没有一点儿违和感，精致得像她在博物馆看到的艺术品，透着股神秘的异域风情。

她满心满眼地扎进学业里，不关注珠宝首饰。

一开始他送的东西，她还欢喜地佩戴几天，后来送得太多太频繁，就放盒子里不戴了。

但脖子上一直挂着十八岁他在凉城送她的生日礼物，是那条星月项链。

对她来说，那条项链有特别的意义。

直到朱嬅指着她盒子里其中一条项链，淡淡地说："这条跟前几天新闻上嘉德拍卖行那条压轴粉钻项链一模一样。"

当时朱嬅正巧看了这新闻。

而朱嬅提到的那条项链，她那天刚收到，正准备像从前一样塞进盒子里吃灰……

唐雨那时候才知道，他这些年送的东西，嘴上说着没几个钱，但样

炽炀

样都贵得离谱。

她把东西还回去，他却一本正经地说："在我们家的传统里，送出去的礼物如果被退回来，那就是连我这个人也拒绝的意思。"

还用幽怨的眼神看她，"宝宝，你是不要我了吗？"

她只好把东西拿回来，路上顺便买了个保险箱放家属院里。

之后边炀送什么，她往里面锁什么，在给她买珠宝这件事上，他似乎抱有极大的热情。

截止到今天，她已经买了三个保险箱了……

唐雨捏了捏眉心，把手链从里面拿出来，往手腕上一戴，然后去找边炀。

他人就在隔壁的书房处理文件，瞧见小姑娘光着脚站在门口，皱着眉头把她抱起来，放在他刚才坐的转椅上。

"地上凉，别光脚。"指尖挠了下她的脚心，让她长长记性。

她忍不住笑出了声，然后抱着膝盖躲开，就见他出去后拎着一双鞋回来，半蹲在她脚边，给她穿上。

唐雨在他眼前晃了晃皓白的手腕子，上面的宝石手链熠熠生辉。

"谢谢你送的礼物，很喜欢。"

边炀起身，手臂撑在椅子扶手，似笑非笑地问她："那跟我这件礼物比起来，哪个更喜欢？"

唐雨推他的肩膀："正经点儿。"

她盘坐在椅子上，眼睛轻轻一转，跟他打商量："既然这是我们的婚房，那我的东西是不是要搬过来？"

"当然。"他用指尖蹭她的脸颊，很软。

她眨眼："那些保险箱也搬过来吧。"

边炀垂着眼睫笑："你想放哪儿都行。"牵着小姑娘的手到衣帽间。

上下两层，合计一百多平方米。

顶头香槟色探照射灯明亮，打在茶色镜门上，琳琅满目的鞋包衣帽和高定服装在光晕下流动，折射点点星耀，最中央摆放了几个玻璃柜，昂贵的腕表、袖扣以及领带都在其中。

唐雨眼皮一跳，一度以为到了某个商场。

见挨着玻璃柜还有几个空柜子，她心念一动，马上说："就把你送我的东西放在这儿吧，这块地留给我。"

边烊落下一声轻笑，从后环住她，嗓音勾得她耳尖发麻："宝宝，你这么迫不及待的样子，让我觉得你很想搬过来跟我一起住，嗯，开心。"

唐雨讪笑，视线心虚地往别地儿飘。

她哪里是这么想的，是觉得那些珠宝烫手，要是哪个贼盯上她，绝对能一夜暴富。

还是放在这里安全点儿……

边烊要带她去的地方是边家墓园。

他说，想带她看看母亲。

昨晚一场雨洗了天际，此刻有太阳高悬着，缀着几朵云，显得有点儿寂寥。

唐雨第一次来这个地方，空旷而肃穆。

将捧着的白桔梗轻轻放在墓碑前，她静静地看着上面的女人，是戚明宛最漂亮的年纪。

她的笑容很美，似可以安抚人心，有荡涤一切污浊的力量。

但行好事，莫问前程。

这是两年前每个来参加追悼会的人都知道的一句话，是戚明宛的人生信条。

正因为她经历过亲人离世的离别苦，和戚明洲自小相依为命，所以她义无反顾地选择了最苦最难的一条路，并在这条路上走到极致，在从医的二十二年里，挽回了成千上万个支离破碎的家庭。

边烊弯腰，用纸巾轻轻擦拭着墓碑上的照片，牵着唐雨的手没有松开，声音低哑："妈，这就是我一直跟您提的唐雨，我们下个月要结婚了，特意带她来见见您。"

唐雨紧了紧握住他的手，恭敬地弯腰："阿姨好，我是唐雨。"

边烊捏了捏她柔软的掌心，故意逗她："宝宝，得改口了。"

唐雨脸颊红了红，然后对着照片，很轻地喊了一声："妈。"

边烊眼里的光软得一塌糊涂，晃了晃她的手，垂眼瞧着照片懒懒地笑："还是您好使，我哄了半天才肯叫我一声老公，对着您，张口就叫了。"

"边炀，你别当着妈的面胡说！"唐雨面皮一热，赶紧拍他的胳膊提醒。

边炀的手臂搭在她肩上："怕什么，要是我妈看到我们这么恩爱，她肯定高兴啊。"

唐雨任由他揽着，对照片上的女人嗓音软软地开口，一字一顿，像是誓言："您放心，我一定会照顾好边炀的。"

"宝宝。"他的嗓音缠绵悱恻，"你这话，是专门说给我妈听的漂亮话还是真心实意的？算数吗？"

"算数。"她声音低软，"每个字都算数。"

边炀散漫地垂眼："真的？"

"真的。"

然后他在她耳边低语了句什么，下一秒，就被小姑娘面红耳赤地推开。

"边炀！"看她气呼呼的脸绷起来又止不住脸红的模样，边炀笑得肩膀耸动。

偏偏他还说："宝宝别害羞，非礼勿听，我妈肯定听不见。"

唐雨瞪他："再这样我不理你了。"

边炀眉眼含笑："好，不这样了，别生我的气。"抬手揉揉她的头发，"先去车上等我，好不好？"

她看了眼墓碑，又看他，轻轻点头。

走到墓园的尽头回身，她看到边炀身影孤寂地蹲在墓碑前，同照片上的女人说着什么。

唐雨眼睛酸了酸，低头，擦去泪水，离开了墓园。

"妈，她是不是很可爱？"看着照片上温婉的女人，他唇角始终保持着上扬的弧度，"小雨是个好女孩。"

"如果你还活着，见到她的话，一定也会喜欢她。"

在微风里，骄阳下，他低声："我很爱她，很爱很爱，将来我们一定会过得很幸福，像您和爸一样，相互成长，相互信任，相互扶持，一直相爱。"

"说起来我爸。"他唇角动了动，长睫轻轻颤动。

周围寂静无声。

片刻后，声线干涩，他有些说不出话来："昨晚上他喝多了，一直在喊你的名字，把我舅当成了您，抱着我舅委屈地求了好几遍，求他别生气，我舅都烦死了。

"因为每次他喝多了，您都不让他睡卧室，这习惯，这些年他一直都记得。"

墓碑被打扫得干干净净，附近连落叶都没有，一想就是边城昨晚来过的。

边炀嗓音带着沙沙的哑："中午的时候，我接到王叔的电话，才知道今儿个早上他在您房间里呼吸碱中毒了，王叔说，是偷偷哭的，把自己哭晕过了，现在躺在医院里……

"他头发白了好多，看起来没心没肺的，背地里都在您房间偷偷哭，不让别人知道……"

"妈……"边炀轻声，"您不是最疼他的吗，他这身坏毛病，可都是您惯出来的。"

他指尖拂过照片："您能不能给他托个梦，让他别这样了……"

眼泪砸在地面上。

他低笑："我可惯不了他。"

从墓园回来，他的眼眶有些红，但依旧漫不经心的样子。

唐雨坐在副驾驶上，只能看到他的侧脸，他单手握着方向盘，没什么情绪，但握着方向盘的五指收得很紧，指节微微泛白。

过红绿灯的时候，唐雨解开安全带，侧身抱住他，把他的脑袋按在肩膀上。

"还有四十秒，边炀，我们抱一会儿。"

他默不作声地把自己埋在她的颈窝里，闷声问："怎么了？"

唐雨细白的手指慢慢穿过他的发丝，轻轻揉了揉："没什么，是我忽然想抱你了。"

"大概是因为天气很好。"她语气缓慢，像是谈心，让人平静，"又或是因为今天的你很帅。"

边炀哑声："我哪天不帅啊。"

"所以每天都要抱。"她回,把他搂得紧了些,"就当是奖励我吧。"

边炀默不作声地把自己陷得更深,贪婪地嗅着属于她的气息。

甜甜的有种果香,混杂着和他身上一样的气息,像是有他的烙印。

四十秒过后,绿灯亮起,她缓缓松开他,重新系上安全带。

边炀握着方向盘发动车,腾出一只手来和她牵着,指腹抚过她拇指上的戒指:"这是母亲送给我的最后一件礼物。"

唐雨神色微滞。

"她临去世前,在病房里戴着呼吸机,亲手为我一点儿一点儿雕刻的婚戒。

"她告诉我父亲说,她看不到我结婚了,想以这种方式,祝我和未来的妻子幸福。"

而他的妻子是她。

"所以,宝宝,我们也算收到了母亲的祝福,不算遗憾。"他说。

唐雨鼻尖泛酸地低头,看着那枚戒指,眼圈不知何时红了一片。

她轻轻呢喃:"谢谢妈。"

她一定会好好珍惜,珍惜这枚戒指,更珍惜边炀,也希望这句话能随风一起送入天堂。

车子缓缓停在医院的停车场,边炀和唐雨还未到病房,就在门口听见了吵闹的声音。

"你们都给我让开,我是秦祁,边城最好的兄弟,我们穿开裆裤在大院里满地跑的时候,你们都还没出生呢,又怎么懂我们之间的友谊,他不可能不想见我的,你们都给我让开!"

"不好意思,秦先生,边总吩咐过,不准您进来。"

那人被赶了,还粗着嗓门,理直气壮:"这不可能,你们肯定听错了!他不可能赶我的,就让我进去吧……"说着就推搡保镖,硬往里面闯。

保镖也知道他的身份,不能下重手,于是几个人就在走廊里吵吵闹闹的。

唐雨看得莫名,边炀跟她轻声解释:"这是秦明裕的爹,前两年跟爸闹了点儿矛盾,还没和好。"

唐雨看着那边闹腾腾的场面,缓缓点了下头。

边炀牵着她的手往那边走："秦伯伯，这是怎么了？"

秦祁见到他，立刻扬起和善的笑容："阿炀来了，臭小子一眨眼长这么大了，没想到都要结婚了。"

然后视线落在他身边的小姑娘身上，小姑娘漂漂亮亮地站在那儿，模样挺乖的，尤其一双眼睛，明亮又干净。

在功利的圈子里待久了，这样澄净的眼睛很少见。

唐雨随边炀的称呼，温静礼貌地叫了声："秦伯伯好。"

"好好。"秦祁满意地点点头。

"秦伯伯，您这是？"边炀低头，扫了眼地上的大包小包，都是些补品礼盒，还有秦祁后背的那根藤条，唇角微微抽了下。

秦祁轻咳两声，大概也是觉得丢人，把藤条从后背默默拿下来："你爸。"他指了指病房，压低了点儿声音，怕里面的人听见，"心眼小得要命，因为那件事，两年都没搭理我了，这不，我听说他又住院了，特意来看看他。"

说起来，秦祁还挺委屈的。明明两年前被一拳打进医院的是他，结果呢，生气两年的却是边城！平常他们吵几天也就算了，过不了多久，双方各自找个台阶，各自往下走，什么事都能云淡风轻。

可那次不一样，硝烟持续到了今天，历时两年零四个月！

边炀结婚的消息，还是秦明裕跟他说的呢。

这请帖迟迟没往他家送，秦祁实在憋不住了，这不，又登门了。

可边城也太不讲理了，台阶都搭到他跟前了，他一脚踹开不说，还让保镖拦住他。

秦祁也是个好面子的人，在政坛屹立多年，地位也算是泰山级别。

谁不给他好声好气地说话？偏偏边城，把他面子扒光了，里子露出来他还得抽两下。

边炀哭笑不得："所以秦伯伯，您这是来……"他扫了眼那藤条，略微挑眉，"负荆请罪？"

秦祁讪讪："也可以这么说吧。"要是这次还不成，他就用这荆条把边城抽成陀螺！

"你给评评理，你伯伯这做得相当厚道了吧？我对谁这样过？也就是对你爸。"秦祁叹气，"其实，我也知道当时那种情况，我说那些话不大中听，可不也是为了他好吗。你妈去世后，你爸那半死不活的样子，我看得难受，公司也不弄了，家也不要了，连你也不管了，整天活得行尸走肉，我是想着再给他找个伴吧，起码能照顾照顾他，谁知道他上来给我一拳……"那一拳把他打得差点儿去见弟妹。

边炀抿了抿唇角，默不作声。

唐雨轻轻回握了下他的手，边炀回过神，朝秦祁笑："秦伯伯，我知道您是好心，我爸性格倔，但关于我妈的事儿……谁劝都没用。"他轻声，"再给他些时间吧。"

秦祁还想说点儿什么，到底没说出口，目光扫过唐雨，眸中闪过一丝情绪。

他把边炀叫到一边去，有些体己话想跟他单独说。

边炀让唐雨在走廊的椅子上坐一会儿，跟秦祁来到走廊尽头的露台。

秦祁拍了拍边炀的肩膀，开门见山："阿炀，你是我看着长大的，在伯伯眼里，你就跟我亲儿子一样，听说你创业又结婚，事业和爱情都顺当，伯伯打心眼儿里觉得高兴。"

边炀笑："我明白的。"

"你爸这个人被你妈惯坏了，孩子脾性，做什么都随心所欲，考虑得不是那么周全。"秦祁有所顾虑地说，"明裕把小雨那孩子的背景跟我说了点儿，小姑娘吃的苦头多，能走到京华来不容易……但结婚不只是两个人的事儿，还是两个家庭的事。"

说完，就瞧见边炀脸色肉眼可见地沉了些许。

秦祁马上笑："别生气，我说这些不是为了拆散你们，是有个想法，你先听听。"

边炀抿唇，抬头看他。

秦祁缓缓开口："这圈子向来踩低捧高、趋炎附势，每个人的眼睛都能长到了头顶去，你出生就是边家唯一的儿子，身边的人自然对你众星捧月、唯你马首是瞻，可一旦你跌下了、摔倒了，也有的是人幸灾乐祸落井下石。你会承担这些，你的妻子自然也要承担这些，甚至因为她的家世背景，会比你承担的更多。

"那些人表面上羡慕她嫁给你，嫁入豪门，说着漂亮动听的话，实际上指不定会在背地里使什么绊子，做些下三烂的手段，让她处处难堪。"

听到这些，边炀垂在身侧的手指慢慢攥紧："我不会让她经历那些。"

"你看得见的时候她不会，你看不见的时候呢？"秦祁语重心长，"你母亲嫁到边家前，你知道她走了多难的路吗。"

"当初，你爷爷奶奶已经为你爸订了一门姻亲，你爸为了你妈，违背了父母意愿，执意跟那家人解除婚约，那家人抵不过边城最终退了婚，可咽不下去的那口气却全撒在你母亲身上了，你母亲没背景没人脉，几次三番被那家人针对，你父亲在的时候，她是安然无恙，可你父亲总有看不见的时候……能发生什么，我就算不说，想必你也应该知道……"

边炀捏紧的手指泛白，低垂的眉眼，遮住了眼底的阴郁和凉薄。

"那些曲折的路，前人已经走了一遍，你们就不要再走了。"

气氛有些凝重，秦祁爽朗地笑起来，缓和气氛："我秦家，在京华好歹有点儿身份地位，起码没人敢对我秦家的人指手画脚的。"

他说："那孩子我看着喜欢，明裕私底下还一直喊她妹妹，别说，我听着还挺顺耳，不如真给他当个妹妹吧，我收她当个干女儿。"

边炀抬起的眼眸里，晃动着异样的情绪："秦伯伯……"

秦祁笑："不着急回复，你跟那姑娘商量商量，还有你爸，这次我找他也是因为这事，结果他还不肯见我。"说到这儿，他就吹胡子瞪眼，"小时候替他背黑锅我还挨了好几顿打呢，合着他个没良心的全给忘了！"

从露台出来，走廊里是空的。

边炀没瞧见唐雨，心头一紧，跑过去问守在病房门口的保镖。

"刚跟我一起来的女孩呢？"

保镖马上回："少爷，唐小姐跟戚先生去楼下买东西了，托我给您留话，说她马上就回来。"

边炀悬起来的心才慢慢放下。

秦祁把他的情绪尽收眼底，这孩子打小就挺桀骜不驯的，比别的孩子都早熟一些，向来一副轻世傲物的做派，这会儿不过是没瞧见小姑娘，就紧张担心成这个样子，看来是真喜欢唐雨那姑娘。

"好了，时间不早了，我先回去了，你和你爸好好考虑我的提议。"

秦祁拍了拍边炀的肩膀。

边炀把他送到电梯口："秦伯伯，您慢走，我会向父亲转告您的心意的。"

秦祁缓缓点头，电梯合上。

边炀拿出手机，给唐雨发微信，得到回复后，他才收起手机，抬步朝病房走。

病房里，边城脑袋上依旧蒙着一块白布，直挺挺地躺在那儿。

边炀眼皮跳了一下，要不是先前经历过一次，这会儿又要被他吓死，接着过去把他脑袋上的白被子掀开。

边城闭着的眼睛睁开，瞪圆："你怎么来了？"

边炀把秦祁送来的补品放在地上，将病床的倾斜度往上摇了一点儿，还往他背后塞了个枕头："爹都进医院了，我这当儿子的不来，不是让人戳脊梁骨吗？"

边城瞧见地上那堆的东西，表情嫌弃："怎么把这些乱七八糟的拿进来了？扔出去。"

边炀抽出椅子，往上面随意一坐："两年了，您也该闹够了，您跟秦伯伯大半辈子的交情，可别让你个儿作没了。"

"谁稀罕他。"边城提了提嗓门，"我又不是只有他一个朋友，他排老几，还显着他了。"

边炀哼笑："真不稀罕？"

边城："哼。"

"不稀罕您还暗地里帮秦伯伯挤对那些针对他的人？"这些边炀都知道，就是懒得戳穿，"别硬撑着了，一把年纪还学电视上相爱相杀，也就是我妈和秦伯伯能忍得了你。"

边城闻言拾起柜子上的苹果砸他，被边炀习以为常地接住。

"你个臭小子，连你爹也敢编派！"

边炀扔着苹果玩，懒洋洋地看他一眼："刚才秦伯伯跟我说，小时候他替你背黑锅挨了好几顿打呢，要我说，你们就握手言欢，这事儿就算抵消了。"

边城靠在枕头上，哼了一声："陈芝麻烂谷子的事儿他也好意思提，他替我背黑锅挨打？我还替他背黑锅被叫了好几次家长呢！"

边炀失笑："原来你们打小就是这样的相处模式。"

顿了顿，边炀轻声道："刚才秦伯伯说，要收小雨做干女儿，这样以后在圈子里能少点儿麻烦。"

听到这话，边城不吭声了。

片刻后，才不情不愿地承认："他这人……想的是比我周全。"

边城没什么家世观念，但也清楚，有些时候身不由己。

秦家历代从政的，虽然不比边家有钱，可在京圈的地位强悍。

要是唐雨对外能有这层关系在，别的不说，起码能让某些人自动避退。

"这样一来，咱们家可欠秦家一人情。"边炀修长匀称的手指拿着水果刀削苹果，"这人情得你还。"

边城瞪眼："怎么就我还了？受益的可是你和你媳妇儿。"

"错了。"边炀头也没抬，慢条斯理地说，"受益的是你儿子和你儿媳妇，一家人说什么两家话，我欠的不就是你欠的吗。"

"……"这话把边城气得没脾气。

安静了一会儿，边城看他："钱够吗？"

边炀往后靠在椅子上，挑眉："你指的是哪方面？"

讲实在的，他不大习惯跟边炀正儿八经地说话。

从前有明宛在其中斡旋，气氛还算融洽，而只有他们两个人的时候，气氛莫名干巴巴的。

边城没好气："还能什么方面，让你来边氏你不来，非要去创业，还搞什么风投，这不得烧钱啊。"

边炀笑了下，没吱声。

"三十亿够不够？"边城特像财大气粗的金主，直接甩手给他一张卡，"密码是你生日。"

边炀接了，指尖把玩着这张卡："才三十亿，小气了点儿吧，我还给你削了个苹果呢。"

边城白眼："你一破苹果换老子三十亿，还说我小气，我看你是欠抽了！"

边炀笑："那我多给你削几个苹果成不成？"

"……"边城看他这吊儿郎当的样儿就来气。

边炀跟他开玩笑的,他把卡放桌子上:"放心,我不缺钱,缺钱肯定第一时间找你,现在公司进展得挺顺利的,流动资金也够。"

"我递出去的东西,就没收回来的道理。"边城把卡扔回他身上,"既然你公司不缺钱,那就留着办婚礼,给我往最风光的规格办,排场给我搞足了,别辱没我边家的脸面。"

"人家都是父母操持子女的婚礼,怎么到你这儿了,就让我一个人办了?"边炀挺不满意的,"你赶紧把自己养好了,爬起来给我准备婚礼,我刚创业,得忙公司的事儿,还得跟小雨约会、试婚纱礼服,我哪有时间操持这些。"

边城气得不轻:"我也有公司要忙,哪有工夫管你!"

这哪是儿子啊,是讨债鬼吧!

边炀可不管:"那你就忙里抽空呗。"

"你怎么这么烦啊!"边城只想没这个儿子,"我这还在医院躺着呢,你就给我安排得明明白白,你妈要是知道了,肯定心疼我!"

病房里瞬间变得安静无声。

边炀抿唇,哑着嗓音附和:"其实我一直都知道,我妈最宝贝的是你,我排第二,她会忘了我的生日,却永远不会忘记你的。"把削好的苹果切成小块,用叉子弄好,才递给他,笑,"所以爸,照顾好自己,要不然我妈在天上不安心的。"

边城眼眶蓦地一酸,骂了句:"我老婆当然把我放在第一位了,就你还跟我争地位,你争得过吗。"别开脸,把眼泪偷偷抹去,他咬了口苹果,说,"多切一些,我爱吃。"

边炀笑:"好,多吃点儿养足精神,筹备你儿子的婚礼。"

"臭小子……"

第十八章
独一无二的玫瑰

医院外，戚明洲和唐雨坐在街边一张长椅上，手里各自捧着一杯热咖啡。

对面是川流不息的车流。此时正是洋槐花盛开的季节，鼻息间都是暖沁的香气。

"我姐最喜欢这个季节。"戚明洲伸手，掌心落了片洋槐花的残瓣，"好像每年只有这个季节，京华才添了几分烟火气。"

唐雨偏头看他，欲言又止的，最后还是问了出来："戚叔叔，您找我下来不是为了买什么东西，而是有话想跟我说吧？"

戚明洲笑了笑，镜框下的眸色温和："其实我一直想找个机会跟你说声谢谢，但前段时间我一直在国外，再加上你学业繁忙，就没有碰到双方都合适的机会。"

他郑重地开口："小雨，谢谢你当时的坚持。"

唐雨连忙摇头："戚叔叔，我当时也有很大的问题，把这件事重新翻出来，无异于揭开您的伤疤，是我太唐突了。"

"你没错。"戚明洲抿了口咖啡，目光很远，"在腐烂伤口覆上一层纱布，佯装视而不见，伤口只会溃烂得越来越深。想要从过去走出来，躲着没用，只有揭开伤口，一点点对症下药，人和伤口才会痊愈。"

"我姐临终前最放心不下的就是他们两个，一个不懂得怎么处理父子关系，一个又常常得理不饶人，我姐工作又忙，经常顾不上两头，这两人见面就争、就吵。"戚明洲失笑，"我是真没想到，他们父子俩能有一天安安静静地坐在一间房里，好好谈一件事。"

641

唐雨弯唇："叔叔和边炀只是不知道怎么表达，实际上都很挂念对方。"

"不是这样的。"戚明洲摇头，"是你教会了阿炀怎么处理父子关系。"

他看着小姑娘缓声道："或者应该说，是你让他拥有了将心比心的能力。"

"正因为他有了深爱的人。"戚明洲说，"阿炀才能真切地体会到他父亲失去爱人时的无力和悲伤。"

唐雨抿着唇瓣："叔叔一直很难过。"

"现在比从前半死不活的样子好多了。"戚明洲笑，"这多亏了你。"

"阿炀和你结婚，我和他父亲一点儿都不担心了，现在啊，也只有你能管得了他。"

对此，戚明洲有些心得："有一点，就是千万别惯着他，他这人惯了就会蹬鼻子上脸。"

哪有舅舅这么说外甥的，唐雨忍不住笑："我会注意的。"

两个人正说着边炀，身后忽然传来一道幽幽的声音："舅，你在我未婚妻面前说我坏话，这样合适吗？"

两人吓了一跳，转头，就看到边炀双臂抱胸，正居高临下地看着他们。

戚明洲摸了摸鼻尖，脸上头一次出现了类似心虚的表情。

"那个，我上去看看你爸，他现在肯定哭鼻子呢，就不打扰你们小情侣约会了。"

说完，戚明洲就笑着走了。

唐雨侧过身，眨了眨眼看边炀："叔叔没事吧？"

边炀坐在戚明洲刚才的位置，顺势伸手把小姑娘揽进怀里。

"他活蹦乱跳，好得很，下午就能出院了。"

"倒是你。"指尖散漫地在她肩膀上搭着，他舌尖痞里痞气地抵了抵脸腮，告诉小姑娘，"别听我舅瞎说，什么蹬鼻子上脸，我可没有，我这人打小就谦虚，乖得要命，就得惯着，越惯越乖。"

唐雨忍着笑，虽然明显不信，面儿上却应："好，我不听戚叔叔的，我只听你的。"

边炀被顺毛得很舒坦，掌心落她脑袋上揉了揉："唐小雨真好。"

被夸真好的小姑娘，把脑袋枕在他的肩膀上："边炀也真好。"

边炀眉梢随即扬起："我这么好，不给个奖励？"

唐雨："……"

"你也说我好，那是不是也得给我个奖励？"她慢吞吞地学着他的话。

话刚说完，唇上就落了一吻。

唐雨被亲得有儿蒙，而边炀脸上的笑意压根藏不住："喏，这就是奖励。"

然后点了点自己的唇，下巴轻抬，笑得又野又坏："该你兑奖了。"

唐雨额心跳了下。

戚叔叔说得没错，他何止有点儿蹬鼻子上脸，还特会顺杆儿爬。

唐雨不亲他，觉得有点儿上当受骗，边炀捏着她下巴，有些遗憾地强行兑了奖。

街上来来往往这么多人，小姑娘捂住嘴巴，眼睛水汪汪地瞪着他，生动得要命。

边炀盯着她舔了舔唇瓣，似乎还有残留的咖啡香气。

他会顺杆儿爬，也会见好收，一察觉她有点儿要算账的苗头，态度瞬间端正，正儿八经地说要紧事，成功转移了话题。

唐雨听说要当秦明裕的妹妹后，并没有太大的感觉，因为她对秦家……压根儿不了解。

边炀跟她认真解释："秦伯伯认你当干女儿，没有别的意思，宝宝，我也从来没觉得家世背景会成为我们之间的阻碍，但有了这层身份，确实能挡掉不少闲言碎语和一些臭鱼烂虾，多一些保护你的人。"他用指腹蹭了蹭她的脸颊，垂下的眼睫在眼底落了片小小的阴影，"可如果你觉得不舒服的话，我们也可以拒绝。"

唐雨看进他的眼睛里，想了一会儿，弯着眉眼："这么说，以后我要叫秦明裕哥哥了吗？"

听到这话，后知后觉的边炀愣在那里，真要是认成干女儿了，名义上，秦明裕就是他大舅子了？！

边炀忽然好气，当时怎么就没想到这一层！

"算了，那小子不配，我这就拒绝了！"

边烬马上拿出手机，被唐雨的手按下。

她笑得肚子疼，眼里蒙了层薄薄的水汽："别啊，这样一来我就多了一些亲人，没什么不好的啊。"

她只有爷爷奶奶，要是能多一些亲人，她高兴还来不及呢，更重要的是，那是边烬特别信任的人，她自然心无芥蒂。

可边烬皱眉，多少有点儿不爽："可我不想叫秦明裕大舅哥！"

明明一开始他担心她心里不舒服来着，现在唐雨还得反过来安慰他："没事的，以后我们各论各的。"

边烬想象了一下那个场面。

秦明裕管他叫烬哥，管唐雨叫嫂子，唐雨管秦明裕叫哥，边烬管秦明裕叫小弟……

他很轻地"啧"了一声："很难接受。"

唐雨还在笑，他伸手捏了捏她的脸颊："别笑了，再笑我亲你了。"

她顿时绷住脸，不敢笑了。

边烬用舌尖抵了下脸腮，眯起眼睛："就这么不想让我亲？"

"唐小雨，你继续笑，让我亲一下。"

小姑娘拔腿就跑，边烬快步追上去。

"唐小雨，你能耐了，还敢跑，信不信我这就把你扛回家？"

小姑娘一听跑得更快了。

秦家认干女儿的事儿，在圈内火速传开，据说当时，清北的一众院长还是见证人呢。

而秦家这边刚结束，边家就以三书六礼跟老两口和秦家订下唐雨。

订婚那天的排场很大，车队停满了一整条街。

边氏旗下产业众多，边城这人又高调，恨不得让全帝人都知道他儿子要结婚了。

那张扬的做派更是向所有人宣布了边家对未过门的儿媳的重视程度。

可边城嘴硬，还不承认，他给的理由是："我这些年随出去的礼金都能置办一个公司了，这次不收，更待何时！不得把全京华的豪门权贵都通知一遍？"

婚礼安排在五月二十号。

距离婚礼只有不到一个月，边炀和唐雨特别忙。

拍完婚纱照，边炀就马不停蹄地去了纽约，忙一个走不开的跨国合作项目，每天几乎都没有睡觉的时间。

唐雨没让他陪着选婚纱，周昭妍她们来陪她选。

店内的光线打得很好，空调开得恰到好处，播放着轻柔的音乐，将长街的嘈杂隔绝在外。

四个人坐在软塌塌的沙发上，手边的矮桌上放着各类甜品果饮，正前方是一个走秀一样的二十米的 T 台。

白色的灯光打在身高腿长的模特身上，模特穿的是是提前预约国内外著名设计师私人定制的系列婚纱，裙摆层层叠叠，最外层上面缀有细细的钻石，经灯一扫，折出璀璨的光线，满室流光溢彩。

整个婚纱店都清空了，只有她们四人。

经理站在一旁恭敬地为她们服务，专程留意着唐雨的神色。

若是她对一件婚纱多看两眼，经理会立刻给模特打个手势，让她多站一会儿，全方位展示婚纱的设计，若是她兴致缺缺的样子，经理会示意模特走快点儿。

明明是来选婚纱的，却专门为她搞成了一个秀场。

不知道过了多久，也没统计台上到底展示了多少件婚纱。

这种不用自个儿试穿，就能直观看到每一件婚纱优缺点的感觉，不知道唐雨怎么想，反正周昭妍她们边吃边看，津津有味。

遇到合适的，她们还兴奋地给出意见："这件不错啊，鱼尾款式，步步生花，端庄又不失设计感。"

每走一步，裙摆上的粉钻在光线下闪烁耀眼，犹如阳光下的湖边坠了花瓣般，波波粼粼、层层荡漾，结果她们说得起劲儿，没听到当事人的点评，扭身一看。

小姑娘已经困倦地枕在朱嫜肩膀上，睡着了。

周昭妍刻意压低了些声音，偷笑："看了这么久，是该累了。"

"那可不，三个小时过去这还没看完，结婚真是一件体力活。"

李姗姗捏了捏酸痛的后脖颈，不只是唐雨累，连她都累了。

朱嫜正准备开口说什么呢，身侧的经理忽然恭敬地说了声："边少，您来了。"

不知何时走进来的边烊，此刻站在沙发一侧，低头，正满眼温柔地看着睡着的小姑娘。

眼里只盛得下她一人。

周昭妍和李珊珊她们纷纷起身，边烊弯腰，伸手托住小姑娘的脑袋，在朱嫚起身时，他坐在了唐雨身边，把她的脸颊轻轻放在肩膀上，动作轻柔得像碰触易碎的珍宝。

他对三人微微点头，低了低嗓音："辛苦你们了。"

几个人说话都是压着声儿。

"不辛苦不辛苦！"周昭妍连连摆手。

朱嫚好奇："烊神，你不是去纽约了吗？"

"刚回来。"下了飞机，他就过来了。

李珊珊有意给他们单独相处的时间："既然烊神你来了，那我们就先回去了。"给周昭妍和朱嫚使眼色。

周昭妍和朱嫚连连点头："对对，我们晚上还有课，就先走了。"

边烊略微颔首："好，我派人送你们回去。"

三个人出去，有助理站在门口等着，手里还拎着三个手提袋。

见到她们从店里出来，笑意盈盈地走过去："周小姐，李小姐，朱小姐，这是边总的一些心意，今天辛苦你们了。"

三人相视一眼，连连摇头："不辛苦，我们是伴娘，陪新娘试婚纱是应该的。"

她们不肯要那些东西，因为友情一旦掺杂了利益，就变味了。

而且这两年，唐雨每次参加比赛，明明有更厉害的队友，却执意带上她们三个，甚至发表一些有影响力的论文时，也主动让她们参与进来，除了分到不少奖金，她们还得到了很多署名的机会。

唐雨身上那股劲儿，把她们三个成功卷到了！

于是她们每个人拿出十足的干劲儿钻进书海，如今她们宿舍已经把专业前四包揽了！

不出意外，三人会拿到保研的资格，甚至还有机会出国交流……

这对她们人生潜移默化的改变和影响，不是金钱可以衡量的。

助理解释："你们误会了，这不是什么贵重的物品，是边总听夫人说你们喜欢吃甜品，专程托我给你们买的巧克力蛋糕。"

周昭妍眼睛一亮，忍不住舔了舔嘴唇："甜品啊。"

助理笑："边总知道你们和夫人的关系好，要是用些俗物，反而影响了你们的感情，所以只好用蛋糕聊表心意了。"说着把手提袋递过去。

三人心里微微触动，不得不说这话说到她们心坎里去了。

几人相视一眼，然后心无负担地接了过来："那替我们谢谢炀神！"

助理微笑："好。"

三个人坐在车里，蛋糕的香味甜滋滋地冒出来。

周昭妍抱着手提袋感叹："果然是一人得道，鸡犬升天啊。"

谁能想到她开学随口说的一句话居然就应验了。

朱嫦缓声："小雨一路走来不容易，我们也不能拖她后腿，让别人觉得她的伴娘上不了台面，到时候得拿出我们清北的底气来，不能让人看扁了。"

周昭妍摇头晃脑："那当然了，咱们这些作为娘家人的，都是小雨的后盾。"

李珊珊捏紧拳头："别忘了我们可都是学法律的。"她说，"谁要是敢欺负小雨，单单我们三个联手就能把他告得裤衩都不剩，更别提小雨还有那么多师兄师姐，还有沈院长呢！"

"没错没错。"周昭妍哼哼，"就是炀神也不能欺负我们小雨。"

前边的司机闻言差点儿没笑死。

不都是吃人嘴软吗？完全没在这三位身上应验啊。

但她们明显思虑过度了，边总哪会欺负夫人，都快当成宝贝蛋了。

婚纱店里，边炀让经理拿来一条薄绒毯子，轻轻盖在小姑娘身上，扫了眼台上，询问："还有多少件没看完？"

经理也压低声音，都怕惊扰了睡得正香的小姑娘："边总，还有五十件。"

"继续吧。"边炀懒散地靠在沙发上，"把音乐关上，声音放轻些。"

经理马上点头："是。"

然后就看到这样一幅画面：沙发上的男人一手揽着小姑娘，漫不经心地看着T台上的模特，带着审视的目光细细扫过每一款婚纱，遇到还不错的，轻抬一下手指，经理便心领神会地记下婚纱的编号。

这几天，唐雨除了备婚，其他时间都在没日没夜地学法语以及背诵法国律法，沈导说要想深入了解各个国家内的国际政治、利益关系和文化差异，要完全融入其中，首先就是要精通语言。

因为实在太累，所以她在记住一件还挺喜欢的婚纱编码后，就迷迷瞪瞪地睡着了。

等她醒来，已经是一个小时后。

模糊的视线里是男人精致分明的侧脸，唐雨有些不可思议地揉了揉眼睛，发现另一只手还被他握在掌心里。

她刚醒，嗓音比平常温软，全然困惑的表情，似乎以为还在梦里："边炀？"

边炀的手掌在她脸颊上轻轻抚着："还困吗？困的话再睡会儿。"

她摇摇头，缓了一会儿清醒不少，坐直身体看他："你怎么回来了？不是说还得两三天吗？"

边炀弯唇："大婚在即，归心似箭，合作方看我心不在焉，就把我撵回来了。"

虽然是半开玩笑的语气，唐雨却看到了他眼底一片青紫。

这几天他肯定都没休息好，就为了早点儿处理完项目赶回来陪她。

唐雨指尖心疼地碰了碰："没那么着急的。"

边炀顺势把脸颊在她掌心里蹭了蹭，嗓音哑哑的："怎么不着急，想你就是最着急的事。"

唐雨也没管身边站着谁，捧着他的脸颊就吻在他眉心："我又不会跑，这不乖乖在家等你吗。"

而且他们每天都视频，她家边炀其实是个黏人精。

黏人精被一个吻安抚到了，低了低眼尾，笑："你敢跑，打断腿。"

唐雨眼都不眨地说："边炀学长怎么这么坏？"

"我还是不够坏，想了想，就算你跑了，也不舍得打断腿。"他将脸颊埋在她的颈窝中汲取温度，"只会出去追，追到你累了跑不动了，再一把扛回家。"

唐雨唇角噙着笑，指尖打理着他略显凌乱的头发："真霸道。"

他在她颈窝里，孩子气地嘀咕："就霸道。"

经理在一边看得牙疼，真想走。

两个人腻歪了一会儿，才开始正儿八经地选婚纱。

这些并不是成品婚纱，婚礼在即，成品婚纱耗费时间，为了凸显效果，才依照唐雨的尺寸赶制出来展示样衣，每件都独一无二，只呈现出了设计师线稿里的设计亮点，而被选中的婚纱，设计师会根据新人意见，进一步修改设计。

所以就算现在敲定了主婚纱，后续还需要十几个设计师共同加班加点赶制半个月，才能在婚期前赶制出来。

唐雨以为挑完主婚纱就完事了，准备牵着边炀回家休息。

结果经理却说，挑完主婚纱，最好再试一试，另外还有出门纱、迎宾纱和敬酒服没挑呢。

唐雨："……"

"今天先不挑了，明天再继续吧。"她要带边炀走，他需要休息。

边炀握住她的手用了些力，坐在沙发上没动，微仰起头看她："去试试吧，我想看宝宝穿婚纱。"

小姑娘坚持要走，还说婚纱要等到婚礼看才有神秘感，他现在看就没惊喜了。

边炀只好顺了她的意，懒洋洋地被她牵了出去。

大一的时候，她就考了驾照，车也没让他开。

等到婚房时，他已经在副驾驶座睡着了。

边炀很累，睡得很沉，过去再忙也从来没有像这样在车里睡过。

在婚纱店的时候，他都是强撑着精神，这会儿闭上眼，她才看到他满脸的疲惫。

唐雨的指尖轻轻抚过他的脸颊，解开安全带，调低了些他的座椅，让他平稳地躺下去，就在车上陪他睡。

婚礼前一天，秦明裕要办一场单身派对，圈里面的好友全都来了。

边炀对此兴致缺缺，不大想去，但毕竟明天就是婚礼了，不好拂了他这名义上的大舅哥的面子。

可即便是来了，他双腿懒懒一伸，脑袋上盖了外套，也是坐在僻静的角落里睡觉。

秦明裕看不下去了，拿着酒凑过去，把他脸上盖着的衣服拿开。

"炀哥，过了今晚你就是已婚男人了，你还不好好珍惜一下最后的单身时光？跟我们一起狂欢！"

边炀掠他一眼："能成功从你们这群单身狗里解脱出来，我高兴还来不及，珍惜你个鬼。"

秦明裕嘴角一抽："哎呀，话虽然这么讲，但这也是你人生中最重要的一天啊！"接触到边炀扫过来的眼神，他立刻没出息地改了口，"好吧，是你人生中最重要的一天的前一天，那你说，是不是应该庆祝一下？"

他脑袋凑近了点儿，瞥了眼四周，很小声嘀咕："炀哥，我现在可是你名义上的大舅哥，那么多人看着呢，你好歹给我个面子喝几杯啊。"

边炀长睫徐徐上抬，对上秦明裕可怜巴巴的眼神，过了好一会儿，他才抬起手，浑身带着一股懒懒恹恹的劲儿把酒杯接过来。

"看在你挺照顾唐雨的分上，赏你个脸。"他仰头把酒喝下去，秦明裕顿时喜笑颜开，对身后那些人得意扬扬地炫耀。

"炀哥喝了，我赌赢了，你们全都得喝酒！"周围人一阵唏嘘，还真赌输了，纷纷仰头喝完了手里的酒。

边炀漫不经心地将视线落在他们这块："敢情你是拿我打赌呢。"

秦明裕嘿嘿一笑："你结婚大家都高兴，这不是找个乐子吗。"

连他挑选的几个伴郎都在那儿喊："炀哥来一起玩呗，时间还早呢。"

秦明裕好心提醒他："在婚前安抚好伴郎，等到接亲的时候，他们才能竭尽全力地帮你接嫂子不是？"

边炀眼皮耷拉着，虽然满脸写着不情愿，过了一会儿还是直起身，朝那群人懒洋洋地走去。

因着他的加入，包厢里爆发出一阵欢呼。

坐在卡座里的女生都被那群男生的气氛感染，也跟着欢呼几声，当然也不乏议论。

"我是真没想到，炀哥居然是我们这群人里面结婚最早的那一个，这迫不及待的，生怕人跑了一样，我还挺好奇那姑娘长什么模样的，能把炀哥迷成这样。"

"好像学习还挺厉害的吧，是前两年那个全国状元，我只远远见过一次，挺漂亮一女孩。"

"再漂亮能有映雪姐漂亮呀，我记得映雪姐是不是还给炀哥写过情书呢？"

听到这话，陷入沙发里的姜映雪没忍住翻了个白眼。

"这都多少年前的事儿了，你们还好意思提，说得好像当时你们没写过一样。"

几个人吐了吐舌头："我们那不是跟着瞎起哄吗，炀哥连我们的名字都记不住，不过我们当时真觉得映雪姐能拿下炀哥来着。"

姜家跟边家有过合作，也算是门当户对，所以不少人还挺看好的，结果那情书依旧被无情地送到了教导处……

当年姜映雪丢了好大的人，个把月没好意思去上学。

不过现在的姜映雪，倒没觉得这事丢人了。

毕竟事情过去那么多年，而且打那以后，她也交了好几个男朋友，很快就把初中的事淡忘了。

姜映雪优雅地抿了口红酒，艳丽的红唇浸染酒液，更显妖媚。

"从前是从前，现在是现在，既然炀哥都结婚了，今后这事都别提了。"

"是是是。"几个人也识趣地不再提，顺便聊到她最近的对象。

"映雪姐，你现在的男朋友好像也是清北金融系的，长得还挺好看？有结婚的意愿吗？"

"结婚？"姜映雪像听见什么笑话，翻了个白眼，"玩玩而已。"

几人似乎也不意外："玩玩？看来映雪姐没把他放心上啊。"

姜映雪慵懒得像个波斯猫："他想通过我挤进这个圈子，我图他长得好年纪轻，暂时有点儿兴趣而已，各取所需罢了，再说……"她眼线上挑，"这种男的你们见过的还少啊。"

"那倒也是。"几人说说笑笑，并不把这当回事。

姜映雪是圈内出了名的猎奇，个把月新鲜感没了，就会物色下一个对象，倒是那些男人，一旦被带进这个圈子里，见惯了纸醉金迷，一个两个的忘乎所以，渐渐忘记了自己一开始是什么模样。

边炀被灌了不少酒，眉眼迷离，显然有了醉意。

他把整个会所翻了个遍，靠枕底下、桌子底下、抽屉里都要扒拉两下……嘴里嘟嘟囔囔的要找媳妇。

谁拦着他，他就揍谁。

他们哪是边炀的对手啊，几个人挨了几拳，就捂住脸离他远远的。

现在边炀就是个不定时炸弹，谁都不敢拦着了，问秦明裕现在怎么办。

秦明裕也没想到他炀哥喝醉是这样啊！

还能怎么办，这时候也顾不上婚前一夜不能见面的习俗，只能给炀哥他媳妇打求救电话。

否则他指不定要闹成什么样子。

唐雨来会所之前，还在家属院自己的房间里看法语书，当时她已经洗过澡，准备看会儿书就要睡觉，为明天的婚礼养足精神的。

电话里秦明裕语气挺急的，唐雨还以为边炀出了什么事，出门比较着急，随便套了身裙子，就打车过来了，连头发都是在车上用头绳随便在脑后松松垮垮地绑了个轻便的丸子头。

到会所包厢的时候，里面吵吵闹闹的，还有边炀不大乐意的声音。

"别碰我！"他自己站不稳，还不让人碰。

刚才过去搀扶他的几个公子哥都被推倒在地。

"我媳妇呢，我宝宝呢，你藏到哪里去了？"边炀把酒倒出来，昂贵的酒洒了一地，还弄到了自己身上。

他在酒瓶子里找媳妇，围观的世家子弟和名媛贵女都哭笑不得。

要不是亲眼所见，打死他们都想不到边炀还有这么一面！

秦明裕扶着自己差点儿闪了的老腰，这会儿正艰难地从地上爬起来，一看到唐雨就跟看到救星似的，眼睛瞬间亮起来，向她飞速招手。

"嫂子！这里！你快来管管他啊！"一时间所有人的视线都落在站在门口的小姑娘身上，无声地打量起来。

小姑娘穿着一身淡蓝色的长裙子，裙摆下露出的两条小腿又细又长，温静地站在那里，就跟天边刚下凡的仙女似的，明明脸上什么妆容都没有，干干净净，可身上那股子恬静淡然的书卷气，却莫名让人移不开眼，一下子把包厢里浓妆艳抹的女孩们衬托得似乎有点儿俗气。

她澄净见底的目光只越过人群，落在不远处的边炀身上。

人群不知为何自动分开一条路。

唐雨越过苦着一张脸的秦明裕，径直走到边炀跟前："喝醉了？"

抬起手把边炀手里的酒瓶拿走，放在桌子上。

刚才还闹腾的边炀忽然安静下来，眼睛一眨不眨地看着她，在外边如何轻世傲物，这会儿却跟个讨不到糖的小孩一样，委屈巴巴地张开双臂，把将近一米九的自个儿弯着身子埋在小姑娘的脖颈里蹭："老婆。"

他娇声娇气的："要抱抱。"

周围的人集体"咦"了一声，牙龈都开始隐隐作痛，酸的。

这还是我高冷而不可一世的炀哥吗？跟被调包了似的，忒不值钱的样子。

结果埋在小姑娘脖颈里的人似乎听到了这声嫌弃，抬起眼帘，视线不带温度地扫过所有看热闹的人，薄薄的内褶下是毫不遮掩的冷光。

顿时，所有人若无其事地挠挠头，脚尖蹭蹭地面，偶尔交流交流国际形势，开始忙碌起来。

屋子里到处都是烟火气，沸腾得不像样子，可他眼里的情绪始终很淡，冷冷清清的，跟他们隔绝成两个世界似的，只有抱着怀里的小姑娘时，眸色才添了几分热度，那样子像是怕人忽然间消失不见一样。

他睫毛很长，颤动着的眼睫，弄得她很痒。

小姑娘碰了碰脖颈的地方，将下巴垫在他的肩颈上，然后手掌安抚似的划过他的后背，柔声问："是不是难受？想吐吗？"

他晃晃脑袋："不想。"

他还说："是想你了。"

唐雨很轻地笑了下："傻不傻，明天就能见了呀。"

"明天？"后知后觉她从小姑娘颈窝里直起身子，他神情有些迷茫的样子，"为什么是明天？"

唐雨耐心地解释："因为明天我们要结婚了。"

结婚。听见这个词，他马上笑起来，脸上多了几分少年气："嗯，结婚。"

唐雨抱他的时候，被他衬衫上沾染的酒弄湿了点儿，没怎么在意，四处看他有没有受伤的地方，没检查出来，就偏头问秦明裕："哥，边炀伤到哪儿了吗？"

秦明裕扶着腰，身边的两个公子哥捂住脸，还有个公子哥眼圈都是紫色的。

"嫂子，你看到底谁像受伤的样子？我们这里的人哪一个是他的对手啊。"

唐雨松了口气："那就好。"

秦明裕："……"好吧，无人在意他的死活。

可当事人不这么说，他还恶人先告状："宝宝，他们欺负我。"

秦明裕以及鼻青脸肿的众人："？"

边炀哼唧："我受伤了。"

唐雨立马又把他检查一遍，没有半点儿伤痕："哪里不舒服？"

他可怜巴巴地举起手："这里疼。"打人打得手疼。

唐雨握着他的手来回看了好几遍，他的手指白皙又漂亮，骨节分明、修长匀称，没有一点儿伤痕。

可他非说这里疼，唐雨没办法了，就捧着他的手轻轻呼气。

跟哄小孩子一样，说呼呼就不疼了。

果不其然，他弯腰凑到她的面前，眼眸里闪烁着碎光，深邃又眷恋地看着她："不疼了。"

唐雨笑起来。

他还不满意："可是还没痊愈。"

唐雨："……"

"你再亲我一下，亲我一下就能彻底痊愈了。"

围观群众：这绝对不是他们炀哥！

他们转身去质问秦明裕，炀哥是不是被什么附身了，然而秦明裕完全是一张习以为常的冷漠脸，终于不是他一人被虐狗的场面了。

小姑娘却信了，在他的手背上很轻地吻了一下，然后目光盈盈地问他："痊愈了吗？"

边炀指腹轻轻蹭过她吻的地方，是满足的样子："痊愈了。"

小姑娘也笑起来，眉眼弯弯的："那我们可以回家了吗？"

边炀很乖地点点头："回家。"然后任由小姑娘牵起手。

走到秦明裕跟前的时候，唐雨抱歉："哥，给你添麻烦了。"

在外人面前，她就管他叫哥。

秦明裕摆手："嫂子，你这是说的哪里话，都是一家人，没什么麻烦不麻烦的。"他看了眼尚且醉意朦胧的边炀，"就是炀哥这样，你能照顾得了吗？要不我陪你一起回去吧？"

一听这话，就跟有人抢他的宝贝一样，边炀马上把小姑娘护在身后，虎视眈眈地盯着秦明裕。

秦明裕怕挨打，赶紧往后跳了一步，完全防备的姿态。

唐雨晃了晃边炀的手，示意让他安静会儿，才对秦明裕摇摇头："没事，我回去喂他点儿蜂蜜水就好了。"

秦明裕还被某人盯着，挺吓人的，他摸了摸鼻尖："那好吧，嫂子，你慢点儿开车。"

唐雨点头，一只手把边炀的手臂架在自己肩膀上，另一只细软的手去扶他的腰。

边炀顺从地靠在她身上，慢吞吞地跟她离开了包厢。

等人彻底走了，一个公子哥才上前好笑地打趣。

"明裕哥，你们家这称呼还挺别致啊，你管她叫嫂子，她管你叫哥。"

他不说，秦明裕还不觉得有啥，毕竟已经习惯了，经他这么一说，秦明裕也觉得怪怪的。

那公子哥笑得不行："论起来，你这干妹妹也应该叫我一声哥，你说我以后是叫嫂子好，还是叫妹妹好？"

秦明裕瞥他一眼，然后微笑："你要是活腻歪了，可以试试当着炀哥的面叫她妹妹。"

公子哥一听这话，脸色顿时讪讪起来："你可真敢坑我。"

包厢闹剧收场时，秦语微并不在现场，她正在洗手间里补妆，就听见外边走廊里几个女人的闲言碎语。

"炀哥要娶的那女人，我看很一般啊，这种场合连个妆都不化，听说她家庭不好，是乡下来的，也就是被炀哥看上了才飞上枝头变凤凰，要是炀哥哪天玩腻了，说踹也就踹了，没了这层身份，她还是个乡下女。"

"这种穷人家的女儿心机最深了，没点儿手段，能把炀哥哄得团团转？你看炀哥被她迷得，快神魂颠倒了。"

炽炀

"男人嘛，一开始都图新鲜，用不了几年新鲜感没了，自然就离婚了，男女之间也就那么回事呗。"

"你说的也是，这年头女人谁都想嫁豪门，可最后能待下去的真没几个。"

秦语微对着镜子慢条斯理地涂完口红，"吧嗒"一声将盖子合好。

拎起银色手包，离开卫生间，她径直站在走廊里那两个女人跟前。

两个女人一看见她，脸上的嘲弄顿时没了，变得恭恭敬敬的："秦小姐好。"

秦语微毫不避讳地，居高临下地打量这两人，哦，想起来了，某个家族里的私生女。

前段时间在圈里闹得沸沸扬扬的，也不知道她们是怎么混进来的。

"你们两个这妆化得挺好啊。"

两个女人乍一听，还以为是夸她们的，赶紧恭维。"秦小姐，我们化得再好也不如秦小姐天生丽质，我们跟您一比什么都不是。"

秦语微撩了撩长发："别误会，我可没夸你们，只是想说。"她语气一顿，轻蔑地扫了眼她们两个，"你们两个这妆化得就跟扑克牌里的大小王似的，怎么都是一副小丑做派。"

两个女人脸上的笑容瞬间僵硬。

秦语微双臂抱胸，哼了声："人家再怎么样，也是清北大学的高才生，毕业后是法律行业数一数二的人才，你们两个高中都没读完，整天就指望着你们那个爹，伸手要个仨瓜俩枣才能过活的东西，搁这儿装什么豪门名媛呢，还点评起人家来了。就算人家将来离婚了，也能自力更生，靠自己生活，你们呢？狗拱门帘的东西，全凭一张嘴？"

两个女人被骂得抬不起头，胸腔里憋了一团气，可又不敢骂回去。

毕竟她们的身份本就上不了台面，要是闹到家里去，说得罪了秦家的人，怕是再也无法立足了。

这就歇菜了？秦语微还没骂够呢，吊着眼尾瞧她们："再说了，她现在是我干妹妹，骂她就是骂我们老秦家的人，胆子真够肥的啊，是觉得我秦家好欺负？"

一听这话，两个女人脸色发白，连连摇头，低声下气的样子，哪还有刚才背后嘀咕人的劲头。

"秦小姐，是我们有眼不识泰山，您别跟我们一般见识！我们这就走，不打扰您了！"

说完，两个人落荒而逃，连头都不敢回。

"一群踩低捧高的玩意儿。"秦语微扭头，就看到秦明裕在不远处看着，也不知道听了多久。

她脸色不自然地把头发别在耳后。

秦明裕走过来，似笑非笑的："姐，你怎么还帮着小雨妹妹说话了？你以前不是这样的啊。"

"我以前哪样了？"秦语微瞥他。

秦明裕耸耸肩："两年前你头一次见小雨妹妹的时候，可瞧不上人家了，还给人一张卡让人跟炀哥分手呢。"

至今秦语微还能想起当时唐雨对她说的那些话，看她时坚定不移的眼神，不知道比那些肮脏玩意儿强多少倍。

而且这两年发生的事，她又不是眼瞎。

唐雨在学校里多优秀，她一个只是偶尔经过清北的圈外人都略知一二。

小姑娘没有被这个圈子的纸醉金迷所污染，也没有在边炀的纵容里迷失方向，反而没受到任何影响似的，专注自己的学业，铆着劲儿地往上走。

正如唐雨自己所说，如果她配不上，那她就努力去配，去到他的位置。

而且她爹又不是傻子，不会随便在外边认干女儿的，在此之前，必定已经把唐雨的品性提前摸清楚了。连她爹都放心，她还有什么可担心的。

秦语微没有预知未来的能力，如果知道她名下那所公司，未来某天全靠唐雨跟人跨国打了两个月的官司才救了回来，她现在能说更多好听的话。

"总归，我又不是什么毒妇，只要阿炀过得幸福，我这当姐姐的，自然也开心。"

秦明裕听到这话，给他姐竖起大拇指："还得是我姐，这心胸，这格局，要么说你是秦家的中流砥柱呢。"

秦语微翻了个白眼，把他的手拍开："得了吧你，明天你不是伴郎吗？好好准备准备，一身酒味，恶心死了。"

她撞开秦明裕的肩膀，踩着高跟鞋，潇洒地走了。

秦明裕低头闻了闻自己身上，还行啊，比一身酒气的边炀，他不知道好了多少倍。

忽然有点儿担心炀哥喝这么多，明天一早该不会醒不来吧……

这么晚了，要是把边炀送到竹溪园，这醉醺醺的样子，肯定少不了边城一顿骂。

唐雨想了想，还是决定把他带回婚房，然后给秦明裕留了微信，让他明天来婚房接人。

路上车窗降了半扇，经风一吹，边炀的酒劲儿醒了大半，他按了按眉心。

驾驶座上的小姑娘正握着方向盘，行云流水地倒车入库。

他搭在车窗上，就着这个姿势支着下颌，目光灼灼地看她。

不知何时，他的小姑娘已经出落得这样大方漂亮了。

想起先前被小明星甩了的江家少爷跟他哭诉："炀哥，我把我从小到大攒的零花钱全用来捧她了，生怕缺了她的衣食，还偷拿我爸收藏的古董去卖，给她买房子买豪车，我用了一年时间，亲手把一个十八线的小模特打造成如今活跃在屏幕上的顶流。

"然后呢，我被家里赶出来，她扭头就攀上了另一个高枝……有句话怎么说来着，自己磨的剑，捅人才锋利，反正我这辈子不会再相信什么爱情了。"

那天他格外不舒服，回去就把这事当玩笑一样讲给唐雨听。

当时，他的姑娘正窝在阳台上的沙发里看书，听到这话，静静地看了他一会儿后，就对他招了招手。

边炀脱掉外套，慢吞吞地走过去，她很自然地窝进他怀里，翻开书的一页，让他读。

他缓慢地读出那句话："Maybe there are five thousand flowers just like you in the world, but only you are my unique rose."

"也许世上有五千朵和你一模一样的花，但只有你，是我独一无二的玫瑰。"

唐雨亲了亲他的下巴，嗓音软软地给他起了个外号，她叫他"边玫瑰"，说他像玫瑰花一样娇气。

唐雨停好车，从驾驶座下来，钻进副驾驶给他解开安全带，搂住他的腰身，本想借力把人挽下去的，结果男人的手蓦地搭在她柔软的腰肢上，轻而易举把她按入了怀里。

脸颊贴着他的心脏，鼻息间是他身上清冽的香气，混杂着一些酒精迷醉的味道。

边炀咬她的耳垂，缠绵悱恻地叫她："宝宝。"

唐雨耳边痒痒的，下意识往后躲，被他一双手臂锢得很紧，她只能乖乖地应："嗯。"

他抱着她蹭了会儿，手指抚上了她的唇瓣，吻在上面的时候，嗓音哑哑地说："想让你爱我。"

窗外的月光温柔，车库里的感应灯早已熄灭。

这个季节的晚风还很凉，空气却因着他炙热的呼吸，都变得滚烫起来。

唐雨语调轻轻："结婚前一晚得分开，这是规矩，要不然不吉利，我得回去。"

边炀抱着她不肯松手："规矩是管别人的，管不着我们，你别走。"

唐雨双手轻轻圈住他的颈窝，哄了句："别闹。"

他从她颈窝里睁开眼，薄唇贴着她的耳郭，忽然来了句："我们私奔吧。"

"私奔到一个没有规矩的地方。"他明明不醉了，却在说一些醉人的话，"这样我们今天晚上就不用分开了。"

唐雨不由得放软了语气："不许胡闹。"

他像做错事般，眼尾泛红，看她，略有些凌乱的发丝落进了眼睛里。

"乖乖回去睡觉。"她伸手捏捏他的脸颊，却被他握住了手。

边炀咬着她的指尖，齿尖在她指腹上细细地磨，似电流窜进她的身体里，激起一阵战栗。

"要是我听话的话。"他目光凝着她，磁性微烫的声音诱惑般地说，"能不走吗？"

唐雨不知道自己是怎么回去的，醒来时，就在家属院里了。

凌晨四点，她浑身酸软，被周昭妍几个从床上拖起来，然后像个布娃娃似的被化妆师和造型师摆弄着。

连后续的堵门游戏环节，小姑娘都在打哈欠，懒倦得不行，任由周昭妍她们闹腾。

直到伴郎们找到了高跟鞋，边炀半蹲在她面前，冷白的指尖捏了捏小姑娘莹润的脚，她好像才回过神来。

明明昨天晚上他们一起荒唐的，怎么他却一副精神抖擞的样子，而她的黑眼圈，化妆师用遮瑕膏遮了好几层才堪堪遮住！

唐雨鼓了鼓腮，不配合穿鞋，还用脚丫子踢他。

边炀用指尖挠她的脚心，让她不得不求饶，这才把鞋给穿好。

把人从房间抱出去的时候，唐雨在别人看不到的地方，伸手不轻不重地掐他的腰。

"你最好给我一个解释，昨晚上我怎么回来的？"

边炀眉梢一扬，淡定地说："昨晚你把我抓伤了，我叫了救护车，顺便让救护车把你送回来的。"

唐雨双手虚虚环在他的脖颈上，怀里的捧花是爷爷院子里盛开的芍药，从这个角度只能看到他轮廓分明的下颌以及弯起的唇瓣。

他随性散漫惯了，除了重要的会议和场合需要穿西装外，平日里总是一身松松垮垮的休闲装，很少像今天这样把自己打扮得如此精致，连往后梳的头发都是极有层次感的纹理，举手投足之间，那股玩世不恭的清贵像是从骨子里透出来的。

唐雨是从家属院出嫁的，院子内外挤满了围观的学生，在边炀把人抱出去后，人群立刻爆发出一阵欢呼。

被那么多人围观的场合，确实不适合算账……

唐雨低下眉眼，小声嘀咕："回去再拷问你。"

边炀低头瞧他漂亮的小姑娘，眉眼温柔得不像话："好，回去任凭夫人处置。"

新娘被小心翼翼地抱进婚车里，婚车缓缓开动，街道上望不见尾的豪车紧随其后，场面十分壮观。

婚礼是在边氏名下僻静的庄园里举行的，入席的都是名流政要，关乎着边家的体面，流程自然烦琐，处处盛大。

穿着婚纱的小姑娘强撑着精神，走完最后的仪式，然后在伴娘的陪伴下去更衣间换造型。

她昏昏沉沉地靠在椅子上，任由化妆师折腾发型和妆容，不知道什么时候睡着了。

伴娘汪晴刚准备叫醒唐雨，这会儿要脱掉主婚纱，准备换成敬酒服了。

边炀推开门走进来："不用了，你们出去吧。"

他看着椅子上昏睡的小姑娘轻声道，话语间的温柔清晰可见。

伴娘们相视一眼，迟疑道："可是马上就要到敬酒的时间了。"再不换衣服，就来不及了。

"没关系。"边炀脱掉西装外套，随手扔在沙发上，"再等等。"

他看着几位伴娘，弯唇："今天辛苦你们了。"

"不辛苦不辛苦！"汪晴和周昭妍她们对视一眼，离开了房间。

边炀双手穿过小姑娘的腿弯，直接打横把她从椅子上抱起来，平稳地放在房间里的沙发上，指腹划过她白皙的脸颊，确实把她累到了，从头到尾她没有一点儿反应，倦意明显，睡得很香。

边炀这样看了一会儿，他的姑娘很漂亮，他早就知道。

去迎亲那会儿，推开门就看到她穿着纯白婚纱坐在床上的样子，那一刻，他甚至来不及好好欣赏，只有一种把所有人统统赶出去，这样好看的姑娘只能留他一个人看的冲动，但还是忍下来了。

因为他的小姑娘迟早有一天会站在更高更远的地方。

届时，所有人都会目睹她的风采，而他，只会是其中一员。

只不过不同的是，他姑娘的眼睛里，自始至终只有他一人。

这是她昨晚上自己说的，当然，也是他哄着她说的。

边炀锁上门，让唐雨以舒服的姿势趴在沙发上，然后剥荔枝似的把她从层层叠叠的婚纱里剥出来。

唐雨感觉身上痒痒的，她睁开眼睛，就看到边炀正在轻手轻脚地给她穿衣服，但穿的不是敬酒服，而是一身再舒适不过的休闲装。

"你给我换的？"她迟钝了好一会儿才问他，眼角还有些困倦的水光。

边炀屈膝蹲在她面前，脱掉小姑娘的水晶高跟鞋，随手扔到一边去，瞧瞧，什么破鞋子，都把她的脚后跟磨红了。

掌心在发红的地方缓慢地揉了一会儿，才拾起地上的拖鞋，套在她白嫩嫩的脚丫子上。

"你怎么给我弄成这样子了？"她摸摸自己的头发，化妆师做的造型全散了，乌黑的秀发披散下来，什么装饰都没有了。

边炀表情依旧懒懒散散的："这样就挺好的。"

比起那些装饰，他更喜欢小姑娘不化妆的样子。

唐雨拾起沙发上的抱枕砸过去，有点儿着急了："那待会儿敬酒怎么办！"

边炀笑着把抱枕接过来，随手扔回沙发上，然后弯下身子，用指腹蹭了蹭小姑娘的脸颊："那就不敬了呗，还能怎么办。"

"边炀！"她看了眼墙上的时间，面露急切，已经来不及了。

刚起身去找化妆师，准备亡羊补牢，手腕被他牢牢攥住，他牵着她的手二话不说往外走。

唐雨没挣开："流程还没走完呢，你要带我去哪儿啊？"

他伸手揽住小姑娘一截纤细的腰，吐出两个字："私奔。"

边炀不是开玩笑，他给边城发了条微信，就带着小姑娘逃婚了。

坐在飞机上的时候，她整个人还是蒙的，反观身边的边炀，脸上随意地盖了张报纸，倒是一脸淡定地在闭目养神，只不过他没睡着，用指腹轻轻捻着她的拇指，一下又一下的，像是在玩儿一样。

"我们这样也太任性了吧，叔叔知道会不会生气啊？"她有点儿担心。

报纸下的边炀，眼皮子都没掀开："不要低估我爸的办事能力，我们要对他抱有信心。"

"……"她掀开他脸上的报纸，捏了捏眉心，"你认真点儿。"

边炀缓缓掀开眼眸，侧身过去捏了捏小姑娘的脸颊，好笑："宝宝，那不是叔叔了，是咱爸。"

她把他的手推开，瞪了他一眼："我说的是真的，咱们这样，叔……咱爸，他肯定会生气的。"

"他一年到头生的气还少？不差这一次。"边炀不慌不乱地剥了个荔枝塞进她嘴里，看她腮帮子鼓鼓的，就觉得可爱，"别担心，宝宝，他日子过得那么无聊，就当是给咱爸这无聊的生活里添点儿起伏，说不定，他回头还得感激咱们呢。"

而庄园里，边城看到边炀发来的微信，简直暴跳如雷。

"爸，你儿子带着你儿媳妇去度蜜月了，拜拜。"

这么一大摊子人等着他敬酒，结果全扔给他了！

边城马上派人把整个庄园搜了个遍，结果连个鬼影子都没有，一查才知道，人家小两口早就坐上飞往意大利的航班了。

真是个大孝子！

边炀说要带她去度蜜月，还说有这个时间，与其在庄园里假笑迎合，倒不如牵着媳妇儿四处流浪。

于是他们去了世界上唯一一个没有汽车和马路的城市，感受水城威尼斯的浪漫；去了布达佩斯，畅游在多瑙河之上，吹着金色大厦的晚风；又站在波斯鲁斯海峡上，去看地中海和黑海交织的海；还去看了冰岛的塞里雅兰瀑布，拎着两瓶啤酒，并肩看绚烂的极光……

他说，有生之年，要跟她一起看世界。

在外边足足游荡了一个月，边炀才恋恋不舍地把小姑娘送到法国跟沈院长会合。

送去的时候，沈院长不满地哼了好几声。

因为明明定好的时间是六月初，结果呢，边炀愣是推三阻四地延迟了好几天，还振振有词，说蜜月就是蜜月，一天都不能差，好说歹说让他宽限几天。

临到机场分别，边炀拉着小姑娘的手不放，显得他像个拆散鸳鸯的坏老头。

在沈导第六次催促后，唐雨尴尬地把边炀的手掰开，跟他说再见。

"三个月后我就回去了，乖乖在家等我。"她踮起脚尖，拍了拍他柔软的发顶。

边炀睁开眼眸瞧她，拖着尾音："那三个月以后你还爱我吗？"

唐雨闻言笑了下，笑得温柔："爱。"

他心满意足了。

大厅广播里正播放他乘坐的航班开始登机的消息。

边炀忽而握住小姑娘的颈窝，将她拉入怀里，掌心贴着她的脸颊，深深吻上她的唇瓣。

明明蜜月的每一天，他们都如此亲密，却怎么都吻不够。

吻了好久，周围的人都在看，或羡慕，或憧憬，或祝福。

正午的阳光从候机大厅的玻璃里透进来，折射出淡淡的光晕。

男人的双臂抱着她的身子，而女孩踮起脚尖，迎合着他的吻。

好像这样抱着，就可以将自己融入对方，就可以天长地久。

而时间太久，广播已经在叫他的名字了。

边炀的额头抵着她的额头，眼中有些藏起来的雾气，喉咙沙哑："我会乖乖等你的。"

她的眼角忽然有些湿润，闷闷地"嗯"了一声。

边炀转身离开，不敢回头，他怕一回头，就舍不得了。

一直到边炀的身影消失在登机处，她还怔怔地站在那里不动。

沈院长看不下去了："不过就是三个月，搞得跟生离死别一样，我是很坏的老头吗，回去还能让你们离婚啊！"

唐雨缓慢地收回视线，用手背擦掉眼泪，轻轻吸气："老师，你不懂。"

沈院长不服气："我怎么不懂啊！老师也年轻过，从你们这阶段走过来的！"

唐雨眼眶红红的，看他："老师，那你跟师母分别的时候就不难过吗？"

沈院长哼哼："这有什么好难过的，又不是不回去了。"

当然，他是不可能告诉徒弟，走的时候，他手帕都哭湿了一条，最后还是被媳妇赶出去的。

唐雨点点头，眼神坚定："老师放心，我会早点儿完成这次学术交流，让您和师母尽快团圆的。"

"话说得好听，那也得看你有没有这个本事。"

这次来法国，是唐雨自己要求的，毕竟她说，养边炀太费钱了，要多赚些钱养他，而寻常的民事官司律师费并不高，所以她选择走国际法学这条路。

沈院长曾经是法国最大律师事务所的合伙人之一，带过的那么多学生里，也曾有学生走这条路的，但最后都半道放弃了，无外乎这条路太难走。

当听到唐雨的志愿后，他惊奇了片刻后，他就给她挑选了几个小众赛道。

第一个要带她来的地方就是法国，计划赶不上变化。

她在法国进修之后，沈导觉得她还有"压榨"的潜力，自作主张替她申请了哈佛大学法律系读博，而把她安顿妥当后，就飞回国内，任由她在哈佛自生自灭。

沈院长说了，这是为了培养她独立自主的能力。

其实唐雨知道，老师是想师母了，还吃不惯这边的饭，把她放在这儿，是赶着回去办理退休手续……

时光荏苒，唐雨拿到哈佛的博士证书，再次回到京华时，已经过去了一年多。

唐雨拒绝了全球顶尖律所的 offer，同她在哈佛和巴黎大学结识的好友，几人计划合伙在国内开一家跨国律师事务所，目前已经注册了公司。

这个季节，京华正是烈日炎炎。

唐雨拎着行李从机场出来，电话响了起来，是汪晴打来的。

"小雨，你回国了吗？"

她结婚那会儿，汪晴也是伴娘之一。

她和边炀半道私奔后庄园发生的事，还是汪晴告诉她的。

"嗯。"飞机上要冷一些，她身上还穿着长及膝盖的烟灰色风衣，没有系纽扣，松松垮垮地敞开着，里面是件白色的雪纺衬衫，脚底下是一双长筒靴子，包裹着细长的小腿，只有露出的腿弯处那抹肌肤白得晃眼。

她随手把风吹开的长发往后撩，露出巴掌大的小脸，国内比她想象中还要热："刚落地不久。"

"我也来京华发展了，什么时候碰一面？"

唐雨墨镜下的眼帘低垂着，打开蓝牙耳机，跟她说着话的工夫，划开屏幕，找到微信里"老公"的备注："等我领完证。"

然后指尖打字："民政局见。"

汪晴算算时间，意味深长地笑了声："你是掐着时间来的？这么迫不及待？"

唐雨唇角微扬，蓬松的发丝也被风吹开，在光下染了层很淡的光晕，没注意到周围不少男士在若有若无地瞟她。

明明这女孩连个唇膏都没涂，还戴着一副宽大的墨镜，几乎遮住了半张脸，可总觉得她漂亮得要命，身上弥散出来的那种说不出来的松弛感和慵懒，很夺目。

"没办法。"她嗓音轻软，"出去的时间太久，只能用这种方法哄了。"

汪晴已经习惯了他们的相处方式："那行，不过有个八卦想跟你说，我实在忍不到见面的时候跟你分享了。"

有个男士走到唐雨面前，她略微抬眸，询问那人："什么事？"

汪晴还以为在跟她说话呢，马上说了那八卦："前几天我回了趟凉城，去咱们高中转了一圈，你是不知道咱们学校现在发展成什么样了，那围墙加高得跟监狱一样，上面还弄了电网！还有门禁，相当严格，要不是我打电话叫了在学校里的熟人把我领进去，我都进不去咱们高中。"

自从唐雨那事爆出来后，凉城所有高中都不允许外校人员随意进出了，就连摄像头也安排了。

当然，也有学生怨声载道，觉得没有人权和隐私，可他们不知道，这些都是为了保护他们小命的。

她还没八卦完呢，听见手机里传来"小姐，能加个微信吗，我也刚从波士顿回来的，我们还挺有缘分，不如交个朋友？"

汪晴顿时在耳机里尖叫："小雨，你又被要微信了？"

唐雨扯了下唇角，习以为常地抬起手，上面的婚戒熠熠生辉："不好意思，已婚，家里管得严。"

那男人看到婚戒，微微愣怔，随即有些失望地笑了下，然后转身离开。

汪晴在电话里狂笑："你这是被要了多少次微信才练出来这么熟练的话术？"

唐雨伸手拦了辆出租车，坐进去。

汪晴打趣："要你微信那人长什么样啊？"

唐雨："没注意。"

"行吧，你眼里只有你老公。"

唐雨笑了笑，不置可否："你继续说。"

她已经有很久没听到过凉城的事了。

"哦哦，除了学校，咱们那个班主任你还记得吧，孙雪敏，当初你考上清北的时候，按照道理讲，学校要给班主任发奖金的，可不知道哪位英雄举报她跟学生家长有不正当关系，证据确凿，这事当时在凉城闹得人尽皆知，学校就把她开除了，教育局还吊销了她的教师资格证，她在凉城混不下去，就去别的地方了，后来怎么样就不知道了。"

唐雨的身子往后靠，闭目养神。

"刘耀杰家里的生意也被人针对了，他们在凉城都混不下去，搬走了。"

汪晴感慨："我听到这些消息的时候，我感觉凉城的天都通透了。"

唐雨倒是没多大情绪起伏，这些事好像已经离她很远了，已经牵不起她任何情绪。

落下半扇车窗，有风进来，她的耳环被吹得微微晃动，几缕发丝撩在脸侧。

京华洋槐树是独特的风景，在阳光下慵懒地伸展枝叶，偶尔几片叶子打着旋儿地落下。

他还没回微信，是没看到吗？

车子缓缓停在民政局门口，唐雨付了车钱，拎着行李箱，薄瘦的后背靠在槐树上。

她上下刷新屏幕界面，跟汪晴说："我到了，见面聊。"

汪晴打趣："那就祝你们新婚愉快！"

唐雨笑了下，挂断电话，忽而面前落下一片阴影。

她缓慢地抬头，墨镜被他摘掉。

四目相对。

时间匆匆，盛夏未央，眼里依旧全然都是他的样子。

其实在哈佛这一年里，他们几乎每个月都见面。

不是她飞回国，就是他飞过去。

他们的爱意本就浓烈到无处安放，又是新婚小别，歇斯底里地爱都觉得不够，一个月见一次哪能行。

树荫下，暖风里。骄阳高悬，云海沉浮。

唐雨微仰起头，露出漂亮的笑容，眼泪却缓缓从眼眶里滚落一滴。

"户口本和身份证带了吗？"他似乎刚从某个会议赶过来，身上还是一身笔挺的黑色西装。

比之过去一年，他精致的俊脸似乎没什么变化，周身的气场却成熟稳重了很多。

边炀抬起手，用指腹蹭掉她脸颊那滴眼泪，看她的眼神一如既往地灼热："带了。"

她牵过他的手，二话不说往民政局里面走。

"领证。"

走完一系列流程，从民政局出来，唐雨举着两个红本本看，怎么跟她想的不一样？一点儿都不激动，也没什么特别的情绪。

就好像有没有这个本子，对他们都没有任何影响。

刚看了一会儿，红本本就被边炀没收了，他小心翼翼地将本子放进口袋里，似乎不大放心她的样子。

唐雨的手背在身后，眉眼弯弯地朝他笑："今天是个特别的日子，是我们边炀的生日，还是我们领证的日子，这么重要的日子，怎么能没有礼物呢。"

她从包里拿出两个礼物盒。

在哈佛的这一年里，她边上学，边接了不少跨国经济纠纷案，这些礼物是她用律师费买的。

"宝宝，你是想先拆左手边的礼物，还是先拆右手边的礼物呢？"她有哄他的意思。

毕竟每次见面，时间也就一两天，还没腻歪够，他就被她赶走了。

他委屈得要死，又不敢耽误她学习。

边炀漆黑的眼眸眨也不眨地凝视着她，冷白的指尖捏抬起小姑娘的下巴，另一只手拢过她纤细的腰身，把她往怀里带。

"两件礼物？"边炀忽而冷笑一声，把她拦腰扛了起来，唐雨整个人挂在了他的肩膀上。

周围的人都不由得看过来。

只见男人一手拎着她的行李箱，一手毫不费力地扛着她，就往车边走："我就不能拆三个？"

三个？唐雨愣了下，后知后觉地反应过来什么，脸噌的一下爆红。

唐雨还在试图讲道理："边炀！你冷静一下！我觉得这个时候，我们应该找个餐厅，好好地先交流一下感情？"

边炀扯唇，没搭理她，她被塞进车里，男人修长的手指摸上衬衣领口，稍稍用力，扯开灰色的领带扔在她身上，旋即弓身，慢条斯理地系上她的安全带，侵略的眼始终一眨不眨地盯着她。

比之一年前，他身上那股迫人的气势更强了，灼热的掌心托起小姑娘的脸，又理了理她耳边的碎发。

她咽了口唾沫，攥紧的掌心微微潮热。

想夺门而出，想跑……可跑是跑不掉了。

因为是心甘情愿的沉溺，纵然粉身碎骨也无须拯救。

她双手环上他的脖颈，唇瓣贴了贴他微凉的唇瓣："阿炀，生日快乐。"

就如那年你对我的祝福——年年如愿，岁岁长安。

——正文完

番外一
偏爱与私心

一、贵重物品，随身携带

刚创办的律所在京华没那么好混，一般大型跨国公司都有成熟的律师合作团队且合作多年，不会轻易更改代理律所，而小公司投入多且利润不高，所以唐雨和两个合伙人瞄准的是京华中型规模的跨国公司。

经过一个月，她终于磨下来一份代理合同。

从酒店出去，经过走廊的时候，某个包厢门没关紧，漏了条缝隙，里面传来几个醉醺醺的中年男子声音。

"再怎么样他也是一个初出茅庐的毛头小子，公司创办两三年，哪有什么经验和根基，倒不如换一家成熟一点儿的公司。"

唐雨没有偷听的习惯，也没有当回事儿，继续往前走，直到从他们口中听到一个名字，才缓缓停下来脚步。

"话虽然这么说，可边炀他家有钱啊，就算他公司最后黄了，背后不还有他爹撑着呢吗，更别说……"那人声音小了点儿，"咱们交情深，我跟你交个底儿，你可千万别往外说。其实我这项目跟提交的项目书里的东西根本不一样，你也知道，这几年行情不好，我公司已经没什么流动资金了，搞出来这么个项目就是想圈一笔钱来运转公司的，所以这项目最后是死是活或者跟谁合作都没关系，只要能骗个人进来投钱，我就赚了。"

好友震惊："万一边炀去你公司考察不全都露馅儿了？"

那人喝了口酒："我已经让下面人先仿了个国外的产品原型出来，应该能糊弄过去。"然后无所谓地笑笑，"毕竟我也算他的长辈，他肯定想不到我会骗他，这笔钱呢，就算是我给他上课，他交的学费吧。"

"你这人真是……就不怕最后他爸找你算账啊，边城那脾气挺爆的。"

那人理直气壮："找我算账也没用啊，反正合同上白纸黑字写得清清楚楚，闹到法院我也占理！再说，投资失败的比比皆是，谁能保证投资的行业就一定赚钱？到时候我大可以说市场不景气，无法运营下去不就得了。"

里面继续说些什么，唐雨没再听，只是站在门口，抬起手敲了两下包厢的门。

里面的声音戛然而止。

"谁？"他们还以为是送酒的服务员，谁知道进来的是一个穿着西装的小姑娘。

小姑娘本就漂亮，淡淡的妆容更显精致文雅，烫了卷的头发随性地披散在肩膀上，不显妖媚，倒透出几分利落的干练，人往那儿安安静静地站着，就是一道风景。

"你谁啊？"中年男人眯着眼打量她。

唐雨扬起微笑："你们好，我是炽炀律师事务所的律师。"

两人相视一眼，都有点儿莫名其妙，律师事务所都来酒店推销了？于是不耐烦地摆摆手："不需要！我们不需要！你出去！"

唐雨站着没动，但是笑容收敛了许多，从容地开口："既然你们没兴趣了解，那就容我进行一下自我介绍，我叫唐雨，刚回国，法律博士，专攻经济案件，当然，你们可能对我不大了解，没关系，但你们一定知道清北大学法律系的沈旻院长，嗯，他是我的老师，你们也一定听说过金都事务所，嗯，我的师兄师姐是创办人之一。"

两个人的表情顿时微微变化。

且不说沈旻院长名声在外，是国内经济类律师最高水平标杆，就是金都事务所也是声名远扬，里面都是在法律行业惹不起的大人物。

中年男人轻咳一声，这次态度好转了很多："唐小姐是吧？我们不需要代理律师。"

唐雨："我来不是问你们需不需要的。"她莞尔一笑，"是觉得将来我们有在法院见面的可能，所以来提前认识一下。"

她从包里拿出一份律所介绍，放在两人面前的酒桌上。

两人翻开律所的简介，律所刚成立不久，介绍其实就一页，后边全是律师的介绍，至于唐雨的介绍……他们往后翻啊翻，这履历比他们的创业经历都长。

她不仅把国内奖项拿了个遍，甚至哈佛读博期间就在全球性质的法律比赛里拿了不少含金量极高的金奖，还在顶级律所里实习……这履历简直碾压他们公司的代理律师。

小姑娘淡淡说："这是我和律所的简历，请你们过目。"

两个人从简历上抬头，连连摆手，客客气气的："唐小姐的履历这么强，刚才是我们唐突了，以后我们要是需要这方面的法律咨询，一定优先考虑炽炀律师事务所。"

"您误会了。"她略微抬起下颌，"我来是想说，我现在是边炀的代理律师。"

两人瞬间怔住，还没反应过来呢，小姑娘接着说："对了。"

她话锋一转，骤冷的语调似提醒，"忘了告诉你们，我还是边炀的妻子，名正言顺的妻子。"

嗓音轻轻软软的，却透着一股强势。

两人目光错愕地望着她。

她提唇："我很期待跟贵公司的律师团队能在法院一战。"

说完，唐雨转身离开了包厢，留下的两个人足足愣了很久。

边炀晚上应酬喝多了，给她打了电话，唐雨从酒店离开后就去接他。

车子缓慢地停在会所外，她从车里下来，后背靠在车旁。

还未到夏至，京华就已经热了起来，好在晚上有风，还算清凉。

手机在掌心翻转了两下，没等到边炀，她便划开手机，刚准备拨出他的电话，边炀几人就从会所走了出来。

他显然喝了不少酒，有人扶着他的胳膊，身影踉跄。

唐雨把手机收起来，快步过去扶着他，还没走近，边炀就挣开了身边人，醉醺醺地朝她扑过去喊老婆。

刺鼻的酒精味扑面而来，唐雨扶稳他的腰，皱眉："怎么喝这么多？"

其实一起喝酒的客户都喝了不少，个个东倒西歪的，都是助理扶着的。

助理个个都苦哈哈的："合作谈成了，大家一高兴，都喝了不少酒。"

那几个老总还要拉着边炀喝。

边炀趁人不注意，在她耳边嘀咕："这群人太能喝了，我不装醉，他们能拉着我喝到天亮，宝宝，快带我走。"

唐雨一听这个就不担心了，然后淡定地跟那些助理说："那我们先走了，你们回去的时候小心开车。"

"好的唐小姐。"

唐雨扶着边炀朝车边走。

外人看来他靠在她肩膀上，脑袋一蹭一蹭的，像喝多了的样子，实际上是贴在她耳边说情话呢。

"宝宝，走路要牵着我。"他没喝醉，但喝得也不少，嗓音的调调拖得很长，像撒娇。

唐雨无奈："已经在扶着你了。"

"不管，得牵。"他强势地和她十指相扣，"贵重物品要随身携带。"

唐雨听得好笑，然后闷笑着顺了他的意思，晃了晃牵在一起的手："好，随身携带，牵着。"

"我想你了。"他还说。

唐雨："我们前天见过。"

"昨天没见。"

昨天唐雨跟合伙人去选公司地址，商讨工作的时候没留意时间，过了凌晨一点，时间太晚了就住在她们那儿，没回去。

走到车边，他不上车，就靠在门上低头看她，泛红的眼尾氤氲着月色，眸色都化成了春水："那你想我了吗。"

他平常不这样，挺傲娇一人，但喝酒后就爱这样。

"跟她们睡的时候，想我了吗？

"内疚了吗？"

月光很好，他身上落得是星光的颜色。

唐雨听得哭笑不得，这都是什么话？都是女孩子一起睡，很正常吧？

她捧起他的脸颊，用指腹摩挲他眉心："昨晚上我跟你打视频说晚安，你说想不想？"

他轻哼了声："晚什么安，不想晚安，我巴不得你想我，想得夜不能寐。"

唐雨想让他回家早点儿休息，哄了几声，让他坐副驾驶。

这次哄也没用，他偏不，就靠在车边那儿，揽着她的肩膀说话。

街上没多少人了，他嫌热，扯掉了领带和外套。

唐雨收好他的领带和西装外套放进车里，也没催他，两人就靠着车，站在路边有一搭没一搭地聊天。

他聊他最近的项目，她也会分享律所的进程。

好的坏的，都聊。

唐雨还说了刚才酒店发生的事，边炀听完并不意外，似乎早就知道的样子。

最后不知道话题怎么扯到了她哈佛毕业时的舞会上，听说她学会了华尔兹后，边炀忽然来了兴致，优雅地弯腰做了一个邀请的姿势，抬起眼眸看她："那么唐小姐，我能邀请你跳一支舞吗？"

他博士毕业的时候，她在场。

她博士毕业的时候，公司出了纰漏，他没能赶过去。

没能参加她的毕业舞会，没能参加她的毕业典礼，一直是边炀的遗憾。

"在这儿？"唐雨一愣。

虽然这个点儿街上没什么人了，在树底下挺黑的，应该也不会有人关注，但毕竟是街上，她还是觉得挺不好意思的。

"嗯。"边炀不管。

唐雨眨了眨眼："既然要华尔兹，那女士得有裙子吧。"

她从车里取出来他的西装外套，系在纤细的腰肢上，当了裙摆，继而抬起右手，落在他温热的掌心里。

月光下，微风里，两个人像是完全沉浸在只属于他们的世界里，望进彼此的眼睛里，周围的一切都成了背景。

其他助理把自家总裁扶进车里，坐进驾驶座，准备开车时，都看到了不远处这一幕。

圈里不少人都说小边总英年早婚，将来指不定要后悔，可这哪里是要后悔的样子，他们夫妻之间的感情这样好。

路灯散下来的灯光似专属于他们的舞台灯，洋槐树轻轻晃动，发出簌簌声响，和时不时响起的汽车鸣笛成了最好的交响曲。

一时间，周围失去了颜色，谁都融不进他们同音的世界里，却又能完全感受到他们世界里的那份温情和柔软。

据说，每个人都会产生独一无二的磁场，或强势，或冷漠，又或是温柔的。

而他们的那份磁场，却会让每个看到这幅画面的人都多了一份对纯粹感情的憧憬。

秦明裕他们也刚从会所里出来，知道边炀今晚上在这边谈合作，没想到出门也正好碰上了。

"好像是炀哥啊！"原本还吵吵闹闹的几个公子哥，看到不远处槐树下的场景，都下意识安静下来。

有种魔力般的，被那样的画面吸引着，又或是被那样的氛围吸引着，时不时听到边炀和小姑娘的低笑声。

没有音乐，没有灯光，没有华丽的礼服，甚至远远的，只能看到两人模糊的身型轮廓。

可大家都远远地看着，谁也没说要走，也没说别的话。

原来看到太美好的画面就会产生共鸣，甚至有羡慕到眼酸的感受。

爱和夏皆浓郁，他和她皆相宜。

几个公子哥身边还搂着妹子，妹子不知道那是谁，就觉得他们叫炀哥，那人的身份应该挺尊贵的，开玩笑说："大半夜的怎么在这儿跳起舞了，没光，也没音乐，多没劲儿啊，让他们去会所里面吧。"

几个公子哥原本觉得这几个妹子又乖又水灵，交往一段时间也不错，这会儿竟然觉得索然无味起来。

他们忽然明白为什么边炀要这么早就结婚了。

不是因为想结婚，而是因为遇到了对的人。遇到相宜的伴侣，无论男女，恐怕都会迫不及待地一头扎进婚姻里。

"闭嘴，少说点儿话没人把你当哑巴。"公子哥一训斥，妹子委屈地闭了嘴。

双手插兜的秦明裕扫了他们一眼，笑而不语。

第二天的时候，秦明裕给边炀打电话，说昨晚上因为看到他们相亲相爱的画面，几个公子哥神经兮兮的，都跟那几个网红分手了，萌生出了想正儿八经谈恋爱的心思，也不想乱玩了。

边炀翻看着手里的文件，对此嗤之以鼻。

本以为那群人坚持不了多久又会继续纸醉金迷，谁知道那几个人还真去自家公司上起班来了。

秦明裕知道这事儿后都不由得感慨起来。

许多人成长都需要契机，有的残酷，有的盛大，有的静默，就如同他们几个。

他们好像一瞬间就找到了自己真正追求的东西，又或是圈子本身就是一个良性循环吧。

不知何时，边炀竟然带起了一股风气。

从前一起厮混的时候都觉得没什么，甚至一个两个的比谁玩得花，可一旦有人树起榜样，更别提打小边炀就是他们的老大，这些人也纷纷意识到是该做点儿什么了。

浑浑噩噩是一天，追求梦想也是一天，那不如往前走一步试试看。

兴许就能像炀哥一样，能找到自己真正想要的人和未来了。

二、芍药花开了

唐雨思来想去，最终把工作室的地址定到了边炀公司的楼上。

一来，他公司最上面两层是空着的，放着也是浪费，用边炀的话说就是肥水不流外人田，与其空着被别人惦记，不如给自个儿老婆用。

二来，边炀公司的地理位置极好，跟她的合作方都离得很近。

三来，她怕那些找边炀麻烦的人联系不上她，这样也方便些。

除了固定的合作方，工作室对其他客户都是按时收费。

这天唐雨出门去见客户了，新招来的员工就跟缇安娜闲聊。

缇安娜从小生活在国外，性子散漫惯了的，跟员工没什么上下级观念，经常一起八卦闲聊。

新员工对她很崇拜，因为缇安娜的简历相当牛，比唐雨还厉害几个档次，硕士期间就已经是被顶尖律所疯抢的人物，他们想不明白为什么她会在读完博后，放着顶尖律所的高额薪酬不去，而跟唐律回国创业了。

毕竟创业可没入职顶尖律所保险，甚至还有失败的可能。

缇安娜往后靠在椅子上，长腿往桌子上一搭："其实吧，我是被她骗了。"

"骗了？"新员工们都很好奇，"唐律怎么骗您了？"

缇安娜轻"啧"一声："别看你们唐律长得人畜无害的样子，其实特别有心机！我在哈佛的时候，跟她一间宿舍，她每天都煮好吃的东西，那香味儿散到走廊里，馋得人不行，然后她呢，就把做好的饭菜分给我和米尔芬吃！"想起来她就有点儿回味："吃着吃着，就把我俩的嘴都养刁了，别的食物一般都看不上了。"

员工们笑："原来你们是吃人嘴软啊。"

"那倒不是，一开始吧，我和米尔芬都以为她每天给我们做好吃的是另有所图，或者说是有求于我们，结果一年过去了，她愣是没对我们提出任何请求，好像投喂我俩，只是顺手的事儿……"

一直默不作声的米尔芬从电脑前抬头："雨是把我们当朋友。"

缇安娜打了个响指："对，朋友，而且她每次出去旅行，还会给我们带纪念品，跟她做朋友真的太幸福了。"

员工们羡慕不已："所以，你们是因为朋友关系才决定一起创业的吗？"

缇安娜闻言摇了摇头："这还不足以支撑我放弃高额薪资来自找苦吃。"

她讲了之前在哈佛发生的事："有一场国际法律比赛，决赛的前一天，我们发现 U 盘被对手动了手脚，里面的内容全毁了，还没有备份，没办法进行比赛，我和米尔芬无能为力，都决定放弃了，结果雨却没有，她说，还有机会。"

提及这件事，米尔芬也忍不住开口："那一天咱们一晚上没睡，雨拉着我们两个凭借记忆从头开始写辩论稿。"

"哈哈是的。"缇安娜也笑，"我参加过的比赛里，都不如那一次振奋。"

几个员工听得激动，"后来呢？"

米尔芬耸了耸肩："哪怕记忆力再好，一晚上也是写不完的，我们只写出了三分之二。"

缇安娜附和："剩下的三分之一，我们三个人在台上自由发挥！"

说起来这事，她的眼睛就很亮，闪烁着充满挑战的光芒："对手很强大，都是来自牛津和剑桥的顶尖高才生，刀光剑影你来我往，那一天的比赛真是酣畅淋漓。"

她轻蔑地哼了一声："虽然那次比赛，我们只拿到了第二名，不过对我们U盘动手脚的那些家伙第一轮就被淘汰了，真是大快人心！"

米尔芬回味无穷："那届比赛的金奖含金量很高，对方是很值得敬佩的竞争对手，我们输得心服口服。"

"要是我们的U盘没被那群害虫动手脚，我们不一定是第二名！"缇安娜还挺不服气的。

米尔芬托腮笑："那倒也是。"

毕竟最后的评判标准里涉及提交书面报告，她们的报告缺了三分之一的内容。

"从那以后，我和米尔芬就决定跟雨一起创业了。"缇安娜耸耸肩，"因为我们知道，就凭雨这份不服输的干劲儿和她在这行业深耕的态度，无论在哪里做什么，她都能成功。"

米尔芬对此深表同意。

员工们听完颇有感慨。

唐律年纪轻轻，对谁总是温柔客气，一副很好说话的样子，她骨子里那股向上的能量如此令人望而生畏。

换作是他们，估计恨恨地骂对方两声，最后也只能放弃。

"唐律好厉害啊，平常看不出来她这么强悍！"

缇安娜闻言笑得玩味："何止强悍，她在哈佛的时候可是我们系最受欢迎的姑娘，比起她的能力，美貌也只是点缀，除了我们系的系草，好多家族的公子哥都追求过她，不过她对外总说自己已经结婚了。

"一开始我还以为这是她敷衍追求者的话术呢，直到她给我们看了她的结婚录像……"

缇安娜的手枕在脑后，怎么都想不明白："她怎么能结婚这么早呢，结婚对象欸，不得挑挑拣拣？全球各地的比较比较？真是可惜了。"

米尔芬点头："确实可惜了，我哥很迷恋雨，之前还让我帮忙介绍，后来我把雨的结婚录像拿给他看，他难过得一周都没怎么吃东西。"

员工们被这气氛感染，刚准备附和几句，陡然，一层阴影漫下来，

炽炀

后背也跟着凉飕飕的。

几个人僵硬着脖子扭身，就见男人双手漫不经心地插在西装口袋里，凭借身高的优势，耷垂着眼皮，周身弥散着一股不大爽快的气息，令人怪忌惮的。

"炀哥，您来了啊！"除了缇安娜和米尔芬，其他人纷纷站起来了。

边炀略抬下颌，半眯着眼："嗯。"

缇安娜好奇地打量这人，这称呼……

"你是雨的丈夫？"

边炀掠了她一眼，要笑不笑的样子挺吓人的："是，我就是她那令人可惜的丈夫。"

缇安娜和米尔芬对视一眼，顿时有点儿讪讪。

这位东方面孔的男人确实很帅，尤其是气质，很出众。

可缇安娜不是那样长他人志气灭自己威风的女人，向来说话直接冷硬："那你可要当心点儿了，喜欢雨的人排到了美国，你的优势呢，也就是出场时间早了点儿，可未必能笑到最后。"

米尔芬拉了下缇安娜的衣服，然后对边炀笑："抱歉边先生，缇安娜说话就这样，她没什么恶意。"

"雨没在公司，她出门了，估计要两个小时后才能回来。"米尔芬说。

边炀并未生气，很大度的样子，还给了个浅笑："没关系，我去她办公室等她。"

说完，径直朝唐雨的办公室走去。

等人进去了，缇安娜吐了吐舌头："天，没想到刚才那些话能被雨的丈夫听见，这才惨了，雨那么护短，肯定会找我算账。"

米尔芬气笑："那你刚才还说那些话？好在人家不计较。"

缇安娜双臂抱胸："我是想让他多点儿危机感，让他对雨好点儿。"

米尔芬摊手："那你等雨回来自己跟雨说吧。"

缇安娜拿起包，一本正经："我想起来我还有事，先走了。"说完就开溜。

在外边签完合同的唐雨，还不知道自己已经被合伙人给坑了。

她从餐厅出来，没着急回去，而是去了趟家属院，这段时间签了几个合作方，拿到了不菲的代理费。

爷爷住惯了那地方，她打算同业主商量一下，先付个首付，看看能否把那地方买下来。

校长听说她的意愿后，笑得还挺奇怪："你要买那套房子啊？"

唐雨点点头，随边炀叫校长伯伯："我毕业后，您说可以继续住，可现在我都毕业快一年了，总不能一直住别人的房子。"对方还不要房租，"我看房主似乎没有继续住这房子的意思，就想着能不能买下来。"

"那也不是别人的房子啊。"校长笑眯眯的。

唐雨不解。

校长："那是你婆婆的房子啊，哦，不对，现在应该在边炀名下。"他笑，"你要买你丈夫的房子，回家自个儿问问不就得了。"

"……"唐雨愣愣地从校长办公室出来，不知不觉走到家属院。

已经是春末，天气温暖。

原本光秃秃的院子，已经被爷爷种满了瓜果蔬菜，绿油油的，五月中旬正是芍药盛开的季节，围栏一圈开满了粉白娇艳的芍药花，吸引了不少经过的路人驻足欣赏，甚至还有人在这里拍照。

经过两年多的康复训练，奶奶已经可以扶着轮椅慢慢走了。

她散步回来，正巧看见孙女站在门口发呆。

她笑眯眯地走过去说："芍药花开了，阿炀那孩子喜欢，回去的时候让你爷爷给你们摘点儿带回公司去，插在花瓶里好看。"

唐雨回过神来，搀扶着奶奶往屋子里走："奶奶，我本打算买下这地方让你们养老的，谁知道……"

"谁知道这地方是边炀的？"奶奶说。

唐雨诧异："您怎么知道？"

奶奶布满褶皱的手拍了拍她的手："小区里都是你公公婆婆的好友，一来二去地聊天，我和你爷爷也就知道了，我们本以为你是知道的，原来你不知道啊。"奶奶也有些惊讶。

唐雨摇了摇头，她不知道啊。

"阿炀这孩子真是……总是默默地对你好。"奶奶说，"之前你爷爷就随口提了嘴老家的事儿，他就放心上了，怕我们离开京华，留你一个人在这儿，就想着法儿地让你爷爷去你们婚房那院子里头种点什么，其实，我知道，他是想让我们老两口在这儿多留点儿眷念，多点儿归属感。"

奶奶指了指院子里的菜:"你瞧,这些菜种子都是阿炀弄来的,他创业这么忙,还想着这事呢。"

唐雨鼻尖酸了酸:"他看着吊儿郎当的,实际上心思比谁都细。"

奶奶笑:"我们小雨嫁对了人。"

唐雨不舍地搂着奶奶:"那您和爷爷真的想回去吗?"

如果爷爷奶奶回了凉城……其实她舍不得,也不放心。

奶奶哼了哼:"我可不管他,你在这儿,我就在这儿,反正我要跟着我孙女。"

自从知道孙女在高中经历的事儿后,老人家心里就充满了愧疚。

要不是他们总教育唐雨凡事忍一忍、退一退,或许孙女也不会被人欺负成那样。

好在孙女从阴影里走了出来,把自己培养得很好,否则老两口一辈子心里难安。

"那爷爷……"

"你爷爷就是惦记门前那些地,不过,你让他回去,他肯定整天又想你想得睡不着。"

奶奶和唐雨回到屋子里,爷爷正闲适地听戏曲呢,见她回来,就马上去小院里摘黄瓜和茄子塞袋子里,准备让她拎回去吃。

唐雨等着爷爷摘菜,在客厅里看到几个大箱子。

"这是什么?"唐雨打开箱子问。

奶奶说:"老家的房子好久没人住,塌了半边,我怕家里还有你要的东西,就拜托村长把老家的东西都快递过来了,你瞧瞧,这些东西还有用吗?"

都是一些高中的课本。

许久没用,在老家潮湿的环境里搁置,有的甚至已经发霉。

唐雨翻着一本英文书,低头回:"已经没用了,待会儿我让回收站的人来收了吧。"

"早知道没用,我就不让村长快递过来了,快递费还挺贵。"奶奶可惜地嘀咕着,唐雨听得无奈,估计老人家也是生怕这些东西她用得着,才让村长快马加鞭邮寄过来的。

正要把书合上放起来，不经意间，她的目光停在某页。

"Without the help of the wind, I hope you can still soar straight into the clouds."

就在她写的那句话下方。

过了许多年，泛黄的页面上字迹已经潮湿、模糊。

她指尖轻轻划过上面的痕迹，却能一瞬间联想出来当时他落笔时玩世不恭的样子。

在一起这么多年，唐雨对边炀的字迹早已熟悉，也就他能写出这么散漫不羁的字。

唐雨把书本轻轻合上："不算没用，起码梦想成真了。"

"啊？什么梦想成真啊？"奶奶不解。

唐雨笑："无须轻舟，自越万山哪。"

唐雨把菜和芍药放车里，回到公司，助理就贼兮兮地迎过来。

"小雨姐，炀哥来了，在你办公室等两个小时了。"

唐雨边往里走边说："等这么久怎么不给我打电话？"

"炀哥说不用打，他等你。"助理在后边跟，"小雨姐，炀哥可能生气了。"

"生气？"她顿住脚步，"为什么？"

助理把刚才发生的事儿说完，唐雨沉默了几秒，又好笑又无语。

她推开办公室的门，环视一圈，最后在沙发上瞧见了边炀。

他枕手臂躺在沙发上，长腿随意地屈着，很懒散的姿势，似乎睡着了。

唐雨关上门，脱掉外套挂起来，先插好芍药，放轻脚步走去书架拿了本书，才往沙发边走。

她扯了条毯子盖在他身上，把他的脑袋小心翼翼地抬起来，自己坐在沙发上，把他的头再放在自己腿上，然后轻轻翻书看。

边炀起初是等她的，谁知道睡着了，睁开眼睛时迷茫了一阵子，直到唐雨碰了碰他的脸颊，他才沙哑着嗓音问："什么时候回来的？"

唐雨把书放一旁，看了下腕表："半个小时前。"

就着这个姿势，他把脸埋进她纤细的腰里蹭蹭："怎么不叫我？"

"看你太累了，就想让你多睡会儿。"

"我一点儿都不累。"

唐雨的手指抚了抚他柔软的发丝："昨晚睡太晚了，你该补觉。"

他平躺在她的腿上，眼眸漆黑地瞧着她，说了句："真希望每天都有机会工作那么晚。"

听到这话，唐雨的脸蓦地一红。

她轻咳两声避开他灼灼的视线，岔开话题："你吃午饭了吗？爷爷给我带了点儿茄子，回去我给你做肉末茄子怎么样？"

他直起身，活动了下脖颈，然后也学她岔开话题："这里的休息室归置好了吗？"

唐雨点头："弄好了，下次你可以直接睡休息室。"

边炀揽过她的腰入怀，捏捏小姑娘手感很好的脸蛋，养了这么久，总算有肉了，自然，过去那层青涩的花苞剥开，如今的她出落得也越发娇艳动人。

"宝贝儿，不用等下次，这次就行。"

唐雨没反应过来："你不是说你不睡了吗？"

下一秒，她被男人拦腰轻易地抱起，慢吞吞地往休息室里走："我不睡，是你睡。"

"边炀，这里是办公室……"唐雨脸很红，"而且昨晚上我们刚刚……"

她被放在床上，男人把门反锁，一边解开衬衫纽扣，一边同她搭话。

"我有几个问题想问问我的老婆大人。"衬衫解开，露出胸前紧实的肌肉线条。

"雨宝，来，跟我说说，你在哈佛多受欢迎？

"米尔芬的哥哥，系草，嗯，还有不少人追你，这事我怎么一点儿都不知道？"

明显是秋后算账的节奏。

唐雨觉得蛮危险的，撑着身子往后退了点儿，求生欲极强地解释："我跟这些人一点儿都不熟！"

边炀笑："可你当时告诉我说，你身边连只公苍蝇都没有。"

唐雨缩了缩脖子，有点儿心虚："我是怕你多想嘛。"而且那些她都能处理掉。

"我怎么会多想呢。"他欺身一寸寸压下来，轻轻吻她的眼角、鼻尖，最后咬住她的唇瓣，缠着她不放，"毕竟老婆这么受欢迎，我高兴还来不及。"

唐雨主动轻轻钩住他的手："别生气。"

"我没生气。"他一点儿都不气，完全不气，就是不大舒坦。

小姑娘锋芒逐渐崭露，出落得越来越漂亮，自然，也会招来一些烂桃花。

那些明知道她已婚的烂桃花，居然还敢正大光明地给她送花，被他拦截了不知道多少次。

搞得边炀都想在公司门口放他们的结婚照了！

唐雨的手抵着他的胸口："晚上七点秦少举办了个活动，邀我们一起去。"

"嗯，不耽误。"

结束后，唐雨眼皮子都懒得动，某人神清气爽地捧着手机不知道在捣鼓些什么。

她裹着被子窝到他怀里看，是一张海报，上面放了他们的结婚照。

"这是什么？"她把脸疲倦地埋在他的胸口，软得跟没骨头了一样。

"打算弄出来挂公司门口。"他的指尖穿过小姑娘的发丝，语气慵懒。

如果可以，他想把"合法丈夫"四个字刻在自己脸上。

等他们到包厢的时候，已经晚了半个小时，其他人都在场了。

秦明裕嘟嘟囔囔的特别不满意，要罚酒，边炀在起哄中喝了酒，之后就被人簇拥过去，边炀牵着她的手坐在身边。

圈里几个姑娘找唐雨玩，她用指尖敲敲他的手背，示意她去那边一趟。

边炀下巴稍抬，瞭了那几个女人一眼，没什么问题，才略微点头。

唐雨跟她们没利益冲突，同样也不走心，安安静静地听她们说一些圈里的八卦。

比如秦语微被骗了资金，对方跑到法国躲避法律制裁，她的公司要倒闭了。

又比如姜映雪又找了个高才生谈恋爱，被前男友捉奸在床，不大光彩地分手了。

唐雨搅了搅果汁，听得津津有味，其间去了趟洗手间，看到走廊里秦语微抓着头发，正烦躁地跟对方交流什么。

"我说了再等等！等我把钱追回来马上还给你，我还能欠你这点儿钱？

"这官司打不赢我也要打，老娘凭什么要吃闷头亏！

"我就不信整个京华没人接我的案子！"

秦语微用力掐断电话，脸上怒火未消，扭头就看到唐雨站在那儿。

她神色不自然地弄了下长发，因为被骗这事儿，圈子里都在瞧她的笑话，从前她讽刺过唐雨，唐雨指不定要怎么反讽过去，所以她当作没看见唐雨，气定神闲地往前走。

谁知道小姑娘忽然叫住她："要不……这案子我接了？"

秦语微以为自己听错了，扭头神色怪异地瞧她："你说什么？"

唐雨："我擅长经济纠纷案。"

"不是，你是要帮我？要接我的案子？"她以为唐雨没搞清楚，"还是说……这是一种新型嘲讽人的手段？"

唐雨摇头："我是觉得这案子不是没有转圜的余地。"

先前听八卦的时候多问了一些，刚才又让助理查了查，被告在法国，恰好她在法国有些人脉，能用得上。

秦语微是知道唐雨的律师事务所的，最近接连拿下了几家大型企业的代理权。

据说，她律所里那两位国外来的律师来头很大。

"你真愿意接我的案子？"秦语微脸上的疲惫一扫而光，"你可别骗我啊，这案子我找了十几家律师事务所都没人接，说钱肯定追不回来了！"

唐雨坦白："我接了也无法保证这钱一定能追回来。"

"你肯接就行！我那个半死不活的公司全指望你了！"秦语微拉住她的手有点儿激动，"要是这公司破产了，我爸，不，是咱爸，他就让我去联姻，你知道啥叫联姻不，就是让我嫁给一个连面都没见过的男人！唐雨，不，妹妹，咱们可是一家人啊，你让你那两个律师朋友大佬一定要帮帮我啊！"

唐雨被晃得有点儿头晕，她反握住秦语微的手，笑容纯粹："嗯，我会的，毕竟案子成了，律所会抽百分之十五的律师费。"

秦语微迟钝了两秒："……百分之……十五？"

唐雨微笑："你公司涉案金额是八千万，也就是说，案子成了之后，要给我一千二百万的提成。"

"……"

"当然，如果不成功，分文不取。"这就是律所的收费标准。

秦语微脸上的笑容成功僵住，好家伙，这夫妻俩都是无情的赚钱机器。

"你好像跟从前不大一样了。"秦语微笑。

分明还是和从前一样干净明亮的眼眸，可总觉得哪里不同，她周身弥散出来一种莫名令人信服的魅力。

唐雨弯眸笑："长了好几岁呢。"

包厢里，边炀瞧了眼腕表，坐不住了，起身去找她，在走廊里瞧见小姑娘和秦语微。

他眯了眯眼，站那儿喊了声："宝宝。"

边炀招招手，她就乖乖地小跑过去，手给他牵着。

秦语微看得好笑，小姑娘这样子哪还有先前跟她谈判时分毫不退的态度，怪双标的。

"别用这眼神瞧我，搞得好像我对你媳妇儿会做什么一样。"

秦语微走过去半开玩笑地揶揄，实在是边炀这提防的眼神，令她全身不舒坦。

边炀捏着小姑娘的手，语气懒懒："那还不是语微姐有前科吗？"

秦语微嘴角抽了抽："几年前的事居然还记得。"真够记仇的，"怎么说小雨也是我干妹妹，就算跟我没这层关系，你打圈问问，现在谁还敢招惹她。"

唐雨的父亲先前来闹过，大概是听闻她嫁了个好人家，如今开公司也出息了，厚颜无耻地伸手要钱来了。

谁知道这姑娘分文没给，二话不说就把人告上了法院，最后唐雨的父亲灰溜溜地走了，什么也没捞着。

边炀眉梢一扬，语气傲慢："也不看看是谁媳妇。"

唐雨的指尖轻轻挠了挠边炀的掌心，他才闭了嘴，没继续往下说。

"你骄傲个什么劲儿。"秦语微白眼。

说了会儿话，边炀牵着唐雨回包厢，里面很安静，几个人的争吵声从暗处传来。

"姜映雪，分明是你出轨在先，你凭什么撤掉跟明朝的合作，你知不知道这项目我投了多少钱，你凭什么说不弄就不弄了！"

反观姜映雪一脸无所谓的样子，摇晃着红酒，像个优雅的波斯猫，"分手了，我给的资源自然要拿回来了。"

唐雨被边炀牵过去坐在沙发上。周围的人都在看热闹，唐雨也不例外："怎么了？"

边炀给她剥开心果吃："姜映雪和她前男友吵起来了。"

原来是这事。唐雨边接受他的投喂，边探头往那边瞅。

姜映雪身边坐着两个男人，灯太花了，都看不清脸，哪个是现任，哪个是前任啊？

"什么叫你给的资源，这是合作！"对方很愤怒，"当初我们说好了，要在姜家所有商场都投放我们公司的产品，现在产品弄出来了，你说不投放就不投放了，那我的损失怎么办？"

姜映雪不以为意："既然你口口声声说合作，那有合同吗？"

扶着她肩膀的男人嗓音清澈："是啊，有合同就按合同办，没合同就不办，都分手了，就别总缠着映雪姐。"

对方气得发抖，他们是口头协议，并未签署合同。

当时姜映雪保证了会投放他公司的产品，事后还没来得及签合同……可这话总不能当众说出来吧。

周寻文原本以为自己才是掌控者，到头来却被一个女人耍了。

"姜映雪！"周寻文怒吼了声。

姜映雪走到周寻文跟前，漆红色的指甲点了点他的胸口："周寻文，你吼什么吼啊，当初我们在一起的时候，说得不明白吗？我带你进圈子，你让我高兴，现在呢，你让我不高兴了，那就分手喽，自然，之前说的就全都不作数了。"

周围的人窃窃私语，周寻文脸上一阵难堪。

他挥开姜映雪的手，就往外走，不经意间对上一双干净的眼眸，当场愣在那里。

唐雨也在此时看清了姜映雪的前任男友，挺意外的。

边炀往她嘴里塞开心果，她腮帮子鼓鼓的，嚼啊嚼。

再次见到少年时喜欢过的女孩却是这种方式，好像忽然挨了一个耳光，周寻文难堪至极，逃也似的离开了这地方。

边炀点评："姜映雪可真渣啊。"

唐雨点头："是挺渣的。"

边炀瞧她，语气幽幽的："明知道姜映雪渣，还往上凑的男人，又能是什么好货色？"

唐雨附和："不是好货色。"

边炀笑起来："今后离渣男渣女远一点儿，空气不新鲜，影响食欲。"

唐雨继续嚼啊嚼，乖巧地点点头。

秦明裕无语地看这小夫妻一唱一和的，听不下去了，拿话筒去唱歌。

唱得没有技巧，全是感情，没跑几个老婆唱不出来这么撕心裂肺的感觉。

边炀觉得吵，抬手揉了揉她软软的头发："吃饱了吗？咱们回家？"

"嗯。"唐雨和边炀牵着手回去，把喧嚣抛至身后。

这边离婚房不远，边炀和唐雨都喝了点儿小酒，没开车，也没找代驾。

索性趁着月色正好，小夫妻就牵着手，慢慢往家里走。

京华的夜生活不算丰富，但人多的地方就显得热闹。

路边人潮涌动，他一只手随意地拎着外套，另一只手揽着她的肩往身边带，以防她被匆忙的路人撞到。

"今年过生日的时候，你许的什么愿望？"边炀又忍不住问。

今年四月份的时候，两家人聚在一起给她过生日。

当时唐雨许了生日愿望，边炀怎么问她都不说，她只神秘兮兮地说，还没实现。

没实现的愿望说出来就不灵了，所以唐雨就不说："还没实现。"

边炀很轻地"啧"了一声，伸手揉她的脸："宝，你不说出来老公怎么帮你实现？"

唐雨傲娇地哼哼："我是向神仙许的愿望，又不是向你。"

这路段的人不多，他把小姑娘抵在树旁，弯着腰身。

灯光落了满肩，他痞里痞气地诱哄："你老公可比神仙都灵。"

唐雨仰头看他，男人碎发垂下，在额前落了细碎的剪影，是怎么都看不腻的一张脸。

她捧着他的脸颊，眼角微弯，也不管是否有人在看，踮起脚尖用鼻尖轻蹭了下他的鼻子："那是，我老公无所不能。"

他身材颀长，这样半笼着她的姿势，有极为强烈的安全感。

闻言被她逗笑："那还不跟我说？"

唐雨想了想："真要我说？"

边炀微抬下颌："说。"

一副"你说我就能实现"的很跩的表情。

唐雨抿唇笑了笑："说了就能实现吗？"

小姑娘被他带坏了，行事作风跟他学了个十成十。

边炀舌尖抵了抵下颚，感觉她还有点青出于蓝："说了就实现。"

她踮起脚尖，搂着他的脖颈低语了几声。

边炀目光晃了晃，然后盯着小姑娘莹润白皙的脸，便感觉喉咙一阵痒意："就这？"

唐雨轻声道："今后我每年生日都许这个愿望，虔诚一点儿，神仙肯定能听见。"

边炀眼睛酸涩，将她牢牢地锁在怀里："嗯，今后我每年生日也许这个愿望，两个人许的话实现概率高一点儿。"

唐雨往他怀里钻，笑着应："嗯。"

神仙哪，一定要保佑他们下辈子下下辈子也要遇到。

相知、相爱、相守。生生世世，她都要是他的，是他明目张胆的偏爱和众所周知的私心。

明月高悬于空，眼下繁春有种分外温柔的暖香。

其实来人世间走一趟，那些苦难和崩溃，并不会妨碍我们怀揣憧憬地和喜欢的人一起看日出日落，赏山川湖海，我想，如果对象是你的话，我愿意赴千千万万次这样没有定义的约会。

番外二
万分之一的幸运

一、弥补

婚后的第三年，正是浓情蜜意期，也正是事业上升期，但无论多忙，两人总能在一天当中找个时间安静地待在一块。

如果这天是艳阳高照，就开车随便到一条漂亮的街道。

车水马龙，人流如织。

下车后，他们晒着太阳，手牵手漫无目的地闲逛，偶尔惊奇附近居然神不知鬼不觉地开了一家咖啡店或者餐厅，然后一同琢磨着要不要当小白鼠尝尝味道。

要是难吃了，边炀轻"啧"一声，会跟她毫不留情地吐槽这家店："雨宝，咱们这钱与其吃这些玩意儿，还不如捐给慈善基金会。能把食物做成精美的废物，也是一种本事。"

然后怂恿她跟他打赌，赌这家餐厅会在多久倒闭。

打赌，自然要有赌注了。

一开始的唐雨少不更事，不知道其中套路有多深，每次都兴致勃勃地跟他赌。

可赌注直白，每次受苦的都是她，几次下来，唐雨便气呼呼的，再也不跟他赌了。

边炀为此遗憾不已。

如果这天绵绵细雨，两人就安安静静地窝在家里落地窗前的沙发里。

边炀陷入沙发当中，她就跟只小猫似的窝进他的怀里，调整一个最

691

舒服的姿势，然后由着他扯过一条毛茸茸的毯子盖在她身上，两人各自翻看手边的书籍。

安静的房间里，只有淅淅沥沥的雨声，和偶尔书页翻动的声音。

有天，她翻着书，忽然没头没尾地问了句："边炀，你喜欢宝宝吗？"

比她晚结婚的缇安娜都已经有了宝宝，会跟她分享孕育新生命的苦楚和欣喜，家里的保姆请假时，缇安娜就会带着孩子来公司玩。

唐雨触碰小宝宝柔软的小手时，一种奇妙的感觉蔓延开来。

结婚三年了，边炀从来没提过要孩子的事，再加上两个人的事业都在上升期，也就把这件事搁置了。

可唐雨抱起缇安娜的宝宝在怀里轻轻哄的时候，她不禁好奇地想，她和边炀的孩子会是什么模样呢？也会像个小天使一样用软绵绵的手指费劲地想摸她的脸吗？也会乖乖地吐着泡泡，笑得像个小傻子吗？

边炀听到这话，修长匀称的手指在她脑袋上揉了揉，视线从书页落在她身上，嗓音轻轻的："是不是有谁在你耳边胡说八道什么了？"

唐雨摇了摇头："不是。"她从他怀里钻出来，柔软微卷的发丝披散在肩膀上，已经是深秋，京华的天凉得快，但室内早早地开了地暖，她身上就穿了件很薄的白色针织毛衣。

"你想要宝宝吗？"她澄净的眼眸一眨不眨地看着他。

边炀把书合上丢到一旁，伸手揽着她柔软的腰肢重新拥入怀中，认真回答："不喜欢，也没想过要。"

唐雨仰头："为什么啊？"

边炀低头，用脸颊轻轻蹭她的发顶，没吭声。

他母亲骨架小，生他的时候吃尽了苦头，唐雨也是，她天生骨架小，就算再怎么精细地喂养，也只能长一点点肉，怎么都喂不圆。

再加上在凉城的时候伤到过身体，生育时必然会遭更多的罪，哪怕这几年由中医调养着，边炀也不想因为一个不确定的孩子去赌自己心爱的妻子。

"反正不喜欢，我们这样就挺好的。"边炀不想改变现状。

唐雨抿了抿唇角，边炀伸手捏她的脸颊，叹气："而且比起结果，我觉得过程更重要，某人呢，在过程中总是力不从心，这才是她应该反省的问题。"

唐雨伸手拧他的腰："边炀！"使劲瞪着他。

她要从他怀里钻出来，边炀抱着她更紧一些，笑声从嗓子里低低地荡出来。

"我反省，是我反省成了吧。"哎，谁来拯救他的家庭地位？

凉城是没有雪的，一年四季的温度都在零上，连羽绒服都穿不到，而京华就不一样了，一到冬天北风呼啸、凛冽严寒，尤其是刮风时，风里就像夹了细细的刀子。

而且京华会下雪，唐雨很喜欢下雪。

每年下雪天，她都惊奇地拉着边炀去院子里堆雪人。

不过堆雪人前，边炀总把她包裹得严严实实的，兔绒手套必不可少，米白色的羊绒围巾在她脖颈绕上三圈，她整张小脸都被遮挡得严严实实。

这还不行，脑袋上还要结结实实地扣上一顶厚实蓬松的米色渔夫帽。

唐雨的眼睛都被挡住了，她用戴着手套的手托了下帽檐，艰难地抬脚走到镜子跟前。

镜子里站着的不是她，已经是一只圆鼓鼓的白企鹅了。

"这样我还怎么堆雪人啊。"唐雨不满意。

边炀好笑地拍了拍她毛茸茸的脑袋，可可爱爱的："乖点儿，真要是冷到了，别说爷爷奶奶不待见我，咱爸也得把我往死里揍，心疼心疼你老公，成不？"

唐雨踮起脚尖，伸手搂住他的脖颈，吻了下他的脸颊："那还真不舍得。"

眼前的人没有动，用一只手搂着她厚实的腰，另一只手整理她的围巾，语调慢悠悠的："识趣儿。"

唐雨眼睛弯弯的，边炀好笑地点了点她的鼻尖："走吧。"

由他牵着手，唐雨屁颠屁颠地跟在他身后到了院子。

秋千上的雪扫干净了，铺了层绒绒的毯子，脚边是暖炉，唐雨坐在秋千上边晃，边看边炀屈膝蹲在雪堆前，垂着薄薄的眼皮，用戴着手套的手把雪堆成了圆鼓鼓的雪人。

"来吧夫人，做最后的收尾仪式。"边炀直起身，把胡萝卜递给她。

唐雨从秋千上晃下来，接过他递来的胡萝卜，郑重其事地插在雪人的鼻子上，然后离远点儿看，越看越觉得在哪里见过："这个，怎么那么像雪王啊？"

边炀略微扬唇，经过多年在商场的历练，男人桀骜不驯的气场里多了几分从容不迫，浑身散发的魅力如蛊似的更惹人注目了："向夫人曾经帮忙的奶茶店致敬。"

唐雨顿时哭笑不得，伸手拂去他漆黑发丝上落的薄薄的雪花，他碎发下的眼眸一动不动地瞧着她。

她跑进屋子里拿出来一块红布系上雪人的脖颈上，像条小披风。

边炀笑着拿出手机，给她和雪人拍照留念，谁知道小姑娘手上偷偷藏了一把雪，拍完照片后趁他不备，把雪球塞进了他的领口里。

猝不及防的冰，让边炀倒吸一口凉气，伸手捉她时，她早已灵活地闪开。

"唐小雨！"他眼眸微微眯起。

唐雨察觉到了危险，连忙往屋子里跑，可哪跑得过将近一米九的他啊，手刚搭在门把手上，就被他从后拦腰扛了起来。

"边炀我错了，放过我吧，我再也不敢了。"她可怜巴巴地倒挂在他肩膀上，特别认真地求饶。

边炀把门打开，扛着她慢条斯理地往里走："知道错更好办了，待会儿有你弥补我的时候。"

不用想都知道他要用什么弥补，救命！

唐雨在他肩膀上扑腾着小腿，想挣扎下来。

"啪"的一声，边炀惩罚似的不轻不重地拍了下她。

嗓音漫不经心却危险十足："再动一下试试。"

唐雨的脸蛋通红。

当天的活动持续到了晚上。

窗外的雪慢悠悠地荡在玻璃瓦上，室内红袖添香。

二、拜年

边家屹立京华多年，人际关系根深蒂固，各个家族的势力盘根错节，所以每到过年的时候，要串的亲戚简直数不胜数。

整整几大张 A4 纸上，全是边城列出的需要拜访的名单。

边炀看得脑袋都大了。

他还没张嘴，边城就知道他想说什么，登时瞪圆眼睛："其他的一些合作商我已经让助理送过节礼了，不用你操心，但这些都是和边家交往甚密的家族家主和企业老总，你必须得亲自走一趟。

"边家能够长盛不衰，不仅是我经管有道，还有各个家族之间的相互扶持、互惠互利。所以每年各家小辈都要登门拜年，彰显各个家族友好团结。

"你现在已经成家立业了，将来边氏集团也由你继承，自然，这项重要的任务也应该落在你身上，你个大孝子总不能让我挨家挨户地上门拜年吧！"

边炀把纸合上，慢慢说："那我不继承行不行？"

一个水杯砸过来，边炀熟能生巧地侧身躲过。

"非得在过年给我添堵是吧，你要是不去，明儿个我就烧香跟你妈说你是怎么孝敬我的。"

边炀唇角一抽："多大的人了，每次还跟我妈告状，搬出来我妈压我，幼不幼稚。"

嘴上这么说，但服软了。

边城近几年身体不怎么好，边炀也心疼他，不想让他因为这事儿操劳了。

于是年前，他天不亮就起来挨家挨户地拜年送礼。

唐雨怕他一个人孤单，反正公司放假了，自个儿在家待着也无趣，就爬起来跟他一起去拜年。

边炀不让她去，让她在家乖乖睡懒觉，她不听话，偏要跟他一起。

边炀嘴上说着她不听话，唇角是怎么都压不下来的弧度："行吧，真拿你没办法。"

唐雨麻溜地从被子里钻出来去衣帽间，把自己的新年战袍拿出来。

这几年国内国外来回飞，接触的客户群体不是国内外精英就是企业老总，她在衣着打扮上自有一套风格，尤其是最近一年，艺术细胞觉醒，她在穿搭上有不少心得。

前些天，和汪晴、周昭妍她们一起逛街，周昭妍给她挑了身红色包臀连衣裙当战袍，她的皮肤本就白，穿上后肤白胜雪，收腰的款式更显她的身材凹凸有致。

这几年，她出落得越发夺目耀眼，偏偏这张脸还纯得要死。

当时周昭妍和汪晴激动地说什么都要她买下来，还说唐雨不买，她们就给她买！

唐雨哭笑不得，不过也想尝试一下不同的风格，果断拿下，结果这会儿，她的战袍刚穿上，还没来得及对着镜子欣赏，就被边炀无情地扒了下来。

然后他从衣柜里依次拿出羊绒毛衣、棉袜，还有最厚的羽绒服，把她裹得像个球，厚实得都摸不到自己的腰了。

唐雨小脸巴巴的，幽怨地咕哝道："人家过年都穿得漂漂亮亮的，我穿得这么厚，一点儿都不好看。"

边炀身上是一件随性的黑色针织衫，袖口上挽，因为常年健身，露出的手臂线条异常漂亮："宝儿，今儿个外边零下十度，冷着呢。"

"我那件裙子是羊绒的，很暖和。"她伸手去拿裙子，被边炀握住手，放在唇边不轻不重地咬上一口："乖。"

他又垂头亲了亲她眼皮，耳边是他温热的气息，哄着，"咱们回来再穿好不好？"

唐雨拗不过他，只能作罢。

开车出门，大街小巷都挂满了红灯笼，家家户户门口贴了福字和对联，小吃街上人来人往，充满了春节氛围。

他们送完礼，跟主人家寒暄五分钟，赶场似的就得去下一家，偶尔还会跟秦明裕撞上。

看得出来秦明裕也是被逼的，顶着两个黑眼圈，活像只大熊猫，正打着哈哈，身后的司机提着礼物。

"炀哥，嫂子，你们也走到周叔家了啊。"

唐雨好奇地问："你还差几家走完？"

秦明裕身上的黑色羽绒服也歪歪扭扭的，被风吹乱的头发也懒得打理："还差十几家吧，你们呢？"

边炀一只手牵着自家媳妇儿，一只手拎着礼："还有八家。"

秦明裕提议："看看有没有重合的，咱们一起，路上说话还能有个伴儿。"

边炀扬唇："你确定？"

秦明裕："一起一起嘛，炀哥，别那么小气。"

边炀略微挑眉，完全没意见，但很快秦明裕就悔得肠子都青了，只要跟边炀一起串门，单身的秦明裕就是长辈们轮番输出的对象。

"你瞧瞧人家边炀，事业有成，婚龄三年，明裕啊，你也老大不小了，抓紧点儿吧。"

"明裕，你爸不是给你订过一门亲事吗，哪家的姑娘？你们什么时候完婚？"

"联姻多没意思，婶婶认识几个家世样貌极好的姑娘，回头我介绍给你认识认识。"说完拍大腿，"也别回头了，明天就安排你们见见面吧。"

秦明裕是如坐针毡、如芒在背，用手挡脸，跟身边喝茶看戏的夫妻俩递眼色，求救的眼神一个接一个地投向边炀和唐雨。

唐雨捧着水杯，仰头看天，当作什么也没看见。

边炀还在一旁说风凉话："婶婶，您说得对。"一边似笑非笑地看秦明裕，"明裕，你长大了该懂事了，别总是让长辈为了你的终身大事操心，得像我，爱情事业双丰收。"

秦明裕呕得吐血。别说伸出援手了，他还落井下石。

打从那之后，秦明裕气呼呼地扬言要跟他们恩断义绝，再也不跟他俩一起拜年了！

每年串门拜年最重要的一家就是秦家。

边秦两家交往最为密切，再加上唐雨现在是秦家名义上的养女，得留下来吃晚饭。

如果一开始是因为边炀的缘故，秦家夫妇对她极好，后来这三年经常串门拜访，一来二回的，秦夫人已经快把唐雨当成亲闺女疼了，每次来，都把唐雨从边炀怀里拉出来，让她必须得坐在自己身边。

秦夫人这辈子很幸福，自己出身好，又和丈夫青梅竹马，得秦明裕和秦语微这一儿一女后，家里地位也高。

当年得知老秦要收唐雨当干女儿的时候，她心理稍微有点儿意见，但也没说什么。

可这几次相处之后，她只恨唐雨不是从自己肚子里钻出来的。

怎么别人家的姑娘这么温柔懂事、上进聪慧，她生的一儿一女个个让她头疼不已啊。

"小雨啊，你跟语微和明裕的关系好，我说话，他们都捂着耳朵跑，可把我气得够呛，你帮我劝劝你哥和你姐赶紧成家立业。"

唐雨每次都笑得不行，最后还是边炀把她解救出去的。

屋子里长辈都在谈事情，晚辈听得犯困。

秦明裕就在小院亭子里搞了个围炉煮茶，陶罐里面是上好的普洱，壶嘴咕嘟咕嘟在干冷的天儿吐着白气，热气氤氲里散发着淡淡的茶香，几颗栗子、桂圆、大枣在烤盘上烘烤得均匀。

边炀和唐雨都来躲清闲。

秦明裕在躺椅上晃，对他们在周家见死不救的事儿还耿耿于怀呢。

"你们俩，怎么好意思再来见我的。"

边炀的手搭在唐雨的沙发靠背上，笑得闲散："还以为你今儿个得出去躲着，我俩才来的，谁知道你还在。"

秦明裕捶胸顿足："炀哥，你说这话良心不会痛的吗？"

边炀挑眉："并不会。"

秦明裕："……"被扎心的秦明裕哼唧两声，不搭理他了。

唐雨倒了杯茶推到秦明裕面前，秦明裕又妥帖了："还是妹妹好。"哼哼两句，余光一撇，"不像某个妹夫，太不孝。"

边炀抬脚踢他，大舅子秦明裕起身麻溜躲开，嘿嘿一笑，算是讨回来了。

不远处传来愤愤的声音，边炀和唐雨不由得看过去。

秦语微身后跟着一个男人，那人五官端正严肃，身穿一件黑色大衣，比秦语微要高半头，看起来不苟言笑的模样。

秦语微裹着皮草，一脸不耐烦地扭头："你丫的是跟屁虫吗，总跟着我干什么？没看见我已经到家了吗！"

男人抿唇："那我正好给未来的岳父岳母拜个年。"

秦语微翻了个白眼："大哥，谁是你未来的岳父岳母，你能不能有点儿边界感？"

唐雨听到这里，看向秦明裕询问："语微姐谈恋爱了？"

没等秦明裕开口，边炀剥了个破壳的桂圆塞她嘴里："这是干妈年后打算给语微姐定的未婚夫，应该是闵家的。"

"是闵洲哥。"秦明裕一起八卦，"闵洲哥打小就暗恋我姐，但我姐不喜欢他这类型，一直不来电。"

唐雨嚼着桂圆："干妈确实提过闵家。"

秦明裕语气悠悠："说起来要不是因为你，他们应该早就结婚了。"

"啊？"唐雨纳闷，"跟我有什么关系？"

秦明裕："两年前，咱姐的公司不是出事了吗，差点儿玩没，当时我妈就放话了，她要是创业失败就得跟闵洲哥结婚，当时闵洲哥求神拜佛的，天天儿祈祷咱姐的公司开不下去，他特想跟咱姐在一块，谁知道最后你力挽狂澜，把官司打赢了。"

唐雨："……"那真是凑巧了。

唐雨看过去，闵洲还跟在秦语微身后，秦语微走哪儿他跟哪儿，任打任骂也不走。

"跟你没关系，感情这事儿，求什么都没用，得讲两情相悦。"

边炀牵过她的手在掌心揉了揉。

唐雨笑了笑，点头。

屋子里秦夫人叫唐雨过去聊天，唐雨起身回屋里。

秦明裕坐累了，起身伸了个懒腰，准备溜达溜达，被边炀叫住。

"你回来。"边炀冷白的指节敲了敲桌面，"坐下，我有话跟你说。"

秦明裕鲜少见他这么认真的时候，他坐下来，手搭在膝盖上："怎么了炀哥？"

边炀长腿懒散地敞开，掀了掀眼皮看他："你跟周昭妍怎么回事？"

闻言秦明裕一愣，下意识舔了下有点儿干涩的唇瓣，不知道边炀是怎么知道的。

但刻意等到唐雨离开他才提这事儿，估计是怕唐雨知道后担心。

秦明裕挠了挠脑袋："就是。"本来还想编点儿谎话，但在边炀淡淡的视线下，只能老实交代，"之前你跟嫂子在清北求婚的时候，我跟昭妍加了微信，后来没什么交集，也没当回事，也就是最近两年，她不是去嫂子的律所工作了嘛，嫂子的律所跟你公司又在同一栋楼，我去找你的时候就跟她见过几次，之后交集也就多了点儿……"

边炀指尖拎着玻璃杯："你追她？"

秦明裕咳嗽两声："我就觉得这姑娘挺有意思的，但我也不知道自己到底喜不喜欢她，反正就……挺喜欢看见她的。"

他打小就被家里保护得很好，没谈过恋爱。

周昭妍是个热情似火的姑娘，他不知不觉被吸引了，但这究竟是欣赏还是爱情，他分不清楚。

边炀思忖后说："周昭妍是小雨最好的朋友，也在她律所工作，你身上背着的婚约是秦伯伯亲自帮你订的，在你确定自己的心意前，不要做伤害她的事。"

秦明裕知道，跟唐雨有关的一切，边炀都会放在心上。

边炀不想将来唐雨因为这事左右为难。

"炀哥，我知道了，你放心，我会慎重考虑的。"秦明裕的目光落在不远处的秦语微和闵洲身上。

其实，他很羡慕边炀和唐雨的感情，更羡慕他们坚定彼此的决心。

但，相爱是千分之一的偶然加万分之一的幸运，不是所有人都能精准无误地遇到这份偶然的。

不过，愿我们都能拥有这份幸运并紧紧握住。

三、意外之喜

立夏那天，唐雨作为原告律师正在法院打一场跨国纠纷案件。

审判长宣判原告无罪的那一刻，唐雨起身时眼前忽然一阵天旋地转，她身子不受控地晃了两下，紧接着眼前一片漆黑，耳边依稀传来众人的惊呼声，和助理的喊声。

"唐律！"

"快叫救护车！叫救护车！"

唐雨前脚刚送进医院，边炀就赶来了。

接到唐雨助理的电话时，边炀正在开会，一众高层不知道他听到了什么，只见男人脸色瞬间白了，紧接着撂下一众高层，跟跑着冲出公司。

助理开车送他来到清北附属医院，车还没停稳，自家总裁就下车跌跌撞撞地跑进医院。

唐雨正在病房里做检查，还没出来，边城赶到的时候，边炀身上的西装外套掉在脚边，后背靠在冰冷的墙壁上，向来桀骜洒脱的男人此刻身子都在轻轻颤抖。

边城走过去捡起地上的外套拍了拍，拿出一张纸巾递给他。

边炀睁眼看他，眼眶沁了些红血丝。

"你也老大不小了，凡事稳重些，先擦擦额头上的汗。"边城说。

边炀低头，接过他递来的纸巾，指尖泛白。

边城拍拍他的肩膀："你是小雨的丈夫，无论她遇到什么困难，发生什么事，你都是她最坚实稳固的依靠，如果你先慌了、乱了，你让她怎么安心？"

边炀低垂的眼睫微颤："爸，我害怕。"嗓音也跟着发颤。

在边城印象里，自己这儿子打小就天不怕地不怕，此刻失魂落魄的，恍惚间，边城仿佛看到了当年的自己。

明宛住院的那段时间，白天他怕她担心，在病房里说说笑笑逗她开心，而离开病房后，就支撑不住地倒在地上了，他就算哭都不敢发出声音，怕让病房里的明宛听见，只能捂住嘴巴，轻声哽咽。

想到妻子，边城侧过脸，眼底瞬间笼了层不易察觉的水汽。

"没事的，一定会没事的。"他儿子和小雨一定都会没事的。

他在心里一遍一遍地祈祷。

明宛啊，一定要保佑小雨，保佑咱们的这一对儿女。

十五分钟后，医生从病房出来时，边炀第一个冲过去："张姨，小雨怎么样？她没事吧？"

清北附属医院的医生，跟边城、边炀是老熟人了。

医生摘掉口罩笑眯眯的："恭喜你啊臭小子。"

边炀的表情有些蒙。

医生笑："小雨怀宝宝了。"

边炀的目光显得有些呆滞，他迟钝地思考着，心脏跳得飞快："您刚才说，小雨……怀、怀什么了？"

边城听到这话满头黑线，从后一巴掌拍在边炀的后脑勺上："你脑子坏了，还怀什么，除了孩子还能怀什么？！臭小子，你要当爸爸了！"

边城狠狠松了一口气后，喜上眉梢，这次不是误会！他真的要当爷爷啦，哈哈！

边炀被一巴掌打得后背撞在墙壁上，他怔怔地看着医生，跟失了魂似的。边城见状骂道："没出息的样子。"

张医生打趣他："老边，你说这话的时候是不是忘了当年你的光荣事迹？"

当年的边城有过之无不及啊，听说戚明宛昏迷在学术演讲的台上，他连滚带爬地跑进医院，还在急救室外边大喊大叫"治不好我老婆，我让你们整个医院陪葬！"此等无比中二的话。

这件事一直在他们中间当笑话讲，后来在戚明宛的责令下，边城挨家挨户送礼道歉，这件事后来才没人提了。

如今又被翻出来，边城老脸一热："陈芝麻烂谷子的事了，老张，这次辛苦你了。"

张医生的手插在白大褂口袋里，看着边炀说："别担心，小雨就是有点儿低血糖，我给她挂了点儿葡萄糖，孩子刚一个月，估计她也不知道自己怀孕了，今后可要注意饮食，再忙也要好好吃饭，待会儿你去产科建档案，按时孕检……"

她话还没说完，眼前一阵风，边炀没影了。

张医生："……"

唐雨醒来的时候就看到边炀捧着她的手，视线没什么焦点地落在她的腹部，不知道在想什么。

见她醒过来，边炀才回过神，一脸紧张地问她有没有哪里不舒服。

唐雨想起来，她好像在法院昏过去了。

"我怎么了？"她问。

边炀往她后背塞了个靠枕，唐雨靠在床上，才看到手背上的点滴。

边炀一脸认真："雨宝。"

这严肃的表情，让唐雨感觉不大美妙："怎……怎么了？"他看着她的腹部，一言难尽的表情。

唐雨心里"咯噔"一下，试探性地询问："我，得绝症了？"

边炀赶紧"呸呸呸"了三声，伸手用力捏她的脸："胡说八道什么，不准说这种话！"

　　唐雨把他的手拍开，嘀咕着："那还不是怪你，你这表情简直比我得绝症还可怕。"

　　边炀语噎，他就是还没做好切换角色的准备。

　　正酝酿着情绪和措辞，准备慎重地说出这个惊天大消息，进来换药的护士阿姨笑眯眯地三言两语就替他说了："恭喜你啊臭小子，没想到小时候那个整天在医院调皮捣蛋的小子居然也要当爸爸了。"

　　因为这话，唐雨纤长的睫毛轻轻一眨，愣怔了好一会儿。

　　护士阿姨换完药，推了下边炀的肩膀："记得去产科建档，别忘了。"

　　护士阿姨走后，唐雨的手下意识地搭在腹部："我，怀孕了？"

　　对上妻子疑惑的眼神，边炀无比艰难地点头。

　　随即两个人大眼瞪小眼。

　　不约而同想起了一个月前的那次。

　　其实，他一直不想这么快要孩子，每次都做措施。

　　然而总有意外的时候。

　　一个月前的那天，小雨伞在过程中破了。

　　那天是她的安全期，避孕药伤身体，边炀不愿意她吃，两个人抱有侥幸心理，就没当回事儿。

　　谁知道这小生命如此顽强！

　　不仅冲破了小雨伞，还在安全期内一击即中。

　　所以唐雨和边炀此刻的沉默，才会如此振聋发聩。

　　唐雨很快接受了这个事实，小心翼翼地把手搭在腹部，一想到这里孕育着一个鲜活的小生命，她和边炀的结晶，就不自觉弯起眉眼。

　　意外之喜，就是上天之意。

　　边炀坐在她身边，把小姑娘搂入怀中，耷拉着眉眼说："这种情况都能怀，小崽子命挺硬。"

　　唐雨靠在他肩膀上，低低笑出声来："那估计像你。"

　　"可别像我。"边炀的下巴垫在她的肩膀上，说这话的时候难得一本正经，"像你最好，一定得像你。"

　　他不能想象要是孩子像他，以后家里得是什么样儿。

　　这时候，他居然跟边城有点儿感同身受了。

谁都逃不过回旋镖。

唐雨温柔地抚摸小腹:"男女我都喜欢,像谁我也都喜欢。"

边炀低头眷恋地蹭了蹭她的脖颈,唐雨握住他微颤的手掌落在自己的小腹上,含水似的眼眸微弯:"我们边炀要当爸爸了哦,开心吗?"

指尖微热的触感,让他的心脏微颤,说不出的情绪在心底蔓延。

在今天之前,成为父亲是很遥远的一件事,可当孩子猝不及防地降临时,边炀很快坦然地接受了。

"当爸爸有什么好开心的。"他嘴上这么说,却在低头时亲了亲她的脸颊,"当我们雨宝的丈夫才是最最值得开心的事。"这个念头从未动摇过。

掌心贴在她腹部的时候,边炀心里轻轻软软地应:臭小子也好,美丫头也好,欢迎来到这个世界。

这个世界星辰与深渊交织、苦难和欢愉并存,但一定要记得爸妈永远爱你。

出院后,边炀带唐雨回家,变化之大,让她以为进错了门。

鹅卵石小路上的鹅卵石不知道被谁扣走了,如今已经填平成了青石板路。

院子里尖锐的棱角都用防撞角包了起来,更别提室内的边边角角。

原本客厅的沙发区就铺有长绒地毯,而现在整个客厅从入门到厨房,但凡能落脚的地儿都是地毯。

唐雨吐槽:"这也太夸张了吧。"

边炀却在一边感慨:"我总算能理解,为什么咱爸当时到凉城看到咱俩住的那公寓会那么激动了。"

唐雨:"……"

"你现在可是咱家的重点保护对象。"

即便这样,唐雨也很无语啊。

她指了指外边花园那假山:"那也不至于给假山穿棉袄吧。"假山都被海绵包住棱角,"我什么操作才能隔着喷泉,撞到假山上面去?"

边炀脸色不变:"我看书上说,孕妇的想法天马行空,一天一个想法,保不齐你哪天爬树又爬假山的,我这是防患于未然。"

唐雨："……"她是孕妇又不是猴。

前三个月，唐雨的孕期反应非常严重，哪怕边炀凡事亲力亲为，事无巨细地安排她的饮食，唐雨非但没胖，因为频繁孕吐还足足瘦了七斤，他原本好不容易养出来的肉肉，因为肚子里的小东西全瘦没了，他跟着焦虑得好几个月睡不着。

三个月后她孕吐状态才稍微好转，只是脸色青白青白的，状态依旧不好。

边炀公司请了个职业管理人，分担一部分工作，他上午在公司处理重要文件，爷爷奶奶在家陪她，中午他回来陪她用餐、遛弯、午睡，等她睡着就去上准爸爸早教班，晚上再马不停蹄地回来陪她吃饭、遛弯、泡脚。

持续到七个月的时候，唐雨的状态好转起来，不怎么孕吐了，体重慢慢涨了回去，气色跟着好起来。

但边炀瘦了整整一大圈，成日里除了工作，要么在她身边随时待命，要么就是去产前班和准爸爸班上课，即便他不说，眉梢眼角的疲惫也遮不住。

唐雨心疼他日夜不分地连轴转，偷偷教育肚子里的宝宝不要再折腾了，可到了一定月份，她后半夜总是饿醒。

可能是白天上课时，听老师讲羊水栓塞的案例，边炀晚上做了噩梦。

他梦到他的小姑娘躺在床上一动不动，无论他怎么哀求，她都没有反应。

梦里的无助让他一下子睁开眼，那种畏惧和心惊久久盘旋于心，他顾不上一身冷汗，急忙去搂身边的姑娘，却摸了个空。

唐雨不在他怀里了。

边炀失控地喊了好几声她的名字，很快传来一阵脚步声。

卧室的门打开，有暖光进来，唐雨急匆匆地捧着圆鼓鼓的肚子进来："怎么了怎么了？"

他从床上跟跄地跌下来，把她一下子按入怀中，心跳剧烈不已，像被扼住的咽喉终于得以喘息。

"我在呢。"她伸手抚摸他的后背，却发现他的睡衣都被冷汗打湿了，

"是不是做噩梦了？"

他搂她的力道不断加重，像是在用力握住不断流淌的沙子那般。

"你去哪了？"他嗓音喑哑得像是砂纸打磨过，整个人都埋在她的肩膀里，结结实实地抱住她："宝宝，你别乱跑。"

他害怕，害怕得要死。

唐雨一下一下抚摸他的后背，耳边是他剧烈的心跳声。

她声音又低又轻地安抚他："我就在楼下呢，没乱跑。"

唐雨捧起他的脸，边炀眼眶的红血丝还未褪去，额前几缕发丝也被汗水打透，散乱地遮在眼前，透过发丝看她的眼神透着惴惴不安、患得患失。

她看得心疼得鼻尖酸涩不已，双手揽住他的脖子，踮起脚尖轻轻地吻他的唇瓣。

"我在呢，你看，宝宝，我在呢。"

他漆黑的眼眸一眨不眨地看着她，唇瓣不受控制地颤抖着，指腹止不住地轻轻摩挲她的脸颊：她的眉眼，生怕这才是场梦。

直到她眼底起了层水雾："边炀，我和宝宝都很好。"

整个孕期，她的衣食住行都是边炀一手安排的，从来没让她操心过任何事。

每天早上要看着她吃过早饭，他才放心去公司。

即便上午在公司，微信也一个接一个地来，生怕她出什么岔子。

因为骨架小，他担心她生产的时候吃苦头，按照医生的建议需要控制胎儿的大小，却又不舍得她饿着自己，在她饮食方面操碎了心。那个煮红糖水都能烫到自己的男人，如今单手插兜都能做出四菜一汤了。

那么不爱上课的人，准爸爸培训班每天都是第一个到，最后一个走。

明明培训都结束了，他还要上第二遍，生怕错过什么内容。

唐雨的眼眶酸涩得厉害，一遍一遍地重复。

"宝宝，我真的很好，一点都不辛苦了。

"宝宝，你也已经做得很好了，已经很厉害了，你看，你把我和宝宝照顾得多好。

"我们边炀是最合格的准爸爸。"

她拉住他的手贴在圆鼓鼓的肚子上，让他感受腹中的宝宝多活泼、多健康。

他却松开手，掌心执拗地贴在着她的脸颊，垂着脑袋，额头抵在她的额心，紧紧抿着唇，始终不说话。

隔天，边炀就被确诊产前焦虑症了。

边城得知这件事的时候，沉默好久，平常总爱掉两句的父子俩这会儿静默地站着，什么也没说，边城只用力拍了拍他的肩膀，然后把患得患失的儿子像小时候那样搂入怀中。

"阿炀，放心，小雨会没事的，你妈妈会在天上保佑她，她给我托梦了，真的。"

边炀闻言鼻尖一酸，低低地应了一声。

当天，家里又住进一个心理医生。

爷爷奶奶见状眼睛酸酸的，但他们知道边炀之所以这么焦虑，是因为太担心孙女的缘故，于是，爷爷奶奶也搬了进来，方便照顾孙女，呃，以及孙女婿。

最后两个月，唐雨把律所暂时交给了缇安娜和米尔芬，在家安心待产，边炀也放下手头上的工作，寸步不离地陪着她。

孕期里，她坚持练瑜伽和锻炼，腹中的宝宝孕后期虽然依旧闹腾，但似乎能隐隐感知到父亲的那股怨气和不安，最近安分得不得了。

所以哪怕骨架小，唐雨在助产师和边炀的陪伴下，生产得很顺利，几乎没吃什么苦头。

生产完，她昏睡前握住边炀颤抖的手，有气无力地动了动唇角。

"你看，我们都好好的。"她尽力牵起唇角，露出一个虚弱的笑容。

他瞬间红了眼眶，侧过脸擦掉眼泪，一张口嗓音低哑得不行："宝宝，辛苦了。"

这个臭小子还算识趣，整个生产过程无比配合。

边炀心里不止一遍地想，要是再折腾他老婆，他一定把臭小子丢到庙里进修去。

腊月初十那天，这个桀骜不驯轻世傲物的男人，不知道失魂落魄地呢喃了多少句："这辈子再也不生了，再也不生了。"

边炀见不得唐雨再吃任何苦了。

农历腊月初十，唐雨和边炀的孩子顺利出生了，叫边澈，是个男孩。

是唐雨爷爷深思熟虑后起的名字。

唐雨生产那天下了好大的雨，整个城市笼罩在一片水雾中，孙女婿在产房偷偷抹眼泪，爷爷看个正着，于是取名为澈。

澈，乃水成。

边城题字："山明野澈，日降天临。"

边澈这孩子，特会长。

长相完全继承了父母的优点，幼年时长得圆润可爱，尤其是眼睛，跟唐雨的眼眸一模一样，澄澈干净，笑起来时滴溜溜地转，跟嵌进去的黑葡萄似的，任谁看见都会揣住一颗心脏，觉得要被萌化了，一岁接着一岁地长大，精致的脸部轮廓逐渐和边炀七八分相似。

边澈这孩子，特会装。

五六岁的年纪，就已经学会了看人下菜。

外曾祖父教育他的时候，他跟猫儿似的窝在老人家怀里蹭来蹭去，说一堆甜言蜜语，哄得老人家那叫一个心花怒放；边城教育他的时候，他就眨巴着漂亮的大眼睛懵懂地看他，边城嘴边训斥的话怎么都说不出来了；边炀教育他的时候，他仰起的大眼睛瞬间泪眼汪汪，嘴里乖乖地说着"阿澈再也不敢了"。

边炀知道他在装，不动声色地看着他，边澈有点儿怕他，每当这时候就抽着泛红的鼻尖，眼泪吧嗒吧嗒地往下掉。

看着跟妻子一样的眼眸含着泪花，边炀到底下不去手，就让他面壁思过。

谁知道他前脚刚走，后脚边澈人就没影了。

四、及时雨

边澈天不怕地不怕，但也有例外，绝不招惹唐雨。

惹了边炀，打一顿了事，但惹了他妈，那就是全家乱棍打。

所以边澈在唐雨面前表现得无比乖巧，主动做家务，从来不犯事，以至于唐雨觉得自己儿子可乖了。

但她不知道，学校要留家长电话，边澈只敢写边城。

第一次给边澈开家长会，边城还太天真，去时荣光满面，回时满头黑线。

当天邻居看到这么一幅画面：一个西装笔挺、头发已经花白的男人把脱掉的外套扔给司机后，然后撸起袖子，狂追一个八九岁的漂亮小男孩两条街！

托他这个乖孙的福，这些年，边城的腿脚越发利索了，没想到当年在边炀那里丢过的脸，又在孙子身上重新丢了一遍，最后在要脸和要孙子选项里，边城果断选了前者，把学校留的电话改成了边炀！

边炀活了这么多年，没这么丢人过，开完大会，老师留他开小会。

当时，那老师泣不成声，就差跪在地上求边炀给边澈换个班了。

从学校回来，边炀坐在沙发上，长腿边放着一根胳膊粗的棍子，试图用温柔的方式跟边澈讲道理。

边澈很小就懂得识时务者为俊杰，大眼睛若有若无地瞟过边炀手里的棍子，态度端正，认错极快，表示还会写五千字检讨。

边炀怎么不了解他啊，看着他那认真的小表情，思忖片刻，决定给他换个学校。

终究纸包不住火，在边炀办完转校手续前，事情闹到唐雨面前了。

唐雨下班时被几个家长堵个正着，几个家长声嘶力竭，她这才知道自己乖宝宝似的儿子多年的丰功伟绩。

当天，家里开了三堂会审。

边澈站在原地，捂着手指头，偷偷看唐雨的表情。

边炀则作壁上观，浑然不知的样子。

唐雨克制着怒火，但再温柔的人此刻都有点儿咬牙切齿："为什么要骗人家小朋友冬天去舔栏杆？"

人家小孩的舌头粘在栏杆上哭得哇哇乱叫。

边澈说："谁让他嘴巴不干净骂人的，而且是他自己愿意舔的，又不是我逼他的，他自己没脑子怪谁。"

边炀在一旁给她顺气："出发点是好的，只是做法不当。"

唐雨看他："这事你知道？"

边炀立刻否认："不知道，我怎么会知道，我什么都不知道。"

边澈眨巴几下眼睛，表情要多无辜有多无辜："爸爸，你知道的呀，开家长会的时候老师肯定告诉你了，你不能对妈妈撒谎哦。"非要把他拉下水。

边澈："……"

唐雨用力拧了一下他的腰身，于是，罚站的不只是边澈了。

晚上，唐雨列举边澈的罪状到口干舌燥的地步。

骗小朋友冬天舔栏杆是边澈做得最微不足道的一件事。

归功于边炀打小对他的训练，不是玩射击，就是练散打。

她儿子才九岁，就已经是学校小学部、初中部、高中部的三部老大了。

列到最后，罚站的边澈小脑袋一点一点的，都快睡着了。

在唐雨发飙的前一刻，边炀双手从她膝盖穿过，一把抱起自家媳妇儿，临走前一脚踹在边澈的屁股上："让司机送你去爷爷家睡，明天上学跟朋友道别，后天我送你去新学校。"

边澈打了个哈哈，"哦"了一声，然后冲着他爸忽闪着大眼睛："边总，今晚上我有机会拥有妹妹吗？"

边炀又踢他一脚，不轻不重的："滚你的。"

边澈不知道，这辈子他都不可能有妹妹了。

当年生他的时候，他爸都抑郁了。

把外套往肩膀上随便一搭，边澈走前给唐雨招招手，笑得特别乖。

"唐大律师，我去爷爷家了哦，不要太想我，晚安。"

他丢下一个飞吻，然后在唐雨开口之前，一溜烟跑个无影无踪。

"边澈，你给我站住！"唐雨让边炀把她放下来，可这人不听话，把她扛回了卧室。

她双手抱在胸前，整个人气呼呼地坐在床边："边先生，我需要你给我一个解释。"

家长找到她的时候声嘶力竭的场面，至今还盘旋在她脑海里。

"宝宝，在你之前，我已经把他揍一遍了。"边炀微低下身子，黑发随意地散落于额前，掌心落在她脑袋上揉了揉，同她商量，"前些天，清北的特殊人才选拔中心找上我，让我把阿澈送进去，他高二的书已经自学完了，这学校的老师教不了他了。"

唐雨抿唇："真要把他送进去吗？"

选拔中心的人也找过她，但这孩子天性自由、不喜拘束，她怕边澈去了那边后，不再像现在这样无忧无虑了。

"他天赋很高，尤其是在数学和计算机方面。"

边炀坐在她身边，揽着她的肩膀入怀中："我问过阿澈的意见，他也愿意去。"

唐雨微微松了口气："既然他愿意，那我也没意见。"

额头落下轻轻的吻，边炀唇角浅浅扬起："那还生气吗？"

唐雨气已经消了大半："他在学校那么多事儿，你怎么不告诉我？"

教育上的事，夫妻俩从来没松懈过，但架不住边澈小小年纪有两副面孔啊。

跟在唐雨身边的时候，他乖得不成样子，说话都奶声奶气的；跟在边炀身边的时候，他完全释放天性，缠着他学击散打。

"那我好好弥补成不成？"边炀握住她的手在唇边咬了咬，目光灼灼地看她的眼眸，似窗外漫天璀璨的星光。而她，也像是被这样炽烈的眼神染上了颜色。

唐雨细密的长睫轻轻颤了下："我跟你说正经事呢。"

边炀喉结浅浅滑动，"我说的就是正经事。"

唐雨抽出的手指，略微挑眉："可是边先生，你这态度怎么听都感觉像我要弥补你啊。"

边炀低低笑着握住她的手指，稍稍用力，就把她带入怀中，另一只手熟练地扣住她柔软的腰肢往怀里按，懒洋洋地说："那我双倍努力地还回去好不好？"

不等唐雨开口，他就已经抱起他心爱的姑娘往浴室走。

多年前有人问边炀，保持婚姻新鲜感的秘诀是什么？

边炀不知道怎么回答，更没想过这个问题，他只知道，看到唐雨，他飘荡的心和灵魂才会跟着安定下来。

心安是归处。

既是归处，用新鲜感三个字形容，未免太浅薄。

这份感情只会随时间，由皮入骨地逐层递进，直至眉梢沁春，万物滋生。

她的及时雨正落在他的贫瘠当中，从此，心脏永远长于春天之上。

五、边澈日记

我叫边澈，今年九岁了。

我妈妈是赫赫有名的大律师，我爸爸是金融投资界的后起之秀。

因为这个不孝子迟迟不肯继承家业，导致我六十岁的爷爷还在商场奋力拼搏，着实有点儿不厚道，但我知道，我爷爷一旦闲下来就会胡思乱想，就会待在奶奶的房间不出来，爸爸这是故意让他忙一点儿的。

我的家人都很爱我，非常爱我。

据说，我爸在我出生那天偷偷哭，被我曾外祖父看个正着，于是就给我起了这个名字，说我跟水有不解之缘。

我爸这人又跩又傲，从小到大，我没见过他掉眼泪，所以这件事无从考证。

名字而已，对我而言只要不叫屎壳郎，不叫狗蛋之类的，叫什么都行。

我的家庭对我很包容，可能是因为家底儿过于殷实的缘故，爸妈从小就没灌输我"长大要有出息"之类的话，说得最多的反而是"好好吃饭""好好睡觉"。

他们说，吃好、喝好、睡好，只要天没塌下来，这三样事就是重中之重！

这也就导致我的性格极为懒散松弛，随心所欲。

但爸妈对我的教育从来没有松懈过，工作再忙也不会把我丢给保姆或者管家，还没上幼儿园之前，我都是跟着爸妈去公司上班的。

毕竟他们在同一栋楼里，我可以上下乱窜。

在爸爸的办公室和高层开会无聊了，就去顶楼妈妈的办公室。

身边的叔叔阿姨都是行业精英，经过打小儿日积月累的熏陶，我在法律和金融方面有了不少见解。

后来上了幼儿园，爸妈和我就没那么腻歪了，尤其是我爸，不允许我黏着妈妈睡觉了，明明睡着前，我还乖乖地窝在妈妈怀里，醒来时就发现在我冰冷的小房间。

每次我气呼呼去找他算账的时候，就被他提着后脖颈，毫不留情地丢到学校。

我幼小的心灵受到了极大的伤害。

但他们总会一起接我放学，所以我从来不羡慕别的小朋友，因为我爸爸超帅，我妈妈超美的，每次他们并肩站在校门口的时候，我就昂首挺胸，与有荣焉。

我犯过很多错，但都没正儿八经地挨过打，我爸说，他向来以德服人。

结果有次他破天荒地把我狠揍了一顿，我妈都拦不住的那种。

原因是我把曾外祖父种的芍药花全剪了下来，送给学校的女同学每人一朵。

我不明白，明明是他教育我好东西要跟朋友分享的，怎么我分享了，他却生气了？

当然，我可不是坏孩子，我也为家庭做过不少贡献呢。

爷爷总爱去奶奶的墓园待着，我看他孤零零的，特别可怜，于是送给他一个风车，告诉他这个风车可以通灵，放在奶奶的墓碑前就能跟奶奶对话。

爷爷当然不信了，还给我的脑袋一个爆栗，但即便不信，他还是拿着风车去了奶奶的墓碑前。

那天，我驱动风车跟爷爷对话了一下午，每次他说完一句话，我就要驱动风车里的芯片转动起来，让他以为奶奶和风车真的通灵了，结果他喋喋不休地说了一下午，我按按钮的手都按痛了，但看到爷爷捧着风车小心翼翼的模样，我眼睛酸了，觉得再痛都值得。

奶奶，虽然我没见过您，但您放心，你的乖孙孙一定会照顾好爷爷的。

当然，我们家也有遇到糟心事的时候。

那天，我妈妈离过婚的父母居然带着各自家庭的孩子，来找我妈给他们的孩子安排工作，在我妈冷言拒绝后，他们两家人就在门口大哭大闹。

后来我爸派人把他们都撵走了，我妈嘴上说着无所谓，但我看到我妈的眼眶都气红了。

他们欺负我妈妈！

我很生气，于是想个好主意。

我迈着轻快的步伐，走到被赶出去的两家人面前，眨巴着无辜的眼睛:"你们就是我外公外婆吧,是我爸妈不懂事,怎么能把外公外婆赶出来呢,走,我请你们吃好吃的。"

他们起初还不信,直到我拿出一张黑卡晃了晃。

他们立刻喜笑颜开,直夸我懂事,跟着我去了京华最高档的会所。

我安排他们吃豪华大餐,以及最奢侈的按摩套餐。

做完这一切的我功成身退地溜了。

溜之前特意跟主管交代:"我跟他们没关系,你也不用对他们客气。"

于是吃霸王餐的两家人,被会所的保安打得鼻青脸肿,按在地上摩擦。

他们嗷嗷求饶,会所要他们必须拿钱买单,总共消费五十万呢,他们哪里拿得出来。

送去派出所的路上,他们连滚带爬地跑了,连夜坐火车跑的。

我坐在车里,托着下巴有点儿遗憾地看那趟飞驰的火车。

唉,其实没玩够,甚至期待他们下次再来!

上小学的时候,爸妈的公司发展迅速,从一栋大楼变成了两栋大楼。

自然,陪伴我的时间减少了很多,甚至有一次都忘了我的生日。

那天,我在校门口失魂落魄地等了好久,没看到他们的身影,于是拎着书包,耷拉着脑袋走回家。

家里黑漆漆的,连灯都没有,我吸了吸鼻尖,委屈地刚要把灯打开。

忽然间,整栋别墅通亮,原本空荡荡的客厅里挤满了我的家人。

"祝你生日快乐。"

"祝你生日快乐。"

妈妈捧着生日蛋糕朝我温柔地走来,爸爸就站在她的身后,弯着眼眸看我。

爷爷手里拿着礼物,头上戴着生日快乐的帽子。就连曾外祖父,曾外祖母也在。

我眼睛一酸,含着热泪的眼眶里蓄满了星星点点的碎芒,嘴上却别扭地说:"你们幼不幼稚啊,多大人了,还玩这套。"

可我就吃这套啊!

爸爸温热的掌心落在我脑袋上:"臭小子,许愿吧。"

妈妈眉眼弯弯:"阿澈,许一个你最想要实现的愿望哦。"

在家人的生日歌中，我双手合十，闭上眼睛，在心里默念着我的愿望：

"希望我的家人安康无忧。"

这就是我最大的心愿，年年如此。

等我睁开眼时，爸妈把奶油抹在了我的脸颊上。

我不服输，双手全沾满奶油，向他们发起进攻。

我爸可不会让着我，护着我妈的同时，还把我弄得一身狼狈，我只好嗷嗷求饶。

算了算了。啧，不是我打不过他，是我让着他的。

——全文完

图书在版编目（CIP）数据

炽炀：全2册 / 呆字闺中著. -- 南京：江苏凤凰
文艺出版社，2025. 7. -- ISBN 978-7-5594-9626-3

Ⅰ. I247.5

中国国家版本馆 CIP 数据核字第 2025SG9343 号

炽炀 : 全 2 册

呆字闺中 著

责任编辑	项雷达
特约编辑	刘 彤　徐晨晓　穆念祺
装帧设计	安柒然
责任印制	杨 丹
出版发行	江苏凤凰文艺出版社
	南京市中央路 165 号，邮编：210009
网　　址	http://www.jswenyi.com
印　　刷	天津鑫旭阳印刷有限公司
开　　本	880 毫米 × 1230 毫米　1/32
印　　张	22.75
字　　数	700 千字
版　　次	2025 年 7 月第 1 版
印　　次	2025 年 7 月第 1 次印刷
书　　号	ISBN 978-7-5594-9626-3
定　　价	69.80 元（全 2 册）